Birgit Hermann

Die Apfelrose

Ein Schwarzwaldroman

SCHILLINGER VERLAG FREIBURG

1. Auflage 2005 · ISBN 3-89155-308-0
2. Auflage 2006 · ISBN 978-3-89155-308-4
Gesamtherstellung: Schillinger Verlag Freiburg i. Br.

Kapitel 1

Eine schlanke Gestalt huschte durch die offenstehende Gartentüre des kleinen, windschiefen Hauses.

Sie blickte sich noch einmal hastig um, so, als wolle sie sich sicher sein, dass sie niemand beobachtet hatte, denn hierher kam man nur dann, wenn man allein an die Kraft der Gebete nicht mehr glaubte, dann verschwand sie um die Hausecke.

Der Weg zu diesem Haus führte über einen bewaldeten Höhenrücken und verband die Dörfer Friedenweiler und Eisenbach. Inmitten dieser struppigen Wildnis, zwischen den einzelnen Baumstümpfen und dornigen Gebüschen, man hatte halbherzig den Versuch gewagt, den einst dichten Wald wieder aufzuforsten, der durch die Glasbläserei sehr in Mitleidenschaft gezogen war, genau hier lag in einer Talmulde diese langgezogene Lichtung. Klein-Eisenbach, nannte man sie schlicht, vielleicht, weil niemandem ein geeigneterer Name eingefallen war.

Das mit Stroh bedeckte Dach des Hauses zog sich zum Weg hin fensterlos bis auf den Boden und machte einen wenig einladenden Eindruck. Der Hausfirst lag fast auf der selben Höhe wie der schmale Fußweg und so bildete sich eine Mulde zwischen Dach und Berghang, in der sich winters der Schnee durch

Verwehungen sammelte, eine Linie zwischen Hang und Haus zog, und somit eine optimale Isolierung gegen den bissigen Ostwind war, der manchmal tagelang im Winter tobte. Zum Norden hin hatte das Haus ebenfalls so gut wie keine Fenster, nur kleine Luftschlitze unter der Decke. Hier stand das Vieh, oder eben wie bei den meisten ärmeren Leuten, die Ziegen. Der Stall isolierte diese sonnenabgewandte Hausseite.

Doch, obwohl es ein ganz normales typisches Haus für diese Gegend war, eben ein Abbild der großen Erbpachthöfe des Klosters, haftete etwas Mystisches, ja, gar Unheimliches an ihm. Man konnte es nicht sehen, aber man spürte es, sobald man in die Nähe kam.

Vielleicht war es auch nur die Angst vor der Frau mit den starren grünen Augen, die in diesem abgelegenen Haus wohnte. Man bekam sie tagsüber selten zu Gesicht. Meist holten sie die Menschen erst in der Dämmerung zu ihren Kranken oder zu den Gebärenden. Nicht einmal am Sonntag in der Kirche ließ sie sich blicken.

Um so überraschter war Helena, die Besucherin die sich soeben durch die Gartentüre geschoben hatte, als sie plötzlich inmitten eines blühenden Paradieses stand, das man vom Weg her nicht einsehen konnte. Eine bunte Auswahl an Gemüse und Blumen wechselte sich mit unzähligen, zum Teil ihr unbekannten Heilkräutern ab. Die Besitzerin musste mehrere Stunden am Tage hier verbringen, um diese Pracht zu pflegen. Bienen und Schmetterlinge flogen von Blüte zu Blüte und ein ausgehöhlter Baumstamm diente als Brunnen, in dem sich das gleißende Sonnenlicht spiegelte. Sie war das erste Mal hier, denn ihre Mutter schwor auf die Heilkünste Josephas.

Helena wandte sich dem Haus zu, dessen Südseite mit einer ganzen Galerie von winzigen Fenstern durchzogen war, um das Sonnenlicht in die Wohnräume zu lassen. Doch die schwere Holztür war zugezogen. Die alte Bewohnerin schien nicht zu Hause zu sein, sonst stände die Haustür offen, so wie es hier in der Gegend üblich war, um Licht und Luft in die niedrigen Häuser zu lassen, die im Innern stets dunkel und durch den angrenzenden Stall auch immer feucht und muffig waren. Nur nachts oder an besonders kalten und stürmischen Tagen schloss man die Tür. Oder eben wenn man nicht zu Hause war.

Eine schwarze Katze verschwand um die Hausecke als sie Helena erblickte. Mit klopfendem Herzen näherte sich das Mädchen schließlich doch der Haustür, sie wollte sich vergewissern, ob wirklich keiner zu Hause war, denn dann hätte sie diesen Weg umsonst gemacht.

Als sie näher kam öffnete sich die Tür mit einem knarrenden Geräusch, wie von Geisterhand, einen Spalt breit. Helena erschrak, doch dann bemerkte sie, dass sie nur angelehnt war.

Ein stechender, undefinierbarer Geruch schlug ihr entgegen. Zögernd blieb sie stehen und spähte vorsichtig durch den Türspalt. Über ihrem Kopf baumelten unzählige Kräuterbüschel zum trocknen, doch diese konnten nicht die Quelle des Geruches sein.

Neben der Tür standen aufrecht zwei überkreuzte Reisigbesen, mit dem Kopf nach oben. Helena kannte die Bedeutung dieses Zeichens, er war ein Abwehrzauber gegen böse Mächte. Für gewöhnlich stellte man sie vor die Kammer einer Wöchnerin.

Über dem Eingangsbalken hing ein Totenschädel. Auch dieser Brauch irritierte Helena nicht, obwohl eigentlich nur bei großen Gehöften der Schädel des Ochsen, der das Bauholz hergekarrt hatte, zum Richtfest geschlachtet und als Geisterschutz über dem Türbalken angebracht wurde. Aber Josepha schien sich gut abzusichern, auch wenn es nur der Schädel eines Ziegenbocks war.

Das Mädchen setzte vorsichtig einen Fuß über die Schwelle.

„Helena?!“

Helena zuckte vor Schreck zusammen als eine dünne, aber feste Stimme ihren Namen rief.

Offensichtlich hatte die Alte ihr Kommen bemerkt, obwohl

sie sie unmöglich gesehen haben konnte, denn die Küche lag nach hinten.

Lautlos tasteten sich ihre nackten Füße durch den dunklen Flur, ihr Herz klopfte bis zum Hals. An der Schwelle zur Küche blieb sie erneut stehen.

Eine Spur der Erleichterung schien über das Gesicht der alten Frau zu huschen, als sie sich zum Eingang wandte und das Mädchen aus dem Nachbardorf im Türrahmen erkannte. Sie lag mit ihrer Vermutung richtig. Es war Helena. Helena Kirner, die älteste Tochter von Leopoldine Kirner, die sie erst vor ein paar Tagen entbunden hatte.

„Josepha? Ihr seid zu Hause. Gott sei Dank", stammelte diese schließlich.

Als Helenas Augen sich an die Dunkelheit des Raumes gewöhnt hatten, denn nur ein winziges Fenster führte ins Freie, glaubte sie für den Bruchteil einer Sekunde in den grünen Augen der alten Frau so etwas wie Furcht gesehen zu haben. Das verwunderte sie doch sehr, denn normalerweise hatten die Leute vor Josepha Angst und nicht umgekehrt. Ob sie jemanden anderen erwartet hatte?

Als Josepha aber weiter nichts sagte und sich wieder der zähen Masse auf dem qualmenden, offenen Küchenherd zuwandte, glaubte Helena sich geirrt zu haben.

Der beißende Rauch zog an der Steinwand, die schon ganz rußgeschwärzt war, hoch und sammelte sich über dem Herd in einem Gewölbe, ehe er, abgekühlt, wieder leicht nach unten fiel und sich an den im Rauch trocknenden Würsten und Schinken vorbei, einen Weg ins Freie suchte.

Unentschlossen stand Helena eine Weile da und wusste nicht, ob sie die Alte ansprechen sollte oder nicht. Vielleicht wollte sie es nicht, wenn man sie bei der Arbeit störte.

Josepha stemmte schließlich den linken Arm in die Hüfte und wandte ihren Kopf abermals zu Helena, während sie unentwegt weiter mit der Rechten den Kochlöffel langsam aber regelmäßig im Topf kreisen ließ. Sie legte ihre Stirn in Falten, was ihrem mit unzähligen Runzeln überzogenem Gesicht einen fast Furcht einflößenden Ausdruck verlieh. Dazu hatte sie das im Nacken gebundene Kopftuch tief ins Gesicht hineingezogen. Sie war nicht sehr groß und musste deshalb den Kopf etwas anheben, um dem Mädchen in die Augen sehen zu können.

„Helena, das bedeutet nichts Gutes, dass du kommst. Deine Mutter?"

Helena senkte ihr Haupt und nickte. Ihr langes, gewelltes, dunkelblondes Haar war zu zwei Zöpfen gebunden und hing über den schmalen Schultern der etwa Siebzehnjährigen. Ihr schlanker, hochgewachsener Körper steckte in einem groben, braunen Leinenkleid, das nur knapp die nackten Knie bedeckte. Der Saum war schon zweimal ausgelassen worden, was an der Falte zu sehen war. Trotzdem war sie schon wieder dem Kleid entwachsen. Eine fadenscheinige, halbe Schürze bedeckte einen Teil des Kleides, das mit Bändern vorne geschlossen war.

In der rechten Hand hielt sie ein Päckchen, das sie nun langsam der Dorfhebamme hinstreckte und sie dabei bittend anschaute. Doch ehe sie etwas sagen konnte, entgegnete ihr Josepha rau: „Dein Vater weiß nicht, dass du zu mir gekommen bist, stimmt's?"

Helena öffnete erstaunt den Mund, diese Alte schien alles zu wissen, doch Josepha fuhr weiter: „Er ist nicht der Mann, der die Hebamme zweimal kommen lässt. Das Kind war gesund, wenn auch nur ein Mädchen, und die Geburt war ohne Probleme. Also, was ist passiert?"

„Mutter hat hohes Fieber."

„Krämpfe im Unterleib, oder sind es die Brüste?" Josepha wandte sich wieder seufzend ihrem Kochtopf zu, den sie plötzlich ruckartig vom Herd nahm und den Inhalt über eine, auf dem Tisch stehende, und mit einem Tuch abgedeckte Schüssel ausgoss.

„Sie kann Sophie nicht mehr an der rechten Seite anlegen,

die Brust ist rot, heiß und ganz dick geschwollen. Sie hat starke Schmerzen. Und manchmal fantasiert sie im Fieber."

„Gut! Dann ist es nicht so schlimm."

Helena wusste nicht was sie antworten sollte, was sollte gut daran sein? Hatte sie den Weg hierher umsonst gemacht? Dazu noch ohne das Wissen des Vaters, der ihr bestimmt eine Tracht Prügel verpassen wird, wenn er erfahren sollte, was sie hinter seinem Rücken trieb.

Verloren stand sie da, das Päckchen noch immer in der Hand und schaute Josepha zu, wie sie den leeren Topf auf den Steinboden neben dem Herd stellte und dann den Rest der im Tuch befindlichen Pflanzenteile ausdrückte, ehe sie die Rückstände in einen Abfallkübel schüttelte. Danach rieb sie ihre Hände an der Schürze trocken, legte einen Teller auf die eben gefüllte Schüssel und stellte das Ganze vor das winzige Fenster.

Dann endlich wandte sie sich Helena ganz zu.

„Ja, schau nicht so. Deine Mutter hat eine Brustentzündung. Hätte sie Bauchkrämpfe und Fieber, wäre es viel schlimmer. Gegen Kindbettfieber kann auch ich nicht viel ausrichten. Entweder die Frauen sind stark und schaffen es, oder sie schaffen es nicht."

Sie nahm dem Mädchen das Päckchen ab und wickelte es aus. Eine Scheibe Speck kam zum Vorschein. Sie hielt es Helena unter die Nase.

„Dein Vater weiß auch davon nichts, stimmt's?" Wieder nickte Helena verlegen. Josepha versorgte die Speckscheibe im Küchenschrank und zuckte die Schultern.

„Ich habe mir abgewöhnt bescheiden zu sein. Wenn's ich nicht nehme, versäuft er doch alles. Ihr Kinder habt dann sowieso nichts davon. Komm, ich gebe dir eine Medizin. Aber du musst aufpassen, dass die Kleinen nichts davon trinken. Es kann Kinder umbringen." Sie kramte im Küchenschrank bis ein Fläschchen mit einer trüben Flüssigkeit zum Vorschein kam. Sie füllte etwas davon in ein weiteres Glasfläschchen und hielt es Helena unter die Nase.

„Aber pass auf. Es ist das Konzentrat von Tollkirschen. Giftig, wie ich schon sagte. Du darfst deiner Mutter nur 2 bis 3 Tropfen in einem Glas Wasser geben. Morgens und abends. Dann mach ihr kühlende Umschläge, am besten mit Quark, auf die kranke Brust. Und sag ihr, sie muss Sophie an der betroffenen Seite anlegen und dabei mit dem Finger immer schön die Milch ausstreichen, damit das Kind sie trinken kann. Es gibt sonst einen Stau, der sich eitrig entzündet. Es wird sehr schmerzhaft sein, aber das macht nichts. Hörst du? Das kannst du dir doch merken, oder?"

„Ja, sicher." Helena nahm das Fläschchen und ließ es in ihre Schürze gleiten, wo sie die kostbare Medizin mit der Hand umklammert hielt.

„Danke Josepha. Vergelt's euch Gott." Erleichtert wandte sie sich zum Ausgang, sie war froh, dass sie endlich gehen konnte, diese Frau war ihr unheimlich. Sie konnte sie einfach nicht einschätzen.

„Sag deiner Mutter die besten Wünsche von mir."

Josepha hielt die Tür in der Hand und wieder legte sich dieser besorgte Blick auf ihr Gesicht, den Helena schon vorhin beim Eintreten glaubte gesehen zu haben. Ihre starren Augen schien durch sie hindurch zu schauen, gerade so als hielte sie Ausschau nach jemandem. Sie wand den Kopf dabei leicht nach rechts und dann leicht nach links.

Plötzlich packte sie Helena mit ihren Gichtfingern am Oberarm und zog sie zu sich herunter.

„Du hast niemanden gesehen auf dem Weg hierher?" Dabei legte sie ihre Stirn so sehr in Falten, dass die dichten Augenbrauen schon fast zusammenstießen und eine Linie bildeten.

„Nein." Helena, der das Herz fast wieder bis zum Hals klopfte, fasste Mut und fragte nach: „Wen soll ich gesehen haben? Erwartet ihr jemanden?"

„Du hast es noch nicht gehört? Ich habe mich schon gewundert, dass man dich hat rennen lassen. Aber offensichtlich weiß niemand, nicht einmal deine Mutter, dass du bei mir bist. Und dass sie da sind."

Ihre Augen funkelten schon fast bedrohlich, mit ihren knorrigen Händen zog sie das Mädchen noch näher zu sich als könnte jemand mithören, ihre Stimme senkte sich zu einem Flüsterton:

„Pass auf, die Soldaten sind wieder hier."

Sie machte dabei eine plötzliche ausschweifende Handbewegung und wirbelte im Kreis, dass Helena erschrocken zurückfuhr. Eine so schnelle Bewegung hätte sie der Alten nicht zugetraut.

„Draußen, überall in den Wäldern treiben sie sich rum, die Franzosen. Sie bringen Elend und Not. Glaub mir. Sie werden kommen und uns ausrauben. Sie werden die Häuser und Höfe niederbrennen und deinesgleichen." Sie tippte mit ihrem Zeigefinger auf Helenas Brustbein, dass es ihr schmerzte, „deinesgleichen werden sie zur Belustigung auf den Dorfplätzen schänden."

Ein kalter Schauer rannte Helena über den Rücken.

Sie wusste nicht vor wem sie mehr Angst haben sollte, vor den angeblich in den Wäldern lauernden Soldaten, oder vor dieser Alten, die offensichtlich nicht mehr ganz richtig im Kopf war. Weit und breit waren schon lange keine Feinde mehr gesehen worden. Das wüsste Helena, denn solche Nachrichten verbreiteten sich wie ein Lauffeuer. Woher also wollte die Alte wissen was bevorstand?

Die Augen der Alten durchbohrten sie regelrecht und Helena hatte nur noch den Wunsch, so schnell wie möglich von hier weg zu kommen. Sie stolperte einige Schritte rückwärts, dann drehte sie sich um und ergriff die Flucht.

„Nicht über den Waldweg, Kind! Meide die Wege, lauf durchs Unterholz! Dort bist du sicherer und beeil dich. Sie sind in der Nähe! Ich habe es heute Nacht geträumt!", schrie sie unter der geöffneten Tür hinter ihr her.

Helena stockte und blickte sich nochmals um, hatte sie richtig gehört? Die Alte hatte das nur geträumt? Helena lief es abermals kalt den Rücken runter. Hatte diese Hexe wirklich seherische Fähigkeiten, oder war sie verrückt?

Doch die Tür war schon wieder zu und das alte, windschiefe Häuschen lag friedlich, als wäre nichts gewesen, auf der kleinen Waldlichtung.

Die Hitze des Sommertages schien sich aufzustauen, kein Lüftchen wehte, nicht einmal die Vögel in den Bäumen zwitscherten mehr. Es schien, als liege mit einem Male eine unheimliche Stille über dem Hochtal. Langsam drehte sich Helena im Kreis und fühlte sich, als beobachteten sie tausend fremde Augenpaare aus den Wäldern.

Vielleicht hatte Josepha Recht? Vielleicht lagen sie wieder in den Wäldern, die Franzosen. Es wäre nicht das erste Mal, dass Truppen durch die abgelegenen Siedlungen streiften, auf der Suche nach Lebensmitteln, bei ihrem Kriegszug gegen Osten. Nur wenige Täler von hier verlief die Grenze Vorderösterreichs, der sogenannten Schwanzfeder des Kaiserreichs. Das war auch der Grund, warum der abgelegene Schwarzwald in der Vergangenheit immer wieder Kriegsschauplatz wurde.

Seit der Kriegserklärung Frankreichs gegen die Österreicher und Preußen am 20. April 1792, also vor etwas mehr als vier Jahren, herrschte Aufruhr im ganzen Breisgau. Vor einem Jahr erst wurden die Klosterfrauen aus Friedenweiler zu ihrer Sicherheit unter den fürstenbergischen Schutz gestellt und in einem Schlösschen zu Hausen vor Wald in Sicherheit gebracht. Das Kloster diente als kaiserliches Lazarett. Im Moment stand das Kloster wieder leer, denn auch die kaiserlichen Soldaten waren abgezogen und seit mehreren Monaten herrschte Ruhe auf dem Wald. Doch wie lange?

Vielleicht hatte die alte Hebamme wirklich das zweite Gesicht, wie manche im Dorf behaupteten. Vielleicht konnte sie tatsächlich sehen was bevor stand? Schon wieder stellten sich Helenas Nackenhaare bei dem Gedanken an die Prophezeiung, die sie eben gehört hatte.

Ein ungutes Gefühl in ihr warnte sie. Angst ergriff sie und sie rannte los. Im Nu hatte sie den Waldsaum erreicht und huschte mit ihren bloßen Füßen über knackendes Unterholz und zwischen Büschen und kleinen Tannenbäumen durch. Der ganze Wald schien unheimlich und bedrohlich und als sie zum Himmel blickte, sah sie geballte, schwarze Gewitterwolken über den Baumwipfeln. Sie hielt kurz inne, um zu lauschen, aber außer ihrem pochenden Herzen konnte sie nichts hören, gar nichts. Kein Summen von Insekten, keine Vögel, nur unheimliche Stille.

Sie griff in die Schürzentasche und ertastete das Fläschchen, sie durfte es auf keinen Fall verlieren, darum nahm sie es heraus und umklammerte es bevor sie weiterrannte.

Ein Blitz zuckte plötzlich über ihren Kopf hinweg und fast im selben Moment grollte der Donner. Wie auf ein himmlisches Kommando setzte nun auch der Regen ein, erst wenige, dicke Tropfen, dann prasselte innerhalb von Sekunden eine breite Regenfront von Westen hernieder. Der Waldpfad verwandelte sich in eine einzige Schlammpfütze. Die Haare klebten ihr am Kopf und im Gesicht. Das Kleid war im Nu durchweicht und haftete ebenfalls, jetzt schwer wie ein Sack, an ihrem zierlichen Körper.

Fast hatte sie es geschafft, nur noch wenige Schritte und sie würde den Wald hinter sich lassen und die ersten Häuser Rudenbergs sehen. Fast. Denn irgendetwas ließ sie plötzlich stokken.

Ein Geräusch, ein Rascheln in den Blättern um sie herum. Helena wagte nicht zu atmen. Sie lauschte abermals angestrengt, nichts, es war wieder ruhig. Sie setzte, darauf bedacht keine Geräusche zu machen, vorsichtig einen Fuß vor den anderen, denn sie beschlich plötzlich das Gefühl nicht mehr alleine in diesen Büschen zu sein. Ihre wasserblauen Augen suchten gehetzt zwischen den Blättern nach irgendwelchen Anzeichen von Soldaten.

Da sprang plötzlich ein großes Tier, größer als eine Hirschkuh, wenige Meter vor ihr durch das Gebüsch und verschwand zwischen den Tannen. Sie hatte nur einen Teil des hinteren Rükkens gesehen, braunes Fell.

Ein Pferd, schoss es ihr durch den Kopf, während ihr Herz raste und ihr Atem schneller ging, ein Pferd der Franzosen! Sie waren hier, sie waren wirklich hier! Die Alte hatte doch Recht. Panik erfasste sie, da fiel ihr Blick auf einen Holzstapel am Rande des Weges. Ohne weiter nachzudenken hielt sie darauf zu und verschanzte sich schließlich dahinter.

Ein folgenschwerer Fehler. Denn sie wurde schon erwartet. Ehe sie sich dessen bewusst war, ergriffen zwei Männerhände ihre Gurgel und zerrten sie ins Gebüsch.

Helena spürte den heißen Atem in ihrem Nacken, der keuchend und stoßweise ging, sie versuchte sich loszureißen, um ihren Gegner zu erblicken. Aber sie konnte sich seinem eisernem Griff nicht widersetzen. Mit der einen Hand hielt er ihr Kinn nach hinten gedrückt, mit der anderen schob er ihren Rock nach oben. Er zerrte sie immer weiter rückwärts, bis sie stolperte und zu Boden fiel. Sie schlug mit dem Kopf hart auf. Wie ein schwarzes Tuch breitete sich die Dunkelheit über sie. Sie spürte noch den brennenden Schmerz als er in sie eindrang, dann verlor sie das Bewusstsein, ohne ihren Peiniger zu Gesicht bekommen zu haben.

*

Gleich dem Knurren eines beleidigten Hundes verzog sich das Gewitter ostwärts über die unendlichen Wald- und Sumpfgebiete des Klosters. Der Regen hatte, so plötzlich wie er gekommen war, nachgelassen und schon tanzten die ersten Sonnenstrahlen wieder auf den Wasserperlen der nassen Gräser und Sträucher.

Antonius erhob sich hinter der Nische der Schillingskapelle, die hier auf dem höchsten Punkt zwischen den Orten Friedenweiler und Rudenberg stand, wo er Schutz gesucht hatte und schüttelte seine regennasse Joppe aus. Er war trotzdem triefend nass geworden, denn er hatte seinen Schirm, eigentlich der ständige Begleiter eines Uhrenträgers, im Schafhof vergessen. Doch schnell war der Ärger über seine Gedankenlosigkeit vergessen als er in seine Tasche griff und das Ledersäckchen spürte. Es war noch da, und es fühlte sich gut an, wenn er die Münzen darin durch seine Finger gleiten ließ. Fünfzig Gulden, der Lohn der letzten Monate, sein erstes, richtig verdientes Geld. Seine Eltern und Geschwister werden Augen machen, wenn er nachher zu Hause das Geld auf den Tisch zählt. Sicherlich hatten sie noch nie so viel Geld auf einmal gesehen.

Genauso musste sich Mathias Faller vor vielen Jahren gefühlt haben, als er, ein reicher Mann geworden, in seidener, türkischer Tracht in seiner Heimat erschienen war. Die eigenen Leute hatten ihn nach all den Jahren nicht wieder erkannt und waren schreiend vor Angst davongerannt. Antonius selbst war damals noch ein kleiner Junge, aber er kannte die Geschichten von Kindesbeinen an. Immer wieder und wieder musste sein Großvater die Geschichte von dem Muselmanen erzählen, der einst mit seinen selbstgebauten Uhren in die Welt hinausgezogen war, um sein Glück zu suchen.

Von klein auf war sein Ziel klar, er wollte in die Fußstapfen jenes mutigen Mannes treten, der sich nicht scheute beim Großsultan zu Konstantinopel persönlich am Palast anzuklopfen und seine Uhrwerke vorzustellen. Ja, Antonius wollte schon immer seinem Idol nacheifern und in die Welt ziehen. Er hatte es geschafft Fidelis, einer der Brüder des berüchtigten Mathias Faller, davon zu überzeugen, dass er der richtige Mann war das Händlerhandwerk zu erlernen. Und nun war er von seiner ersten Tour zurück mit einem beträchtlichen Gewinn, dafür, dass es sein erstes Jahr als Uhrenknecht war. Denn drei Jahre musste man sich bewähren ehe man als vollwertiges Mitglied in die Kompanie aufgenommen wurde. Aber nicht der Gewinn alleine zählte, nein, er freute sich schon darauf den Anderen von seinen Erlebnissen und Eindrücken zu berichten. Man wird ihn bestaunen und auch beneiden, denn was erlebte man schon hier in der Einsamkeit des Waldes. Da war schon die Geburt eines Kalbes eine Sensation.

Frohen Mutes schlenderte er nun durch das letzte Waldstück. Gleich würde er, auf einer Anhöhe gelegen, den Schlegelhof, einer der großen Erbpachthöfe des Klosters, erblicken. Und daneben, etwas kleiner und bescheidener, den Hof seines Vaters Josef Burger, den Andresenhof, ebenfalls ein Erbpachthof des Klosters.

Man würde ihn hoffentlich von weitem schon erkennen, denn er trug nun auch die traditionelle Uhrenhändlertracht. Die leuchtend rote Weste über dem Tuchkittel, die Lederkniebundhose, darunter die gestrickten Schafwollstrümpfe, die ihm seine Mutter noch vor der Abreise geschenkt hatte, seine genagelten Wanderstiefel aus schwarzgefärbtem Leder und auf dem Kopf den runden, schwarzen Hut und natürlich ein Halstuch. Nur eben der Schirm fehlte, aber deswegen wollte er jetzt nicht mehr umkehren, Fidelis würde ihn sicherlich gut verwahren.

Er kam gerade an einem Holzstapel vorbei als er glaubte etwas zu hören. Unwillkürlich griff er an seinen Lederbeutel in der Westentasche und blieb stehen, um zu lauschen. Auf seiner Reise hatte er gelernt, sich vor Landstreichern und Taschendieben in Acht zu nehmen.

Da war es wieder, es hörte sich an wie ein leises Wimmern. Sein Blick fiel neben den Holzstapel als er erschrocken zusammenzuckte. Eine Hand schaute hinter dem Gebüsch hervor. Lag hier ein Toter? Nein, Tote stöhnen nicht. Verstohlen schaute er sich um, niemand war zu sehen. Das Gewimmer musste von dieser Person kommen. Also wagte er sich vorsichtig, denn es konnte auch eine Falle sein, um die Ecke.

Bei dem Anblick des halbnackten Mädchens, das offenbar nicht ganz bei Bewusstsein war, bekreuzigte er sich. Dann kniete er sich neben sie, deckte vor Scham ihren Rock über die bloßen Schenkel bevor er ihren Kopf anhob. Dabei verzog sie schmerzhaft ihr Gesicht.

Antonius Finger fühlten sich warm und feucht an, er hatte in eine blutende Platzwunde am Hinterkopf des Mädchens gefasst.

Direkt neben ihr lag ein größerer Feldstein. Sie musste unglücklich gestürzt sein, aber so wie sie hier lag, deutete es eher auf einen Überfall, eine Schändung hin. Oder wurde sie gar mit dem Stein erschlagen?

Er blickte sich um, neben ihr lag ein kleines, verschlossenes Fläschchen mit einer Flüssigkeit. Antonius drehte es in seinen Fingern, konnte sich aber keinen Reim darauf machen. Er zog den Stöpsel und roch daran. Ein stechender Geruch nach Hochprozentigem ließ ihn schnell wieder den Verschluss darauf stekken. Es musste eine Art Medizin sein. Er legte es wieder hin, denn jetzt entdeckte er, dass sie in einer Hand krampfhaft etwas festhielt. Er öffnete ihre Finger, ein Holzknopf kam zum Vorschein. Ein ganz gewöhnlicher Holzknopf wie ihn jeder hier trug. Antonius wendete ihn in seiner Hand, was wollte sie mit diesem Knopf? Er konnte nicht von ihr stammen, denn ihr Kleid war mit Bändern verschlossen.

Im selben Moment kam Leben in sie, sie stöhnte und murmelte unverständliche Worte. Antonius steckte den Knopf in seine Westentasche.

Kurz überlegte er ob er weglaufen sollte, der Verdacht würde sicher auf ihn fallen. Einem Uhrenhändler gegenüber war man schnell misstrauisch. Andererseits würde man von der Sache sowieso erfahren und sich erinnern, dass auch er diesen Weg genommen hatte. Also beschloss er dem Mädchen zu helfen. Sie konnte sicher sagen, was vorgefallen war.

Vorsichtig strich er ihr verklebtes Haar aus dem Gesicht, da erkannte er sie, es war Helena, Helena Kirner aus seiner Nachbarschaft. Ihre Eltern umtrieben eine kleine Selbstversorgerlandwirtschaft, der alte Kirner, Julius ihr Vater, ein Säufer, hatte eine Schreinerwerkstatt, die eher schlecht als recht lief. Arme Leute mit vielen Kindern, bestimmt sieben oder gar acht. Es kam fast jährlich eins dazu, dabei verlor man leicht den Überblick als Außenstehender.

„Hallo! Helena? Komm schon, mach die Augen auf!" Er klatschte ihr vorsichtig auf die Wangen. Sie stöhnte wieder auf.

„Hörst du mich? Komm, hol mal tief Luft und versuche die Augen zu öffnen!"

Langsam hoben sich ihre Augenlider und sie blickte in ein braungebranntes Gesicht, umrahmt von regennassen, dunklen Locken. Auch seine Augen waren unergründlich dunkel. Sein ganzes Gesicht eher schemenhaft, aber seine Lippen bewegten sich, wenn sie auch nicht verstand was sie sagten.

Helena fühlte sich seltsam leicht und getragen und dieses schöne Gesicht, so kam es ihr in den Sinn, sie konnte nur im Himmel sein. Jetzt fiel es ihr auch ein, es war das Gesicht des Erzengels Gabriel, der in der Klosterkirche die Wand zur Kapelle zierte!

„Du bist es, der Erzengel Gabriel! Ich bin im Himmel, oder?"

Antonius musste lachen: „Das hat jetzt noch keine von mir behauptet. Und den Himmel kann ich dir leider auch nicht bieten."

„Aber, wenn nicht Gabriel, wer dann?"

„Erkennst du mich nicht? Du bist ganz schön weit weggetreten gewesen. Komm, versuch dich aufzusetzen. Wir sind im Wald, oben auf dem Schilling. Versuche dich zu erinnern was passiert ist!"

Helena rappelte sich mit Antonius Hilfe in Sitzposition und lehnte mit dem Oberkörper an den Stapel.

Mit einemmal kam die Erinnerung, gewaltig, als hätte man sie von einer Wolke gestoßen und auf die harte Erde fallen lassen. Ihr Kopf pochte als wolle er die Schädeldecke sprengen, ihre Glieder schmerzten bei jeder Bewegung als würden sie zerreißen, ihr Unterleib, alles tat weh.

Langsam wusste sie auch wieder was ihr zugestoßen war.

Josepha, die Soldaten, das Pferd! Was hatte dieser Uhrenhändler damit zu tun? Er kam ihr bekannt vor. Natürlich, es war Antonius Burger, er hatte sich verändert in der Fremde. Aus dem schlaksigen Jungen war ein stattlicher, gutaussehender Mann geworden.

„Was tust du hier? Was hast du gesehen? Das Pferd, die Soldaten? Wo sind sie?" Helena zog schamhaft ihren zu kurzen Rock über die Knie. Ihre Gedanken rasten, was hatte er mitbekommen? Wusste er von der Schande, die ihr zugestoßen war? Seit wann lag sie hier? Vorsichtig, mit einer Hand den dröhnenden Kopf stützend, tastete sie sich am Holzstapel hoch. Antonius griff ihr unter die Arme, aber sie schlug seine Hand weg: „Fass mich nicht an, hörst du?" Etwas ruhiger setzte sie hinzu: „Entschuldige, ich, ich bin noch so durcheinander."

„Schon gut. Ich wollte dir nicht zu nahe treten. Was meinst du mit dem Pferd und den Soldaten? Haben die Soldaten dich ...wie viele....?" Er stockte, weil er sah, dass sie ihre Augen vor Entsetzen weit aufriss. Er hätte sich ohrfeigen können.

Helena blickte beschämt zu Boden, dann nickte sie fast unmerklich, während ihr die Tränen über die Wangen kullerten.

„Ich habe niemanden gesehen", begann er zögernd und wagte nicht ihr in die Augen zu sehen. „Ich komme vom Schafhof. Wir haben abgerechnet und nun war ich auf dem Heimweg als das Gewitter mich überraschte. Ich habe mich oben hinter der Kapelle untergestellt." Antonius deutete zur Kapelle, die man von hier aus sehen konnte.

Helenas Schultern bebten, sie schien am ganzen Leib zu zittern. Elend, wie ein geschlagener Hund, stand sie da, sich noch immer am Holzstapel haltend, klatschnass und voll brauner Erde.

Endlich blickte sie auf: „Antonius, dann warst du ja ganz in der Nähe? Dann musst du doch Soldaten gesehen haben!"

Antonius schüttelte den Kopf. „Nein, tut mir Leid. Ich habe überhaupt niemanden gesehen. Konntest du denn Soldaten erkennen?"

„Ich habe auch niemanden gesehen, er ... er hat mich von hinten zu Boden geworfen. Dann habe ich das Bewusstsein verloren. Ich weiß nichts. Nur das Pferd, ich habe es von hinten gesehen, durch die Büsche ist es verschwunden.“ Sie deutete in die Richtung, wo sie das Tier gesehen hatte, dann blickte sie wieder beschämt zu Boden, ehe sie geräuschvoll die Nase hochzog und mit dem Ärmel über das Gesicht wischte.

„Wie kommst du dann darauf, dass Soldaten hier waren? Ich habe noch nichts davon gehört, es kann genauso gut jemand anderer hier gewesen sein.“ Als von Helena keine Reaktion kam, fügte er hinzu: „Aber ich bin auch erst heute angekommen.“

Sie blickte ihm plötzlich fest und gefasst in die Augen, dann erzählte sie ihm stockend von ihrem seltsamen Erlebnis bei der Hebamme. Antonius hörte sich die mysteriöse Geschichte an, er hatte auch schon von den unheimlichen Fähigkeiten der Hebamme gehört.

„Eine Art Prophezeiung also,“ er biss sich auf die Unterlippe, „bist du sicher, dass die Alte nicht manchmal, na ja, etwas zusammenspinnt?“

Helena zuckte matt die Schulter.

„Komm, wie dem auch sei. Wir sollten schauen, dass wir schleunigst hier verschwinden. Dieser Wald hat heute etwas Unheimliches an sich. Außerdem holst du dir den Tod, wenn du nicht aus deinen nassen Sachen kommst. Du zitterst wie Espenlaub.“

Antonius reichte ihr die Hand. Nur zögernd ging sie auf ihn zu. Er deutete auf den Boden: „Vergiss deine Medizin nicht. Es ist doch Medizin, oder?“

Helena nickte.

Mit einem unterdrückten Stöhnen, denn ihr Kopf pochte, als würde er gleich platzen als sie sich bückte, nahm sie das Fläschchen auf.

„Komm, ich stütz dich“, bot sich Antonius an, doch sie lehnte dankend ab.

„Man kann uns sehen, wenn wir aus dem Wald kommen. Niemand darf etwas erfahren." Sie blieb dicht vor ihm stehen und blickte ängstlich zu Antonius auf: „Du darfst es keinem sagen, hörst du? Versprich mir das. Vater schlägt mich tot, wenn er weiß was passiert ist."

Antonius war erleichtert. So kam er wenigstens nicht in Verdacht.

„Entschuldige, aber so wie du aussiehst, wird er dich wohl fragen was passiert ist."

„Vielleicht ist er noch gar nicht zu Hause. Er war draußen im ‚Buchen' als ich weg bin." Sie deutete Richtung Neustadt, dort wo eine Gaststätte zwischen den Orten Rudenberg und dem Städtchen zur Stärkung einlädt.

„Trotzdem, du blutest, lass uns runter an den Bach gehen. Du musst deine Wunde auswaschen."

Helena tastete vorsichtig an ihren Hinterkopf, vor lauter Aufregung hatte sie die Platzwunde noch nicht wahrgenommen.

Schweigend setzten sie sich schließlich in Bewegung. Sie ließen den Wald hinter sich und gingen rechts vom Weg ab, um in der Talsohle an das Bächlein zu gelangen. Helena kullerten nach wie vor Tränen über das Gesicht, die sie immer wieder tapfer und schweigend mit dem Ärmel abwischte. Langsam hörte sie auf zu zittern und zu schluchzen.

Antonius überlegte noch immer krampfhaft, ob ihm nichts aufgefallen war. Aber er konnte sich an nichts erinnern, nicht einmal Hufspuren hatte er gesehen, die sich sonst im weichen Untergrund abdrückten.

Endlich kamen sie an das plätschernde Bächlein, das sich gurgelnd um die Steine wand und sich einen Weg ins Tal suchte. Helena stellte sich mit beiden Füßen in das kühle Nass und begann sich Gesicht und Arme abzuwaschen. Als sie spürte wie etwas Warmes zwischen ihren Beinen herunter lief, zog sich in ihrer Magengegend vor Ekel und Scham alles zusammen und sie musste sich im hohen Bogen übergeben.

Antonius, der sich ins Gras gesetzt hatte, sprang erschrocken auf. „Kann ich dir helfen?"

Helena schüttelte nur den Kopf und setzte sich weinend an den Rand des Grabens.

Hilflos stand er einen Augenblick daneben, dann fasste er Mut.

„So wird das nie etwas. Ich wasche dir die Wunde aus. Beug dich nach vorne." Ohne auf ihren schwachen Protest zu achten, formte er seine Hände zu einer Schale und goss kaltes, klares Wasser über ihre Wunde am Hinterkopf. Dann reinigte er ihr das Kleid, das an ihrem Rücken Blutspuren aufwies. Die Wunde hörte wegen des kalten Wassers gleich auf zu bluten und Antonius drückte ihr ein Taschentuch darauf, dann deckte er Helenas Haare darüber.

„Halt noch kurz." Aufmunternd blickte er sie an. „So komm, jetzt bist du nur noch nass, aber das bin ich auch. Das war vom Regen." Sie lächelte das erste Mal.

„Ich dank dir Antonius. Ich bin froh dass du mir geholfen hast. Es bleibt unter uns, ja?"

„Versprochen." Er reichte ihr die Hand und zögernd gab sie ihm ihre. Für einen kurzen Moment blieben sie so stehen und Antonius blickte fasziniert in ihre wasserblauen Augen. Die Furcht, die er vorhin noch darin gesehen hatte, schien langsam zu weichen. Sie vertraute ihm.

*

Unruhig wälzte sich Helena in dieser Nacht im Bett umher. Ihr Kopf schmerzte und hämmerte. Und als sie endlich eindöste, erschienen schreckliche Gestalten auf übergroßen Pferden, verfolgten sie und schlugen ihr den Kopf ein, ehe sie sie in ihre schwarzen Gewänder packten und mitschleppten.

Im letzten Moment konnte sich Helena befreien und schreckte hoch. Ihr Nachthemd war nassgeschwitzt, sie zitterte noch am ganzen Leib.

Die kühle Nachtluft wehte vom Fenster herein und der Mond warf seinen Schein auf den Bretterboden der Mädchenkammer. „Alles ist gut. Es war nur ein Traum“, redete sie sich ein. Die vertraute Umgebung ließ ihren Pulsschlag etwas verlangsamen.

„Gib endlich Ruhe! Ich kann nicht schlafen, wenn du so ein Geschrei veranstaltest!“ Hannah, ihre jüngere Schwester, mit der sie das Bett teilte, keifte sie entnervt an. Helena war sich gar nicht bewusst, dass sie geschrieen hatte.

„Entschuldige, ich habe schlecht geträumt.“ Helena schwang ihre Beine aus dem Bett und schlug das Deckbett zurück. „Ich brauche etwas frische Luft!“

„Müssen ja heiße Träume sein! Was war es denn? Die Tracht Prügel vom Vater, weil du den Speck aus dem Vorratskästchen gestohlen hast, oder gar der Uhrenträger?“

„Ach, lass mich doch in Ruhe.“ Helena verspürte absolut keine Lust mit ihrer Schwester über das Ereignis vom vergangenen Tage zu streiten. Sie wollte alles nur so schnell wie möglich vergessen.

Diese Schmach und Schande, die ihr im Wald widerfahren war. Die Prophezeiung dieser unheimlichen Hexe und dann auch noch die Schläge ihres Vaters wegen der gestohlenen Scheibe Speck. Und das alles nur, weil sie es gut gemeint hatte, sich um ihre Mutter sorgte, wenn es sonst keiner tat. Nicht einmal die alte Anna, die, weil sie sonst niemanden hatte, ihnen für Kost und Logie im Haushalt half, hätte gewagt, gegen den Willen des Hausherrn Hilfe zu holen. Lieber wäre sie betend neben dem Bett sitzen geblieben und hätte gewartet bis Leopoldine gestorben wäre.

Helena tat, wie ihr die Hebamme geheißen hatte und hoffte, dass das Fieber bald nachlassen würde. Jedenfalls war Mutter ruhiger eingeschlafen und die Brust war nicht mehr so hart.

Umso mehr pochte nun Helenas Kopf. Sie stand auf und ging zum Fenster, wo sie die kühle Nachtluft einatmete.

Sie musste an ihre Rückkehr und den Empfang durch ihren Vater denken und sofort deutete ein vermehrter Speichelfluss eine neue Welle der Übelkeit an.

Als ob er auf sie gewartet hätte, stand er breitbeinig in der Stalltüre als sie mit Antonius aus dem Wald kam, und empfing die Beiden wie Schwerverbrecher. Die Arme in die Hüften gestemmt, sein graues struppiges Haar vom Kopf abstehend, wie ein Koloss, denn er war von starkem Körperbau, wenn auch nicht sehr groß, füllte er den Türrahmen und wartete. Das Glänzen in seinen grauen Augen und die roten Ringe darum ließen Helena auf das Schlimmste gefasst sein. Er hatte wieder getrunken. Sein pockennarbiges Gesicht mit dem breiten Nasenbein, dessen Flügel verräterisch bebten, verzog sich zu einem künstlichen Lächeln.

„Da sieh an, sieh an, das Fräulein Tochter kommt auch schon heim. Und wen haben wir denn da dabei? Ein Uhrenhändler wie er im Buche steht. Kaum aus der Fremde zurück, rennen ihnen die Weiber wie läufige Hündinnen nach." Er holte unversehens aus und schlug ihr mit dem Handrücken ins Gesicht, dass sie taumelte. Antonius sprang vor und hielt ihm die Hand fest.

„Das macht ihr nicht nochmal, Kirner."

„So? Das werden wir ja sehn! Ich mache mit meiner Tochter was ich will. Und wenn sie Schläge verdient, bekommst sie sie auch, verstanden?" Für Bruchteile von Sekunden standen sie sich gegenüber wie zwei Kampfhähne, da schob sich Helena vor Antonius und hielt die Hände zur Abwehr hoch.

„Nicht, nicht schlagen Vater. Es ist meine Schuld", begann sie zu stottern, da zog Antonius sie beiseite. „Nein, ich war es, der sie aufgelesen hat oben im Wald, ich habe sie zufällig getroffen. Wir haben Schutz gesucht vor dem Gewitter. Bei der Kapelle."

„Bei der Kapelle", wiederholte Julius gedehnt und nickte, ohne Antonius aus den Augen zu lassen, mit dem Kopf. „Bei der Kapelle, da hast du dir aber einen heiligen Ort ausgesucht." Jetzt wandte er sich wieder an seine Tochter. „Du kleine Schlampe. Du Diebin! Glaubst ich habe nicht bemerkt, dass du gestohlen hast? Treibst dich ohne Erlaubnis im Nachbarort herum? Lässt den Jungen allein auf der Viehweide, wenn ein Gewitter aufkommt? Die Viecher sind ihm ausgebrochen!“ Er nickte mit dem Kopf zu Simon, der sich in der Stallecke herumdrückte, offensichtlich hatte auch er schon Prügel bezogen.

„Aber, Mutter ...“ wagte sie zu widersprechen.

„Mutter, Mutter!“ äffte er sie nach. „Weiberkram. Die wird schon wieder werden, sie hat schon genug Kinder bekommen. Sie ist zäh.“ Er zog sie an ihren Zöpfen nah an sich heran, so dass sie den Schnaps riechen konnte. „Sofort ins Haus mit dir und zur Strafe gibt es kein Abendessen.“ Er stieß sie von sich und hob drohend seinen Zeigefinger gegen Antonius: „Und eines sage ich dir, du Wanderbursche, dahergelaufener Zigeuner, wenn ich dich noch einmal in der Nähe meiner Tochter sehe, bring ich dich um.“

Helena klammerte sich am Fensterbrett fest. Im hohen Bogen musste sie sich durch den geöffneten Flügel übergeben. Sie spürte wie der kalte Schweiß aus allen Poren drückte, fühlte sich elend und schwach. Schwer atmend, denn es würgte sie noch immer, setzte sie sich auf die Holztruhe unter dem Fenster und verharrte eine Weile. Sie zitterte vor Kälte und Wut.

Leises Schnarchen vom Bett her riss sie aus den Gedanken. Hannah war schon wieder eingeschlafen. Helenas Übelkeit ließ schließlich nach und ihre kalten Füße erinnerten sie an ihr warmes Bett, wo Hannah die Decke fast ganz über den Kopf gezogen hatte. Im Bett an der Wand gegenüber schliefen ihre jüngeren Schwestern Marie und Theres tief und fest. Helenas Kopf pochte nach wie vor, der Schmerz hatte sich sogar bis zur Stirn vorgearbeitet, es war kühl im Raum, und so beschloss sie, ehe sie sich wieder ins warme Bett legte, das Fenster zu schließen.

Ihr Blick fiel auf den funkelnden Sternenhimmel. Von Osten her wurde der Horizont schon heller und der Morgenstern leuchtete über dem schwarz abgegrenzten Wald. Nicht mehr lange und der Tag würde erwachen.

Plötzlich glaubte sie, den Fenstergriff schon in der Hand, Stimmengewirr von weit her zu hören. Sie kniff ihre Augen zusammen und suchte in der Dunkelheit nach deren Herkunft. Systematisch wanderte ihr Blick über die abgeholzten Waldgebiete, Felder und Matten, bis sie glaubte winzige Lichtpunkte im südwestlichen Talausgang, dem Lochenbach, ausmachen zu können. Gebannt starrte sie zu dem kleinen Weiher, der sich dort befand. Kein Zweifel, es brannten Feuer, ihr Schein war jetzt deutlich zu erkennen und die Lichter spiegelten sich auf der Oberfläche des Wassers. Es sah aus wie ein nächtliches Lager, ein ziemlich großes dazu, soweit sie es von hier aus erkennen konnte. Außer einem Müller lebte dort unten aber niemand.

Wer, außer einem feindlichen Heer, würde mitten in der Nacht ein Lager aufschlagen?

Die schrille Stimme der Hebamme hallte wieder in ihrem Kopf und ihre Prophezeiung, dass die Soldaten plündern, brandschatzen und schänden würden.

Helena zog den Kopf zurück und fuhr sich mit beiden Händen durch das wirre Haar, sie spürte wie ihre Knie zu zittern begannen. Die Panik kroch in ihr hoch und schien ihr die Kehle zuzuschnüren. Nochmals blickte sie aus dem Fenster, kein Zweifel, da unten tat sich etwas. Sie musste reagieren! Sie wusste was bevorstand und sie hatte beileibe kein Verlangen mehr danach.

„Hannah! Wach auf! Die Soldaten kommen! Komm, sieh es dir an!“

„Was? Bist du jetzt ganz übergeschnappt? Lass mich los!“ Helena zerrte ihre Schwester unter Protest aus dem Bett, die schließlich nachgab und schlaftrunken ans Fenster trottete.

„Oh, verdammt! Du hast Recht. Da brennen Feuer, du musst Vater wecken!“

Polternd rannte Helena die Treppenstufen hinunter, der Ärger vom Vortag stand jetzt hinten an, und stürzte in die Stube, dort wo ihr Vater auf der Ofenbank schlief, denn er legte sich grundsätzlich nicht neben eine Wöchnerin.

„Vater, Vater wacht auf! Die Franzosen kommen! Sie lagern unten im Lochenbach!“ Helena schüttelte ihren Vater, der brummend um sich blickte, als müsse er sich erst orientieren.

„Was? Wer ist da?“

Sein graues, struppiges Haar stand, wie meist, vom Kopf ab.

„Soldaten! Unten im Lochenbach!“ Helena rannte ans Stubenfenster und riss es auf. „Da seht! Es brennen Lagerfeuer!“

Julius schlürfte missmutig und verschlafen ans Fenster und blickte in die Richtung, die Helena ihm deutete. Plötzlich kam Leben in ihn. Ohne ein Wort zu sagen streifte er seine Hose über und stürzte aus dem Raum, Helena hinterher: „Vater?“

Er blickte kurz zu ihr um: „Zieht euch an, ich schau nach.“

Hannah stand nun auch in der Tür. „Und? Was meint er?“

„Er geht nachschauen. Komm wir richten uns, wir müssen uns in Sicherheit bringen.“

Hastig streiften die Beiden ihre Kleider über, ehe sie nach draußen liefen, ihrem Vater entgegen, der schon keuchend und mit hochrotem Kopf die Matte hochgerannt kam.

„Schnell, schnell, Helena weck die Kinder, Hannah du hilfst mir packen. Ihr müsst weg, das Vieh in Sicherheit bringen. Es sind Hunderte, ein ganzes Heer. Sie müssen heute nacht ihr Lager aufgeschlagen haben. Es wird nicht lange dauern bis sie ausströmen und alles mitnehmen was nicht niet- und nagelfest ist.“

Helena stürmte in die Bubenschlafkammer und weckte Johann und die Kleinen, dann eilte sie rüber in die Mädchenkammer und holte die Schwestern aus dem Bett.

„Was ist los? Warum müssen wir aufstehen?“ Marie, die zehnjährige, spürte gleich, dass etwas nicht in Ordnung war.

„Weil die Franzosen kommen.“

„Was machen die?“ Theres zog wieder die Decke über den Kopf, sie sah keinen Grund zu dieser Zeit das Bett zu verlassen.

„Sie kommen und stehlen uns alles.“

„Warum?“ Ihr brauner Lockenkopf kam wieder zum Vorschein.

Helena schnappte die Dreijährige, ohne auf weitere Diskussionen einzugehen und schwang sie über ihre Hüfte. „Darum. Weil Krieg ist.“

Polternd stürmte sie mit den verwirrten Kindern die Stufen hinunter und rannte in die Küche, wo Hannah schon auf dem erkalteten Herd stand und mit Julius die fast zentnerschwere Speckseite vom Rauch abhängte. Nahrung für mehrere Monate. Sie schleppten sie auf den Heustock und versteckten sie unter dem Heu, während Johann und die beiden Buben die Tiere aus dem Stall führten.

Helena füllte in Windeseile die Schlitzsäcke, die man als Umhängetaschen benutzte, mit den nötigsten Lebensmitteln, die ihr gerade in die Hände fielen.

„Und Mutter?“ Sie blickte fragend zu ihrem Vater als dieser wieder vom Heustock kam.

„Sie, Anna und das Kind bleiben hier bei mir. Einer Wöchnerin werden sie schon nichts tun. Los verschwindet.“

Ein erbärmlicher Haufen Kinder mit drei Ziegen, einer Kuh samt Kalb und fünf Schafen, stahl sich kurz darauf in der weichenden Dunkelheit in nördlicher Richtung aus dem Ort. Ihr Ziel war die Köhlerhütte tief im wildwuchernden Gestrüpp Richtung Reichenbach. Dort sollten sie warten bis die Gefahr vorüber war.

*

Wie aus tiefer Bewusstlosigkeit erwachte an diesem Morgen Josef Burger, der Andresenbauer und Vater von Antonius. Es war schon hell draußen. Er griff erschrocken in das Bett neben sich, doch es war bereits leer. Magdalena, sein Weib, war wohl schon aufgestanden. Mit einem Schwung stand er neben seinem Bett, noch schneller jedoch saß er wieder auf dem selbigen und hielt seinen Kopf. Heftiges Dröhnen und einen Anfall von Schwindel mahnten ihn zur Vorsicht. Einen solchen Brummschädel hatte er schon lange nicht mehr gehabt. Nebelhaft konnte er sich wieder an die letzte Nacht erinnern und an den Schnaps. Er schüttelte sich bei dem Gedanken daran.

Vorsichtig angelte er sich im Sitzen die Hose, die am Bettpfosten hing und stieg hinein. Ebenso langsam stand er nun wieder auf und fuhr sich mit den fleischigen Händen durch das dünne, graue Haar, das ihm immer wieder eigenwillig ins Gesicht fiel. Er war eher klein und von schmächtiger Statur, aber recht zäh und stolz, was sein stets aufrechter Gang bewies. Und er war ein Arbeitstier, was seine ungewöhnlich großen Hände im Vergleich zum Körperbau verrieten. Doch mit dem Alkohol war er nie gut Freund, er verabscheute die Trunksucht sogar, denn sie war die Wurzel allen Übels. So zumindest hatte er immer seinen Söhnen gepredigt. Bis auf gestern. Er konnte sich sein sündhaftes Verhalten selbst nicht erklären und ihm wurde übel bei dem Gedanken, dass er zusammen mit seinen erwachsenen Söhnen Antonius und Balthasar die ganze Flasche mit teurem Schnaps ausgetrunken hatte.

Sein Blick schweifte aus dem Fenster, die Sonne stand schon über den vereinzelten Tannenspitzen, oben auf der Anhöhe des Schillings. Um diese Zeit war er normalerweise längst mit der Stallarbeit fertig.

Seine Erinnerung reichte wieder zum gestrigen Abend, und sie gefiel ihm auf den zweiten Blick schon besser. Er schüttelte schließlich selbstgefällig den Kopf über seinen Ausrutscher, und ein zufriedenes Lächeln, eben der Stolz eines Vaters auf seinen Sohn, legte sich um seinen Mund. Antonius, der erste Uhrenhändler der Familie, war wieder zurück. Und er hatte gutes Geld mitgebracht. Die Anderen werden eines Tages bewundernd auf ihn, sein eigen Leib und Blut, schauen. Er wird es zu etwas bringen dieser Antonius, da war sich Josef sicher. Er hatte Glück mit seinen Söhnen, denn auch Balthasar entpuppte sich zu einem guten Bauern und Hoferben.

Er fuhr noch einmal durch sein Haar und stieg schließlich die Treppe von der Schlafkammer hinunter. Das Klappern von Geschirr in der Küche ließ ihn kurz innehalten und es sich anders überlegen. Er wollte lieber auf den Frühstückstee verzichten, und sich somit das vielsagende Grinsen der Frauen bei seinem Anblick ersparen, also bog er gleich in den Stall, wo er seine Söhne vermutete.

„Wenn man dich so hört, könnte man grad neidisch werden, kleiner Bruder", hörte er seinen Ältesten in diesem Moment sagen. Und, obwohl er nicht lauschen wollte, denn das gehörte sich nicht, blieb er stehen und horchte. „Du bekommst hautnah mit was draußen in der großen, weiten Welt passiert. Bei mir dagegen ist schon alles geplant, die Hofübernahme, Hochzeit, dann Kinder, nichts von Abenteuer."

„Mensch Balthasar, du hast schon eine gesicherte Existenz. Ich muss meine erst noch aufbauen." Antonius stach kräftig mit der Gabel ins Stroh und verteilte es unter den Hintern der Kühe, die in einer Reihe angebunden standen.

„Sag mal, wie sind denn die Frauen in Florenz? Stimmt es, dass die Südländerinnen, na ja, du weißt schon, eben scharf sind?"

Balthasars Augen leuchteten bei dem Gedanken an vollbusige, schwarzhaarige Italienerinnen.

„Ich dachte du willst heiraten Bruderherz! Wo sind deine Gedanken?" Tadelnd wiegte Antonius den Kopf und blickte zu seinem Bruder, der eher die gedrungene Gestalt des Vaters geerbt hatte, auch war sein Haar glatt und heller als das von Antonius, der eher der Mutter glich mit seinem dunklen Teint, den dunklen Augen und Haaren, ebenso seiner hochgewachsenen Gestalt, denn Magdalena überragte ihren Gatten sogar um einen halben Kopf.

„Du solltest deine Sinne nicht an Straßendirnen verschenken. Die sind überall wo Händler sind. Aber das sind gerissene Luder, die ihre Freier ausnehmen wie Weihnachtsgänse. Schon manch einer ist morgens nur im Hemd aufgewacht und alles war gestohlen."

„Hast wohl auch schon deine Erfahrungen gemacht, wie?" Balthasar warf seinem Bruder einen vielwissenden Blick zu. „Komm, gib's zu. Du hast doch nicht nur die Schönheit der Kirchen und Dome bestaunt, wie du Vater erzählt hast."

„Na, wie man's nimmt", grinste Antonius zurück, er genoss es seinen Bruder zappeln zu lassen. „Es gibt natürlich auch zweibeinige Schönheiten, das will ich nicht bestreiten."

„Antonius!" Josef konnte sich nicht mehr beherrschen und bog um die Ecke, hinter der er für wenige Augenblicke ausgeharrt hatte, „du gottloser Bengel! Wirst du aufhören mit diesem sündigen Gerede! Recht geschieht es diesen, diesen Hurenbökken, wenn sie ausgeraubt werden. Das kommt davon, haben Frauen und Kinder daheim und treiben sich mit Straßennutten herum. Sodom und Gomorra! Wir haben dich zu einem anständigen Kerl erzogen! Dass du mir nicht ganz verdirbst, liest du heute Abend aus der Bibel vor!"

Sein ganzer Stolz war verflogen, fluchend rannte er an den Burschen vorbei in den Schweinestall. Es war heute nicht sein Tag. Kaum entließ man die Brut aus seinen Fittichen, benahmen sie sich daneben.

„Oh, unser Herr Vater hat wohl schlecht ausgeschlafen."

„Kein Wunder, er hat auch die Flasche Kirsch fast alleine geleert gestern abend."

„Antonius, du bist eine Enttäuschung! Vater war so glücklich über deine Rückkehr."

Balthasars gespielte, ernste Miene verzog sich bald in ein Grinsen und schließlich fiel auch Antonius in das Gelächter ein. Die beiden Brüder genossen es wieder beisammen zu sein. Seit Kindesbeinen hingen sie wie Pech und Schwefel aneinander. Keiner hatte je etwas über den anderen kommen lassen. Sie freuten sich auf die nächsten Monate, in denen Antonius wieder zu Hause war, denn die nächste Reise war erst für das kommende Frühjahr geplant. Noch ahnten sie nicht, was sich zu diesem Zeitpunkt wenige Schritte vom Hof entfernt anbahnte.

*

Die letzten Nebelfetzen über dem kleinen Weiher des Lochenbachs verdunsteten und versprachen einen klaren, sonnigen Tag.

Unweit von diesem Gewässer, im feindlichen Lager der Franzosen, erwachte das Leben.

Die unterschiedlichsten Gerüche hingen über dem eilig in der Dunkelheit eingerichteten Lager. Es roch nach Männerschweiß und dampfendem Pferdedung, der in der kühlen Morgenluft emporstieg. Hier und da wärmten sich die frierenden Gestalten ihre Finger an einer Tasse dünnem Kaffee aus gebranntem Getreide. Die Tiere, bewacht von einigen Soldaten der letzten Schicht, wurden langsam unruhig. Sie waren, genauso wie die mehrere hundert Mann in diesem Lager, hungrig. Der Hafer war ausgegangen, ebenso die Lebensmittel der Soldaten. Ein langer Marsch lag hinter ihnen, ehe sie weit nach Mitternacht endlich einen geeigneten Platz gefunden hatten. Die Männer waren am Rande ihrer Erschöpfung und dementsprechend gereizt war die Stimmung.

Doch bevor die Einheit ausströmen konnte, um sich Lebensmittel und Futter in den umliegenden Höfen zu beschaffen, musste erst noch ein Vorfall geklärt werden. In der Mitte des Lagerplatzes lag ein Toter, einer von ihnen.

Unruhig ging der Hauptmann durch die Reihen der deprimierten Gesichter. Der Tote war heute morgen aufgefunden worden. Seine Leiche schwamm aufgebläht im Ufergestrüpp als der Küchendienst Wasser schöpfen wollte. Der Hauptmann ließ ihn herausziehen und die Uniform abnehmen, doch sein Körper zeigte keine Spuren von Gewalteinwirkung auf, er musste also ertrunken sein.

Mit strenger Miene musterte er die Männer. Natürlich hatte keiner etwas gesehen oder gehört. Gewalt und Rivalität waren jedoch, je länger sie unterwegs waren, an der Tagesordnung, die Kriegseuphorie der ersten Tage und Wochen schon lange verblasst, und der Frust und die Kriegsmüdigkeit ergossen sich oft in Streitereien.

Einen Mord von seiten der Einwohner hielt der Hauptmann eher für unwahrscheinlich. Die Bevölkerung wusste um die harten Bestrafungen und würde sicherlich nicht riskieren, dass das Dorf niedergebrannt wurde, zumal die wenigsten die Belagerung schon bemerkt haben dürften. Andererseits konnte er es auch nicht ganz ausschließen, denn der Weiher lag einige hundert Schritte vom Lager entfernt, vielleicht hatte sich jemand in der Nähe herumgetrieben und unbeobachtet gefühlt?

Er schaute sich um. Das nächste Gebäude war eine Mühle, etwa fünfhundert Schritte den Hang hoch. Er beschloss, sich dort später noch einmal umzusehen, wenn die Truppen ausgeschwärmt waren.

Räuspernd wandte er seine Aufmerksamkeit wieder dem Toten zu, der vor ihm lag. Ein Mann um die dreißig, Familienvater, soviel er wusste. Sein Gesicht schimmerte bläulich unter der unnatürlichen, weißen Haut. Kein schöner Anblick und die ersten fetten Schmeißfliegen, ansonsten angezogen durch den Pferdedung, hatten den Weg zu dem Toten, der jetzt in der morgendlichen Sommersonne lag, auch schon gefunden.

„Nun ja, ich muss annehmen, dass er ohne fremdes Verschulden zu Tode gekommen ist.“ Er hob mit der Fußspitze den nackten, leblosen Körper an und rollte ihn zur Seite. „Keine Verletzungsmerkmale, ich hoffe für euch, dass er wirklich von selbst in den Weiher gefallen ist. Sollte ich mitbekommen, und glaubt mir, ich kriege alles heraus," er unterstrich seine Autorität dadurch, dass er kurz auf den Zehenspitzen wippte, um größer zu erscheinen, „dass ihn einer ertränkt hat, dann gnad euch Gott! Auf Mord steht die Todesstrafe! Ich knüpfe denjenigen eigenhändig am nächstbesten Baum auf!"

Es war schwierig in die meuternde Menge Ruhe und Ordnung zu bringen. Nur härteste Strafen und äußerste Disziplin wirkten einschüchternd. Betroffene Gesichter blickten widerspruchslos zu Boden. Einen Augenblick schwieg er noch, um seine Worte wirken zu lassen, ehe sie abtreten konnten.

Er kommandierte zwei Leute ab, um den Toten zu beerdigen. Die Anderen begannen die Packpferde zu zäumen und die Gewehre zu richten. Ein weiterer Trupp hatte Lagerdienst, das hieß aufräumen, sauber machen und das Lager bewachen. Es war der Strafdienst für diejenigen, die sich in den letzten Tagen nicht an die strengen Regeln gehalten hatten.

Schließlich nahmen die Soldaten Stellung auf und wurden immer zu 15-20 Mann starken Gruppen aufgeteilt, um gleichzeitig auf die noch schlafend wirkenden Höfe auszuströmen. Der Befehl lautete: Nahrung und Futtermittel zu besorgen und nur bei Gegenwehr der Bevölkerung von der Waffe Gebrauch zu machen. Abbrennen der Höfe und Häuser ebenfalls nur in Notwehr. Treffpunkt um die Mittagszeit im Lager.

Erleichterung, Kampfgeist und die Vorfreude auf einen vollen Magen bis zum Abend, ließ die Männer mit Freudengejohle ausschwärmen.

Der Hauptmann wusste, dass sie sich nicht immer korrekt den Einwohnern, vor allem den Frauen gegenüber, verhielten. Aber sie brauchten hin und wieder auch ihren Auslauf und Spaß, danach waren sie wieder viel einfacher zu führen und schließlich herrschte Krieg. Da krähte hinterher kein Hahn mehr danach.

Er griff in seine Brusttasche und holte eine seiner letzten Zigarren aus der flachen Blechbüchse. Er zündete sie an und blickte den davoneilenden Männern nach. Für einen kurzen Moment musste er an seine eigene Jugend bei der Armee denken und er konnte die Freude der Männer nachempfinden. Genüsslich nahm er einige Züge und blies den Rauch ringförmig gegen den stahlblauen Himmel. Dabei zwirbelte er sich seinen Schnauzer und strich anschließend wohlwollend über seinen, trotz Kriegszeiten, noch ansehnlichen Wams. Er war zufrieden. Heute abend wird es wieder einmal eine ordentliche Verpflegung geben, denn die Höfe schienen noch nicht allzu sehr gelitten zu haben. Sie waren recht gut im Schuss, soweit er bei Nacht eben abschätzen konnte.

Schließlich machte er sich auf den Weg den Hang hoch, das Mühlrad stand noch still. Das Gepolter des riesigen Holzrades wäre sonst schon zu hören gewesen. Wahrscheinlich war keiner mehr da. Geflüchtet.

Er blickte noch einmal zurück, um zu sehen, ob seine Strafdienstler auch wirklich arbeiteten. Voller Genugtun darüber, dass alles klappte, näherte er sich der Mühle.

Das Polder, der Schließmechanismus des Wasserkanals, war umgeleitet. Der Kanal führte von einem kleinen Stauweiher zum Mühlenhäuschen, in dessen Inneren das Mühlrad war, und floss in einem Bach unten wieder ab. War der Schieber, wie jetzt, geschlossen, plätscherte der Überlauf des Stauweihers direkt den Bach hinunter.

Langsam schritt er auf die Tür zu. Sie war nicht verriegelt. Vorsichtig blickte er sich erst noch nach allen Seiten um, warf den letzten Rest seiner Zigarre in den vorbei fließenden Bach, und drückte dann gegen die Tür. Quietschend öffnete sie sich. Der Raum, in dessen Mitte ein Aufgang zum Mühlentrichter war, schien leer. Seine Augen mussten sich erst noch an die Dunkelheit des Mühleninneren gewöhnen, dann überflogen sie blitzschnell die karge Einrichtung. In einer Ecke stand eine Holzpritsche, die dem Müller als Bett diente, ein Stuhl und ein kleiner Tisch. Gegenüber ein kleiner gemauerter Herd, in dessen

Mitte sich verräterische, glühende Holzreste befanden. Eine Blechkanne stand am Rand. Der französische Hauptmann ging langsam zum Herd. In der Kanne befand sich noch warmer Tee. Der Müller musste sich hier irgendwo versteckt haben. Wäre er geflohen, hätte er ihn gesehen, denn der nächste Hof, der Michele, war noch gute achthundert Schritt entfernt. Und dazwischen lag nur freie Viehweide.

Der Uniformierte stieg die Stufen zum Trichter hoch. Dort hingen leere Getreidesäcke am Geländer. Der Holztrichter selber war ebenfalls leer und gab somit den Blick auf die Walze frei, hier konnte sich niemand verstecken. Dann gab es nur eine Möglichkeit: er musste sich im Zwischenkanal, dort wo sich das riesige, hölzerne Wasserrad befand, verschanzt haben. Viel Platz konnte er da nicht haben, aber der Hauptmann war ein vorsichtiger Zeitgenosse, darum öffnete er auch nicht den Durchgang, sondern ging wieder hinaus, wo ihn das grelle Sonnenlicht blendete. Er wollte kein Risiko eingehen und in eine Falle treten. Sein Augenmerk fiel auf das Polder, würde er es betätigen, dann stürzten die Wassermengen den hölzernen Kanal zum Mühlrad hinunter und setzten es in Bewegung. Wollte der Müller nicht unter den Wasserfluten begraben werden, musste er herauskommen.

Der Polderschieber saß gut fest und der Hauptmann brauchte alle Kräfte, doch dann löste es sich und die Wassermassen donnerten den Kanal entlang. Jetzt musste der Müller sich in Sicherheit bringen. Ein ächzendes Geräusch kündigte die beginnende Bewegung des schwerfälligen Mühlrades an. Der Franzose ließ die Tür nicht aus den Augen, bereit den Flüchtenden zu fangen.

Doch plötzlich übertönten gellende Schreie das ohrenbetäubende Gepolter des Mühlrades. Kurz darauf erstarb der langgezogene Schrei. Nur das gleichmäßige Rumpeln des Mühlrades war noch zu hören.

„Idiot!" zischte der Hauptmann. Mit voller Wucht rammte er den Schieber wieder zu und eilte um die Mühle herum, dahin, wo der Kanal wieder abfloss und in den Bach mündete. Mit einem ebenso ächzenden Geräusch wie vorhin blieb das Rad stehen. Der Wasserstrom, der ihm von der Mühle entgegen kam, wurde zu einem Rinnsal, das sich langsam rot färbte. Zu spät! Panik erfasste ihn, die Hitze stieg ihm in den Kopf und pochte an den Schläfen. Er hatte diesen Mann nicht töten wollen, er wäre der Einzige gewesen, der den Vorfall der letzten Nacht mitbekommen haben könnte.

Als das Rad ganz zum Stillstand gekommen war, kroch er in den Kanal. Vielleicht war er auch nur verletzt? Am Boden, zwischen dem Rad und dem mit schweren Steinen ausgelegten Erdreich, sah er ihn dann, den Schädel des Müllers. Oder besser gesagt, das was davon übrig war. Sein Körper hing seltsam abgeknickt zwischen Steinmauer und Wasserrad. Er muss oben auf dem Mühlrad gelegen haben und hatte keine Chance so schnell herunter zu klettern, auch wenn er das heranrauschende Wasser gehört hatte, was sicherlich der Fall war.

Nun würde er nie erfahren, ob der Müller etwas mit dem Tod des Soldaten zu tun hatte. Seufzend kroch er wieder den Kanal hinaus, wo ihn erneut die Sonne blendete, so dass er schützend die Hand über die Augen legte und sich umblickte. Die Kommandos mussten schon die Höfe erreicht haben, es hatte ihn sicher keiner beobachtet bei diesem Tumult. Er schob seine Kopfbedeckung in den Nacken und wischte sich den Schweiß von der Stirn. Dann schritt er davon.

*

„Sag mal, wo steckt denn Benedikt nur? Er sollte sich sputen, die Kühe müssen auf die Weide." Antonius machte sich daran das Vieh loszubinden. Alle Tiere waren inzwischen gemolken, und er verspürte so langsam Hunger, es war Zeit für die Morgensuppe.

„Keine Ahnung wo sich dieser Bengel wieder rumtreibt!“ Balthasar blickte sich im Stall nach seinem kleinen Bruder um, irgend einen Unsinn heckte er bestimmt wieder aus. Und meist war auch Leonhard, sein etwas jüngerer Cousin nicht weit. Er zuckte die Schulter, „er war doch vorhin gerade noch hier? Benni!! Benni!!“

Er horchte kurz und meinte dann: „Also ich höre kein Gegacker im Hühnerstall und kein Gemecker bei den Ziegen. Das ist schon mal ein gutes Zeichen, er klaut keine Eier und trinkt nicht heimlich die Milch. Was könnte er sonst noch anstellen?“

Doch die Frage erübrigte sich. Quietschend schwang die Stalltür auf und das hereinfließende Sonnenlicht schien dem Jungen den Weg zu bereiten. Mit hochroten Wangen stand er da, die Haare struppig und um den Mund noch einen eingetrockneten Milchbart.

„Habt ihr schon gesehen? Die Soldaten sind da!“ Voller Aufregung zeigt er zur Stalltür hinaus. „Echte Soldaten! Sie sind überall und haben sogar Gewehre dabei!“

„Soldaten? Benni? Du veräppelst uns doch nur?“ Noch während Balthasar ungläubig den kleinen Lausbub scherzhaft an den Ohren zog, lief Antonius ein kalter Schauer den Rücken hinunter.

Natürlich hatte er gestern mit keinem Ton das Geschwätz der alten Hebamme erwähnt, auch nicht das Zusammentreffen mit Helena.

„Draußen, sie kommen gerade den Hofweg herauf“, riss ihn Benni aus den Gedanken. „Unten, beim Kirnerhof und drüben beim Schlegelhof habe ich sie auch schon gesehen. Sie besuchen uns alle. Ehrlich.“

Balthasar blickte in das ernste Gesicht Antonius, da war ihm klar, dass dieser dem Kleinen glaubte.

„Er könnte Recht haben, ich habe gestern schon mal so etwas gehört, wollte es aber nicht wahr haben.“

„Was? Und das sagst du erst jetzt?“

„Ich hielt es für Geschwätz. Weibergeschwätz." Er zuckte entschuldigend die Achseln.

Sie ließen den Jungen stehen und eilten zur Stalltür. Dort glaubten sie ihren Augen nicht zu trauen.

An die zwanzig Mann, alle bewaffnet und mit Packpferden, deren leere Taschen an den ausgemergelten Tierleibern hingen, marschierten den Hofweg herauf, geradewegs auf sie zu. Sie trugen blau-rote Uniformen, an denen in zwei Reihen die Knöpfe im Sonnenlicht blitzten, und weiße Hosen, die Farben der französischen Nationalflagge.

„Ach du Scheiße, Balthasar, geh rüber und warn die Frauen! Die haben es auf unsere Vorräte abgesehen. Ich jage das Vieh hinten durch den Schweinestall raus in den Wald und gib Vater Bescheid. Komm Benni!" Er schnappte seinen kleinen Bruder, noch ehe dieser Protest einlegen konnte, denn zu gerne hätte dieser sich richtige Soldaten aus der Nähe angesehen.

„Ab mit dir, hoch in den Heustock und gib keinen Muckser von dir. Sonst erschießen sie dich." Verdutzt stieg der Kleine die Leiter hoch. Er wusste, jetzt war es besser zu gehorchen, auch wenn er beleidigt darüber war, dass man ihn wie ein Kleinkind behandelte und wegschickte. Aber die Sache musste ernst sein, wenn schon Antonius, der schließlich die ganze Welt kannte, sagte, dass er sonst erschossen würde.

Neugierig legte er sich im Heu auf den Bauch und hing seinen Kopf herunter, so konnte er doch noch einiges mitbekommen und bei Gefahr schnell den Schopf einziehen.

Antonius trieb das Vieh, das er zum Glück schon größtenteils losgebunden hatte, zur engen hinteren Stalltür hinaus, die eigentlich nur für die Schweine gedacht war. Die Tiere bockten, denn sie kannten diesen Weg nicht, und blieben stehen. Antonius quetschte sich an den breiten Leibern vorbei und trat mit dem Fuß die Absperrung des Schweinepferches ein. Als die Tiere endlich einen Fluchtweg sahen, galoppierten sie mit erhobenem Schwanz den Hang hoch zum Wald.

„Antonius! Was um Gottes Willen sticht dich! Wer soll das Vieh nachher wieder suchen?“ Josefs Gesicht war vor Zorn rot angelaufen. Er hatte den Schweinemist hinter das Haus gekarrt und stand nun, die Gabel noch in der Hand, auf dem Misthaufen. Heute schienen seine Söhne nur Anlass zum Ärgernis zu sein.

„Schnell Vater, bringt euch in Sicherheit. Die Franzosen überfallen uns!“

„Was? Die Franzosen?“

Josef blieb die Luft weg, verloren stand er da, und starrte erst seinem Sohn nach, dann blickte er auf die erhobene Gabel, mit der er soeben herumgefuchtelt und Antonius zurechtgewiesen hatte. Wütend stieß er sie in den Dung. Dieser Kerl hatte ihn heute morgen schon einmal enttäuscht, wo blieb denn die Achtung vor dem Vater? Franzosen, hatte er gesagt? Wo, um Gotteswillen, kamen die denn her?

Antonius war schon wieder im Stall verschwunden als Josef schließlich hinter ihm herrannte und gerade noch sah, wie sein Sohn durch die vordere Tür den Soldaten, es war gleich eine ganze Horde, geradewegs in die Arme lief.

Stockend blieb er stehen, sein Gehirn arbeitete fieberhaft. Überfall! Franzosen! Magdalena, die Mägde und Kinder! In die Küche! Die Tür dorthin stand offen! Keiner war da! Er blickte sich um, sein Herz schlug bis zum Hals, hatten sie sich schon in Sicherheit gebracht, oder waren sie gar in der Hand der Soldaten? Da hörte er Stimmen, drüben in der Stube. Polternd stolperte er zur Tür hinein und rannte genau vor einen Gewehrlauf. Fragend blickte er auf Balthasar und Antonius, die beide, ebenfalls mit erhobenen Armen, in der Wohnstube standen und von mehreren Franzosen bewacht wurden.

Balthasar nickte unmerklich Richtung Heuboden, der sich im zweiten Stock über den Stallungen befand und über den Hausflur, dessen Tür offen stand, mit einer Treppe erreichbar war.

Josef hatte kapiert, die Frauen und Kinder hatten sich rechtzeitig retten können. Erleichtert senkte er seine Arme, woraufhin der Anführer ihm den Lauf der Flinte in die Rippen stieß. Josef stöhnte kurz auf.

In der Stube herrschte Schweigen, denn keiner kannte die Sprache des anderen und allmählich begriffen die Gefangenen, dass sie nur bewacht wurden, während ein ganzer Trupp den Hof, die Stallungen und die Küche samt Vorratskammer ausraubte.

Balthasar konnte sehen, dass plötzlich Heu vom zweiten Stock rieselte. Sein Herz stockte, und er schickte ein Stoßgebet zum Himmel. Doch zu spät, man hörte wie eines der Kinder losheulte, ehe seine Stimme von einer Hand erstickt wurde.

Natürlich war das den Soldaten nicht entgangen und sie nickten sich zu. Schließlich lösten sich drei von der Gruppe, mit sich im Anschlag befindlichen Gewehren, und schlichen langsam die knarrenden Stufen hoch. Balthasar schloss die Augen. Antonius schrie seinen Bewacher an: „Halte ihn zurück, es sind nur Kinder!"

Doch dieser verstand ihn nicht und zuckte die Schulter.

„Bambini!" Auch seine italienischen Kenntnisse halfen nicht weiter, der Mann verstand noch immer nicht. Oder wollte nicht verstehen.

„Verdammt, du blöder Hund, es sind kleine Kinder!" Doch die Mühe war vergebens, die Soldaten waren schon fast oben.

Ein Aufschrei der Frauen und Kinder erfolgte. In diesem Moment schlug Josef blitzschnell den Gewehrlauf des Soldaten zur Seite und wollte hinausrennen, doch die beiden anderen stürzten sich auf ihn und warfen ihn zu Boden. Antonius und Balthasar nutzten den Augenblick der Verwirrung, um ihrem Vater zur Hilfe zu eilen, doch einer zückte plötzlich ein Messer und drückte es Josef dicht an den Hals. Blut quoll hervor. Die Brüder stockten, Josef atmete schwer. Wie in Trance hörten sie das Kreischen und Heulen der Frauen. Sie konnten das Flehen der Bäuerin hören und die Schreie der Schwestern. Sie wagten nicht daran zu denken was dort oben vor sich ging.

Heu rutschte die Stufen herunter, dann endlich wurde es ruhiger. Man hörte nur noch leises Wimmern und schließlich kamen die drei Franzosen grinsend wieder zum Vorschein. Einer stellte sich sogar herausfordernd vor die Brüder und machte langsam seine Hose wieder zu.

„Beherrsch dich!“ zischte Balthasar zu Antonius, als er sah, dass sein Bruder die Hände zu Fäusten ballte.

„Sie sind in der Überzahl und bewaffnet!“

Der Franzose ging langsam auf Antonius zu und spuckte ihm schließlich verachtend ins Gesicht. Antonius holte tief Luft. Wie zwei blutrünstige Bullen die ihr Revier verteidigen, blickten sich der Soldat und Antonius in die Augen. Die Luft schien zu knistern, alle hielten den Atem an und warteten auf Antonius Reaktion.

Die anderen Soldaten richteten langsam die Gewehre auf Antonius, und als dieser seine aussichtslose Lage erkannte, senkte er schließlich den Blick und öffnete die Fäuste.

In dem Moment ertönte von draußen das Signal zum Rückzug. Mit einem vernichtenden Blick verließ der Franzose den Raum, die anderen folgten ihm rückwärts gehend, um die Brüder und den Bauern in Schach zu halten. Zur Einschüchterung schossen sie schließlich noch in die Tür. Dann eilten sie davon. Durchs Fenster konnten Antonius, Balthasar und ihr Vater sehen, wie sie die Pferde schwer beladen hatten, mehrere Männer trugen Hühner, die leblos an ihren Armen baumelten.

Der Vorplatz des Hofes sah aus wie ein Schlachtfeld. Überall war Blut von den abgestochenen Tieren. Mindestens fünf Ferkel und drei Kälber zogen sie in einer Blutspur hinter den Gäulen her. Eine Herde meckernder Ziegen trottete, zusammengebunden mit einem Strohseil, mit. Die Pferde waren mit Säcken beladen. In ihnen befanden sich Hafer für die Pferde, Getreide und Kartoffeln.

Ein Großteil der Vorräte. Zum Glück stand die neue Ernte noch auf den Äckern, sonst hätten sie den Winter nicht überlebt.

Langsam löste sich die Angst und Anspannung, Josef stand vom Boden auf.

Alles war so schnell gegangen, dass er es kaum realisieren konnte.

Er griff sich mehr unbewusst und mechanisch an den Hals. Der Schnitt war zum Glück nicht tief, aber blutete heftig. Josef achtete jedoch nicht darauf, sondern bewegte sich langsam, als erwartete ihn ein Ungeheuer, auf die Stufen zu. Noch immer hörte man leises Gewimmer.

Er erblickte Magdalena im Halbdunkel des Heustockes, die mit zerzaustem Haar auf dem Boden saß und ihre beiden Töchter Barbara und Johanna, die sechzehn und achtzehnjährigen Mädchen an sich drückte. Ihre Schultern bebten.

„Sag, dass es nicht wahr ist, Magdalena", flüsterte Josef.

„Doch."

„Beide?"

„Ja. Beide."

„Oh, diese gottverdammten Hurensöhne! Ich bringe sie um! Ich bringe sie um!"

Josef drehte sich um, stolperte die Treppe hinunter und rannte beinahe seine Söhne Balthasar und Antonius um, die ebenfalls nach den Frauen und Mädchen schauen wollten.

Er griff nach einer Gabel, die gerade an der Hauswand lehnte, und rannte fluchend hinter den Franzosen her.

„Er ist verrückt! Wir müssen ihn aufhalten!"

Die Beiden stürzten hinter ihrem Vater her und holten ihn bald ein. Er schlug jedoch wie von Sinnen um sich, so dass sie ihn zu Boden werfen mussten, um ihn zu überwältigen.

„Vater, hört auf! Ihr seid wahnsinnig! Sie kommen zurück und zünden uns den Hof an. Ihr könnt es nicht ungeschehen machen!" Antonius, der selbst gerade noch seine Mordgedanken im Zaun halten musste, hielt ihn fest bis sich der Widerstand langsam legte. Heulend wir ein geschlagener Hund lag er im Dreck, der sonst so stolze Andresenbauer. Die Brüder ließen sich ebenfalls in den Staub fallen:

„Es wird wieder gut Vater, wir leben alle noch. Sie waren in der Überzahl, wir hatten keine Chance." Balthasar legte den Arm um die Schultern seines Vaters. Antonius bot ihm die Hand, um aufzustehen:

„Kommt Vater, Mutter und die Mädchen brauchen euch jetzt."

*

31. Juli 1796, drei Tage nach dem Überfall.

Die Totenglocke der Josenhofkapelle läutete, um den Dorfbewohnern den Beginn des Trauerzuges anzukünden. Drei Tage hatte jede Arbeit im Ort geruht, keiner die Wirtshäuser besucht. In den Häusern wurde nur leise gesprochen, aus Respekt und Ehrfurcht gegenüber den noch nicht beerdigten Toten, die die Franzosen hinterlassen hatten. Drei Opfer hatte der kleine Ort, der eigentlich nur aus acht Klosterhöfen und einigen Gesindehäusern bestand, zu beklagen. Die Nachbarn pilgerten zu den Abendstunden in die betroffenen Häuser und Höfe, um mit den Hinterbliebenen zu beten. Die Toten waren in den Stuben aufgebahrt und Kerzen brannten Tag und Nacht zu ihren Seiten.

Der Zug hatte sich beim Äußeren Hof, dem, der nahe der Grenze zu Neustadt lag, in Bewegung gesetzt. Der Altbauer war einem Herzanfall während des Überfalles erlegen. Der Wagen, auf dem der Sarg lag, war prächtig geschmückt mit Blumengebinden, von Blüten die der Bauerngarten zu dieser Jahreszeit hergab, gezogen von zwei Rössern, die ebenfalls gestriegelt und geschmückt waren und vom Rossknecht geführt wurden. Dann folgten die Witwe, die Söhne und Töchter mit ihren Kindern und schließlich das Gesinde. Betend bog der Zug auf den Hauptweg, der Neustadt mit dem Kloster Friedenweiler verband und sich durch das Hochtal Rudenbergs wand.

Schon vom nächsten Hof, dem Michelehof, stieß der zweite Wagen dazu. In seinem Sarg ruhten die Überreste des Müllers, den man erst gestern im Mühlenkanal gefunden hatte. Er war der Bruder des Bauern und wurde nur von einem Ross gezogen, dem Stand eines Müllers entsprechend. Aber alle seine Angehörigen vom Hof, er war nicht verheiratet gewesen, zogen betend hinter dem Wagen her.

„Im Namen des Vaters und des Sohnes und des heiligen Geistes. Amen.“ Magdalena stand neben der Haustüre des Andresenhofes und bespritzte alle Kinder, die das Haus verließen mit Weihwasser, das in einem Kesselchen neben der Tür hing. Artig bekreuzigten sie sich und gingen schweigend hinter Josef, ihrem Vater her, der langsam den Hofweg hinunterging, um an der Weggabelung auf den Zug zu warten.

„In Ewigkeit. Amen.“

„Benedikt, wo sind deine Schuhe?“

Mit großen Augen, als wäre es ihm selber erst aufgefallen, schaute der Zehnjährige an sich runter. Das widerspenstige Haar hatte er mit Zuckerwasser geglättet, aber seine schmutzigen Füße standen nackt auf der Erde.

„Mutter, ich habe sie Leonhard gegeben. Seine hatten Löcher und waren ihm zu klein.“ Er deutete auf den unehelichen Jungen der Magd, der Schwester des Andresenbauern. Stolz grinste dieser und blickte auf die getragenen Schuhe seines Cousins, die ihm sichtlich zu groß waren.

„Aber dir hätten sie noch gepasst. Leonhard sind sie doch noch viel zu groß.“

„Hätte er barfuss in die Kirche sollen?“ Entrüstet blickte er seine Mutter an.

„Nein, aber du auch nicht. Darum ab mit dir in die Stube und dort bleibst du, bis wir wieder kommen. Leiste deinem Großvater Gesellschaft, für ihn ist der Weg zu anstrengend.“

„Aber dann könnte ich ja Großvaters Schuhe anziehen!“

„Untersteh dich! Wir werden beim Schuster neue für dich machen lassen. Solange kannst du nicht in die Kirche. Basta.“

Magdalena wandte sich zum Gehen, denn die Familie, außer

den geschändeten Töchtern, die ihre Kammern vor Scham noch nicht verließen, schloss sich schon dem Trauerzug an. Traurig trottete Benedikt zurück in die Stube wo sein Großvater an der Ofenbank saß und Tabak kaute.

„Na, Benni? Mal wieder Hausarrest?" Er blickte grinsend auf seinen Enkel, der auf die Eckbank kroch und mit saurer Miene sehnsüchtig der Familie nachschaute.

Nach Beerdigungen durften immer die Kinder auf den leeren Totenwagen sitzen und nach Hause fahren. Dieser Spaß würde ihm heute entgehen.

Von allen Seiten strömten betende und schwarz gekleidete Gestalten herbei und allmählich schwoll der Trauerzug zu einer richtigen Prozession an. Nach drei weiteren Kurven ging der Weg wieder bergan und an der letzten Gabelung stand auch schon wartend der letzte Totenwagen, der des Kaspar Hepting, eines Tagelöhners, der im Gesindehaus des Jockelehofes lebte und seiner Verlobten zur Hilfe kommen wollte, als die Soldaten ihn kurzerhand erschossen. Sein Wagen war nicht geschmückt und wurde nur von einem alten Ackergaul gezogen, der vom Jockelehof ausgeliehen war.

Weitere drei Familien, darunter die Kirners, stießen dem Zug hinzu.

Außer den Alten und Kranken, Wöchnerinnen und Neugeborenen, blieben nur ein paar Mägde auf den Höfen zurück. Alle anderen gaben sich die Ehre die Toten auf ihrem letzten Weg zu begleiten.

Antonius Augen suchten die Menge ab, er hielt Ausschau nach Helena. Er wollte mit ihr reden, wollte wissen wie es ihr ergangen war. Die Menge drängte ihn weiter und so stellte er sich auf die Zehenspitzen.

Endlich entdeckte er ihre schmale Gestalt zwei Reihen vor ihm. Sie steckte in einem anderen Kleid, das ihr um die Hüften viel zu weit war, aber dafür eine züchtige Länge hatte. Es gehörte sicherlich ihrer Mutter, die noch nicht teilnehmen konnte.

Beim steilen Stück des Weges verteilte sich die Menschenmenge. Die Männer liefen dicht bei den Wagen, um im Notfall schieben zu können, denn Regen hatte eingesetzt und verwandelte die Wege gleich in schmierige Leime. Antonius konnte sich so unauffällig langsam Helena nähern, denn Julius, ihr Vater, war vorne bei den Männern.

Beiläufig rempelte er sie an: „Hallo Helena. Ich bin froh dich zu sehen. Geht es dir gut?"

Erschrocken fuhr das Mädchen zusammen und blickte sich gehetzt um.

„Er ist bei den Wagen." Antonius deutete auf Julius. Doch in diesem Moment stockte der Zug. Der erste Wagen hatte die Anhöhe erreicht und damit die Schillingkapelle. Traditionsgemäß versammelten sich die Trauernden um die Kapelle, die zu klein war auch nur einen Bruchteil der Menschen zu fassen, um drei „Vaterunser" zu beten.

Helena nickte ihm nur kurz zu und versuchte sich bei den Frauen einzureihen. Ihr Blick fiel dabei auf jenen Holzstapel, hinter dem sie sich vor vier Tagen verschanzt hatte. Unwillkürlich begannen ihre Knie zu zittern. Ihre Hände wurden feucht und Blässe breitete sich um ihre Nase aus. Sie bekam Panik und wollte am liebsten davonrennen. Ihr Herz schlug bis zum Hals als sie nach einem Ausweg schaute, um sich davonschleichen zu können. Antonius, der noch immer dicht bei ihr stand und sie beobachtete, bemerkte ihre Unruhe. Er wusste was in ihr vorging und hielt sie kurzerhand am Arm fest, um sie abzulenken. Eine Panik wäre jetzt fehl am Platze. Wollte er vermeiden, dass jeder nach dem Grund für Helenas Verhalten fragte, musste er sie zur Ruhe bringen. Verwirrt und fragend zugleich starrte sie ihn an. Antonius legte den Finger auf die Lippen, während er mit der Hand an ihrem Arm herunterfuhr und ihre Hand in die seine nahm. Er drückte zu und gab ihr das Gefühl von Halt. Unsicher blickte sie sich um, erkannte aber, dass alle im Gebet vertieft waren und keiner etwas bemerkt hatte. Erleichtert darüber entzog sie sich langsam seiner Hand, damit es niemand sah, dann fiel sie in das Gemurmel ein und wurde ruhiger.

Nach der Beerdigung und dem Gottesdienst in der Klosterkirche, trafen sich die Leute und redeten. Die Zeit des Flüsterns war vorbei, die Toten bestattet. Leben kehrte wieder in die Menschen ein und es gab viel zu erzählen. Alle redeten durcheinander und fuchtelten mit ihren erhobenen Armen herum. Die Männer und Frauen standen getrennt und die Kinder rannten auf dem Vorplatz umher und spielten Fangen. Hin und wieder wurde eines von seiner Mutter angehalten und zurechtgewiesen. Antonius stieß Helena beim Vorbeigehen beiläufig an:

„Komm, folge mir unauffällig." Dann verschwand er hinter der Kirche. Helena blickte sich unruhig um und trat von einem Bein auf das andere. Niemand schenkte ihr Aufmerksamkeit. Ihr Vater schien in ein Gespräch vertieft, da schlenderte sie schnell und unauffällig um die Kirche herum.

Antonius lehnte an der Mauer und stieß sich ab als er sie sah. Er kam auf sie zu. Und er sah immer noch aus wie der Erzengel Gabriel, schoss es ihr in diesem Moment durch den Kopf. Wie oft hatte sie als Kind in der Kirche gesessen und statt der langen Predigt zu folgen den Kopf erhoben und vom Erzengel geträumt, der dort an der Kirchenwand auf einer Wolke schwebte. In ihren Tagträumen hatte er ihr die ausgestreckte Hand gereicht und sie mitgenommen auf der Wolke und ihr die ganze Erde gezeigt.

Antonius stand nun dicht vor ihr, die Hände in den Hosentaschen vergraben und sah sie an. Sie war ein hübsches Mädchen geworden, etwas schüchtern vielleicht. Ihre Haare wie vor Tagen schon zu zwei dicken Zöpfen gebunden, ihre wasserblauen Augen blickten ihn fragend an.

„Was gibt's?" Helena spielte verlegen an ihrem Schurzband herum.

„Ich wollte dich sehen und wissen wie es euch ergangen ist. Und vor allem: wie geht es dir?"

„Warum hast du das gemacht? Vorhin, meine ich.“ Verlegen scharrte Helena mit dem Fuß die Steinchen am Boden weg, ehe sie sich traute ihn wieder anzusehen.

„Du warst mit einemmal so blass, dass ich Angst hatte, du kippst um. Ich wollte dich einfach nur festhalten, sonst wäre dir der Boden unter der Füßen weggerutscht.“

„Stimmt, mir war nicht gut. Danke.“ Schüchtern blickte sie wieder zu Boden, ihr Herz klopfte vor Aufregung und fast fühlte sie sich wie bei Gabriel auf der Wolke.

„Nun erzähl, ist euch etwas zugestoßen?“

Helena erzählte in groben Zügen wie sie dem Überfall mit den Geschwistern entkommen sei und dass außer Getreide und Kartoffeln nichts mehr zu holen war. Vater, Mutter und Anna, die Hausmagd, und das Baby blieben unbehelligt.

„Und bei euch?“

Antonius senkte das Haupt: „Wir haben sie erst gesehen als sie schon vor uns standen. Wir hatten keine Chance. Sie haben uns bis aufs Letzte geplündert. Nur die Kühe konnte ich retten.“

„Das tut mir Leid.“

„Das war nicht alles. Barbara und Johanna,“ er stockte, dann blickte er in ihre Augen und griff wieder nach ihrer Hand, doch diesmal zog sie sie nicht zurück, „ ihnen erging es wie dir“, fügte er leise, als könnte sie jemand belauschen, hinzu.

„Nein.“ Helena hielt sich den Mund zu, um nicht zu schreien.

„Meine kleine Schwester Barbara ist seither ganz verstört, sie isst nicht und spricht nicht. Nun, ich weiß nicht was ich machen soll. Keiner kommt an sie heran. Vielleicht könntest du sie mal besuchen, in ein paar Tagen vielleicht. Sie steht noch ganz unter Schock.“ Nach einer Weile fügte er hinzu: „Ich glaube es gab sicher noch mehr Frauen, nur, man wird es nie erfahren. Ich will auch nicht, dass du irgendjemanden von meinen Schwestern erzählst.“

Helena nickte: „Versprochen. Es bleibt unser Geheimnis. Ich will es so schnell wie möglich vergessen, Antonius. Ich kann aber noch nicht versprechen, dass ich Barbara besuche. Ich will nicht darüber reden."

„Lass dir Zeit. War nur eine Idee, du musst nicht."

„Ich werde darüber nachdenken." Sie blickte sich um, „Ich muss wieder, sonst sucht mich mein Vater. Und du kennst ihn ja."

„Ja, ich hatte bereits das Vergnügen."

Er lächelte sie an, dann strich er ihr eine Strähne aus dem Gesicht.

„War schön dich zu sehen. Ich hatte Angst, dass dir wieder etwas zugestoßen ist."

Helena lächelte: „Danke für deine Fürsorge, Uhrenhändler." Dann lief sie schnell davon.

Sie versuchte so unauffällig wie möglich wieder zu den anderen zu stoßen. Hannah, ihre Schwester kniff sie in den Arm und flüsterte: „Wo warst du so lange?"

„Pinkeln."

„Mit ihm?" Sie deutete mit dem Kopf in Richtung Kirche, dort wo jetzt Antonius, die Hände in den Hosentaschen, hervorschlenderte. Als er die Schwestern sah, zwinkerte er ihnen zu. Helena schaute beschämt zu Boden, damit Hannah nicht sehen konnte wie sie rot anlief. Doch Hannah wippte amüsiert auf den Zehenspitzen auf und ab. Sie wird ihre Schwester im Auge behalten müssen, um einem neuen Geheimnis auf die Spur zu kommen.

*

Am darauffolgenden Sonntag regnete es noch immer in Strömen.

Die Gaststube in der Jockelescheuer war an diesem langweiligen Nachmittag deshalb gut besucht. An zwei großen Tischen in der hinteren Ecke saßen Kartenspieler aus Rudenberg und den umliegenden Orten, und am Stammtisch neben der Theke wurde hitzig debattiert, die Ereignisse der letzten Tage aufgearbeitet.

Antonius und Balthasar traten in die Gaststube, legten ihre nassen Joppen ab und hingen sie zusammen mit ihren Hüten an den Kleiderhaken neben dem Ofen. Dicke Rauchschwaden stiegen von den Tischen hoch und nebelten die Beiden beim Nähertreten ein.

„Ich glaub es nicht! Antonius unser Uhrenhändler, du bist wieder im Land?" Markus der Wirt kam hinter dem Tresen hervor und nahm den heimgekehrten Händler herzlich in seine mächtigen Arme, dass man glauben konnte, er erdrücke ihn mit seiner Leibesfülle. Dann hielt er ihn von sich weg und betrachtete ihn von Kopf bis Fuß, ehe er ihm auf die Schultern klopfte: „Gut siehst du aus, braun gebrannt und richtig kräftig bist du geworden. Gibt Muskeln die schwere Krätze mit all den Uhren zu tragen, was?"

„Sieht so aus."

„Man sieht, dass du nicht bei der großen Beerdigung warst, Markus", war eine Stimme aus den Nebelschwaden zu vernehmen. „Sonst hättest du unseren Italiener schon gesehen." Antonius hatte den Eindruck als klinge das Wort „Italiener" eher herablassend.

„Ja, einer musste den Leichenschmaus wohl vorrichten", nahm ihm der Wirt den Wind aus den Segeln, dann legte er Antonius den Arm über die Schultern und rief dem Stammtisch zu: „Hier, unser Heimkehrer wird uns viel zu berichten haben aus der großen, weiten Welt. Es wird Zeit, dass wir mal etwas anderes hören als nur die Franzosengeschichten."

„Kommt, setzt euch zu uns." Georg, Knecht auf dem Jockelehof, zog zwei Stühle für die Brüder heran.

„Was darf ich euch bringen? Das Weinlager haben mir die Franzosen leider geplündert, aber ich habe schon frischen Most."

„So frisch, dass er eure Verdauung auf Trab bringt!" Veith,

der künftige Schlegelhofbauer, dem die Stimme aus dem Nebel gehörte, hob sein Glas, deutete auf die Brüder und nahm einen großen Schluck.

„Geht in Ordnung, Markus“, nickte Balthasar dem Wirt zu ohne auf Veith zu achten, der bekannt für seine Sticheleien war. „Bring uns den Most, wir sind nicht so verwöhnt.“

Markus schlurfte zur Theke zurück und zog mit den Zähnen den Korken aus der bauchigen Flasche, in der goldgelb und schäumend der frische Apfelmost schwappte.

Die Männer wandten sich wieder dem hitzigen Gespräch zu, das sie geführt hatten, ehe sie unterbrochen wurden.

„Komm erzähl weiter, was hat Justina gewollt?“ Balduin aus Neustadt kannte die Geschichte noch nicht, die Veith gerade zum Besten gab.

„Nach Hause,“ unterbrach Georg gelangweilt, er hörte die Geschichte heute schon das dritte Mal, „sie kam von ihrer Großmutter und wollte die Abkürzung nehmen. Mensch, das hat er doch eben schon erzählt.“

„Dann hau doch ab, wenn es dich nicht interessiert“, pfiff ihn Veith gereizt an.

„Ja, lass ihn doch. Und dann?“

„Du musst wissen, es war dunkel und das Mädchen, sie nimmt ja immer diesen Weg, erkannte erst als sie in der Talsohle war, dass sich unterhalb vom Weiher etwas Seltsames abspielte. Sie ist dann gerannt als sei der Teufel hinter ihr her. Aber einer der Soldaten hatte sie schon entdeckt und ist ihr nachgeschlichen. Er hat sie dann von hinten gepackt, aber sie konnte sich noch mal losreisen und zum Steg, der über den Weiher führt, flüchten. Der Kerl, besoffen und liebeshungrig wie ein Pariser Straßenkater, hinter ihr her.“

Veith, der bemerkte, dass ihm alle an den Lippen hingen, machte eine kurze Pause, um die Spannung steigen zu lassen. Er schaute in die Runde, alle Blicke waren auf ihn gerichtet. Dann machte er eine plötzliche Handbewegung und fuhr weiter:

„Schwupp, der schwankende Steg, die dunkle Nacht und der Schnaps, schließlich zog ihn der Belzebub in die Tiefe und der dreckige Franzose ist jämmerlich ersoffen. Jawohl, unten im Lochenbachweiher." Veith lehnte sich zurück und nahm genüsslich einen Zug von seiner Zigarre und blies den Rauch in Ringen in die Luft.

„Und dem Mädchen ist weiter nichts passiert?" Balduin war beeindruckt. Auch Antonius und Balthasar wussten noch nichts von diesem Vorfall und hörten ihrem Nachbarn gespannt zu.

Markus stellte die Gläser auf den Tisch: „Und wenn, dann hätte sie es dem Veith sicher nicht erzählt!"

Der Wirt, ebenfalls genervt von der Wichtigtuerei des jungen Schlegelhoferben, hatte die Lacher auf seiner Seite, woraufhin Veith sofort rot anlief und sich wehrte: „Ihr braucht gar nicht so dämlich zu grinsen. Ich kenne die Geschichte quasi aus erster Hand, vom Konrad, ihrem Bruder."

„Wir glauben dir ja." Georg klopfte ihm versöhnlich auf die Schultern.

„Und der Müller?" Balthasar ergriff das Wort. „Warum hat man ihn dann umgebracht?"

„Man weiß ja nicht einmal, ob es nicht doch ein Unfall war. Wie kommst du darauf, dass es Mord war?" warf Georg ein.

„Er muss mit dem Kopf unter das Mühlrad geraten sein, selbst wenn er irgendwo heruntergefallen wäre, wer hat dann das Rad gestoppt? Sein Bruder hat ihn gefunden und geschworen, dass das Rad still stand." Balthasar hatte bei der Beisetzung mit dem Michelehofbauer über den mysteriösen Tod des Müllers gesprochen.

„Das wird man wohl nie ganz herausbekommen. Es hat keiner etwas gesehen oder gehört, es muss an dem Morgen gewesen sein als die Truppen die Höfe plünderten." Markus hatte sich jetzt zu den Männern gesetzt.

„Vielleicht haben die Franzosen ihn des Mordes an ihrem Kumpanen bezichtigt. Es könnte ein Racheakt oder eine Hinrichtung gewesen sein. Er war der Einzige, der in der Nähe war.", überlegte Antonius.

„Der Müller und ein Mörder! Antonius du spinnst. Der war doch zu feige eine Maus zu erschlagen!"

Theatralisch riss Veith die Arme in die Höhe, so dass die Kartenspieler von den Nachbartischen aufhorchten.

„Hör mir gut zu bevor du mir die Wörter im Munde verdrehst. Ich sagte nicht, dass er etwas damit zu tun hatte, sondern dass die Franzosen es vielleicht angenommen haben. Da ist ein feiner, aber wichtiger Unterschied."

Veith lehnte sich drohend über den Tisch, seine rote Strähne rutschte ihm vom glattgestrichenem Scheitel in die Stirn: „Spiel dich hier nur nicht auf, Uhrenhändler!"

„Nun aber genug. Wir werden die Wahrheit wohl nie erfahren." Markus der die aufkommende Spannung zwischen den beiden Burschen spürte, klopfte energisch auf den Tisch, um das Thema zu beenden. „Komm Antonius, erzähl uns aus dem warmen Süden. Bring etwas Sonne in den tristen Tag."

Veith erhob sich und warf dem Wirt ein paar Münzen auf den Tisch.

„Hier, für deinen kratzigen Most. Ich kann auf die Heldentaten aus dem Süden verzichten. Die Uhrenhändler sind bekannt dafür, dass sie gerne aufschneiden." Er warf noch einen kampfbereiten Blick auf Antonius, der ihn jedoch nicht beachtete, ehe er die Tür hinter sich zuschlug.

„Er kann es nur nicht ertragen, wenn er nicht der Mittelpunkt ist. Mach dir nichts draus, Antonius." Martin, vom Nachbarhof, der bis jetzt nur zugehört hatte, leitete das neue Thema ein. „Du warst in Florenz habe ich gehört. Erzähl mal. Es muss eine großartige Stadt sein."

Antonius nickte: „Ja. Ich war in Florenz. Seit fast einer Woche bin ich schon daheim und hier war so viel los, dass ich bis heute noch nicht unter die Leute gekommen bin."

„Da siehst du es mal, sogar hier am Arsch der Welt passieren die unglaublichsten Dinge. Aber sag mal, stimmt es, dass Florenz der größte Umschlagplatz von Waren aller Art in ganz Italien ist? Hier bei uns, zieht nämlich immer mal wieder ein Tiroler herum, der behauptet er beziehe seine Kostbarkeiten direkt aus Florenz."

„Ach der, das sagt er doch nur, um seinen Ramsch teuer zu verscherbeln." Georg winkte ab, der Tiroler war auch ihm bekannt.

„Abgesehen von Venedig, das ja einen eigenen Hafen hat, ist Florenz schon der Mittelpunkt", begann Antonius seinen Reisebericht. „Die alten Handelsstraßen haben im Mittelalter schon immer durch Florenz geführt. Zur Zeit der Medici war die Stadt so etwas wie der Nabel des Abendlandes. Auch kulturell und gesellschaftlich. Die ganzen Berühmtheiten wie Leonardo da Vinci, Michelangelo, Donatello und wie sie alle hießen, stammten aus, oder lebten in Florenz. Heute ist Florenz nicht mehr ganz so der Mittelpunkt wie damals. Aber ich habe noch kein bunteres Treiben gesehen. Man kann es gar nicht beschreiben."

Antonius erzählte von den unterschiedlichsten Händlern und deren Waren, der Farbenpracht der Handelsstraße und den eigenartigsten Gerüchen und Düften die den Marktplatz belegten. Ebenso berichtete er von Früchten, die die Schwarzwälder noch nie gesehen hatten. Nur der Feigenbaum war ihnen aus der Adam und Eva-Geschichte geläufig, aber dass er außer Feigenblätter auch Früchte trug, war nicht allen bekannt. Mit aufgerissenen Mündern hingen sie staunend an seinen Lippen und bemerkten nicht wie der graue Regentag in die Dämmerung überging.

„Habt ihr auch einen Firman erhalten, wie Mathias Faller damals?" wollte Georg schließlich wissen.

„Nein, Mathias war doch nicht in der Toskana, Georg." Antonius schüttelte den Kopf über soviel Unwissenheit, „der war beim Großsultan zu Konstantinopel. Von ihm hat er einen Freihandelsbrief, einen Firman, erhalten als Dank für die Spieluhr, die er ihm schenkte. Der war nämlich ganz schön gerissen, der Mathias, wusste sogar wie man einen Großsultan beeindruckt. Der hatte noch Mumm in den Knochen, so ganz alleine in den Orient zu ziehen und am Palast anzuklopfen." Antonius wiegte gedankenverloren seinen Kopf, wieder einmal war der legendäre Faller, sein großes Vorbild, das Gesprächsthema. Obwohl die Geschichte schon viele Jahre zurück lag, war sie immer noch spektakulär genug für die Stammtischgespräche in dieser Abgeschiedenheit.

„Tja, er hat damit ein Vermögen gemacht. Keiner hätte es damals gedacht, dass Mathias eines Tages tatsächlich mehr verdienen könne als er und seine Brüder zusammen in ihrer Kompanie. Immerhin sollen sie es damals schon gut auf 40 000 Gulden gebracht haben", bemerkte Markus.

„Ja, das hat er ihnen aber ordentlich bewiesen, nach seinem Rausschmiss aus der Familienkompanie", fügte Antonius hinzu.

„Er war herrschsüchtig und hat mit dem Geld nur so um sich geworfen, deshalb haben sie ihn rausgeschmissen. Er hätte die Familie mit seinem Lebensstil bald ruiniert", wandte Martin ein. „Denkt doch nur daran wie er vor Jahren mit seinen seidenen Prachtgewändern, wie aus einem orientalischen Palast entlaufen, hier angekommen ist. Sogar verschleierte Frauen mit Pluderhosen hatte er dabei. Ein Angeber war er. Gott sei seiner Seele gnädig, sein Ruhm hat nicht lange gehalten. Sie haben ihm die Kehle durchgeschnitten, die Osmanen, das war der Dank."

„Es ist jetzt schon viele Jahre her, ich glaube es war anno 1779, aber ich erinnere mich noch als sei es erst gestern gewesen", begann Markus, der den Mathias noch gekannt hatte, zu erzählen. Auch er war beeindruckt von diesem zähen Burschen und ließ sich von Martin nicht von seiner Bewunderung für ihn abbringen, „dort hinten in der Ecke saß er." Markus drehte sich um und deutete auf den Herrgottswinkel.

„Ich werde es euch zeigen, hatte er gebrüllt und seine Brüder gemeint, denn sie alle waren hier, um die Hauptversammlung abzuhalten. Dann ist er aufgestanden und hat auf jeden im Raum gedeutet: und dir, und dir, ihr seid alle meine Zeugen. Allen werde ich beweisen, dass man einen Mathias Faller nicht ungeschoren aus der Kompanie ausschließt. Dann hat er sein Glas zu Boden geworfen, sich zum Herrgott umgedreht und feierlich geschworen erst wieder heimzukehren, wenn er mehr verdient hätte, als er und seine Brüder bis dahin zusammen. Stolz und alleine ist er aufgebrochen, ohne sich noch einmal umzudrehen, keiner hätte je geglaubt wieder etwas von ihm zu hören. Bis zu seinen Auftritt, verkleidet als Muselman."

Markus schüttelte leicht den Kopf als könne er es noch immer nicht glauben.

„Er war nicht verkleidet als Muselman, er war einer. Er hatte sogar seinem rechten christlichen Glauben abgeschworen." Martin leerte das Glas Apfelmost und knallte es auf den Tisch als wolle er damit diese Träumer am Tisch aufrütteln.

„Bist du sicher? Vielleicht war er in seinem Innersten noch immer Katholik. Sie hätten ihn nicht akzeptiert als Ungläubigen dort unten." Antonius wollte Mathias Glanz nicht befleckt sehen.

„Ja, und weil er sich mehrere Weiber halten konnte. Deshalb wohl auch."

„Andere Länder, andere Sitten, Martin. Das kannst du nicht verstehen, du bist noch nie über die fürstlichen Ländereien hinausgekommen", bemerkte Antonius, um dieses Thema abzuhakken und wandte sich wieder an Markus: „Weißt du noch wie die Brüder darauf reagiert haben? Als er wieder heim kam, meine ich."

„Das musst du doch besser wissen. Du bist doch einige Monate mit seinem Bruder auf Tour gewesen."

„Tja, Fidelis ist ein echter Wälder. Er erzählt nicht viel und schon gar nichts über seinen Bruder. Und das was er erzählt, na, das kann man nicht immer so ganz ernst nehmen. Du musst die Hälfte abziehen, um annähernd an die Wahrheit zu kommen. Mathias war für die Familie schon vor seinem hinterhältigen Mord gestorben."

„Tja, wie haben sie reagiert? Sie glaubten ein fremder Fürst mit seinem Gefolge wäre auf der Durchreise. Und die Weiber," Markus musste grinsen, „die sind bei seinem Anblick davongerannt wie die aufgescheuchten Hühner."

„Vielleicht hatten sie Angst um ihre Ehre." Georg machte eine eindeutige Handbewegung, und ein wissendes Gelächter ging durch die Reihe.

„Aber was in der Familie dann gegangen ist," fuhr Markus weiter, als sich die Männer wieder beruhigt hatten, „weiß ich nicht. Er ist jedenfalls bald darauf wieder losgezogen mit einer eigenen Kompanie. Die jungen Burschen waren alle ganz heiß darauf mit ihm in den Orient zu ziehen. Man hat dann lange nichts mehr von ihm gehört, bis eben zu jenem Tag als man die Kunde von seinem gewaltsamen Tod erhielt." Markus war aufgestanden, um die Tische abzuräumen und zu kassieren, denn die Kartenspieler an den hinteren Tischen machten sich auf. Sie hatten alle noch einen längeren Heimweg und draußen war es inzwischen dunkel geworden.

„Ich glaube wir sollten auch aufbrechen, Bruderherz. Vater ist bestimmt schon fast mit der Stallarbeit fertig." Balthasar klopfte seinem Bruder auf die Schulter und stand auf, um besser in der Hosentasche nach einem Kreuzer für den Most zu suchen.

„Komm, ich bezahl heute. Die letzte Runde geht auf mich Markus." Antonius kam seinem Bruder zuvor und kramte die Münzen aus dem Lederbeutel. „Der Rest ist für dich Markus."

„Danke Antonius, kommt gut nach Hause und lasst euch wieder mal blicken!"

„Bestimmt." Die Beiden schlüpften in ihre inzwischen getrockneten Jacken und zogen ihre Hüte tief ins Gesicht, denn der Regen peitschte ihnen gleich entgegen als sie die Türe öffneten.

*

Drei Wochen später waren die Überfälle nur noch hin und wieder Gesprächsthema in den Gaststuben, denn die Bauern waren mit ihren Helfern beschäftigt die Getreideernte unter Dach und Fach zu bringen. Es war nicht die Zeit, sich in den Gasthäusern die Stunden um die Ohren zu schlagen. Das Wetter hielt an und der heiße Wind hatte die Ähren getrocknet. Eine Regenfront und ein paar kühle und feuchte Tage, und alles wäre dahin, würde am Boden verfaulen. Es war eine gute Zeit für Tagelöhner, wenn sie auch hart von morgens bis abends schuften mussten, aber sie hatten am Ende des Tages genug, um ihre Familien zu verköstigen.

Helena zog ein Taschentuch aus der Schürzentasche und benetzte es am Brunnen, um ihre Stirn damit zu kühlen. Ihre Schläfen hämmerten von der Feldarbeit bei dieser ungewöhnlichen Augusthitze.

Zwar krochen schon die langen Schatten vom Schlegelhofberg an den Brunnen heran, doch die Luft war noch immer aufgeheizt. Nur noch wenige Minuten, und das ganze Tal würde in den Fängen der Schatten verschwinden und dann rasch für Abkühlung sorgen.

Helena sehnte sich die kühle Abendluft herbei, ihr war schlecht. Den ganzen Nachmittag war sie in der sengenden Sonne draußen auf dem Acker, um zusammen mit der ganzen Familie und den Tagelöhnern das Getreide in Garbenbündel zu binden.

Ihre Knie zitterten vor Schwäche, denn sie hatte kaum etwas gegessen. Ihr Magen rebellierte schon seit Tagen gegen jede Nahrungsaufnahme. Immer wieder musste sie sich übergeben, kämpfte dann gegen die Schwindelanfälle. Die ersten Tage hatte Helena dieses Unwohlsein einfach verdrängt, irgendeine Magenverstimmung vielleicht, bis ihr einfiel, dass ihre Regel schon lange überfällig war. Zuerst glaubte sie an eine schlimme Krankheit, wie damals als sie von der ersten Mensis überrascht wurde, denn niemand hatte sie darauf vorbereitet. Doch immer mehr keimte eine unheimliche Vermutung in ihr.

Helena wurde schwindlig, wenn sie nur daran dachte was dies bedeuten könnte. Und jetzt, wo sie alleine war, kam er wieder hoch, dieser Gedanke.

„Gott im Himmel, bitte bestraf mich nicht so dafür", verzweifelt hielt Helena das feuchte Tuch vor das Gesicht, um ihre aufkommenden Tränen zu unterdrücken, aber Gott schien es nicht zu hören.

Kein Mensch, außer Antonius, hatte von diesem Überfall etwas mitbekommen. Sie konnte sogar mit geschickter Frisur ihre Platzwunde am Kopf verheimlichen bis sie verheilt war. Was, wenn sie nun wirklich schwanger war? Was sollte sie erzählen wie dies zustande gekommen war, oben auf dem Schilling?

Vater würde Antonius für den Schuldigen halten und sicherlich den Balg aus ihr herausprügeln, wenn es so wäre. Auf ihn konnte sie nicht zählen, auch nicht auf ihre Mutter, die vor Julius kuschte, um nicht Ziel seiner Tobsuchtsanfälle zu werden, was trotzdem immer öfters geschah.

Entschlossen, es erst gar nicht soweit kommen zu lassen, packte sie kräftig mit an auf dem Acker.

Aber selbst das Schleppen der schweren Bündel hatte die Blutung nicht in Gang setzen können. Dass dies helfen solle, hatte sie schon von den Frauen mitbekommen, die unglücklich schwanger waren. Aber außer zittrigen Knien und einem schwächebedingtem Schweißausbruch geschah nichts. Sie hätte heulen können.

Die Gedanken überschlugen sich und Helena fühlte sich immer elender. Wieder benetzte sie das Tuch und wusch sich das Gesicht. Sie verwarf den Gedanken zum hundertsten mal, vielleicht war alles auch nur Einbildung. Schließlich wusste sie gar nicht wie man sich fühlte, wenn man wirklich schwanger war. Gott würde es doch sicher auch nicht zulassen. Sie hatte sich doch nichts zu Schulden kommen lassen, oder?

„Ich dachte du richtest uns das Vesper?" Simon, ihr achtjähriger Bruder, kam mit den Ziegen, die er gehütet hatte, vom Feld an den Brunnen zur Tränke. Er riss Helena aus ihren trüben Gedanken und sie war froh darüber. Ihre Mutter hatte sie vorgeschickt, um das Abendbrot für die fleißigen Helfer und die Familie zu richten.

Meckernd drängten die Ziegen nun um das kalte, sprudelnde Quellwasser, das sich in dem Sandsteinbrunnen sammelte und drückten Helena zur Seite. Es war der einzige Tränkeplatz für die Tiere, die ihren Durst vor und nach dem Weidegang stillten. Im Winter war es meist Johanns Arbeit, den Brunnen vom Eis zu befreien und die Tiere einmal am Tag an den Brunnen zu führen.

„Ich hab einen Bärenhunger." Simon scheuchte die übermütig werdenden Ziegen in den Stall, verriegelte das Gatter und stolperte mit einem fröhlichen Pfeifen die Stufen zur Haustür hoch.

„Wann hast du den nicht? Komm, dann hilf mir mal den Tisch zu decken." Helena folgte ihm.

Kurz darauf saß die ganze Familie, einschließlich den Tagelöhnern Blasius Miller und Hermine Bromberger, die sich für Kost und ein paar Naturalien den ganzen Tag verdingten, am reichlich gedeckten Tisch. Heute war ein Festtag, die Sichelhänge, der Tag, an dem die Sichel wieder für ein Jahr an den Balken gehängt wurde, weil die Getreideernte abgeschlossen war. Die Bündel lagerten draußen auf dem Wagen und mussten nur noch abgeladen werden. Danach wird für alle Helfer Most ausgeschenkt und gefeiert werden.

Auf dem Tisch lag Geräuchertes und Eingemachtes, frischer Quark und Rettiche aus dem Garten, selbstgebackenes Brot und die erste eingekochte Himbeermarmelade. Dazu gab es Tee. Alle langten kräftig zu und verschlangen was sie zwischen die Finger bekamen, fast alle. Außer Helena, sie stocherte abwesend und lustlos im Essen herum.

Als Julius Kirner, das Familienoberhaupt, satt war und das Messer zur Seite legte, hörten die Anderen abrupt mit dem Essen auf, denn die Mahlzeit war somit beendet. Es war unanständig länger zu essen als der Gast- und Arbeitgeber.

Wie auf ein stummes Kommando erhoben sich Helfer und eilten zur Tür hinaus.

Leopoldine blieb abwartend vor ihrer Tochter stehen, die schuldbewusst stur auf den Boden starrte als sie den Tisch wieder abräumte. Natürlich war ihr aufgefallen, dass Helena sich verändert hatte seit sie bei der Hebamme war. Irgendetwas musste passiert sein was ihre Tochter ihr verschwieg. Es konnte nicht daran liegen, dass sie eine Tracht Prügel von ihrem Vater eingefangen hatte, das kam öfter und wegen noch geringerer Nichtigkeiten, vor.

Leopoldine legte ihre Stirn in Falten und kam mit einem besorgten Blick auf Helena zu. Sie waren gleichgroß und bis auf Leopoldines, von vielen Schwangerschaften geweitetem Bauch, auch gleich schlank. Ihre rehbraunen Augen hatten jedoch immer etwas Trauriges und ihre nach vorne leicht gebückte Haltung verriet ihre Lebenseinstellung.

Ein grober Halbschurz schützte das sowieso schon abgewetzte Arbeitskleid. Als Helena noch immer ihrem Blick aus dem Weg ging, seufzte Leopoldine und sprach sie an: „Helena, du bist blass und du isst kaum etwas. Ich habe dich auf dem Feld beobachtet. Du bist mit den Gedanken abwesend. Was ist los?"

Helena riss erschrocken die Augen auf, war ihr nun schon etwas anzusehen? Ein heißer Blitz durchzuckte sie ehe sie stotterte: „Nichts Mutter. Mir war nur nicht so gut. Es ist nicht der Rede wert." Helena senkte den Kopf und drehte sich weg, um den Tisch abzuräumen.

„Es war nicht nur heute so, du bist schon länger nicht bei der Sache. Genau gesagt, seit du bei Josepha warst. Bedrückt dich etwas? Oder stimmt es was Hannah erzählt? Hat dir der junge Burger den Kopf verdreht?"

Wieder zuckte Helena zusammen, was erzählte ihre Schwester für einen Unsinn?

„Antonius? Wie kommt diese blöde Kuh dazu..."

„Halt! Red nicht so über deine Schwester. Ich habe sie danach gefragt was los war, als du bei der Hebamme warst. Ich habe mitbekommen wie Vater aufgebracht darüber war. Hannah hat mir erzählt warum. Also ist etwas dran an der Geschichte?"

„Es gibt keine Geschichte namens Antonius!" Helena war nun wütend geworden und drehte sich abrupt zu ihrer Mutter um, dabei stieß sie an einen Teebecher, der scheppernd zu Boden ging. Zum Glück war er aus Blech und ging nicht zu Bruch. Helena bückte sich nach ihm und dabei drückten sich schon wieder diese verräterischen Tränen aus den Augenwinkeln. Es war zum Verzweifeln, wegen jeder Kleinigkeit hätte sie losheulen können. Verstohlen wischte sie sich die Augen, ehe sie wagte ihre Mutter anzusehen.

„So, und warum heulst du dann gleich los? Raus jetzt mit der Sprache, was ist los?"

Helena drehte und drückte den Teebecher in ihren Händen, dass nur noch das Weiße der Knöchel zu sehen war. Schon wieder liefen die Tränen über ihre Wangen. Sie hätte vor Wut darüber am liebsten den Becher gegen die Wand geknallt.

„Wenn es keine Geschichte mit dem Namen Antonius gibt, wie heißt die Geschichte dann?"

Leopoldine verschränkte die Arme und wartete ab. „Ich habe Zeit."

Sie war wieder die Alte, nichts mehr zu spüren von der Krankheit, die sie nach der Geburt von Sophie so sehr hergenommen hatte. Ihr Gesichtsausdruck verriet, dass sie fest entschlossen war die Wahrheit zu erfahren, man konnte ihr nichts vormachen. „Wäre sie Vater gegenüber nur einmal so zielstrebig und sicher", schoss es Helena durch den Kopf.

Leopoldine hatte die schmalen Lippen fest aufeinander gepresst und die streng nach hinten zu einem Knoten gebundenen Haare, wie immer unter einem Kopftuch versteckt. An den Schläfen waren sie bereits grau, doch das Deckhaar war noch dunkel, auch wenn es Helena nur morgens zu Gesicht bekam, wenn sie sich frisierte. Es reichte ihr bis an die Hüften. Um die Augen bildeten sich schon kleine Fältchen, die jetzt, da sie die Augen leicht zusammenkniff, noch tiefer waren. Ihr Gesicht wirkte meist streng und verschlossen, was sie älter aussehen ließ als sie in Wirklichkeit war. Nach Helenas Berechnung musste sie so um die siebenunddreißig sein. Doch die Jahre der harten Arbeit, die vielen Geburten und mit dem herrschsüchtigen Mann an ihrer Seite, hatten sie geprägt. Helena konnte sich nicht daran erinnern, sie jemals lachen oder nur lächeln gesehen zu haben. Sie zeigte keine Gefühle.

Helena zog die Nase hoch und fuhr mit dem Ärmel über das Gesicht. Nun saß sie in der Falle. Wenn sie sich jetzt in eine Lügengeschichte verstrickte, kam sie nicht wieder heraus. Ihre Mutter hatte etwas gewittert. Es gab kein Zurück mehr und so gab Helena sich geschlagen und begann zu erzählen:

„Ich kann nichts dafür, glaubt mir. Ich hatte Angst, dass ihr sterben würdet, Mutter. Ich wollte nur eine Medizin bei Josepha holen."

Sie hob den Kopf und schaute ihrer Mutter fast flehend in die Augen als sie weiterfuhr, „Ihr habt doch immer gesagt, sie hat heilende Hände und dass schon viele Frauen längst tot wären, hätte sie ihnen nicht geholfen. Und da habe ich gedacht, nun, Vater war nicht da, keiner hätte etwas bemerkt, wenn..." Helena stockte, ihre Schultern bebten „...wenn Josepha nicht von ihrem Traum erzählt hätte. Von den Franzosen, dass sie kommen und Elend verbreiten. Sie hatte sogar ihre Tür geschlossen. Ich bin fast gestorben vor Angst als ich alleine durch den Wald zurück lief."

„Was, Josepha hat von dem Überfall schon einen Tag vorher gewusst?" Leopoldines verhärtete Züge wichen einem Erstaunen.

„Sie war so komisch. Ich hatte Angst vor ihr. Sie ist eine Hexe, Mutter. Sie hat den bösen Blick, sonst wäre das alles nicht passiert."

„Was ist passiert? Du hast Antonius im Wald getroffen. Und dann?“

„Nein, das ist es ja. Ich habe ihn nicht getroffen. Das heißt, erst danach.“

„Nach was? Das verstehe ich nicht. Dein Vater hat doch ...“

„Ja, Antonius wollte mir helfen. Es sollte keiner was erfahren. Vater hätte mich totgeprügelt, hätte er gewusst was wirklich passiert ist.“

Helena senkte wieder schuldbewusst ihr Haupt und zupfte nervös an ihrem Schurzzipfel, dabei lief erneut ein Schwall Tränen über ihre Wangen.

„Kannst du mir mal sagen, von was du da sprichst? Ich kann dir nicht folgen. Was ist passiert?“ Genervt hielt Leopoldine die Hände zum Himmel.

„Josepha hatte Recht“, getroffen fuhr Helena leise fort, „Sie waren wirklich da, die Franzosen. Im Wald, sie haben mir aufgelauert. Und dann, dann ging alles so schnell.“

Leopoldine weitete die Augen vor Entsetzen. Die Farbe wich gänzlich aus ihren Gesicht. Für Sekunden herrschte Totenstille, dann stieg Panik in ihr hoch.

„Sie haben dich...?“

Helena nickte beschämt und wagte nicht ihre Mutter anzusehen.

„Sie kamen wohl aus dem Hinterhalt,“ flüsterte sie, „ich habe sie nicht gesehen. Ich spürte plötzlich einen heißen Atem im Nacken und wurde schon überwältigt. Ich schlug dann mit dem Kopf auf und habe das Bewusstsein verloren.“

Vor Leopoldines geistigen Auge stiegen plötzlich schreckliche Bilder auf und vermengten sich mit alten, längst vergessen geglaubten Ereignissen. Ihr drehte sich alles im Kreise, so dass sie schließlich nach dem Stuhl griff und sich setzte.

„Wie viele waren es?“

Leopoldine hielt sich schamhaft die Hand vor den Mund als sie sich wagte diese Frage zu stellen.

Erst jetzt wurde Helena bewusst, dass sie vielleicht sogar das Opfer von mehreren Tätern gewesen sein konnte.

„Ich, ich hab keine Ahnung. Mutter, ich konnte doch nichts sehen. Nur ein Pferd, von hinten, das war alles."

„Hast du etwas gehört? Haben sie gesprochen?"

Helena schüttelte den Kopf. „Nein. Es hat niemand gesprochen, nur..."

„Was?"

„So seltsam gekeucht."

„Oh mein Gott. Warum, warum muss das ausgerechnet dir passieren?"

„Ich kann nichts dafür Mutter. Es hätte jeder passieren können. Ich bin sogar extra durchs Dickicht gerannt, nicht über den Weg, weil Josepha mich eindringlich gewarnt hatte."

Helena blickte ihre Mutter wieder an und fragte sie dann leise und beschwörend: „Oder hat sie mich mit einem Fluch belegt?"

„Rede kein teuflisches Zeug. Erzähl mir lieber wie du zu Antonius gestoßen bist."

„Ich bin erst zu mir gekommen als er mich geschüttelt hat. Er hat mich gefunden und gedacht, ich sei tot."

„Hat er die Franzosen gesehen?"

„Nein. Es war ein schreckliches Gewitter und er hatte bei der Kapelle Schutz gesucht. Ich habe ihn auch gefragt."

„Weiß er, was mit dir geschehen ist?"

Helena senkte wieder schamhaft den Kopf. „Ich denke schon. Er hat aber nichts gesagt. Er hat mir auch versprochen niemandem etwas zu erzählen."

„Und wenn nun gar keine Franzosen da waren? Wenn vielleicht Antonius sogar...?"

„Nein Mutter, nicht Antonius. Das kann nicht sein."

„So, bist du dir so sicher?"

„Absolut."

„Was macht dich so sicher?"

„Sein Verhalten. Hätte er dann Vater angelogen? Wäre er mit mir gelaufen?“

„Du hast Recht, das ist recht unwahrscheinlich. Trotzdem, er war der Einzige der mit dir im Wald war. Alles andere sind nur Vermutungen. Nicht einmal du hast wirklich jemanden gesehen. Das könnte Antonius und dir das Genick brechen, wenn jemals jemand davon erfahren sollte. Wir müssen die Sache totschweigen.“

Helena nickte, dabei liefen ihr wieder die Tränen über das Gesicht.

„Dir geht es doch gut, oder?“

Helena antwortete nicht, sondern zog nach einer Weile die Nase hoch.

„Kind! Du bist doch nicht etwa auch noch schwanger?“

Da brach es wieder erneut aus ihr hervor: „Ich weiß doch nicht, Mutter!“ Nun schluchzte sie heftig wie ein kleines Kind, die ganzen angestauten Ängste brachen mit einem Schwall aus ihrem Innersten hervor.

Einen Moment lang glaubte sie, ihre Mutter würde ein Herzschlag treffen und sie müsste jeden Augenblick tot vom Stuhl fallen. Doch dann erhob sie sich langsam, kam auf ihre Tochter zu, und tat, was sie noch nie getan hatte, sie nahm ihre Tochter in die Arme. Einen Augenblick verharrten sie stumm in dieser Haltung.

Schließlich löste sie sich und schaute ihrer Tochter lange in die wasserblauen Augen, es waren die Augen, die sie all die Jahre verfolgt hatten. Dieses Blau, dieses verdammte Blau, das sie einmal so geliebt hatte. Es hatte sich eingebrannt in dieses ungewollte Kind und von da an täglich an ihre schreckliche Vergangenheit erinnert. Ihr war es jahrelang schwer gefallen dieses Kind zu lieben. Und nun sollte es das gleiche Schicksal erfahren?

*

Auf dem Andresenhof war man auch am nächsten Tag noch damit beschäftigt die letzten Garbenbündel zu schnüren, alle Kräfte waren im Einsatz und arbeiteten fieberhaft, denn mächtige Gewitterwolken türmten sich auf. Als plötzlich das hektische Gebimmel der Totenglocke von der Josenkapelle her die Stille über dem Tal zerriss.

Wer mochte gestorben sein? Das Geschwätz der Mägde und Knechte auf den Feldern verstummte. Sie bekreuzigten sich und schauten sich fragend an. So viel sie sich erinnern konnten, lag niemand vom Dorf im Sterbebett.

„Das hört sich nicht wie eine Totenglocke an." Amelie Burger, die Magd und Schwester des Bauern, und Mutter des unehelichen Leonhard, war die erste, der es auffiel. „Hört doch! Wenn jemand gestorben wäre, würde der Josenbauer anders läuten, andächtiger."

„Du hast Recht, Amelie. Da stimmt etwas nicht." Linus, der Knecht, stieß seine Gabel in die Erde und lehnte sich mit dem Unterarm über das Ende des Stiels, um zu lauschen. Er schob seinen zerfledderten Strohhut in den Nacken und wischte sich mit der freien Hand den Schweiß von der Stirn. Dabei blickten seine flinken Augen den Waldsaum entlang, als erwarte er eine Bedrohung.

„Es ist vielleicht eine Warnung!" stieß Johanna, die älteste von Antonius Schwestern, die den besorgten Blick in Linus Augen richtig gedeutet hatte, hervor. Die Angst stand ihr im Gesicht. Noch hatte sie das schreckliche Erlebnis nicht verdaut. Sie strich aufgeregt ihr dunkles Haar, das sich aus dem Zopf gelöst hatte, zurück. Ihr Blick wanderte von einem zum andern. „Doch nicht wieder die Franzosen? Oder?" flüsterte sie.

Sie schaute zu ihrer jüngeren Schwester Barbara, die einen Steinwurf weit hinter ihr stand und die Garben band. Noch immer war sie apathisch und schien am Leben nicht wirklich teilzunehmen. Ihr Gesicht war spitz geworden und das Kleid schlotterte um ihre Hüften. Sie sprach kaum ein Wort, sinnierte vor sich hin. Sie schien das Geläut nicht wahrzunehmen und arbeitete weiter, versunken in ihrer Welt.

Amelie legte ihre Hand auf Johannas Schulter: „Beruhig dich. Noch einmal passiert dir das nicht. Gott wird es nicht zulassen."

„So? Und wo war Gott das letzte Mal, Tante Amelie?"

„Du sollst sein Handeln nicht in Frage stellen."

Unruhe breitete sich nun langsam auch unter dem Gesinde und den Tagelöhnern aus, denn das Gebimmel hielt noch immer unvermindert an.

„Leonhard, lauf los und hol den Bauer!" Amelie drehte sich um und rief ihrem Jungen, der dem Knecht die Garbenseile hinterher tragen durfte. Leonhard rannte barfuss, wie er war, durch das Stoppelfeld den Berg hinunter auf den Hof zu, wo er seinen Onkel vor dem Haus entdeckte.

Auch dieser hatte das Geläut schon vernommen und war einige Schritte von der Hofeinfahrt weggetreten, um die Quelle des Geläutes zu orten. Sein Stier, den er gerade einspannen wollte, trottete unterdessen zum Brunnen.

„Onkel Josef, Onkel Josef! Hört ihr das? Glaubt ihr sie kommen wieder?"

„Ich hör es Bub. Es muss von der Josenkapelle kommen. Normalerweise darf die Glocke nur den Tod verkünden! Aber da scheint jemand wie wild am Seil zu ziehen."

Der Burger reckte seinen kurzen Hals, um zur Kapelle zu sehen, aber die Anhöhe des Schlegelhofes versperrte ihm die Sicht. Darum lief er mit dem Jungen auf den Acker zu seinen Leuten.

Sie konnten auf diese Entfernung zwei Personen ausmachen, die bei der Kapelle waren. Ein Erwachsener und nun, als das Geläut verstummte, kam auch ein Kind aus der Kapellentür zum Vorschein.

„Da wird sich doch nicht einer einen Scherz erlaubt haben?" Josef blickte zu seinem Knecht. „Linus, lauf rüber und schau was da los ist! Du kannst die Jungen mitnehmen. Benni, Leonhard!" Er winkte die Beiden zu sich. „Und ihr," wandte Josef sich an die anderen, „arbeitet weiter. Es ist nichts zu sehen. Also kein Grund zur Panik. Die Ernte muss heute noch rein, wir haben Vollmond, das Wetter schlägt um.“ Er deutete zum Himmel. „Ihr seht ja. Das lädt heute noch ab.“

Der Josenbauer selbst stand neben dem Jungen aus Friedenweiler, der seinen Auftrag vom Wirtschafter des Klosters erhalten hatte. Er nahm seine Aufgabe sehr ernst und hing sich mit ganzem Körpergewicht an das Seil der Glocke.

„So, jetzt ist es genug. Alle haben es vernommen. Komm und setz dich vor die Kapelle bis die ersten Leute kommen und fragen was passiert ist.“

Der Bauer strich dem etwa Elfjährigen über die struppigen Haare. „Ich schau mal in der Küche drüben, ob die Frauen noch etwas übrig haben. Du brauchst doch noch eine Belohnung. Hast du heute überhaupt schon was gegessen?“

Mathis schüttelte den Kopf.

„Hab ich es mir doch gedacht.“ In der Hektik, die die letzte Nacht und auch noch heute in Friedenweiler geherrscht haben musste, hatte wohl keiner Zeit gehabt, den Kindern etwas zu essen zu geben.

Der Bub war die ganze Strecke vom Nachbardorf hierher gerannt und hatte ihm atemlos von der erneuten Plünderung des Klosters in der letzten Nacht erzählt, um ihn, den Josenbauer als Wächter der Totenglocke, zu bitten, Alarm schlagen zu dürfen. Es wäre nicht unbedingt mehr nötig gewesen, denn die Gefahr war schon vorüber. Trotzdem hatte der Meier die Buben aus Friedenweiler losgeschickt, um die Nachbarorte zur vermehrten Achtsamkeit anzuhalten.

Die ersten Leute kamen schon herbeigerannt, zum Teil hatten sie noch ihr Arbeitsgerät, Gabeln und Rechen, in den Händen. Viele waren immer noch auf den Feldern mit der Getreideernte beschäftigt.

„Das ist der Mathis aus Friedenweiler“, rief die Magd vom

Wiesenhof schon von weitem, sie war die erste an der Kapelle, gefolgt von einer Handvoll Erntehelfern und Knechten. Ihr Blick verfinsterte sich als sie den Buben grinsen sah. „Sag, du Lausejunge, hast du die Glocke angeschlagen?“ „Ja.“ Der sogenannte Lausbub erhob sich, um größer und wichtiger zu wirken.

„Willst du uns an der Nase herumführen, oder was soll der Unsinn?“ Sie fuchtelte mit erhobenem Finger vor seinem Gesicht herum. „Es ist verboten die Glocke zu schlagen. Ich werde den Josenbauer holen. Der wird dir deinen Hintern weich klopfen. Ach, da kommt er ja gerade.“

„Halt, lasst den Jungen.“ Der Bauer kam mit einer Küchenmagd, die eine dampfende Schüssel mit Gerstengrütze trug. „Er kommt im Auftrag des Klosters.“

Erstaunt blickten sie erst den Bauern, dann den Jungen an. Es musste wichtig sein, wenn der Bub sogar eine Belohnung bekam. Gierig blickte Mathis auf die Schüssel.

„Halt, du erzählst den Leuten hier erst, was heute nacht geschehen ist. Dann kannst du essen“, bestimmte der Josenbauer. Die Menge schwoll an, keuchend kamen immer mehr Menschen zu diesem Versammlungsort gerannt.

„Der Meier schickt mich“, begann er mit geschwellter Brust.

„Welcher Meier?“ unterbrach ihn die resolute Magd vom Wiesenhof.

„Der Meier vom Kloster. Das Kloster wurde heute nacht wieder geplündert. Die Franzosen.“

Ein Raunen ging durch die Menge. Dann brach eine gewisse Unruhe aus.

„Halt! Lasst den Jungen ausreden. Kein Grund mehr zur Panik!“ Der Josenbauer erhob die Arme, um die Menge zur Ruhe zu bringen.

Der Jockelebauer Martin und Markus der Wirt waren noch hinzugestoßen, auch Julius Kirner kam den Weg hochgelaufen. Sie informierten sich kurz bei den Umstehenden, was denn passiert sei.

„Sie sind schon weiter gezogen! Sie kamen gestern bei Einbruch der Dunkelheit und haben das ganze Dorf umzingelt. Sie wollten das Kloster einnehmen, aber die Ordensfrauen sind ja in der Schweiz. Sie haben keine Lebensmittel mehr vorgefunden im Kloster und so haben sie uns und dem Klosterverwalter Lebensmittel abgepresst. Sie haben gedroht das Dorf niederzubrennen, wenn wir nicht einlenken. Und die Kirchenschätze haben sie geplündert. Was sie aus dem Kloster nicht mitnehmen konnten, haben sie klein geschlagen, sogar ein paar Heiligenfiguren. Und das ganze Dorf haben sie in Angst und Schrecken versetzt."

„Die Kirchenschätze geraubt? Solch ein gottloses Volk!" Martin vom Jockelehof ballte vor Wut die Fäuste und hob sie über die Menge, die vor Eifer wieder anfing zu maulen.

„Und sie sind wirklich weg?" wollte die Magd des Wiesenhofes wissen. Sie schmetterte die Unruhe mit ihrer kräftigen Stimme wieder nieder.

„Ja, sie sind heute morgen in Richtung Rötenbach weitermarschiert. Der Meier will nur, dass alle Vorsicht walten lassen und die Türen und Ställe nachts verriegeln."

Ein Aufatmen ging durch die Reihen und der Junge nahm mit strahlenden Augen seine Schüssel mit Grütze entgegen. Lebensmittel gab es hier in diesem Teil des Schwarzwaldes noch nie im Überfluss, und seit den Belagerungen und Plünderungen wurden sie noch strenger eingeteilt. Für einen Heranwachsenden also eine reiche Bescherung, der Fußmarsch hatte sich gelohnt. Noch während Mathis seine Mahlzeit verschlang, begann ein angeregtes Gespräch unter den Männern. Die Mägde und Kinder jedoch wussten um ihre Pflichten auf den Feldern und verließen wieder schwatzend den Ort, sie hatten das Wichtigste gehört.

„Die Äbtissin hatte einen guten Riecher als sie die Frauen des Konvents in die Schweiz brachte. Dort sind sie wenigstens in Sicherheit", fuhr Martin fort.

„Und das Geld. Das Kloster war schon immer vermögend. Sie haben es hoffentlich auch mitgenommen." Linus als armer Knecht, dachte gleich weiter.

„Das Kloster ist nicht so reich wie die Anderen, St. Peter etwa, oder St. Blasien, Linus. Aber es sind doch einige Erbpachthöfe, die dem Kloster gehören. Nicht nur unsere acht hier in Rudenberg. Auch in Friedenweiler, Schwärzenbach, sogar bis nach Waldau zum Schneehof. Ich glaube nicht einmal, dass sie über so viel Barvermögen verfügen. Zumal das Kloster immer wieder Opfer von Raubzügen und Belagerungen war. Nicht nur damals im dreißigjährigen Krieg, sondern auch im spanischen Erbfolgekrieg Anfang des Jahrhunderts soll es herbe Verluste gegeben haben." Markus der Wirt kannte sich ebenfalls in der heimatlichen Geschichte recht gut aus.

„Tja, das war aber noch das alte Kloster damals. Vor dem Brand." Martin, der Jockelebauer, genoss es, ebenfalls wie der Wirt ein paar interessierte Zuhörer gefunden zu haben. Seine Ernte war schon unter Dach und Fach und er hatte Zeit für einen Plausch. „Mein Vater hat uns Kindern immer davon erzählt wie es abgebrannt ist, anno 1725, im März. Am siebenundzwanzigsten genau. Das Feuer ist in der Küche ausgebrochen und verrückter Weise war es ein Blinder, der es zuerst bemerkt hatte. Aber man hat ihm wohl nicht geglaubt, auf alle Fälle ist es bis auf die Grundmauern niedergebrannt. Ein Jahr später hat man schon wieder den Grundstein gelegt für das neue Kloster. Sogar Peter Thumb aus Konstanz, den größten Baumeister seiner Zeit, konnte man dafür gewinnen."

„Also ist der Orden doch nicht so arm." Linus, der wie viele hier nie die Möglichkeit hatte eine Schule zu besuchen, genoss diese Geschichtsunterrichtstunde, die sich hier mitten im Dorf bei der Kapelle so spontan ergab, sichtlich. Es war eine willkommene Abwechslung zur Feldarbeit. Um zu verhindern, dass sein Bauer selbst herkam und ihn wieder an die Arbeit holte, schickte er die Jungen heim: „Ihr habt gehört, dass das Kloster heute Nacht geplündert wurde. Sagt ihnen, sie brauchen sich nicht mehr zu sorgen. Die Soldaten sind über alle Berge. Ich komme gleich nach. Ich will nur noch hören was alles passiert ist."

Leonhard und Benni, die die Diskussion sowieso langweilte, rannten los.

„War dieser Thumb nicht auch Baumeister der Wallfahrtskirche Birnau am Bodensee?"

„Genau, Markus. Aber um noch einmal auf deine Frage zu kommen, Linus. Der Orden war nicht der Hauptgeldgeber für den Neubau. Es waren die Ordensfrauen selbst, die mit ihren Bittgängen bis ins weite Ausland, Elsass, Schweiz und sogar Tirol, gepilgert sind. Sie haben Vieles für ihr neues Kloster in Kauf genommen. Tja und nach den erfolgreichen Bittgängen konnte man sich sogar einen Baumeister wie Thumb leisten. Auch die Stiftskirche in St. Gallen, St. Ulrich in Freiburg, St. Trudpert im Münstertal, Frauenalb, Kloster Lichtenthal, Mundelfingen und Hilzingen bei Singen stammen aus seiner Hand. Nicht zuletzt die Wiederherstellung von St. Peter stand unter seiner Leitung. Da staunt ihr was? Wir haben ein berühmtes Kloster hier."

„Und woher weißt du das alles?" Linus war erstaunt.

„Die Klostergeschichte hat mich schon von Kindesbeinen an interessiert. Mein Großvater hat bei den Bauarbeiten selber noch mitgeholfen. Mein Vater war damals ein kleiner Junge und durfte manchmal als Handlanger mit. Es war ein großes Ereignis. Und die Grundsteinlegung des neuen Klosters war ein richtiges Volksfest."

„Und was war denn so feierlich daran?" Julius Kirner hatte bisher nur zugehört. Er war nicht von hier, was man auch heute noch an seinem harten Hotzenwälder Dialekt hören konnte und er hatte sich auch noch nie für die Klostergeschichte interessiert.

„Es war am 4. Juli des Jahres 1726. In den Grundstein hatte man einen Hohlraum gemeißelt."

„Und wozu?“

„Man hat dort drin Zeugnisse der Zeit versteckt. Für die nachfolgenden Generationen.“

„Was waren das für Zeugnisse?“ wollte Linus wissen.

„Es war ein Gläschen mit Moos, Erde und Vogelbeeren. Als Zeugnisse der Natur Gottes. Dann einige gängige Münzen aus Trier und Frankreich, eingehüllt in eines der seltenen und kostbaren Zeitungspapiere. Als Zeugnisse der Geschichte. Und dann noch ein Täfelchen mit einer eingravierten Widmung.“

„Und was stand auf der Widmung?“ Gespannt wie kleine Kinder vor dem Puppentheater lauschten an die zehn Einwohner der Geschichte des Jockelebauer Martin.

„Oh, ich weiß nicht, ob ich den Text noch zusammen kriege. Es sind zu viele Namen darin aufgeführt. Wir mussten im Religionsunterricht bei unserem Herrn Pfarrer die Widmung auswendig lernen. Er hat uns auch seitenweise die Bibel auswendig lernen lassen. Es sei gut für unsere dummen Bauernholzköpfe, hat er immer behauptet.“

„Na, versuch es mal“, spornten ihn die Männer an.

„Also es ging ungefähr so: Anno 1726, den 4. Juli wurde der Grundstein dieser Abtei gelegt unter dem hochwürdigen und ehrenwerten Herrn Leopold Münzer des berühmten Klosters Himmelpforte, vulgo Tennenbach des heiligen exempten Ordens der Zisterzienser Abtei und Visitator von vier Klöstern, nämlich Friedenweiler, Günterstal, Lichtenthal und Wonnental, sowie Kiechlingsbergen, unter der Regierung der hochwürdigen Frau Maria Ursula Guglin von Rottenburg, dieses zukünftigen Hauses Äbtissin, unter der Regierung von Papst Benedikt XIII. auf dem römischen Kaiserstuhle sitzend Karl VI, Cäsar Augustissimus, in Gegenwart des Beichtvaters des Hochwürdigen Paters Placidus Steiger von Villingen vom Kloster Himmelspforte. Aus dem ehrwürdigen Konvent dieses Klosters Friedenweiler, vulgo Fridenwiler, standen aber dabei die Klosterfrauen Maria Anna Planerin Priorin, Cäcilia Rotmeierin, Mechthilde Landherrin,

Gertrud Benzin, Hedwig Kopin, während aber die übrigen Frauen sich im Exil (wegen des Brandes) aufhielten, deren Namen sich hier bezeichnet werden, sind:

Agathe Zienastin, Catharina Steigmeierin, Magdalena Reichenbergerin, Lucia Iltissin, Josepha Buckeisin, Ludmilla Probstin, Magdalena Bilingerin, Barbara Buckerin, Martina Planerin, Constantia Dietricherin, Scholastica Guglin, Afra Altenhoferin, Theresia Joassin, Juliana Labhrin, Rosa Kleyn, Amanda Stadlerin, Clara Daitherin, Franka Brücknerin, Bernada Roherin, Benedikta Kienzlerin, Lugardis Weberin, Ottilia Steinin, Humbelina Boschin, Franziska Felixin.

Die geläufigen und gewöhnlichen Münzen sind hier niedergelegt. Ein Scheffel Weizen kostet 39 Kreuzer, ein Ohm Wein 9 Gulden kaiserlicher Währung.

Wenn auch Zeitungen Krieg dem ganzen Erdenkreis voraussagen, erfreut sich die Erde dennoch bis jetzt des erhabenen und stillen Friedens, den Gott, der dreimal gütige, auf lange Zeit uns gewähren möge, damit mit Hilfe der Rechten Gottes das begonnene Gebäude des neuen Klosters vollendet und dann von neuem die Klosterfrauen dieses Haus ihren liebenswürdigen Bräutigam loben und preisen können von Ewigkeit zu Ewigkeit. Amen."

„Das darf doch nicht wahr sein!" Die Umstehenden klatschten in die Hände und johlten.

„Und du bist sicher, dass das auch stimmt, was du uns da gerade erzählt hast?" Markus, der in seiner Gaststube schon sehr viel gehört hatte, war erstaunt über das Gedächtnis seines Nachbarn.

„Ja, ich glaube schon, wir haben den Text im Schlaf gekonnt, meine Geschwister und ich. Es war ein richtiger Wettstreit zwischen uns. Vor allem die Namen der vielen Nonnen. Aber was einmal drin ist, bleibt meist auch erhalten." Er tippte sich an seine Stirn und grinste. Es war doch schön, wenn man jemanden mit auswendig Gelerntem aus Kindertagen noch ins Staunen versetzen konnte.

„So Leute, zur Feier des Tages lade ich euch noch auf ein Glas ein." Markus versetzte die Menge damit in richtige Festtagslaune. Sie fanden, die vorbeigezogenen Truppen waren ein Grund dafür sich zu belohnen, auch wenn das Kloster gelitten hatte, aber sie waren diesmal verschont geblieben, das musste schließlich auch gefeiert werden.

„Und du Bub, wie du aussiehst schaffst du auch noch eine Portion Bratkartoffeln mit Griebenschmalz. Oder?" Die Augen des kleinen Mathis strahlten. Mit soviel Belohnung hätte er nicht gerechnet.

Der Wirtschaftsverwalter Meier hatte sich wohlweislich die Jungen aus den ärmeren Familien als Boten ausgesucht. Er wusste, dass sie bei einer guten Nachricht auch immer gut bedacht wurden.

Alle folgten dem Wirt, selbst die Knechte, die eigentlich noch ihre Arbeit zu tun hatten, verdrängten den Ärger, der sie später bestimmt erwarten würde, bei der Aussicht auf einen kostenlosen Tropfen.

*

Die Dämmerung setzte langsam ein und Leopoldine rutschte ihren Stuhl so gegen das Fenster, dass sie das weichende Licht des Tages für ihre Strickarbeit ausnutzen konnte, die sie eigentlich nur zum Vorwand in den Händen hielt. Sie musste reden. Mit Helena. Sie hatte es so eingerichtet, dass sie mit ihrer Ältesten alleine in der Stube war.

Schlaflose Nächte seit dem Gespräch mit Helena, in denen sie sich den Kopf zermartert hatte, lagen hinter ihr. Dicke Ringe unter den Augen zeugten davon. Nächte, in denen sie immer wieder gegen die eigene Vergangenheit ankämpfen musste. Sie hatte geglaubt, diese alte Geschichte endlich weit zurück gelassen zu haben, als sie sie wieder mit einem Schlag einholte. Ausgerechnet durch Helena. War es ein Wink des Schicksals?

Denn dass Helena schwanger war, stand inzwischen außer Frage und lange würden sie es nicht mehr vor Julius verheimlichen können. Was er sagen würde, wollte sie sich gar nicht erst ausmalen.

Fieberhaft hatte sie nach einer Möglichkeit gesucht, ihre Tochter und das Ungeborene zu schützen. Aber es gab nur eine Lösung und die war hart, Helena musste von zu Hause weg. Und zwar bald. Julius würde niemals noch ein fremdes Kind aufziehen. Aber davon wusste Helena nichts, woher auch. Sie hatte nie mit ihr darüber gesprochen. Helena glaubte, Julius sei ihr leiblicher Vater und bis vor einigen Tagen glaubte Leopoldine, dass dies auch das Beste wäre.

Sie legte ihre Arbeit in den Schoss, um Helena in die Augen sehen zu können.

„Helena, ich habe darüber nachgedacht. Du und das Kind, das geht nicht gut. Nicht hier. Es gibt nur eine Möglichkeit. Du musst das Dorf verlassen, solange noch Zeit ist. Wenn dein Vater erst von der Schwangerschaft erfährt, dann wird er dich im günstigsten Fall wegjagen, oder an den nächst Besten verheiraten, der ihm noch etwas schuldig ist. Wahrscheinlicher ist, dass er dich halbtot prügelt. Er wird kein uneheliches Kind dulden." Sie stand auf und ging ans Fenster, wie sollte sie Helena davon überzeugen, dass dies eine Katastrophe für ihn wäre?

„Was macht euch so sicher Mutter?" Helena nestelte verlegen an ihrem Rock herum. „Bestimmt ist es nicht einfach, aber es ist doch nicht meine Schuld. Wir sind so viele Kinder, kommt es da auf eins mehr an?"

„Nein, darauf kommt es nicht an! Herrgott noch mal!" Wut stieg in Leopoldine auf. Die Wut der Machtlosigkeit. „Er hat andere Gründe. Gründe, die du nicht erahnen kannst."

„Dann nennt sie mir Mutter!"

Leopoldine blickte eine Weile unentschlossen in die blauen

Augen ihrer Tochter. Was sollte sie ihr erzählen? Dass sie der Grund für ihre Misere war? Nein, das konnte sie ihr nicht antun. Sie fuhr deshalb unerwartet heftig mit ihren Armen in die Luft und herrschte sie, schärfer als sie eigentlich wollte, an: „Als Franzosenhure wirst du dir keinen Mann nach deinem Geschmack aussuchen können, sondern nehmen müssen was sich bietet."

„Mutter," Helena ließ die Wolle sinken, „ich bin keine Franzosenhure, das wisst ihr genau."

„Was glaubst du mein Kind, was das die Leute interessiert?" Endlich konnte sie von diesem heiklen Thema ablenken, sie war noch nicht bereit ihr Geheimnis zu lüften. „Sie werden kein Mitleid haben, wenn sie erst von der Schwangerschaft Wind bekommen und vor allem davon, dass du dich alleine im Wald herumgetrieben hast. Sie werden sagen, du hättest es darauf angelegt. Ja, vielleicht hat sich sogar eine ganze Truppe mit dir vergnügt. Wahrscheinlich wird man sogar Antonius der Vaterschaft bezichtigen. Die Leute brauchen etwas, worüber sie sich das Maul zerreisen können."

„Das kann ich nicht glauben."

„Oh doch, die Menschen haben eine schmutzige Fantasie, glaub mir. Wir müssen vorher etwas unternehmen."

„Und was soll ich bitte tun?" Helena war wieder den Tränen nahe.

„Ich habe eine verwitwete Tante in Hinterstraß. Sie ist noch nicht alt, aber kinderlos geblieben und könnte vielleicht eine Haushaltshilfe gebrauchen. Ich habe allerdings schon lange nichts mehr von ihr gehört. Wir kommen ja nie weg von hier, aber vielleicht gibt es eine Möglichkeit sie zu treffen. Sie kommt manchmal nach Neustadt zum Einkaufen. Meist vor Weihnachten und Ostern."

„Bis dahin werde ich meine Schwangerschaft vor Vater nicht verheimlichen können."

Leopoldine seufzte, das war ihr auch klar, aber sie hatte keine bessere Idee. „Wir müssen es versuchen. Beim ersten Kind dauert es etwas länger bis man was sieht. Du musst weite Kleider anziehen. Am besten von mir.“

Doch ein plötzliches Knarren der Tür ließ die beiden Frauen innehalten und erschrocken herumfahren. Ihre Nackenhaare stellten sich als sie in das aschgraue Gesicht von Julius blickten. Wie von Zauberhand stand er plötzlich bei ihnen. Sie hatten ihn nicht bemerkt. Er musste sich angeschlichen haben.

Leopoldine fasste sich als Erste und stammelte: „Julius, ihr habt mich erschreckt, mein Gott, wie lange steht ihr schon da?“

„Lange genug.“

Sein Gesicht glich einer steinernen Skulptur. Seine Züge waren verhärtet. Nur das Zucken seiner Mundwinkel verriet, dass er aus Fleisch und Blut war. Sein Atem ging schnaubend. Schließlich verengten sich seine grau-grünen Augen zu kleinen Schlitzen und seine Stimme klang seltsam gepresst als er fragte:

„Habe ich gerade richtig vernommen, du trägst einen Balg?“

Er schnaubte wieder und hatte sichtlich Mühe sich gelassen zu geben. Totenstille erfüllte den Raum, hätte jemand eine Stecknadel fallen lassen, man hätte sie gehört. Langsam stieß sich Leopoldine vom Fenster ab und wollte auf ihn zu gehen. Doch er gebot ihr mit einer Handbewegung Einhalt: „Du hältst dich heraus, Weib. Ich will es von ihr hören. Sag es mir! Du bist in anderen Umständen?“

Helena, die inzwischen von der Ofenbank aufgestanden war, um ihrem Vater Respekt zu erweisen, senkte den Kopf und nickte. Da hob er seine Hand und ließ sie schallend in ihr Gesicht peitschen, dass Helena ins Straucheln geriet. Blut sickerte aus ihrem Mundwinkel.

„Schau mich gefälligst an, wenn du mit mir sprichst. Du, du kleines Miststück. Hurenbalg bleibt Hurenbalg, der Apfel fällt nicht weit vom Stamm. Wer war es denn? Kannst du dich überhaupt erinnern? Antonius vielleicht? Und wie viele Burschen aus dem Dorf noch? Ich werde dich lehren ein anständiges Leben zu führen, so wie deiner Mutter auch. Wahrscheinlich treibst du es schon lange und nun hat es dich erwischt. Was? Warte ab, warte ab." Seine Stimme klang plötzlich seltsam hoch und hysterisch.

Helena stand beschämt da und hielt ihre Hand noch immer zum Schutz gegen die Schläge über das Gesicht, doch ihre Augen wurden vor Entsetzen immer weiter. Was hatte er da gesagt? Hurenbalg bleibt Hurenbalg? Sie schaute fragend zu ihrer Mutter hinüber, doch diese senkte den Blick.

Im selben Moment schnappte Julius plötzlich nach Luft und stieß einen gellen Laut aus. Die Stube begann sich um ihn zu drehen. Er fing an zu zittern, denn er wusste was jetzt geschehen würde. Er holte tief Luft als könne er den Anfall noch in letzter Minute verhindern. Er durfte sich nichts anmerken lassen, nicht jetzt.

Doch sie kam, diese schreckliche Vision, dieses Trugbild. Es setzte sich in seinem Schädel fest und narrte ihn. Die Züge seiner Tochter begannen sich zu verändern und er blickte in ein fremdes Gesicht. Ein Gesicht aus der Vergangenheit. Das Gesicht einer Toten. Jahrelang hatte er sich im Griff und nur selten wurde er daran erinnert, doch in letzter Zeit narrte sie ihn immer wieder. Er wollte sie verscheuchen und schlug um sich, dabei stieß er seltsame Laute aus.

Die Frauen erschraken. Julius begann nun zu brüllen und hielt seinen Schädel fest.

Helena hatte noch nie einen solchen Anfall mitbekommen, doch Leopoldine schien zu wissen was geschehen würde. Denn sie zog sie von ihm weg.

Speichel rann aus seinem Mund und seine Augen schienen durch sie hindurch zu sehen. Er ließ sich auf die Ofenbank fallen und verkrümmte sich. Dann rutschte er langsam von der Bank zum Boden. Sein Leib zitterte wie Espenlaub. Er zuckte als weiche das Leben aus ihm.

Leopoldine und Helena hielten sich fest und blickten entsetzt auf den sich windenden Julius.

„Er hat ein Gift genommen Mutter!“

„Nein Kind, das ist der Teufel“, flüsterte sie, „Er ist besessen. Ich habe es selber erst vor wenigen Monaten bemerkt.“

Sie fasste in das Weihwassergefäß neben der Tür und benetzte ihre Finger mit dem gesegneten Nass, damit besprenkelte sie ihn und begann zu beten. Helena schlug vor Schreck das Kreuzzeichen.

Langsam wurde er ruhiger und zuckte nur noch gelegentlich. Sein Körper erschlaffte und er schien zu schlafen. Doch dann schlug er die Augen auf und musste sich kurz orientieren.

Sein Blick wurde klarer, er richtete sich auf und schien sich zuerst an nichts zu erinnern.

Doch dann dämmerte ihm die Lage wieder und er überlegte fieberhaft, wie er dieser peinlichen Situation mit Würde entkommen konnte.

„Ihr treibt mich in den Wahnsinn, ihr lasterhaften Weiber“, begann er. „Eines Tages wird mich der Teufel holen, dann wird es offenbar werden aus welchem Holz ihr geschnitzt seid. Glaubt nur nicht, ihr könnt mich benutzen. Ich werde mich nach einer Lösung umsehen. Noch bin ich Herr der Lage.“

Damit stand er auf und ging leicht schwankend zur Tür hinaus. Die beiden Frauen trauten nicht sich zu bewegen. Erst als sie hörten, dass die äußere Türe ins Schloss fiel, lösten sie sich von ihrer Anspannung.

„Er ist weg. Gewöhnlich kommt er die ganze Nacht nicht mehr.“

„Mutter, was war das? Dieser Anfall. Passiert das öfter? Liegt ein Fluch auf uns? Was hat er damit gemeint, er habe euch zu einem anständigen Menschen gemacht. Will uns der Teufel holen? Stimmt das? Was verschweigt ihr mir, was ist in diesem Haus passiert?“

Helena zitterte vor Angst am ganzen Leib. Ihre Gedanken überschlugen sich.

Leopoldine ließ die Schultern sinken und setzte sich auf die

Ofenbank. Sie stierte wieder mit jenem ausdruckslosen Blick auf einen fiktiven Punkt am Boden, wie Helena sie schon oft beobachtet hatte, so als wäre sie nicht mehr von dieser Welt, als klinke sie sich aus.

„Mutter! Verdammt noch mal kommt zu euch!“ schrie Helena sie an. „Was ist hier los?“

„Er ist vom Teufel besessen“, kam es Leopoldine heißer über die Lippen, ohne dass sie ihren Blick erhoben hätte, „Ja vom Teufel, so muss es sein. Es ist meine Schuld, dass er ihn immer wieder heimsucht. Ich lebe mit einer Lüge.“

Plötzlich blickte sie Helena scharf an, dann sprudelte es aus ihr heraus: „Er ist nicht dein Vater. Das hat er damit gemeint.“

„Was? Nicht mein Vater? Wie meint ihr das?“

Das war nun doch zu viel, Helena setzte sich ebenfalls, ihre Knie wurden weich, die Farbe wich aus ihrem Gesicht. „Das müsst ihr mir erklären.“

„Ich hätte es dir gerne erspart. Ich habe dir ja gesagt, Julius duldet kein uneheliches Kind. Nicht von dir. Schau dich doch an, du bist nicht einmal seine Tochter. Was glaubst du, wo du dein helles Haar und deine blauen Augen her hast? Wir sind alle dunkel.“

Darüber hatte Helena noch nie nachgedacht, aber jetzt fiel es ihr auf.

„Ich war hochschwanger bei unserer Hochzeit, aber nicht von ihm“, fuhr Leopoldine monoton fort und senkte dabei den Blick wieder.

„Er hat all die Jahre geschwiegen, denn das war die Bedingung. Teil des Vertrages.“

„Mutter, ich verstehe nicht. Wer ist denn nun mein leiblicher Vater? Und was redet ihr von einem Vertrag?“

Leopoldine schaute ihrer Tochter lange in die Augen und langsam stellte sich wieder die seltene Vertrautheit ein, die sie das erstemal schon vor Tagen in der Küche gespürt hatte, als Helena ihr Unglück gebeichtet hatte.

„Das ist eine lange und traurige Geschichte. Aber ich glaube, nun muss ich sie dir erzählen. Du hast ein Recht auf die Wahrheit. Die richtige Wahrheit, denn die kennt nicht einmal Julius."

„Was? Das wird ja immer verworrener. Ihr macht mir Angst, Mutter."

„Die Geschichte ist leider nicht in fünf Minuten erzählt. Denn ich wurde als junges Mädchen an Julius verkauft, um die Ehre deines leiblichen Vaters zu retten."

„Verkauft? Wie eine Sklavin?"

„Es war wohl eher ein Kuhhandel."

Leopoldine erhob sich.

„Ich mache uns einen Tee. Dann werde ich versuchen dir das Geheimnis um deine Zeugung zu erklären. Vielleicht lässt der Teufel Julius und uns dann in Ruhe, wenn ich wenigstens dir die Wahrheit beichte. Er würde sie doch nicht glauben. Sie passt nicht in sein Bild, das er sich vor Jahren von mir zugelegt hat. Er würde mich auslachen und es als armseligen Versuch ansehen, meine Seele rein zu waschen. Und auf diese Erniedrigung kann ich verzichten."

Leopoldine verschwand in der Küche, wo kurz darauf das Geklapper von Geschirr zu hören war.

Helenas Hände waren ganz feucht und die Finger steif vor Verkrampfung. Sie bewegte sie auf und zu, um wieder Leben in sie zu bringen, ihr Herz hämmerte dagegen vor Aufregung.

Leopoldine kam mit zwei Zinkbechern, einer dampfenden Kanne und einer brennenden Kerze, denn der Raum war inzwischen dunkel geworden.

„Darauf kommt es nun auch nicht mehr an", meinte sie und deutete auf die kostbare Kerze.

„Sie wird wohl abbrennen, ehe ich das Ende der Geschichte erzählt habe."

Leopoldine setzte sich auf die Bank und umklammerte den heißen Becher. Dabei blickte sie in die dampfende Flüssigkeit, als stände die wahre Vergangenheit auf dem Becherboden.

Langsam begann sie zu erzählen:

„Nun, meine Kindheit war bescheiden, aber wenn ich zurückdenke, glücklich. Die schönste Zeit meines Lebens, bis auf wenige Stunden als ich glaubte das wahre Glück kennen gelernt zu haben. Aber der Reihe nach.

Mein Leben veränderte sich kolossal als ich etwa in deinem Alter war und es an der Zeit schien, für mich selbst zu sorgen, denn wie gesagt, meine Eltern waren arm und ich hatte noch viele jüngere Geschwister. Der Winter stand bevor und meine Eltern versuchten die größeren Kinder bei Bauern unterzubekommen, weil sie befürchteten, dass die Vorräte nicht für alle reichen könnten.

Es begann zu Martini 1778. Mein Vater hatte mir also eine Stelle auf einem Hof im Schildwendetal besorgt. Als Untermagd, eine gute Stellung für den Anfang. Nicht wie früher als Kindsmagd, ohne eigenem Verdienst, nur für Kost und Logie. Nein, mir stand sogar ein kleiner Lohn und neue Kleidung am Ende des Jahres zu.

Ich kann mich noch gut an meine Ankunft auf dem Hof erinnern. Es war kalt und wir sind den ganzen Weg schweigend zu Fuß gegangen, mein Vater und ich. Ich glaube uns Beiden tat der Abschied weh.

Als wir endlich am Winterberghof ankamen war es schon dunkel und die Leute beim Abendessen. Der Tisch war reichlich gedeckt. Sie hatten Wurst und Speck aufgetischt und ich dachte schon ich sei im Himmel gelandet. Zu Hause war das Essen nie so reichlich. Ich muss wohl große Augen bekommen haben, denn sie haben uns angestarrt wie Bettelvolk, von oben herab. Meinem Vater haben sie ein Stück Speck eingewickelt und ihn gleich wieder weggeschickt. Er hat sich fast überschlagen vor Dankbarkeit und Demut, dabei hätte es ihnen nichts ausgemacht ihn an den Tisch zu bitten. Wir hatten schließlich einen weiten Weg hinter uns. Er hat sicher auf dem Heimweg keinen Bissen davon gegessen, sondern alles zu Hause mit den Anderen geteilt.

Der Bauer, Thaddäus Hofmeier, war damals anfangs fünfzig, groß und kräftig. Er hatte dichtes, schon ergrautes Haar und flinke, graublaue Augen, die mich schweigend von oben bis unten musterten. Ich fühlte mich unwohl, wie er mich anstarrte. Er flößte mir richtig Angst ein. Er saß ganz oben am Tisch. Rechts daneben saß die Bäuerin, Kreszentia Hofmeier, auf den ersten Blick wirkte sie auf mich rund und behäbig, bis ich bemerkte, dass sie hochschwanger war, obwohl sie bestimmt schon die Vierzig überschritten hatte. Ihr dunkles, welliges Haar war fast schon zur Hälfte mit grauen Strähnen durchzogen und ihre dicken, runden Wangen hochrot. Ihr Blick ruhte nur kurz und abschätzend auf mir, ehe sie sich wieder dem Essen zuwandte. Den Anschluss bildeten dem Alter nach, von der Jüngsten angefangen, die Töchter des Hauses, Serafine, Agnes und Maria. Daneben saß Klara Birkle, die Obermagd, der ich untergeordnet sein sollte. Ihre kalten, grünen Augen hatten von Anfang an etwas Feindseliges. Der Platz neben ihr war frei und für mich bestimmt. Dann kam nur noch Hanni, das Kindermädchen.

Auf der linken Seite neben dem Bauer war die Reihe der männlichen Hofbewohner. Die vier Söhne Michael, Laurentius, Benedikt und Andreas, wieder vom jüngsten beginnend. Dann Joseph, der Rossknecht und somit Ranghöchster der Knechte. Er schaute kaum auf, als ich eintrat, es war unwichtig, wenn neues Weibervolk hinzukam. Er mochte etwas jünger gewesen sein als der Bauer, aber seine gebückte Haltung ließ ihn älter erscheinen. Dann kamen noch der Oberknecht und der Unterknecht und ganz am Ende, wie auf der rechten Seite die Kindsmagd, hier der Hirtenjunge, die beide schon als Kinder bei den Großbauern ihren Lebensunterhalt verdienen mussten.

Wie es so üblich war, wurde meist zu Martini, oder für die Sommerarbeiten, zu Marialichtmess, neues Gesinde eingestellt.

Meine Vorgängerin war zu diesem Zeitpunkt gegangen, warum wusste ich damals noch nicht.

Nun, mein Vater war weg und ich stand hilflos da und wäre am liebsten davon gerannt.

‚Brauchst du eine Extraeinladung?' brummte mich der Bauer an und deutete auf den Platz neben Klara. Ich trug noch immer das Bündel mit meinem Sonntagskleid, dem einzigen Besitz, den ich hatte, im Arm und habe mich neben Klara gequetscht, die kein Stück für mich gerutscht wäre.

Ich wusste nicht recht, ob ich mitessen durfte und so habe ich gewartet.

Andreas, der älteste der Söhne, er war so ungefähr zwanzig, hat mir dann endlich zugenickt und gelächelt: ‚Na los trau dich. Du siehst nicht so aus, als könntest du nichts vertragen.'

Er war übrigens vom ersten Moment an der einzige, der mir sympathisch war.

Die Anderen haben mich dann wieder angestarrt und auf meine Reaktion gewartet. Klara hat mir einen bissigen Blick zugeworfen und gesagt: ‚Vielleicht ist sich Madam zu fein, um mit uns zu essen.'

Woraufhin sie ein zurechtweisendes: ‚Klara!' von der Bäuerin erntete.

Sie hat mich dafür nachher in der Mägdekammer angefahren, ich solle mir bloß nichts einbilden, ich sei hier nichts Besonderes. Das hatte ich, ehrlich gesagt, auch nicht erwartet.

Ich war müde vom langen Marsch und bin gleich eingeschlafen, nachdem Klara auch keine Anstalten gemacht hatte sich mit mir zu unterhalten.

Als ich aufwachte, es war noch dunkel, war mein Bettzeug gefroren und mit einer weißen Raureifschicht überzogen. Der Schneesturm, der die ganze Nacht über getobt hatte, hatte kleine, weiße Häuflein am Boden hinterlassen, da, wo die Bretter aneinander stießen und sich kleine Ritzen in der Wand auftaten. Das fahle Mondlicht schien ins Zimmer und ich konnte an der Wand gegenüber Klaras Bett erkennen und daneben auf dem Boden den Strohsack, auf dem Hanni schlief. Sie war erst zehn.

Klara wachte kurz darauf auf und schlug das Bettzeug auf und brüllte: ‚Raus mit euch, die Arbeit wartet! Na, Leopoldine, wollen mal sehen, ob du so gut arbeiten kannst wie dein Vater behauptet. Du gehst gleich den Stall ausmisten.'

Zitternd vor Kälte schlüpfte ich in die klammen, kalten Kleider und machte mich auf den Weg.

Dort im Stall war es angenehm warm und ich erleichterte mich erst einmal in der Rinne zwischen den Kühen und dem Durchgang, denn ich glaubte alleine zu sein. Dann begann ich den Mist von den Kühen weg in die Rinne zu ziehen.

‚So ist es recht. Bist schon fleißig am frühen Morgen.' Ich bin fast zu Tode erschrocken, hinter mir stand plötzlich der Bauer und grinste mich an. Vor Scham, er könnte mich schon beim Pinkeln beobachtet haben, senkte ich den Kopf und wurde ganz rot. Ich hatte nicht gehört wie er gekommen war, denn ich war die Erste im Stall und hatte die Petroleumlampe angezündet.

‚Mach nur weiter so und lass dich von Klara nicht einschüchtern. Sie führt gerne ein bisschen das Regiment.' Er legte seine breite Hand auf meine Schulter, zwinkerte mir zu und ging dann weiter.

Bald war Leben im Stall, der Rossknecht kümmerte sich um die Pferde, die Knechte und ich begannen zu melken, während Klara in der Küche einheizte, die Kälbertränke und das Schweinefutter vorbereitete. Nach der Stallarbeit gab es die Morgensuppe und danach Milch mit gebratenen Kartoffeln. Wieder saßen alle in der ihnen würdigen Reihenfolge.

‚Gegrüßet seiest du Maria voll der Gnaden ...' mit gesenkten Köpfen und gefalteten Händen leierten die Versammelten das Morgengebet herunter und stürzten sich dann gleich auf das Essen. Hektisches Gewusel machte sich nach dem Morgenvesper breit, denn der erste Schultag nach den Sommerferien begann an diesem Tag.

Ich weiß noch wie der kleine Benedikt stolz vor seiner dicken und behäbigen Mutter stand und ihr verkündete: ‚Mutter, bald kann ich euch aus der Bibel vorlesen.'

Einerseits habe ich mich geschämt, dass ich nie Lesen und Schreiben gelernt hatte und dieser kleine Rotzlöffel mir schon voraus war, andererseits war ich froh, dass nicht einmal die Bäuerin es konnte. Damals gab es erst seit vier Jahren die Schulpflicht in Vorderösterreich, zu dem dieser Teil des Schwarzwaldes gehörte.

Die Bauern hielten es sowieso für Unsinn, dass selbst die Hirtenkinder Lesen und Schreiben lernen sollten und schickten nur die eigenen Kinder in die Schule, obwohl sie die ihnen anvertrauten Kinder auch hätten schicken müssen. Aber die brauchten sie für die Arbeit.

Uns Mägden und Knechten war das egal, wir hatten genug zu tun und waren froh über die Kinder, die zu Hause waren und uns zur Hand gehen konnten. Wir wären nie auf die Idee gekommen unsere Nasen in die Schulbücher unserer Bauernkinder zu stecken.

Mein erster Tag war angefüllt mit Arbeit bis in die Nacht und Klara fand immer wieder eine neue Aufgabe für mich. Ohne zu murren habe ich alles gemacht, in der Hoffnung, sie würde mich akzeptieren. Aber der Neid wurde nur größer.

Am Abend ist dann Andreas im Stall zu mir gekommen und hat mich gefragt wie mein erster Tag war. Und ob ich denn noch nicht genug hätte, Klara habe mich schließlich ganz schön schuften lassen.

Er war der Einzige, der freundlich zu mir war. Ich habe mich aufgerichtet und in zwei leuchtend blaue Augen geschaut. Er hat mich richtig lieb angesehen."

Leopoldine stockte einen Augenblick in ihrer Erzählung, so als wolle sie die Erinnerung an ihn noch ein wenig auskosten.

„Ich habe zurück gelächelt und ehe ich ihm antworten konnte, hatte Klara uns entdeckt und rübergebrüllt: ‚Sag, hast du nichts zu tun? Tränke die Kälber!'

Ich hab noch ein: ‚Danke es geht schon, ich bin Arbeit gewohnt.' Gemurmelt und bin zu den Kälbern.

Sie ist mir nachgelaufen und hat mich am Ärmel gepackt und angezischt ‚Glaub nur nicht, dass du damit durchkommst. Dich beim Bauernsohn einzuschleimen. Du bist nur eine kleine Hungerleiderin, sei dir dessen bewusst.'

Langsam wurde mir klar, dass sie Angst hatte ich könnte ihr den Rang ablaufen. Vielleicht hatte sie es auf Andreas abgesehen. Einen Bauernsohn zu heiraten war schließlich ein gesellschaftlicher Aufstieg, auch wenn er den Hof vielleicht einmal nicht erben sollte. Eine Abfindung war sicherlich drin.

Sie war eifersüchtig. Das war es, warum sie mich nicht leiden konnte. Ich musste insgeheim grinsen und genoss es.

Nun, endlich war alles getan und die Leute versammelten sich zum Feierabend in der großen Stube, wo jeder bei Kerzenlicht oder bei einem brennenden Kienspan, je nachdem was gerade da war, seiner persönlichen Arbeit nachging und man sich unterhielt. Die Frauen und Mädchen hatten immer eine Handarbeit, die Bäuerin saß am Spinnrad und die Männer spielten meist Karten. Ganz so wie überall.

Nur, da war der Altbauer, ein komischer Kauz. Er liebte es die Weiber zu erschrecken mit seinen Gruselgeschichten. Er kam abends immer von seinem Leibgedingehaus rüber und setzte sich an den Ofen. Die Bäuerin musste dann zur Seite rutschen, denn der wärmste Platz gehörte traditionsgemäß dem Alten.

‚Na, Kreszenz, brauchst du wieder mal Platz für zwei.' Hatte er mit Andeutung auf ihren runden Bauch gesagt, woraufhin ihr rotes Gesicht noch röter wurde.

‚Nur keinen Neid, Vater. Was der Bauer macht, macht er richtig.' Ein verschmitztes Grinsen ging durch die Reihen des Gesindes und man sah der Bäuerin an, dass sie am liebsten im Boden versunken wäre.

‚Ja, das will ich hoffen. Ihr kennt ja die Geschichte vom Wolfskind.'

Du musst wissen, er hatte jeden Abend irgendwelche unheimlichen Geschichten auf Lager, aber an die kann ich mich noch besonders gut erinnern, vielleicht auch weil es der erste Abend war.

Das Geschnatter der Frauen verstummte und alle blickten gebannt und ängstlich auf den Alten. Er grinste mit seinem zahnlosen Maul die Weiber an und man sah ihm an, dass er sich schon darauf freute, wenn die Weiber sich nachher nicht mehr trauten in ihre dunkeln Kammern zu gehen. Und so begann er mit bedrohlicher Stimme:

‚Vor vielen Jahren, als hier noch kaum Menschen wohnten und im Winter die Wölfe um die Häuser schlichen, kam in einer Nacht einmal ein fremder Jäger und hat bei einem einsamen Hof um ein Quartier für die Nacht gebeten. Der Bauer hat ihn in die Stube gelassen. Doch es war eine kalte Vollmondnacht und die Wölfe heulten gotterbärmlich. In der Nacht hat der Bauer schreckliche Schreie unten in der Stube gehört. Schnell ist er die Treppe hinuntergerannt, da sah er‘, der Alte machte eine Pause und sah reihum in die entsetzten Gesichter, eh er mit einem unheilvollen Ton weiterfuhr: „Da sah er wie das Fenster offen stand und der Fremde verschwunden war. Seine Tochter aber lag am Boden und ihre Kleider waren zerrissen. Neun Monate später gebar sie einen Sohn, doch der unheimliche Fremde hatte seine Spur hinterlassen. Das Kind hatte einen Wolfsrachen!‘

Du kannst dir denken, wie die Weiber vor Entsetzen gekreischt haben. Vor Angst trauten sie nicht sich zu rühren. Du musst wissen, sie haben ihm die Geschichte alle geglaubt.

‚Ja, es geschehen schreckliche Dinge.‘ Mit erhobenem Zeigefinger mahnte der Alte die Frauen. ‚Passt auf.‘

Andreas blickte zu mir, auch ich saß erschrocken da, denn ich kannte den Alten noch nicht und habe ihm ebenfalls die Geschichte abgenommen.

Dann sagte er: ‚Großvater, erschrecke mir die neue Magd nicht so mit deinen Schauermärchen. Nicht dass sie uns gleich wieder verlässt, das wäre doch schade. Ich mag sie.‘ Doch das war zu viel. Die Retourkutsche von Klara kam sofort: ‚Sie wird schon nicht gleich ins Bett machen.‘

Die Burschen fanden diese Vorstellung amüsant und ich bekam schon wieder einen roten Kopf, was erst recht Grund war für Klara und die Knechte, ihren Spaß auf meine Kosten zu treiben. Ich war der Bäuerin dankbar als sie endlich ein Machtwort sprach und alle ins Bett schickte.

Der nächste Morgen begann dann mit einem Unglück, was auch mir zum Verhängnis werden sollte. Ein markerschütternder Aufschrei war im Pferdestall zu hören, dann hektische Stimmen.

‚Was ist los?‘ hörten wir den Bauern rufen.

Wir eilten hinüber, um zu sehen was passiert war.

Josef, der Rossknecht, bückte sich über den Fuß des Unterknechts Markus. Er schaute auf als der Bauer eintraf: ‚Es war keine Absicht Bauer, ich habe ihn nicht gesehen und wollte das Heu mit der Gabel aufnehmen. Der Markus hatte seinen Fuß darunter.‘ Markus hatte schon den Schuh und die Strümpfe ausgezogen, man sah einen tiefen Einstich, der jedoch kaum blutete.

‚Das sieht doch gar nicht so schlimm aus, macht kein solches Theater.‘ Mahnte der Hofmeier die Knechte und Mägde. ‚Geh in die Küche, Leopoldine soll es dir verbinden.‘ Er drehte sich zu mir um und deutete mir mit Markus zu gehen.

Ich stützte ihn, und so humpelten wir davon.

‚Es tut mir Leid, ich will dir keine Arbeit machen.‘ Hatte er sich noch entschuldigt. Er war ein zurückhaltender Bursche mit lustigen Locken, die er nie gebändigt bekam. Ich habe ihn gemocht.

‚Du hast gehört was der Bauer gesagt hat, also komm, ich wasch dir die Wunde aus.‘

In der Küche angekommen, tupfte ich unter strengem Blick der Bäuerin die Einstichstelle ab und legte einen straffen Verband um den Fuß.

‚So Markus, jetzt wird es wieder gehen.‘

‚Danke Leopoldine‘, murmelte er und verzog keine Miene, obwohl es sicher weh getan hatte. Dann zog er Strümpfe und Schuhe wieder an und ging humpelnd an seine Arbeit.

Zwei Tage später erschien Markus morgens nicht zur Arbeit. Er war sonst immer zuverlässig.

‚Wo ist Markus? Hat ihn jemand gesehen?‘ Der Rossknecht schaute uns ahnungslosen Mägde an als hätte ihn eine in ihrer Kammer gehabt.

‚Leopoldine geh hoch und schau in seiner Kammer nach, was los ist‘, rief der Bauer aus dem Rossstall.

Ich streifte meine Stallschuhe ab und lief in Strümpfen hoch zur Kammer. Ich klopfte an und horchte kurz. Dann rief ich seinen Namen.

Schließlich vernahm ich ein leises: ‚Komm rein.‘

Die Kammer war spartanisch eingerichtet, das Bett stand an der Wand, die Bettwäsche war schon öfters geflickt worden, daneben ein Stuhl mit Kerze, die jedoch nicht brannte. In der Ecke stand eine Holztruhe mit seinen Habseligkeiten. Ein schlichtes Kruzifix hing über seinem Bett, eine Hälfte des winzigen Fensters war mit Stroh ausgestopft, denn das Glas war herausgebrochen.

Im Zimmer hing ein kranker, fauliger Geruch.

Mit glasigen Augen blickte er mich an, das Federbett bis ans Kinn hochgezogen.

‚Leopoldine, du bist es. Sag dem Bauern ich kann heute nicht kommen. Ich hab's versucht, ich kann einfach nicht aufstehen. Mir tut alles weh. Ich glaube, ich bleib heute lieber im Bett.‘

Ich habe ihn an die Stirn gefasst, er war ganz heiß: ‚Markus du fieberst ja, komm zeig mir mal deinen Fuß.‘

Er hatte noch immer den selben Verband um, den ich aufwickelte und nun auch wusste, woher dieser faulige Geruch kam. Die Wunde war heiß und geschwollen und hatte sich hässlich verfärbt. Ich hatte ein ungutes Gefühl.

‚Du hast eine böse Entzündung, das muss dir doch schon gestern weh getan haben?‘

‘Ja, aber ich dachte, das wird von alleine wieder. Es war doch gar nicht schlimm. Kannst du mir ein Glas Wasser bringen? Ich habe schrecklichen Durst.‘

Er wurde vom Schüttelfrost erfasst, da fühlte ich seinen Puls, der nur so raste. Er schloss hin und wieder die Augen und redete wirres Zeug. Ich brachte ihm kaltes Wasser, das er gierig leerte und machte ihm kalte Umschläge auf die Stirn. Auch feuchtkalte Wadenwickel legte ich ihm an, so wie es meine Mutter immer bei uns Kindern gemacht hatte. Er schien etwas ruhiger zu werden und schlief ein. Leise schlich ich aus seiner Kammer und ging wieder an die Arbeit. Beim Bauern entschuldigte ich ihn, so wie er es mir gesagt hatte. Am Abend ging dann Klara in die Knechtskammer, um ihm das Abendbrot zu bringen. Kurz darauf stürzte sie mit lautem Geschrei die Treppen herunter und schrie: ‚Der Markus stirbt!‘ Dabei schaute sie mich mit durchbohrendem Blick an, die Umstehenden sahen ebenfalls entsetzt auf mich. Dann sagte Klara leise, aber mit Nachdruck: ‚Er hat deinen Namen gerufen. Was hast du mit ihm gemacht? Gestern war er noch gesund.‘ Sie starrte mich an, dass ich Angst vor ihr bekam.

Die Leute bekreuzigten sich, dann fasste sich die Bäuerin als Erste und ging die Treppe hoch. Wir standen alle wie erstarrt da.

Endlich kam sie mit ernstem Gesicht wieder herunter: ‚Laurentius, schnell lauf zum Pfarrer, er muss die letzte Ölung spenden. Sag, er soll sich beeilen. Klara hat Recht, Markus stirbt.‘

Sie sah mich dabei strafend an, sagte aber nichts. Ich bekam Panik und wollte zu ihm, doch Klara versperrte mir den Weg: ‚Du nicht, nicht solange der Pfarrer nicht da ist. Er kann wenigstens seine Seele noch retten.‘

Sicherlich hatte Markus meinen Namen nur geflüstert, weil er Klara nicht erkannt hatte und glaubte ich sei es gewesen. Aber Klara wusste den Aberglauben der Leute gegen mich auszuspielen. Ich war gebrandmarkt. Sie betrachteten mich mit Argwohn. Ich musste in der Küche bleiben und auf den Pfarrer warten, während die anderen in die Kammer gingen. Ich hörte wie sie den Rosenkranz beteten. Da saß ich nun und habe geheult, weil ich mir die Schuld an Markus Elend gab. Schließlich kamen Laurentius und der Pfarrer angekeucht. Der Priester schnaufte so heftig, dass sein dicker Bauch unter dem Priesterrock auf und ab wippte. Er legte die Hand auf meine Schulter, Laurentius hatte wohl schon von meinem Vergehen berichtet, und sagte: ‚Mache dir keine Vorwürfe, der Herr bestimmt über Leben und Tod. Komm mit und bete für seine arme Seele.'

Schweigend gingen wir die Stufen hoch, der Priester füllte mit seinem mächtigen Leib den schmalen Aufstieg vollständig aus, so dass ich im Dunkeln hinter ihm her tapste.

Markus schrie in seinen Fieberfantasien und schien mit jemandem zu streiten. Sie glaubten mit Sicherheit alle, er kämpfe mit dem Teufel und darum beteten sie um so lauter.

Erleichterung trat in die Gesichter als die Zeremonie vorüber war. Nun konnte er in Ruhe gehen, alles Böse schien gebannt. Mit der Zeit wurde auch Markus ruhiger und gegen Morgen verstarb er."

Leopoldine schwieg und starrte in die Kerze, die schon zu einem Viertel heruntergebrannt war. Stille breitete sich in der dunklen Stube aus. Es war kein Geräusch zu hören.

Dann goss sie sich etwas Tee nach, der in der Nische des Kachelofens warm gehalten wurde.

Nach einer Weile räusperte sich Helena:

„Das ist ja entsetzlich. Sie haben Euch die Schuld am Tod des Knechts gegeben?"

„Das hat keiner, außer Klara natürlich, direkt ausgesprochen. Aber ich habe es gespürt. Sie haben mich gemieden."

„Wie ging es dann weiter, Mutter?"

Leopoldine schwenkte den Becher und starrte auf den kreisenden Tee, als fände sie dort den Fortgang der Geschichte.

Schließlich seufzte sie und holte tief Luft ehe sie weitererzählte.

Keine von den beiden Frauen bemerkte, dass im Schutze der Dunkelheit jemand die Tür zur Werkstatt einen Spalt geöffnet hatte und heimlich zuhörte.

„Bis nach der Beerdigung wurde kaum geredet. Trauer lag über dem Hof, denn Markus war schon seit seiner Kindheit bei den Hofmeiers. Aber es war nicht nur die Trauer, es war noch etwas anderes, unheimliches. Ich spürte es förmlich um mich herum. Aber ich konnte es nicht definieren.

Als wir dann nach der Trauerfeier nach Hause kamen, erfuhr ich es. Denn Klara spuckte mir vor die Füße, ehe ich die Schwelle betreten konnte. So, als sei ich eine Geächtete. Die Leute, die das mitbekommen hatten, bekreuzigten sich wiederum. Die Bäuerin hatte das Ganze beobachtet und nahm mich zur Seite, dann beschwörte sie mich: ‚Geh rüber in die Kapelle und bete für dein Seelenheil. Du siehst ja, sie haben Angst vor dir. Sie glauben du bringst Unglück auf den Hof. Du hast den bösen Blick. Geh und bete, ehe großes Unheil auf uns alle hereinbricht.'

Dann ließ sie mich im Schneetreiben stehen und ging ins Haus.

Ich stand wie angewurzelt da und spürte die Kälte nicht mehr. Der Wind zersauste mein Haar und ließ meine Finger blau frieren. Irgendwann bin ich langsam zugelaufen, dann immer schneller, als sei der Teufel hinter mir her. Plötzlich stand ich am Brandweiher und habe das dunkle unheimliche Loch vor mir gesehen, die Stelle, wo das eiskalte Wasser in den Bach ablief. Der Rest des Weihers war mit einer Eisschicht bedeckt. Das Wasser war schwarz und tief und dampfte in der kalten Luft. Ich habe lange vor mich hingestarrt, dann habe ich die Augen geschlossen und wollte mich fallen lassen.

Ich wurde in dem Moment von hinten gepackt und zur Seite gezerrt. Ich war wie weggetreten.

Als ich wieder zu mir kam schaute ich in zwei blaue Augen. Es war Andreas, er hatte mich beobachtet. Als er sah, dass ich ins Wasser starrte, habe er mich angeschrieen, sagte er. Aber ich kann mich nicht erinnern.

‚Du bist wahnsinnig kleine Magd', er schüttelte den Kopf, ‚was hast du dir dabei nur gedacht? Willst ins Wasser und lässt mich alleine bei diesen Verrückten zurück?'

Erst jetzt wurde mir bewusst, dass ich versucht hatte mich umzubringen. Es war, als wachte ich aus einem bösen Traum auf. Ich zitterte am ganzen Leib, die Panik überkam mich.

Da nahm er mich in seine Arme und drückte mich an sich. Bei mir löste sich langsam der Schrecken. Ich begann zu heulen und konnte gar nicht mehr aufhören.

‚Es war ein Unfall, das mit Markus, sonst nichts, aber auch gar nichts. Lass dir nichts einreden! Klara will dich vom Hof haben, dazu ist ihr jedes Mittel recht. Ich hätte nicht gedacht, dass sie soweit gehen würde', redete er auf mich ein und strich mir immer wieder über das Haar. Es tat so unendlich gut jemanden zu haben, bei dem man sich sicher und geborgen fühlte.

‚Warum will sie mich vom Hof haben? Ich habe ihr doch nichts getan!' schluchzte ich.

Andreas senkte den Kopf: ‚Das hat mit mir zu tun. Das betrifft dich nicht.'

Ich habe nicht weiter nachgefragt, denn es ging mich nichts an.

Er küsste mich plötzlich auf die Stirn und drückte mich fest an sich, dann sagt er: ‚Wir müssen ins Haus. Du holst dir den Tod.'

Ich glaube das war der Zeitpunkt als ich mich in ihn verliebte. Auch wenn ich nicht wusste was zwischen Klara und ihm war. Seine Hand hielt die meine fest, ich konnte sogar seinen Körper riechen. Langsam beruhigte ich mich. Er zog mich hinter sich her und wir gingen ins Haus.

Keiner beachtete mich weiter, bis die kleine Serafine am Abendbrot anfing zu singen: ‚Hexe aus dem Ofenloch, wenn du kannst, dann fang mich doch.' Dabei starrte sie mich an. Erst begriff ich nicht. Doch als alle mich wieder ängstlich anschauten, wusste ich, dass ich gemeint war. Klara hatte das Kind aufgehetzt.

Andreas wurde wütend und stand auf, packte seine kleine Schwester und stellte sie vor die Tür, die natürlich nicht wusste warum und losbrüllte. Er baute sich vor Klara auf und funkelte sie an: ‚Wag es nicht hier Unruhe zu stiften. Lass die Kinder aus dem Spiel, sonst bekommen wir gewaltigen Ärger miteinander.‘

Nun mischte sich auch der Bauer ein und brüllte seinen Sohn an, er solle das Kind wieder reinholen, was denn in ihn gefahren sei sich in die Weiberzankerei einzumischen. Das wäre seiner nicht würdig. Er mache sich lächerlich.

Ich stand auf und verschwand im Stall, wo ich mit der Tierfütterung begann. Ich konnte es nicht ertragen.“

Leopoldine blickte das erstemal lächelnd in die Augen ihrer Tochter. Das sanfte Licht der Kerze spiegelte sich in ihrem Gesicht und ließ eine bis dahin unbekannte Wärme erstrahlen.

„Tja Helena, auch wenn sich alles so schlimm anhört, aber dadurch begann meine glücklichste Zeit auf dem Hof, denn Andreas folgte mir in den Stall und versuchte mich aufzumuntern.

‚Hör nicht auf das Kindergeschwätz, die schnappen schnell mal was auf.‘

‚Kinder und Narren sagen die Wahrheit. Sie hat es nicht aufgeschnappt, ihr wurde es eingeredet. Das weißt du selbst. Vielleicht warten ja alle darauf, dass mir bald ein Buckel oder eine Hexennase wächst.‘

Andreas betrachtete mich von der Seite und grinste plötzlich: ‚Das würde dir vielleicht sogar stehen, so eine riesige Hexennase. Oder gar einen Besen auf dem du reiten kannst.‘

Er warf mir den Stallbesen zu, rannte davon und rief mir nach: ‚Hexe aus dem Ofenloch, wenn du kannst, dann fang mich doch.‘

Ich ging auf seine Spielereien ein und rannte hinter ihm her. Völlig fertig lagen wir am Ende im Heu und platzten vor Lachen als wir uns ausmalten, wie doof wohl Klaras Gesicht aussehen würde, wenn sie uns so sehen könnte.

Plötzlich hörten wir etwas und schreckten hoch. Andreas rief mir noch zu: ‚Nachher oben am Scheunentor und zieh was Warmes an!' Dann verschwand er. Ich stand da wie ein aufgescheuchtes Huhn, das Blut war mir vor Aufregung in den Kopf geschossen, da sich die nähernde Gestalt als der Bauer entpuppte.

‚Du siehst aus wie ein Jungfer in der Hochzeitsnacht, was hat dich so erregt?'

Ich schaute mich verlegen nach Andreas um, der sich jedoch aus dem Staub gemacht hatte.

‚Du hast doch nicht etwa Angst vor mir?' Er kam ganz nah an mich heran, und seine Augen leuchteten so seltsam, er war mir wirklich unheimlich.

‚Nein Bauer. Ich habe mich nur erschrocken, Entschuldigung.'

Ich hörte noch sein Lachen hinter mir als ich davonrannte. Dann habe ich meinen Wollumhang über mich geworfen, um am verabredeten Punkt Andreas zu treffen. Mir klopfte noch das Herz als ich die Hofeinfahrt hoch lief.

Er stand hinter dem großen Ahorn, ich konnte seinen weißen Atem in der sternenklaren Vollmondnacht sehen. Es war bissig kalt.

‚Ach, da kommst du endlich. Ich hatte schon Angst du traust dich nicht. Wer ist denn gekommen?'

‚Dein Vater. Warum bist du davongelaufen?'

‚Willst du zum Gerede werden? Du allein mit dem Bauernsohn im Heu?'

‚Natürlich nicht. Warum hast du mich hierher bestellt?'

Er blickte zum Himmel und machte eine ausholende Handbewegung. ‚Schau dich um, ist es nicht eine traumhafte Märchennacht?'

Er hatte Recht. Der klirrende Schnee glitzerte unter dem Licht des Vollmonds, fast als sei es taghell.

Die Tannenbäume drüben am Waldrand warfen ihre langen schwarzen Schatten in den Schnee. Die Äste der Bäume bogen sich unter der Schneelast bis tief an den Boden und der Holzschuppen drüben war kaum noch unter den Schneemassen auszumachen. Der Hang und das Schuppendach bildeten eine Linie, von oben hätte man den Schuppen gar nicht gesehen. Es war als läge ein besonderer Zauber über der Landschaft.

‚Komm, lass uns ein Stück gehen.'

Schweigend gingen wir eine Weile nebeneinander her, so als wollten wir den Zauber nicht brechen.

Der Weg ging bald bergan, das Schildwendetal hoch zur Fürsatzhöhe. Als Andreas bemerkte, dass ich vor Kälte zitterte, denn mein Wollumhang war für diese kalte Nacht viel zu dünn, legte er, noch immer schweigend, seinen Arm um mich und zog mich ganz nah an sich heran.

Ein unendliches Glücksgefühl durchströmte mich, ich hätte die Welt umarmen können. Das Gezanke mit Klara war weit weg und ich fühlte mich im siebten Himmel. Wir erreichten nach einem längeren Marsch die Anhöhe und blickten in das verschneite Tal, das eingebettet von Wäldern und Bergen wie verträumt dalag. Es ging ein unendlicher Frieden von diesem bezaubernden Anblick aus. Ich schaute ihm in die Augen und mir war als funkelten sie mit den Sternen über uns um die Wette.

Langsam zog er mich näher zu sich und wir küssten uns.

‚Ich liebe dich Leopoldine. Vom ersten Augenblick an wusste ich, dass ich nur dich will.' Ich war wie gelähmt und konnte nicht antworten. Stumm und eng umschlungen standen wir da, mitten in dieser einsamen Märchenwelt. Ich konnte sein Herz schlagen hören und wollte nie wieder von hier weg.

‚Schau, eine Sternschnuppe! Wünsch dir was, bald ist Weihnachten! Man sieht sie zu dieser Jahreszeit nur ganz selten. Das ist ein gutes Zeichen.'

Staunend betrachteten wir den glühenden Schweif bis er hinter dem Wald verschwand.

‚Ich wünsche mir, dass wir bis ans Lebensende zusammen bleiben können', flüsterte ich.

‚Psst, das darfst du nicht laut sagen, sonst geht es nicht in Erfüllung.'

Wie Recht er doch hatte! Es sollte alles anders kommen. Die Dinge waren viel komplizierter als ich gedacht hatte."

Leopoldine machte wiederum eine Pause, als wolle sie noch einmal ihrem vergangenen Glück nachspüren. „Helena, es ist schon spät. Willst du nicht ins Bett? Wir können ein anderes Mal weiterreden." Sie blickte auf die Kerze, die nun fast zur Hälfte niedergebrannt war.

Helena glaubte zu wissen, warum ihre Mutter ausgerechnet an dieser Stelle aufhören wollte. Es war sicher die einzig schöne Erinnerung. Trotzdem konnte sie jetzt nicht ins Bett. Sie musste erfahren, wie es zu jener Tragik kam, die sich offenbar darauf abgespielt haben musste.

„Nein, Mutter, ich könnte nicht schlafen. Ich will die ganze Geschichte hören. Jetzt. Ist Andreas mein Vater? Und warum konntet ihr nicht zusammen bleiben?"

Leopoldine schüttelte den Kopf: „Langsam, langsam, Andreas war nicht so einer. Er hat mich nie berührt."

„Was?"

„Nein. Er war anständig. Er hätte mich nicht ins Unglück gestürzt. Ja, er wollte mich sogar heiraten und ich hätte mir nichts lieber gewünscht. Aber es kam alles ganz anders."

Mutter und Tochter waren noch immer so vertieft, dass sie den heimlichen Zuhörer nicht bemerkten. Er verhielt sich mucksmäuschenstill, denn er wusste, dass ihn die geheimsten Dinge hier im Haus nichts angingen. Die Kerze erhellte nur einen schwachen Kreis und seine Ecke blieb dunkel.

„Wo war ich stehen geblieben? Ach ja, bei unserem nächtliche Spaziergang. Es war schon weit nach Mitternacht als wir zu

Hause ankamen. Alle waren im Bett und so schlichen auch wir uns in unsere Zimmer. Jeder in seines versteht sich. Doch was glaubst du, hat Klara am nächsten Morgen für einen Aufstand gemacht.

Wie eine Furie ist sie über mich hergefallen und hat mir das Bettzeug weggerissen.

‚So, mein Fräulein, wo hast du gestern Abend gesteckt? Und Andreas? Wo ward ihr?'

‚Ich glaube, das geht dich nichts an.'

‚Wie bitte? Und ob mich das etwas angeht. Glaubst du, du kannst hier herkommen und den Männern gleich den Kopf verdrehen? Du elendes Miststück. Andreas ist mir versprochen und ich ihm, das ist ein Handel zwischen unseren Vätern. Ich habe hier noch ein halbes Jahr zur Probe, dann ist unsere Hochzeit. Glaub mir, ich werde alles daransetzen diese Zeit noch durchzuhalten. Und ich lasse mich von niemanden, und am allerwenigsten von so einer dahergelaufenen Hungerleiderin wie dir, davon abbringen. Alle haben sich an das Versprechen zu halten, auch Andreas, egal was er dir erzählt, und das weiß er.'

Mir wurde ganz elend, ein Hochzeitsversprechen also, und dann auch noch besiegelt von den Vätern. Andreas hatte mir nichts davon erzählt. Ich bekam eine Stinkwut. Ich wollte ihn sofort stellen und stand auf. Hanni hatte schon ganz verschüchtert ihren Überrock geschnappt und sich verzogen. Ich wollte ebenfalls zu meinen Kleidern greifen, doch Klara war schneller. Sie packte das Bündel vom Stuhl, öffnete das Fenster und warf es auf den darunter liegenden Misthaufen.

‚Hol dein Zeug da, wo auch du hingehörst.'

Dann rannte sie aus der Kammer und knallte die Tür zu.

Barfuss und nur mit dem Unterhemd bekleidet, das mir bis zu den Oberschenkeln reichte, stand ich da und hatte nichts anzuziehen. Mein anderer Werktagsrock den ich besaß, lag unten in der Küche im Wäschezuber, eingeweicht, denn es war Waschtag.

Mir blieb also nichts anderes übrig als im Hemd den Flur entlang, die Treppe hinunter und hinter das Haus zum Misthaufen zu rennen. Ich hoffte nur, dass die Schneeschicht, die den Mist bedeckte, so hoch war, dass meine Kleider nicht drekkig werden konnten.

Doch kaum huschte ich über den Flur, ging zu allem Unglück die Schlafkammer des Bauern auf.

Die Bäuerin stieß einen Schrei aus als hätte sie ein Gespenst gesehen: ‚Maria und Josef, du schamloses Luder! Wo kommst du her? In diesem Aufzug! Du warst bei Andreas heut nacht! Ich habe euch gehört wie ihr gemeinsam heimgekommen seid.‘

Sie bekreuzigte sich und drehte sich zu ihrem Mann um, dem schon fast die Augen aus dem Kopf gefallen sind und schrie: ‚Thaddäus, mach was! Sünd und Schande unter unserem Dach! Andreas ist so gut wie verlobt.‘

Ich wäre am liebsten im Erdboden versunken, mir liefen die Tränen vor Scham über die Wangen und schließlich rannte ich davon. Ich wollte nur noch meine Kleider.“

„Und dann, was hat Andreas gesagt? Ihr habt ihn doch darauf angesprochen, oder?“ Helena zog ihre Knie an und umschlang sie, denn es wurde langsam kühler im Raum.

„Das Geschrei war natürlich nicht zu überhören und alle Kammertüren gingen auf. Jeder wusste, dass ich halbnackt über den Flur gerannt bin. Nun war ich nicht nur die Hexe, sondern auch noch eine Hure, da hat es nichts genützt, dass Andreas beteuerte wir hätten nichts miteinander gehabt. Man wollte das nicht wissen. Verstehst du, dem Andreas hat auch niemand einen Vorwurf gemacht. Ich war der Sündenbock, denn ich war die Magd, die ihre Pläne durchkreuzte, die Hure, die den Bauernsohn verführte. Glaube nur nicht, Klara hätte das Missverständnis aufgeklärt. Nein, sie spielte das Unschuldslamm. Als sie gefragt wurde, ob ich diese Nacht in meinem Bett war, sagte sie, sie wisse von nichts und sei auch nicht mein Kindermädchen.

Dieser Zwischenfall kam ihr aber sehr gelegen, denn nun fand sie einen neuen Weg mich an den Pranger zu stellen. Ich war das mannstolle Luder. Leider nicht nur für sie.

Aber der Reihe nach. Ich habe Andreas auf das Heiratsversprechen angesprochen. Er nahm meine Hände in die seinen und schaute mich sehnsüchtig an: ‚Liebste, glaub mir, ich wollte dir nichts verheimlichen. Ich hätte es dir noch gesagt, aber ich habe es nicht über das Herz gebracht den gestrigen Abend zu zerstören. Mein Vater und Klaras Vater sind Großneffen und sie haben uns schon vor langer Zeit gegenseitig versprochen. Klara sollte, wenn sie das zwanzigste Lebensjahr erreicht hat, ein Jahr zur Probe auf dem Hof arbeiten, unendgeltlich, quasi anstelle einer Mitgift, denn ihre Eltern sind sehr arm. Sie hat dafür geschuftet eine gesicherte Zukunft zu bekommen, ich soll einmal die Hofsäge erben. Mir war sie bisher gleichgültig. Die Liebe kommt mit der Zeit hat man mir immer gesagt. Ich habe mir keine Gedanken darüber gemacht und das alles noch weit von mir geschoben. Bis du auf den Hof kamst. Gleich am ersten Abend war ich fasziniert von dir. Du, du warst so schüchtern und bescheiden. Ich habe nachts von dir geträumt und mir überlegt, wie ich es anstellen könnte deine Aufmerksamkeit zu wekken. Klara hat das natürlich mitbekommen und ihre Existenzängste haben sie dazu getrieben dich vom Hof ekeln zu wollen, damit du aus meinen Augen bist. Aber sie hat das Gegenteil erreicht. Ich liebe dich und will das Versprechen nicht mehr einlösen. Ich werde mit Vater darüber reden.‘

Ich habe mich an ihn geklammert und mein Gesicht an seiner Brust vergraben, damit er nicht die Enttäuschung darauf sehen konnte. Ich versuchte mich in Klaras Situation zu versetzen und habe sie sogar ein stückweit verstanden. Ich durfte mich eigentlich nicht zwischen die Beiden stellen, das war mir klar. Aber die Liebe war stärker. Wir haben uns die tollsten Dinge einfallen lassen, nur um uns für ein paar Minuten ungestört zu sehen. Die Zuneigung wuchs, je mehr wir uns einredeten, dass es nicht sein durfte. Andreas wollte einen günstigen Moment abwarten, um mit seinem Vater zu reden.

Aber erst kam noch die Weihnachtszeit, eigentlich eine schöne Zeit, auch auf dem Winterberghof. Der Altbauer packte mit den Buben die handgeschnitzten Krippenfiguren, die er in jahrelanger Kleinarbeit selbst hergestellt hatte, vom Dachboden und baute mit den Kindern eine wunderschöne Krippenlandschaft in der Stube auf. Die älteren Töchter übernahmen die Weihnachtsbäckerei, denn die Bäuerin fühlte sich nicht mehr gut und verzog sich in die Kammer. Ich erledigte die Wäsche, denn zwischen den Weihnachtstagen und Neujahr durfte ja nicht gewaschen werden. Es hieß, sonst stirbt ein Familienmitglied und da die Bäuerin die Niederkunft erwartete, war man doppelt vorsichtig.

Der Bauer stieg auf den Heuboden, um genügend Futter für die Feiertage herunter zu werfen, damit niemand unnötig an Weihnachten auf den Heustock musste. Das war die Gelegenheit für Andreas mit ihm zu reden. Sie waren alleine.

Andreas hat seinem Vater alles gebeichtet, dass er mich liebe und das Eheversprechen nicht mehr einhalten könne. Er erzählte mir nachher, dass sein Vater ihn entsetzt angestarrt habe und dann losbrüllte:

‚Du bist nicht ganz gebacken mein Sohn. Wie soll ich ein Versprechen lösen, das ich vor Jahren gegeben habe? Soll ich meinem Großneffen sagen: tut mir Leid, mein Sohn ist gerade hinter einer anderen her. Du kannst deine Tochter wieder haben? Wie stellst du dir das vor? Sie hat schon über ein halbes Jahr für uns gearbeitet. Nein, schlag dir das aus dem Kopf. Du kannst von mir aus solange noch mit dem Flittchen herumhuren und dich austoben. Aber nächsten Herbst wird geheiratet und zwar Klara. Und noch eins, es muss nicht jeder mitbekommen, was du mit ihr treibst. Schon gar nicht deine bigotte Mutter.‘“

„Was? Das hat er gesagt? Und Andreas hat es euch so weitergegeben?“

„Ja, wortwörtlich, genauso. Es hat nicht lange gedauert und ich habe seine Einstellung mir gegenüber selber erfahren müssen. Ich war seine Magd, für alles. Das hat sich erst richtig gezeigt als die Bäuerin im Wochenbett lag. Sie hat am zweiten Weihnachtstag eine Tochter geboren, Magdalena.

Es war ihre zwölfte Geburt, nur vier Kinder haben die ersten Jahre nicht überlebt. Wir freuten uns alle über das Christkind, auch die Mägde und Knechte, denn die Bauernkinder waren für sie genauso wie eigene Kinder, die sie selbst meist nie haben konnten, weil es ihre Armut nicht zuließ zu heiraten.

Auch die Tage nach Weihnachten hatten einen eigenen Zauber. Die Arbeit ruhte bis auf das Notwendigste. Wir verbrachten unsere Zeit meist in der Bauernstube bei Handarbeiten, Kartenspiel und Geschichtenerzählen, darin war der Altbauer ja Meister. Die einzige Abwechslung waren die Kirchgänge. Wir waren bei diesen Schneemassen oft Stunden unterwegs, denn wir mussten bis Neustadt laufen.

Dreikönig war nun der letzte ruhige Tag, die letzte der sogenannten Raunächte, die Knöpflinsnacht. Die ärmeren Kinder aus dem Dorf zogen bei den reicheren Bauern vorbei und klopften an die Fensterläden, um süßes Gebäck zu erbetteln. Der Altbauer schickte an diesem Abend seine Enkelkinder in den Stall, weil angeblich die Tiere in dieser Nacht mit den Menschenkindern reden konnten.

Leider ging diese ruhige Zeit sehr schnell vorbei und die Arbeit wartete nach den Feiertagen auf alle. Die Männer zogen mit dem Pferdeschlitten in den Wald, um Winterholz zu schlagen. Der hintere Teil des Stalles sollte renoviert werden und die Bäume durften nur bis zum 20sten Januar gefällt werden, weil sonst der Saft in das Holz schießt und es dann als Bauholz unbrauchbar ist. Es fault zu schnell. Das war eine harte Arbeit, sowohl für die Männer als auch für die Rösser.

Ich habe Andreas darum nur selten zu Gesicht bekommen. Er war mit dem Bauer, dem Rossknecht und seinem damals vierzehnjährigen Bruder den ganzen Tag im Wald. Wir Frauen hatten genug zu tun auf dem Hof, denn die Bäuerin hütete immer noch das Wochenbett. Klara und ich sind in dieser Zeit einigermaßen miteinander ausgekommen, wohl auch, weil Andreas nicht hier war und sie nicht eifersüchtig werden musste.

Dann am zweiten Februar 1779, also zu Marialichtmess, kam der neue Knecht für den verstorbenen Markus auf den Hof. Es war Julius, dein Stiefvater.

Draußen war ein so dichtes Schneetreiben, dass die Kinder erschraken als sie den neuen Knecht mit Eiszapfen im Bart sahen. Er war kräftig und hatte ein finsteres, kantiges Gesicht. Seine Nase fiel mir zuerst auf, sie sah aus, als sei sie schon mal gebrochen gewesen. Seine Gesichtszüge ließen erahnen, dass er gewohnt war, unter harten Bedingungen sein Brot zu verdienen. Er wirkte wesentlich älter als er war. Wie wir erfuhren, hatte er sich bisher als Tagelöhner durchgeschlagen. Er war nicht von hier, sein Dialekt war breiter und härter, ähnlich den Schweizern oder den Hotzenwäldern.

‚So ist es gut Julius. Wenn's an Marialichtmess stürmt und schneit, ist das Frühjahr nicht mehr weit, sagt eine alte Bauernregel. Hoffen wir, du bringst Glück ins Haus', begrüßte ihn der Bauer.

‚Ich werde mein Bestes tun, Herr', war die knappe und untertänige Antwort, das gefiel dem Bauern.

Er redete nie viel, konnte aber arbeiten wie ein Tier und war bald beim Bauern beliebt. Die Waldarbeit war erledigt, das Holz zur Säge geschafft und die Männer wieder im Haus. Die Bäuerin verbrachte noch immer ihre Zeit in der Kammer und war als Wöchnerin für ihren Mann tabu. Doch von solchen Dingen hatte ich keine Ahnung.

Ich schruppte eines morgens den Melkeimer, als ich plötzlich das Gefühl hatte nicht mehr alleine zu sein. Ich drehte mich um und da stand der Bauer, mit diesem seltsamen Glanz in den Augen.

‚Du verdrehst mir den Kopf, wenn du dich nach vorne bückst. Komm, mach das noch mal.'

Ich wollte flüchten, doch er hielt mich fest und griff unter meine Bluse. Ich schrie um Hilfe. Und war froh, dass Andreas in der Nähe war und rüberbrüllte, was denn los sei.

‚Du kleine Schlampe, ich bin dir nicht gut genug, was? Du treibst es wohl bloß mit dem jungen Hofmeier? Aber wart nur, diesen Stolz werde ich dir austreiben.'

Andreas stand in der Melkkammer und schaute seinen Vater fragend an: ‚Was ist denn hier los?'

‚Ich glaube deiner Angebeteten ist eine Ratte zwischen den Beinen durchgerannt. Sie ist mir aber entwischt.'

‚Was? Eine Ratte?' Er schaute uns verduzt an, sein Vater ließ uns stehen und ging. Ich habe mich in Grund und Boden geschämt, denn ich glaubte ja wirklich, dass ich Schuld an dieser Situation war. Ich entschuldigte mich bei Andreas und stammelte etwas von einer Ratte, die mich verängstigt hätte. Ich muss wohl glaubwürdig gewirkt haben, er nahm mich in die Arme. Unvorsichtigerweise, denn Klara hatte uns gesehen. Ich habe sie erst bemerkt als sie leise davon schlich. Sie war nebenan und sah uns durch die Tür, die offen stand. Ich glaubte schon sie hätte sich damit abgefunden, doch da hatte ich mich gründlich getäuscht. Sie gab sich nicht noch mal die Blöße auf ihr Recht zu pochen, sie begann einen Giftpfeil zwischen uns zu treiben. Ich glaube sie hatte auch schon mitbekommen, dass der Bauer nicht nur seinen ehelichen Pflichten nachkam.

Schon am nächsten Sonntag schaffte sie es mich wieder auflaufen zu lassen.

Es war so üblich, dass nach der Stallarbeit und vor dem Kirchgang zuerst die Mägde, dann die Knechte, sich am Brunnen im Brunnengang, dem einzigen Ort innerhalb des Hauses mit fließendem Wasser, waschen konnten.

Ich stand schon ausgezogen da und seifte mich ein als Klara verschwand. Ich glaubte, sie ginge in den Stall, um sich zu erleichtern. Doch wie ich später erfuhr, rief sie den Hirtenjungen Bastian, er solle Julius holen, ich hätte ihm etwas zu sagen.

Vielleicht wollte sie, dass Julius an mir Interesse fand und Andreas ausstach, oder sie wollte meinen Ruf als Flittchen ausbauen, ich weiß es nicht. Auf alle Fälle stand plötzlich Julius da und begutachtete mich von oben bis unten. Ich bedeckte mich mit einem Handtuch und stieß einen Schrei aus. Ich flehte ihn an zu verschwinden, doch er blieb stehen und fing an zu lachen. Ihm war klar, dass dies nur ein übler Scherz war. Doch ich schämte mich fast zu Tode.

‚Warum soll ich gehen? Du hast mich doch rufen lassen!' Er trieb seine Scherze und mir rollten vor Scham und Zorn die Tränen herunter. Oh, wie ich ihn dafür hasste. Wie auf Kommando stand nun auch Klara da und spielte die Entsetzte.

‚Leopoldine, du schamloses Weib. Das geht nun doch zu weit. Es genügt dir wohl nicht, dass du dem Bauern und seinem Sohn den Kopf verdrehst, nein, du stellst dich auch noch nackt vor den neuen Knecht und lässt dich bewundern!'

Sie schrie das so laut, dass es alle hören konnten. Ich nahm heulend meine Kleider und rannte in den Schweinestall, wo ich mich anzog und dann zur Kammer hoch rannte. Dort schob ich die Kleidertruhe vor die Tür, damit keiner hereinkommen konnte und verschanzte mich. Ich wartete bis alle aus dem Haus waren. Als es ruhig wurde, öffnete ich vorsichtig die Tür und erschrak fürchterlich, dass Andreas davor saß.

‚Was war los? Ich will es von dir hören.'

‚Warum bist du nicht mit den Anderen in die Kirche?'

‚Weil ich von dir wissen will, was wirklich geschehen ist.'

Ich setzte mich neben ihn auf den Boden und erzählte ihm was im Brunnengang wirklich vorgefallen war. Er schaute mich eine Zeitlang an, dann nahm er mich in die Arme. Wir blieben so eine Ewigkeit schweigend sitzen.

‚Ich liebe dich, aber so haben wir keine Zukunft. Ich werde weg gehen vom Hof und dich nachholen, sobald es möglich ist.'

‚Was? Du willst hier weg? Wohin? Dein Vater wird dir das Erbe, die Säge, ausschlagen.'

‚Willst du nur das Erbe, oder mich?' Sein Ton war schärfer, als er wohl gewollt hatte.

‚Ich brauche kein Erbe', sagte ich trotzig. ‚Aber wir brauchen ein Dach über dem Kopf, und wenn es nur eine Hütte ist.'

‚Wir schmieden einen Plan. Die Köhlerhütte bei der Weißtannenhöhe zum Beispiel steht seit einem Jahr leer, seit der alte Köhler tot ist. Wir könnten sie richten.'

‚Du willst Köhler werden?'

‚Nein, das Geschäft lohnt nicht mehr seit die Glasindustrie rückläufig ist. Die Uhrenmacherei ist die Zukunft. Ich werde Uhrmacher oder Uhrenhändler. Das wäre doch was?'

‚Andreas du bist ein Spinner. Aber ich mag dich.'

‚Ich werde mich umhören Leopoldine. Die Idee gefällt mir. Wir haben noch ein halbes Jahr bis das Versprechen fällig wird. Und ein halbes Jahr ist lange. Ich werde Klara nicht heiraten, das verspreche ich dir.'

Ich bin ihm um den Hals gefallen, so glücklich war ich. Er hat sein Versprechen tatsächlich gehalten und sie nicht geheiratet. Aber alle unsere Pläne sind durchkreuzt worden.

Andreas hatte sich heimlich mit einem Uhrmacher getroffen und nach langem Hin und Her sogar das Angebot bekommen einen Sommer lang mit auf Tour zu gehen. Natürlich durfte sein Vater nichts von allem wissen. Mit der Hütte war es schwieriger. Es gab einen Erben, der sie selbst nutzen wollte.

‚Es wird sich schon was ergeben', tröstete Andreas mich als ich wieder mal schwarz sah. Denn ich wollte so schnell wie möglich weg. Ich hatte Angst vor dem Bauern, er schlich ständig um mich herum und versuchte mich in die Enge zu treiben. Ich habe Andreas natürlich nichts erzählt, aus lauter Furcht und Scham, das war wohl mein Fehler.

Dann geschah nämlich das Schreckliche. Meine Aufgabe war es nach dem Melken nochmals die Futterkrippen der Tiere aufzufüllen. Meist war ich dazu alleine. Plötzlich stand der Bauer hinter mir, seine Augen glänzten wieder so merkwürdig und gierig.

‚So du kleine Wildkatze, habe ich dich. Heute entkommst du mir nicht. Wir sind alleine, es hört dich keiner, auch wenn du schreist.'

Ich wehrte mich mit Händen und Füßen, doch er war natürlich stärker.

Er warf mich zu Boden und hatte schon die Hände unter meinem Rock. ‚Stell dich nicht so dämlich an, als wüsstest du nicht wie es geht.'

Dann verging er sich an mir. Ich spürte seinen heißen Atem und drehte meinen Kopf angewidert zur Seite. Ekel überkam mich. Endlich ließ er von mir ab und ich lag da wie gelähmt. Er plusterte sich auf wie der Hahn draußen auf dem Hof, wenn er von der Henne stieg. So kam ich mir auch vor. Wie ein dummes, willenloses Huhn.

‚Nicht schlecht für den Anfang. Wir werden das hin und wieder üben.'

Dann ging er davon, ein Liedchen pfeifend. Ich glaubte mich verhört zu haben.

Nun schoss mir der Spruch: ‚Eine gute Magd muss auch eine Bäuerin ersetzen können', durch den Kopf. Ich hatte das schon oft gehört, dem aber keine Bedeutung zugemessen. Zumindest nicht diese.

Ich begann am ganzen Leib zu zittern, langsam dämmerte mir, dass der Bauer seine Mägde wohl selbstverständlich als sein Eigentum ansah. Und Klara? Nein, das konnte ich nicht glauben, die hatte er sich sicherlich als Schwiegertochter aufgespart. Aber meine Vorgängerin! Welchen Grund hätte sie sonst gehabt den Hof zu verlassen? Arbeit gab es genug und Hunger mussten wir hier nicht leiden.

Wie Recht sie hatte, als sie ging. Das war die einzige Lösung! Weg von Hof. Und Andreas?

Ich hatte Angst ihm in die Augen sehen zu müssen. Ich glaubte, ich hätte unsere Liebe verraten. Unsere Zukunft zerstört. Ich hatte kein Recht mehr auf seine aufrichtige Liebe. Ich war es nicht mehr wert.

Ich raffte mich auf und taumelte in die Mägdekammer, wo ich wie in Trance mein Bündel packte. Ich konnte es schaffen in einer Stunde in meinem Elternhaus zu sein. Das war der einzige Gedanke. Ich hatte sonst doch niemanden.

Die Tür ging auf und Klara stand vor mir: ‚Du gehst? Wohin?'

‚Nach Hause. Und niemand wird mich hier mehr halten. Lauf ruhig runter und erzähl es allen. Es ist mir egal.'

‚Ich kann warten bis du weg bist. Sonst kommt noch jemand auf die Idee dich zu halten. Das wäre schrecklich. Du tust mir einen Gefallen. Aber was ist der Grund, dass du deine Meinung so schnell änderst? Hat dich mein Verlobter verschmäht? Oder hat dich gar der Alte erwischt?'

Ihre Augen leuchteten neugierig auf bei dieser Frage. Ich hatte den Eindruck, dass sie schon darauf gewartet hatte.

Ich zuckte zusammen und schaute sie fragend an.

‚Was meinst du damit?'

‚Tu nicht so unschuldig. Ich habe gewusst, dass es früher oder später soweit kommt. Bild dir nichts ein. Du bist nur eine von vielen. Und glaub nur nicht, dass Andreas dir die Geschichte abnimmt. Der ist so naiv, der glaubt noch an den Osterhasen. Tja, meine Liebe, fressen oder gefressen werden. So läuft es auf dieser Welt. Aber vielleicht kapierst du das auch noch.'

Oh, wie ich sie hasste! Ich hätte ihr die Augen auskratzen können! Sie wusste was hier gespielt wurde und hat mich ins offene Messer laufen lassen, nur um mich als Rivalin auszuschalten. Wie konnte ich nur so blind gewesen sein?

Ich hatte mein Bündel unter dem Arm und ging zur Tür hinaus. Im Türrahmen drehte ich mich nochmals zu ihr um und sprach eine schreckliche Verwünschung aus. Das hätte ich nie tun dürfen. Das ist Sache unseres Herrn und jeder, der dazwischen pfuscht wird bestraft, so auch ich. Aber der Reihe nach.

Ich ging also in die dunkle Nacht hinaus und kämpfte mich zum Teil durch hüfthohen Schnee. Es war stockdunkel und bitterkalt. Ich hörte sogar oben in den Wäldern Wölfe heulen, aber die Wut war größer als die Angst und so bin ich unbeirrt weitergegangen, bis ich nach Mitternacht mein Elternhaus hier erreicht hatte. Ich war völlig erschöpft und durch und durch nass, an meinen Röcken hingen richtige Eisklumpen.

Die Lichter waren natürlich schon längst gelöscht, alles lag ruhig und friedlich in dieser dunklen Neumondnacht. Ich ging zur Hintertür herein, die nie verschlossen war. Ein Glücksgefühl durchströmte mich. Ich fühlte mich endlich wieder in Sicherheit. Ich zündete den Kienspan an der Wand an. Voll Dankbarkeit betrachtete ich all die vertrauten Dinge im Haushalt. Egal, ob es das Butterfass war, das noch immer in der selben Ecke stand, oder das Waffeleisen, das über dem Herd hing. Alles gab mir ein Stück Geborgenheit. Auf dem Herd stand eine Schüssel mit Sauermilch, die wohl über Nacht auf den noch warmen Eisenringen stocken sollte. Ich konnte es mir nicht verkneifen, mit einem Löffel darin herumzustochern und zu kosten. Sie war schon fest und schmeckte herrlich.

Dann legte ich mich auf die warme Ofenbank und bin wohl sofort eingeschlafen.

Als ich wieder aufwachte, blickte ich in das entsetzte Gesicht meiner Mutter. Sie bekreuzigte sich und flüsterte: ‚Maria und Josef, was ist passiert? Haben sie dich fortgejagt? Bist du gar davongelaufen?'

Ich setzte mich auf und schaute beschämt an mir herunter, ich konnte ihr nicht in die Augen sehen, als ich ihr stockend berichtete, was gestern Abend im Stall vorgefallen war. Aber ich musste es ihr erzählen, ich musste jemandem mein Herz ausschütten und es tat so gut, als sie mich nur stumm im Arm hielt und ich mich ausweinen konnte. Alles kam hoch, nur von Andreas erzählte ich kein Wort. Ich hatte kein Anrecht mehr auf ihn.

Nachdem ich mich wieder einigermaßen beruhigt hatte, sagte sie: ‚Du bleibst erst einmal hier, dann sehen wir weiter.'

Mein Vater stand plötzlich neben uns und machte ein besorgtes Gesicht. ‚Wir haben dich zu Demut und Bescheidenheit erzogen, du kannst hart arbeiten, was also hast du angestellt, dass sie dich nicht mehr wollen?' Seine buschigen Augenbrauen bildeten über der Nase eine Linie als er seine Stirn runzelte. Mir war klar was ihm Sorge bereitete. Er konnte uns nicht alle ernähren! Schließlich hatte er außer mir noch fünf Töchter, von denen er schon zwei als Kindsmägde auf fremde Höfe gegeben hatte. Auch mein einziger Bruder war als Hirtenjunge weggegeben worden, aber schon zu Martini war er wieder zu Hause, weil die Tiere über den Winter im Stall blieben und er nicht mehr gebraucht wurde.

Meine Mutter warf ihm einen tadelnden Blick zu und schickte mich nach oben in die Kammer mein Bündel aufzuräumen. Aber ich schloss nur die Tür hinter mir und setzte mich auf die Stufen, um meinen Eltern zu lauschen.

Sie erzählte ihm von meinem Missgeschick und er schnaubte ein paar mal laut, bevor er sagte: ‚Was soll ich nun machen? Ich habe dem Winterbergbauern das Wort gegeben, dass er sie ein Jahr haben kann. Er war sehr mit ihr zufrieden. Soll ich ihm sagen er habe sich an ihr vergangen? Wer kann das bezeugen? Er wird mich der Verleumdung beschuldigen, oder glaubst du er wird es zugeben? Er ist ein Großbauer, keiner wird es wagen ein Urteil über ihn zu sprechen. Das ist eine sehr heikle Angelegenheit. Sie steht unter seinem Schutz, solange sie in seinen Diensten steht. Sie bricht die Abmachung, wenn sie davonrennt. Wir können nichts machen, wir machen uns höchstens noch schuldig, wenn wir sie nicht zurückgeben.'

‚Das könnt ihr nicht tun, Paulus. Das lasse ich nicht zu', protestierte meine Mutter.

‚Wir können sie ja hier behalten und abwarten', lenkte mein Vater ein. ‚Vielleicht hat er auch ein schlechtes Gewissen und meldet sich nicht. Dann hat sie allerdings fast ein halbes Jahr umsonst gearbeitet, wir können keinen Lohn fordern, ist dir das bewusst? Und wo bekomme ich jetzt eine neue Stelle für sie? Die Bauern haben ihr Gesinde zu Marialichtmess eingestellt. Es ist zum Verzweifeln, bist du sicher, dass sie überhaupt die Wahrheit erzählt? Vielleicht hat sie auch übertrieben oder sich etwas eingebildet?'

Ich merkte, wie mein Vater sich an dieser Möglichkeit festhielt. Ihm stand das Wasser bis zum Hals und mein Wunsch zu Hause zu bleiben schien immer mehr dahin zu schwinden.

‚Wollt ihr warten bis sie ein Kind trägt?'

‚Der Winterberger trägt die Verantwortung was auf seinem Hof passiert. Das kann er sich nicht leisten, die Mägde zu schwängern und dann ihrem Schicksal überlassen.'

‚So, kann er nicht! Und wer will ihn daran hindern? Ihr vielleicht? Unsere Tochter wäre nicht die Erste, der so etwas passiert.'

‚Mal den Teufel nicht an die Wand, Weib.'

‚Paulus, unsere Tochter hat noch nie gelogen, das wisst ihr. Wir dürfen sie nicht mehr weglassen, wenn diese Schandtaten wahr sind', flehte meine Mutter meinem Vater an.

‚Das sagst du richtig: wenn sie wahr sind! Nur, das können wir nicht beweisen. Unsere Tochter ist unschuldig und unwissend von hier weggegangen. Bist du sicher, dass sie weiß von was sie redet?'

‚Paulus! Wenn sie unschuldig war, kann sie sich nicht alles aus den Nägeln gesaugt haben, oder?'

‚Schluss jetzt mit diesen Mutmaßungen, sieh den Tatsachen in die Augen: sie ist weggerannt und hat den Vertrag gebrochen, wir wissen nicht, wie wir unsere Kleinen über den Winter bringen ohne zu hungern. Mit achtzehn sollte man sein Brot selbst verdienen können und nicht mehr den Eltern auf den Taschen liegen. Wenn der Winterbergbauer sie zurückfordert, werden wir sie zurückbringen. Es tut mir Leid.‘ Dann hörte ich wie er davon ging.

In diesem Augenblick kamen Sophie und Frieda, meine kleinen Schwestern, die Stiege herunter und sahen mich. Ihre Augen lagen in tiefen Höhlen und ihre Gesichtchen waren spitz geworden, ihre Ärmchen hingen mager und schlaff an den kleinen Körpern. Ich kam mir plötzlich schäbig vor und wusste warum Vater so hart war.

Ich schloss sie in die Arme, die Tränen liefen mir über die Wangen. Frieda, die jüngere, sie war etwa vier, erkannte mich im ersten Moment gar nicht. Ich war schon mehrere Monate nicht mehr zu Hause, das war für sie wohl wie eine Ewigkeit. Sie bettelten, ich solle bei ihnen bleiben. Sie hatten ja keine Ahnung wie schwer es mir fiel, aber ich musste weg, da hatte mein Vater Recht. Weg, damit sie eine Chance hatten. Ich wusste zum damaligen Zeitpunkt noch nicht, dass sie schon dem Tode geweiht waren.“

Leopoldine starrte auf ihre schwieligen Hände, die die Wärme des Bechers aufsogen, den sie wieder umklammerte. Wie lange hatte sie schon nicht mehr ihren Gedanken nachgehangen? An die toten Geschwister gedacht, die kaum Zeit hatten das Leben kennen zu lernen, ehe der unbarmherzige Tod seine eisigen Krallen um die kleinen Geschöpfe schloss? Das Leben war hart und ungerecht.

Auch Helena starrte schweigend in das sanfte Flackern der Kerze, die nur noch ein Viertel ihrer ursprünglichen Länge hatte. Es wurde kalt im Raum, durch die Bretterwände kroch die herbstlich klamme Nachtluft. Nur das Rufen einer Nachteule in der Ferne war zu hören.

„Mein Vater ist also der Winterbergbauer“, sagte Helena plötzlich in die Stille.

„Ja. Er hat es geschafft mich im Laufe der Monate zu schwängern.“

„Wie? Ihr seid zurück? Ihr wart noch gar nicht schwanger?"

„Nein, das war ich noch nicht."

„Euer Vater hat euch tatsächlich zurückgeschickt? Und eure Schwestern? Ihr sagtet sie waren dem Tod geweiht? Was ist passiert?"

„Nun warte ab. Ich werde es dir erzählen. Aber der Reihe nach.

Schon am ersten Abend hat es an der Haustüre geklopft. Ich habe sofort gewusst, dass ich jetzt gehen musste. Mein Vater öffnete die Tür und draußen stand Julius, unser neuer Knecht.

„Guten Abend," begann er, „der Winterbergbauer schickt mich. Ich solle Leopoldine doch wieder auf den Hof bringen, sie wird dringend gebraucht. Er lässt sich entschuldigen, wenn sie in der letzten Zeit zu hart arbeiten musste. Aber sein Weib lag im Wochenbett und so gab es halt viel zu tun in den letzten Wochen."

„So, gab es das", sagte mein Vater. „Und sonst war nichts?"

Julius sah erst meinen Vater und dann mich erstaunt an. Er wusste natürlich nicht den wahren Grund und so glaubte er, ich hätte die Geschichte von jenem Sonntag im Brunnengang erzählt. Er schämte sich sichtlich und entschuldigte sich bei meinem Vater, dass er unanständig war und mich beim Waschen in meiner Blöße beobachtet hätte. Er wandte sich an mich: ‚Leopoldine, ich wusste natürlich, dass Klara sich einen Scherz erlaubt hatte. Ich hätte gehen sollen und dich nicht auslachen dürfen. Es tut mir Leid. Ich bitte dich, komm mit zurück, der Bauer wird sonst fürchterlich toben, wenn sein Gesinde nicht gehorcht und wegläuft.'

Meine Eltern horchten auf. Es schien so, als glaubten sie mir meine Geschichte nicht mehr so richtig. Zumindest Vater war sichtlich erleichtert, dass sich da etwas ganz anderes zugetragen hatte, so musste er kein schlechtes Gewissen mehr haben, wenn er mich wieder zurückschickte. Mutter jedoch, das sah ich ihr an, schien zu wissen, welches Spiel hier gespielt wurde, aber sie schwieg. Auch ich wagte im Beisein meines Vaters und Julius nicht mehr die Anschuldigungen zu wiederholen.

Ich redete mir ein, dass der Hofmeier gemerkt haben musste, dass ich mir nicht alles gefallen lasse. Er würde sich jetzt bestimmt nicht mehr trauen mir zu nahe zu kommen.

So packte ich mein bescheidenes Bündel wieder unter den Arm und trottete stumm mit Julius mit, nachdem Mutter mich mit Weihwasser besprenkt und ein ‚Gott schütze dich' gemurmelt hatte.

Auf dem Hof redete keiner über den Vorfall, ich bekam meine Arbeit zugewiesen als sei nichts geschehen. Ich war einfach wieder da. Nur Klara beobachtete mich nach wie vor argwöhnisch. Sie war die Einzige, die gehofft hatte, ich würde weg bleiben.

Andreas nahm mich in einem unbeobachteten Moment in der Scheune zur Seite und raunte: ‚Was zum Teufel war jetzt schon wieder los? Hattest du wieder Ärger mit Klara? Warum hast du mir nichts erzählt? Ich werde ihr mal gründlich den Kopf waschen, so geht das nicht weiter.'

Ich hatte Angst, sie könnte ihm alles erzählen und so umarmte ich ihn und sagt: ‚Lass sie, es ist schon vorbei. Sag mir lieber, ob du schon eine Bleibe für uns gefunden hast. Ich will weg von hier.'

Ich habe versucht das Ganze zu verdrängen und mir vorgenommen ihm nie etwas zu sagen. Er weiß es bis heute nicht. Ich wollte nur noch mit Andreas so schnell wie möglich verschwinden, denn das Lügengerüst hielt nicht mehr lange, das spürte ich.

Doch der Kreis zog sich enger, der Bauer kam herein und erwischte uns eng umschlugen.

‚Andreas!' schrie er, ‚lass die Finger von meinen Mägden. Du bist bereits verlobt, wenn ich euch noch einmal erwische, gehe ich mit dir und Klara sofort zum Pfarrer und lass euch auf der Stelle trauen. Es gibt nur Ärger in diesem Haus mit der Weiberei. Es ist jetzt Schluss. Hast du mich verstanden? Raus mit dir, spann das Fuhrwerk ein und nimm Julius mit, wir holen das Holz in der Säge.‘

Als Andreas verschwunden war, packte der Bauer mich grob am Arm und drohte mir: ‚Ein Wort über irgendwelche verlogenen Geschichten und ich versenke dich im Weiher. Lass die Finger von Andreas du Flittchen, ich kann keinen Ärger mit Klaras Vater brauchen, das Versprechen wird eingehalten. Du stehst unter meiner Obhut. Versuche nur nicht noch einmal alle rebellisch zu machen. Du bist meine Magd und hast zu tun was ich will. Hast du mich verstanden?‘

Ich nickte ängstlich, denn ich zitterte am ganzen Leib vor Angst.

‚Ob du mich verstanden hast, will ich wissen. Ich höre nichts.‘

‚Ja‘, sagte ich schließlich.

‚Gut. Sehr schön, das freut mich. Schade, dass ich gerade keine Zeit habe deine Ergebenheit zu prüfen. Aber das holen wir nach.‘ Damit verschwand er und ich stand da, wie gelähmt.

Wollte er mich nur klein kriegen? Nein, der war zu allem fähig. Ich glaubte sogar, dass er mich wirklich im Weiher versenken wollte. Wer hätte schon nachgefragt? Ein Unfall einer unbedeutenden Magd. Es hätte niemanden interessiert.

Es war unmissverständlich, ich war seine Magd und Hure.

Als sich mein Schock allmählich legte, lief ich hinaus in die blendende Sonne. Sie waren schon weggefahren. Ich rannte hinunter an den Weiher und setzte mich auf den Steg. Ich musste nachdenken. Ich schaute auf die glitzernden Wellen des Wassers, das der kalte Frühlingswind leicht kräuselte. Da kam mir wieder Markus in den Sinn, wie ich nach seinem Tod in dieses unergründliche Wasser springen wollte als man mich der Hexerei bezichtigte. Und wie Andreas mir das Leben gerettet hatte. Nein, ich würde es sicher nicht mehr probieren. Ich wollte kämpfen, aber wie?

Mich der Bäuerin anvertrauen, die mir damals Unheil prophezeite? Oder Andreas? Aber das schien mir ausgeschlossen.

Mein Blick schweifte hoch an den Waldrand. In den schattigen Lichtungen lag noch immer der letzte Schnee, dort wo die Sonne nicht hinkam. Die kahlen Erlenbäume unten am Bach reckten ihre Äste förmlich der wärmenden Sonne entgegen. Eine zwitschernde Vogelschar zog vorbei und einige Wildenten hatten sich flatternd ein Stück weiter unten an einem breiteren Bachabschnitt niedergelassen. Das Frühjahr rückte näher und auch der Termin von Klaras und Andreas Hochzeit. Wenn es erst soweit war, war ich dem Bauern ganz ausgeliefert.

Mein Blick schweifte von den aufgeregten Wildenten über den Bach und blieb an einem Wegkreuz hängen. Da kam mir eine Idee. Der Pfarrer! Er ist schließlich der Vertreter Gottes, er wird wissen was zu tun ist und steht unter Schweigepflicht. Ihm konnte ich mich anvertrauen.

Es war Samstag und der Pfarrer würde mir sicher die Beichte abnehmen. Ich machte mich also auf den Weg nach Neustadt, ohne um Erlaubnis zu fragen und betrat bald darauf ängstlich den Beichtstuhl.

Hinter einem Gitter, das mit einem dünnem, rotem Papier bezogen war, konnte ich die mächtigen Konturen der Hochwürden ausmachen. Ich hielt kurz inne, mein Herz schlug bis zum Hals, als sich der Priester schließlich räusperte und vertrauensvoll sprach:

‚Welche Last bedrückt dich meine Schwester?'

Vor Scham wäre ich am liebsten im Boden versunken, und mir war zum ersten Mal klar, warum dieses rote Papier zwischen uns war. Er konnte meinen roten Kopf nicht sehen und mir fiel es leichter zu sprechen. Ich holte tief Luft und alles sprudelte aus mir heraus. Er hörte mir aufmerksam zu und unterbrach mich nicht. Als ich fertig war, wartete ich gespannt auf seine Antwort. Aber er blieb still, ich glaubte schon ich hätte ihn gelangweilt und er sei eingeschlafen. Doch dann fragte er: ‚Und was hast du getan den Bauern so zu reizen? Hast nicht du ihm die Gelegenheit geboten eine Sünde zu begehen? Gehe in dich und frage nach deiner Schuld. Hast du aber keine Lust empfunden bei diesem Akt, dann sei dir gewiss, der Herr wird dir verzeihen. Gehe hin und bete zur Sühne zehn Vaterunser.‘

‚Ja, Herr Hochwürden. Gelobt sei Jesus Christus.‘

‚In Ewigkeit. Amen. Ich spreche dich los von deiner Schuld.‘

Ich konnte sehen wie er das Kreuzzeichen schlug und tat es ihm gleich, dann verließ ich den Beichtstuhl, mein Hemd klebte vor Angstschweiß an mir. Ich war unendlich erleichtert die Beichte hinter mir zu haben und fragte mich nach meiner Schuld.

Ja, ich hatte gleich am ersten Morgen nicht geschaut, ob mir jemand beim Pinkeln zusah. Ich bin im dünnen Hemd am Bauern vorbeigelaufen als Klara meine Kleider zum Fenster hinausgeworfen hatte.

Der Pfarrer hatte vielleicht nicht Unrecht, schoss es mir durch den Kopf und ich kniete mich in der Kirchenbank nieder und betete meine zehn Vaterunser. Die alten Frauen neben mir schauten mich schon ganz schräg an, sie mussten gedacht haben, dass ich sicherlich eine sehr schwere Sünde begangen hatte. Da keimten langsam Zweifel in mir, ob ich hier nicht zur Sünderin gemacht wurde, schließlich war ich das Opfer, warum sollte ich Buße tun? Ich stand auf und ging.

Mit jedem Meter, den ich dem Hof näher kam, schwand das Gefühl der Erleichterung und die Angst nahm zu.

Berechtigt, wie sich bald herausstellte. Andreas bekam ich kaum noch zu Gesicht. Der Bauer achtete Tag und Nacht darauf, dass wir uns nicht über den Weg liefen.

Dafür musste ich ihm zu Diensten sein, immer wieder, bei jeder Gelegenheit. Anfangs konnte ich kaum noch schlafen, hatte Angstträume und Schweißausbrüche. Doch irgendwann gelang es mir, mich während dessen aus meinem Körper zu stehlen, ich spürte nichts mehr, weil ich es nicht mehr wollte. Ich war nur noch mit meinem Körper anwesend. Mein Geist unternahm in dieser Zeit einen Ausflug. Hört sich verrückt an was? Aber es ist möglich. Ich mache es heute noch so.“

Mutter und Tochter blickten bei diesen Worten in das flackernde Licht der Kerze, die nun fast abgebrannt war. Sie schwiegen.

Schließlich räusperte sich Helena: „Wann, wann habt ihr dann bemerkt, dass ich unterwegs war? Und Andreas, hat er es erfahren?“

„In einem hatte Klara Recht. Andreas war naiv. Er hatte nichts bemerkt und ich traute mich natürlich nicht noch jemanden etwas zu sagen. Mein Vater wollte mir nicht glauben, der Priester hielt mich für die Sünderin und Klara, die es wusste, genoss die Situation.“

„Andreas wollte doch mit euch verschwinden.“

„Andreas hat auch weiterhin nach einer Unterkunft Ausschau gehalten, das stimmt. Wir wollten sobald wir etwas hatten, bei Nacht und Nebel verschwinden. Er wusste ja nicht was sein Vater mit mir trieb, sonst wäre er sicher ohne Sicherheiten mit mir durchgebrannt. Und ich, ich dachte immer, ich müsse nur durchhalten, es würde sich sicher bald ergeben. Ich hatte Angst, Klara würde uns wieder einen Stich durch die Rechnung machen. Es tat mir im Herzen weh, wenn ich bei Andreas war, und dazu hatten wir recht selten die Möglichkeit, und ihm nicht die Wahrheit sagen konnte. Ich kam mir vor wie eine Heuchlerin. Und dann war es plötzlich zu spät.

Ich war im Stall als ich mich das erste Mal übergeben musste. Klara war die Erste, die es mitbekam. Wahrscheinlich hatte sie auf diesen Augenblick sehnsüchtig gewartet. Sie stand neben mir und sagte: ‚Oh, wie ich sehe tragen deine Sonderdienste beim Bauern schon Früchte.‘

In meiner Einfalt wusste ich gar nicht, was sie meinte.

‚Was soll das heißen?‘ fragte ich sie deshalb.

‚Mir scheint du bist in anderen Umständen.‘

Ich stand da wie ein begossener Pudel. Schwanger? Der Gedanke war mir nie gekommen, dass ich schwanger werden könnte, obwohl meine Mutter damals meinem Vater gegenüber diese Bedenken erwähnte. Aber ich glaubte man könnte nur schwanger werden, wenn man verheiratet war. Ich war einfach naiv. Ich wusste nichts von solchen Dingen.

Klara kam ganz nah an mich heran und sprach zu mir wie zu einem Volltrottel: ‚Der Bauer wird sich aber freuen, und seine Frau erst. Ganz zu schweigen von Andreas. Was glaubst du wird er sagen, wenn er erfährt, dass du ihm untreu geworden bist? Oder willst du ihm erklären vom heiligen Geist empfangen zu haben?‘

Sie ließ mich stehen und lief davon. Ich wartete darauf, dass der Bauer hereingestürmt kommen und mich mit Pauken und Trompeten davonjagen würde. Aber nichts geschah. Sie hatte es ihm bestimmt gleich unter die Nase gerieben, dessen war ich mir sicher. Ich wartete den ganzen Tag, aber ich bekam ihn nicht zu Gesicht, auch Klara ging mir aus dem Weg. Auch der nächste und übernächste Tag und die ganze Woche vergingen ohne das sich etwas tat.

Ich verdrängte meinen Zustand und machte meine Arbeit bis eines morgens helle Aufregung von draußen zu vernehmen war. Mein Herz klopfte, denn ich dachte jetzt wäre es soweit. Die Stalltür flog auf und die Bäuerin rief nach mir. Beschämt trottete ich zu ihr.

‚Leopoldine, du musst jetzt stark sein. Es ist etwas schreckliches passiert.‘

Ich begrifft nicht, ich hatte erwartet, dass sie mich anschreie oder sonst etwas. Doch dann sah ich das bleiche Gesicht meiner Schwester Agathe hinter ihr vortreten.

‚Leopoldine, du musst sofort heimkommen. Johann, Sophie und Frieda. Sie sind alle tot.‘

Meine Geschwister tot. Ich begriff noch immer nicht.

‚Warum?‘

‚Wir hatten die Diphtherie. Alle, aber sie waren am Schwächsten und haben es nicht überstanden.‘

‚Diphtherie?‘ schrie Klara, die sich wie alle anderen in den Stall gedrängt hatte, um die Neuigkeit mitzubekommen. ‚Jetzt fehlt uns nur noch die Pest, dann hätten wir doch alles gehabt, was uns dieses Ding da', und dabei deutete sie auf mich, ‚zu bieten hat. Nicht wahr Bauer? Oder fehlt noch was?'

‚Klara, raus mit dir. Verschwinde aus meinen Augen.'

Der Bauer wurde nervös und unbeherrscht, er hatte Angst die Situation könnte eskalieren.

Wie benebelt packte ich meine Sachen, während die Bäuerin meiner Schwester ein Vesper anbot. Sie hatte Mitleid mit uns und kümmerte sich rührend, was mein schlechtes Gewissen nur noch mehr belastete.

‚Und sobald es dir wieder möglich ist, bist du auf dem Hof willkommen. Aber nun geh nach Hause und unterstütze deine Eltern in ihren schweren Stunden.' Das hat sie gesagt und mir kamen die Tränen. Sie war gut zu mir und ich trug ein Kind von ihrem Mann und drei meiner Geschwister waren gestorben. Es war zu viel für mich, mir wurde schwindlig. Ich musste mich erst eine Weile draußen hinsetzen ehe ich mit Agathe mitgehen konnte. Sie erzählte mir den ganzen Weg von der schlimmen Krankheit und wie die drei jüngeren Geschwister gestorben sind. Aber an mir prallte alles ab. Ich nahm es nur durch einen Schleier war. Auch die ganze Zeremonie zu Hause überstand ich nur, weil ich in eine Art Trance gefallen bin. Ich glaube der Körper schützt sich so selber.

Die Toten lagen in ihren Särgen in der Stube aufgebahrt und sahen aus als schliefen sie. Viele Leute kamen leise und verschwanden wieder leise, nachdem sie eine Weile neben den Toten gekniet hatten, um mit der Familie zu beten. Mutter hielt die Fenster geöffnet, damit die Seelen der Kinder den Weg in den Himmel finden konnten, dann wurden sie, die Füße voraus, aus dem Haus getragen, damit ihr Geist nicht wiederkehrt. Du weißt ja, nur Geistliche dürfen mit dem Haupt voraus aus dem Haus getragen werden.

Ich half im Haushalt bis alles vorüber war und als meine beiden Schwestern Genoveva und Viviane wieder auf ihre Höfe gingen, wo sie als Kindsmägde arbeiteten, war das Haus wie ausgestorben. Ich fühlte mich nicht mehr wohl. Vater litt besonders schwer, weil er nun keinen Erben mehr hatte. Sie hatten jetzt nur noch Agathe daheim. Er sprach kaum noch. Und ich brachte es nicht übers Herz ihnen noch mehr Kummer zu bereiten und zu beichten, dass ich schwanger war.

Keiner fragte mehr nach wie es mir ergangen war, auch Mutter nicht. Ihr Herz war schwer genug und ich war sogar froh darum, dass sie nicht nachhakte. Also packte ich wieder und marschierte über den Schlegelhofberg querfeldein ins Schildwendetal dem Winterberghof zu. Damals war der Berg nicht so bewaldet wie heute. Die Glasbläser hatten ja fast alles abgeholzt.

Schon von weitem sah ich Andreas beim Mistbreiten. Als er mich entdeckte lief er mir entgegen und schloss mich in seine starken, von der ersten Frühlingssonne gebräunten Arme.

‚Ich habe dich vermisst. Du siehst schlecht aus meine Liebe. Es hat dich sicherlich sehr mitgenommen. Aber ich bin so froh, dass du wieder da bist. Ich habe vielleicht auch etwas für uns gefunden. Nächste Woche bekomme ich Bescheid. Dann verrate ich es dir.‘

Wir haben uns gefreut wie die kleinen Kinder. Es war zwei Wochen nach Ostern. Nun hätte ich mit der Wahrheit rausrücken müssen, aber ich war so glücklich und wollte den Moment nicht kaputt machen.

Ich blickte in seine blauen Augen und ein blonde Strähne hing ihm ins Gesicht, ich werde den Augenblick nie vergessen.

Julius stand nicht weit von uns und beobachtete uns. Ich hatte keine Ahnung, dass Julius damals schon über meinen Zustand informiert war. Der Bauer hatte während meiner Abwesenheit die Fäden meiner Zukunft gezogen.

Ja, sogar mein Vater wusste schon Bescheid. Die ganze Zeit als ich zu Hause war, wusste er es. Nur nicht, wer der wahre Kindsvater war, vielleicht ahnte er es und wollte es nicht wahr haben, es hätte seinen Stolz gebrochen.

Nun, die Sache ging ganz schnell, denn es war wohl von den betroffenen Akteuren so abgesprochen, jawohl, ich nenne sie Akteure, denn das Ganze war ein Schauspiel. Ziel dieser Vorstellung war, dass Andreas und ich überrumpelt wurden.

Gleich am nächsten Morgen im Stall ging es los. Ich war in der Milchkammer als der Bauer sich zu mir schlich. Ich bettelte ihn an, er solle mich doch in Ruhe lassen. Er kam nah an mich heran, fasste an meinen Bauch und sagte: ‚Stimmt es, dass du einen Balg trägst?‘

‚Wer hat das gesagt?‘ Ich zitterte vor Angst, denn ich glaubte, er würde mich verprügeln oder wegjagen.

‚Klara hat es mitbekommen. Ich habe für dich und das Kind gesorgt. Du wirst heiraten.‘

Ich glaubte meinen Ohren nicht zu trauen, er wollte der Hochzeit zustimmen. Ich und Andreas sollten heiraten? Ich hätte ihn am liebsten umarmt, so glücklich war ich.

‚Den Julius‘, nahm er mir den Wind aus den Segeln.

Dieser Schock saß. So sehr, dass mir die Beine den Dienst versagten, die Milchkammer sich um mich drehte und ich nur noch von weitem mitbekam, wie der Bauer der Obermagd rief: ‚Klara hilf mir, die Leopoldine ist zusammengebrochen.‘

Dann kam Klaras Auftritt.

Sie, gefolgt vom ahnungslosen Andreas, stürzte in die Milchkammer und hob mich hoch und spielte die Besorgte: ‚Bauer, vorsichtig sie ist schwanger. Sie hat es mir schon länger gestanden, aber traute sich nicht es euch zu sagen.‘

Andreas schaute sie entsetzt an: ‚Klara du spinnst. Sie ist nicht schwanger. Das wüsste ich.‘

‚So, dann frag doch den Julius, der kann es dir genauer sagen.‘

Dieser muss wohl auch bereit gestanden haben, ich konnte ihn nicht sehen, denn ich war noch immer halb ohnmächtig und vernahm nur die Stimmen.

‚Ja, Andreas. Tut mir Leid. Du vielleicht nicht, aber ich.‘

‚Was? Wieso?' Er wusste im Moment erst gar nicht wie er reagieren sollte, darum kniete er neben mich und schlug mir ins Gesicht: ‚Leopoldine, verdammt, wach auf und sag was mit dir ist. Stimmt es, dass du schwanger bist? Ja oder nein!?'

Ich nickte, doch ehe ich etwas sagen konnte, sprang Andreas auf Julius los und die beiden verprügelten sich. Der Bauer und Klara brachten mich in die Küche und die Bäuerin flößte mir Tee ein. Sie schüttelte immer wieder ungläubig den Kopf und bekreuzigte sich.

‚Nein, Kind, das hätte ich nicht von dir gedacht.'

Ich war drauf und dran ihr ins Gesicht zu sagen, wer denn nun wirklich der Vater war, da kam Andreas in die Küche gestürmt, sein Gesicht blutete und er war dreckig, sein Hemd zerrissen.

Er schaute mich an und in seinen Augen funkelte der Hass.

‚Leopoldine, ich werde es dir nie verzeihen. Du hast mich hintergangen, wolltest nur an mein Erbe und hast es dabei mit dem Knecht getrieben. Ich hätte das nie von dir gedacht. Ich will dich nie wieder sehen, nie! Hast du gehört?'

Das war das Letzte was ich von ihm hörte. Er verschwand und kam nie wieder."

„Was? Er hat nie erfahren, wie es wirklich war? Und Julius hat ohne weiteres mitgespielt? Ich kann es nicht glauben Mutter." Helena stand auf und ging vor dem Ofen auf und ab. Sie war schockiert.

Der heimliche Lauscher schob leise die Tür zur Werkstatt zu, denn die Geschichte schien, genauso wie die Kerze, zu Ende zu gehen. Leben kam in die Frauen, auch Leopoldine stand auf und schüttete den letzten Rest des Tees in die beiden Becher.

„Julius wurde dafür bezahlt, aber das habe ich erst im Laufe der Jahre herausbekommen. Der Bauer hatte ihm eine Geldsumme geboten, damit er sich eine Werkstatt einrichten konnte, hier. Mein Vater war einverstanden, denn nun hatte er einen Erben. Julius war schon auf dem Winterberghof für alle Schreinerarbeiten zuständig, das lag ihm. Und das war für ihn eine gute Gelegenheit es zu einem bescheidenen Wohlstand zu bringen. Julius hatte natürlich mitbekommen, dass ich Andreas geliebt habe. Sicherlich wusste er auch, dass Klara und Andreas einander versprochen waren. Ich bin mir sicher, dass er heute noch glaubt, du seiest Andreas Tochter, und dass der Bauer mich nur aus dem Weg haben wollte, um das Versprechen einzuhalten."

„Was? Julius weiß es nicht?"

„Nein, wozu. Ich sagte doch schon, er würde es nicht glauben wollen. Er ist noch immer eifersüchtig auf Andreas. Er weiß, dass ich ihn nie lieben werde, weil ich Andreas nicht vergessen kann. Trotz allem. Er war, genau wie ich, ein Opfer von Intrigen. Ich habe mich gegen Julius gewehrt, anfangs. Bis er anfing mich zu schlagen, mein eigener Vater hat ihm das sogar empfohlen, um meinen störrischen Geist zu zähmen. Meine einzige Genugtuung ist seine Eifersucht. Meine Gedanken sind frei und dagegen kommt er nicht an. Ich glaube, er hat sogar das Trinken deshalb angefangen."

„Und Andreas, habt ihr wieder einmal etwas von ihm gehört?"

„Er hat sich einer Uhrenhändlerkompanie angeschlossen, ich habe ihn nie mehr gesehen."

„Und Klara?"

„Sie hat den Dienst auf dem Hof gekündigt und einen Bauernsohn aus Urach geheiratet."

„Und der Bauer, mein richtiger Vater, lebt er noch?"

„Ja, soviel ich weiß. Er hat vor drei oder vier Jahren den Hof an Michael, seinen Jüngsten, abgegeben. Die Bäuerin ist schon lange tot. Sie hat sehr spät noch mal ein Kind bekommen und sich nie mehr erholt. Mehr kann ich dir nicht sagen. Ich habe mit diesem Kapitel abgeschlossen und auch nie mehr was wissen wollen."

Die Kerze flackerte noch einmal auf, dann erlosch sie. Ein feiner Rauchfaden stieg zur Decke und verbreitete seinen Geruch, dann erstarb auch das Glimmen des Dochtes und es war stockdunkel im Raum.

„Ich habe heute so viel erzählt, wie noch nie in meinem Leben, Helena. Ich bitte dich, behalt es für dich. Es geht niemanden etwas an, nach all den Jahren. Lass es ruhen. Es ist vorbei. Komm, wir sollten ins Bett ehe der Morgen graut."

Eine Weile war es noch still, dann tasteten die Frauen sich die Stiege hoch.

Als nichts mehr zu hören war, ging die Werkstatttür langsam und knarrend auf. Schockiert zwängte sich Johann, der fünfzehnjährige Bruder von Helena, in die leere Stube. Keiner hatte mehr an ihn gedacht und vergessen, dass er noch in der Werkstatt war und schnitzte.

Als Kind hatte er sich immer die Ohren zugehalten, wenn sein Vater einen seiner Tobsuchtsanfälle bekam. Doch diesmal war es anders, so dass er seine Schnitzarbeit zur Seite legte und lauschte.

Er zog seine Nase hoch, die in der kalten Werkstatt draußen allmählich zu laufen begonnen hatte, aber nicht nur deshalb. Mit dem Ärmel wischte er sich nun auch die heimlichen Tränen aus dem Gesicht.

*

Hausen vor Wald, Exil der Klosterfrauen. Oktober 1796.

Das Sonnenlicht malte bunte Ornamente auf den Schreibtisch der Äbtissin Cäcilia Bachmann als es durch die runden, farbigen Putzenscheiben drang. Es tauchte das Schreibpapier in ein leuchtendes Rubinrot. Gleich daneben bildete es saphirfarbene und smaragdgrüne Kreise.

Gedankenverloren zeichnete die Ordensvorsteherin die Umrisse der Muster mit ihren gichtgekrümmten Fingern nach, während sie über den Inhalt der Depesche nachdachte, die vor ihr lag.

Von draußen drang gedämpftes Kinderlachen durch das spaltbreit geöffnete Fenster herein. Cäcilia hob den Kopf und blickte in die warme Oktobersonne. Unten im Hof sammelten sich viele Frauen und Männer mit ihren Kindern. Sie schleppten Weidenkörbe und Hacken und kamen offensichtlich von den fürstlichen Kartoffeläckern, die sie zuerst abernten mussten, bevor die eigene Ernte dran war.

Die Helfer liefen noch mit nackten Füßen, obwohl der Boden schon recht kalt war. Nicht mehr lange, und die Felder werden morgens wieder eine Raureifschicht tragen.

Die Ernte schien, nach der guten Laune der Bauern dort unten im Hof, gut ausgefallen zu sein. Was auch dringend nötig war nach den Plünderungen in der letzten Zeit. Wie Vielen diese Wunderknolle aus der neuen Welt wohl in den letzten Jahrzehnten, seit ihrer Einfuhr, den Hungertod erspart hatte?

Cäcilia stieß trotzdem einen langen, besorgten Seufzer aus. Es waren schlechte Zeiten, nicht nur für die Bauern und ihre Herren. Auch das Kloster hatte wieder ein schreckliches Jahr hinter sich.

Erst die Umquartierung des ganzen Konvents hier in das fürstenbergische Schlösschen zu Hausen vor Wald vor einem Jahr, als man das Kloster zum kaiserliches Lazarett umfunktionierte, dann, als die Lage immer prekärer wurde, die Flucht der Nonnen in die Schweiz. Nur die Priorin ist mit wenigen alten und kranken Frauen hier geblieben. Bei dem großen Durchmarsch der französischen Truppen am 28. Juli dieses Jahres, wurde auch das fürstenbergische Schlösschen nicht verschont. Die zehn Frauen und Schwestern, die zurückgeblieben waren, haben, kaum bekleidet, das Gebäude verlassen müssen und eine schlechte Wohnung vor Ort bezogen.

Als sie, die Äbtissin, von den erneuten Plünderungen und Überfällen am 17. August Kunde bekam, entschloss sie sich alleine aus der Schweiz zurück zu kehren und nach dem Rechten zu sehen.

Bei ihrer Ankunft im September bot sich ihr ein Bild des Elends. Sechs der zurückgebliebenen Frauen waren in dem halben Jahr ihrer Abwesenheit gestorben. Und kaum hatte sich ihre Ankunft herumgesprochen, wurden ihr unter schärfsten Androhungen 900 Gulden abverlangt.

Die Versorgungslage wurde immer schlechter.

Cäcilia strich mit ihren Händen über das Blatt Papier, es machte sie besorgt. Der Brief von Hofrat Fischer, der heute morgen hier ankam, enthielt den Bericht über die Ausmaße der letzten Plünderungen des Klosters. Fischer, der Hofrat des Fürsten, hatte sich in diesen Zeiten besonders um die Belange des Klosters und den verbliebenen Nonnen angenommen, denn der weltliche Herrscher über dieses Gebiet, das dem Kloster unterstand, war der Fürst zu Fürstenberg mit seinem Sitz in Donaueschingen.

Ihr Entschluss stand fest. Es hatte keinen Wert mehr länger zu warten, der Winter konnte jeden Tag einbrechen. Sie musste im Kloster wieder ihre Präsenz zeigen und Sorge tragen, dass die Erbpachthöfe ihren Zehnten an den Orden abgaben, sonst verwahrloste der ganze Komplex.

Sie tauchte den Federhalter in das Tintenfass und zog einen Bogen frisches Papier aus der Schublade, dabei fiel ein dicker dunkler Tropfen auf den oberen Rand des kostbaren Papiers.

„So ein Ärger aber auch, es ist einfach nichts mehr, wenn die Finger immer krummer werden und nicht mehr gehorchen.“ Sie kramte in der Schublade nach einem neuen Bogen als plötzlich die Tür geöffnet wurde.

„Verzeiht, ehrwürdige Mutter, aber ihr habt auf mein mehrmaliges Klopfen nicht reagiert, ich dachte schon...“ demütig verneigte sich Schwester Irmelda, und Cäcilia hatte schon Angst, sie würde bald mit dem Oberkörper vornüber kippen, denn ihr buckliger Rücken war in der Zeit ihrer Abwesenheit noch runder geworden. Sie musste den Kopf schon schräg halten, um ihrem Gegenüber in die Augen sehen zu können. Dabei war sie noch nicht einmal sechzig, aber eine ihrer treuesten Gottesdienerinnen, demütig und wortkarg. Tochter eines armen Bauern, die nur dank der Güte der Äbtissin Bucheyssen, die das Kloster von 1736-1769 leitete und aus Freiburg stammte, in den Orden aufgenommen wurde, denn ihre Familie besaß eigentlich zu wenig, um die Tochter ins Kloster geben zu können. Es schien gerade so, als bekundete sie ihre Dankbarkeit darüber mit einem lebenslänglichen Gehorsam.

„Schwester Irmelda, verzeiht, ich habe euch nicht gehört. Ich war in Gedanken. Ist es denn schon Zeit für die Abendandacht?" Cäcilia blickte hinaus und sah gerade noch wie die Sonne hinter dem Dach des Anwesens verschwand und der Raum augenblicklich dunkler wurde.

„Tatsächlich, ich komme gleich nach", beantwortete sie ihre Frage selber.

Sie legte den Federhalter zurück und schob den frischen Bogen wieder in die Schublade. Dann trennte sie säuberlich den hässlichen Fleck des ersten Papiers ab und betrachtete den verkürzten Bogen. Für weniger wichtige Briefe, war er noch zu gebrauchen, auch wenn jetzt das fürstliche Wappen fehlte.

Dann eilte sie den Flur entlang in die kleine Kapelle, wo die anderen vier Frauen und die Priorin Josepha schon im Gebet versunken knieten. Sie tat es ihnen gleich.

Der monotone Singsang verlieh ihr schnell die nötige innere Ruhe, die sie brauchte, um den Schwestern von ihrem Entschluss zu berichten. Inbrünstig bat sie Gott um einen guten Ausgang ihrer waghalsigen Aktion, die sie heute Nacht mit ihren Anvertrauten vollbringen wollte. Sie bat ihn um den göttlichen Segen und Schutz. Als die Frauen sich erhoben, sah sie auf und hatte das Gefühl der Gekreuzigte über dem Altar nicke ihrem Vorhaben zustimmend zu.

Nach der Andacht trat auch sie aus der Bank und stellte sich vor den kleinen Haufen alter und von Krankheit gezeichneter Frauen, und räusperte sich.

„Liebe Mitschwestern, ich muss euch davon in Kenntnis setzen, dass das Ende unseres Asyls hier in Hausen vor Wald gekommen ist. Die schrecklichen Plünderungen der letzten Monate haben nicht nur dieses Schlösschen, das uns der Fürst gnädigerweise zur Verfügung gestellt hat, in Mitleidenschaft gezogen. Auch unser Kloster in Friedenweiler hat schwer gelitten. Ich habe eine Depesche darüber erhalten. Es ist also an der Zeit, dass wir wieder nach dem Rechten schauen und unsere Pachthöfe im Auge behalten. Packt bitte euere Habseligkeiten, wir brechen gleich bei Dunkelheit auf."

Die Frauen blieben stehen und schauten sie fragend an, aber die Demut gebot ihnen zu schweigen. Nur die Priorin, die mit den gebrechlichen Frauen hier verharrt hatte, trat auf die Äbtissin zu und wagte zu fragen: „Mutter Oberin, glaubt ihr, die Frauen sind diesen Strapazen gewachsen? Es wird nicht einfach sein, der Weg ist weit und unsicher. Die Truppen können überall sein."

Die Äbtissin betrachtete den Haufen. Die Priorin hatte nicht unrecht. Die Frauen waren wirklich nicht sehr belastbar. Irmelda hatte Mühe ihren runden Rücken beim Gehen einigermaßen aufrecht zu halten, Luciana war noch von ihrer schweren Lungenentzündung angeschlagen, Ottilia, mit etwas über vierzig die Jüngste unter ihnen, war zwar gesund, aber dafür blind und musste geführt werden. Und Bernhardine war einfach nur alt und gebrechlich.

Josepha, die Priorin hingegen war, genau wie die Äbtissin, eine Kämpfernatur. Aber sie hatten alle eines gemeinsam, sie nahmen die Herausforderungen des Schicksals ohne Stöhnen an und gaben ihr Bestes. Sie würde keine Probleme mit ihnen haben.

Nun, was den Reiseweg betraf, hatte Cäcilia schon einen Plan. Sie wollte die öffentlichen Straßen meiden und sich an den natürlichen Lauf, nämlich den Flüssen und Bächen, orientieren.

Es würde sicher um einiges beschwerlicher werden, dafür aber sicherer.

„Da habt ihr Recht Priorin", räusperte sie sich. „Die feindlichen Truppen können uns schon morgen wieder hier verjagen, genauso wie im Kloster. Aber unser Zuhause ist nun mal das Kloster. Das Lazarett ist schon lange aufgelöst und das Kloster wird, wenn es verlassen dasteht, nur geplündert. Wir werden den Wald queren und zwar abseits der Straßen. Ich habe bereits die Karten studiert. Mit Gottes Hilfe werden wir es schaffen, wo bleibt euer Vertrauen?"

Mit gesenkten Köpfen machten sich die Frauen auf den Weg in ihre Kammern um zu packen. Es erfolgte kein Widerspruch mehr. Die Äbtissin hatte Recht.

Cäcilia ließ den fürstlichen Diener rufen, der für das Wohl der Frauen zuständig war.

„Gregor, könnt ihr uns Pferde organisieren? Ich habe beschlossen mit den Schwestern ins Kloster zurückzukehren."

Einen kurzen Moment zeigte sein Gesicht einen Anflug der Verwunderung: „Ist der Fürst über euren Entschluss informiert, ehrwürdige Mutter?"

„Noch nicht Gregor, das werdet ihr morgen früh übernehmen. Ich will nicht, dass unsere Rückkehr bekannt wird. Der Fürst bestünde sicherlich auf einer Eskorte. Und genau diesen Aufwand will ich verhindern. Wir zögen herumstreunendes Gesindel und Feinde geradezu magisch an."

„Wie ihr meint, aber seid ihr wirklich sicher?"

„Zerbrecht euch nicht meinen Kopf, Gregor. Besorgt mir Pferde."

„Aber sicher doch, Mutter." Damit verschwand er.

Cäcilia eilte in ihr Studierzimmer, das jetzt fast im Dunkeln lag, und zündete die Kerze am Schreibtisch an. Hastig kramte sie den frischen Bogen wieder aus der Schublade und tauchte den Federhalter erneut in die Tinte. Mit geübten Zügen brachte sie die Kunde der Rückkehr ins Kloster und ihren Dank für die

Gastfreundschaft dem Fürsten zum Ausdruck. Dann verschloss sie den Brief mit dem Siegel des Klosters, den sie in den Tropfen mit heißem Wachs, der über der Kerze geschmolzen wurde, drückte. Sie packte die wichtigsten irdischen Besitztümer in eine Ledertasche. Das letzte Bargeld jedoch verstaute sie in einem Lederbeutel unter ihrer Kutte, so dass sie ihn auf bloßer Haut spüren konnte. Dann blickte sie sich hastig im Raum um und löschte die Kerze. Die Ordensschwestern standen schon bereit.

Draußen erwartete sie Gregor mit zwei Pferden. Er zuckte entschuldigend mit den Achseln als er die Oberin erblickte: „Mehr waren leider nicht aufzutreiben, ehrwürdige Mutter."

„Schon gut Gregor, wir wollen dankbar sein für das was wir haben. Verstau das Gepäck auf dem einen Pferd, auf dem anderen werden die Frauen abwechselnd sitzen. Der Rest geht zu Fuß."

Nachdem er die wenigen Habseligkeiten festgegurtet hatte, gab ihm Cäcilia den Umschlag, der außer dem Brief noch etwas Bargeld enthielt, mit der Bitte, ihn erst am nächsten Morgen nach Donaueschingen zum Fürsten bringen zu lassen.

Dann verabschiedeten sie sich von ihm und verschwanden unbemerkt in der Dunkelheit.

Ihr Weg führte sie zunächst in nördliche Richtung, der Stadt Hüfingen zu. Der Mond war noch nicht aufgegangen und das Gelände der Baar noch eben und gut begehbar, weshalb sie, ohne Angst gesehen zu werden, über die offenen Felder gehen konnten. Sie kamen gut voran.

Als die ersten Umrisse der Stadt zu erkennen waren, wurden sie vorsichtiger und bogen linker Hand in eine Senke, um vom Stadttor aus, das beleuchtet zu sein schien, nicht gesehen zu werden.

Cäcilia wandte sich zu ihren Reisegefährtinnen um: „Alles noch in Ordnung?"

Sie versuchte die schemenhaften Gesichter auszumachen, um die ersten Ermüdungserscheinungen rechtzeitig erkennen zu können. Noch saß Luciana auf dem Pferd. Die Frauen, das wusste sie, hätten niemals geklagt, dass sie nicht mehr weiter konnten, lieber wären sie tot umgefallen.

„Ja, Mutter Oberin“, erklang es im Chor. Cäcilia musste grinsen, ihr kam es vor, als führe sie eine Schar treuer Engel spazieren.

„Gut, dann wechseln wir hier. Irmelda kann sich nun etwas ausruhen.“

Der Tross kam ins Stocken. Ohne große Worte vollzog sich der Wechsel.

Neben ihnen zeugten ein paar Mauerreste von einer alten Ruine, die einmal in dieser Senke, unmittelbar neben dem Flüsschen Breg, das von hier schon zu hören war, gestanden hatte. Hirtenjungen, die ihre Herden hier weiden ließen, hatten vor einiger Zeit aus Spaß ein paar Reste freigelegt und ein vorchristliches feines Mosaik, das den Boden belegt, entdeckt. Geschichtlich bewanderte Herren waren der Meinung, es könne sich um ein altes römisches Badehaus handeln.

Zu gerne hätte Cäcilia selbst einmal gebuddelt, doch dazu gab es leider nie die Gelegenheit. Die Geschichte der Menschheit hatte sie nämlich schon immer interessiert. Sie warf einen wehmütigen Blick auf die freigelegte Fläche, doch in der Dunkelheit war nichts zu erkennen. Darum wandte sie sich wieder an die Frauen.

„Wir sind jetzt unmittelbar vor Hüfingen. Es sind sicherlich überall Wachposten. Seht ihr dort den hellen Schein am Himmel über dem Bach? Sie haben ein Lagerfeuer vor dem Stadttor entzündet. Verhaltet euch ruhig und bleibt ganz nahe am Ufer. Tretet auf keine knackenden Ästen und seid still“, flüsterte sie ihnen zu. Kein Laut war von den Frauen zu hören, sie nickten nur zustimmend. Es schien alles in Ordnung zu sein.

Eine leichte Windbrise trug ihnen Wortfetzen zu, die offensichtlich von der Stadtmauer drüben stammen mussten. Das schüchterte die Frauen noch mehr ein und sie setzten sich wortlos in Bewegung.

Cäcilia führte das Packpferd an dem Halfter mit sich, dazwischen trotteten nun Luciana, Ottilia, Bernhardine und zum Schluss die Priorin, die das zweite Pferd führte, das nun Irmelda auf seinem Rücken trug.

Unbemerkt erreichten sie bald darauf die Stelle, wo die beiden Flüsschen Breg und Brändbach zusammenflossen. Sie hatten nun einen größeren Sicherheitsabstand zur Stadtmauer von Hüfingen und waren noch weit genug von Bräunlingen, dem nächsten Städtchen, entfernt. Der Mond, fast voll, schien auf die dunklen Gestalten herunter und leuchtete ihnen den Weg, weshalb sie sich nahe am Ufer hielten.

„Lasst uns kurz ruhen", bestimmte die Äbtissin und hielt ihr Pferd an. Sie waren nun schon eine ganze Weile unterwegs und sie wollte die Frauen schonen, damit sie die lange Strecke durchhielten.

Die Nonnen ließen sich müde auf ihre Wollumhänge fallen und stärkten sich an der Wasserflasche, die Cäcilia im Kreis herumgehen ließ, um sie gleich wieder am Bach zu füllen. Sie brach jeder ein Stück Brot ab, denn die letzte Mahlzeit lag schon lange zurück, und reichte es ihnen.

„So, jetzt haben wir noch Bräunlingen vor uns. Ich will kein Risiko eingehen, darum werden wir einen großen Bogen um das Städtchen machen. Wir gehen noch ein Stück am Bach entlang, sobald Bräunlingen in Sichtweite ist werden wir uns am Waldrand weiterbewegen. Danach sind wir sicherer, aber unser Weg wird nicht mehr so gemütlich sein, wenn wir erst in den Klosterwald eindringen."

Sie erhob sich und verstaute die Feldflasche an der Halterung ihres Packpferdes.

„Schwestern, wir müssen weiter, ich will Friedenweiler noch vor dem Morgengrauen erreichen, wer weiß, wie es dort aussieht und wem wir in die Arme laufen. Vielleicht erreichen wir unbemerkt die Klostermauern, dann verspreche ich euch, dürft ihr den ganzen Tag verschlafen. Gott wird ein Einsehen haben, wenn wir die Andachten auf morgens und abends beschränken."

Mühsam erhoben sich die Ordensfrauen, es wäre schon lange Schlafenszeit gewesen, sicherlich war es bereits Mitternacht. Hätten sie von ihrer nächtlichen Aktion etwas geahnt, hätten sie sich wenigstens am Tage etwas ausruhen können. Aber so waren sie noch den ganzen Tag im Garten beschäftigt, um ihn winterfest zu machen. Ihre Rücken schmerzten und Cäcilia ließ deshalb die alte Bernhardine aufsitzen.

Weiträumig, wie geplant, umgingen sie Bräunlingen, das Städtchen lag ruhig da. Die Einwohner schliefen offensichtlich alle, und von Soldaten vor oder hinter den Toren war nichts zu sehen.

Die letzten Wolkenfetzen, die hin und wieder den Mond verdeckt hatten, verschwanden nun und ein weiter Sternenhimmel breitete sich über die Flüchtenden. Es wurde merklich kühler und der Atem der Frauen hob sich geisterhaft von den dunklen Gestalten ab, die von der ungewohnten Anstrengung und dem Schlafmangel ganz schön ins Schwitzen gerieten.

Immer näher gingen sie auf die schwarze Front des unendlich langen Klosterwaldes zu. Es würde sicherlich die ganze Nacht dauern ihn zu durchqueren, sie durften sich auf keinen Fall verirren, sonst waren sie verloren. Darum mahnte sie Cäcilia noch einmal eindringlich den Lauf des Baches nicht aus den Augen zu lassen, er war die einzige Orientierung.

Hin und wieder hörten sie von entfernten Gehöften, die in der Nähe des Waldes angesiedelt waren, das Kläffen von Hunden. Schließlich wurde es stiller und der Wald immer dichter und unwegsamer. Die hohen Bäume ließen das schwache Licht der Gestirne kaum noch durch und so stolperten die Frauen immer öfter über Wurzeln und Geäst, das kreuz und quer den weichen, teils sumpfigen Boden säumte. Eulen und Waldkauze heulten auf oder flatterten an ihnen vorbei.

Es wurde noch dunkler, denn eine schwarze Wolke schob sich

vor den Mond, und kurz darauf setzte ein leichter, aber steter Nieselregen ein, der die Wollumhänge immer schwerer werden ließ. Stumm und monoton setzten die Frauen und Pferde einen Fuß vor den anderen, bis sich der Lauf des Bächleins immer mehr in sumpfigen Nebenästen verlor. In der Dunkelheit war der eigentliche Strom bald nicht mehr auszumachen. Jede trottete gedankenversunken vor sich her, ohne aufzuschauen, nur darin bemüht nicht einzuschlafen und weiterzugehen.

Cäcilia spürte ihre Füße kaum noch, die in den durchweichten und nassen Lederschuhen steckten. Das Hungergefühl in ihrer Magengegend hatte sie erfolgreich verdrängt, aber die Lippen wurden immer trockener, darum entschloss sie sich kurz anzuhalten, um etwas zu trinken. Sie hatte keine Ahnung wie lange sie schon durch den endlosen Wald gingen. Cäcilia blickte sich um, um den Anderen etwas anzubieten und musste feststellen, dass die Frauen nicht mehr hinter ihr waren. Ein Schreck durchzuckte sie. Sie horchte kurz auf. Totenstille. Wie lange hatte sie schon nichts mehr von ihnen vernommen? Sie wusste es nicht. Cäcilia lauschte wiederum. Die Sekunden der Ungewissheit waren unendlich lange. Was, wenn sie die Frauen verloren hatte? Sie waren in ihrem erbärmlichen Zustand dem Tod geweiht. Ihr Herz raste, sie traute sich nicht zu rufen. Die Angst schnürte ihr die Kehle zu. Es war ihr als stünden unzählige dunkle Gestalten drohend um sie herum, wahrscheinlich war weit und breit keine Menschenseele, es waren überall nur Bäume.

In dem Augenblick als die Panik schon fast ihren Höhepunkt erreicht hatte, glaubte sie watschelnde Geräusche von Schritten im sumpfigen Untergrund zu hören. Sie hielt den Atem an, dann schnaubte das Pferd. Ein Stein der Erleichterung löste sich von ihrem Herzen.

„Priorin?“

„Ja, Schwester Oberin. Verzeiht, wir sind etwas zurückgefallen. Aber ich ließ die Frauen auf dem Pferd austauschen.“

„Danke Priorin. Darauf hätte ich schon länger kommen sollen." Sie schämte sich dafür, dass sie ihre Frauen vergessen hatte und bemühte sich die Angst, die ihr noch in den Gliedern steckte, nicht anmerken zu lassen.

„Der Lauf des Baches ist kaum noch zu erkennen, das Gebiet wird immer sumpfiger. Man merkt, dass der Wald durch die jahrelangen Kriegszüge vernachlässigt wurde. Die Wildnis holt sich ihr Reich wieder zurück. Es wäre dringend nötig, dass hier Waldarbeiter eingesetzt werden. Lasst uns kurz verschnaufen. Wir sollten etwas trinken." Sie tastete nach der Feldflasche am Gurt des Pferdes und ließ sie kreisen.

„Alles noch in Ordnung Schwestern?" Es war so still, als hätten sich die Nonnen in Luft aufgelöst.

„Ja, ehrwürdige Mutter." Die Stimmen klangen dünn und es war so finster, dass sie nicht einmal die Umrisse der schwarz gekleideten Frauen von der Umgebung unterscheiden konnte. Nur anhand ihrer Antwort konnte sie abschätzen, dass sie noch unmittelbar neben ihr stehen mussten.

Cäcilia blickte sich um. Sie glaubte, dass es im Osten etwas heller wurde. Graute schon der Morgen? Wie weit waren sie noch von Friedenweiler entfernt? Sie hatte keine Ahnung. Nur eines war sicher, bei dieser Dunkelheit konnten sie den richtigen Bachlauf inmitten dieser Sumpflöcher nicht mehr ausmachen. Sie würden sich heillos verirren, wenn sie überhaupt noch richtig waren.

„Es wird bald heller. Wir warten ab bis wir besser sehen können. Sucht euch einen einigermaßen trockenen Untergrund und setzt oder legt euch hin. Ich bleibe wach", beschloss Cäcilia so ruhig wie möglich, die Frauen durften auf keinen Fall ihre Unsicherheit und Angst spüren.

Sie zweifelte langsam an der Richtigkeit ihrer verrückten Aktion. Sie gefährdete das Leben ihrer alten und schwachen Schwestern. Cäcilia blickte zum Himmel und schickte ein Stoßgebet nach oben, als sie hörte, wie die Frauen sich vertrauensvoll niederließen. Sie waren am Rande der Erschöpfung und total durchnässt. Lange konnte sie ihre Schützlinge nicht ruhen lassen, sonst würden sie sich in ihren feuchten Umhängen und der Kühle der Nacht den Tod holen.

Langsam wurde es still und die gleichmäßigen Atemzüge, die sie nun vernahm, zeigten ihr, dass sie bereits eingeschlafen waren.

Besorgt und bettelnd blickte sie wieder nach Osten: Gott im Himmel, lass es heller werden. Lass mich den richtigen Pfad wieder finden! Sie ertastete in ihrer Umhängetasche den Rosenkranz, den sie nun festumklammert hielt und zu beten begann. Die Meditation des Gebetes zeigte ihre Wirkung. Sie wurde entspannter und ruhiger, und es wurde tatsächlich heller im Osten. Sie konnte sogar bald die Umrisse ihrer Mitschwestern erkennen. Die Priorin saß auf einem Stein, das Pferdehalfter in der Hand, die Augen geschlossen.

Cäcilia stand von ihrem grasigen Erdhügel auf und streckte die kalten, steifen Glieder.

Der Morgennebel kroch gespensterhaft durch das Dickicht. Sie waren mitten im Sumpf. Der Boden war überzogen mit saftigem, grünen Moos, das sich über die kleinen Erdhügel und Wurzelstöcke ausbreitete. Dazwischen waren immer wieder Tümpel mit dunklem, moorigem Wasser. Fast mannshohe Farne wucherten zwischen umgefallenen und faulenden Baumstämmen. Sie blickte zu den Baumwipfeln, die eingebettet in weiße Nebelschwaden, langsam das Tageslicht durchließen. Hie und da begann ein Rabe zu krächzen oder ein Singvogel zu trillern. Der Tag erwachte. Cäcilia ging einige Schritte, um sich zu orientieren. Das Wasser gurgelte und gluckste um sie herum, sie lief den Geräuschen nach und entdeckte bald den eigentlichen Lauf des Baches. Sie waren also gar nicht weit davon abgekommen. Cäcilia war erleichtert. Freudig drehte sie sich um und wollte ihre Mitschwestern rufen. Doch eine innere Stimme warnte sie. Etwas stimmte nicht, nur, sie wusste nicht was. Sie schaute sich um, aber der Wald hatte sich nicht verändert außer, ja, das war es. Die Vögel waren verstummt.

Im selben Moment scheuten die Pferde, bäumten sich auf und rannten mit lautem Gewieher davon. Die Frauen schreckten auf und blickten verwirrt um sich. Da sah Cäcilia sie auf die Schwestern zurennen. Eine ausgewachsene Wildsau.

Cäcilia stand wie gelähmt da und beobachtete mit weit aufgerissenen Augen das Drama. Sie wusste hinterher nicht einmal mehr, ob sie geschrieen hatte, oder nicht.

Die Sau hatte Schwester Irmelda im Visier. Bruchteile von Sekunden standen sie sich Aug um Aug gegenüber. Dann rannte das Ungetüm mit gesenktem Kopf auf sie zu. Rechts und links ragten die Eckzähne vom Unterkiefer bis fast in die Augen des Tieres.

Irmelda reagierte ungewöhnlich schnell und sprang zur Seite. Sie ergriff die untersten Äste einer halbwüchsigen Tanne und hangelte sich in die erste Astreihe als die Sau den Baum erreichte und mit dem Kopf gegen den Stamm donnerte. Der Baum erzitterte und Irmeldas geller Schrei durchschnitt den Klosterwald. Die Schwestern waren bleich vor Entsetzen. Die Sau rannte noch ein oder zwei mal dagegen, bis sie endlich aufgab und grunzend davon eilte. Nicht weit von ihr, hinter einer Baumreihe, kamen fünf halbwüchsige Jungtiere auf sie zugerannt.

Irmelda hing noch immer im Baum und schrie um ihr Leben. Cäcilia fasste sich als Erste wieder und rannte zu ihrer Mitschwester, packte sie an den Füssen, worauf sie noch mehr schrie, und brüllte sie an. Daraufhin löste sich der Schock. Irmelda öffnete die Augen und sah unter sich die Oberin. Sie löste ihre Finger und ließ sich vom Baum fallen.

„Oh Gott, oh Gott, nein, nein", stammelte sie und rappelte sich mit Hilfe der Äbtissin vom weichen Moos auf die schlotternden Beine. Sie fasste an ihr Herz, das Gesicht war weiß wie ein Bettlaken.

Sie zitterte wie Espenlaub und setzte sich auf einen großen Stein in der Nähe. Die anderen Schwestern waren ebenfalls herbeigeeilt und standen geschockt neben ihnen.

„Einen Moment noch Mutter Oberin. Meine Knie, sie zittern so sehr. Ich kann mich nicht auf den Beinen halten. Ich, ich, oh, mir ist ganz schlecht.“

„Ganz ruhig Irmelda. Es ist vorbei. Gott hat euch beschützt. Die Sau ist weg. Sie hatte Junge und war wohl selbst erschrokken. Ihr habt euch tapfer geschlagen. Alle Achtung.“

Cäcilia legte der verängstigten Schwester die Hand anerkennend auf die Schulter. Irmelda hob schließlich ihren Kopf und schielte hervor, ein Lächeln überflog ihr Gesicht. Das erste Lächeln, das Cäcilia je an ihr gesehen hatte.

„Danke Mutter Oberin, danke. Aber es war nicht der Mut, es war die Angst, die mich so schnell werden ließ“, grinste sie und die Farbe kehrte allmählich in ihr Gesicht zurück.

„Oh, ich glaube, das wäre mir genauso ergangen. Nur weiß ich nicht, ob ich so schnell reagiert hätte wie ihr. Ich glaube, die Sau hätte meine morschen Knochen glatt umgerannt.“

Ein Lächeln der Erleichterung huschte durch die Reihen.

„Wir sollten hier verschwinden“, mischte sich schließlich die Priorin ein und reichte Irmelda die Hand.

In diesem Moment galoppierte schnaubend das Reitpferd hinter den Büschen hervor. Es war alleine.

Das Packpferd! Erst jetzt fiel den Frauen auf, dass das Pferd mit ihren Habseligkeiten davongerannt war. Sie schauten sich um und riefen ihm. Aber nichts rührte sich.

„Auch das noch. Meine ganzen Unterlagen, meine persönliche Bibel. Alles weg. Verflu…“ Cäcilia unterdrückte gerade noch den letzten Teil der Verfluchung, ließ ihre zum Himmel geballten Fäuste sinken und fasste an ihren Beutel zwischen den Brüsten. Er war wenigstens noch da.

Sie schnaubte zweimal, fast so, als sei sie das Pferd, dann war der Zorn verraucht und bot Platz für die Dankbarkeit noch am Leben zu sein.

„Also, Irmelda hat es sich verdient aufzusitzen. Gehen wir, der Lauf des Baches geht hier unten weiter. Es ist höchste Zeit.“

Cäcilia zeigte in die westliche Richtung, dann nahm sie das Pferdehalfter und stapfte los, nachdem die Anderen Irmelda auf das Pferd gehoben hatten.

Es war nun vollständig hell geworden und die Nebelfetzen lichteten sich hin und wieder und ließen kleine Stücke blauen Himmels zwischendurch blicken, um ihn dann schnell wieder hinter einer Nebelwand zu verstecken. Der weiche Boden wich allmählich einem festeren, rotsandigen Untergrund. Schließlich hatten sie die Quelle des Bächleins erreicht, hielten kurz inne, um sich nochmals an dem kühlen Nass zu stärken, das sie in ihren hohlen Händen auffingen.

„Wir müssten unmittelbar vor den ersten Häusern und dem Schafhof sein. Haltet euch mehr nach links, bergab, dann werden wir bald den Waldsaum erreichen."

Der Schreck der letzten Stunde war nun in Freude umgeschlagen. Sie hatten es fast geschafft!

Mit regennassen, schweren Gewändern, die sie in den Boden drückten, schleppten sie sich zwischen den Bäumen hindurch, dem Licht entgegen.

Als sie die Äste der dichten Trauftannen zur Seite bogen, blendete sie die Sonne, die die oberste Nebelschicht durchdrungen hatte. Zu ihren Füssen lagen die feuchten, dampfenden Matten des Schafhofes, der selbst noch im Bodennebel verborgen lag.

„Ich glaube wir haben es geschafft. Lasst uns schnell im Schutz des Nebels nach Friedenweiler laufen. Wenn uns erst jemand entdeckt, haben wir keine Ruhe mehr. Und die haben wir bitter nötig."

Hastig eilte Cäcilia den Hang hinunter, um in den Nebel zu tauchen. Die anderen taten es ihr gleich.

Als erwarte Gott seine treuen Dienerinnen, schlug die Glocke des Klosters die siebte Stunde.

Sie erreichten das Ufer des Klosterweihers und gingen den Pfad entlang. Gleich dahinter erhoben sich im Nebel die mächtigen Sandsteinmauern des Klosters.

Freude durchdrang die Herzen der Frauen bei dem Anblick ihrer vertrauten Heimat.

Sie huschten im Schutze des Nebels, der allmählich dünner wurde, an den Mauern entlang zum Hintereingang.

Selbst wenn Cäcilia noch im Besitz des Schlüssels gewesen wäre, der nun mit einem einsamen Pferd den Klosterwald durchschritt, wäre sie nicht hineingekommen. Dicke Bretterverschläge versperrten den Zugang. Die Tür selbst war aus dem Schloss gebrochen und schwer beschädigt. Cäcilia quetschte ihre Hand zwischen den Verschlag und stieß die Tür an. Quietschend öffnete sie sich einen Spalt breit und eine Ratte huschte aus dem dunklen Gang. Die Frauen unterdrückten einen Aufschrei.

Der Kreuzgang war auch über den Innenhof, der einen Zugang durch die Sakristei hatte, zu erreichen. Wie Einbrecher schlichen die Frauen um die Mauern und huschten zum Hauptportal der Kirche. Sie war verschlossen. Noch nie in der Geschichte war das Gotteshaus verschlossen. Wie misstrauisch waren die Menschen hier geworden?

„Das Nebenportal."

Cäcilia winkte die Frauen weiter, doch auch dort zierte eine Bretterwand den Eingang.

„Mein Gott, was ist hier geschehen in der Zeit unserer Abwesenheit?" Cäcilia bekreuzigte sich und sah an der fensterlosen Außenwand empor. Sie war rauchgeschwärzt. Sie trat einige Schritte zurück und konnte das etwa mannshohe Loch im Dachstuhl ausmachen. Die Schindeln waren verbrannt und das Gebälk angekohlt. Mehr konnte sie nicht erkennen, der Turm versteckte sich noch im Nebel und zeichnete sich nur schemenhaft ab.

„Wir müssen rüber, den Meier wecken."

Hastig eilten sie wieder zum Hauptportal zurück, querten den Kirchenvorplatz und verschwanden hinter dem Gebäude des Wirtschaftshofes. Hier wohnte der Meier mit seiner Familie. Er war der Verwalter.

Sie hielten auf den Eingang im Hinterhof zu, der Privatwohnung der Familie.

Das Pferd banden sie am Gartenzaun fest, wo es sich gleich an den letzten blühenden Herbstastern zu schaffen machte, die über den Zaun ragten. Der Garten war säuberlich abgeerntet. Die Frau des Wirtschafters war eine ordentliche, fleißige Zeitgenossin, die die Fäden des Betriebes in den Händen hielt.

Cäcilia drückte vorsichtig die Klinke, auch hier war abgeschlossen. Erst leise, dann immer heftiger, pochte sie schließlich gegen die Haustür. Sie glaubte schon, dass alle Bewohner geflüchtet waren, als endlich von innen ein Poltern, dann ein recht unheiliger Ausspruch zu hören waren. Unendliche Erleichterung überkam sie. Dann ging der Schlüssel im Schloss.

„Verdammt, wer macht denn solch einen Lärm am…“ Der Rest des Satzes blieb dem Meier im Hals stecken als er die Nonnen erblickte. Ungläubig schaute er um die Ecke, um zu sehen, wie viele der Frauen denn nun plötzlich aus dem Nebel aufgetaucht waren.

„Gnad euch Gott, die Äbtissin und ihre Schwestern.“ Schnell schlug er ein Kreuzzeichen, um dem Herrn für das Leben der Frauen zu danken. Sie hatten schon seit Monaten nichts mehr über den Verbleib der Gottesdienerinnen gehört.

„Mein Gott, wo kommt ihr denn her, Mutter Oberin? Wo sind die anderen Schwestern? Seid ihr alle?“

Der Meier war so erstaunt und erfreut, dass er sie am liebstem umarmt hätte.

„Guten Morgen, Meier. Entschuldigt die frühe Störung. Schön euch gesund zu sehen. Die anderen Frauen, um eure Frage zu beantworten, sind in Sicherheit in der Schweiz.“ Cäcilia räusperte sich verlegen, denn der Meier stand nur im Hemd bekleidet vor den Gottesfrauen.

Erschrocken schaute er an sich herunter. Es schickte sich wirklich nicht. Das Hemd reichte ihm gerade über den dicken Bauch und das Hinterteil. Die knorrigen Beine waren von den Oberschenkeln abwärts nackt, auch Schuhe hatte er sich keine übergestreift. Die Knopfleiste des Hemdes war bis fast in die Magengegend offen und gewährte einen tiefen Einblick auf die stark behaarte Brust. Sie bildete einen halslosen Übergang zu seinem dicken, wuchernden, tiefbraunen Bart, der fast das ganze Gesicht bedeckte. Dafür waren aber die spärlichen Kopfhaare unter einer Schlafmütze versteckt, die soweit ins Gesicht gezogen war, dass man fast seine tiefliegenden, grauen Augen nicht gesehen hätte.

„Oh, äh, verzeiht. Ich hatte nicht mit solch hohem Besuch gerechnet. So früh am Morgen. Ich war noch im Bett. Wartet, ich ziehe mir schnell was über.“ Er war schon im Gehen, als ihn Cäcilia zurück rief: „Nein. Wartet. Habt ihr einen Schlüssel für drüben?“

„Ja. Gewiss doch. Aber es wird nicht sehr gemütlich sein. Die Franzosen. Wir haben nicht aufgeräumt. Wartet, ich wecke meine Töchter, sie sollen etwas Ordnung machen und Decken rüber bringen. Es ist kalt in dem Gemäuer, wir haben nicht mehr geheizt.“

Ohne auf eine Reaktion zu warten war er verschwunden, denn er hatte sich nun doch etwas unwohl gefühlt in seinem Aufzug. Dafür kam jetzt die rundliche Frau des Meiers die Holzstiege herunter, sie wollte sehen, wo ihr Mann solange blieb.

„Oh, mein Gott, die Äbtissin!“ Sie schlug die Hände über dem Kopf zusammen als sie die Klostervorsteherin sah. Im Gegensatz zu ihrem Mann hatte sie schon einen Rock über das Nachthemd gezogen und kam nun mit ausgestreckten Armen auf die Frauen zu.

„Kommt herein, mein Gott, kommt in unsere bescheidene Herberge und setzt euch. Ihr seht müde aus. Seid ihr alle?“

„Ja. Der Konvent ist nach wie vor in der Schweiz. Wir kommen aus dem Asyl des Fürsten, Hausen vor Wald“, wiederholte die Äbtissin.

Die Meierin blickte die heruntergekommenen Kutten der Frauen an: „Hat euch der Fürst verjagt? Wie seid ihr überhaupt hergekommen? Kommt setzt euch, ich mache euch eine Suppe warm."

Die Meierin rannte ohne eine Antwort abzuwarten hektisch um den Herd herum und schürte das Feuer im Ofenloch.

Cäcilia wollte erst ablehnen, doch jetzt, da sie die Anspannung loslassen konnte, bemerkte sie erst wie hungrig sie war. Sicher fühlten die Schwestern genauso und so konnte sie dem Angebot nicht widerstehen. Sie ließ sich müde auf der Küchenbank nieder. Die Frauen folgten ihrem Beispiel.

Im Nu roch es köstlich nach gebratenem Speck, den die Meierin in einer Pfanne anröstete, um ihn danach in die Linsensuppe, die sie wohl schon am Vorabend für die große Familie eingeweicht hatte, zu kippen. Das Ganze blubberte und dampfte herrlich, als die Meierin mit hochrotem Kopf darin rührte.

Nebenbei fragte sie die Frauen aus, und nach und nach kamen die Meierkinder neugierig die Treppe herunter. Sie setzten sich stumm auf die Stufen und schauten die Nonnen mit großen Augen an. Der Duft und die fremden Stimmen hatten ihr Interesse geweckt.

Die Meierin war eine immer gutgelaunte und quirlige Frau, die mit beiden Beinen im Leben stand und dem Meier einen ganzen Stall voll Kinder geboren hatte, denen sie, so oft es ging, und das war ihr als Wirtschafterin eher möglich, etwas in die stets hungrigen Münder stopfte.

Unter ihrem eilig zusammengebundenen Kopftuch schaute ein langer, rötlicher Zopf hervor, der in der Eile des Geschehens noch nicht frisch geflochten war und deshalb etwas zottelig aussah.

Sie passten gut zueinander, fand Cäcilia, während sie sie so geschäftig sah. Der Meier selbst war eher ein langsamer Bürger, sei es bei der Arbeit oder im Geist. Seine Frau griff ihm manchmal unmerklich unter die Arme, wenn er etwas unbeholfen war. Aber dafür war immer Verlass auf ihn und er war sehr gutmütig.

Die Meierin gab dem oberen Flügel der Haustüre einen Stoss, damit der beißende Rauch abziehen konnte. Nun war es viel heller im Raum, frische Luft strömte herein und doch hielt der untere Teil die neugierigen Hühner draußen und die krabbelnden Kinder drinnen.

„So, jetzt bedient euch. Lasst es euch schmecken, ihr müsst schrecklich hungrig sein nach solch einem langen Fußmarsch. Eure Überhänge gebt ihr mir nachher, ich werde sie säubern und trocknen."

Mit einem Ruck hob die Meierin den großen Topf aus den Herdringen und das Feuer loderte mit seinen langen Zungen aus dem runden Loch auf der Platte. Der Topf war unten ganz schwarz vor Ruß, deshalb stellte sie ihn auf eine Steinplatte neben dem Tisch und begann mit ihren kräftigen Armen die Suppe zu schöpfen und zu verteilen. Die Kinder warteten artig auf den Stufen bis die Gäste fertig waren. Sie hätten nie gewagt sich zu den ehrwürdigen Nonnen zu setzen.

Der Meier kam, nun säuberlich angezogen und sogar gekämmt, wieder die Stiegen herunter.

„Die Mädchen richten es euch einigermaßen wohnlich, Mutter Oberin. Bis ihr gespeist habt sind die Zellen sauber und ihr könnt euch ausruhen."

„Vergelt's euch Gott, Meier. Heute Abend werde ich eine Schadensliste aufstellen. Seit dem 17. August war es hier ruhig sagtet ihr? Wir haben heute den 9. Oktober. Wollen wir hoffen, dass Ruhe oder gar Frieden einkehrt über den Winter. Haltet unsere Ankunft noch geheim. Wir brauchen erst etwas Ruhe."

„Selbstverständlich, ehrwürdige Mutter."

*

Die Nonnen waren die nächsten drei Tage von morgens bis abends damit beschäftigt einigermaßen Ordnung in die kalten und verlassenen Mauern zu bringen. Cäcilia brütete über den

Bestandslisten und berechnete die Schäden und Einkünfte. Allmählich füllten sich ihre Vorratskammern, um über den Winter zu kommen. Die Bauern hatten ihre Abgaben bisher einbehalten, sie wären doch nur an die Feinde gefallen.

In der Nacht zum elften Oktober schlief Cäcilia sehr unruhig. Unheimliche Träume quälten sie:

Gespenstische Nebelbänke zogen an den Nonnen vorbei. Sie waren zu Hunderten im Wald, der ganze Konvent war da. Cäcilia war, als schwebte sie über dem Boden, der nur noch aus Sumpf bestand. Sie sangen Psalmen und Choräle. Auch die verstorbenen Frauen waren unter ihnen, sie waren wieder auferstanden und lobpreisten den Herrn, bis sie die Marschschritte der Soldaten hörten, die hinter den Bäumen auftauchten. Als sie näher kamen, erkannten sie, dass ihre Köpfe nicht menschlicher Natur waren. Es waren Wildschweine. Sie umzingelten die Nonnen und wollten ihr Geld. Sie zerrten mit ihren Hauern an ihren Kutten und zerrissen sie.

Plötzlich ein heftiger Kanonenschlag. Cäcilia schreckte in ihrem Bett hoch. Ihr Herz klopfte bis an den Hals, sie musste sich erst orientieren. Es war nur ein Traum, ein schrecklicher Traum, schoss er ihr durch den Kopf. Cäcilia griff sich an die Brust, der Beutel, den sie noch immer bei sich trug, war noch da. Doch der Schreck saß tief. Sie blickte sich in ihrer Zelle um, und beruhigte sich allmählich. An der Wand gegenüber hing das geschnitzte Holzkreuz, das ihr Vater ihr zum Eintritt in den Orden anfertigen ließ. Es war die einzige Erinnerung an ihre Heimat, an Bertholdshofen im Allgäu. Der Tag graute schon, deshalb beschloss sie aufzustehen. Doch der Traum hatte ein ungutes Gefühl bei ihr hinterlassen und aus einer inneren Intuition heraus nahm sie ihren Beutel ab, lockerte den geheimen Stein in der Mauer und zog ihn heraus. Niemand kannte dieses Versteck. Sie legte den Beutel hinein und schob den Stein wieder davor.

Sie lauschte, denn sie glaubte aufgeregte Stimmen zu hören,

Pferdegewieher und dann ein schrecklicher, langgezogener Schrei einer Frau. Die Meierin?!

Cäcilia sprang aus dem Bett, etwas stimmte hier nicht. Sie streifte ihre fadenscheinig gewordene Kutte über und eilte ans Fenster, das aber nur in den Innenhof führte.

Sie blickte hinunter und sah wie in diesem Moment das Tor aufgestoßen wurde und Soldaten hereinströmten, es waren unzählige. Sie trugen blau-weiß-rote Uniformen, die Farben Frankreichs. Cäcilia schlug das Fenster zu und wollte zu ihren Mitschwestern eilen, um sie zu warnen. Doch es war schon zu spät, die Zellentür schlug auf und im Raum standen mehrere Soldaten.

„Madam, Geld, oder wir brennen das Dorf nieder."

Cäcilia zögerte, ihr Blick streifte unmerklich den Stein, sollte sie es wagen die Franzosen zu täuschen? Es wäre eine Notlüge gewesen: „Es tut mir Leid. Wir wurden im August schon völlig ausgeplündert. Ich war mit den Frauen im Exil. Wir sind erst vor drei Tagen wieder angekommen. Das Vermögen befindet sich, wie der Rest des Konvents, in der Schweiz."

Der Offizier zögerte ebenfalls, dann wandte er sich an seine Soldaten: „Durchsuchen!"

Nicht gerade zimperlich schnappten sie sich die Nonne und durchsuchten ihre Kleidung die sie am Leib trug, ohne auf ihren Protest zu achten. Dann zerwühlten sie das Bett und warfen die wenigen Möbel um. Das Geld jedoch fanden sie nicht.

„Ihr seid meine Gefangene."

Dann wandte der Offizier sich seinem Nebenmann zu und sprach auf französisch weiter. Cäcilia versuchte fieberhaft die wenigen Brocken, die sie verstand, zu ordnen. Doch ehe sie sich etwas zusammenreimen konnte, wurde sie von den Begleitern des Offiziers unsanft am Ärmel gezogen und vor ihm her durch die kalten Gänge und Flure des Frauenklosters geschupst. Hinter ihnen hörte sie, wie auch die anderen Frauen aus ihren Zellen geführt wurden und folgten. Sie leisteten keinen Widerstand, denn die Männer waren bewaffnet und in der Überzahl. Sie führten sie durch den Kreuzgang. Als sie an der Marienstatue, der mit Gewalt die erhobene Hand abgeschlagen worden war, vorbei kamen, hielt Cäcilia für den Bruchteil einer Sekunde inne und begann laut das Marienlob zu beten. Mit zitternden dünnen Stimmen fielen die nachfolgenden Frauen ein. Erhobenen Hauptes stiegen sie die Treppen hinunter, bis sie den Abgang zum Keller erreicht hatten. Mit einem heftigen Ruck wurde die alte Eichentüre aus ihren rostigen Angeln gerissen und die Frauen in das schwarze Loch geschupst, das sich vor ihnen auftat.

Die Dunkelheit verschlang sie. Mit einem ächzendem Knarren wurde die Tür hinter ihnen wieder zugeschoben, dann ging der Schlüssel zweimal im Schloss herum. Nun waren sie alleine in der unheimlichen Dunkelheit des großen Gewölbes, das sich in zwei langgezogene Gänge, die mit einem Quergang verbunden waren, unterteilte. Sie hörten noch wie die Schritte der Soldaten sich entfernten, denn die Stiefel hallten laut durch den Gang, dessen Boden mit Steinplatten ausgelegt war.

Währenddessen breiteten sich Angst und Schrecken im Dorf aus. Wie aufgescheuchte Hühner stürmten die Anwohner aus ihren Häusern, verjagt von den Bewaffneten. Sie wurden wie Vieh auf den Dorfplatz vor das Klosterportal getrieben. Eine Wöchnerin im Nachthemd hielt schreiend ihr Neugeborenes in den Armen, ein zahnloser Alter stolperte barfuss in die Menge. Kinder versuchten ihre Ziegen zu retten und zerrten sie hinter sich her, doch die Soldaten nahmen sie ihnen ab und stachen sie auf dem Dorfplatz vor den Augen aller ab. Der ganze Tumult bewirkte, dass die Pferde zu scheuen begannen. Sie bäumten sich auf und brachen mit dem gesamten Kriegsgerät aus. Sie galoppierten geradewegs auf die Menge zu. Die Münder der Leute blieben vor Schrecken offen stehen und verstummten auf einen Schlag, als sie sahen wie der kleine Krispin der Meiers direkt in den Aktionsradius der Tiere lief. Schon war es zu spät, ein Hufschlag traf ihn am Kopf, der Junge stürzte und die Pferde trampelten mit samt dem Kanonenwagen über den kleinen Körper, der sich ruckartig im Staub hin und her bewegte, hinweg.

Die Pferde waren irritiert und wandten sich von der Menge ab, hielten auf den Klosterweiher zu, und rannten auf dem Weg dorthin zwischen zwei eng stehenden Häuser hindurch, wobei sie krachend die Deichsel der Kutsche abrissen, weil das Gefährt zu breit für diese schmale Gasse war. Der Kanonenwagen blieb mit gebrochenem Rad liegen, während die Pferde, noch immer irr, mit dem Zaumzeug und der abgebrochenen Deichsel, erhobenem Schweif und angelegten Ohren, aus dem Dorf galoppierten.

Das Kind blieb leblos liegen, Blut sickerte aus seinem Kopf in den rötlichen Sandboden. Die Dorfbewohner starrten schockiert auf den regungslosen Dreijährigen. Schließlich kam die Meierin herbeigestürmt und warf sich auf ihren Sohn. Ihr geller Schrei ließ den Zuschauern das Blut in den Adern gefrieren. Sie zog den kleinen Körper an ihre mütterlichen Rundungen und wiegte ihn hin und her. Die kleinen Arme baumelten dabei schlaff herunter. Sein Gesichtchen war zur Unkenntlichkeit entstellt. Die Augen quollen aus ihren Höhlen hervor, der Schädel war eingedellt.

Celestine Meier nahm die Welt um sich herum nicht mehr wahr. Ihre Lippen bewegten sich, ohne dass auch nur ein Ton zu hören war, so, als singe sie ihm ein Wiegenlied, das nur er und sein Schutzengel hören konnten. Wie durch einen weißen Schleier sah sie ihren Mann auf sich zustürmen, der sie und den Jungen umarmte und dann verzweifelt auf sie einredete, doch sie starrte ihn nur geistesabwesend an. Schließlich versuchte er, sie und den kleinen Leichnam aus der Menge zu ziehen, aber Celestine ließ sich nicht bewegen, sie starrte auf den Kleinen in ihren Armen und wiegte ihren Oberkörper weiter hin und her.

Ein Offizier, es war der selbe, der eben das Kloster geräumt hatte, schritt auf den Platz zu. Die Menge hielt den Atem an und rückte einen Schritt zurück. Doch er bückte sich zur Meierin und nahm ihr langsam und behutsam das Kind aus den Armen. Dabei ließ er seinen Blick nicht von ihren Augen. Celestine wusste nicht warum, aber sie vertraute ihm und gab den Jungen frei. Der Meier half seiner Frau, die nun schwerfällig, das Hemd und die Schürze blutverschmiert, aufstand und dem Offizier folgte. Dieser bahnte sich einen Weg durch die Menge, geradewegs auf die Kapelle im Klosterinnenhof zu, wo er das Kind auf dem Altar ablegte, den Eltern mit einem Stummen Nicken das Beileid aussprach und dann ohne Worte wieder verschwand.

Die Geschwisterschar, die inzwischen von dem Unglück erfahren hatte, drängte sich in die Kapelle, um den toten Bruder zu sehen.

Der Offizier schloss hinter sich die Türe, um sie mit ihrer Trauer alleine zu lassen. Dann schritt er wieder hinaus auf den sonnigen Dorfplatz, wo die Menschen noch immer geschockt dastanden. Einige Frauen weinten und trösteten sich gegenseitig. Der Offizier stellte sich vor die wütenden Männer des Dorfes und sagte: „Dieser Vorfall tut mir Leid, aber wir befinden uns im Kriegszustand. Wir sind auf dem Rückzug von Bayern und werden hier für einige Tage Station machen. Das Kloster und die Höfe sind beschlagnahmt. Ich will kein weiteres Blutvergießen. Sucht Schutz in den Nachbargemeinden, ich muss meine Truppe hier unterbringen."

„Verschwindet! Wir haben euch nichts getan", erhob sich eine mutige Stimme aus der Menge. Gleich mehrere Fäuste flogen in die Luft und die Männer bekundeten mit ihrem Gebrüll ihren Unmut. Es schien für einen Augenblick so, als wollten sie Widerstand leisten und sich gegen die Übermacht der Franzosen wehren. Kurz bevor die Situation zu eskalieren schien, brachen die Soldaten, auf ein stummes Kommando des Offiziers, in die Menschenmasse ein.

Sie gaben mehrere Warnschüsse in die Luft ab und zerstreuten somit gezielt die Meuterer. Nach wenigen Minuten war der

Platz geräumt und die Leute strömten in die Wälder, ihr nacktes Leben rettend.

Von dort konnten sie auf das Dorf hinunterblicken und mussten mit ansehen, wie ihr Hab und Gut binnen weniger Stunden niedergemacht wurde. Die Alten hockten betend auf dem Boden oder starrten nur so vor sich hin. Sie waren der Kriegszüge überdrüssig und ergaben sich ihrem Schicksal, während sich die jüngeren Burschen zusammenrotteten und Rachepläne schmiedeten, die ihnen von den Vätern aber gehörig ausgeredet wurden. Kinder wimmerten vor Angst und Hunger und ihre Mütter, selbst hilflos, versuchten Trost zu spenden, wo es nur ging. Immer mehr Menschen wollten nicht nur abwarten und brachen auf, um über dem Wald Unterschlupf bei Verwandten in den anderen Dörfern zu suchen, auch auf die Gefahr hin von Soldaten erwischt und erschossen zu werden. Denn die Franzosen fürchteten ihrerseits auch immer Angriffe aus der Bevölkerung., Widerständische, die aus dem Hinterhalt über die Eindringlinge herfielen und sie zu töten versuchten. Deshalb zielten die Besetzer gleich auf alles was sich in den Wäldern weiterbewegte.

Die Nacht senkte sich schließlich über den Klosterwald und auf die verbliebenen Flüchtlinge, die in der Kälte ausharrten, während unten in Friedenweiler die ersten Lagerfeuer entzündet wurden.

Auch der Meier und seine Familie haben gegen Abend die Kapelle verlassen müssen und den Leichnam des kleinen Krispin alleine auf dem Altar zurückgelassen. Zitternd kauerten sie nebeneinander und versuchten sich gegenseitig zu wärmen. Nur das Gewimmer von frierenden und hungrigen Kindern wollte nicht verstummen.

„Ich kann nicht mit ansehen, wie die sich da unten ihre Bäuche voll schlagen mit unseren Lebensmitteln und unsere Kinder vor Hunger nicht einschlafen können.“ Der Meier stand auf. Er war wütend, denn nichts war schlimmer als unschuldige Kinder leiden zu sehen und nichts zu tun.

„Was habt ihr vor, Matthäus?"

„Ich gehe hinunter und hol den Kindern zu Essen und Dekken. Ich will nicht noch mehr Kinder sterben sehen. Es ist sternenklar, die Nacht wird eisig. Die Kleinsten könnten erfrieren."

„Nein, ihr seid wahnsinnig Mann", protestierte die Meierin. „Ihr setzt euer Leben aufs Spiel." Doch der Anblick der bettelnden Kinder ließ ihren Protest verstummen. Sie hatte nicht mehr die Kraft sich gegen seinen Willen zu wehren, denn wenn ihr Mann etwas beschlossen hatte, dann stand er auch dazu.

„Passt auf euch auf, ich könnte es nicht ertragen euch zu verlieren. Die Kinder brauchen ihren Vater noch", gab sie sich geschlagen.

„Ich schleiche mich über den Hinterhof an, keine Angst. Ich komme wieder."

„Gott sei mit euch, Mann."

Der Meier tastete sich zwischen den Bäumen den Hang hinunter, stets darauf bedacht keine Geräusche von sich zu geben. Er musste immer wieder kurz anhalten, um zu verschnaufen, denn sein Herz raste vor Angst. Seine Gedanken waren bei dem kleinen Krispin, der jetzt alleine tot auf dem steinernen Altar lag, das schlechte Gewissen plagte ihn. Er wollte wieder gut machen, was er versäumt hatte. Er, der Vater selbst, war es nämlich gewesen, der die Tür nicht hinter sich geschlossen hatte, als er auf den Dorfplatz rannte um zu sehen was sich dort abspielte. Der Kleine konnte ihm unbemerkt folgen, denn er hatte ebenfalls die Soldaten gehört und war neugierig geworden. Woher sollte er auch die Gefahr kennen? Er war noch so klein. Und nun war er tot und er, der Meier war schuld. Tränen liefen ihm über die Wangen und er musste erst seine Augen auswischen, um etwas zu sehen.

Er war jetzt ganz nahe an der hinteren Klostermauer und konnte die Soldaten im Schein des Feuers am Portal sehen. So schlug er einen weiten Bogen, um im Schutze der Dunkelheit den Wirtschaftshof zu erreichen. Aber auch hier waren Soldaten. Mit pochendem Herzen drückte er sich an die Wand und überlegte. Eine Katze lief über den Hof und sprang auf den Gartenzaun, sie brachte ihn auf eine Idee. Er bückte sich, nahm einen Stein, warf ihn der Katze hinterher. Diese jaulte auf und sprang über die Gartenbank hinunter. Dabei warf sie glücklicherweise einen Blecheimer um, der an den Zaun angelehnt war. Die Wachsoldaten waren sofort aufmerksam geworden und rannten zum Garten hinüber. Schnell huschte der Meier über den Hof und verschwand im Innern des Hauses.

Die Vorräte in der Küche, die über dem Herd gehangen hatten, waren weg. Das hatte er auch nicht anders erwartet. Er blickte zum Fenster, die Soldaten waren noch im Garten bei der Suche nach dem Übeltäter beschäftigt. Er schob den Küchentisch zur Seite, hob den Kellerdeckel und stieg in die Dunkelheit. Seine Hände tasteten die vertrauten feuchten Bruchsteine, während er Schritt für Schritt hinunter ging. Er kam lautlos auf dem festgestampften Erdboden an, ging zwei Schritte und ertastete die Hange, ein Brett das mit zwei Seilen an der Decke befestigt war, denn so konnten keine Mäuse und Ratten die Vorräte erreichen. Ein Grinsen umspielte seine Lippen. Die Franzosen hatten den Keller noch nicht entdeckt. Er nahm die Brotlaibe und stopfte sie unter sein Hemd. Hastig eilte er die Stufen hoch, lauschte und hob den Deckel. Er schlüpfte durch den schmalen Spalt, schob den Tisch wieder darüber und wollte zu Tür eilen als diese aufgerissen wurde und zwei Soldaten hereinstürmten. Matthäus warf sich an die Wand hinter der Türe und wagte nicht zu atmen. Sie waren im Gespräch vertieft und hatten ihn noch nicht bemerkt.

Der Meier tastete den Stoff der Gartenschürze seiner Frau im Rücken. Leise versteckte er sich darunter. Die Tür knallte ins Schloss und er konnte durch das Leinen die Männer sehen. Sie standen mit dem Rücken zu ihm, dann setzten sie sich an den Tisch und gossen sich Most in die Becher.

Der Meier wagte kaum zu atmen, er saß in der Falle.

Er wusste nicht wie lange er so verharrt hatte, als endlich einer der Beiden aufstand und zur Tür ging, geradewegs auf ihn zu, doch er bemerkte ihn nicht und ging in die Nacht hinaus. Man konnte hören, dass er sich draußen erleichterte. Dann wurde die Lage brenzliger, der Zweite stand ebenfalls auf und ging langsam auf den Meier zu. Er schaute direkt auf die Schürze und blieb stehen! Nun war es vorbei.

Der Meier drückte sich noch näher gegen die Wand, da spürte er einen Stiel im Rücken, die Gartenharke! Schneller als der Soldat, der den Eindringling entdeckte und das Gewehr in Anschlag nehmen wollte, griff er nach ihr, befreite sich von dem Stofffetzen und zog auf. Fast lautlos ging der Franzose zu Boden. Der Meier hatte keine Zeit zu überlegen, denn schon stand der andere in der Tür und wollte sich auf ihn stürzen. Der Meier holte wieder aus und streckte auch diesen zu Boden. Erstaunt über sich selbst starrte er die beiden Uniformierten zu seinen Füssen an.

Sie waren nicht schwer getroffen, denn sie versuchten schon wieder aufzustehen.

Der Meier tastete nach seinen Brotlaiben, rückte sie unter dem Hemd zurecht und stürmte hinaus auf den Hof, der still und verlassen dalag.

Matthäus hielt inne, er musste erst verschnaufen. Sein Blick wanderte gehetzt umher. Das Feuer drüben vor dem Portal war schon weit heruntergebrannt. Einer der Wachsoldaten stocherte mit einem Stock im Feuer, die anderen Männer lagen, in Dekken gehüllt, um die Glut herum. Decken, das hatte er vergessen, aber das war nun auch egal. Er musste sich retten bevor die Soldaten Alarm schlagen konnten.

Matthäus blickte die Klostermauern hoch, oben im Studierzimmer der Äbtissin brannte Licht! „Die Nonnen, mein Gott die Nonnen, sie hatten sie im Tumult vergessen!“ schoss es ihm durch den Kopf. Er zögerte und überlegte, ob er hinüber sollte. Aber es war zu riskant, sicher waren die Offiziere dort. Ob die

Frauen überhaupt noch am Leben waren? Matthäus erkannte, dass er sowieso nichts ausrichten konnte und deshalb rannte er, die Brotlaibe fest an sich gedrückt, an den Mauern vorbei und verschwand in der Nacht.

Die Augen der Äbtissin hatten sich schon lange an die Dunkelheit gewöhnt und sie konnte die Umrisse ihrer Mitschwestern ausmachen. Sie kauerten still und bewegungslos neben ihr. Cäcilias Lippen waren spröde und trocken und der Durst schien sie fast um den Verstand zu bringen. Sie hatten jegliches Zeitgefühl verloren in dieser ewigen Dunkelheit. Nur ein schmales Rinnsal modrig riechendes Wasser lief an den feuchten Bruchsteinmauern des Klosterkellers herunter. Zu wenig um den Durst zu stillen, allenfalls konnten sie die Lippen damit benetzen. Der Kellerraum war leer. Hier war früher einmal das Weinlager für die Messweine, doch das war schon den ersten Plünderungen zum Opfer gefallen. Seither war er noch nicht wieder aufgefüllt worden. Cäcilia hatte, in ihrer Hoffnung noch eine Flasche zu finden, schon das ganze Regal und den Boden abgetastet. Aber hier war gründlich aufgeräumt worden. Nun dösten sie auf den kalten und feuchten Steinbodenplatten vor sich her und warteten. Sie hatten schon lange aufgehört miteinander zu sprechen, es hätte nur unnötige Energie gekostet. An ein Entkommen war hier nicht zu denken. Es schien so, als wäre ihr Schicksal in diesem Loch besiegelt. Vielleicht war es sogar Absicht sie hier verhungern und verdursten zu lassen, oder sind sie nur vergessen worden? Lag das Dorf gar in Schutt und Asche und die Belagerer waren weg?

Sie hatte keine Ahnung. Und sie hatte es aufgegeben an die Tür zu pochen und um Hilfe zu rufen.

Nur das regelmäßige, heißere Husten ihrer kranken Mitschwester Luciana erinnerte sie daran, nicht alleine zu sein, wenn sie immer wieder in eine Art Tagtraum verfiel.

In diesen Träumen wandelte sie auf Waldlichtungen zwischen Farnen und Wildblumen und genoss das Sonnenlicht, das zwischen den Bäumen auf sie niederfiel und ihre langen, braunen Haare berührte, die schon seit Jahren keinen Sonnenstrahl mehr gesehen hatten. Ausgerechnet jetzt stimmte sie das sehr traurig, dass sie all die Jahre ihre volle Haarpracht, die trotz ihres Alters noch nicht ergraut war, unter einer engen Schwesternhaube verstecken musste.

Die Sonne wich allmählich dem Vollmond und tauchte den Wald in eine Feenlandschaft. Eine Stimme sprach aus dem Mond und Cäcilia wusste, dass es die Mondgöttin aus längst vergangenen Tagen war. Sie deutete auf eine helle Leiter und sprach: „Es ist die Himmelsleiter. Ihr braucht sie nur zu besteigen, man erwartet euch."

Cäcilia schreckte hoch. Sie ärgerte sich über ihre Träumereien. Sie wollte nicht aufgeben, noch nicht. Und so beschloss sie aufzustehen, um nicht wieder in diese apathische Gedankenwelt zu rutschen. Doch da glitt Luciana's Kopf, die dicht neben ihr kauerte, auf ihren Schoß. Vorsichtig versuchte sie ihn zur Seite schieben, um sie nicht zu wecken.

Doch Luciana fühlte sich seltsam an. Ihre Haut war eiskalt. Sie hatte doch Fieber und war eben noch heiß? Wann war das? Waren es erst ein paar Minuten oder gar einige Stunden her? Cäcilia hatte keine Ahnung. Sie tastete erschrocken nach der Halsschlagader und musste feststellen, dass Luciana der Verlokkung der Himmelsleiter nicht widerstanden hatte. Sie war tot.

Cäcilia bekreuzigte sich, sprach ein stummes Gebet und bettete sie neben sich auf die Erde. Luciana war also die Erste, die ihr Leben ließ. Wann waren sie und die anderen dran? Cäcilia hielt es für besser nichts zu sagen, obwohl ihr Herz augenblicklich zentnerschwer zu werden schien.

Mit letzter Kraft schleppte sie sich die Kellertreppe hoch und pochte gegen die schwere Eichentür. Immer wieder, auch wenn es sinnlos erschien. Tränen der Verzweiflung und Trauer liefen ihr dabei über das Gesicht. Sie schmeckte das Salz, als sie ihr in den geöffneten Mund liefen und sie brannten auf den aufgerissenen Lippen. Doch sie gab nicht auf und schlug in immer länger werdenden Abständen gegen die Tür.

Von weitem hallen Schritte, die Mondgöttin! Jetzt kommt sie, um uns alle zu holen! Cäcilia sackte in sich zusammen und wartete auf den Tod.

Die schwere Tür öffnete sich plötzlich und der helle Schein einer Kerze blendete sie. Aber kein göttlicher Gesang war zu hören, nein, vor ihr stand der Meier, ohne Nachthemd. Er war angezogen.

„Oh, mein Gott Äbtissin! Ihr lebt noch? Wir haben euch überall gesucht, wir dachten schon..." Den Rest sprach er nicht aus, denn er erkannte, dass die Lage mehr als bedrohlich war.

Er machte einen Schritt nach vorne und zündete mit der Kerze in das Dunkel des Kellerraumes. Vier fast leblos wirkende Augenpaare starrten ihn an, als wäre er nicht von dieser Welt.

„Meier, mein Gott Meier. Bitte helft uns, die Frauen und auch ich, wir sind zu schwach, um uns auf den Beinen zu halten."

Ohne darüber nachzudenken, ob es sich nun schickte die Nonnen zu berühren oder nicht, packte er zu und trug die Äbtissin auf seinen Armen durch die Flure, die Treppe hoch in ihre Zelle.

Doch hier sah es fürchterlich aus. Die Soldaten hatten schrecklich gewütet. Das Laken war zerrissen und verdreckt, die Decke fehlte und der Stuhl diente wohl als Brennholz, denn ein schwarzer, rußiger Fleck auf dem Boden deutete daraufhin, dass hier in Mitten des Raumes auf dem Steinboden ein Feuer entfacht worden war. Selbst die Bretterkiste, die als Bett diente, war ihrer Seitenwände beraubt worden.

„Hier kann ich euch nicht lassen, Mutter. Ich bringe euch rüber in den Wirtschaftshof. Mein Weib wird sich um euch kümmern."

So lief er im Laufschritt, die willenlose Äbtissin über seine breiten Schultern hängend, die Treppenstufen hinunter, über den Dorfplatz, hinüber in den Wirtschaftshof, wo ihn sein Weib mit entsetztem Blick erwartete.

„Haltet durch ehrwürdige Mutter. Mein Weib wird euch helfen. Ich hole die anderen Frauen."

„Danke Meier, danke."

Nach und nach befreite er die Schwestern aus ihrem Verlies und die Meierin mit ihrer ältesten Tochter Eugenia versorgten die Nonnen liebevoll, indem sie ihnen Tee, frische Wäsche, warmes Wasser und Seife und schließlich eine deftige Suppe in die Mädchenkammer brachten, wo sie die Schwestern einquartiert hatten.

„Luciana, Luciana ist eben erst verstorben. Sie hat einen Rückschlag erlitten. Ihre Lungenentzündung war noch nicht ganz ausgeheilt. Bringt sie bitte in die Totenkapelle", wandte sich die Äbtissin schließlich an den Wirtschafter.

„Das habe ich bereits getan, ehrwürdige Mutter. Ich habe auch einen meiner Buben geschickt den Hofrat zu informieren. Er weilt im Moment im Dorf, der Fürst hat ihn gesandt um nach dem Rechten zu schauen. Ich habe nicht mehr geglaubt, euch lebend wieder zu sehen. Ihr hattet Glück, es war Zufall, dass ich euch gefunden habe. Ich war gerade auf einem Rundgang, um mir den Schaden anzusehen als ich euch klopfen hörte."

„Es war kein Zufall. Es war Fügung, Meier. Ich habe meine Mission hier auf Erden wohl noch nicht beendet. Gott hat bestimmt noch mehr Aufgaben für mich. Welches Datum haben wir heute?"

„Der 16. Oktober. Ihr ward 5 Tage verschwunden. Die Truppen sind erst gestern wieder abgezogen. Sie haben gehaust wie die Barbaren, Mutter." Er wischte sich eine Träne aus den Augenwinkeln und stockte in seinem Bericht.

„Verzeiht Mutter, ich weiß es gehört sich nicht, dass ich mich von meinen Gefühlen überwältigen lasse, aber sie haben unseren Krispin getötet. Der kleine Junge, er wollte doch nur die Pferde und Soldaten bewundern. Dann, dann haben sie ihn zu Tode getrampelt. Und wir konnten ihn erst gestern beerdigen. Wir mussten uns in den Wäldern verschanzen."

Der Meier ließ sich auf einem Stuhl nieder und vergrub sein Gesicht in seinen großen, schwieligen Händen. Die Meierin rannte aus dem Zimmer, sie konnte es nicht ertragen, ihren Mann weinen zu sehen, denn sie hatte nicht mehr die Kraft ihn zu trösten.

Cäcilia nahm vorsichtig die Hand des Meiers zwischen ihre krüppeligen Gichtfinger und streichelte sie. Sie wusste, Worte waren jetzt fehl am Platz. Auch die Schwestern ließen ihre Suppenlöffel sinken und bekreuzigten sich.

Nach einer Weile des Schweigens erhob sich der Meier: „Danke Mutter, für euer Mitgefühl. Es tut mir Leid, dass ich mich nicht beherrschen konnte. Ein Mann sollte sich nicht ausheulen wie ein Waschweib. Entschuldigt mich bitte."

Er starrte verlegen zu Boden, was war in ihn gefahren? Nur weil er die Äbtissin in ihrer misslichen Lage befreit hatte, hatte er kein Recht sich so vertraut an sie zu wenden und seinen Schmerz zu beklagen.

„Meier, ihr seid kein Waschweib. Ihr seid ein liebevoller Vater. Die Kinder und euer Weib können stolz auf euch sein. Es gibt Väter genug, die scheren sich nicht um ihre Kinder. Ich habe zu danken. Für mich und die Schwestern. Ihr habt uns das Leben gerettet. Ihr seid ein guter Mann. Wir werden für euren Krispin ein Gebet sprechen."

„Danke", stammelte der Meier und war nun noch mehr verlegen, darum wandte er sich der Tür zu, um zu gehen. „Ich lasse euch nun ausruhen. Wenn ihr noch etwas braucht.."

„Nein, danke."

Noch immer verwirrt über seinen peinlichen Gefühlsausbruch ging der Meier die Treppe hinunter, wo schon sein Bub, mit dem Hofrat Fischer an der Seite, auf ihn wartete.

„Wo ist die Äbtissin, Meier?" fragte dieser und blickte durch sein Monokel, das er sich geschäftig vor das rechte Auge geklemmt hatte. Fest an die Brust gedrückt, hielt er die Akten des Klosters, die er hütete wie sein Augapfel. Er war der Einzige, außer der

Äbtissin, der Priorin und dem Pater aus Tennenbach, der die Messe las, der des Lesens und Schreibens mächtig war, denn er war ein Gesandter des Fürsten, ein hoher Beamter und schon deshalb eine Respektperson. Im Hoheitsgebiet des Fürstentums gab es noch weitere sieben Frauen- und zehn Männerklöster, in denen er als Mittler verkehrte. Sein Haar, das nun mehr grau als schwarz war, war in der Mitte streng gescheitelt und geölt. An den Schläfen hinunter bis zu den hohen Wangenknochen kräuselte sich ein exakt gestutzter Bart nach der neuesten Mode. Trotz seiner recht kleinen Statur wirkte er sehr erhaben.

„Wir haben sie oben in der Mädchenkammer untergebracht", antwortete der Meier verlegen, der Hofrat war nicht seine Kragenweite und er fühlte sich ihm gegenüber minderwertig.

„Weshalb sind sie nicht in ihren Zellen? Sie sind doch nicht ihre Mägde!"

„Entschuldigt, aber mein Weib ist noch nicht dazu gekommen die Zellen herzurichten. Wir haben unseren Sohn erst gestern beigesetzt."

„Das ist mir bekannt. Trotzdem will ich, dass die Frauen in ihren Zellen wohnen. Es sind schließlich Ordensschwestern."

„Sobald es möglich ist, Herr Hofrat. Wir werden alles dafür tun."

„Nun gut. Ihr habt mich rufen lassen?"

„Ja. Herr Hofrat. Ich dachte, ihr wolltet den Schaden in eure Papiere schreiben und dem Fürsten zeigen." Der Meier deutete dabei auf das Aktenbündel, den der Hofrat noch immer fest an sich gedrückt hielt.

„Auflisten, Meier, auflisten." Dabei wippte er auf den Zehenspitzen wie ein ungeduldiger Schulmeister, um etwas größer zu wirken.

„Wird die Äbtissin nicht unserem Rundgang beiwohnen?" fragte er schließlich und schielte dabei von unten durch sein rundes Brillenglas.

„Hat es euch der Bub nicht erzählt?" Der Meier blickte sich

ärgerlich nach seinem Jungen um, der jedoch schon verschwunden war.

„Doch, er erwähnte etwas von einer Gefangennahme. Geht es den Schwestern gut?“

Der Meier berichtete ihm kurz wie er die Frauen gefunden hatte und dass sie nun wohl erst zu Kräften kommen mussten.

„Gut, dann gehen wir rüber und schauen uns den Schaden an. Ihr werdet mich begleiten, Meier.“

In, für seinen Körperbau recht großen Schritten ging der Hofrat voran über den Dorfplatz und der Meier trottete zwei Schrittlängen hinter ihm her.

Sie durchquerten Raum für Raum und arbeiteten sich von unten nach oben bis zu den Speicherräumen durch. Beim Anblick der verdreckten Laken in den Zellen rümpfte der Hofrat seine Nase und meinte, das könne wohl seine Frau sehr bald in Ordnung bringen. Der Meier nickte und murmelte eine Entschuldigung in seinen Bart. Dann schritten sie weiter, um die Kellerräume, die schon seit langem leer standen, nochmals zu inspizieren.

Der Hofrat malte hektische Zacken und Kringel auf sein Papier, wie der Meier fand, während er, der Meier, sein Tintenfass halten musste, in das der Hofrat immer wieder seine Feder tauchte.

„So, gut. Ich wäre soweit. Nun muss ich noch von außen den Bestand, beziehungsweise die Schäden, aufnehmen. Hat sich, außer dem Brandloch, noch mehr ergeben?“

„Mir ist nichts aufgefallen, Herr Hofrat. Aber ich hatte noch nicht die Zeit alles genau zu untersuchen.“

Mit einem genervten Seufzer wandte sich der Hofrat nochmals seinen Papieren zu und schritt dann eilig den Flur entlang, um nach außen zu gelangen.

„Nun kommt schon, Meier. Ich habe nicht den ganzen Tag Zeit“, rief er über die Schultern, ohne ihn nur eines Blickes zu würdigen.

„Ich auch nicht", murmelte der Meier in seinen Bart, aber so leise, dass der Hofrat nichts hören konnte.

„Ach, Meier," der Hofrat hielt unvermittelt inne, so dass der Meier beinahe auf ihn gerannt wäre und Mühe hatte die schwappende Tinte nicht zu verschütten. „Veranlasst doch bitte, dass auch die Dorfbewohner ihren Schaden bei euch melden. Mir scheint diesesmal habt ihr am meisten gelitten. Es ist nichts, aber auch fast gar nichts, ganz geblieben. Die Kirchenschätze, alles zerstört, oder was zu tragen war, gestohlen. Ich habe auch schon vernommen, dass Scheunen und Häuser abgebrannt sind. Lasst euch alles erzählen und meldet es mir. Kühe, Ziegen, Schweine, Hühner, Alles, ich muss alles berechnen, um es dem Ordinariat melden zu können bis die Äbtissin sich wieder soweit erholt hat. Übrigens, wie sieht es im Stall bei euch aus?"

„Es ist uns nur eine Kuh geblieben Herr Hofrat. Der Stall ist leer."

„Was? Das ist ja schlimmer als ich angenommen habe."

Der Hofrat kratzte sich verlegen am Hinterkopf und der Meier fand, der sonst so herablassend wirkende Hofrat hatte das erste Mal etwas Menschliches an sich.

„Nun gut, wir können es nicht ändern. Es wird ein magerer Winter werden was die Verpflegung anbelangt. Das Kloster wird sich in den Umlandgemeinden umhören müssen und eventuell Vieh einkaufen. Kommt Meier, schauen wir, dass wir fertig werden."

Sie kamen kaum um die hintere Ecke des Klosters, dort, wo sich nahtlos die Klosterkirche an die Mauern des Konvents reiht, als sie erschrocken über den Klosterweiher nach Norden blickten. Im Gleichschritt marschierte ein riesiges Heer die Landstraße entlang. Es kam genau auf sie zu.

Drei Reiter lösten sich vom Trupp als sie die beiden Männer sahen und ritten ihnen entgegen.

„Herrgott im Himmel, das darf doch nicht wahr sein. Dieses

Franzosenpack ist doch erst gestern abgezogen, was wollen die denn noch bei uns?"

Zornig warf der Meier das Tintenfässchen zu Boden und belegte sämtliche Heiligen mit seinem Fluch. Dem Hofrat rutschte das Brillenglas von der Nase und er konnte dem Meier für sein Benehmen nicht einmal böse sein, denn auch er ballte seine Fäuste insgeheim unter seinem langen Gehrock.

„Es sind nicht die Franzosen, Meier. Das ist eine kaiserliche Einheit. Aber auch die haben Hunger", flüsterte er, während sein Gesicht fast die Farbe seines steifen, weißen Hemdkragens annahm.

Die drei Reiter hatten schließlich die Männer erreicht. Der Offizier stieg von seinem Pferd und salutierte:

„Die Klosterverwalter, wie ich annehme? Ich befehlige das Condéesche Corps. Wir kommen aus dem Osten und werden hier einige Zeit Quartier beziehen. Meine Soldaten, es sind mehrere tausend Mann, werden hier auf den Feldern lagern. Wir sind nicht an der Bevölkerung interessiert, wir fordern Lebensmittel und Futter für die Pferde. Wenn sie kooperieren, werden wir weiter niemanden behelligen. Für mich und meinen Führungsstab beschlagnahme ich das Kloster. Ist es noch mit Ordensleuten besetzt?"

„Äh, im Moment..."

„Der Konvent befindet sich im Ausland. Das Kloster wurde schon mehrere Male geplündert. Zuletzt vor zwei Tagen. Ihr werdet so gut wie nichts mehr vorfinden. Mein Wirtschafter und ich sind gerade damit beschäftigt den Schaden aufzunehmen", schnitt der Fischer, der sich schnell wieder gefangen hatte, dem Meier das Wort ab, aus Angst er könnte die Nonnen verraten. Nun war er das erste Mal froh, dass die Frauen im Wirtschaftshof untergebracht waren. So waren sie wenigstens vorläufig in Sicherheit. Man konnte keinem trauen.

In Windeseile sprach sich die erneute Besetzung im Dorf herum, die Kinder wurden in die Häuser geholt und die Frauen und Mädchen wurden von ihren Männern und Vätern versteckt, um nicht schon wieder in die gierigen Hände der Soldaten zu fallen. Doch die anfängliche Panik legte sich allmählich, denn die Kaiserlichen fielen nicht in die Häuser ein und plünderten, sondern forderten über einen Mittelsmann ihre Abgaben. Widerwillig gehorchten die Anwohner, um Schlimmeres zu verhindern. Auch die umliegenden Dörfer mussten Lebensmittel herbeikarren, um dieses große Heer zu verpflegen.

Die Meierin ging erst gegen Abend zu den Nonnen in die Mädchenkammer, der Hofrat hatte sie angewiesen, die Frauen erst einmal ruhen zu lassen.

„Mutter Oberin," Celestine blickte durch den schmalen Spalt der Türe und wagte sich nicht in den Raum, denn die Schwestern hatten ihre Hauben abgelegt und so fürchtete sie, die Intimsphäre der Gottesdienerinnen zu stören.

Cäcilia zog erschrocken die Decke bis zum Hals: „Was gibt es Meierin?" flüsterte sie, um die noch schlafenden Mitschwestern nicht zu wecken.

„Wir werden schon wieder belagert."

Cäcilias Gesicht wurde aschfahl, dann schlug sie die Decke zur Seite und schlüpfte in ihre Kutte, die über dem Bettpfosten hing. Sie eilte zur Meierin und schloss die Tür hinter sich.

„Was sagtet ihr?" fragte sie noch einmal ungläubig als hätte sie sich verhört.

„Ein ganzes Heer, etliche tausend Mann, sie haben ihr Quartier am Dorfrand aufgeschlagen. Sie fordern Lebensmittel, Mutter! Wir werden bald selbst verhungern müssen. Wir haben keine Vorräte mehr."

Cäcilia dachte nach. Sie hatte noch über tausend Gulden in ihrem Beutel in Sicherheit. Doch wie lange war das Geld noch sicher? War es überhaupt noch da, oder hatten es die anderen Besatzer schon längst geplündert? Es reichte aus, um neues Vieh für den Wirtschaftshof und auch noch für die Bevölkerung zu kaufen. Sie musste es retten, sonst würden sie wirklich dem Hungertod in die Augen sehen müssen.

„Meierin," begann die Äbtissin die Wirtschafterin in ihren Plan einzuweihen, „ich brauche eure Hilfe. Ihr seid eine kluge Frau und könnt schweigen. Der Konvent, das heißt ich, als die Äbtissin, habe eine größere Summe im Kloster versteckt. Es könnte uns allen helfen den Winter zu überstehen, wir könnten Vieh und Saatgut kaufen, wenn die Besatzer erst wieder abgerückt sind. Wir müssen das Geld aus dem Dorf schaffen und in Sicherheit bringen bis Frieden herrscht. Wollt ihr mir helfen?"

„Sagt mir was ich tun soll." Cäcilia hatte sich nicht getäuscht, Celestine besaß Mut und Entschlossenheit.

„Gut. Ihr geht in meine Zelle und zählt von meinem Kopfkissen aus an der Mauer drei Steine nach oben und dann zwei nach links. Der Stein ist locker und beherbergt einen Hohlraum. Das Geld ist in einem Lederbeutel. Versteckt ihn zwischen euren Brüsten und bringt ihn heraus."

„Gut, aber was soll ich sagen, wenn die Offiziere mich anhalten?"

„Ihr werdet mit dem Vorwand, frische Laken zu bringen, in die Zelle gehen. Die Offiziere werden es sicher freudig annehmen."

„Gut. Ich gehe gleich."

„Gott sei mit Euch Schwester!" Cäcilia malte ihr mit dem Finger ein unsichtbares Kreuz auf die Stirn und segnete sie damit.

Gleich darauf, es dämmerte schon, eilte die Wirtschafterin mit einem Bündel frischer Laken, allen die sie noch auftreiben konnte, über den Dorfplatz dem Klosterportal zu.

„Weib, halt, was wollt ihr?" wurde sie am Eingang angehalten.

„Ich bringe nur frische Laken, wie der Offizier wünschte."

„Halt, lasst mich sehen." Er wühlte in den Laken und als er nichts weiter fand, ließ er sie passieren.

Celestine huschte durch die Kirche in die Kapelle und von dort in den Kreuzgang. Sie kannte die Schleichwege. Doch als sie die Treppe hochkeuchte, blickte sie auf die blank polierten Stiefel des Offiziers.

„Meierin, wie ich annehme? Ihr wünscht?"

„Oh, Herr, äh Offizier. Ich wollte euch nur frische Laken bringen. Der Verwalter sagte, wir sollen alles tun, damit sie zufrieden sind und das Dorf nicht abbrennen."

„Und dann schleichst du wie eine Diebin durch die Gänge? Was hast du vor Weib? Warum hat der Wachmann unten dich nicht hergebracht?"

„Die Erziehung eurer Wachmänner liegt nicht in meiner Hand, Herr. Er hat mich durchsucht und durchgelassen. Ist das nicht genug?"

„Komm mit, Weib." Er schritt in die Studierstube voran und deutete auf den Schreibtisch, an dem ein Unteroffizier saß, wie Celestine anhand der Abzeichen auf seiner Brust vermutete.

„Leg die Tücher hin und verschwinde."

Celestine begann zu schwitzen, das war nicht geplant und sie hatte schließlich einen Auftrag von der Äbtissin. Sie wollte sie nicht enttäuschen.

„Tut mir Leid, aber der Verwalter sagte ausdrücklich ich solle mich darum kümmern. Auch, dass die Zellen sauber seien. Eure Vorgänger haben wild gehaust. Ich möchte die schmutzigen Laken mitnehmen und waschen. Es wird nicht lange dauern."

„Also verschwinde schon und beeile dich."

Celestine huschte zur Tür hinaus, ihr Herz klopfte bis an den Hals und ihr Kopf war vor Aufregung hochrot. Dann eilte sie den Flur hinunter bis zur Kammer der Äbtissin.

Sie warf die Zellentür hinter sich zu und legte die Tücher auf das Bett, dann begann sie die Steine zu zählen, vor Aufregung fand sie den richtigen erst nach dem dritten Anlauf. Sie hatte ihn kaum gelockert, da hörte sie Schritte den Flur entlang kommen und schon flog die Tür auf.

Der Unteroffizier stand in der Tür.

„Ich soll dir helfen die Betten zu machen", grinste er. Seine Offiziersjacke stand offen und auf seiner Hose konnte sie deutlich die Ausbeulung, die sich dort rührte, erkennen.

Schon kam er ihr näher und warf sie auf die Strohmatratze. Er griff ihr unter das Hemd und begann ihre volle Brüste zu kneten. Celestine, im ersten Moment steif vor Schreck, wagte nicht sich zu wehren, ihr Gehirn arbeitete fieberhaft. Als er sich an ihren Röcken zu schaffen machte, wurde er unvorsichtig und achtete nicht mehr darauf was sie tat. Celestine versuchte einen klaren Kopf zu bewahren und schnell zu handeln. Langsam tastete sie nach dem Stein über ihrem Kopf und zerrte ihn unmerklich aus der Wand, was gar nicht so einfach war. In dem Moment, als er in sie eindringen wollte, schlug sie mit voller Kraft den Brocken auf seinen Hinterkopf, so dass er augenblicklich zusammensackte. Zitternd schob sie seinen schlaffen Körper zur Seite, er blutete aus einer Platzwunde. Dann ordnete sie ihre Röcke und griff, noch immer bebend vor Angst, in den Hohlraum der Wand. Die Mühe hatte sich gelohnt, der Beutel war noch da, sie konnte sogar die Münzen spüren. Schnell ließ sie ihn zwischen ihren Brüsten verschwinden, wie es ihr aufgetragen war, und eilte den Flur entlang. Ihr Herz raste. Ihre Gedanken überschlugen sich.

Die Tür in das Studierzimmer stand offen und der Offizier rief heraus: „Bist du schon fertig Weib? Das ging aber schnell!"

Sein Gelächter hallte ihr nach bis sie die Kapelle erreicht hatte. Dort hielt sie kurz inne, blickte auf das Kreuz über dem Altar und sagte: „Verzeih mir Herr, aber ich habe zum Wohle des Volkes gehandelt."

Dann holte sie tief Luft und schritt erhobenen Hauptes an dem Wachmann vorbei und querte unbehelligt den Hof.

Cäcilia erwartete sie schon ungeduldig: „Mein Gott, da seid ihr ja endlich! Habt ihr das Geld?"

Celestine griff in ihren Ausschnitt und holte den Beutel hervor. Cäcilia ließ ihn schnell unter ihrer Kutte verschwinden und fragte: „Ist alles gut gegangen? Ich dachte schon, sie haben euch erwischt. Es hat lange gedauert.“

„Manchmal, Mutter Oberin, ist es ganz hilfreich, dass die Männer ihren Verstand in der Hose haben. Aber solche Dinge bekommt man in einer Klosterschule wohl nicht gelehrt“, fügte sie hinzu, als die Äbtissin sie entsetzt anstarrte.

„Ihr habt doch nicht etwa....?“

„Keine Angst ehrwürdige Mutter, soweit ist es nicht gekommen. Ich habe rechtzeitig zugeschlagen.“

„Oh Meierin, ich habe euch leichtsinnig der Gefahr ausgesetzt. Bitte verzeiht mir, an so etwas habe ich nicht gedacht. Ich hatte nur das Geld im Sinn. Das wollte ich nicht. Oh, Herr!“ Cäcilia blickte nach oben als warte sie auf ein Zeichen Gottes an der Zimmerdecke und bekreuzigte sich. Sie schämte sich Celestine benutzt zu haben.

„Ihr braucht euch nicht zu grämen, es ist gut gegangen.“

„Vergelt’s euch Gott, Meierin. Vielleicht habt ihr mit eurer mutigen Hilfe das Kloster und das Dorf gerettet. Es wird nur nie irgendjemand erfahren.“ Cäcilia nahm die Hände Celestines in die ihren und drückte sie herzlich. „Jetzt noch eine Bitte, kann ich von euch ein Bauernkleid haben?“

„Was habt ihr vor, ehrwürdige Mutter?“ Celestine flüsterte, denn sie spürte, dass hier wichtige Entscheidungen fielen.

„Ich fliehe in die Wälder und bringe das Geld in Sicherheit.“ Celestine bekreuzigte sich.

„Ehrwürdige Mutter, ich bete für euch.“

Kapitel 2

Es waren das Licht und die Stille, die Helena aufwachen ließen. Sie schlug die Decke zurück und huschte ans Fenster. Es hatte geschneit. Der Sturm der letzten drei Tage war verstummt und nun lag eine dicke, weiße Schicht über dem Tal.

Helena öffnete das Fenster und sog die kalte, klare Winterluft in sich ein. Sie konnte den Schnee sogar riechen, wenn sie die Augen schloss. Der erste Schnee war für sie immer noch etwas Besonderes, auch wenn sie schon längst nicht mehr in den Holzschober eilte und den Schlitten herauszog, wie in ihren Kindertagen. Aber es lag so unendlich viel Ruhe und Frieden über allem.

Helena öffnete wieder die Augen und beobachtete eine Kohlmeise, wie sie aufgeregt von einen schneebedeckten Ästchen des Birnbaumes zum anderen hüpfte, fast so, als habe sie kalte Füße.

Der Himmel war bedeckt und über dem Hochfirst bei Neustadt sah es aus, als wäre dies nur der Anfang des Winters. Die dicken, grauen Schneewolken berührten fast die Baumwipfel des Höhenrückens.

Im Haus war es noch ruhig. Helena blickte sich um, ihre Schwester schlief friedlich, die Decke hob und senkte sich gleichmäßig unter ihren Atemzügen.

Für einen Moment überlegte sich Helena, auch wieder dort hin zu kriechen und die warme Decke überzuziehen, ihre nackten Füße waren nämlich schon ausgekühlt auf diesem blanken Bretterboden.

Doch dann schlüpfte sie in ihr Kleid und band die Schürze um ihren leicht gerundeten Bauch. Seit einigen Tagen konnte sie das Leben in ihrem Innersten spüren. Nicht mehr lange und sie würde das Haus und all das hier verlassen, um ein neues Leben für sich und das Kind anzufangen.

Großtante Agathe, Mutters Tante, war gewillt sie in den Haushalt zu nehmen, auch mit Kind. Mutter hatte heimlich alle Hebel in Bewegung gesetzt, noch wusste niemand von ihrem Plan. Nicht einmal Antonius, den sie noch immer, oder jetzt wieder, denn während der dreiwöchigen Belagerung durch das kaiserliche Heer in Friedenweiler, fanden keine heiligen Messen mehr statt, heimlich nach dem Gottesdienst hinter der Kirche traf. Und das tat ihr am meisten weh, Antonius nicht mehr zu sehen. Aber sie musste jetzt an sich denken, Antonius würde sowieso nächstes Frühjahr wieder auf Reisen gehen, wer weiß, wie lange dann diese heimliche Freundschaft noch halten würde.

Hannah schlug die Augen auf: „Helena? Du bist schon wach? Es ist doch noch früh, oder?“ Ihre Schwester blickte zum Fenster, das noch offen stand, dann huschte ein Lächeln über ihr Gesicht: „Es hat geschneit!“ Nun war auch sie hellwach und rannte zum Fenster.

Kurz darauf glich das Haus einem hektischen Bienenstock, denn nicht nur der erste Schnee war gefallen und ließ die Kinder aufgeregt ihre Mützen und Handschuhe suchen, heute war auch noch Schlachttag.

Die beiden Schweine, die nicht wie ihre Geschwister im jungen Alter als Spanferkel im Franzosenlager geendet hatten, mussten, nun fett und rund, ihr Leben lassen, damit bis Weihnachten der erste Schinken angeschnitten werden konnte.

Auf dem Herd dampften bald die Wasserkessel, und draußen

im Schnee lagen kurz darauf die beiden leblosen Tiere, die der gerufene Hausmetzger getötet hatte.

Johann und Julius hatten die Halsschlagader angestochen, um das Schweineblut in Pfannen aufzufangen, wo sie es rührten, damit sich keine Klumpen bildeten. Es würde später zu Blutwurst verarbeitet werden.

Die Kinder schauten immer wieder vorbei, denn man durfte nichts verpassen, weder das Schlittenfahren, noch das Schlachten.

Als die Kadaver ausgeblutet waren, wurden sie über die Holzdeckel des Brühzubers in das heiße Wasser gerutscht, das die Mädchen in Eimern nach draußen getragen hatten. Nun lösten sich die Borsten und konnten problemlos abgeschabt werden.

„Die Schweine baden, die Schweine baden!“ riefen die Kinder aufgeregt, und rannten wieder davon als es ihnen zu lange dauerte.

Als sie endlich sauber waren, wurden sie, noch immer unter freiem Himmel, von dem inzwischen wieder dichte Schneeflokken fielen, grob zerlegt und die Gedärme gewaschen. Diese dienten später als Wursthaut.

Nun konnten die Fleischstücke zur weiteren Verarbeitung nach innen getragen werden, wo schon wieder die Wasserkessel dampften.

Helena schnitt ganze Berge von Zwiebeln in kleine Würfel, so dass ihr die Tränen unaufhörlich über die Wangen rannten. Hannah und Mutter rührten die Masse für die Blutwurst und den Leberwurstteig an, die mit den gerösteten Zwiebeln und den Speckwürfeln des Kesselfleisches, das schon auf dem Herd aufgekocht worden war, dem Hirn, das in der Pfanne geröstet war, und einigen Gewürzen abgeschmeckt wurde.

Die halbierten Schweineköpfe, die Beine und Speckseiten wanderten wieder in den hölzernen Brühzuber, wo sie in konzentriertem Salzwasser eingelegt wurden. In ein paar Tagen konnte aus den kleineren Teilen Tellergallert hergestellt werden.

Die Speckseiten und Schinken dagegen mussten noch eine Weile ziehen, bis sie soweit waren um geräuchert zu werden.

Zum Mittagessen gab es Metzelsuppe, ein Festessen für alle.

Der Nachmittag war angefüllt mit Einmacharbeiten. Die Gedärme wurden mit Bratwurstmasse gestopft und im Keller über Stangen gehängt um abzukühlen, das Fett zu Schmalz eingekocht und in Steinguttöpfe gefüllt. Der Schlachtgeruch hatte sich allmählich im ganzen Haus ausgebreitet und die Arbeiten dauerten noch in den Abend hinein an, bis schließlich das Meiste verarbeitet war. Nun blieb den Frauen noch das Putzen der Schlachtgeschirre und vor allen das Schruppen des fettigen Fußbodens auf dem man inzwischen ausrutschen konnte.

Spät am Abend, die Nacht hatte sich schon lange über den Ort gesenkt und der frisch gefallene Schnee die hässlichen Blutspuren draußen zugedeckt, kehrte endlich Ruhe ein und außer Leopoldine und Julius war niemand mehr in der Küche.

Leopoldine hatte es schon den ganzen Tag gespürt, dieses komische Gefühl als stände ein Vulkanausbruch kurz bevor. Jetzt, da alle von der Arbeit todmüde in die Betten gefallen waren, wartete sie darauf. Julius hatte den ganzen Tag kein Wort gesprochen, was nicht unbedingt ungewöhnlich für ihn war. Es war das Gefühl, das ihn verriet, das Gefühl der Überlegenheit, das er verbreitete. Leopoldine war auf der Hut.

„So, das wäre geschafft. Unsere Vorräte müssten über den Winter reichen.“ Julius setzte sich an den Küchentisch und zündete sich eine Feierabendpfeife an.

„Wenn keine Truppen mehr durchziehen“, setzte Leopoldine seinen Gedankengang fort und bewachte die letzten köchelnden Blutwürste auf dem Herd, sie wollte ihm nicht zeigen, dass sie auf die Katze im Sack wartete.

„Es ist Winter und recht unwahrscheinlich, dass sie noch über den Schwarzwald ziehen. Es wird ruhiger werden, dann habe ich endlich auch Zeit Helena unter die Haube zu bringen. Man sieht ihr den Balg schon an.“ Er sog genüsslich an der Pfeife und blies Ringe gegen die Decke, denen er gedankenverloren nachblickte.

Das war es also. Leopoldine hatte sich nicht getäuscht. Sie kannte ihn mittlerweile zu gut, um nicht zu wissen, dass er etwas im Schilde führte.

Offensichtlich wartete Julius auf ihre Reaktion, denn er hüllte sich in Schweigen und beobachtete sie aus den Augenwinkeln. Er wusste genau an was sie jetzt dachte, nur er konnte nicht ahnen, dass sie heimlich schon aktiv war, um dies zu verhindern.

Es hatte sie nämlich Mühe genug gekostet, ihre Tante, mit der sie schon seit Jahren keinen Kontakt mehr pflegen konnte, denn Julius hielt nichts von Familienbanden, ins Gespräch zu kommen. Hinterstraß lag fast einen Tagesmarsch von hier entfernt, sie hätte unmöglich unbemerkt verschwinden können, um sie zu besuchen. Auch konnte sie ihr keinen Brief zukommen lassen, denn Agathe war, genau wie sie, des Lesens und Schreibens unkundig und das, obwohl sie die Frau eines Dorfschulmeisters geworden war. Nur, dieser war schon einige Jahre älter als sie und empfand es als ein Hirngespinst seiner Frau, als sie ihn einmal bat ihr Unterricht zu geben. Nun war sie seit fast einem Jahr verwitwet, denn der Schulmeister hatte ein krankes Herz. Die Ehe war kinderlos geblieben und sie lebte alleine in der Dorfschulwohnung, die ihr zur Verfügung stand, samt der kleinen Landwirtschaft für den Eigenbedarf. Ein neuer Schulmeister konnte in diesen Kriegszeiten nicht gefunden werden und so schickte man die Kinder einfach nach St. Peter, auch wenn ein Grossteil diese Strecke nicht bewältigen konnte und deshalb zu Hause blieb.

Aber da gab es noch Luzia, eine Cousine von Leopoldine und Nichte von Agathe, die in Neustadt als Küchenmagd in einer Gaststube arbeitete. Sie fungierte als Botin, denn sie war niemandem Rechenschaft schuldig, was sie an ihrem freien Tag unternahm, auch nicht, wenn es ein Tagesausflug nach Hinterstraß war. Zumal sie für ihre Dienste von Leopoldine mit Speck und Eiern belohnt wurde.

Luzia hatte geschickt vermittelt und ließ ihr mitteilen, dass Agathe im neuen Jahr, also nach Dreikönig, auf Helena wartete. Leopoldine und auch Helena war ein Stein vom Herzen gefallen. Leopoldine wünschte sich diesen Termin so schnell wie möglich herbei, zum einen, weil sie Angst hatte, Julius könne ihr einen Strich durch die Rechnung machen, und zum anderen hatte sie sehr wohl bemerkt, wohin Helena nach dem Gottesdienst immer verschwand.

„Habt ihr schon genauere Pläne, Julius?" räusperte sie sich schließlich, um ihn nicht misstrauisch zu machen, und rieb aufgeregt ihre Hände am Schurzzipfel.

„Es gibt immer wieder junge Burschen, die gewillt sind zu heiraten. Sogar so eine. Mann muss sie nur davon überzeugen."

„Und?" Leopoldine tat, als habe sie diese Anspielung überhört.

„Was, und?"

„Habt ihr schon einen überzeugt?"

„Sagen wir einmal, in Aussicht." Julius genoss es, wenn er sah, wie Leopoldine immer aufgeregter an ihrem Schurzzipfel rieb. Sie wand sich hilflos wie ein Wurm. Sie hatte wohl Angst, das Letzte zu verlieren, was ihr an Erinnerung von damals blieb an ihren Geliebten, ihre Tochter, so glaubte er. Nun war es bald so weit und er hatte es geschafft, dieses Mädchen aus dem Haus zu bekommen. Er konnte über sie verfügen und diese Macht erregte ihn.

„Wer ist es?"

„Das werdet ihr Beide noch früh genug erfahren. Man soll die Katze erst aus dem Sack lassen, wenn der Handel perfekt ist. Das müsstest du doch wissen, Weib. Glaubst du, ich lasse mir ins Handwerk pfuschen?"

Nun war es ihm gelungen in die wunde Kerbe zu schlagen und Leopoldine zu provozieren, denn sicherlich, so vermutete er, hatte sie sich auch schon Gedanken gemacht und die wollte er nun seinerseits aus ihr herausbekommen.

„Und wenn sie nicht heiratet, wenn wir sie sonst irgendwo unterkriegen?“ stammelte Leopoldine aufgeregt. Sein Gefühl hatte ihn also nicht getäuscht, da gab es schon eine Idee. Nun war es Zeit zu zeigen, wer hier das Sagen hatte. Auf diesen Moment hatte er gewartet.

„Oh nein, schlag dir das aus dem Kopf. Und versuche ja nicht hinter meinem Rücken irgendwelche Fäden zu spinnen.“ Er ging bedrohlich auf sie zu und tippte auf ihre Brust. „Oder willst du, dass sie sich herumtreibt und noch mehr uneheliche Kinder in die Welt setzt?“ Er grinste. „Ich werde uns vor dieser Schande bewahren. Sie wird heiraten, da gibt es nichts zu rütteln, und zwar so schnell wie möglich.“

Er wandte sich siegessicher von ihr ab und klopfte seine Pfeife aus. Dann schlurfte er ohne weitere Worte hoch in die Schlafkammer mit der Genugtuung alle Fäden in der Hand zu haben.

Leopoldine stand da wie angewurzelt, doch ihr Gehirn arbeitete bereits fieberhaft, denn sie hatte nicht vor sich noch einmal überrumpeln zu lassen.

Sie berechnete die Zeit, die ihnen noch blieb. Nun war Ende November, vier Wochen bis Weihnachten, dann noch zwei Wochen bis Dreikönig. Sechs Wochen also musste sie Zeit gewinnen, dann konnte sie Helena mit Luzia nach Hinterstraß schikken. Selbst wenn Julius schon einen festen Kandidaten hatte, konnte er in so kurzer Zeit, auch noch vor den Feiertagen, wohl kaum eine Hochzeit ausrichten. Trotzdem blieb ein mulmiges Gefühl. Ein Wettlauf begann.

Sie beschloss Augen und Ohren offen zu halten, um im Notfall schnell reagieren zu können. Agathe konnte Helena vielleicht auch schon vorher aufnehmen, wenn es nötig werden sollte.

Seufzend legte sie den Schaumlöffel zur Seite und goss den schweren Topf in den Schüttstein, wo das Wasser über eine Steinrinne in der Wand nach außen ablief. Die dicken Würste kullerten übereinander, denn das austretende Fett ließ sie schlüpfrig werden wie Fische. Leopoldine sammelte sie ein und legte sie auf ein Brett, das sie in die Speisekammer trug, wo sie über dem Brunnen mit fließendem eisigen Wasser, auskühlen konnten.

*

Ein bissiger Schneewind pfiff am nächsten Morgen, als es zaghaft an die Türe pochte.

„Wer mag das sein?“

Leopoldine konnte sich nicht vorstellen wer bei diesem Wetter freiwillig zu Besuch kommen sollte. Es sei denn, es war sehr wichtig. Sie blickte ängstlich zu Helena, die gerade Sofie fütterte. Dabei musste sie an das gestrige Gespräch denken, und es zog ihr sofort den Brustkorb zusammen. In einem innigen Stoßgebet bat sie Gott, dass Agathe es sich nicht anders überlegt hätte, oder gar ein Heiratskandidat seine Aufwartung machte.

„Keine Ahnung. Erwarten wir jemanden?“ Helena riss sie aus ihrer Erstarrung.

„Ich schaue nach.“

Als Leopoldine die Tür öffnete, blickte sie in die dunklen, traurigen Augen der Nachbarstochter Barbara, der Schwester Antonius. Ein Stein fiel ihr im ersten Moment vom Herzen. Doch die Verwunderung blieb.

„Mädchen, was führt dich hier her? Komm herein.“

Barbara schob ihren Wollumhang, mit dem sie den Kopf und das halbe Gesicht eingemummt hatte, zur Seite. Ihr dunkles, lockiges Haar umrahmte das mager wirkende Gesicht, obwohl sie es züchtig zu einem Zopf gebunden hatte. Die Augen lagen in tiefen Höhlen und suchten forschend im Raum umher. Ihr Mund mit den wulstig hervorstehenden Lippen, sie erinnerten irgendwie an den breiten Schnabel einer Ente, stand halb offen und deutete beim Anblick Helenas ein Lächeln an.

Sie schien erleichtert. Ihre Finger, die noch immer den Umhang nach unten gedrückt hielten, damit sie etwas sehen konnte, waren rot und blau vor Kälte.

„Na komm schon, stell dich an den Herd. Du bist ja ganz durchgefroren.“

Stumm folgte sie Leopoldine und hob dankbar die Hände dicht über die Herdplatte.

„Mein Vater schickt mich. Er habe mit eurem Manne etwas zu besprechen, was nicht für die Ohren der Gaststuben bestimmt sei. Meine Mutter schließt sich der Einladung an und will wissen, ob ihr und Helena an einem Spinnabend interessiert seid.“

Leopoldine war überrascht, eine innerer Stimme warnte sie jedoch. Was hatten Julius und der Andresenbauer miteinander zu besprechen? Sie waren zwei grundverschiedene Menschen. Es gab keine Gemeinsamkeiten. Es sei denn, Julius hatte Antonius im Visier. Hatte er von den heimlichen Treffen der Beiden Wind bekommen? Ganz sicher gehörte Antonius nicht zu seinen Heiratsfavoriten. Er war schließlich Uhrenhändler. Das ließe sein Stolz niemals zu. Also, was konnte es dann sein?

Sie war schon lange zu keinem Spinnabend mehr eingeladen worden, weil Julius immer dagegen war und sie deshalb irgendwann nicht mehr von den Nachbarsfrauen gefragt wurde. An den Spinnabenden wurde in den langen Winternächten die Wolle der Schafe gesponnen und natürlich über das Dorfgeschehen, wie Hochzeiten und Schwangerschaften und Geburten gesprochen. Ein Tratschabend, eine willkommene Abwechslung also. Manch eine Frau schüttete dabei auch ihr Herz den anderen aus, wenn der Ehemann oder die Schwiegereltern sie schlecht behandelten. Dem wollte Julius immer vorbeugen, indem er seiner Frau den Umgang mit den Anderen einfach verbot.

„Und was wollen die Männer verhandeln?“ bohrte sie deshalb vorsichtig weiter.

Helena war nun auch interessiert zu ihr getreten, noch hatte Leopoldine nichts von dem abendlichen Gespräch mit Julius erzählt. Sie wollte ihre Tochter nicht unnötig beunruhigen.

Barbara zuckte die Achseln: „Das kann ich euch nicht sagen, Kirnerin. Ich weiß es nicht."

„Nun, ich will meinen Mann fragen, wann soll das denn sein?" Leopoldine war nun gewillt der Sache auf den Grund zu gehen. Vielleicht bot sich ihr die Möglichkeit die Dinge mitzubestimmen, wenn sie schon miteingeladen wurde.

„Am nächsten Samstag."

Leopoldine verschwand hinter der Werkstatttüre. Kaum war sie weg, flüsterte Barbara ihrer Nachbarin zu: „Helena, ich soll dich von Antonius grüßen. Er würde sich freuen, wenn du mitkommen könntest."

Helena musste daran denken, dass sie ihm schon lange versprochen hatte einmal nach seiner Schwester zu sehen. Das schlechte Gewissen plagte sie. Aus Angst wieder mit dem Erlebnis konfrontiert zu werden, hatte sie den Besuch immer wieder vor sich hergeschoben. Der traurige Blick von Barbara sagte ihr alles, sie litt wohl noch immer unter diesem Trauma.

„Danke, wenn ich kann, gerne. Sag ihm auch liebe Grüße." Sie blickte verlegen an Barbara herunter, die noch immer das Tuch fest um sich geschlungen hatte.

„Wie geht es dir sonst?" Vorsichtig versuchte Helena sich bei Barbara vorzutasten.

„Warum fragst du?" Barbara zog ihre Finger von der wärmenden Platte zurück und klammerte das Tuch fest, als berge sie ein Geheimnis. Sie spielte nervös mit den Fransen des Schals.

„Nun, Antonius hat mir erzählt, dass du, nun ja, seit die Franzosen hier waren, sehr bedrückt bist."

„Warum sagt er dir das?"

„Weil, wie soll ich sagen. Es geht mir genau so."

„Was meinst du mit: genau so. Haben sie dir etwas getan?"

Helena blickte Barbara fest in die verängstigten Augen.

„Ja, Barbara haben sie. Und ich weiß, dass es dir und Johanna genauso erging. Sei deinem Bruder nicht böse, er hat es nur mir erzählt. Es weiß sonst niemand davon." Nun war es endlich draußen. Helena wandte den Blick zum Fenster, um ihr nicht in das Gesicht blicken zu müssen. Eine Weile herrschte beklemmende Stille.

Schließlich räusperte Barbara sich: „Du musst gut mit Antonius befreundet sein, wenn ihr über solche Dinge sprecht." Diese Bemerkung kam etwas spitzer rüber als eigentlich gewollt.

„Barbara, Dein Bruder kam zufällig dazu, er hat mich gerettet. Sie haben mich im Wald überfallen. Ich war bewusstlos als Antonius kam. Und die Franzosen über alle Berge. Es muss eine Vorhut gewesen sein. In der darauffolgenden Nacht haben sie den Lochenbach besetzt."

„Was? Er hat nie etwas gesagt."

„Es war unser Geheimnis. Niemand sollte von dieser Schandtat erfahren. Ich habe ihn darum gebeten."

„Und warum erzählst du es dann mir?"

„Weil ich will, dass du die Wahrheit erfährst, wenn je darüber gesprochen wird."

„Warum soll darüber gesprochen werden, wenn es euer Geheimnis ist?"

Helena schwieg. Nach einer Weile flüsterte Barbara: „Du bist doch nicht etwa..."

Helena, die sich wieder gesetzt hatte, schaute zu ihr auf, dabei liefen die Tränen über ihre Wangen, als sie nickte.

Barbara schaute sie entsetzt an, dann flüsterte sie weiter: „Jetzt begreife ich, warum Antonius darauf bestanden hat, dass ausgerechnet ich zu euch gehen soll. Er wollte, dass ich es von dir erfahre." Langsam ließ sie den dicken Schal und den Umhang über die Schultern gleiten. Nun war es an Helena überrascht zu sein. Deutlich war der Ansatz eines Bauches zu sehen, der sich von dem sonst so mageren Mädchen abhob.

*

Antonius war aufgeregt. Der Besuch der Kirners stand unmittelbar bevor. Irgendetwas hatten die Väter zu besprechen, doch es war nichts aus seinem alten Herrn heraus zu bekommen. Was, Himmel noch mal, konnte der alte Julius nur wollen. Antonius plagte ein ungutes Gefühl. Wollte er seinem Vater drohen, dass dieser ihm den Umgang mit Helena verbot? Sicherlich war ihm nicht entgangen, dass er sich hin und wieder heimlich mit ihr traf.

Helena! Ein Grinsen umspielte seine Lippen und wieder blickte er in den angelaufenen Spiegel, der im Winkel an der Wand hing. Seine dunklen Locken ließen sich heute überhaupt nicht bändigen und er wollte einen guten Eindruck machen. Für alle Fälle.

Seine Mutter und die Schwestern standen mit hochroten Köpfen in der Küche und ließen den Striebliteig durch einen Trichter langsam in das siedende Schweinefett laufen. Dabei kreisten die Arme über dem Topf, bis sich ein flechtenartiges Gebilde geformt hatte. Mit dem Schaumlöffel fischte Johanna das Gebäck aus dem Fett und legte es zu den vielen anderen auf einen Teller. Barbara brachte die Gläser in die gute Stube, als es schließlich an der Tür klopfte.

Josef Burger öffnete selbst, es war an ihm den Gastgeber zu spielen. Schließlich ging es um Brautverhandlungen, auch wenn er dabei kein gutes Gefühl hatte.

Ein Windstoß wirbelte tausende von Schneeflocken mit zur Tür herein, als die vier vermummten Gestalten hereintraten. Julius, Leopoldine und die beiden Ältesten Helena und Johann schüttelten erst einmal ihre Joppen und Wolltücher aus, ehe sie den Burger begrüßten.

„Wenn das so weiter macht sind wir bald eingeschneit. Oben am Schilling und draußen am Buchen war heute Mittag schon alles verweht“, begrüßte Julius den Burger.

„Dann kommt erst einmal herein und wärmt euch am Ofen, mein Weib hat Strieble gebacken.“

Der Duft des süßen Teiges erfüllte den Raum und hieß die Besucher willkommen.

In der Stube standen schon zwei Spinnräder und ein Schneidesel, eine Vorrichtung zum Schnitzen von Holzschindeln. So wie es der Brauch verlangte, denn ungenützte Zeitverschwendung am Abend war fast eine Sünde.

Nach einem Glas Apfelmost wurde mit der Arbeit begonnen. Die Frauen saßen am Ofen beisammen, kämmten die ungesponnene Wolle, um sie dann geschickt mit Hilfe des Spinnrades zu einem festen Garn zu verarbeiten. Die Männer versammelten sich neben dem Esstisch und begannen Schindeln zu ziehen und Rechenzähne zu schnitzen. Bald waren beide Gruppen in Gespräche vertieft und Antonius überlegte sich fieberhaft, wie er eine Ausrede finden konnte, um kurz zu den Frauen rüber zu sitzen. Helena warf ihm hin und wieder einen verstohlenen Blick zu.

Die Gespräche waren belanglos und Antonius zweifelte langsam daran, ob es überhaupt einen Grund gab, warum die Väter sich treffen wollten.

„Wie sieht es aus mit der Kalbin, die du mir verkaufen wolltest?“ begann schließlich Julius. Antonius horchte auf. Ging es hier wirklich nur um einen Kuhhandel? Warum aber wollten die Väter sich deshalb hier treffen? Das hätten sie auch im Wirtshaus verhandeln können. Antonius verfolgte die Verhandlung trotzdem gespannt.

„Warte noch bis Dreikönig, dann weiß ich, ob sie trächtig ist. Der neue Stier aus Waldau ist etwas schüchtern. Ich bin mir noch nicht sicher, ob er seine Arbeit ordentlich gemacht hat.“

„Ein schüchterner Stier, hat man so was schon gehört?“ Julius lachte auf. „Gut, aber wenn er es geschafft hat, dein Stier, dann hast du sie mir versprochen.“

„Abgemacht Julius, versprochen ist versprochen, das solltest du wissen.“

„Abgemacht Josef.“

Die Beiden besiegelten den Handel per Handschlag, dann holte der Burger eine Flasche Kirschwasser samt zwei Gläser aus dem Wandschrank und sie tranken auf das Geschäft, so wie es üblich war. Antonius war enttäuscht. Das konnte doch nicht alles gewesen sein! Es handelte sich anscheinend wirklich nur um eine Kuh, denn im Stall stand tatsächlich ein neuer Stier aus Waldau. Warum dann diese Geheimniskrämerei?

Doch die beiden Herren Väter beließen es bei dieser kurzen Verhandlung und gaben sich anderen, belangloseren Dingen hin.

Vielleicht, so dachte sich Antonius schließlich, hatte er sich auch nur etwas zusammengereimt und Julius war ihm schon lange nicht mehr böse, weil er Helena nach Hause begleitet hatte. Sicherlich war die Sache schon längst vergessen und diese Zusammenkunft war wirklich nur rein freundschaftlich.

Als dann auch noch der alte Burger, sein Großvater, die Mundharmonika in seinen zahnlosen Mund führte, legte Antonius die letzten Zweifel ab. Seine Mutter brachte den Beerenwein herein und die Arbeit wurde zur Seite gelegt.

Die Mädchen begannen die Melodie des Altbauern mitzusingen:

In Muetters Stübele
Do got der hm hm hm
In Muetters Stübele
Do got der Wind

Muess fascht vofriere
Vo lutter hm hm hm
Muess fascht vofriere
Vo lutter Wind

Sie hät en Äpfeli
Un i e hm hm hm
Sie hät en Äpfeli
Un i e Birn

Antonius leerte sein Glas in einem Zug. Die Finger umklammerten das leere Gefäß und seine Augen bekamen einen verklärten Glanz als er Helena und Barbara beobachtete, wie sie gemeinsam sangen. Es war das erste Mal seit dem Überfall, dass seine Schwester fröhlich war. Er hatte es geschickt eingefädelt als er sie zu den Kirners schickte. Antonius war zufrieden mit sich. Obwohl er nicht schlecht staunte, als ihm Barbara von Helenas Schwangerschaft berichtete, das war auch ihm neu. Sie hatte ihm nie etwas erzählt. Vertraute sie ihm nicht? Oder fürchtete sie, er wolle dann nichts mehr mit ihr zu tun haben? Die halbe Nacht hatte er wach gelegen, um am Ende sicher zu sein, dass dies nichts an seinen Gefühlen zu Helena änderte. Ja, er war sich sicher, er begehrte sie.

Lucia, Benedikt und Markus, seine jüngsten Geschwister, und sogar der Lausbub Leonhard, begannen nach dem Takt des Großvaters zu tanzen. Antonius füllte sein Glas noch einmal, er wandte seinen Blick nicht von Helena, als er es abermals in einem Zug leerte. Schließlich spürte er, wie der Alkohol sich wärmend in seinem Körper ausbreitete und alle Zweifel beiseite schoben. Er fühlte sich plötzlich mutig und sah keinen Grund mehr, der ihn hindern konnte. Er stand auf und bat Helena um einen Tanz.

Er sah nicht, wie Julius Gesicht zu einem Eisklotz gefror. Er hatte nur noch Augen für sie. Sie trug ihr Haar offen, das erste Mal. In weichen dunkelblonden Wellen schmiegte es sich an ihren zarten Körper und reichte bis zu den Hüften. Ihre wasserblauen Augen strahlten wie zwei Sterne.

Helena wagte nicht jemanden anderen anzuschauen, denn sie spürte auch am Verstummen der Gespräche, dass sich das Klima im Raum rapide veränderte. Sie spürte es förmlich knistern. Trotzdem nahm sie das Angebot an.

Leicht wie eine Feder wirbelte sie mit Antonius über den Bretterboden, angefeuert von den Kindern. Ihr langes Haar flog wild um sie herum und schien Beide einzuwickeln.

Er führte sie sicher, auch wenn sie sehr ungeübt war. Bestimmt hatte er auf seinen Reisen mit vielen Frauen getanzt, schoss es ihr durch den Kopf. Sie konnte ihren Blick nicht von seinen dunklen Augen wenden. Die schwarzen Locken wirbelten um sein gebräuntes Gesicht, das selbst im Winter noch dunkler war als die Haut der anderen. Er hatte es von seiner Mutter geerbt.

Helena glaubte in seinen Armen dahinzuschmelzen und vergaß für ein paar Augenblicke, die ihr wie Stunden vorkamen, die Welt um sich herum.

Argwöhnisch beobachtete Julius das Schauspiel. Am liebsten wäre er auf der Stelle mit seiner Tochter im Schlepptau nach Hause gegangen. Doch er konnte jetzt keinen Aufstand machen, sonst würde sein Plan doch noch platzen. Er musste jetzt nur schnell auf die neue Situation reagieren. Vielleicht war es sogar gut so, dass ihm keiner mehr Aufmerksamkeit schenkte und er mit den wahren Verhandlungen beginnen konnte.

„Josef," stieß er deshalb seinen Nachbarn an, „wenn ich das so sehe, bin ich mir nicht sicher, ob dein Sohn nicht doch die Finger mit im Spiel hatte. Dieser Uhrenhändler."

Inzwischen war nämlich sogar dem Andresenbauern nicht mehr entgangen, dass die Tochter seines Nachbarn ebenfalls ein uneheliches Kind trug. Doch diese Andeutung war nun doch zu viel.

„Julius," Josef reagierte gereizt, „halt meinen Sohn aus der Geschichte heraus. Er ist ein anständiger junger Bursche. Für ihn lege ich meine Hand ins Feuer."

„Dann verbrenn dich nur nicht. Er war mit Fidelis zusammen und das ein paar Monate. Wenn das nicht abgefärbt hat." Wieder fühlte er seinem Nachbarn auf den Zahn, doch dieser überhörte die Anspielung ganz einfach. Darum fuhr Julius fort: „ Aber du wolltest mit deinem Bruder reden. Dann wäre das Gerede bald verstummt."

„Hab ich Julius, hab ich. Trotzdem, ich habe noch kein Gerede gehört."

„Noch nicht."

„Soll das eine Drohung sein?"

„Nein, ich habe dich nur um eine Information gebeten. Und na, dass du den Überlegungen deines Bruders etwas auf die Beine hilfst. Also, was hat er gesagt?"

„Bist du dir sicher, dass das richtig ist, was du da im Kopf hast? Helena ist noch sehr jung und Blasius, na ja. Du weißt schon. Nimm einen guten Rat von mir an und behalt dein Kind auf dem Hof. Diesen Balg werdet ihr auch noch groß bekommen. Mir geht es doch gleich."

„Nein, geht es nicht. Du hast einen Erbpachthof vom Kloster. Ich muss mich mit meiner Schreinerei über Wasser halten und in schlechten Zeiten ist nichts verdient."

„Du tust deinem Kind nichts Gutes. Glaub mir."

„Josef Burger, willst du etwa für diesen Balg aufkommen?" Julius Stimme klang bedrohlich und der Burger wusste genau, dass Julius es ernst meinte. Es war eine Erpressung. Julius war ganz offensichtlich bereit Antonius als Sündenbock an den Pranger zu stellen.

„Und?"

„Er ist nicht abgeneigt. Es kommt auf den Preis an", gab er ihm zur Antwort.

„Schön. Wann?"

„Morgen nach der Kirche, in der Klosterschenke."

„Na also. Du wirst sehen, die Sache hat für uns alle etwas Gutes."

„Wenn ich mir die Beiden so anschaue, bin ich mir nicht ganz sicher Kirner. Sie scheinen Gefallen an einander gefunden zu haben."

Josef deutete auf die Tanzenden. Er sah sehr wohl das Glänzen in ihren Augen. Ein ungutes Gefühl breitete sich in ihm aus. Er seufzte, warum ausgerechnet sie, hätte Antonius nicht auch jede andere im Dorf haben können? Nein, es musste Julius Tochter sein und dazu auch noch geschwängert. Der Ärger war vorprogrammiert, aber vielleicht hatte Julius recht. Vielleicht war es das Beste, wenn sie von der Bildfläche verschwand. Er goss sich einen weiteren Schnaps ein, um den bitteren Beigeschmack, den dieser Handel mit sich brachte, hinunter zu spülen. Er fühlte sich als Verräter. Verräter an den beiden jungen Leuten vor seinen Augen, die versuchten etwas Glück und Wärme in diese schrecklichen Zeiten zu bringen.

„Gerade darum," riss Julius ihn aus seinen Gedanken, „je schneller, desto besser. Lass das meine Sorge sein. Ein Uhrenhändler kommt mir nicht ins Haus."

Da platzte Josef der Kragen: „Da kann ich ja froh sein, dass du andere Pläne hast. Ich wünsche mir nämlich auch einen anderen Schwiegervater für meinen Sohn. Mir tut nur das Kind Leid. Sie ist noch ein Kind Julius, vergiss das nicht!" Wütend stand er auf und brüllte: „Schluss jetzt! Es ist spät und es schneit ununterbrochen. Wir müssen morgen früh raus, sonst bringen wir den Weg nicht frei bis die Frühmesse beginnt."

Julius tat es ihm gleich und kommandierte: „Leopoldine, Helena, Johann, wir gehen."

Verwundert blickten sich die Anderen an. Keiner hatte mitbekommen was vorgefallen war. Doch an den Gesichtsausdrükken der beiden Väter konnte man sehen, dass etwas nicht stimmte.

Antonius zog Helena zur Seite und raunte: „Was ist los Helena? Irgendetwas hecken die beiden Alten doch aus. Ich fresse einen Besen, wenn das nichts mit uns zu tun hat."

„Egal was es ist Antonius. Es sieht nicht gut aus. Ich werde es gleich zu spüren bekommen. Ich kenne diesen wütenden Blick."

„Helena!"

Antonius schaute sich um, in dieser Aufbruchstimmung achtete niemand auf sie. Er blickte flehend in ihre Augen, nahm sie wortlos in die Arme zog sie in den dunklen Teil des Flures, wo er sie küsste.

„Bis morgen nach der Kirche."

Er ließ seine Hand noch über ihre Wangen fahren, dann drehte er sich weg und ging.

Helena stieg die Röte ins Gesicht.

„Ja. Bis morgen“, rief sie ihm leise nach. Dann verschwand auch sie, eingehüllt in ihren Wollumhang, hinaus ins Schneetreiben, wo ihre Familie schon wartete und die Dunkelheit sie schließlich verschluckte.

Wortlos stapften sie hinter Julius her. Keiner wagte etwas zu sagen. Als sie außer Hörweite waren, drehte sich Julius abrupt um und starrte Helena kalt in die Augen. Seine Stimme klang gepresst: „Eines sag ich dir, du mannstolles Flittchen. Wenn ich dich noch einmal in der Nähe dieses Herumtreibers sehe, prügle ich dir deinen Balg aus dem Leib.“

Dann drehte er sich wieder um und stapfte voraus.

Johann, der bisher immer nur stumm alles mit angesehen und angehört hatte, nahm Helenas Hand und flüsterte seiner Schwester ins Ohr: „Das wird er nicht. Ich sorge dafür.“

„Danke Bruderherz. Aber was willst du schon gegen ihn ausrichten, du bist doch noch ein Kind. Er ist ein Tyrann.“

„Helena! Versündige dich nicht!“ flüsterte Leopoldine, die dem Gespräch der Kinder lauschte.

„Es ist doch wahr. Er kann es nur nicht sehen, wenn Antonius in meiner der Nähe ist. Er ist eifersüchtig.“

„Eifersüchtig? Du spinnst doch. Er hat getrunken, du weißt was dann passieren kann. Also reize ihn nicht und sei still.“

Als sie das Haus erreichten, fiel niemanden auf, dass Johann, der hinter den Frauen hergetrottet war, fehlte.

„So!“ Julius schlug die Haustür zu als Mutter und Tochter drin waren, „und ab heute verlasst ihr das Haus nicht mehr. Beide, damit keine von euch auf dumme Gedanken kommt.“

Er musste sich beherrschen, denn er zitterte am ganzen Leib als er versuchte Helena in gespielt lässigem Ton zu sagen: „Jetzt ist Schluss mit deiner Hurerei.“ Dann wandte er sich an Leopoldine: „Nicht, dass dir noch etwas Dummes einfällt. Euch Weibern kann man nie trauen. Es ist das Beste, man sperrt euch ein.“

„Vater, das könnt ihr nicht“, entfuhr es Helena zornig. Doch im gleichen Moment bereute sie es, denn der Blick aus Julius, grau-grünen Augen ließ ihr das Blut in den Adern gefrieren. Er holte aus und schlug ihr ins Gesicht, dass sie taumelte. Leopoldine wollte dazwischen, doch er schob sie mit seinen mächtigen Armen zur Seite und hieb abermals auf Helena ein.

„Ich werde dich im Keller einsperren bis ich dich verheiratet habe. Ich kann deinen Anblick nicht mehr ertragen. Ich werde dir zeigen wer hier der Herr im Hause ist.“

„Das werdet ihr nicht, Vater!“

Erschrocken drehten sich die drei um. Hinter ihnen stand Johann. Julius Gesicht wurde aschfahl als er sah, dass sein Sohn in den erhobenen Händen ein Beil auf ihn gerichtet hatte.

„Johann!“ Leopoldine bekreuzigte sich. „Johann, in drei Teufels Namen, versündige dich nicht!“

Johann nahm das Beil vorsichtig in Brusthöhe herunter.

„Nun Vater, was ist? Wolltet ihr nicht Helena verprügeln? Ich werde mich für sie wehren, zu lange habe ich schon zugeschaut wie ihr uns Kinder und Mutter immer wieder verprügelt habt. Jetzt ist Schluss damit.“

Julius starrte ihm in die Augen, dann ging er vorsichtig auf ihn zu. Johann begann zu zittern, aber er hielt das Beil weiter in seinen Händen, bereit zuzuschlagen.

„So du Scheißkerl, dann schlag doch zu, wenn du den Mut dazu hast deinen Vater umzubringen. Na los, schlag schon, du elender Feigling!“

Johann schloss die Augen und holte aus, in diesem Moment sprang Leopoldine vor und riss ihm das Beil aus den Händen. Zitternd und heulend sank Johann zu Boden. Julius, schneeweiß im Gesicht, setzte sich auf die Bank.

„Einen Vatermörder habe ich also herangezogen. Du gehörst am nächsten Baum aufgeknüpft! Ich kann mir meines Lebens nicht mehr sicher sein in diesem Haus!“ Feindselig blickte er ihn an, dann flüsterte er: „Du packst dein Bündel und bis ich wieder komme, bist du verschwunden, Junge. Und lass dich nie wieder hier blicken. Ich habe keinen Sohn namens Johann mehr. Solange ich lebe, setzt du keinen Fuß mehr über diese Schwelle."

Damit stand er wankend auf und schlug die Tür hinter sich zu.

*

„An Euer Ehren Joseph Fischer
Hofrat des Fürsten zu Fürstenberg

Wie ihr noch selbst mitbekommen habt, befinde ich, Cäcilia Bachmann, Äbtissin des Klosters, mich seit der Besetzung unseres Ordenshauses Kloster Friedenweiler am 16. Oktober 1796 durch das Condéesche Corps mit etlichen Tausend Mann, auf der Flucht.

Mir ist es gelungen, einen Teil unseres Vermögens, mit Hilfe der Meierin an einem geheimen Ort in Sicherheit zu bringen.

Ich habe mich am Tage der Beschlagnahmung in den Klosterwald flüchten können. Meine vier verbliebenen Mitschwestern Bernhardina, Irmelda und Ottilia, sowie die Priorin Josepha, habe ich auf Grund ihres schlechten Gesundheitszustandes in der Obhut des Meierhofes gelassen.

Die Kunde meiner Flucht wurde mit Gottes Hilfe auf wunderbare Weise zum Oberjäger Ferdinand, Fürst zu Krähenbach, getragen, der mich daraufhin im Wald aufsuchen ließ, wo ich ihn bat, vorläufiges Stillschweigen über meinen Verbleib zu bewahren.

Wegen der kalten Witterung und meiner Entkräftung bin ich

schwer erkrankt, so dass ich für Wochen an mein Krankenbett im Hause Krähenbach, wo ich übrigens freundlich aufgenommen wurde, gefesselt war.

Leider ist eine Rückkehr meinerseits momentan noch nicht möglich. Nicht nur wegen meines labilen Gesundheitszustandes, sondern auch auf Grund der schlimmen Witterungsverhältnisse. Wir haben selbst hier auf dem freien Felde mannshohen Schnee liegen.

Sobald eine Rückreise möglich ist, werde ich in das Kloster zurückkehren.

Hochachtungsvoll

Cäcilia Äbtissin"

Hofrat Fischer hielt den Brief der Äbtissin zitternd in den Händen und starrte hinaus in den strahlend blauen, aber bitterkalten Wintermorgen. Er war erleichtert, unendlich erleichtert. Seine Augen füllten sich mit Tränen, die er verstohlen wegwischte, ehe sie der Bote sehen konnte. Niemand durfte bemerken, wie sehr ihm diese Angelegenheit zu Herzen ging.

Nun war es wenigstens gewiss, dass die Klostervorsteherin noch am Leben war. Er hatte sich in den letzten Wochen Sorgen um ihren Verbleib gemacht. Große Sorgen. Niemand hatte um ihren geheimen Aufenthaltsort gewusst, nicht einmal er.

Wie lange kannte er sie schon?

Er rechnete nach, es waren fast sieben Jahre, in denen sie das Geschick des Klosters leitete. Sieben lange Jahre in denen er sie zu schätzen gelernt hatte, denn er hatte sehr oft mit ihr als Klostervorsteherin zu tun. Er war noch nie einer Frau mit soviel Mut und Gottvertrauen begegnet. Er war überhaupt noch nie einer Frau begegnet, die sein Interesse geweckt hätte.

Er hatte seine Gefühle zu ihr immer unter Kontrolle, all die Jahre, doch jetzt musste er sich eingestehen, dass diese Nachricht ein Glücksgefühl in ihm auslöste. Ein Gefühl, das nicht nur an die klösterliche Geschäftsverbindung gebunden war, nein, es war ein persönliches Gefühl.

Ein verbotenes Gefühl, das wusste er sehr genau. Vielleicht war das der Grund, warum er sich im Laufe der Zeit diesen unnahbaren Schutzpanzer zugelegt hatte, um nicht in die Verlegenheit zu kommen, persönliche Gefühle zuzulassen.

Niemand konnte ihn sonderlich leiden, aber das war ihm egal. Er war nicht wie diese Wälder, sie waren schon immer ein unzugängliches Volk. Mundfaul, argwöhnisch und verdruckt. Man konnte ihnen nicht trauen, außerdem waren sie ungebildet, ja dumm. Sie waren nur zufrieden, wenn sie einen vollen Bauch hatten und wenn nicht, musste man sich in Acht nehmen. Er hatte nie den Zugang zu der Bevölkerung gefunden, all die Jahre nicht.

Cäcilia hingegen war da anders, sie respektierten die Bauern. Sie begegneten der „ehrwürdigen Mutter“ mit einer verehrenden Achtung, gerade so, als sei sie die Gottesmutter persönlich. Sie war beliebt, weil sie sich auch für die Menschen einsetzte. Manchmal jedoch zu sehr, wie er empfand. Sie erließ hin und wieder sogar heimlich den Erbpächtern einen Teil ihrer Abgaben, wenn der Bauer oder sein Weib schwer krank waren und ihren Zahlungspflichten nicht nachkommen konnten. Nie hätte er sie deswegen beim Orden angeklagt, was seine Pflicht gewesen wäre, man hätte sie wohl versetzt und das war das Letzte, was er gewollt hätte. Er bekam mehr mit, als für die fürstlichen Vermittleraugen gedacht waren, denn er weilte öfter in Friedenweiler als es seine berufliche Pflicht verlangte. Sogar ein eigenes Zimmer hatte er sich hier einrichten lassen mit der Begründung, dass das hiesige Wirtshaus keine Gästezimmer hatte. Was natürlich so nicht stimmte. Aber ihm waren sie zu primitiv und er hatte keine Ruhe vor dem redseligen Wirt und seinem Weib, außerdem, so begründete er seine öfteren Aufenthalte, tue ihm und seinem Asthma das kühle Klima auf dem Wald gut.

Seine allmonatlichen Inspektionstouren durchs Fürstentum ließ ihn regelmäßig bei den Klöstern vorbeischauen, um das fürstliche Haus auf dem Laufenden zu halten. Nur so war der Herrscher im Bilde, was in seinem Hoheitsgebiet vor sich ging. Denn bei den Klöstern liefen die Informationen zusammen, was in den Kriegszeiten enorm wichtig war. Er, als Gesandter, war auch bei allen wichtigen Besprechungen mit den Ordensleitungen zugegen, auch wenn er, was den Orden betraf, kein Mitspracherecht hatte. So konnte der Fürst, gut informiert, rechtzeitig auf alle sich anbahnenden Änderungen reagieren, nicht nur was die Klöster, sondern auch sein Volk betraf.

Und im Moment war es wieder soweit, der Unmut brodelte. Ein strenger Winter und dazu die leeren Vorratskammern. Für viele ein Kampf ums nackte Überleben, auch das Kloster war am Rande des Ruins, auch wenn Cäcilia Bargeld retten konnte. All zuviel konnte selbst das nicht mehr sein.

Schlimmer noch als die dreiwöchige Belagerung waren die Zerstörungen und Plünderungen der aus Bayern zurückkommenden Heere, die vom 11. Oktober, also als Cäcilia gerade mit ihren Frauen aus Hausen vor Wald ins Kloster zurückgekehrt war, vier Tage und Nächte die ganze Bevölkerung bedrohten. Fast alles wurde zerstört, der Schaden des Klosters belief sich allein auf 2288 Gulden, den der Bevölkerung nochmals auf 2000 Gulden.

Die Leute meuterten, sie lagen mit den Zahlungen im Rückstand. Und die Ordensleitung aus Tennenbach, denen der Zisterzienserorden hier in Friedenweiler unterstand, hatte nur bedingt Verständnis für die Situation der Bauern und forderte ihren Zehnten. Ja, er, der Hofrat, fürchtete einen Aufstand und so hatte er sich als Mittler um einen Aufschub bei der Ordensleitung eingesetzt. Dies wäre normalerweise nicht seine Aufgabe gewesen. Doch er fühlte sich der Äbtissin verpflichtet und griff der mit dieser Aufgabe überforderten Priorin unter die Arme, ehe man einen fremden Verwalter aus Tennenbach einsetzten würde.

Trotzdem, und er grinste bei dem Gedanken an die Äbtissin, war es ihr offensichtlich wieder einmal gelungen einen Teil zu retten. Er blickte, als wolle er sich noch einmal vergewissern, abermals auf den Brief, den er in der Hand hielt. Sie hatte die Gerissenheit und Zähigkeit einer Katze, das musste der Neid ihr lassen.

Es war taktisch klug von ihr, ihn zu diesem Zeitpunkt über ihre Errettung zu informieren, auch wenn der Brief Umwege gemacht hatte, denn morgen war Heilig Abend. Die Menschen werden in die Kirche strömen und der Pater wird die Rettung der Äbtissin bekannt geben können. Die Bauern werden glücklich sein und sich beruhigen, auch wenn sie einen harten Winter vor Augen haben.

Es ist nicht das erste Mal, dass der Hungertod die Bevölkerung bedroht.

Seit Bestehen des Klosters, das war im Jahre 1123, als der Tauschvertrag den Bau inmitten dieser Wildnis ermöglichte, wurden die angeworbenen Bauern, meist Tiroler, von Schicksalsschlägen heimgesucht.

Sie hatten einst in jahrzehntelanger harter Arbeit die Sümpfe und Waldgebiete urbar gemacht und sich eine Existenz mit Hilfe des Klosters aufgebaut, obwohl der Boden karg und wenig fruchtbar war und das Klima zudem sehr rau.

Kriege und Seuchen hatten sie immer wieder fast in den Ruin getrieben. Die Pest im Mittelalter zum Beispiel, oder der dreißigjährige Krieg. Sogar der spanische Erbfolgekrieg am Anfang dieses Jahrhunderts hatte seine Spuren hinterlassen. Am schlimmsten war es jedoch im vierzehnten und fünfzehnten Jahrhundert, als sich das Klima wandelte und eine kleine Eiszeit den Menschen beinahe den Garaus gemacht hätte. Große Teile der Bevölkerung sind damals abgewandert oder verhungert.

All das steckte noch in den Köpfen der Leute. Vielleicht sind sie deshalb so stur und dickköpfig?

Wie auch immer, der Brief wird die Gemüter besänftigen und Hoffnung aufkommen lassen.

Ein kleines Wunder und das zur Weihnachtszeit.

„Friedbert!" An der Tür stand noch immer geduldig wartend der Bote des Oberjägers Ferdinand, der in der Frühe mit dem Brief eingetroffen war, nachdem er ihn zuerst nach Donaueschingen gebracht hatte, weil er ihn, den Hofrat, dort vermutete, was auch normalerweise der Fall gewesen wäre. Doch dort hatte man ihn davon in Kenntnis gesetzt, dass der Hofrat bereits nach Friedenweiler aufgebrochen war, um das Ergebnis der Verhandlungen in Tennenbach mit der Priorin zu besprechen, damit sie sie dann an die Erbpachthöfe weitergeben konnte.

„Ja, Herr?"

„Ihr werdet eine Botschaft an die Äbtissin mitnehmen. Ich werde sie gleich aufsetzen. Geht solange zur Meierin in den Wirtschaftshof und sagt, dass ich euch schicke. Sie wird euch etwas Warmes zu essen machen."

„Oh, vielen Dank Herr. Vergelt's euch Gott. Auf Wiedersehen und frohe Weihnachten, Herr."

„Friedbert!?"

„Ja, Herr?"

„Sagte ich nicht eben, ihr werdet eine Botschaft mitnehmen? Ihr kommt nach dem Essen wieder!"

„Oh, äh, natürlich, verzeiht. Natürlich komme ich nochmals."

Hofrat Fischer schüttelte seinen Kopf und fand sich wieder einmal bestätigt in seiner Meinung über die Schwarzwälder.

„Bauerntrampel", murmelte er vor sich her und ging zum Schreibtisch.

Kaum hatte er die letzte Zeile geschrieben, es war ein sehr förmlich gehaltener Brief über die momentane Situation, stand der Bote wieder in der Tür.

„Herr!"

„Friedbert, das ging aber schnell, hattet ihr keinen Hunger?"

„Doch, aber ich wollte euch nicht warten lassen. Außerdem, außerdem...“

„Außerdem, was?“

„Ja, wie soll ich sagen. Ich bin etwas in Eile. Meine Frau, sie liegt daheim in den Wehen. Es ist unser erstes Kind und ich bin, ja, einfach etwas aufgeregt, wenn ihr, äh, versteht.“

Der Hofrat blickte den Boten durch sein Monokel an, er hätte ihn für einen unreifen Jüngling gehalten. Aber sehr viel älter konnte er nicht sein. Er trug einen Flaum von einem Bart und machte auch sonst einen noch recht unbeholfenen Eindruck.

„Wenn das so ist, dann beeilt euch junger Herr. Ich wünsche euch und eurer Frau alles Gute für das Kind und eine gesegnete Weihnachtszeit.“ Sein steifer Gesichtsausdruck wirkte etwas entspannter und fast hätte man ein mildes Lächeln vermuten können.

„Danke, Herr, danke. Das wünsche ich euch auch. Aufwiedersehen.“

Er setzte den zerknüllten Hut, den er die ganze Zeit zwischen den Händen herumgedreht hatte, auf und wollte schon zur Tür stürmen, als ihn die strenge Stimme des Hofrates zurückhielt.

„Friedbert!?“

„Ja, Herr. Was noch?“

„Den Brief! Ihr solltet den Brief an die Äbtissin mitnehmen! Reißt euch etwas zusammen, ihr seid nicht der Einzige, der Vater wird. Ihr habt auch noch Pflichten.“

Er reichte ihm den versiegelten Brief und schüttelte wieder den Kopf, diesesmal blieb sein Gesichtsausdruck streng.

„Nun verschwindet schon und verliert ihn nicht!“

„Entschuldigt, danke Herr. Äh, kann ich jetzt dann gehen?“

„Ja, geht mit Gott, aber geht. Das ist ja nicht auszuhalten. Diese jungen Leute heutzutage denken nicht für einen Pfifferling.“

Brummend wandte er sich von ihm ab und ging zum Fenster, wo er kurz darauf sah, wie der Bote auf seinem schnaubenden

Pferd die Dorfstraße hinunter ritt. Sein roter Umhang flatterte leuchtend wie eine Fahne und der Atem des Tieres hob sich weiß in der kalten Luft ab. Im Nu war er im Klosterwald verschwunden.

*

Doch er war nicht der Einzige, der an diesem Morgen unterwegs war. Johann Kirner stapfte ebenfalls durch den verschneiten Wald. Über der Schulter ein Bündel, sein ganzes Hab und Gut. Seine steifen Glieder wollten nicht richtig warm werden, denn er hatte die Nacht in einer Schutzhütte für Waldarbeiter, ohne Ofen oder Feuerstelle, zugebracht.

Er entschloss sich seinen Schritt zu beschleunigen. Nicht dass er es eilig gehabt hätte, denn er hatte kein Ziel, aber die Kälte fraß sich langsam bis auf die Knochen durch.

Den ganzen gestrigen Tag war er schon unterwegs und hatte nach einer Anstellung als Knecht auf den Höfen angefragt. Doch in diesen schlechten Zeiten, und dann auch noch mitten im Winter, konnte keiner einen Esser mehr am Tisch gebrauchen. Manchmal wurde er sogar als Tagedieb bezeichnet und weggejagt, andere, meist ärmere Leute, hatten Mitleid mit ihm und boten ihm wenigstens einen heißen Tee an, oder einmal eine Suppe. Doch aufnehmen konnte ihn keiner.

So hatte er seinen Weg über Friedenweiler, Klein-Eisenbach und Schwärzenbach gezogen und stand nun auf der Höhe zum Langenordnachtal.

Von hier aus wollte er sich durchfragen, immer weiter das langgezogene Tal hoch bis Waldau und zur kalten Herberge, wo sich die Wege wieder teilten.

Es war still um ihn, außer seinen eigenen monotonen Schritten im knirschenden Schnee war kein Ton zu hören. Nur hin und wieder krächzte eine aufgescheuchte Krähe. Die Sonne stieg langsam höher und wärmte ihn etwas.

Johann blickte sich um, weit und breit nur Wildnis, dazwischen weiße gerade Flächen, die verschneiten Felder der Erbpachthöfe. Der Schnee blendete seine Augen und der bissige Wind trieb ihm die Tränen aus den Augenwinkeln.

Verloren stand er da, auf sich selber gestellt. Im Rucksack Speck und Brot für höchstens zwei Tage und morgen war Weihnachten. Die Zeit, wo ein Fünfzehnjähriger sonst mit seiner Familie in der warmen Stube verbringt. Bei einem saftigen Schinken mit Kraut und Kartoffeln. Johann lief das Wasser im Munde zusammen, wenn er daran dachte.

Nie mehr wird es so sein, nicht so lange sein Vater lebt. Zwei Tage war Julius nach dem Streit spurlos verschwunden. Er hatte schon gehofft, dass er nicht mehr zurückkommen würde. Doch dann stand er da, sein Atem roch nach Schnaps und er deutete ihm die Tür. Johann wusste was die Stunde geschlagen hatte, nahm unter dem Heulen und Flehen seiner Mutter das geschnürte Bündel, das er sich schon gerichtet hatte und ging, ohne sich noch einmal umzudrehen. Auch er hatte seinen Stolz.

Johann prüfte den Stand der Sonne, es musste bald Mittag sein. Zeit, dass er sich sputete, wollte er wenigstens irgendwo eine warme Mahlzeit auftreiben.

Mit keuchendem Atem stapfte er hinunter zum Schachenhof. Als er die offenstehende Haustüre erreichte, lockte ihn der Duft des Mittagsessens.

Zaghaft pochte er gegen die Stubentüre, hinter der er das Gemurmel des Tischgebetes ausmachen konnte.

„Herein!“ Das Gebet verstummte als Johann eintrat.

„Verzeiht, wenn ich störe. Ich wollte nicht so hereinplatzen.“

„Bist du aber, was willst du? Wir geben nichts an Bettelvolk.“

„Entschuldigt, aber ich bin auf der Suche nach Arbeit und wollte fragen, ob ihr mir weiterhelfen könnt.“

„Wer bist du und wo kommst du her, um diese Jahreszeit!"

„Ich bin Johann Kirner aus Rudenberg. Mein Vater ist der Julius Kirner."

„Und warum bist du nicht da wo du hingehörst. Ihr habt wohl nichts mehr zu beißen und vor Weihnachten glaubt ihr sind die Herzen der Leute weicher, wie? Die Franzosen? Haben die eure Speisekammern erleichtert?"

Johann senkte den Kopf und nickte kaum merklich, er wollte auf keinen Fall den Leuten seinen Familienzwist auf die Nase binden und so war es ihm recht, wenn der Bauer schon selbst eine Antwort parat hatte.

„Ich kann auch keinen gebrauchen. Aber keiner soll behaupten der Schachenbauer schickt einen hungrigen Jungen weg. Draußen im Holzschopf ist noch ein Stapel Holz zu spalten. Wenn du dir einen Teller Suppe verdienen willst, dann mach dich an die Arbeit."

Johann hatte gehofft so an den Tisch gebeten zu werden, denn er befürchtete, dass nachher nichts mehr übrig sein könnte. Doch er hatte keine andere Wahl und das flaue Gefühl in der Magengrube wurde immer stärker. Den Speck in seinem Rucksack wollte er nur im äußersten Notfall anrühren.

Also ließ er sich von einem der Buben den Holzschuppen zeigen.

Er staunte nicht schlecht als er den riesigen Berg von ungespaltenem Holz sah. Doch er ließ sich nichts anmerken und stellte sein Bündel in die Ecke, dann nahm er die Axt und spuckte sich in die Hände: „Na dann."

Fast zwei Stunden später kam der Bauer vorbei und rief : „Na, Kirner? Wie weit bist du?"

„Fast fertig, Bauer." Johann rann der Schweiß in Bahnen den Rücken runter und seine Knie zitterten vor Hunger, doch er hielt sich krampfhaft an der Axt fest, entschlossen seine Arbeit zu Ende zu bringen. Keine sollte ihm nachsagen er erbettle sich sein Essen.

Der Bauer schaute ihm eine Weile zu, dann sagte er:

„Gut. Arbeiten kannst du auf jeden Fall. Dein Vater ist der Julius Kirner, der Schreiner Julius?"

„Ja," Johann nahm den letzten dicken Klotz auf und begann ihn zu bearbeiten.

Der Bauer pfiff vielwissend durch die Zähne.

„Trotzdem kann ich dir nicht weiterhelfen. Komm in die Küche, wenn du fertig bist."

„Danke."

Die Bäuerin kratzte wortlos den Kochtopf aus und schob ihm eine Portion eingedickte Graupensuppe mit Speck und einer Scheibe Brot zu, als Johann sich erschöpft an den Tisch setzte. Es war schon Nachmittag und seine erste Mahlzeit am Tag. Er hatte keine Ahnung wo er die nächste Nacht verbringen sollte. Die langen Schatten krochen schon wieder den Berg herunter und hüllten das Tal in eine eisige Decke.

Gierig schlang er das Essen hinunter, wissend dass er keinen Nachschlag erwarten durfte, denn der Topf war ja leer.

Schließlich schlurfte der Bauer in die Küche: „Wohin willst du jetzt?"

Johann zuckte die Schultern: „Ich gehe das Tal hoch und frage auf den Höfen nach."

„Du wirst nicht viel Glück haben. Ich habe nachgedacht. Oben in Waldau wohnt mein Schwager. Er ist Uhrenkastenschreiner. Wenn dein Vater Schreiner ist, kannst du bestimmt auch mit Holz umgehen, oder?"

Johanns Augen begannen zu leuchten und er nickte eifrig: „Klar kann ich das. Ich habe meinem Vater immer in der Werkstatt geholfen."

„Gut, vielleicht kann er dich in die Lehre nehmen, aber ich kann dir nichts versprechen. Geh und frag nach dem Schindler Franz und sag ihm Grüße von mir, dem Straub Michael."

„Danke, das werde ich tun."

Johann reichte den leeren Teller der Bäuerin und bedankte

sich nochmals, dann hatte er es plötzlich eilig, packte seine Sachen und stürmte hinaus.

Das Tal lag nun schon ganz im Schatten und die Kälte schnitt ihm ins Gesicht, doch das war ihm egal. Er hatte endlich ein Ziel vor Augen, einen Hoffnungsschimmer. Eifrig marschierte er davon.

„Ihr schickt ihn zum Franz? Ich weiß nicht, die wissen doch selber nicht von was sie leben sollen. Außerdem wird es bald dunkel, das schafft er heute nicht mehr bis Waldau. Wir hätten ihn über Nacht hier behalten sollen." Die Bäuerin sah ihm aus dem Fenster nach, bis er am Hofweg vorne zur Dorfstraße nach Waldau abbog.

„Er wird schon irgendwie durchkommen. Er kann arbeiten und hat kein schlechtes Benehmen. Aber welcher Vater schickt seinen Sohn so kurz vor Weihnachten weg? Irgendetwas stimmt da nicht. Und wenn ich nicht weiß was es ist, setze ich mir über Nacht keine Laus ins Nest."

„Kennt ihr seinen Vater?"

„Nicht wirklich, aber man hört hin und wieder von ihm. Er soll ein guter Handwerker sein, aber er sitzt zu viel in den Wirtshäusern rum. Und er ist nicht einfach. Jähzornig."

„Vielleicht haben sie sich gestritten?"

„Das muss aber dann eine größere Sache gewesen sein. Schließlich hat so ein junger Bengel zu gehorchen so lange er daheim mit am Tisch sitzt. Mein Alter hat mich auch jahrelang schikaniert und ich habe es erduldet."

„Ja, dann will ich hoffen, dass euch das noch lange in Erinnerung bleibt, wenn meine Buben erst einmal so alt sind." Sie wandte sich vom Fenster ab: „Ich bete auf alle Fälle, dass ihn der Franz aufnimmt. Er tut mir Leid."

„Ja, vielleicht kann er ihm in der Werkstatt zur Hand gehen und einiges abnehmen, damit sich der Franz besser um seine Frau kümmern kann. Er muss schauen, dass er seine Aufträge für die Uhrenmacher einhalten kann, ehe ihm ein anderer zuvor kommt. Ich glaube, damit lässt sich in den nächsten Jahren ganz gut verdienen. Warte mal ab."

„Vielleicht habt ihr recht. Der Franz hätte es verdient."

*

Leise, wie ein schwarzer Umhang, senkte sich die Nacht über das Tal und ließ die ersten Sterne im Osten funkelnd aufgehen.

Johann hatte das Gefühl als frören ihm die Nasenflügel bei jedem Atemzug zusammen. Er spürte kaum noch seine Zehen in den derben Lederschuhen, die an den großen Zehen schon durchgescheuert waren. Es schien ihm, als laufe er mit Eisklötzen über den harschen Schnee. Seine Schritte wären weit zu hören gewesen, hätte das hohe Schneebord sie nicht verschluckt.

Hinter ihm lag nun das Langenordnachtal, durch das sich mäanderförmig die Ordnach schlängelte. Bis Waldau war es noch ein ganzes Stück und ihm wurde klar, dass er es nicht mehr schaffen würde. Aber eine weitere Nacht hier draußen konnte den Erfrierungstod bedeuten, es war noch kälter als in der vergangenen.

Johann blickte sich um und zog den Schal weit über seine Ohren, die von der Eiseskälte schmerzten. Weit und breit war auch kein Heuschober zu sehen, der sich sonst beim Mondschein im hell schimmernden Schnee dunkel abgehoben hätte. Es blieb ihm nur eine Möglichkeit: an der nächsten Behausung anzuklopfen und um Asyl zu bitten. So wie einst die heilige Familie zu jener Zeit.

Denn er konnte schlecht mitten in der Nacht beim Schindler hereinplatzen und um eine Lehrstelle anfragen.

Nicht allzu weit von ihm, etwas abseits vom Weg, konnte er die Umrisse eines kleinen Hauses ausmachen.

Er seufzte: „Na dann Johann, zeig mal, ob du wirklich ein Glückspilz bist heute."

Er stapfte den schmalen Trampelpfad hoch, der vom Hauptweg abging. Niemand hatte sich die Mühe gemacht den Weg frei zu schippen. Dennoch führten verwehte Fußstapfen den Berg hinauf.

Wie er näher kam, sah er, dass das Häuschen in einem mehr als desolaten Zustand war.

Als er vor der Tür stand holte er noch einmal tief Luft, blickte zu den Sternen und sagte halblaut: „Bitte!"

Dann klopfte er, erst zaghaft und als sich nichts rührte, recht herzhaft gegen die Brettertür.

Nach einer Weile, er wollte schon aufgeben, hörte er schlürfende Schritte näher kommen.

„Wer ist draußen?" Die Stimme von innen musste zu einer alten Frau gehören.

„Johann Kirner aus Rudenberg."

„Ich kenne keinen Johann Kirner aus Rudenberg, was will er?"

„Ich bin auf dem Weg nach Waldau zum Schindler Franz, doch ich schaffe es heute nicht mehr. Die Dunkelheit hat mich überrascht."

Er wollte das Vertrauen der Frau gewinnen, indem er ihr gleich den Namen und sein Ziel nannte. Vielleicht kannte sie den Uhrenkastenschreiner und überwandt ihre Furcht vor einem fremden nächtlichen Besucher. Es wäre ihr nicht zu verdenken gewesen, wenn sie niemanden mehr einließ um diese Zeit.

Auf der anderen Seite der Tür blieb es still. Johann fragte sich schon, ob sie sich heimlich davongeschlichen hätte.

Doch dann ging die Tür plötzlich quietschend einen Spalt breit auf. Ein altes, runzeliges, aber recht freundliches Gesicht kam zum Vorschein.

Sie musterte ihn von oben bis unten und hielt dabei eine Kerze in der Hand, die sie vor seinem Gesicht auf und ab bewegte. Doch dann schien sie amüsiert zu sein über den seltsamen Besucher.

„Soso, überrascht und dann von der Dunkelheit. Mir scheint ihr habt euch überschätzt, oder den Weg, mein Freund. Aber tretet näher, es ist schon sehr lange her, dass ein junger Mann bei mir übernachten wollte."

Sie gluckste vor Vergnügen vor sich her. Johann fand sie gleich sympathisch, sie erinnerte ihn an eine Großmutter aus dem Märchen, denn eine eigene hatte er nie.

„Vergelt's euch Gott, gute Frau. Ich dachte schon ich müsste draußen erfrieren."

„Leider ist es bei mir nicht sehr groß und der einzige warme Platz ist vor dem Ofen, und den brauche ich selber junger Mann. Aber drüben bei meiner Ziege im Heu ist es auch gemütlich."

„Das ist gütig von euch", sagte Johann und meinte es ehrlich, denn er hätte heute auch im Schweinestall geschlafen, Hauptsache es war warm.

Er folgte der buckligen Frau durch den niedrigen, dunklen Flur und musste aufpassen, dass er nicht mit dem Kopf an die Deckenbalken stieß.

Sie führte ihn in den linken Raum, die Küche. An einer Halterung in der Wand brannte ein Kienspan, so konnte Johann die bescheidene Einrichtung erkennen. Einen Tisch, einen Stuhl und in der Ecke eine Arch, ein offener Küchenschrank. Im Heizloch des gemauerten Herdes loderte ein wärmendes Feuer über das ein Kessel mit dampfendem Wasser hing.

Johann ging mit ausgestreckten Händen auf das Feuer zu, als er beinahe über einen am Boden stehenden Eimer gestolpert wäre. In ihm schwappte Wasser. Er wollte ihn schon zur Seite schieben, als die Alte protestierte:

„Halt junger Mann, lasst das stehen, sonst haben wir bald eine Überschwemmung." Sie deutete mit ihrem Gehstock auf ein faustgroßes Loch im Rauchgewölbe, dabei kicherte sie.

„Die Wärme steigt auf und schmilzt den Schnee auf dem Dach. Es ist mein Tor zum Himmel."

„Und warum schließt es niemand, euer Tor zum Himmel?"

„Wer soll es schließen? Ich bin zu alt, um auf das Dach zu steigen."

„Habt ihr niemand? Einen Mann, oder Söhne?"

„Nein, ich hab niemanden." Sie wandte sich an den Kessel über dem Feuer und warf ein paar Kräuter hinein, die bald den Raum mit ihrem Duft erfüllten. Dann kramte sie zwei Tassen aus dem Regal.

„Könnt ihr bezahlen junger Mann? Nicht dass ich ein Geschäft machen will, aber ich hab selber nichts."

„Wenn ihr Geld meint, dann muss ich euch enttäuschen. Das hab ich auch nicht."

Johann überlegte, ob er seine Speckvorräte mit ihr teilen sollte. Doch er wusste nicht, ob er sie nicht noch einmal dringend selber gebrauchen konnte. Andererseits wollte er ihre Gastfreundschaft nicht missbrauchen und etwas beisteuern. Da kam ihm eine bessere Idee.

„Aber wie wäre es, wenn ich eure Himmelspforte schließe. Ich glaube nicht, dass eure Seele schon durch dieses Loch entschwinden will. So ein Loch könnte sie auch zu früh verführen."

Die Augen der Alten begannen zu leuchten.

„Euch schickt der Himmel Junge! Wie war noch euer Name?"

„Johann, nennt mich Johann. Ich könnte euer Enkel sein."

„Johann, man soll das Glück packen, wenn es schon mal da ist. Du, ich darf doch du sagen, oder?" Sie wartete keine Antwort ab, sondern fuhr gleich weiter: „Du kannst gleich an die Arbeit gehen und ein paar Schindeln machen. Ich habe gutes Winterholz draußen im Schuppen und Werkzeug. Nicht, dass du mir morgen davonläufst und eine alte dumme Frau betrügst."

„Das liegt nicht in meinem Sinn, zeigt mir wo euer Holz ist."

Johann, froh darüber eine Lösung gefunden zu haben, wollte gleich ein paar Schindeln schnitzen, damit er den morgigen Tag nicht verplanen musste. Im Schuppen hinter dem Haus fand er was er brauchte, auch wenn das Werkzeug schon Rost angesetzt hatte. Er setzte sich in Ermangelung eines zweiten Stuhles auf die Feuerholzkiste in der Küche neben dem Herd und begann gleich mit der Arbeit. Die Alte grinste zufrieden vor sich hin.

Sie hatte schon den Tisch gedeckt: Tee, Brot, Butter und Marmelade. Das übliche bescheidene Abendbrot, das auch Johann von zu Hause kannte.

Die Alte beobachtete ihn.

„Du bist geschickt mit dem Werkzeug. Wer hat dir das gezeigt?"

„Mein Vater. Er ist Schreiner."

„Und warum willst du zum Schindler Franz? Dein Vater kann doch bestimmt auch Hilfe gebrauchen."

„Der Schindler ist Uhrenkastenschreiner. So etwas macht mein Vater nicht, vielleicht kann ich von ihm lernen." Johann war bemüht möglichst glaubhaft zu wirken.

„So kurz vor Weihnachten? Es geht mich auch nichts an, aber du verstehst dich wohl nicht mehr mit deinem alten Herrn."

Johann ließ den Becher sinken. Soviel Scharfsinn hätte er der Alten nicht mehr vermacht.

„Wie kommt ihr darauf?"

„Man entwickelt im Laufe der Jahre ein Gespür für gewisse Dinge."

„Nun ja, Väter sind manchmal nicht einfach."

„Söhne auch nicht."

„Vielleicht."

„Deine Seele ist gequält. Das habe ich dir schon an der Tür angesehen. Ein junger Bursche mit so viel Kummer tut dir nichts, habe ich mir gedacht. Nicht dass du glaubst ich lasse jeden rein. Man muss vorsichtig sein in Zeiten wie diesen."

Johann blickte wortlos auf. Seine grau-grünen Augen schauten traurig unter dem struppigen dunklen Haarschopf, der schon lange keine Schere mehr gesehen hatte, hervor. Trotz des Winters übersäten noch immer unzählige Sommersprossen seine Stupsnase. Seine Stimme klang zwar schon männlich, aber sein Aussehen erinnerte eher an einen Lausbub.

„Warum habt ihr keine Familie?“

Johann versuchte von sich abzulenken. Er wollte nicht über seinen Vater sprechen.

Die Alte, deren Namen er noch immer nicht wusste, hatte verstanden und fragte nicht weiter nach.

Stattdessen begann sie zu erzählen.

„Ich bin in armen Verhältnissen aufgewachsen. Meine Mutter hat mich unehelich geboren und musste für ihren Unterhalt alleine aufkommen, da ihr Vater, also mein Großvater, nicht mehr lebte. Sie war als Magd auf einen großen Hof in St. Peter. Meine Großmutter hat mich aufgezogen. So bin ich schon von klein auf mit meiner Großmutter auf die Felder von fremden Bauern gegangen und habe mich als Tagelöhnerin durchgeschlagen. Sie wurde bald schwer krank und ich musste für uns Beide sorgen, denn meine Mutter hatte uns wohl im Laufe der Jahre vergessen. Sie besuchte uns immer seltener und schließlich kam sie gar nicht mehr. Anfangs hat sie uns immer etwas mitgebracht. Später nicht mehr. Meine Großmutter starb, nachdem sie einen ganzen Winter im Bett gelegen hatte. Seither bin ich alleine in diesem Häuschen.“

„Warum habt ihr nie geheiratet?“

„Oh,“ kicherte die Alte und winkte ab, „ich war keine gute Partie. Wir hatten nichts, außer unserem Dach über dem Kopf und dem Gemüsegarten hinter dem Haus und einer Ziege.“

„Und wer kümmert sich jetzt um euch?“

„Ich. Manchmal, das muss ich zugeben, kommen die Kinder vom Hilpertenhof unten und besuchen mich oder helfen mir. Der Bub spaltet schon mal das Holz und trägt es herein und die Mädchen helfen hin und wieder im Garten. Ich kann nicht klagen, mir geht es gut. Wer nicht viel hat, dem kann man nicht viel nehmen. Da hat es Einige viel schlimmer erwischt und das Ende ist noch nicht in Sicht. Waldau steht nicht ganz so gut, mein Junge.“

„Was wisst ihr?“

„Es war ein zäher Kampf dort oben im hohlen Graben. Der kaiserliche Marschall, Prinz Condé, ist hier, von Neustadt kommend durchgezogen und hat bei Waldau den Vorposten der französischen Truppen geschlagen. Oben im hohlen Graben haben sie sich verschanzt in den alten Stellungen, die Franzosen. Der Prinz musste erst zehn Kanonen herbeischaffen lassen, um die Feinde endgültig über St. Märgen zurück zu drängen. Ich habe sie beobachtet, dort vom Fenster aus, wie sie geschunden haben mit dem schweren Kriegsgeräten den steinigen Weg nach Waldau hoch."

„Wann war das? Prinz Condé, sagtet ihr? Seine Truppe muss es auch gewesen sein, die drei Wochen das Kloster zu Friedenweiler in Beschlag hielt."

„Das kann schon sein. Ich war bei der Kartoffelernte, warte mal, das war im Oktober. Waldau war acht Tage lang belagert. Sie haben gehaust wie die Vandalen. Sogar dem Kaplan Brogli haben sie Geld gestohlen und die Kirche beschädigt."

Johann wunderte sich wie die alte Frau in diesem abgelegenen Winkel über alles so gut Bescheid wusste. So erkundigte er sich über ihre Informationsquellen.

„Oh," lachte die Alte wieder, „ich bin zwar nicht mehr die schnellste, aber ich laufe trotz Stock jeden Sonntag nach Waldau in die Kirche und zurück. Ich gehe ganz früh morgens los und bin erst daheim, wenn andere Leute schon längst zu Mittag gegessen haben. Aber das ist egal, es lohnt sich. Man weiß was so passiert."

Sie beugte sich zu ihm vor, als könne jemand Fremder zuhören, bekreuzigte sich schnell und flüsterte: „Sie haben einen Fluch über Waldau geschickt!"

Johann verstand nicht: „Einen Fluch? Wer?"

„Die Franzosen! Sie haben das Vieh verhext."

„Das Vieh verhext?"

„Ja, das Vieh ist verhext. Die Rinder bekommen plötzlich dicke Köpfe, die schwellen richtig an. Sie bekommen ein ganz anderes

Aussehen, wie Hirsche, nur größer. Und dann verenden sie in ganz kurzer Zeit qualvoll. Ich sag dir Junge, da ist der Teufel mit im Spiel. Sie haben ihre Seelen dem Leibhaftigen vermacht. Aber es hat nichts genützt, die Kaiserlichen haben sie zurückgedrängt."

Johann lief es eiskalt den Rücken runter. Etwas musste dran sein an dieser Geschichte. Die Alte war nicht so verworren, dass sie Unsinn redete.

„Und seit wann ist das mit dem Vieh?"

„Sie haben ihren Zauber irgendwo im Heu versteckt und das Vieh hat es gefressen. Die ersten Rinder sind vierzehn Tage nachdem sie weg waren eingegangen."

„Wie kommt ihr darauf, dass es am Heu lag?"

„Die Waldauer Bauern mussten ihr Heu zu den Soldaten am hohlen Graben schaffen, für die Pferde. Als sie zurückgedrängt wurden, hat noch ein Offizier einem Bauern zugerufen: „Verbrennt das Heu, es ist vergiftet." Aber wie es so ist, die Bauern hatten Angst ihr Heu würde nicht über den Winter reichen und so haben sie, geizig und sparsam wie sie sind, alles wieder zusammengerafft und in ihre Höfe gefahren. Sie haben nichts auf die Warnung des Offiziers gegeben. Und als Dank schickt ihnen der Teufel nun den Viehtod."

„War das an anderen Orten auch so? Mit dem Viehtod, meine ich."

„Das weiß ich nicht. Man munkelt sie hätten den Viehtod von ihrem Kriegszug in Ungarn bis hierher geschleppt."

Johann erinnerte sich plötzlich an den Kuhhandel, den sein Vater mit dem Andresenbauern geschlossen hatte. War da nicht auch die Rede von einem Stier, den er in Waldau erstanden hatte?

War es möglich, dass die Seuche sich ausbreiten würde?

Johann hatte für heute genug, er wollte sich nicht auch noch Gedanken über größere Katastrophen machen. So legte er seinen Stapel geschnitzter Schindeln zur Seite, hob die Späne auf und warf sie ins Feuer, dass es noch einmal prassend aufloderte.

„So Mütterlein, das müsste reichen. Morgen bei Tagesanbruch

steige ich aufs Dach. Ich will mich jetzt zu meiner Ziege legen, wenn ihr mir den Stall zeigen könntet?"

Die Alte stand mühevoll auf, indem sie sich an der Tischplatte hochzog und dann auf ihren Stock stützte. Als sie erst einmal auf den Beinen war und die ersten Schritte gemacht hatte, kam sie ganz gut voran. Trotzdem musste es eine Schur für sie sein, jeden Sonntag nach Waldau zu laufen. Johann staunte über ihre Zähigkeit.

Sie ging mit dem Kienspan, den sie aus der Halterung nahm, voraus und leuchtete in den Stall. Johann schob sich etwas Heu zurecht und machte es sich, mit einigem Sicherheitsabstand, denn die Ziege schlug gegen den Eindringling, so bequem wie möglich. Bald hörte er das Gemecker der Geiß und das Heulen des Windes nicht mehr.

Erst als ihn jemand an den Haaren zog und das Tageslicht zur Luke hereinschien, wurde er wach. Johann musste sich erst orientieren. Er war vom Heustapel, den er sich als Bett gerichtet hatte, gerutscht, und lag nun genau zu Füßen der Geiß, die ihn wohl schon adoptiert hatte, denn sie knabberte genüsslich an seinem dichten Haarschopf.

„Na hoffentlich werden wir nicht auch zu Hirschen. Aber dein Heu ist wohl nicht verhext, oder?"

Johann stieß die Stalltür ins Freie auf. Irgendwo musste doch ein Brunnen sein, wo man sich waschen konnte. Die Sonne und der Schnee blendeten so stark, dass er im ersten Moment nichts sah. Ein schwaches Plätschern führte ihn schließlich zum fast zugefrorenen Brunnen. Das Sonnenlicht brach sich in dem Eisgebilde und rote, blaue und grüne Tupfen flackerten im Schnee. Johann hob den Kopf unter den eisigen Wasserstrahl, bis ihm die Kopfhaut weh tat. Er massierte sein wirres Haar und spülte es nochmals ab. Er wollte sich nicht mit Ziegensabber im Haar seinem Lehrherrn vorstellen, außerdem war heute Heilig Abend, Zeit sich zu waschen.

Als er seine Morgentoilette beendet hatte, ging er ums Haus, um nach einer Möglichkeit zu suchen, sicher auf das Dach zu kommen, was kein Problem war, wie sich bald zeigte, weil das Dach an der hinteren Ecken bis zum Boden reichte und er nur auf die Schneewechte zu steigen brauchte. Johann probierte es gleich aus und kratzte, als er an der lecken Stelle war, den Schnee ein Stück um das Loch herum frei.

„Das lob ich mir, du bist ja schon bei der Arbeit Johann“, rief die Alte von unten durch das Loch.

„Wart, ich bring dir die Schindeln.“

„Einen Hammer noch.“

Die Alte schob ihren Stuhl an den Tisch, dann stieg sie darauf und reichte Johann das Werkzeug und die Schindeln durch das Loch.

Johann begann die Schindeln unter die alten zu klemmen und fest zu klopfen. So schloss er Schicht um Schicht die Öffnung bis alles dicht war. Dann ließ er sich auf dem Hosenboden das Dach hinunter gleiten.

In der Küche war das Frühstück schon gerichtet: frische Ziegenmilch und Pellkartoffeln.

Hungrig machte er sich darüber her.

„Es freut mich, dass es dir schmeckt. Du hast es wirklich verdient. Ich bin so froh über das geflickte Dach. Willst du mich wirklich schon verlassen?“

„Ich werde gleich weiter gehen, ja, um den Schindler noch vor dem Mittag anzutreffen. Ich bin der, der danken muss für eure Gastfreundschaft. Gott segne euch, vielleicht sehen wir uns ja mal in Waldau. Wenn der Schindler mich behält.“

„Das wünsche ich dir und Vergelt's Gott nochmals für das neue Dach.“

„Neu ist etwas übertrieben, es müsste dringend komplett neu eingedeckt werden. Aber so ist es erst einmal dicht.“

Johann schlüpfte in seine Joppe und band den Schal um den nackten Hals, dann nahm er sein Bündel auf und verabschiedete sich.

Die Alte schloss ihn wortlos in die Arme, dann segnete sie ihn, indem sie ihm ein Kreuzzeichen auf die Stirn malte, dabei wischte sie eine verstohlene Träne aus den Augen.

Auf dem Trampelpfad den Berg hinunter kam ihm ein kleines Mädchen mit einem eingewickeltem Päckchen entgegen. Sie schaute ihn erstaunt und etwas ängstlich an. Sie kannte den Fremden nicht.

„Na, wer bist denn du?“ fragte Johann sie deshalb freundlich.

„Ich bin die Luise und bringe der alten Marie den Weihnachtsstollen, meine Mutter schickt mich.“

„Ah, die Luise vom Hilpertenhof?“

Die Kleine nickte ehrfürchtig, als hätte sie den heiligen Nikolaus vor sich.

„Ich bin der Johann,“ stellte er sich deshalb vor, „und habe der alten Marie das Dach repariert, damit das Christkind heute Nacht nicht in seiner Krippe erfrieren muss.“

Das Mädchen sagte keinen Ton, sondern schaute ihn immer noch mit großen Augen und offenem Mund an.

Er ging an ihr vorbei, Luise drehte sich nach ihm um und schaute ihm solange nach, bis sie ihn nicht mehr sah. Dann rannte sie den Rest des Weges den Berg hoch.

*

Es dauerte nicht lange und die ersten Häuser Waldaus waren zu erkennen, die sich um die Dorfkirche scharten. Johann beschleunigte seinen Schritt und hielt auf die Kirche zu, um göttlichen Beistand zu erbitten. Er wollte nicht daran denken, was wäre, wenn der Schindler ihn nicht nahm.

Vor dem schweren Holzportal zog er die Mütze vom Kopf, wie es sich gehörte, ehe er die Tür langsam öffnete. Hinter dem

Eingang tauchte er seine Finger ins Weihwassergeschirr und stellte fest, dass eine dünne Eisschicht darüber lag. Wie kalt wäre es die letzte Nacht wohl im Freien gewesen, wenn sogar das Wasser in der Kirche schon gefroren war? Johann wagte nicht daran zu denken. Er hätte keine Chance gehabt ohne der Gastfreundschaft der Alten.

Langsam ging er den Gang vor, bekreuzigte sich nochmals vor dem Altar und kniete nieder. Er betrachtete den offensichtlich recht neu gestalteten Hochaltar, die Apostel Petrus und Paulus, Schnitzereien des bekannten Bildhauers Mathias Faller, einem Namensvetter des Uhrenhändlers. Sie waren jedoch nicht miteinander verwandt, soviel Johann wusste. Auch der Schnitzer war schon gut fünf Jahre tot. Johann hatte ein Auge für seine Arbeiten, Faller war ein großer Meister auf seinem Gebiet und ein Vorbild für Johann.

Auch die Figuren bei der Kanzel stammten aus seiner Hand. Sie waren im Rokokostil gearbeitet. Ebenso das Kruzifix gegenüber der Kanzel und das Taufbecken. Hier konnte er die Schäden sehen, von denen die alte Marie ihm berichtet hatte. Er stand auf und tastete vorsichtig die Kerben und Dellen ab. Sogar ein Arm des Petrus fehlte. Man könnte gut einen nacharbeiten und wieder anbringen, es würde von weitem keinem auffallen, überlegte Johann.

Plötzlich stand ein Pater hinter ihm. Johann erschrak fast zu Tode, er hatte ihn nicht gehört und gesehen.

„Ein fremdes Gesicht in unserer Gemeinde? Du interessiert dich für unsere Heiligenfiguren? Ich hoffe, du wolltest sie nicht stehlen?“

„Oh nein, wo denkt ihr hin. Ich habe von den Schäden gehört, die sie genommen haben. Ich wollte sie mir nur näher ansehen. Es sind Werke von Faller, nicht wahr?“

„Du kennst dich aus? Wer bist du?“

„Entschuldigt, ich habe mich nicht vorgestellt. Ich bin Johann Kirner aus Rudenberg. Ich habe bei meinem Vater das Schreinerhandwerk gelernt. Eigentlich bin ich auf der Suche nach Franz Schindler, dem Uhrenkastenschreiner. Könnt ihr mir sagen, wo er wohnt?“

„Der Schindler? Was willst du bei ihm?“

„Fragen ob ich bei ihm die Uhrenkastenschreinerei erlernen kann.“

„Du hast dir einen schlechten Zeitpunkt ausgesucht mein Sohn. Aber frag ihn selbst. Er wohnt unten neben dem Schneehof, das kleinere Gebäude.“

„Ich weiß, es ist Weihnachten. Ich versuch mein Glück trotzdem, vielen Dank Hochwürden.“

Er hatte das Gefühl, als wollte der Geistliche noch etwas sagen, lächelte dann aber nur und wünschte ihm Glück.

Wieder blendete ihn die Sonne als er aus dem Gotteshaus trat. Er blickte in die Richtung, die ihm der Pater gezeigt hatte und sah gleich, groß und erhaben den Schneehof an der Winterhalde. Er lag südlich, in der Richtung von wo Johann gekommen war. Also ging er wieder ein Stück talabwärts.

An dem kleineren Gebäude, einige hundert Schritte vom Hof entfernt, hielt Johann inne, holte tief Luft und sagte wiederum, wie schon den Abend zuvor: „Bitte, nur noch einmal!“ Dabei richtete er wieder den Blick zum Himmel.

Er gab sich einen Ruck und klopfte an.

Nach einer Weile hörte er tapsende Schritte wie von einem Kind. Gleich darauf öffnete ein etwa drei Jahre altes Mädchen mit blonden Locken. Sie schaute ihn mit großen dunklen Augen an. Ihr Gesicht war ziemlich verschmiert und ihr Kleidchen, falls man es so bezeichnen konnte, hatte auch schon bessere Tage gesehen. Dazu war sie barfuss, mitten im Winter. Sie blickte ihn immer noch scheu an und hielt sich am Türgriff fest.

„Ist dein Vater, der Schindler Franz, da?“ fragte er sie schließlich, woraufhin sie wegrannte. Johann wartete kurz, doch als keiner kam, ging er dem Mädchen nach.

Er stand vor der verschlossenen Stubentür und wollte gerade

anklopfen als ein großer, kräftiger Mann, etwa um die vierzig, mit schon ziemlich lichtem Haar, öffnete.

„Was willst du Junge? Wer bist du?"

„Entschuldigung, ich wollte nicht so hereinplatzen, aber das Kind, es hat mich vor der Tür stehen lassen und so bin ich ihm halt nachgegangen und wollte sehen, ob jemand zu Hause ist."

„Das siehst du nun. Was willst du? Für Bettelvolk habe ich nichts."

„Ich bin kein Bettelvolk. Mein Name ist Johann Kirner. Ich bin aus Rudenberg und habe gehört, dass ihr Uhrenkastenschreiner seid."

„Da hast du richtig gehört. Und was willst du?"

„Nun, ich habe bei meinem Vater in der Schreinerei geholfen. Ich kenne mich mit der Holzverarbeitung aus und wollte fragen, ob ihr eine Hilfe, einen Lehrling, gebrauchen könnt. Mein Vater macht keine Uhrenkästen und ich würde es gerne lernen."

„So und warum fragt er mich nicht selber, dein Vater, so wie es üblich wäre. Und wer hat dir überhaupt gesagt, dass ich jemanden gebrauchen kann?"

„Euer Schwager, der Straub Michael."

„So hat er." Der Schindler kratzte sich hinter dem Kopf. „Wie kommt er darauf mir einen Buben zu schicken? Und dann an Weihnachten, wieso kommst du an Heilig Abend und fragst nach einer Lehrstelle? Gibt es bei euch kein Weihnachten?"

Johann senkte den Kopf, was sollte er jetzt sagen?

„Weihnachten ist mir egal. Ich brauche eine Stelle."

„Weiß dein Vater eigentlich davon?"

Johann nickte: „Es ist ihm recht."

„So es ist ihm recht. Mir aber nicht. Ich habe keine Zeit mich um einen Buben zu kümmern. Ich habe genug am Hals. Aber komm erst einmal herein, wenn du schon da bist."

Ein bestialischer Gestank schlug ihm entgegen als er in die Stube trat. Am Kachelofen hingen Windeln zum Trocknen, die aber offenbar niemand vorher gewaschen hatte. Der Raum war dreckig und unordentlich. Vier Paar Kinderaugen starrten ihn vom Tisch her an. Sie saßen wie die Orgelpfeifen, alle blondgelockt, alles Mädchen und alle gleich verdreckt.

„Wir wollten gerade essen“, sagte der Schindler. „Setz dich und nimm dir einen Löffel.“

Er stellte einen Topf mit einer undefinierbaren Masse auf den Tisch und schon fielen die Kinder über den Topf her und begannen zu zanken.

„Ruhe!“ schrie der Schindler. Sofort war es still, auch wenn die Mädchen sich noch gegenseitig stupsten. Johann, der eigentlich immer Hunger hatte, war der Appetit vergangen. Trotzdem aß er mit, um nicht unhöflich zu sein, doch es schmeckte, wie es aussah. Im Nu war der Topf leer und das Gezanke ging wieder los, weil jede den Rest auslecken wollte.

Johann wollte gerade nach der Mutter der Kinder fragen, als er vom Ofenbank her ein Stöhnen und Husten vernahm. Er hatte die Frau, die dort lag, beim Hereinkommen nicht gesehen. Seine Augen mussten sich erst, geblendet vom Schnee und der Sonne, an die Dunkelheit im Raum gewöhnen.

Sie richtete sich auf und sah Johann fragend an. Ihre blonden Haare hingen in Strähnen herunter und ihre Stirn glänzte feucht. Ihre Augen lagen in tiefen Höhlen und glänzten ebenfalls, ihr Blick war matt. Sie schien ein schweres Fieber zu haben.

„Das ist Johann Kirner aus Rudenberg, er will Uhrenkastenschreiner werden.“

Die Frau nickte schwach und ließ sich wieder auf das Kissen fallen. Dabei wurde sie so sehr von einem Hustenanfall geschüttelt, dass der Schindler aufstand und sie hoch hob damit sie Luft bekam.

Sie spuckte Blut in ein Taschentuch, das er ihr unterhielt. Ihr Nachthemd rutschte über die Schulter und Johann sah darunter nur Haut und Knochen. Sie war zu einem Skelett abgemagert.

Schließlich beruhigte sie sich wieder und der Schindler ließ sie ins Kissen sinken, wo sie die Augen schloss und vor sich hinröchelte.

Dann kam er wieder und nahm wortlos die Löffel vom Tisch und steckte sie in die dafür vorgesehene Halterung an der Wand. Mit dem Topf verschwand er in der Küche.

Johann folgte ihm.

„Ist sie eure Frau?"

„Ja, das ist sie."

„Was hat sie?"

„Sie hat die Lungenschwindsucht. Sie stirbt."

„Kann man denn nichts machen? Habt ihr schon einen Arzt kommen lassen?"

„Natürlich habe ich das. Aber geh mir weg mit den Ärzten. Der hat mir ein dickes Honorar verlangt und sie nicht einmal angefasst. Er hatte Angst, dass er sich ansteckt. Er ist in der Tür stehen geblieben und hat nur die Schultern gezuckt. Er könne nichts tun und ich solle aufpassen, dass sich keiner ansteckt. Wie soll ich das machen? Ich kann die Kinder nicht in den Rauch hängen. Ich habe schon meine Schwägerin weggeschickt, die mir im Haushalt geholfen hat, weil sie in anderen Umständen ist."

In diesem Moment begann der Säugling in der Wiege zu weinen, auch ihn hatte Johann in all diesem Chaos nicht gesehen.

„Auf dem Herd steht eine Flasche mit Milch. Reich sie mir mal."

Der Schindler nahm den Säugling aus der Wiege, stopfte einen Lappen an die Öffnung der Flasche und gab sie dem Neugeborenen, das gleich gierig an dem Stofffetzen zu saugen begann.

„Sie kann sie nicht mehr stillen und ein Sauger war nirgends aufzutreiben. Wie du siehst könnte ich eher ein Hausmädchen gebrauchen als einen Lehrling. Aber das ist schwierig, alle haben Angst. Ich werde es über die Feiertage irgendwie selber schaffen, aber dann muss ich wieder in die Werkstatt. Ich muss pünktlich liefern, sonst bin ich aus dem Vertrag draußen."

„Lasst mich euch in der Werkstatt helfen, dann habt ihr etwas mehr Zeit für die Frau und die Kinder."

„Wie stellst du dir das vor? Hast du schon mal Uhrenkästen geschreinert?"

„Nein."

„Siehst du. Ich müsste es dir erst zeigen und das kostet Zeit, die ich im Moment nicht habe. Nein, ich brauche jemanden hier. In der Küche. Und zwei Angestellte kann ich mir nicht leisten. Tut mir Leid, aber ich habe nichts für dich. Probier es in einem halben Jahr noch einmal. Jetzt über den Winter bin ich im Druck."

Johann setzte sich resigniert auf die Küchenbank und ließ den Kopf hängen. Alle Hoffnung war dahin.

„Ich kann nicht."

„Was, du kannst nicht?"

„Ich brauche jetzt etwas. Egal was. Mein Vater hat mich rausgeschmissen."

„Auch das noch. Warum?"

„Er trinkt. Er wollte meine Schwester in den Keller sperren und meine Mutter verprügeln. Ich wollte sie beschützen, da hat er mich rausgeschmissen."

„Da stecken wir ja Beide in der Scheiße, was?"

In der Stube war wieder ein Husten und Luftziehen zu hören. Der Schindler sprang auf und drückte Johann den schreienden Säugling in die Hand. Die Flasche war inzwischen leer, aber an den nackten Beinen des Kindes lief eine braune Brühe herunter.

Johann sah sich um und entdeckte eine Windel über der Herdstange, auf dem Herd war noch ein Topf mit heißem Wasser, in dem die Flasche zum Aufwärmen gestanden hatte. Er legte das Kind auf den Küchentisch und machte sich daran den Säugling zu säubern, wie er es immer bei seiner Mutter gesehen hatte. Das Mädchen war rot und wund am Po. Vorsichtig tupfte er es sauber und schmierte etwas Schweineschmalz, das auf dem Tisch stand, auf die wunden Stellen. Dann packte er sie wieder in die Tücher, warf die dreckige Windel in einen Eimer und füllte ihn mit Wasser.

„Du kannst mit Kindern umgehen? Das ist doch Weiberarbeit."

Der Schindler stand in der Tür, er hatte ihn beobachtet.

„Seht ihr hier irgendwo ein Weib? Ich nicht, aber viele Kinder. Ich habe selber sieben Geschwister. Ich habe oft genug zugesehen."

„Du hast mich überzeugt, bleib über die Feiertage, was soll's. Ich kann dich aber nicht bezahlen. Und im neuen Jahr musst du dich nach etwas anderem umschauen."

„Danke. Besser als draußen schlafen und hungern."

*

Weihnachten.

Magdalena Burger zog den Topf mit Sauerkraut und Speck endgültig vom Herd. Sie war wütend. Es war Zeit für den Kirchgang und von den Männern ließ sich noch immer keiner blicken. Sie wusste nicht einmal um was es genau bei diesem Streit zwischen Antonius und ihrem Mann ging, nur dass der eine seit Stunden oben in der Tenne hockte und der andere im Wirtshaus.

Es war nicht mehr so einfach mit Antonius, seit er wieder im Land war. Er hatte des öfteren seine eigene Meinung vertreten, was Joseph von seinen Kindern nicht gewohnt war. Bisher hatten sie sich immer seinem Machtwort gebeugt.

Entschlossen wischte sie ihre Hände am Schurz ab und legte ihn über den Stuhl, dann stieg sie die Treppen zur Tenne hoch. Das monotone Klopfen des Dreschflegels wurde immer lauter.

Antonius stand mit dem Rücken zum Treppenaufgang und schlug auf das am Boden ausgebreitete Getreide ein, um die

Spreu vom Weizen zu trennen. Sein Hemd war schweißgetränkt und sein Atem hob sich weiß in der kalten Luft des großen Dachspeichers ab.

„Antonius!" Erschrocken blickte er sich um, er hatte seine Mutter nicht kommen gehört. Schweiß lief ihm über die Stirn, den er mit dem Ärmel abwischte.

„Mutter? Was wollt ihr? Schickt Vater euch?"

„Nein, der ist noch immer nicht daheim. Was ist los? Es ist Zeit für die Kirche und keiner kommt. Weder zum Essen noch zum Gottesdienst."

„Dann fragt ihn doch."

Antonius drehte sich wieder um und schlug weiter wütend auf den Boden ein.

Magdalena packte ihren Sohn am Ärmel und riss ihn herum. Antonius hatte gerötete Augen, als ob er geweint hätte.

„Mensch Junge, was verdammt noch mal, war denn zwischen euch Beiden?"

„Er hat es euch also auch nicht gesagt, wie?"

„Was soll er mir nicht gesagt haben?"

„Seine heimlichen Geschäfte, die er und der alte Kirner machen."

„Von was für Geschäften sprichst du?"

„Vom Blasius."

„Deinem Cousin Blasius? Was ist mit ihm?"

„Er wird sie heiraten!"

„Verdammt Antonius, lass dir nicht alles aus der Nase ziehen! Wen wird er heiraten?"

„Blasius vom Moosbach in Schwärzenbach wird Helena Kirner heiraten. Nur sie weiß es noch nicht. Aber die Herren Väter sind sich einig."

„Jetzt geht mir ein Licht auf! Du hast selbst ein Auge auf sie geworfen, stimmt's? Na, dass ich nicht gleich darauf gekommen bin, so wie ihr getanzt habt letzten Samstag. Mein Sohn ist verliebt."

„Ja, verdammt noch mal. Trotz allem, ich habe mich in sie verliebt. Sie kann doch am allerwenigsten etwas dafür, für ihre unglückliche Situation, meine ich. Schau doch meine Schwester an. Macht da einer solch ein Aufstand? Dann auch noch der Blasius, Mutter! Begreift ihr nicht? Der ist doch blöd, der ist doch nicht ganz richtig im Kopf, dieses fette, verwöhnte Würstchen."

„Antonius, du bist ja richtig eifersüchtig!" Magdalena musste sich ein Grinsen verkneifen. „Hör mir mal zu. Verliebtsein ist ja schön und gut, aber ehrlich, was willst du mit Helena? Sie erwartet ein Kind, wie willst du für sie sorgen? Du hast noch gut zwei Jahre Lehrzeit und keine Bleibe, um eine Familie zu gründen. Vergiss es. Wenn sie den Blasius heiratet, wird sie Bäuerin auf einem großen Erbpachthof. Das ist für ihre Verhältnisse eine sehr gute Partie, sie müsste stolz sein."

„Stolz, die Frau eines Idioten zu werden?"

„Antonius! Jetzt komm aber wieder mal auf den Boden. Von deiner Verliebtheit hat sie nichts. Glück bedeutet eine gesicherte Existenz. Liebe kann man nicht essen. Ich finde, die Väter handeln verantwortungsvoll. Du kannst das vielleicht noch nicht erkennen."

„Nein Mutter, ihr seid blind. Wir lieben uns."

„So, hat sie das zu dir gesagt?"

Antonius senkte den Blick: „So weit waren wir noch nicht."

„Du weißt noch nicht einmal, ob sie dich überhaupt will? Aber du weißt, dass sie den Blasius nicht heiraten will. Woher? Steigerst du dich da nicht in etwas hinein?"

„Ich dachte ihr versteht mich Mutter, aber ihr redet genauso blöd daher wie Vater."

Antonius drehte sich weg und machte sich wieder an die Arbeit.

„Komm schon und zieh dich um. Wie müssen in die Kirche."

„Ich muss überhaupt nichts. Und schon gar nicht in die Kirche, wo sie alle sitzen, diese scheinheiligen Verkuppler und sich auch noch gönnerhaft vorkommen, wenn sie über die Köpfe ihrer Kinder entscheiden."

„Antonius!"

„Nein! Ich gehe nicht! Nicht heute, nicht morgen und auch die ganze Weihnachtszeit nicht!"

„Antonius! Du gottloser Bengel!"

Antonius gab keine Antwort mehr, er drehte sich auch nicht mehr um, so dass Magdalena unverrichteter Dinge und noch zorniger die Treppenstufen wieder hinunter stieg.

Joseph kam ihr im Hausflur entgegen.

„Wo bist du? Ich wollte dich und die Kinder abholen. Es ist Zeit für den Kirchgang."

„Danke, das habe ich auch schon bemerkt. Das Essen ist angebrannt und euer Sohn hockt da oben und will nicht mit."

„Dem werde ich die Leviten lesen."

„Halt, lasst ihn."

„Ist der etwa noch immer stinkig wegen der Sache mit dem Mädchen?"

„Er ist verliebt. Lasst ihn. Er wird schon wieder vernünftig werden."

„Verliebt!" äffte er sie nach, „verliebt und deswegen macht er ein solches Theater? Dieser sture Bock! Ja, was will er denn? Er soll froh sein, wenn sie unterkommt, in ihrem Zustand."

„Vielleicht wollte er sie selber?"

„Ach Papperlapapp. Jetzt red du auch schon so gesponnen daher. Das muss doch in seinen Schädel rein, dass das nicht geht! Er ist doch erst zwanzig!"

„Und sie siebzehn."

„Das ist was anderes."

„Ach so."

„Ja, ach so. Jetzt ist Schluss. Ich diskutier doch nicht herum was der Kirner mit seiner Tochter macht!"

*

Leise, wie tausend kleine Watteböllchen, schaukelten sich die Schneeflocken langsam zur Erde. Hätte der Glockenschlag zur Wandlung während der heiligen Messe nicht eingesetzt, man hätte den Kirchturm selbst vom Meierhof unmittelbar daneben nicht ausmachen können. Die Spuren der vielen Gottesdienstbesucher, die vor gut einer Stunde in die Kirche strömten, waren schon längst mit frischem Schnee zugedeckt.

Endlich öffnete sich das wuchtige Kirchenportal und unzählige Gläubige drängten sich unter dem Abschlusslied und den schweren Orgeltönen ins Freie. Die Kirche war brechend voll. Es hatte sich herumgesprochen, dass der Hofrat Nachricht von der verschollen geglaubten Äbtissin erhalten hatte. Voller Erwartung und Dankbarkeit waren die Menschen aus allen Tälern herbeigeströmt, um die frohe Botschaft mit eigenen Ohren zu hören. Mit leuchtenden Augen hatten sie die Kunde in sich aufgesaugt, wie ein Schwamm das Wasser. Eine wundersame Errettung nach all diesen schrecklichen Monaten, es war Balsam auf ihre Seelen.

Im Nu war der Kirchenvorplatz voller schwatzender Menschen, die sich in ihre Tücher und Schals wickelten. Ein bestimmter Glanz lag in ihren Augen, eben jener Glanz, den man bei den Kindern an Weihnachten findet. Diese rannten vergnügt um die Erwachsenen herum und spielten Fangen. Hin und wieder erschallte lautes Männerlachen.

Auch Julius besuchte mit seiner Familie den Gottesdienst, er stand bei einem rundlichen, glatzköpfigen Mann und schien vergnügt zu sein. Sie blickten immer wieder zu Helena herüber, die ihren Blick senkte, denn sie vermutete sehr richtig, dass sie das Verhandlungsobjekt war.

Am liebsten wäre sie auf der Stelle im Erdboden versunken. Sie blickte sich hilfesuchend um, wenn doch wenigstens Antonius hier gewesen wäre. Aber sein Platz in der Kirche war heute leer. Da erblickte sie Barbara und ging auf die Nachbarin zu.

„Frohe Weihnachten Barbara."

„Frohe Weihnachten Helena."

„Sag mal, wo ist Antonius? Er ist doch nicht etwa krank?"

„Nein, das nicht. Er war den ganzen Vormittag in der Tenne am dreschen."

„Heute an Heilig Abend?"

„Ja, er hat sich mit Vater gestritten. Ich weiß aber nicht worum es ging. Er hat nur gesagt, er gehe nicht mit in die Kirche. Er ist ziemlich sauer. Aber ihr seid auch nicht vollzählig. Wo ist Johann?"

Helena zuckte mit den Schultern.

„Ich hatte gehofft ihn zu sehen oder etwas über ihn zu erfahren. Er ist weg. Vater hat ihn aus dem Haus gejagt."

„Was? Wieso denn das?"

„Na, die jungen Damen? Ein Schwätzchen unter seinesgleichen?" Julius stand plötzlich neben ihnen.

„Helena, komm doch einmal mit. Da will dich jemand kennen lernen." Er deutete auf den Glatzköpfigen und seine Familie, die ihr freundlich zunickten.

Helena durchzuckte es wie einen Blitzschlag. Das konnte nichts Gutes bedeuten.

„Und benimm dich. Hörst du?" raunte er ihr ins Ohr, als er sie von Barbara weggezogen hatte.

„Wer ist das Vater?" zischte sie.

„Das wirst du gleich wissen." Er packte sie unmerklich am Ärmel, so dass sie keine Chance hatte weg zu laufen.

Der Glatzköpfige, auf den sie zugingen, hatte trotz des Schneefalls, seine Jacke offen und streckte seinen kugelrunden Bauch in die Menge. Sein Körperbau wirkte noch fülliger, weil er seine Arme seitlich in die Hosenträger gesteckt hatte, auf und ab wippte, als wolle er gleich abheben und davonfliegen. Sein Gesicht verbarg er hinter einem grauen, ebenso fülligen Bart.

„Winterhalter, das ist meine Tochter Helena." Helena gab ihm artig die Hand, wie ein kleines Kind. Doch in ihrem Kopf hämmerte es. Sie fühlte sich wie eine Maus, die von der Katze in die Ecke gedrängt wurde und keinen Ausgang mehr fand. Nun kam sogar noch ihre Mutter Leopoldine hinzu.

Ihr Gesicht wirkte steinern, Helena konnte nichts daraus ablesen.

„Du hat es versprochen, du hat es versprochen!" hämmerte es weiter in ihrem Kopf. „Du bringst mich zu Tante Agathe, was soll das Ganze hier?" Leopoldine schien den stummen Hilferuf gedeutet zu haben, denn sie schüttelte unmerklich den Kopf. Was so viel wie: „Halt still, es bedeutet noch nichts" oder so ähnlich heißen sollte. Sie legte den Arm zum Schutz über ihre Schultern. Helena beruhigte sich langsam.

Der dicke Winterhalter musterte sie von oben bis unten, dann wandte er sich an seinen ebenso dicken Sohn, der bis jetzt nur grinsend dagestanden war. Er hatte dicke, rote Pausbacken wie ein Schuljunge und dunkles, in der Mitte streng gescheiteltes und geöltes Haar. Seine dicken Beine knickten wie ein X von den Knien nach außen. So als hielten sie dem Gewicht nicht stand.

„Na, Blasius? Was sagst du? Sie ist doch ein stattliches Mädel. Gefällt sie dir?"

Sein Grinsen wurde breiter und er nickte.

„Und du Helena? Was sagst du zu meinem Buben. Wäre er nicht ein fescher Ehemann für dich? Ausgehungert ist er nicht, wie du siehst. Uns geht es gut auf dem Hof."

„Ich kenne ihn ja noch gar nicht, wie soll ich da wissen, ob er mir gefällt?"

Der Winterhalter brach in schallendes Gelächter aus.

„Nicht dumm deine Tochter, Julius. Die kauft nicht die Katze im Sack. Das gefällt mir. Aber das werden wir gleich ändern. Morgen, am ersten Weihnachtstag, gleich nach dem Gottesdienst lade ich euch, dich Julius, dein Weib und Helena ein, zu mir auf den Hof. Dann zeigen wir euch unsern Hof und den Stall. Ein Rind schöner als das andere. Bei uns waren noch keine Soldaten. Du und auch dein Kind werden es gut haben bei uns." Er deutete auf Helenas schwangeren Leib, den sie sofort züchtig unter dem Umhang zu verstecken versuchte.

Die Winterhalterin, die bis jetzt stumm daneben gestanden hatte, wie es sich gehörte, reichte ihr, ohne ihre strenge Miene zu verziehen die Hand: „Ich würde mich freuen, bis morgen."

Helena erwiderte die Floskel, obwohl sie glaubte zu spüren, dass einen Hauch von Kälte von dieser Frau ausging. Sie blieb wie angewurzelt stehen, musste diesen kurzen und unverhofften Auftritt erst verdauen, während Julius mit dem Winterhalter und seinem Sohn in Richtung Klosterschenke aufbrachen. Die Moosbacherin schließlich mit erhobenem Kinn hinterher.

„Mutter, was soll das Theater. Ihr wisst, dass ich niemals diesen Trottel heiraten werde", zischte Helena, als sie außer Hörweite waren.

„Das weiß ich doch Helena. Das kam, glaub ich, selbst für Julius überraschend, dass er uns schon für morgen eingeladen hat. Aber ihm wird es Recht sein. Das hat nichts zu sagen Helena. Wir spielen das Spiel mit und zu Dreikönig bist du einfach verschwunden. Ich habe das mit Luzia geregelt. Sie bringt dich heimlich zu Agathe. Lass sie im Glauben, dann haben wir keinen Ärger. Ich werde nichts von deinem Verschwinden wissen. Alles klar?"

„Alles klar. Danke Mutter." Helena atmete erleichtert auf als sie sich auf den Fußweg nach Rudenberg machten. Hannah, ihre Schwester, war schon mit den Kleinen vorgegangen.

„Hast du etwas über Johann herausbekommen?" fragte Leopoldine schließlich.

„Nein, leider nicht. Ich hatte auch keine Zeit, weil Vater mich zu diesem Winterhalter geschleppt hat."

„Er wurde gestern beim Schachenhof in Langenordnach gesehen. Der Jägergehilfe hat ihn beobachtet, wie er dort Holz gespalten hat. Hoffentlich hat er ein Dach über dem Kopf, mein Junge."

„Johann ist nicht dumm. Er wird sich durchschlagen. Wenn

nur Antonius hier gewesen wäre. Er hätte sich unbemerkt in den Wirtshäusern umhören können, aber ich habe nur Barbara getroffen."

„Er wird uns irgendwie eine Nachricht zukommen lassen, da bin ich mir sicher", redete sich Leopoldine selbst Mut ein, um Helena nicht zu zeigen, wie sehr sie sich um Johann sorgte. Die roten Ringe unter ihren Augen sprachen aber ihre eigene Sprache, Helena wusste das.

*

Groß und mächtig, wie einst in ihren Kinderträumen, schwebte er wieder zu ihr herunter, der Erzengel Gabriel, mit seinem Antoniusgesicht. Er reichte ihr die Hand und Helena ließ sich zu einer Traumreise mit ihm hinreißen. Nur, dieses Mal flogen sie nicht in den Himmel zum lieben Gott, nein, das Paradies war für Helena eher irdischer Art. Er führte sie über die ewig schneebedeckten Alpen in den warmen Süden, dort wo es Weinberge, Oliven und Zitronenbäume gab. Dort wo Antonius den Sommer verbracht hatte. Sie lagen eng umschlugen unter einem Feigenbaum und schauten wie die Sonne im Meer versank. Das war etwas, was sich Helena überhaupt nicht vorstellen konnte, das Meer.

Wie ein Donnerschlag setzte die Orgel ein und riss sie aus ihren Träumen. Aus Antonius wurde wieder der Erzengel, der unbewegt an der Kirchenwand thronte und, eher kläglich, auf die Gottesdienstbesucher herabblickte.

Helena seufzte, Antonius Platz war auch heute, am ersten Weihnachtstag, wieder leer geblieben. Und nun stand dieser schreckliche Besuch auf dem Moosbachhof bevor. Julius hatte darauf bestanden, dass sie Mutters Sonntagstracht anzog, weil da die weiblichen Konturen besser zur Geltung kämen, obwohl es ihr fast die Luft abdrückte, weil ihr Bauch einfach keinen Platz darin fand. Helena wollte erst protestieren, doch dann fiel ihr Mutters Satz wieder ein: es hat nichts zu bedeuten!

Hannah stupste sie aufgeregt an: „Dein Brautschlitten wartet. Beeil dich!“

Sie quälte sich aus der hölzernen Kirchenbank und trottete wie ein Schaf hinter den Anderen her. Vor der Kirche stand ein prächtig herausgeputzter Schlitten. Eine ganze Menschentraube hatte sich schon um das Gefährt versammelt, um zu sehen wer wohl einsteigen würde, denn es war offensichtlich, dass dieses Zuschaustellen einen besonderen Grund hatte. Der Moosbacher lächelte sie an, als sie endlich durch das Kirchenportal kam, reichte ihr die Hand und half ihr in den Schlitten, wo sie neben dem grinsenden Blasius Platz nehmen musste, der zwei Drittel der gepolsterten Bank für sich allein in Anspruch nahm. Außerdem hatte er seine Beine gespreizt, so dass sie sich unmittelbar neben ihn quetschen musste und seine Körperwärme spüren konnte. Sie kam sich vor wie eine Prinzessin im goldenen Käfig. Julius und Leopoldine stiegen ebenfalls ein und schon trabte der Vierspänner unter den staunenden Blicken der Bevölkerung durch die Winterlandschaft. Die verschneiten Tannen flogen nur so an ihnen vorbei und Helena versuchte die Fahrt zu genießen und nicht an den plumpen Kerl neben sich zu denken. Die Fußgänger, die auf dem Heimweg waren, sprangen zur Seite, als das Pferdegespann an ihnen vorbeirauschte. Helena sah, wie sie die Köpfe zusammensteckten und tuschelten.

Plötzlich spürte sie Blasius Hand auf ihrem Schenkel. Er grinste sie verschwörerisch an, Helena war, als ob ihr ein Kloß im Hals stecken blieb. Sie überlegte kurz, was wohl wäre, wenn sie einfach vom fahrenden Schlitten springen würde. Ein kurzer Anfall von Schwindel begleitete diesen Gedanken und sie holte tief Luft, so tief wie es eben ging mit der geschnürten Tracht.

Doch schneller als erwartet, erreichten sie die hohe Ebene von Schwärzenbach. Etwas in der Senke stand er, der Moosbachhof. Es war ein gewaltiger Hof, ein Erbpachthof des Klosters.

Wie um alles in der Welt, hatte Julius diese Kontakte geknüpft? Viele Bräute würden sich darum schlagen, hier einheiraten zu dürfen. Es wäre alles so einfach, wäre da nicht Antonius. Aber Antonius wog mehr als alle Erbpachthöfe zusammen. Wenn sie nur an diesen schrecklichen Kerl neben sich dachte, er hatte bis jetzt noch keine drei Sätze zusammenbekommen, fiel es ihr nicht mehr schwer auf all das hier zu verzichten. Er grinste unentwegt und siegessicher, wie ein Honigkuchenpferd.

Sein Vater war nicht unsympathisch, er behandelte sie respektvoll. Aber seine Mutter? Helenas innere Stimme mahnte sie zur Vorsicht. Sie hatte das Gefühl, einen Wolf im Schafspelz vor sich zu haben.

„Darf ich bitten?“ Der Winterhalter reichte ihr wieder die Hand, nachdem er schon ihrer Mutter aus dem Schlitten geholfen hatte.

Diese stupste sie unmerklich an und raunte: „Schau dir das an. Du kannst es dir noch überlegen.“

„Da gibt’s nichts zu überlegen Mutter. Ich kann ihn nicht ausstehen.“

Die Moosbacherin stand wie eine Ölgötzin neben dem Eingang und bat die Gäste vorzugehen. Helena reagierte im letzten Moment, sie wusste auf was sie wartete. Und so betrat sie das Gebäude zuerst mit dem rechten Fuß, woraufhin der Bäuerin sichtlich einen Stein vom Herzen fiel, denn das Betreten mit dem linken Fuß brachte Unglück.

Sie betraten die blitzblank gescheuerte Stube, wo schon der Tisch für die Gäste gedeckt war. Keine Tonbecher und Holzteller wie zu Hause, es war richtiges Geschirr. Teures Geschirr. In einer Ecke neben dem Kachelofen war eine Weihnachtskrippe mit geschnitzten Holzfiguren. Sie stand auf der Fläche eines Esstisches für gut sechs Personen. Es fehlte nichts, von der heiligen Familie, über die Hirten samt Schafen, die mit echter Wolle umwickelt waren, bis hin zu Kamelen und ihren Treibern in orientalischen Gewändern. Helena musste zweimal hinschauen, es war echter Stoff. Edler Stoff.

„Nehmt Platz“, forderte die Moosbacherin ihre Gäste auf. „Halt Helena, du nicht. Ich zeige dir als künftige Bäuerin gleich die Küche.“

„Ja, gern.“ Helena ging hinter der Bäuerin her. Sie fand, dass sie aussah, als habe sie einen Stock verschluckt, so kerzengerade war ihr Gang. Ihr Haarknoten saß perfekt und streng, und an ihrer Tracht war jede Falte in exakte Bahnen gebügelt. Sie öffnete die Küchentür und klatschte in die Hände, woraufhin die Mägde, wie Helena annahm, vom Tisch aufspritzten und einen unterwürfigen Knicks andeuteten. Ein köstlicher Duft von Rotkraut und Schweinebraten stieg von den Töpfen auf dem Herd empor.

„Los, los raus mit euch. Ich werde die Neue selber einweisen. Ich rufe euch, wenn es Zeit ist zu essen.“ Die Beiden verschwanden wortlos.

„So Mädchen, du trägst die Suppe auf. Zuerst dem Bauern, dann dem Blasius und dann den Gästen. Und verschütt mir nichts. Nichts ist schlimmer als ein ungeschicktes Weibsbild.“

Sie ging mit ihr zurück in die Stube und setzte sich an den Tisch, während Helena die Suppe schöpfte. Doch gerade als Helena sich auch setzten wollte, winkte sie ab.

„Halt, eine gute Gastgeberin nützt die Zeit während die Anderen essen und schneidet das Fleisch. Dann richtest du das Gemüse und die Kartoffeln auf die Platten und servierst die Suppe ab und bringst den Hauptgang. Erst dann kannst du dich setzen. Auf die Suppe kannst du verzichten. Eine Bäuerin, die zu fett ist, sieht faul aus.“

Helena schluckte, doch sie tat wie ihr befohlen, während sie mit ihrer Mutter nur einen kurzen Blick wechselte, der aber alles sagte.

Kaum stand der Braten auf dem Tisch, holte sich Blasius

gleich zwei dicke Scheiben auf seinen Teller und verschlang gierig das Fleisch, ohne Beilagen, und ohne auf die Anderen am Tisch zu warten. An seinem Kinn lief das triefende Fett herunter.

Helena blickte zur peniblen Bäuerin, doch diese belächelte nur die schlechten Tischmanieren ihres Sohnes und schöpfte ihm sogar das Gemüse, das er sonst vermutlich nicht gegessen hätte.

Helena begann, als alle fertig waren, abzuräumen und auch die Bäuerin ging, allerdings mit leeren Händen, in die Küche. Sie klatschte wiederum und drei Mägde tauchten auf. Es waren eine ältere Frau, eine in ihrem Alter und ein etwa zwölfjähriges Mädchen.

„Rufe den Knechten, wir sind fertig, Emma." Dann wandte sie sich an Helena: „Heute werden die Frauen das Geschirr alleine machen. Ansonsten hast du hier die Aufsicht. Komm, es ist an der Zeit die Stallungen zu besichtigen."

Helena sah, wie sich die Dienerschaft gierig über die Essensreste hermachte und in der Küche speiste. Von anderen Höfen mit Gesinde wusste sie, dass die Mahlzeiten immer gemeinsam eingenommen wurden. Doch die Moosbacherin schien ein strenges Herrschaftsregiment zu führen.

In der Stube ließen sich der Moosbacher, Julius und Blasius eine dicke Zigarre munden. Die Stube glich einer einzigen Rauchkammer, so dass Helena husten musste als sie eintrat, woraufhin der Winterhalter in schallendes Gelächter ausbrach. Auf dem Tisch stand außerdem eine Flasche Kirschschnaps.

Helena setzte sich neben ihre Mutter spitz und aufrecht auf die Stuhlkante, denn sie befürchtete, dass der alte Stoff des Trachtenkleides unter der Anspannung reißen könnte. Sie fühlte sich unwohl in ihrer Haut und ständig von der Moosbacherin beobachtet, Leopoldine schien es genauso zu ergehen und so warteten sie bis die Männer, die sich zu amüsieren schienen, was angesichts der Schnapsflasche auch nicht schwer war, aufrafften.

„So, die Herrschaften. Nun kommen wir zum eigentlichen Punkt unserer Einladung. Helena, du sollst alles in Augenschein nehmen, was künftig unter deiner Hand gedeihen soll. Schau dir alles in Ruhe an. Blasius soll dir bei Seite stehen und deine Fragen beantworten. Falls er dir nicht weiterhelfen kann, komm ruhig zu mir."

Er zwinkerte ihr väterlich zu, dann gingen sie, immer noch die dicken Stumpen paffend, zur Tür hinaus.

Sie begannen mit der Inspektion des Kuhstalls, wo der Winterhalter stolz auf jeden gestriegelten Rinderhintern klopfte und angesichts der prallen Euter die Milchleistung seiner Tiere lobte. Die Mägde und Knechte mussten den ganzen Vormittag damit verbracht haben das Vieh so heraus zu putzen, schoss es Helena durch den Kopf.

„Das ist also euer Arbeitsbereich, Blasius", bemerkte Helena eher beiläufig, um das beklemmende Schweigen zu durchbrechen, denn der Moosbacher und Kirner waren schon hinten im Rossstall, während die Frauen noch das Melkgeschirr in Augenschein nahmen. Es war Absicht, dem künftigen Paar etwas Zeit zum Kennenlernen zu geben.

„Nein, wo denkst du hin. Ich bin doch der Bauer. Das ist die Arbeit der Mägde und Knechte." Seine Brust schien noch dikker anzuschwellen.

„Mutter sagt: wenn erst eine tüchtige Jungbäuerin da ist, brauchen wir die Obermagd auch nicht mehr." Helena wurde hellhörig.

„Und was macht dann ein Bauer?" stellte sie sich dumm.

„Der muss schauen, dass alles in Ordnung ist und das Gesinde antreiben, wenn es mal wieder faul herumsteht."

„Und die Geschäftsbücher in Ordnung halten", versuchte sie ihn weiter auszufragen.

„Nein, das macht noch mein Vater."

„Und euere Mutter?"

„Die teilt die Arbeiten ein."

„Ach so. Und ich würde die Stelle der Obermagd bekommen.“

„Ja.“

„Das ist aber eine große Verantwortung.“

„Ja siehst du, und Kinder bekommen natürlich.“ Er grinste schon wieder dämlich, es schien, als habe er die Ironie in Helenas Stimme noch nicht einmal bemerkt. Im Gegenteil, er rieb sich seine wulstigen Hände, als wolle er gleich damit beginnen. Helena schüttelte sich innerlich bei dem Gedanken, dass diese Hände sie einmal berühren sollten.

Da verspürte sie plötzlich, wie eine Rettung aus der peinlichen Situation, ein nur allzu menschliches Bedürfnis und schaute sich um. „Sagt mal Blasius, gibt es hier einen stillen Ort?“ Um seinem erstaunten Blick gleich den Wind aus den Segeln zu nehmen, fügte sie schnell hinzu: „Ich muss mal.“

„Ach so.“

Enttäuscht deutete er nach hinten. „Dort, der Bretterverschlag neben dem Rossstall.“

„Danke.“

Helena eilte den Gang entlang und verschwand hinter der Tür. Endlich war sie aus den Klauen dieses Holzkopfes. Sie schienen sie hier tatsächlich als Ersatz für eine Magd und als Gebärmaschine einsetzen zu wollen, zu was auch sonst. Sie hob ihren Rock, doch ein Geräusch neben ihr ließ sie innehalten.

„Ja, das ist für mein Weib nicht einfach gewesen Julius“, hörte sie plötzlich die Stimme des Bauern neben sich, auf der anderen Seite der Wand. Sie hielt die Luft an, um dem Gespräch lauschen zu können.

„Sie hat mehrere Fehlgeburten hinter sich gehabt, als wir endlich unseren Jungen bekommen haben. Die Geburt war schwer und sie konnte danach keine Kinder mehr kriegen. Er ist ein Einzelkind geblieben. Er war und ist ihr ein und alles, obwohl er manchmal, na ja, etwas mehr Zucht verdient hätte. Er ist furchtbar langsam und unselbständig. Aber eine pfiffige Frau kann das ausgleichen, wenn wir einmal nicht mehr die Hand über ihn halten können. Dein Mädchen macht mir da keinen schlechten Eindruck. Vor allem, und das ist meiner Mathilde am wichtigsten," er schien sich zu Julius vorzubeugen, denn seine Stimme wurde stiller, „sie kann Erben gebären."

„Ja Melchior, sonst würde der Hof vom Kloster an einen anderen Interessenten weiterverpachtet werden und ihr könntet schauen, wo ihr bleibt im Alter."

„Du bist ein verdammt gerissener Hund Kirner."

„Ja, Moosbacher und darum bezahle ich außer dem Brautbett, das ich schreinere, nichts für sie. Euch steht das Wasser am Hals und gib's doch zu, du traust deinem Tölpel nicht einmal zu, dass er einen Nachkommen zeugen kann, darum braucht ihr ein Mädchen, dass diese Vorraussetzung quasi schon erfüllt hat."

„Wenn es mir nicht wirklich wichtig wäre Kirner, ich würde dich für deine Unverschämtheiten vom Hof werfen. Aber es geht mir um das Wohl meines Sohnes."

„Und um deines."

„Das gebe ich auch zu, aber dir steht das Wasser genauso zum Hals, willst du sie in Ehren unterbringen. Also vertragen wir uns wieder. Eine Hand wäscht die andere. Komm ich zeig dir noch die Sauen."

Endlich gingen sie weiter und Helena hätte angesichts dieser Ungeheuerlichkeiten fast vergessen, warum sie sich an diesem Ort befand. Langsam setzte sie sich.

Als sie fertig war, eilte sie um die Ecke des Häuschens und rannte geradewegs in die Arme des wartenden Blasius. Er hielt sie fest und der Glanz in seinen Augen sagte ihr schon zu viel.

„Komm küss mich, wir sind alleine. Es macht nichts, wir werden sowieso bald heiraten."

Er zog sie näher an sich.

Helena hatte das Gefühl der mächtige Leib des jungen Moosbachers erdrücke sie, das enge Trachtenkorsett schnitt ihr zusätzlich die Luft ab. Panik und Hilflosigkeit kamen in ihr hoch. Sie musste plötzlich an den Überfall auf dem Schilling denken und dann ging es mit ihr durch. Sie rang nach Luft, schlug um sich und riss sich los. Hals über Kopf stürzte sie davon und rannte den Gang entlang zwischen den Rindern hindurch, nur um nach draußen, um an die frische Luft zu kommen.

Sie konnte ihn nicht sehen, den frischen Kuhfladen vor ihren Füßen und schon schlitterte sie der Länge nach zu Boden. Ein Schrei durchschnitt das Halbdunkel des Stalles, die Rinder erschraken und begannen zu muhen und an den Ketten zu reißen, an denen sie angebunden waren. Ein Tier schlug vor Schreck aus und traf Helena, die bereits am Boden lag, in die Seite.

Helena wurde für einen Moment schwarz vor Augen, dann spürte sie ein gewaltiges Ziehen im Unterleib, sie krümmte sich vor Schmerzen.

„Mutter! Mutter! Mein Kind!“

*

Die jungen Burschen des Dorfes, die der Weihnachtsfeierlichkeit zu Hause überdrüssig waren, suchten Gleichgesinnte im Gasthaus zur Tanne, wie die Jockelescheuer von Markus allgemein hieß.

Es war schon seit jeher ein ungeschriebenes Gesetz, dass man sich zwischen Weihnachten, Neujahr und Dreikönig zum Kartenspiel traf. Die Uhrenhändler waren im Land, die Feldarbeiten der Bauern ruhten, eine ideale Zeit, um Kontakte zu pflegen und Neuigkeiten zu diskutieren.

Auch Antonius, Balthasar und Kaspar, ihr Nachbar vom Kirnerhof, ebenfalls einem Erbpachthof des Klosters, der aber keine verwandtschaftlichen Beziehungen zu Julius Kirner hatte, auch wenn es Namensvettern waren, was im Schwarzwald öfter vorkam, zog es an diesem Abend zu Markus.

Sie betraten den rauchgeschwängerten Gastraum, in dem es schon recht laut herging.

Mathäus Meier vom Meierhof in Friedenweiler, die Gebrüder Jakob und Fidelis Faller vom Schafhof in Klein-Eisenbach, Balduin Saier, Uhrenmacher aus Neustadt und Georg Krämer, Knecht auf dem Jockelehof in Rudenberg saßen schon bei einem Spiel.

„Ach, Antonius mein Uhrenknecht und sein Bruder Balthasar, Kaspar kommt setzt euch." Fidelis zog noch ein paar Stühle ran und Jakob mischte die Karten neu.

Auch Markus rückte einen Stuhl heran: „Na ihr Händler, lange nicht gesehen. Was machen die Geschäfte?"

„Im Moment ruhen sie. Das heißt, wir lassen produzieren. Nicht war Junge?" Fidelis klopfte seinem Lehrling auf die Schultern, er hatte genug Zulieferer, die ihm die Ware fertigten, die sie dann für sie verkauften. Früher war es so, dass die Uhrenmacher mit der eigenen Ware, die sie meist im Winter fertigten, auch auf Handel gingen. Doch inzwischen übernahmen diese Aufgaben die Händlerkompanien, was nicht bedeutete, dass ein Händler sich nicht mit der Herstellung und Reparatur auskennen musste, das war Voraussetzung und deshalb verbrachte auch Antonius im Winter viel Zeit bei den Uhrenmachern in ihren Werkstätten.

„Ja, Meister. Habt ihr schon einen Plan, wann wir wieder auf Tour gehen?"

„Na, mal sehen was die politische Lage noch bringt, aber ich schätze nicht vor Juni. Ich will die Schneeschmelze in den Alpen abwarten. Wir haben keine Eile nötig, das Marktrecht von Florenz ist uns sicher. Dafür haben wir den vergangenen Sommer ja schon gesorgt. Aber warum fragst du, hast es schon wieder eilig wegzukommen?"

„Nein, im Gegenteil. Es gibt auch hier noch Dinge zu regeln."

„So? Was für Dinge sind das?"

„Persönliche, Meister."

„Na, dann will ich lieber nicht näher nachfragen." Auch Fidelis war das Gerücht um die Entstehung der unglücklichen Schwangerschaft der jungen Kirnerin schon zu Ohren gekommen. „Hauptsache, du bist wieder dabei, sonst müsste ich mich nach einem neuen Knecht umschauen."

„Das braucht ihr nicht Meister. Ich bin auf alle Fälle wieder dabei."

„Gut," er wandte seine Aufmerksamkeit wieder dem Stuhlnachbarn und Bruder zu, „Jakob du gibst!"

Im Nu war ein heißes Spiel im Gange, die Konzentration der Männer lag einzig auf seinem Verlauf. Doch letztendlich konnte Fidelis das Blatt wenden und die Entscheidung zu seinen Gunsten verbuchen.

„Glück im Spiel, Pech in der Liebe, was Fidelis?" grinste Balduin. „Habt ihr in Italien das Hexen gelernt. So schnell wie du ausgespielt hast, habe ich noch nicht einmal meine Karten durchgesehen."

„Tja, die Lahmen bestraft das Leben. Wenn wir nicht auf Zack wären, kämen wir nicht mit einem Beutel voll Geld heim. Was Antonius?" Es stieß seinen Spielnachbarn zur Linken an.

„Ihr sagt es. Man muss immer schneller sein als die Anderen. Was das Pech in der Liebe anbelangt, habe ich aber bei meinem Meister keine Bedenken."

Jakob blickte seinen Bruder Fidelis skeptisch an.

„Was soll das heißen Bruderherz? Du wirst doch nicht wieder irgendwelche Sperenzien anfangen, wenn du weg bist!"

„Ich habe eine Frau und fünf Kinder und das, obwohl ich manchmal das halbe Jahr weg bin. Das soll mir erst einmal einer nachmachen. Nichtwahr Antonius? In deinem Alter hatte ich meine Lina schon das erste Mal geschwängert."

„Ja, und dich fast ein Jahr nicht mehr bei ihr blicken lassen", setzte Jakob hinzu. „Sie wusste nicht einmal, wo du dich herumgetrieben hattest."

„Dafür war die Freude beim Wiedersehen um so größer. Neun Monate später war mein zweiter Sohn da."

Fidelis hatte die Lacher auf seiner Seite. Er sonnte sich in seiner Gewitztheit und teilte die Karten neu aus. „So jetzt zeigen wir euch wie wir gelernt haben abzusahnen. Mach deinem Meister keine Schande, Antonius. Sonst zieh ich dir den Kopf das nächste Mal nicht mehr aus der Schlinge, wenn ein Zigeunerpapa mal wieder meint, er müsse dich zu seinem Schwiegersohn machen."

„Was ist das denn für eine Geschichte? Die kenn ich noch nicht." Balthasar stieß seinen Bruder in die Rippen.

„Los erzähl!"

„Da gibt's nicht viel zu erzählen Balthasar." Fidelis grinste ihn verschwörerisch an. „Dein Bruder hatte einfach zu tief ins Glas geschaut. Wir waren schon auf dem Rückweg und wollten Halt machen in einem winzigen Bergdorf. Aber weit und breit waren keine Bewohner mehr zu finden, die Franzosen hatten es in Schutt und Asche gelegt, wie wir später von den Zigeunern erfuhren. Sie lagerten ganz in der Nähe. Sie kamen aus Ungarn und dem Burgenland und haben uns in ihr Lager eingeladen."

„Und besoffen gemacht und ausgeraubt, wie?" meldete sich Georg der Knecht, der bis jetzt nur zugehört hatte.

„Du kennst uns nicht, Georg. Wir haben unser Geld, denn die Uhren waren ja schon alle verkauft, vorher in einer Brandruine vergraben. Man wird vorsichtig, wenn man durch Kriegsgebiete zieht, und die sind nun mal fast überall in Europa. Nein, wir wurden freundlich aufgenommen und haben zusammen gefeiert. Ich habe meinen Schützling irgendwie aus den Augen verloren. Auf alle Fälle ist der Kerl am nächsten Morgen unter den Decken eines Zigeunerweibes aufgewacht. Das war vielleicht ein Aufstand als ihr Vater sich in seiner Ehre gekränkt fühlte, weil sein Töchterchen schon versprochen war. Er bestand doch tatsächlich darauf, dass Antonius sie nun auf der Stelle heiraten müsse."

„Und dann?" wollte Kaspar den Fortgang der Geschichte wissen.

„Ich habe gesagt, dass er mein Schwiegersohn sei und schon drei Kinder habe."

Das Gelächter war groß, die Männer prosteten sich zu, als sei diese Idee so genial gewesen, dass man sie hinterher noch feiern müsste.

„Und genau das werde ich euch nie verzeihen, Meister", meldete sich Antonius zu Wort.

„Ich glaube ich muss die Geschichte ins rechte Licht rücken, Meister. Ich habe das Mädchen nie berührt, zumindest wüsste ich nichts davon, denn ich war so betrunken, dass ich nicht einmal fähig war zu gehen. Ich bin am Feuer eingeschlafen und irgend jemand hat mich zugedeckt. Wie die Kleine unter meine Decke kam, ich weiß es nicht. Bis ich am nächsten Morgen endlich richtig zu mir kam und begriff was mir vorgeworfen wurde, hatte der da," und er deutete auf Fidelis „mich schon als Schwiegersohn verkauft. Plötzlich sind sie alle über mich hergefallen und haben mich verprügelt. Ich konnte zwei Tage lang nicht mehr sitzen."

„Du musst auch erzählen, dass ich dir dann trotzdem das Leben gerettet habe. Sie waren schließlich in der Überzahl."

„Ja, das habt ihr. Aber erst als ich halb tot war."

„Erzähl Fidelis. Wie hast du deinem Burschen das Leben gerettet?" wollte Markus wissen.

„Ich musste mir erst eine Strategie überlegen." Er lehnte sich zurück und zog an seiner Pfeife, bis er sicher war, dass alle gespannt auf seine Heldentat warteten, dann fuhr er weiter: „Ich habe geschrieen, dass ich gesehen hätte, wie ein ganzes Heer Soldaten die Passstraße hochkommen würde. Sie haben endlich von ihm abgelassen und in der Verwirrung sind wir dann stiften gegangen. Das Geld haben wir später, als das Lager abgebrochen war, wieder geholt."

„Ach, darum hast du so herablassend von den Weibern im Süden gesprochen, kleiner Bruder. Du hast nur die Prügel abgekriegt und vom Rest weißt du nichts. Das tut mir aber Leid." Balthasar verzog seine Miene, als täte es ihm tatsächlich Leid.

„Spar dir dein Mitleid und pass lieber auf. Stich! Das war mein Trumpf, ihr habt verloren." Er warf die Karten auf den Tisch und ein Stöhnen ging durch die Reihe.

„Mensch Balthasar! Du musst doch noch einen Herzbuben gehabt haben!" Balduin gab sein Blatt auch preis. Antonius hatte diese Runde gewonnen.

„Soso, dann geht es den Älplern also auch nicht besser als uns hier mit diesem scheiß Krieg. Die hohen Herren schlagen sich die Köpfe ein und wir können es wieder ausbaden. Wenn ich nur daran denke, wie lange wir wieder unentgeltlich arbeiten und obendrein noch spenden können, bis unsere Kirche in Neustadt wieder aufgebaut ist. Dieser General Moreau hat, als er seinen Rückzug aus Schwaben durch Neustadt führte, nicht nur die Kirche, nein, auch eine ganze Reihe Häuser bis auf die Grundmauern zerstört. Ich weiß nicht was das noch bringen soll. Glaubt ihr etwa die französische Revolution wird sich auf ganz Europa ausbreiten?" Balduin war eher skeptisch.

„Dieser Emporkömmling, dieser General Napoleon, ich sage euch, der hat Blut gerochen. Glaubt mir, wenn der erst das Sagen hat, und der wird sich einen Weg nach oben erkämpfen, ist der ganze Aufstand des Pöbels wieder zunichte. Ein Herrscher löst den anderen ab." Jakob, selber Uhrenhändler, war ebenfalls viel herumgekommen und gut informiert.

„Napoleon? Der hat doch aber auf der Seite der Girondisten den Pariser Royalistenaufstand niedergeschlagen?" gab Kaspar zum Besten.

„Hat er, hat er, sie haben damit auch den Konvent zur neuen Verfassung und Selbstauflösung gezwungen. Aber doch nur, um selber an die Macht zu kommen. Glaub mir, wenn Napoleon erst seinen Italienfeldzug beendet hat, und er gibt alles, wird er schon seine Vormachtsstellung einfordern." Jakob deutete mit seinem Zeigefinger auf Kaspars Brust wie ein Schulmeister, der seinen Schülern das Einmaleins einbläute. „Der greift nach der großen Macht, nicht nur innerhalb Frankreichs."

„Das lässt Österreich und seine Verbündeten nicht zu. Die Kaiserlichen haben die bessere Ausrüstung, denkt doch bloß wie sie die Franzosen geschlagen haben, oben am hohlen Graben. Irgendwann ist Frankreich am Ende“, mischte sich Georg ein.

„Ach, was weißt denn du. Du kommst doch von deinem Misthaufen nicht runter. Ganz Europa wird unter dem Einfluss Napoleons stehen, wart's ab. Glaubt mir, da ist ein gewaltiger Umbruch im Gange. Unseren Bauern stinkt es schon lange zum Himmel, dass sie von den Klöstern ausgenommen werden. Das ist ein fruchtbarer Boden, auf den die Revolutionsidee da fällt. Man muss sie nur unter dem Volk ausbreiten und schon erheben sie die Mistgabeln für einen neuen Herrscher, der ihnen die Sterne verspricht. Wenn da mal nichts zum gären kommt!“ Fidelis winkte ab. „Unser Fürst ist der Erste, der sich die Ländereien der Klöster unter den Nagel reißt, wenn er die Möglichkeit dazu sieht. Denkt an meine Worte.“

„Fragt sich nur, wer dann der bessere Lehnsherr ist, die Klöster oder die Fürsten. Für die Bauern wird's egal sein an wen sie am Ende Abgaben leisten müssen, denn das wollen sie alle. Die Abgaben der arbeitenden Bevölkerung.“

Markus stand auf, denn die Tür ging auf und neue Gäste traten herein. Veith, der Erbe des Schlegelhofes und Sebastian Weber, der Wiesenhofbauer.

„Jetzt müssen wir eine zweite Runde einrichten, sonst reichen die Karten nicht. Markus, hast du noch ein zweites Blatt?“ Kaspar der an der Reihe war zu geben, nahm die ausgeteilten Karten wieder auf.

„Natürlich, ihr spielt doch mit, oder?“ Markus kramte in der Schublade bis ein Schächtelchen mit neuen Cegokarten zwischen seinen Fingern auftauchte.

„Klar, deshalb sind wir ja hier.“ Veith und Sebastian nahmen ebenfalls am großen Tisch Platz.

„Ja, dann kann's ja los gehen.“ Sebastian rieb sich die Hände, er hatte selten Zeit, um zum Kartenspiel in die Gaststube zu gehen. Sein Hof und die Familie, samt seinem kränkelnden Vater, nahmen ihn voll in Anspruch.

„Nehmt euch in Acht. Die Italiener sind heute in Hochform." Kaspar blickte verschwörerisch zu Fidelis und Antonius, dann mischte er neu.

„Das wollen wir doch gleich sehen." Veith griff nach seinem Stapel und ordnete sie nach der Höhe der Augen, um einen Überblick zu haben.

„Ihr wisst ja, Glück im Spiel, Pech in der Liebe. Nicht wahr Antonius?" Veith blickte provozierend zu seinem Gegenüber.

„Das Thema hatten wir schon. Veith du bist zu spät", murmelte Markus, der es gewohnt war, dass Veith gerne jemanden auf die Schippe nahm, um seine überschüssige Energie los zu werden.

„Ach, zu dem Thema ist nie alles gesagt. Ich dachte immer, du hättest ein Auge auf die kleine Kirnerin geworfen. Doch da habe ich mich wohl getäuscht." Veith warf einen herablassenden Blick auf Antonius und zuckte die Schultern.

„Willst du auf etwas Bestimmtes hinaus?" Antonius warf das erste Blatt und tat, als ob es ihn nicht interessierte, dabei brannte er darauf was dieser Kerl schon wieder wusste. Und dass er etwas wusste, das war an seiner überheblichen Art zu erkennen, Antonius kannte ihn zu genau.

„Na, immerhin wurde sie immer runder, nachdem sie mit dir aus dem Wald kam, damals. Aber es waren ja die Franzosen. Nur komisch, dass sie keiner sonst gesehen hatte, die Franzosen, an diesem Tag. Nicht einmal du. Und dabei hast du sie angeblich gerettet."

Er wiegte theatralisch seinen Kopf und tat so als vertiefe auch er sich in das Spiel.

„Spuck schon aus, was bedrückt dich?" Antonius blickte nur kurz auf.

„In der Fremde verliert man vielleicht die Ehrfurcht und den

Glauben. Sonst ginge man an Weihnachten in die Kirche. Denn dort wird nicht nur vom lieben Gott gepredigt."

„Hast du vielleicht eine Moralpredigt gehalten? Da hätte ich ja glatt was verpasst."

Die Runde grölte amüsiert und Veith stieg schon wieder die Röte ins Gesicht, was nichts Gutes zu bedeuten hatte.

„Die wichtigen Dinge geschehen vor dem Kirchentor."

„Jetzt weiß ich es." Antonius seufzte gekünstelt. „Du hattest eine Erscheinung, die dir etwas zugeflüstert hat!"

Veith warf die Karten auf den Tisch und stand auf:

„Hör mal zu, du Klugscheißer. Erst Jungfrauen vögeln und sich dann aus dem Staub machen. Jeder weiß, dass der Kirner sie an deinen blöden Cousin Blasius verscherbeln will. Ich frag mich nur warum? Warum an deinen Cousin. Dass die Schande nicht auf den Herrn Uhrenhändler fällt? Oder aber warst du dem Kirner nicht gut genug? Hä? Was haben eure Alten abgemacht? Zieht dein Vater dich wieder aus der Scheiße. Ich sag's ja, Händlerpack."

„Freund, nimm den Mund nicht zu voll. Hier sitzen noch mehr Händler am Tisch." Auch Fidelis warf seine Karten auf den Tisch und drohte dem jungen Veith mit dem Finger.

Seine mühsam glattgestriegelten Strähnen fielen in sein Gesicht, die Schlagadern an seinem Hals schwollen bedenklich an.

„Antonius halt dich zurück! Du weißt es, er ist auf eine Schlägerei aus!" Balthasar hielt seinen Bruder am Ärmel fest. Die anderen verstummten und stellten ihre Gläser in Sicherheit.

„Ich wüsste nicht was dich die Sache angeht!" schrie nun auch Antonius ungehalten.

„Die Ehre mein Freund, die Ehre müsste es dir wert sein. Soll ich dir noch etwas flüstern? Der Moosbacher hat nicht nur deine Holde mitgenommen nach dem Gottesdienst, nein, er hat heute Nachmittag sogar die Hebamme holen lassen."

„Jetzt mach aber mal einen Punkt. Helena ist noch lange

nicht so weit!" Antonius riss sich von seinem Bruder los und stand auf.

„So, weißt du das so genau? Und warum, glaubst du, ist dann Josepha in den Schlitten eingestiegen? Du glaubst doch nicht, dass die alte Moosbacherin noch eine Hebamme braucht?" Er blickte sich um und nickte mit dem Kopf zum Meier.

„Du hast ihn doch auch gesehen, oder?"

„Ja, das stimmt", gab der Meier zurück.

„Na, was sagt du jetzt, du Frauenheld? Deine Feigheit stinkt zum Himmel."

Antonius warf den Stuhl zur Seite und ging auf Veith zu. Er packte den hitzigen Rotschopf, dessen grüne Augen aus dem sommersprossigen Gesicht funkelten, am Kragen.

Doch dieser hatte schon auf den Angriff gewartet und schleuderte ihm die Rechte in die Magenkuhle. Antonius krümmte sich und ließ seinen Kontrahenten los. Veith nützte die Gelegenheit und verpasste ihm einen heftigen Schlag ins Gesicht. Antonius richtete sich auf und wischte das Blut aus seinem Mundwinkel, dann stürzte er sich auf ihn und schleuderte ihn zu Boden, wo er blindlings auf ihn einhieb. Veith versuchte sein Gesicht zu schützen und hielt die Arme davor. Trotzdem gelang es ihm, seinen Gegner mit Fußtritten zu malträtieren.

Die Umstehenden schoben die Tische zur Seite und feuerten die Hitzköpfe an. Bis Markus dazwischen ging. Er packte die beiden erschöpften Schläger am Kragen und warf sie kurzerhand zur Tür hinaus in den Schnee.

„So, hier könnt ihr eure Köpfe abkühlen. Meine Gaststube wird nicht demoliert."

Er wollte ins Haus zurück, doch die Gäste strömten nach draußen nach und versperrten ihm den Weg. Sie wollten sehen wie es weiter ging, mussten aber erkennen, dass die Beiden am Ende waren. Schließlich schleiften sie die Kontrahenten wieder in die Gaststube.

Antonius riss sich von seinem Bruder los und stolperte an die

Garderobe. Er kramte ein paar Münzen aus der Tasche und warf sie Markus hin, dann zog er seine Joppe über und taumelte hinaus.

„Antonius? Was ist, gehst du heim?" rief Balthasar hinter ihm her.

„Nein!"

Er ging ihm ein Stück nach und hielt ihn am Ärmel, doch dieser riss sich los.

„Lass mich, ich habe noch was zu erledigen."

„Wohin willst du um Gottes Willen?"

„Das geht dich überhaupt nichts an." Ohne sich noch einmal umzuschauen verschwand er wankend in der Dunkelheit. Balthasar überlegte noch, ob er ihm nachlaufen sollte. Doch dann fand er, dass sein Bruder alt genug war, um zu wissen was er tat.

*

Die Dämmerung brach über das stille Hochtal der hohen Ebene in Schwärzenbach und es begann wieder leise zu schneien.

In der Wohnstube des Moosbachhofes lag Helena auf der Ofenbank, sie hielt die Augen geschlossen. Ihre Stirn war schweißnass. Hin und wieder verzog sie ihr Gesicht schmerzhaft.

„Wie lange wird es noch dauern bis der Moosbacher mit der Hebamme da ist?" sie blickte zu Leopoldine auf, die neben ihr saß und immer wieder ihre Stirn mit einem feuchten Lappen abwischte.

„Ich habe Angst, Mutter", setzte sie flüsternd hinzu. Wieder krampfte sie die Hände um den sich verhärtenden Bauch.

„Josepha ist eine gute Hebamme. Sie wird ihr Bestes tun." Leopoldine strich ihrer Tochter wieder über das Haar, das an ihrem Haupt klebte.

Die Moosbacherin ging nervös im Raum auf und ab. Sie zupfte an ihrem guten Spitzentaschentuch und blickte immer wieder besorgt zu Helena. Die Angst stand ihr ins Gesicht geschrieben. Die Angst, die sie selbst zig mal durchlebt hatte. Sollte sich dieser Fluch, der auf den Frauen des Hofes lag, nun auch auf die nächste Generation übertragen? Oder war dieses Mädchen ein schlechtes Ohmen, brachte sie gar Unglück auf den Hof? Vielleicht war es aber auch die Strafe Gottes, weil sie diesen Fluch mit einem Trick umgehen wollte, dem Trick eines fremdgezeugten Kindes, ja, dazu noch einem gottlosen Franzosenbastard.

Ihr kam nach und nach die Erkenntnis, dass sie das Glück nicht kaufen konnte, auch nicht in Form eines geschändeten Mädchens. Sie hatte sich anfangs sogar eingeredet ein gutes Werk zu tun. In Wirklichkeit wollte sie aber ihr Alter hier auf dem Hof sichern, es war selbstsüchtig und nun musste sie dafür bezahlen. Je öfter sie zu dem Mädchen blickte, und das war Helena nämlich noch, ein Mädchen, desto mulmiger wurde ihr. Hatte sie sich dem Teufel verschrieben?

Sie hielt kurz inne und blickte durch die winzigen Fensterscheiben, der Schlitten war noch immer nicht in Sicht, soweit sie in der aufkommenden Dunkelheit erkennen konnte.

Blasius saß stumm und schuldbewusst auf der Eckbank. In ihm nagte der Zweifel, ob er schuld an dieser misslichen Lage war.

Es war eine Sünde sich einem Mädchen vor der Hochzeitsnacht zu nähern. Mutters Worte klangen ihm immer noch in den Ohren. Aber ob ein Kuss auch schon dazugehörte? Von anderen Burschen wusste er, dass sie es auch taten. Sie gaben damit sogar an, in den Gasthäusern.

Wieso zierte sich Helena nur so? Sie sollte doch seine Frau werden und da musste sie ihm doch zu Willen sein. Zumindest hatte sein Vater ihm so etwas zu erklären versucht. Er verstand die Welt nicht mehr.

Er wollte ihr helfen, vorhin im Stall, aber sein Vater stieß ihn nur zur Seite und nannte ihn einen „hirnlosen Trampel“.

Seither würdigte ihn keiner mehr eines Blickes, und er wusste nicht wie er sich verhalten sollte. Er blieb ruhig sitzen und wartete, wartete darauf, was mit Helena geschehen würde. Er wagte nicht zu fragen woher diese Schmerzen rührten, ob es etwas mit dem Kind zu tun hatte, das sie trug?

Mutter konnte er nicht fragen, wenn sie so aussah wie jetzt, dann war es besser ihr aus dem Wege zu gehen, oder sich so ruhig zu verhalten als sei man nicht im Raum.

Sie war kurz davor hysterisch zu werden und dann war sie kaum mehr zu beruhigen. Blasius kannte das.

Julius Kirner hingegen drehte und wendete sein Schnapsglas in den Händen. Es war leer. Melchior, der Moosbacher, hatte ihm vorhin einen eingeschenkt als er leichenblass vor Schreck in die Stube gewankt war. Seine größte Sorge war nun, ob der Moosbacher Helena trotzdem, auch wenn sie das Kind jetzt verlor, nehmen würde. Hoffentlich konnte die Hebamme bestätigen, dass weiteren Geburten nichts im Wege stand. Er wusste um die Angst der Moosbacherin. Auch ihm stand der Schweiß auf der Stirn. Er hielt diese beklemmende Situation kaum aus. Ob er die Moosbacherin noch um einen zweiten Schnaps bitten konnte?

Doch in dem Moment hörten sie das Schlittengeläut und gleich darauf ein langgezogenes „Brrrr".

Die Moosbacherin stürzte zum Fenster.

„Na, endlich!"

Auch Julius sprang auf und lief zur Tür.

Doch sie wichen beide aus Angst oder Ehrfurcht, oder beidem, zurück, als das grimmig dreinschauende Weiblein mit großen und bestimmten Schritten zur Tür hereinstiefelte. Sie hatte, wie immer, ihr Kopftuch soweit in die Stirn gezogen, dass man nicht einmal den geringsten Haaransatz hätte sehen können. In der Hand hielt sie eine Ledertasche. Darin waren alle Utensilien und Kräuter verstaut, die sie für gewöhnlich brauchte.

Sie ging, ohne die anderen überhaupt zu beachten, direkt auf Helena zu.

„Die Schmerzen kommen regelmäßig?“

Helena nickte.

„Blut?“

Helena blickte sie fragend an.

„Hast du Blut verloren?“

„N-nein.“

„Gut.“ Josepha schaute in die fragenden Gesichter reihum. „Na, wie soll ich sie untersuchen, wenn ihr mir dabei zuseht? Los raus mit euch, Mannsbilder!“

Stumm folgten sie ihrer barschen Aufforderung und verschwanden in der Küche.

„Ihr bitte auch, Moosbacherin. Noch ist sie nicht eure Schwiegertochter.“

Sichtlich gekränkt und mit erhobenem Kopf folgte sie den Männern und schlug die Tür hinter sich zu, um aber gleich den Kopf wieder in die Stube zu strecken und ihr zu drohen:

„Eins sage ich euch Josepha, ihr werdet euch hüten das Kind zu töten.“

„Das steht nicht in meiner Macht darüber zu entscheiden.“

„Wer weiß mit welchen Mächten ihr verkehrt. Das ist ein christliches Haus.“

„Ich werde es berücksichtigen.“

Wieder fiel die Tür krachend ins Schloss.

„So, jetzt kannst du reden. Wie ist das passiert?“

„Ich bin ausgerutscht und gestürzt, Josepha.“ Eigentlich wollte Helena diese unheimliche Person nicht mit dem Vornamen ansprechen, doch erst jetzt fiel ihr auf, dass sie keine Ahnung hatte wie sie mit Familiennamen hieß.

„Das ist mir bekannt. Aber was hat dir Angst eingejagt?“

Schon wieder schien diese Alte alles zu wissen. Helena musste an ihre Prophezeiung denken vorigen Sommer und eine Gänsehaut lief ihr den Rücken runter.

„Warum? Wie meint ihr das?“

„Eine Schwangere rennt nicht ohne Grund wie angestochen

und blind durch einen fremden Stall, wenn sie nicht erschreckt wurde, oder eben etwas vorgefallen ist, das ihr eine solche Angst eingejagt hätte. Also?“

Helena schloss die Augen und drehte sich weg.

„Helena, was war los?“ Leopoldine versuchte auf ihre Tochter einzuwirken. Ihr war noch gar nicht der Gedanke gekommen, dass sie sich erschrocken haben könnte.

„Lasst mich in Ruhe!“

„Dann halt nicht. Komm schieb mal deinen Rock hoch, ich muss nach den Herztönen hören.“

Sie hielt ein hölzernes Rohr, eine Art Trichter auf ihren Bauch und horchte von allen Richtungen.

„Hm.“ Sie kniff ihre Augen zusammen und kramte zwei Beutel mit Kräutern aus ihrer Tasche.

„Und?“ Leopoldine blickte sie erwartungsvoll an.

„Es lebt noch, aber die Herztöne sind schwach. Wir müssen schauen, dass die Wehen sich beruhigen. Lege ihr doch ein paar von den Kissen unter den Po, so dass das Kind nicht zusätzlich durch das Gewicht auf den Muttermund drückt und ihn reizt. Nein, nicht ganz so hoch. Es soll auch nicht auf den Magen drücken. Ich gehe raus in die Küche und braue einen Sud, damit sie ruhig und schläfrig wird. Sie braucht ein paar Tage absolute Ruhe. Es haben noch keine Blutungen eingesetzt, vielleicht können wir es halten. Du müsstest etwa im fünften oder schon Anfang sechsten Monat sein, Helena?“

Helena nickte.

„Tja, wenn es abgehen sollte, dann hat es leider noch keine Überlebenschance.“

Sie ging in die Küche und erzählte den fragenden Gesichtern das selbe, wie gerade eben Leopoldine.

„Ich würde gerne die Nacht über bei ihr bleiben. Ihr braucht nichts zu richten, ich mach es mir auf der Eckbank bequem. Könntet ihr mir heißes Wasser geben Moosbacherin? Ich will einen Trank brauen.“

„Einen Trank? Was für einen Trank? Ihr werdet kein Hexengemisch in meiner Küche brauen. Ich dulde diese Teufelspraktiken nicht in diesem Haus." Die Winterhalterin verschränkte energisch ihre Arme und stellte sich ihr in den Weg.

Josepha schüttete den Inhalt der beiden Beutel auf den Küchentisch.

„Seht und riecht selbst. Das eine ist Baldriankraut, es wird sie beruhigen und schläfrig machen. Das andere ist Gänsefingerkraut, es löst Verkrampfungen und das sind Wehen bekanntlich ja. Also, soll ich ihr helfen oder nicht?"

Die Moosbacherin starrte auf die getrockneten Kräuter als ginge ein Zauber von ihnen aus. Sie blickte kurz zur ihrem Manne und als dieser unmerklich nickte, machte sie den Weg zum Herd mit dem dampfenden Wasserkessel frei.

„Ich werde zusehen, keine Hexerei!"

„Keine Hexerei, Moosbacherin. Aber ich kann auch keine Wunder wirken und versprechen, dass sie es behalten kann. Die nächsten Stunden werden entscheidend sein. Nochmals, sie braucht absolute Ruhe. Jede Aufregung kann die Frühgeburt auslösen."

„Gut, gut. Tut etwas. Ihr könnt bleiben."

Sie rieb ihre Hände, bis nur noch das Weiß der Knöchel zu sehen war. Die Angst stand ihr ins Gesicht geschrieben. Aber es war eher die Angst, dass diese unheimliche Kräuterfrau den Teufel ins Spielfeld rufen könne, als die Angst, dass Helena das Kind verlor. Das hatte sie sowieso schon fast abgeschrieben.

Josepha fiel auf, dass sie schnell und kurz atmete. Sie behielt sie im Auge, während sie den Sud aufgoss. Die Hebamme achtete peinlich darauf, dass das Mischungsverhältnis stimmte und die Kräuter nicht zerkochten.

Und schon war es soweit, die Moosbacherin taumelte und schnappte hechelnd nach Luft. Der Moosbacher konnte sie gerade noch rechtzeitig auffangen, bevor sie mit dem Kopf an die Tischkante geschlagen wäre. Sie verdrehte die Augen, ihre Hände verfärbten sich bläulich und die Finger verkrampften sich, sie sahen aus wie ausgestreckte Katzenkrallen.

Die Männer durchfuhr ein Schreck, sie wurden blass und glaubten schon an einen bösen Zauber, den die Hebamme über alle gebracht hätte.

„Schnell, haltet ein Tuch über ihren Mund."

Entsetzt starrte der Moosbacher die kleine, unheimliche Kräuterhexe an und ließ langsam seine Frau zu Boden gleiten. Er ging einen Schritt zurück. Auch Julius, der hinter dem Moosbacher stand, wich an die Wand. Blasius sprang ebenfalls auf und sah entsetzt seine leblos wirkende Mutter am Boden an.

Josepha jedoch riss dem Moosbacher das Tuch vom Hals und drückte es der immer noch hechelnden Frau auf Mund und Nase.

Doch ehe dieser protestieren konnte, erlangte die Moosbacherin das Bewusstsein wieder.

„Was, was ist los?" Die Moosbacherin griff nach der Bank und suchte Halt, um sich aufzurichten. Ihr Mann, er hatte sich etwas gefangen, trat nach vorne und half ihr auf den Stuhl.

„Nichts weiter. Ihr ward nur kurz ohnmächtig. Ihr habt euch in etwas hineingesteigert. Dann kann es passieren, dass ihr zuviel Luft einatmet und das Mischungsverhältnis in der Lunge nicht mehr stimmt. Ich habe euch ein Tuch vor den Mund gehalten, dann könnt ihr zwar die verbrauchte Luft herauslassen, aber nicht mehr genügend frische in eure Lungenflügel pumpen. Solange, bis das Verhältnis wieder stimmt. Ihr ward nicht lange ohnmächtig. Ihr müsst euch nur beruhigen."

Josepha reichte ihr eine Tasse mit Baldriansud. Doch die Moosbacherin schlug sie ihr aus der Hand.

„Lasst mich mit eurem Satanszeug in Ruhe!" Sie sah sich nach ihrem Mann um.

„Melchior! Melchior! Bringt sie raus! Sie ist schuld, sie bringt Unheil auf den Hof! Sie ist des Teufels!"

Der Moosbacher sah die Hebamme verzweifelt an.

„Moosbacher, macht mit eurem hysterischem Weib was ihr

wollt. Aber lasst mich das Mädchen behandeln und schaut dass ihr sie aus meinem Arbeitsfeld haltet. Sie ist im Stande und schreit eine Frühgeburt herbei. Helena braucht Ruhe. Flößt ihr etwas Baldriantee ein und bringt sie ins Bett!“

Sie drehte sich mit ihrer Teeschüssel zur Tür und ließ die verstörten Männer samt der aufgebracht fluchenden Moosbacherin alleine.

Helena trank schlückchenweiße den heißen Tee.

Die Hebamme achtete, unbemerkt von Leopoldine und Helena, auf die Geräusche in der Küche. Als sie jedoch hörte, wie zwei Personen über die quietschenden Stufen in die oberen Kammern gingen, es gab außer in der Wohnstube noch einen zweiten Aufgang im Hausflur, war sie erleichtert.

Eine Zeitlang blieb es still im Raum und Helena schien ruhiger zu werden. Ihr Atem ging regelmäßig, die Hände öffneten sich, sie schlief schließlich ein.

Josepha und Leopoldine unterhielten sich im Flüsterton.

Schließlich meinte Josepha als sie Helena eine Weile beobachtet hatte:

„So, ich glaube, die Wehen haben nachgelassen. Mehr können wir im Moment nicht tun. Du solltest den Moosbacher fragen, ob er euch heimbringen kann. Ich werde auf sie aufpassen. Wenn sich nichts weiter ergibt, lasse ich sie in drei bis vier Tagen nach Hause bringen.“

„Danke, Josepha. Ich weiß, in deinen Händen ist sie in guten Händen.“

*

Es war bereits nach Mitternacht, als der Moosbacher mit seinem Schlitten nun schon das dritte Mal innerhalb weniger Stunden den Weg zur Hochebene fuhr. Die Pferde kannten den Weg und trotteten im Gleichschritt nach Hause. Der Tag war lang und voller Aufregungen, so dass Melchior auf dem Kutscherbock einnickte. Er hielt die Zügel locker in den Händen und schaute nur hin und wieder, eher unbewusst auf, wenn die Tiere eine Kurve zogen. Er sah auch nicht, dass ihm jemand folgte.

Erst als die Pferde abrupt in der Hofeinfahrt stehen blieben, wachte er auf.

Er stieg mit steifen Gliedern vom Kutschbock und spannte die Tiere aus, nachdem er den Schlitten unter dem langgezogenen Dach untergestellt hatte. Dann brachte er die Rösser in den Stall, rieb sie trocken, damit sie sich nicht erkälteten, gab ihnen zu fressen und zu saufen, ging dann endlich noch einmal leise in die Wohnstube.

Helena schlief ruhig und tief auf der Ofenbank, sein Sohn saß am Stubentisch, das Gesicht auf die Arme gelegt und schlief ebenfalls. Josepha hielt noch das Strickzeug in ihren Händen, sie musste jedoch auch kurz eingenickt gewesen sein, denn sie erschrak als sie den Moosbacher sah.

„Und? Alles in Ordnung?“

Josepha nickte.

„Was wollte mein Sohn? Hat er sie nicht aufgeregt?“ flüsterte der Moosbacher und schloss die Tür hinter sich.

„Nein, er hat sich nur nach ihrem Gesundheitszustand erkundigt. Er wusste nicht einmal, dass sie Wehen hatte. Er glaubte sie sein krank und müsse sterben.“

„Oh, dieser Holzkopf. Hat er euch erzählt was vorgefallen ist?“

„Er wollte sie küssen.“

„Und hat sich wohl zu blöd angestellt, was? Ich weiß nicht was aus ihm noch einmal werden soll!“

Der Moosbacher zog die Joppe aus und hing sie an den Haken hinter dem Ofen, dann zog er einen Stuhl heran und setzte sich zur Hebamme.

„Euer Sohn ist kein schlechter Junge. Er war sehr besorgt um Helena, aber er ist nun mal, na, wie soll ich sagen.“

„Blöd. Sagt es nur."

„So würde ich es nicht nennen Moosbacher. Er ist etwas langsamer als die Burschen in seinem Alter. Er ist wohl nie unter Gleichaltrigen gewesen? Ihm fehlen Erfahrungen, die junge Leute nur gemeinsam machen können. Wenn ihr versteht, was ich meine."

„Mein Weib konnte keine anderen Kinder mehr bekommen. Das wisst ihr vielleicht nicht. Wir hatten damals noch die alte Spiegelhalterin als Hebamme. Meine Mathilde hat Blasius gehegt und gepflegt wie einen Goldschatz. Er durfte auch nicht mit den anderen Kindern vom Nachbarhof spielen. Sie hatte immer Angst, es könnte ihm etwas zustoßen. Sie hat ihn zu dem erzogen was er ist. Ein einfältiger Pinsel. Ich hoffe, dass er eine Frau bekommt, die mehr Einfluss auf ihn hat, als es mir je möglich war."

„Und ihr glaubt Helena wäre die Richtige?"

„Habt ihr Zweifel?"

„Vergesst nicht, sie wurde geschändet. Sie braucht einen sehr einfühlsamen Menschen, dem sie vertrauen kann. Sie war überfordert mit der Situation heute Mittag im Stall."

„So habe ich das noch gar nicht betrachtet. Aber ich werde versuchen mit meinem Sohn zu sprechen."

Er schaute schweigend eine Weile abwechselnd auf Helena und Blasius, die beide friedlich schliefen, dann stand er auf.

„Mein Weib? Schläft sie noch? Hat sie sich noch mal gemeldet?"

„Ich habe sie nicht mehr gesehen. Die Aufregung war wohl zu viel für sie. Morgen sieht die Welt wieder anders aus."

„Braucht ihr noch etwas? Eine Decke vielleicht? Dort hinten neben dem Ofen sind noch welche. Ich gehe dann auch zu Bett."

Er ging um den Tisch und schüttelte seinen Sohn: „Blasius? Blasius! Komm wach auf, geh ins Bett. Helena geht es wieder besser."

„Was? Ach ja. Ich komm ja schon."

Doch als Blasius aufstand, hielten alle drei plötzlich inne. Sie glaubten etwas gehört zu haben. Es kam von draußen.

Im selben Moment schlug der Hund an. Melchior sah auf die Uhr an der Wand, sie zeigte auf halb eins. Um diese Zeit konnte unmöglich ein rechtschaffener Mensch etwas wollen. Doch ehe er reagieren und dic Tür verriegeln konnte, hörten sie schon Schritte im Hausflur.

Kurz darauf wurde die Stubentüre aufgerissen und herein platzte ein schneebedeckter junger Bursche. Seine Joppe stand trotz der Kälte offen und darunter kam ein zerrissenes und verblutetes Hemd zum Vorschein. Sein Gesicht und der rechte Ärmel waren ebenfalls blutverschmiert. Seine schwarzen Locken hingen, nass vom Schnee, in Strähnen herunter. Ein Auge war fast zugeschwollen und blutunterlaufen. Die Lippe aufgeplatzt, eine Kruste hatte sich bereits gebildet.

„Moosbacher, ich fordere meine Braut zurück!“ schrie er.

Helena wachte auf und sah voller Entsetzen in das Gesicht des wilden Kerls. Sie musste zweimal schauen ehe sie Antonius erkannte. Sein Aussehen ließ sie erschaudern, die Farbe wich aus ihrem Gesicht.

Sie richtete sich langsam auf und ging mit wackeligen Beinen auf ihn zu:

„Mein Gott Antonius, was ist geschehen? Wer hat dich so zugerichtet?“

„Helena.“ Er schloss sie in die Arme und drückte sie an sich.

„Helena, ich liebe dich und werde nie zulassen, dass dich nochmals ein anderer anfasst und schon gar nicht der da.“ Dabei nickte er auf den verständnislos glotzenden Blasius.

„Der junge Andres.“

Der Moosbacher schien, nachdem er sich gefasst hatte, die Situation richtig zu deuten.

„Ja, Herrgottdonnerwetter noch mal, was hast du hier zu suchen und dazu in diesem Aufzug, mitten in der Nacht?“

Sein Gesicht lief puderrot an und er kam drohend auf die

Beiden zu. Er musste seinen mühsam erlangten Besitz seines Sohnes verteidigen, denn dieser hatte noch immer nicht kapiert was hier lief. Der Moosbacher schnappte den Burschen am Kragen und schüttelte ihn.

„Wie, um alles in der Welt kommst du dazu die Braut meines Sohnes zu verlangen? Du warst im Wirtshaus, ich riech es bis hierher. Selbst wenn du ein Auge auf sie geworfen haben solltest, du hast keinerlei Rechte! Also verschwinde und mache hier mitten in der Nacht keinen Aufstand, wenn dein Vater davon erfährt, der schlägt dich windelweich. Geh und schlaf deinen Rausch aus, sonst hetze ich den Hund auf dich."

Mit einem Ruck riss Antonius sich vom Moosbacher los und stellte sich vor die entgeistert schauende Helena. Ganz ruhig und sachlich sagte er: „Ich bin nicht betrunken, Onkel Melchior. Ich bin gekommen, um meine rechtmäßigen Ansprüche auf Helena anzumelden."

„Deine rechtmäßigen Ansprüche?" Hohn lag in seinem künstlichen Lachen.

„Die musst du mir erst einmal zeigen, mein Junge. Deine rechtmäßigen Ansprüche, auf die bin ich gespannt."

Antonius nahm die Hand Helenas: „Ich bin der leibliche Vater ihres Kindes."

Helena stieß einen langgezogenen Schrei aus, griff zuerst in die Luft, dann an ihren Bauch, krümmte sich und stürzte schließlich zu Boden.

*

„Raus mit euch verfluchten Mannsbildern!" schrie Josepha und rollte drohend ihre Ärmel hoch. Der Moosbacher zog Blasius am Arm und riss ihn mit sich.

„Bringt mir heißes Wasser und Tücher!“ rief sie ihnen in einem barschen Befehlston hinterher.

„Und du? Bist du kein Mannsbild?“ Wütend blickte sie auf den entschlossen schauenden Antonius, der sich keinen Zentimeter von Helena weg bewegte.

„Ich bleibe. Keine Macht der Welt wird mich hier wegbringen.“

Josepha war für einen Moment irritiert. Noch nie in ihrer zwanzigjährigen Laufbahn ist ihr ein Mann untergekommen, der freiwillig bei einer Geburt geblieben wäre. Sie wog kurz das Für und Wider ab. Die Zeit war knapp, die Wehen kamen in sehr kurzen Abständen und waren sehr heftig.

Sie hatte nichts mehr zu verlieren, denn das Kind würde sowieso nicht überleben. Vermutlich hätten die Männer sich in der Küche noch die Schädel eingeschlagen, wenn sie ihn mit aller Gewalt hinausgeworfen hätte.

„Gut.“ sagte sie kurz. „Dann mach dich nützlich. Hol ihr ein Kissen unter den Nacken und eines in den Rücken.“

Dann kniete sie sich auf den Boden und tastete Helenas Leib ab, während diese vor Angst und Schmerzen schrie.

Der Moosbacher öffnete kurz die Tür und stellte eine Schüssel mit dampfendem Wasser und einem Leinentuch ab und verschwand sofort wieder, als sei der Leibhaftige hinter ihm her.

Josepha wusch sich die Hände, hob Helenas Rock kurz an und tastete sich vorsichtig vor.

„Gut, der Muttermund ist schon weit geöffnet, wenn du das Gefühl bekommst zu drücken, dann press mit aller Kraft nach unten!“

„Nein, nein! Es ist doch noch zu früh!“

„Das nützt jetzt nichts mehr, Kind! Ich kann es nicht mehr halten. Der Herrgott wird sich seiner annehmen. Bedank dich bei den Herrschaften.“

Ein strafender Blick traf Antonius, der an ihrem Kopfende am Boden kauerte. Er hielt ihrem Blick stand, sagte aber nichts mehr. Er hatte schon genug Unglück angerichtet. Helena krallte ihre Fingernägel in das Fleisch von Antonius Unterarm und schrie wieder auf.

„Tief Luft holen, und jetzt pressen! Ja gut so und gleich noch mal!“

Nach weiteren zwei Presswehen schob sich ein blonder Flaum zwischen ihren Beinen durch.

„Ja, gleich hast du es geschafft, komm noch mal Helena!“

Helena schloss die Augen, stieß während der nächsten Presswehe nochmals einen Schrei aus und dann war das Köpfchen geboren.

„Ja wunderbar, Kind, komm, das Schlimmste ist geschafft. Nur noch einmal!“

Mit einem Schwall und ohne größerer Anstrengung glitt der Rest des Körpers auf das Leinentuch am Boden.

Josepha hob den winzigen, schrumpeligen Körper auf. Sein Gesichtchen war noch behaart und wirkte greisenhaft, der kleine Leib mit einer dichten gelblichen Käseschicht überzogen.

„Hier, nimm sie auf deine Brust.“

Helena strich vorsichtig über das feuchte Köpfchen. Der kleine Körper zuckte noch ein paar mal unregelmäßig, dann erschlaffte er.

Josepha klemmte die Nabelschnur ab, wartete noch einige Augenblicke, dann deckte sie das tote Neugeborene, das eine blaugraue Farbe annahm, mit dem Leinentuch zu und hob es vorsichtig hoch. Sie reichte das Bündel Antonius.

„Es ist tot, nicht wahr?“ fragte Helena mit tränenerstickter Stimme. Antonius nickte.

Helena drehte ihr Gesicht zur Seite und begann hemmungslos ins Kissen zu schluchzen, das ganze Geschehen des Tages brach nun aus ihr heraus. Es war, als wenn die Woge nun endgültig über ihrem Kopf zusammengeschwappt wäre. Tausend Eindrücke kreisten wie wildgewordene Bilder um sie, ihr gelang es nicht, auch nur einen klaren Gedanken zu fassen.

Josepha versorgte schweigend Helena und wickelte die Nachgeburt ebenfalls in ein Tuch.

Sie stand auf, um diese ebenfalls Antonius zu reichen.

Erst jetzt sah sie, wie die Moosbacherin, einem Geist gleich, denn sie war leichenblass, im Nachthemd in der Kammertür stand. Als sie bemerkte, dass Josepha sie entdeckt hatte, schlug sie das Kreuzzeichen und spritzte Weihwasser aus dem Gefäß an der Stubentüre gegen die Hebamme.

„Satan weiche, Satan weiche!" rief sie erst leise, dann immer lauter.

„Ihr habt das Kind getötet! Ihr habt eurem Hexenkult hier auf dem Hof gefrönt. Unglück wird über uns kommen. Melchior! Melchior!"

Wie vom Blitz gerührt kam dieser von der Küche in die Stube gerannt als er die Stimme seiner Frau vernahm.

„Mathilde, was um Himmelswillen machst du da?"

Die Moosbacherin hatte das Kreuz von der Wand genommen und kam langsam, das Kreuz als Schutzschild gegen die Hebamme haltend, auf ihren Mann zu.

„Melchior, spannt ein. Bringt dieses Weib samt dem Mädchen weg von hier."

Plötzlich entdeckte sie Antonius, der in der dunklen Ecke des Raumes mit dem toten Kind in den Armen stand. Ihn hatte sie bis jetzt noch nicht vernommen. Um so größer war ihr Schrekken.

Sie stieß einen schrillen Schrei aus als sie in die blutunterlaufenen geschwollenen Augen des Fremden blickte. Sein Anblick ließ ihr das Blut in den Adern gefrieren.

„Er ist schon hier, Melchior! Der Leibhaftige! Er hält das Kind in seinen Armen! Seht doch! Sie hat es ihm vermacht!" Sie steigerte sich in ihre Hysterie, bis sie schließlich zusammenbrach und einen Weinkrampf erlitt.

Josepha zog ein Fläschchen aus der Tasche und träufelte der krampfenden Frau die Flüssigkeit in den Mund. Nach einigen

Minuten, die ihr wie Stunden vorkamen, schien sie sich zu beruhigen. Aber sie redete wirres, unverständliches Zeug vor sich her.

„Eure Frau wird noch eine Zeit lang benebelt sein. Ich habe ihr ein stark berauschendes Mittel gegeben. Sie wird sich nachher an nichts mehr erinnern können."

Der Moosbacher fuhr sich nervös einige Male mit der Hand über sein schweißnasses Gesicht. Auch er traute der Hebamme nicht mehr über den Weg, die Angst war in seinem Gesicht abzulesen.

Blasius stand wie immer still daneben und verfolgte das Geschehen, ohne alles richtig einordnen zu können.

„Genug, genug! Ich habe genug. Weg mit euch allen. Ich will nichts mehr von der Sache wissen. Blasius, wir finden eine andere Frau. Mathilde hat recht, es bringt Unglück. Wir waren geblendet von der Vorstellung ein Kind zu bekommen. Aber wir sind zu weit gegangen. Wir haben uns an fremdem Eigentum vergriffen. Antonius, es tut mir Leid. Ich habe das nicht gewusst. Es hieß, es waren die Franzosen. Wir wollten das Gute mit dem Nützlichen verbinden. Aber wir haben uns mit finsteren Mächten eingelassen. Das kann nicht gut gehen." Er wandte sich an seinen verdatterten Sohn, der wie immer darauf wartete bis man ihm alles erklärte.

„Junge, das tut mir Leid. Gleich morgen werden wir zum Kirner gehen und die Sache klar stellen." Seine Stimme wurde lauter, so, als würde ihm erst jetzt richtig klar, dass der Kirner ihn offensichtlich betrogen hatte.

„Ich lasse mich doch nicht für blöd verkaufen. Der soll mich kennen lernen! Lässt mich, den Moosbacher, ins offene Messer rennen. Dieser miese kleine Säufer war nur auf eine gute Partie aus, aber diese Schande tut er mir nicht an. Mir nicht! Dieser, dieser Seelenverkäufer!"

Er blickte, noch immer zitternd vor Angst, in die Runde.

„Kann ich Helena nach Hause bringen?" fragte er Josepha, nachdem er sich etwas beruhigt hatte.

„Warum Vater, wird sie jetzt nicht meine Braut?“ Blasius ging die ganze Sache zu schnell.

„Nein, du Idiot! Siehst du denn nicht was hier passiert ist?“ schrie er ihn ungehalten an.

Blasius gab keine Antwort. Vater hatte für ihn entschieden, das musste genügen.

Josepha dachte an Julius und erahnte seine Reaktion.

„Es ist spät in der Nacht“, ging sie auf seine Frage ein. „Packt sie warm ein und bringt uns alle zu mir nach Klein-Eisenbach. Dann sehen wir weiter.“

Melchior verschwand im Rossstall, froh diesem Auflauf entkommen zu können.

*

„So. Sie ist jetzt endlich eingeschlafen.“ Josepha fuhr sich über das Gesicht, warf einen Blick aus dem Stubenfenster ihrer Hebammenbehausung und sah, dass im Osten der Horizont schon heller wurde. Hier konnte sie endlich in Ruhe agieren, wie sie es für richtig hielt und hier hatte sie endlich die zwei jungen Leute für sich allein, denn sie wollte mehr wissen über diese Tragödie, die noch ihre Kreise ziehen würde, dessen war sie sich sicher.

„Nun zu dir.“ Sie blickte Antonius scharf an.

„Was, um alles in der Welt, hast du dir dabei gedacht? Platzest mitten in der Nacht in eine fremde Stube ein, forderst deine Braut, löst damit eine Frühgeburt aus, stellst den Kirner und seine Frau als Heiratsschwindler hin und blamierst den Moosbacher bis auf die Knochen. Die Leute werden in fünfzig Jahren noch über ihn lachen. Außerdem hast du Helena die Zukunft verbaut. Sag mal, bist du noch ganz bei Trost? Kannst du das alles verantworten? Was glaubst du wie der Kirner reagiert, wenn er erfährt was heute Nacht geschehen ist? Ich kann Helena nicht unter seine Augen treten lassen. Er schlägt sie tot, wenn er mitbekommt, dass du der Vater bist. Stimmt das überhaupt?"

„Das ist doch nun egal. Es war die einzige Chance sie vor diesem Kerl zu retten und nur das zählt. Lasst sie doch spinnen, die Alten, sie werden sich irgendwann wieder beruhigen."

„Ach ja, so einfach ist das. Was soll nun aus euch werden? Du ziehst wieder in die Welt und das Mädchen kann sehen wie sie mit dieser Schmach leben soll?"

„Nein, natürlich nicht. Ich werde zu ihr stehen. Wir werden heiraten."

„Gegen den Willen der Väter. Sie ist zu jung und du kannst ihr nichts bieten. Also wie soll das gehen?"

„Ich werde einen Weg finden. Glaubt mir. Und wenn ich sie zur Überbrückung irgendwo unterbringen muss. Ich habe viele Beziehungen. Ich werde mich dafür einsetzen. Die Erkenntnis war hart und schmerzhaft, aber sie hat mir die Augen geöffnet und gezeigt, dass man für sein Glück kämpfen muss."

Josepha konnte nicht anders, sie empfand Respekt vor dem jungen Burschen und bewunderte seinen Mut. Dennoch war ihr mulmig wenn sie an die Folgen dachte. Aber die Situation war nun mal nicht zu ändern.

„Du hast dich geprügelt, stimmt's?" ging sie schließlich auf seine Verletzung ein. „Ging es um Helena?"

„Ich sagte schon, es war nötig."

„Es ist traurig, dass Männer ihre Angelegenheiten immer nur mit den Fäusten regeln können. Aber es scheint zu wirken, also sei's drum. Zeig mal dein Auge her."

„Es ist nicht so schlimm. Das wird wieder."

Sie öffnete ihre Tasche, die immer griffbereit in der Ecke auf der Bank stand, und holte ein Fläschchen mit einer Flüssigkeit heraus, in der noch Blüten schwammen. Sie tränkte einen Lappen damit und tupfte ihm das Auge sauber, ebenso die aufgesprungene Lippe.

„Au, ihr tut mir weh. Das Zeug brennt höllisch."

„Wenn ihr das Zeug in den Wirtshäusern schluckt schreit ihr auch nicht, dass es brennt. Also stell dich nicht so an. Es ist nur hochprozentiger Alkohol mit Arnikaauszügen. Hier, halt das Tuch noch eine Weile über die Schwellung. Und dann schau, dass du nach Hause kommst. Ich werde das Kind und die Nachgeburt noch begraben solange es dunkel ist. Wenn mich jemand sieht, werde ich nur wieder der Hexerei angeklagt. Die Moosbacherin wird schon dafür sorgen, dass man mich mit Argusaugen verfolgt. Aber eines sag ich dir Bürschchen," sie tippte Antonius mit einem Lächeln auf die Brust, „dich reite ich dann aber auch mit hinein. Schließlich bist du der Teufel."

„Hört auf mit dem Zeug. Mir wird ganz mulmig. Darüber soll man keine Scherze treiben."

„Ha, da schau dir die Helden an, erst einen riesigen Aufstand provozieren, dann den Schwanz einziehen wenn's brenzlig wird. Wo bleibt dein Mut?"

Antonius wurde nervös, darum versuchte er abzulenken.

„Ich helfe euch das unschuldige Bündel zu beerdigen. Wo soll es hin?"

„Nördlich des Hauses. Leg die Nachgeburt dazu. Du findest im Schuppen einen Spaten."

„Nördlich? Das ist aber kein Hexenzauber?"

„Nein, weiße Magie." Ihre Antwort kam so selbstverständlich, dass es ihm kalt den Rücken hinunter lief.

Antonius verschwand wortlos mit dem Bündel. Er konnte nichts dafür, aber er traute ihr nicht über den Weg. Sie hatte seltsame Rituale und so etwas wie das zweite Gesicht. Sie war einfach unheimlich.

Er beeilte sich das kleine Grab auszuheben und das Neugeborene zu verbuddeln. Ihm war nicht wohl dabei, obwohl er wusste, dass jeder Priester sich weigern würde ein Ungetauftes auf dem Gottesacker zu bestatten.

Die Arbeit erwies sich als nicht so einfach. Erst musste er eine gehörige Schneeschicht wegschaufeln, dann den gefrorenen Boden aufstechen. Es wurde schon hell bis er endlich fertig war.

Wie ein Verbrecher, der seine Beute vergräbt, schaute er sich um, um sich zu vergewissern, dass ihn auch niemand beobachtet hatte. Dann ging er leise ins Haus zurück.

Die Alte saß, das Kopftuch war ihr ins Gesicht gerutscht, auf der Bank und schien zu schlafen. Er wollte sie nicht weiter stören und die Tür wieder schließen.

„Halt,“ rief sie plötzlich, Antonius zuckte zusammen, „du kommst heute wieder und kümmerst dich um deine Braut. Ich werde versuchen Leopoldine, ohne ihren Mann, zu sprechen. Ich will das Mädchen nicht alleine lassen. Komm nach dem Mittagessen.“

„Ja, das hatte ich sowieso vor. Schlaft gut.“

„Danke, du auch“, murmelte sie, und ihre Stimme klang unter dem Kopftuch hervor als sei sie schon wieder weggetreten.

Leopoldine wälzte sich in dieser Nacht unruhig im Bett hin und her. Sie konnte kein Auge zu machen. Julius hingegen schlief tief und fest wie sein lautes Schnarchen verriet. Er glaubte den Handel bereits besiegelt zu haben, doch Leopoldine hatte ein ungutes Gefühl, was ihren Plan anging.

Ihre Gedanken überschlugen sich und drehten sich im Kreis. Hoffentlich schaffte sie es, ihre Tochter noch rechtzeitig in Sicherheit zu bringen, bevor diese unheilvolle Hochzeit stattfinden konnte. Doch Helena musste sich erst erholen, hämmerte es in ihrem Kopf, das bedeutete Zeit, Zeit, die hoffentlich für sie arbeitete und für Helena. Immer wenn sie glaubte sich beruhigen zu können, es konnte nichts mehr schief gehen, stürzten die Sorgen erneut auf sie ein. Nicht nur die Sorge um Helena. Die Nächte waren bissig kalt und sie wusste nicht wo Johann untergekommen war, wenn er überhaupt irgendwo untergekommen war.

Sie stand schließlich auf und ging ans Fenster, denn es schien schon heller zu werden. Die kalte Nachtluft strömte herein als sie es einen Spalt breit öffnete. Der Mond stand tief im Westen, unzählige Sterne glitzerten am Nachthimmel und schienen sich in den Schneekristallen auf den Feldern widerzuspiegeln.

Von weit her hörte sie Hundegebell. Sicher waren wieder streunende Katzen unterwegs. Noch während Leopoldine die stille, weichende Nacht auf sich wirken lassen konnte, schlug auch ihr Hund an. Sie horchte auf und vernahm kurz darauf flotte Schritte im harschen Schnee.

Wer mochte um diese Zeit noch unterwegs sein? Ein Blick rüber zur Jockelescheuer verriet ihr, dass es in der Gaststätte dunkel war. Jetzt sah sie die große Gestalt, die zielstrebig Richtung Neustadt ging. Es war ein Mann, das konnte sie am Gang und der Silhouette der Kleidung erkennen. Einer der letzten Zechgäste konnte es nicht sein, dazu ging er zu aufrecht und sicher. Als er kurz darauf um die Ecke des Schlegelberges bog, vergaß sie ihre Beobachtung auch gleich wieder, denn sie maß ihr keine besondere Bedeutung bei und kroch erneut unter die warme Decke.

Am frühen Vormittag klopfte es an die Haustüre und als Leopoldine öffnete, stand Benedikt, eines der Andresenkinder, vor der Tür. „Grüß Gott Kirnerin. Mein Vater schickt mich, der Kirner solle die Kalbin heute schon holen.“ Leopoldine wunderte sich, war nicht Dreikönig abgemacht? Aber sie konnte sich auch täuschen.

„Grüß dich Benedikt. Setz dich, mein Mann wird dich sicher gleich begleiten, willst du eine heiße Milch? Es ist kalt draußen. Nicht, dass du dich noch erkältest.“

„Ja, gern. Antonius hat sich nämlich auch erkältet. Er hustet fürchterlich und sein Gesicht ist ganz blutig. Er ist erst heute Morgen heim gekommen. Mutter hat getobt und Vater hat ihm sogar eine Ohrfeige verpasst.“

Leopoldine erinnerte sich an ihre Beobachtung in der Frühe.

„Sein Gesicht war blutig? Sag mal Benedikt, weißt du wo Antonius war?“

„Nein, nicht genau. Ich glaube er war bei der Hebamme."

„Bei der Hebamme? Bist du sicher?" Leopoldine war bemüht ihre Aufregung zu verbergen, was, um alles in der Welt, hatte Antonius bei Josepha zu suchen, diese müsste doch auf dem Moosbachhof sein. Oder war er gar...

„Du bist sicher, bei der Hebamme? Oder hat er einen anderen Namen erwähnt?"

Benedikt nahm einen kräftigen Schluck aus der Tasse, so dass sich ein Milchbart auf seiner Oberlippe bildete, dann stellte er die Tasse ab und überlegte: „Er hat über den Blasius geschimpft und über Onkel Melchior. Aber das ist komisch nicht wahr? Was macht mein Bruder bei einer Hebamme?"

„Das wüsste ich auch gerne."

Doch ehe sie sich den Kopf weiter zerbrechen konnte, kam Julius zur Tür herein und starrte auf den Nachbarjungen.

„Bub, was gibt es?"

„Ich wollt euch sagen, dass ihr die Kalbin holen könnt. Vater braucht den Platz im Stall."

„So? Braucht er? Na, mir soll's Recht sein. Ich zieh mich gleich an und komm mit dir mit."

Der Kirner war kaum mit dem Buben weg, und Leopoldine überlegte noch fieberhaft wie sie bei dieser Witterung auf den Moosbachhof gelangen konnte, denn zu Fuß war es sicherlich ein halber Tagesmarsch, als der Pferdeschlitten des Moosbachers hinter dem Haus hielt.

Leopoldine stürzte hinaus und rannte auf den Winterhalter zu, der auf dem Kutschbock saß.

„Was ist passiert Winterhalter? Wo ist Helena?" Leopoldine wusste instinktiv, dass ein Unglück geschehen war, denn auch das Gesicht des Moosbachers war wie versteinert.

„Wo ist euer Mann? Ich habe etwas Wichtiges mit ihm zu bereden."

„Beim Andresenbauer, eine Kalbin holen. Aber sagt doch, was ist mit Helena?"

„Ich habe sie zur Hebamme gebracht, nach Klein-Eisenbach. Sie will sich um sie kümmern bis sie wieder bei Kräften ist."

„Und das Kind? Ich dachte sie braucht erst einmal Ruhe?"

„Ruhe? Sie hat es verloren."

„Was? Oh mein Gott! Wo sagtet ihr ist sie? Bei Josepha zu Hause?"

„Ja Kirnerin, es ist besser so. Auf unserem Hof ist kein Platz für euer Mädchen. Das Unglück ist sonst vorprogrammiert. Besser, ich fahre gleich zum Andresenhof, dann habe ich alle vor mir."

„Was meint ihr mit alle? Es hat doch nicht dieser Antonius etwas damit zu tun. Oder?"

„Doch, ihr sagt es. Ihr wisst also Bescheid?"

„Nein, ich weiß gar nichts. Was hat sich zugetragen? Mein Gott, redet doch."

„Er war da, heute Nacht. Er hat uns, sagen wir mal ‚aufgeklärt'. Und ich kann nur sagen, ich bin beschämt. Zu tiefst beschämt, Kirnerin. Aber das bespreche ich lieber mit den Vätern."

Er nahm die Zügel in die Hand und schnallste den beiden Rössern zu, die sich gleich in Bewegung setzten.

„Beschämt? Wieso beschämt?" rief sie ihm nach, doch er hörte sie nicht mehr, oder wollte sie nicht mehr hören.

„Verdammt!" Leopoldine stampfte auf den Boden auf, dass der Schnee nur so aufstiebte, dann rannte sie ins Haus, um sich einen Wollumhang umzuwerfen und Hannah mit dem Haushalt und den Kleinen zu beauftragen. Sie musste zu Helena und Josepha.

Kurz darauf keuchte Leopoldine den steilen Berg hinauf. Sie nahm nicht den breiten, gebahnten Weg für die Pferdeschlitten, der führte weit um den Schilling herum. Sie zog die steile Abkürzung vor, ein Trampelpfad direkt über den Bergrücken.

Ebenso keuchend und schnaufend kam von der anderen Seite des Berges, aus Klein-Eisenbach nämlich, eine eingemummte Gestalt den Berg hochgerannt. Es war Josepha, die den Schlitten des Moosbachers gesehen und sich daraufhin gleich auf den Weg zu Leopoldine gemacht hatte. Sie wollte sie warnen.

Die Turmuhr der Klosterkirche schlug die Mittagsstunde als sich die beiden Frauen, als seien sie verabredet, kurz hinter der Schillingskapelle auf der Höhe trafen.

Josepha schilderte Leopoldine kurz die Geschehnisse der vergangenen Nacht, dann machten sie sich gemeinsam auf den recht unwegsamen Weg zurück zum Hebammenhaus.

„Wenn Julius das erfährt, dann bringt er sie um. Wir müssen sie in Sicherheit bringen, aber wohin?"

Leopoldines Gedanken überschlugen sich.

„Wir können sie nicht irgendwohin schleppen. Sie ist zu schwach. Wir müssen die Türen verrammeln. Antonius kommt nachher, er wird uns helfen."

„Antonius?"

„Ja, du musst ihm vertrauen. Er ist auf ihrer Seite, er wird sie beschützen."

„Mein Gott, ich weiß nicht, was ich davon halten soll."

„Du hast keine andere Wahl. Du kennst deinen Mann doch am besten."

„Er wird uns alle umbringen."

„Eben, komm beeil dich."

Sie stolperten querfeldein durch das verschneite Dickicht und kamen in der Höhe des Schafhofes aus dem Wald. Fast hatten sie es geschafft, doch da rief eine Frauenstimme hinter ihnen her.

Es war Lina, die Frau des Uhrenhändlers Fidelis, vom Schafhof.

„Josepha! Euch schickt der Himmel! Kommt doch schnell mal herein, meine Jüngste hat schweres Fieber, ich weiß mir nicht mehr zu helfen. Ich glaube sie stirbt mir noch weg", rief sie ihnen aus dem Küchenfenster entgegen.

Josepha und Leopoldine wechselten einen Blick, dann nickte Leopoldine: „Ich warte so lange, das Kind geht vor. So schnell kann Julius gar nicht sein."

Sie betraten die niedrige Wohnstube. Leopoldine setzte sich an den warmen Ofen und sah zu wie die Hebamme das rotglühende Kind untersuchte.

„Sie hustet schrecklich und hat starke Schmerzen auf der Brust. Es sticht sagt sie“, half ihr die Fallerin auf die Sprünge.

Da Josepha kein Hörrohr dabei hatte, legte sie ihr Ohr direkt auf die entblößte Brust des Kindes.

Nach einer Weile wandte sie sich an die verzweifelte Mutter:

„Ich vermute sie hat eine schwere Lungenentzündung. Nur, ich habe meine Tasche leider nicht dabei. Schickt nachher jemanden zu mir. Ich richte eine Teemischung aus Weidenrinde und Lungenkraut. Macht Wadenwickel und schaut, dass ihr das Fieber herunterbekommt. Wenn sie die Spitze erreicht hat, wird das Fieber fallen. Dann müsst ihr schauen, dass sie die nächsten drei Tage warm eingepackt ist und keinen Zug abbekommt damit sie keinen Rückschlag erleidet. Achtet darauf, dass sie abhustet, es wird zwar sehr schmerzhaft sein, aber der Schleim muss raus. Nehmt Spitzwegerichtee dafür, den habt ihr doch, oder?“ Die Fallerin nickte.

„Gut. Gebt etwas Honig dazu und lasst es sie heiß trinken, ebenso wie den anderen Tee, den ich euch mischen werde.“ Josepha stand auf und reichte der Fallerin die Hand. „Ich muss weiter, ich habe es eilig.“

„Dank euch vielmals. Was bin ich euch schuldig?“

„Wenn das Kind gesund wird, wäre mir ein Glas Honig viel wert.“

„Natürlich, ich schaue was ich entbehren kann. Ich schicke später den Buben wegen dem Tee bei euch vorbei. Und nochmals, habt vielen Dank.“

„Keine Ursache, aber ich muss weiter. Komm Leopoldine.“

Sie traten zur Haustür hinaus. Das Wetter hatte sich binnen kürzester Zeit verändert. Die Luft erschien milder und dicke grauen Schneewolken hingen über dem Wald. Sie sahen aus, als ließen sie jeden Moment ihren schweren Inhalt über ihnen fallen.

Als sie auf den Hauptweg nach Klein-Eisenbach kamen, sahen sie frische Schlittenspuren im Schnee.

„Ob das der Moosbacher war?“ Leopoldine deutete auf die Spuren unter ihren Füßen.

„Möglich.“

„Hoffentlich war er alleine, sonst...“ Den Rest sprach Leopoldine lieber nicht aus. Sie beschleunigte statt dessen ihren Schritt und Josepha mit ihr.

Kaum waren sie aus der Senke des Schafhofes und erreichten das Gewann Steinhalde, als der Himmel über ihnen seine Pracht ausschüttete und die beiden Frauen auf dem letzten Teil des Weges in einer weißen Front zu verschlucken schien. Kurz vor dem Häuschen entdeckten sie mehrere frische Fußspuren.

„Er ist da! Ich fühle es“, flüsterte Leopoldine heißer. Ihr war, als blieben ihr die Worte im Halse stecken.

„Antonius wollte vorbeikommen. Vielleicht stammen sie von ihm.“

„Nein, schau doch, es sind mehrere Spuren, hier die unterschiedlichen Profile. Mindestens zwei oder drei verschiedene.“

„Du hast Recht. Hier stimmt was nicht. Komm, aber sei leise.“ Josepha legte den Finger auf ihre Lippen, dann schob sie vorsichtig die Haustür auf. Auf Zehenspitzen schlichen sie in den Flur. Josepha horchte an der Stubentüre.

„Ich höre Antonius und Helena“, flüsterte sie Leopoldine zu und wagte einen Schritt vor, um die Türe zu öffnen.

Erschrocken sprang Antonius vom Boden auf, bereit auf die Ankömmlinge loszuspringen. In seinem Gesicht stand das Entsetzen. Helena kauerte, die Beine angewinkelt und schluchzend in der Ecke der Ofenbank. Ihre Nase blutete. Sie hielt beide Hände um ihren Hals. Die Todesangst sprach aus ihrem Gesicht.

„Ihr seid's. Gott sei Dank.“ Antonius ließ die Arme sinken und trat zur Seite. Da erst sahen die beiden Frauen den leblosen Körper mit dem Gesicht nach unten auf dem Boden liegen. An seinem Hinterkopf klaffte eine fast faustgroße Platzwunde.

Leopoldine stieß einen Schrei aus, denn sie erkannte die Kleidung ihres Mannes.

Sie stammelte: „Was, was, um Himmelswillen ist hier los? Ist er tot? Antonius hast du ihn erschlagen?“ Sie war kreidebleich und die Worte kamen nur ganz leise über ihre Lippen.

„Nein, er lebt noch. Aber der Andere, er ist verschwunden.“ Antonius fuhr sich durch die wirren Locken und schaute zu Helena, die noch immer wie versteinert auf den Boden starrte.

„Der Andere?“ hakte Josepha ein. „Welcher andere?“

„Der Kerl der ihn erschlagen wollte.“

„Was? Wer? Der Moosbacher?“ Leopoldine blickte entgeistert zuerst zu Antonius und dann zu Helena.

„Kind! Was ist hier passiert?“

„Er, er wollte mich umbringen. Er hat mich geschlagen und dann gewürgt bis ich halb bewusstlos war. Plötzlich ist er wie ein nasser Sack auf mich gefallen. Ich habe gesehen wie jemand mit einem Stock wieder zur Tür hinaus ist, in die Küche. Aber ich habe sein Gesicht nicht gesehen. Er hatte einen Schal umgebunden. Plötzlich stand Antonius da und jetzt ihr.“ Wieder schluchzte sie auf, sie schien noch ganz benommen.

Antonius rannte zur Küchentür: „Ich schau nach, ob ich ihn noch erwische.“

Josepha kauerte sich auf den Boden und schaute sich Julius Wunde an, der zu stöhnen begann und wirres Zeug redete.

„Mir scheint er hat eine Gehirnerschütterung.“

Sie stopfte ihm ihren Umhang unter den Kopf und lagerte ihn seitlich, dann holte sie Verbandsmaterial.

Leopoldine setzte sich neben Helena auf die Bank und nahm sie, die am ganzen Leib zitterte, in den Arm.

„Jetzt erzähl noch mal genau, wie es sich zugetragen hat.“

„Das Kind, es ist tot. Antonius ist..“ Sie begann erneut zu schluchzen.

„Das weiß ich bereits. Josepha hat mir alles berichtet. Sag mir was jetzt geschehen ist."

„Josepha hat gesagt sie will zu euch, Mutter. Sie muss mit euch sprechen, ich solle nicht aufstehen, sie will bis Mittag wieder zurück sein und Antonius wolle dann auch kommen."

„Ja, sie hat den Winterhalter gesehen wie er vorbei fuhr und wollte mich vorwarnen, wegen ihm", half ihr Leopoldine. Sie deutete auf Julius, der am Boden lag und vor sich hinjammerte.

„Ich habe geschlafen. Sie hat mir Baldriantee eingeflößt, ich war nur noch müde. Ich habe ihn nicht gehört. Plötzlich stand er in der Stube und hat mich angeschrieen."

„Wer? Wer, stand da?"

„Na, Vater. Julius." Helena putzte ihre Nase am Hemdsärmel ab, ehe sie tränenerstickt weiterfuhr. „Ich sei eine, eine Hure und hätte es wohl schon mit allen getrieben. Wo ich ihn versteckt hätte, meinen Liebhaber. Ob er bei mir unter der Decke sei. Dann hat er mir die Decke weggerissen und mich angeschrieen, er habe versucht mich anständig zu verheiraten. Und ich hätte ihm Schande und ihn zum Gespött der Leute gemacht. Ich hätte es nicht verdient noch länger seine Tochter zu sein."

„Und dann?"

„Habe ich ihm gesagt, er brauche sich keine Sorgen zu machen, ich sei sowieso nicht seine Tochter."

„Du hast was?! Ja, bist du noch ganz bei Trost? Wie kannst du ihm Widerspruch leisten?"

„Ich habe keinen Widerspruch geleistet. Ich habe ihm die Wahrheit gesagt."

„Dann ist er durchgedreht. Das kann ich mir vorstellen."

„Mutter, ich war so wütend. Ich musste ihn schockieren." Sie hielt kurz inne und holte Luft. „Er bekam wieder diesen seltsamen Blick, so, als sei er nicht mehr sich selbst. Wie damals. Ich dachte schon, er bekommt wieder einen Anfall. Ich hatte Angst, Todesangst. Er kam dann stumm auf mich zu, hat mich erst geohrfeigt und dann gewürgt. Bis ich fast besinnungslos war.

Dann, dann ist er plötzlich, wie von Geisterhand zusammengebrochen. Ich wusste nicht warum, was passiert war. Da stand plötzlich einer mit dem Stock im Raum, und als ich ihn angeschaut habe, ist er davongelaufen. Er muss ihm eins übergezogen haben. Aber ich, ich weiß nicht wer es war."

„Bist du dir sicher, dass da noch jemand war?" fragte Leopoldine ungläubig.

„Ja, Mutter absolut. Da war jemand. Ich bin zu Tode erschrokken und habe nur noch geschrieen. Kurz darauf kam Antonius. Und den Rest kennt ihr."

„Und es war nicht vielleicht doch Antonius?,"

„Nein Mutter. Als Antonius kam, ist er verschwunden. Es ging alles so schnell. Ich, ich bin noch ganz durcheinander."

Keuchend und vollständig mit Schnee bedeckt, polterte kurz darauf Antonius in die Stube zurück. In der Hand hielt er einen dicken Ast. Sein Ende war voller Blut.

„Das habe ich hinter dem Stall im Schnee gefunden. Die Stalltür stand sperrangelweit offen. Der Fremde muss durch den Ziegenstall geflohen sein. Ich bin seinen Fußstapfen nachgegangen bis fast auf die Höhe, dort habe ich seine Spur im Dickicht verloren. Es schneit so stark, dass man fast die Hand vor Augen nicht sieht. Es tut mir Leid."

„Es war tatsächlich jemand da, der ihm ans Leben wollte!" murmelte Leopoldine vor sich hin. „Aber wer ist dieser Unbekannte?"

„Antonius, hilf mir." Josepha beugte sich über Julius und riss somit Leopoldine aus ihren Gedanken. „Wir legen ihn rüber in meine Kammer, bis er wieder zu sich kommt. Und zur Sicherheit schieben wir die Truhe vor die Tür. Nicht, dass er uns plötzlich überrascht."

Leopoldine bekreuzigte sich.

*

Franz Schindler übermannte der Schlaf.

Sein Kopf fiel nach vorne auf die Brust, seine Arme rutschten langsam von seinem Schoß und baumelten an der Seite herunter. Er schreckte auf und blickte kurz um sich.

Sie lag noch unverändert da, Kreszentia, ihr Atem ging ruhig. Es war die zweite Nacht in Folge, die er auf dem Stuhl neben seiner Frau verbrachte.

Sie warteten auf den Tod. Und dass dieser unmittelbar bevor stand, wusste er seit gestern. Der Himmel hatte ihm seinen Boten geschickt. In Form eines Raben, der sich am Werkstattfenster niedergelassen und mit dem Schnabel gegen die Scheibe geklopft hatte. Ein sicheres Zeichen.

Für die Länge eines Herzschlages hatte der Vogel ihm stumm in die Augen geschaut, um dann wieder krächzend davon zu fliegen.

Nur wenn der Tod ins Haus kam, wagten sich die Raben so nahe an die Menschen. So erzählten es zumindest die Alten und diese hatten mehr Erfahrung in solchen Dingen.

Wäre nicht der Schwabenhofbauer gewesen, der ihn nach dem Weihnachtsgottesdienst auf die Lieferung der Uhrenkästen angesprochen hätte, wäre er nicht auf die Idee gekommen, den Feiertag zu schänden und in die Werkstatt zu gehen.

Natürlich war er noch nicht dazugekommen alle Kästen zu fertigen, wie auch, es fehlten noch zwei. So bat er Gott um Verzeihung und setzte sich an die Arbeit als Kreszentia schlief.

Doch nach diesem Erlebnis hatte er das Werkzeug wieder hingelegt. Er konnte keine Kästen fertigen, wenn die Stunde des Todes kurz bevor stand.

Kreszentia dämmerte immer noch vor sich hin, seit gestern war sie nicht mehr ansprechbar.

Franz hatte nur am Rande mitbekommen, dass Johann den ganzen gestrigen Tag in der Werkstatt hämmerte, aber er brachte es nicht fertig nachzusehen, was er trieb. Es war ihm auch egal.

Er blickte zum Fenster, der Morgen graute langsam. Franz streckte seine steifen Glieder und stand auf. Sein Kreuz schmerzte.

Noch war es still in der Stube, nur das leise Ticken der Uhr an der Wand war zu hören. Er schaute sie lange an, und verspürte plötzlich das Bedürfnis sie anzuhalten, die Todesstunde hinauszuschieben. Langsam ging er auf sie zu.

Es war eine der ersten Uhren, wie sie vor knapp hundert Jahren hier in Waldau und der Umgebung gefertigt wurden. Sie wurde noch mit einem Feldstein als Gewicht angetrieben. Ein Erbstück seiner Mutter. Er hob den Stein an und augenblicklich verstummte sie. Diese Stille war so ungewohnt und unheimlich, als hätte er die Zeit und den Lauf der Welt angehalten.

Er blickte zu Kreszentia und nannte sich sogleich einen Narren. Er konnte nicht die Zeit und das Schicksal aufhalten, also ließ er den Stein wieder baumeln und gleich darauf setzte das rhythmische Ticken der Uhr wieder ein.

Seine Gedanken schweiften ab, zurück in die Vergangenheit, in die Zeit als er sie kennen lernte.

Es war in einer Silvesternacht, damals vor neun Jahren, beim Tanz in der Schwabenhofscheuer. Sie war mit ihrem Bruder da und sie war noch sehr jung. Gerade mal achtzehn. Er selbst war schon einiges älter, fünfunddreißig, und viel in der Welt herumgekommen, zusammen mit seinem Freund Bastian, dem Sohn aus dem Widiwanderhof. Hauptsächlich England hatten sie in den letzten zehn Jahre bereist mit ihren Uhren.

Wenn er nicht zum Einzelgänger werden wollte, war es an der Zeit eine Frau zu suchen und eine Familie zu gründen. Und so kam es, dass er und sein Freund sich zur Feier im Schwabenhof verabredeten. Er war gleich fasziniert von ihr als sie zum Tor herein kam. Sie haben fast den ganzen Abend zusammen getanzt. Im darauffolgenden Frühjahr war die Hochzeit. Es hatte keine große Mühe gekostet den Schneehofbauern, ihren Vater, zu überzeugen, dass er der Richtige für sie war, auch angesichts ihres Alters nicht. Was zählte, war sein guter Ruf und seine Ersparnisse, die er sich im Laufe der Jahre angehäuft hatte.

Vom Kloster in Friedenweiler, denn der Schneehof gehörte zu Friedenweiler, obwohl ganz Waldau und Umgebung dem Kloster zu St. Peter unterstanden, bekam er die Genehmigung ein Häuschen in der Nähe des Hofes zu errichten und ein Stück Land dazu zu pachten. Mit dem restlichen Geld richtete er sich die Werkstatt ein und spezialisierte sich auf den Bau von Uhrenkästen, die immer mehr in Mode kamen. Sie lebten gut und Kreszentia gebar eine Tochter nach der anderen. Sie wollte ihm unbedingt einen Sohn schenken, sie war schon fast besessen von dem Gedanken einen Nachfolger zu bekommen.

„Lass gut sein, mir sind die Mädchen auch Recht. Ich brauch nicht mit aller Gewalt einen Buben." Hatte er sie immer getröstet, wenn sie wieder ein Mädchen gebar, und es sogar ernst gemeint.

Nun musste sie ihre dicht hintereinander folgenden Schwangerschaften mit dem Leben bezahlen. Denn seit der letzten Geburt kränkelte sie, kam nie mehr ganz zu Kräften.

Auch das Kind war schwächer, weil Kreszentia nicht mehr stillen konnte. Sie war zu sehr abgemagert und ausgemergelt. Dann kam der Husten, über Wochen hinweg wurde er immer schlimmer. Bis sie nur noch ein Skelett war.

Franz warf abermals einen Blick zum Fenster hinaus. Es war ein Tag wie zum Sterben gedacht. Der Nebel hing so dicht über dem Ort, dass er nicht einmal die Kirchturmspitze im Oberdorf sehen konnte. Raureif überzog alles, die Tanne vor dem Haus, die Wäscheleine, selbst der Spaltklotz für das Brennholz war übersäht mit kleinen Nadeln aus Eis.

Die Sonne fand keine Möglichkeit sich durchzudrängen, eher würde es wieder zu schneien anfangen. Das Tageslicht war gedämpft.

Oben in den Kammern rührte sich etwas. Kurz darauf schlichen die vier Mädchen Marie, Luzia, Adelheid und Agnes die Treppen herunter. Sie lärmten nicht wie sonst.

Fragend blickten sie von der schlafenden Mutter zu ihrem Vater, der ihnen zu verstehen gab, dass sie sich weiterhin leise verhalten sollten. Auch Johann kam die Treppe herunter, er hatte den Säugling auf dem Arm: „Franz, ich weiß nicht was ich davon halten soll, aber das Kind kommt mir komisch vor. Sie ist so apathisch und heiß. Sie nimmt auch keine Flasche mehr."

„Ist sie krank?" Er trat näher an das Bündel heran und legte seine Hand auf die kleine Stirn.

„Du hast Recht. Sie fiebert, auch das noch. Johann, geh in den Stall und melk die Ziegen, damit die Kinder ihre Milch bekommen, dann läufst du zum Kaplan. Er soll meiner Frau die letzte Ölung spenden. Ich glaube es ist bald soweit."

Er wandte sich zu Marie, der Ältesten: „Und du meine Große, zieh dich warm an und lauf rüber zum Schneehof und frag, ob Pauline kommen kann. Sag, Albertinchen ist auch krank. Und dann gehst du, am besten zusammen mit Pauline, noch bei Sophie, der Hebamme, im Oberdorf vorbei und sagst, dass deine kleine Schwester Fieber hat und nicht mehr trinkt. Sie soll doch mal vorbeikommen."

Sie nickte und lief los.

Zusammen mit den kleineren Mädchen setzte er sich wieder zu Kreszentia und begann zu beten. Die Kinder spürten den Ernst der Lage, denn ihr Vater war sonst nie so niedergeschlagen, und murmelten ebenfalls das Vaterunser.

Irgendwann, Franz hatte das Gefühl für die Zeit verloren, standen Pauline und Sophie neben ihm.

Er konnte sich nicht erinnern wie sie hereingekommen waren. War er wieder eingenickt oder nur tief in Gedanken? Franz wusste es nicht mehr.

Sophie nahm ihm schweigend den Säugling ab und untersuchte ihn auf dem Stubentisch.

„Das Kind ist vollkommen ausgetrocknet, Schindler. Seit wann trinkt sie nicht mehr?"

Franz schaute zu Johann, er konnte sich nicht erinnern.

„Gestern hat sie schon fast nichts zu sich genommen und heute noch gar nichts", gab dieser zur Antwort, denn er hatte die Aufgabe der Fütterung stillschweigend übernommen als er sah, wie ernst die Lage um die Schindlerin war.

„Gebt ihr der Kleinen Ziegenmilch?"

Der Schindler nickte.

„Abgekocht?"

„Wieso abgekocht?"

„Weil sie zu klein ist für Rohmilch. Sie hat Durchfall davon bekommen." Sie blickte auf die provisorische Milchflasche.

„Und dieser Lappen da, der als Sauger dienen soll. Der stinkt ja schon nach saurer Milch. Den müsstet ihr jedes Mal wechseln, oder zumindest heiß auswaschen. Kein Wunder wenn sie krank wird."

„Tut mir Leid, aber mit solchen Dingen kenne ich mich nicht aus und meine Schwägerin habe ich heimgeschickt wegen der Ansteckung, ihr wisst, sie ist wieder in anderen Umständen."

„Das war auch gut. Trotzdem das Kind ist ziemlich schwach und ohne Muttermilch. Na, ich weiß nicht, ob wir das problemlos hinbekommen." Sie nahm sie mit in die Küche.

„Ich versuch's mit Tee."

Es klopfte an der Tür und der Pfarrer trat ein.

Er drückte dem Schindler stumm die Hand, dann begann er mit dem Ritual.

Da öffnete Kreszentia plötzlich die Augen und streckte die Hand nach ihrem Mann aus.

„Franz."

Sie war kaum zu hören. „Franz. Es ist Zeit, der Herrgott ruft mich. Meine Stunde ist gekommen." Sie schloss wieder die Augen, das Sprechen schien ihr unendlich schwer zu fallen. Franz hielt ihre Hand und strich ihr eine Strähne aus dem Gesicht.

„Kreszentia, du bist das Liebste was ich habe auf der Welt, ich liebe dich und werde dich nie vergessen. Es tut mir so weh, dass ich dir nicht besser helfen kann.“

Tränen liefen über sein Gesicht, als sich ihre spröden Lippen wieder zu Worten formten:

„Franz, es ist der Wille Gottes. Du warst mir immer ein guter Mann, ich könnte mir keinen besseren vorstellen. Die Kinder, sie sind noch so klein. Sorg gut für sie und schick sie nicht zu fremden Leuten. Suche bald eine neue Mutter für unsere Mädchen. Versprich mir das. Hörst du?“

Franz schluchzte nun hemmungslos und nickte, er musste ihren letzten Willen respektieren. Obwohl er sich dagegen wehrte jetzt an eine neue Heirat zu denken.

Sie wandte sich an ihre Kinder, strich jedem über das Gesicht und sagte: „Eure Mutter muss jetzt gehen, der Herrgott wartet auf mich. Bleibt mir immer liebe Mädchen und passt auf euren Vater gut auf. Und vergesst mich nicht, ich habe euch alle lieb.“

Der Priester spendete ihr die letzte Ölung und zündete die Kerze an, die ihr den Weg erhellen sollte, den sie zu gehen hatte. Kreszentia wurde ruhig und entspannt.

Der Pfarrer begann mit dem Rosenkranzgebet und alle fielen mit ein. Sie schloss die Augen, ein schwaches Lächeln umspielte ihren Mund, dann setzte ihre Atmung aus.

*

Die Nacht war bereits hereingebrochen als Julius langsam zu sich kam, doch er sah nichts, nur Dunkelheit war um ihn herum. Er versuchte sich zu erinnern, wo er sein könnte. Aber da war nichts.

Panik erfasste ihn und er wollte aufstehen, doch sein Kopf und sein Rücken schmerzten als habe er keinen heilen Knochen mehr im Leib. So legte er sich wieder vorsichtig zurück. Er tastete seinen Untergrund ab, wo, verdammt noch mal, war er?

Es war eine Strohmatratze auf der er lag. Er spürte einen Druck am Hinterschädel. Jemand hatte seinen Kopf verbunden. Warum? Und wer?

Angestrengt lauschte er, doch es war nichts zu hören. Kein Laut.

Sein Herzschlag erhöhte sich, denn er glaubte etwas zu sehen, aber es war keine Wirklichkeit. Er rutschte wieder in die Bewusstlosigkeit. Aber nicht mehr so tief wie zuvor. Er sah Bilder. Es waren leere Gesichter, ja richtige Fratzen, die um seinen Geist kreisten und ihn auszulachen schienen.

Es waren Personen aus längst vergangenen Zeiten, einer davon, das wusste er, war sein Vater. Er konnte sich an sein Gesicht nicht mehr erinnern, aber seine drohende Stimme kannte er und seinen Hohn, der sein Gelächter begleitete.

Ein kleines Kind, war er das etwa selber?

Eine Frau, ihr Gesicht wurde klarer und deutlicher, seine Mutter. Sie weinte. Warum?

Überall war Blut. Doch er sah nicht woher es kam. Er schrie auf vor Angst und Entsetzen, aber es war nicht er selber, der schrie, es war der kleine Junge. Keiner hörte ihn, sie lachten ihn aus. Das Blut, es klebte überall und schien ihn zu ersticken.

Dann war es wieder still. So plötzlich wie sie gekommen waren, waren sie wieder verschwunden. Julius atmete auf, war es vielleicht doch nur ein schlechter Traum?

Nein, er musste es sich eingestehen, er wusste es, es war kein Traum, es war die Vergangenheit. Dinge, die er immer verdrängt hatte.

Julius zitterte, warum verfolgten sie ihn? Er versuchte wach zu bleiben, denn er hatte Angst ihnen wieder zu begegnen, darum musste er sich orientieren. Seine Augen gewöhnten sich allmählich an die Dunkelheit. An der Wand zeichnete sich ein Fenster ab. Sterne standen am nächtlichen Himmel.

Langsam zog er sich hoch und reichte mit dem Kinn zum Fensterbrett.

Wald, nur Wald und Gestrüpp, Schnee bedeckte alles, war es Winter? Er hatte keine Ahnung.

Der kalte Schweiß brach aus seinen Poren und das Winterbild vor seinen Augen verschwamm wieder. Die Kraft in seinen Armen ließ nach.

Die Kälte kroch in ihm hoch, Hunger, der kleine Junge hatte Hunger und ihm war kalt, unendlich kalt.

Er streckte die Hände nach der Frau aus, die wie seine Mutter aussah, aber sie drehte sich weg und sagte: „Was will der Bengel von mir? Ich kenne ihn nicht."

Dann zogen starke Hände den Jungen weg, er klammerte sich an den Rockzipfel der Frau und schrie:

„Mutter! Mutter!" Aber sie öffnete seine kleinen Fäuste und schupste ihn weg.

Er kauerte unter einem Baum bis ein Händler mit seinem Eselkarren kam. Ein Kranitzer. Dieser lächelte ihn freundlich an, aber hinter seinem Gesicht lachte das Böse. Er hatte Angst, trotzdem ging er mit, denn der Fremde gab ihm Brot.

Sie fuhren tagelang durch dichte Wälder, bis sie in ein Dorf kamen. Es waren eigentlich nur erbärmliche Hütten, genauso erbärmlich wie die Leute, die aus den Hütten krochen. Scheu waren sie. Sie kamen langsam auf ihn zu. Der Kranitzer drehte sich zu ihm um und der Junge erschrak. Der Händler hatte das Gesicht des Leibhaftigen und seine knorrigen Hände zerrten ihn vom Wagen. Ihm brachen die Füße weg. Eine Frau schrie: „Das Kind hat Fieber."

Dann wurde es still.

Julius sah wieder die Sterne in der Fensterluke, er lag auf der Matratze. Seine Sinne wurden wieder klarer. Jemand stand neben ihm und drückte seine Hand auf seinen Brustkorb. Es war Wirklichkeit.

„Kirner, ihr müsst liegen bleiben", hörte er eine Frauenstimme, sie war klar und deutlich. Dann schien sie sich an jemanden anderen zu wenden. „Antonius, er darf nicht aufstehen.“

Antonius? Wer war Antonius? Julius wusste es nicht. Er sackte wieder ins Unterbewusstsein und sein Leben spulte sich weiter vor seinen Augen ab.

Lauter armselige Kinder in Lumpen schlugen auf ihn ein. Er hatte ein Stück Brot, das sie ihm wegnehmen wollten. Ein älteres Mädchen führte das Kommando.

„Werft ihn in die Jauchegrube!“ schrie sie. „Soll er doch verrecken.“

Er glaubte zu ersticken, die Scheiße stand ihm bis an den Hals, er wollte sterben. Doch starke Männerarme zogen ihn wieder heraus. Das Elend ging weiter.

„Findelkind, Waisenkind“, riefen sie ihm hinterher. Er sprach nicht, mit keinem von ihnen. Sie glaubten er sei stumm, aber er wollte nur nicht sprechen. Sie schlugen und traten ihn. Hunger und Kälte waren seine Begleiter.

Bis zu dem Tag als er das Erlebnis mit der Katze hatte. Er graulte sie und sie vertraute ihm, dann packte er sie und quälte sie grundlos. Sie rannte jaulend und verstört davon. Er hatte Macht über das Tier verübt! Jedesmal, wenn sie ihn sah, rannte sie von nun an weg. Sie hatte Respekt vor ihm. Julius hatte gelernt. Man musste sich Respekt verschaffen.

Er versuchte es bei den Kindern.

Es funktionierte, eines nach dem anderen schnappte er sich heimlich und quälte es, bis schließlich alle Angst vor ihm hatten und ihn in Ruhe ließen.

Nur das große Mädchen war stärker als er. Sie blamierte ihn vor allen Anderen, indem sie sein eingenässtes Betttuch vorzeigte. Alle lachten ihn aus. Er versteckte sich vor ihr unter dem Tisch, aber es half nichts. Endlich wurden ihre Gesichter kleiner und ihr Gelächter verhallte nach und nach.

Stille breitete sich aus. Sie waren weg. Julius blickte sich um, er war wieder alleine im Raum. Die Frauenstimme war gegangen, wie lange war er weggetreten?

Er wusste zwar immer noch nicht wo er war, aber er konnte hin und wieder einen klaren Gedanken fassen. Er versuchte sich zu erinnern was vorgefallen war. Aber es war weg, alle Erinnerung war wie weggeblasen. Nur der Druck in seinem Kopf war da und diese unheimliche Schwere. Sie drückte ihn in die Unterlage, immer tiefer. Bis er schließlich wieder einschlief und die Bilder wieder zum Leben erwachten. Er wehrte sich nicht mehr. Er ließ es geschehen.

Er und das Mädchen, sie waren alleine, er hatte sie in einen Hinterhalt gelockt und als er sich sicher war, dass sie niemand hören konnte, sprang er sie an und drückte ihr ohne Vorwarnung die Gurgel zu. Das absolute Glücksgefühl durchströmte ihn als er die Todesangst in ihren wasserblauen Augen sah. Ja, sie hatte wasserblaue Augen. Der Tag der Abrechnung war gekommen. Jahrelanger Frust entlud sich mit einemmal. Er konnte sich endlich von all den Qualen befreien.

Er ließ los, um das Schauspiel länger genießen zu können. Sie sollte bezahlen für all die Jahre, die sie ihn unterdrückt und geschlagen hatte.

Sie hustete und rang nach Luft, doch ehe sie fliehen konnte, warf er sich auf sie und drückte ihr die Klinge seines Messers an den Hals, so dass es blutete. Das Rinnsal lief ihr in den Ausschnitt.

Er schnitt die Bänder durch und verfolgte es. Als das Blut über ihre Brüste lief, verspürte er eine seltsame Erregung. Sein Atem ging stoßweise.

„Du Schwein! Ich werde es allen erzählen!“ schrie sie. Da verlor er die Nerven. Er schlug so lange auf sie ein bis sie still war. Seltsam still.

Er versuchte aufgeregt ihren Puls zu fassen, denn voller Panik erkannte er was er angestellt hatte, doch er fand ihn nicht.

„Mörder!“ schoss es ihm durch den Kopf. Er stand auf und

rannte davon. Nur weg, weit in den Wald hinein, bis er vor Erschöpfung liegen blieb.

Wochen und Monate der Selbstzweifel und Vorwürfe folgten, er zog umher, verwahrloste und schlug sich mit Gelegenheitsarbeiten durch. Er sprach kaum und war eigen, die Leute fürchteten ihn. Er lief tagelang ziellos umher. Bis er den Winterbergbauern traf, der händeringend einen Knecht suchte, weil seiner an einer Blutvergiftung gestorben war. Es war die Gelegenheit endlich Boden unter die Füße zu bekommen.

Er nahm die Arbeit an.

Er beobachtete alle Machenschaften genau, es entging ihm nichts. Nicht die Liebe zwischen dem jungen Andreas und Leopoldine, obwohl er schon so gut wie verlobt war. Nicht das Recht, das sich der Altbauer bei der jungen Magd herausnahm und dann, als dem Bauern die Sache zu heiß wurde, schlug er zu. Er konnte eine große Summe Schweigegeld verlangen, bekam eine Frau, die schwanger zwar, aber jetzt, da ihr Bruder tot war, Erbin des kleinen Anwesens war. Alles schien sich zum Guten zu wenden. Er hatte die Vergangenheit abgeschüttelt und konnte ein neues Leben beginnen. Nur, er hatte nicht damit gerechnet, dass sie sich ihm verweigerte, einen eigenen Willen hatte. Dass sie nach wie vor diesem Andreas nachweinte. Er begann dieses Phantom zu hassen. Er sprach seinen Schwiegervater darauf an. Dieser riet ihm sein Recht zu fordern, notfalls auch mit Gewalt. Er trank sich das erstemal Mut an. Wieder überkam ihn das seltsame Gefühl von Lust und Macht und er wusste, es war rechtens. Ja, es war sein volles Recht. Er konnte sie mit Schlägen gefügig machen. Keine Frau würde ihn jemals mehr zum Narren machen.

„Antonius, ich glaube er kommt bald zu sich. Schau, er bewegt seine Augenlider.“ Josepha hielt die Kerze näher an den Patienten in ihrer Kammer heran.

„Ja, und schaut euch seine Hände an“, deutete Antonius. Julius grub seine Nägel fest in die Matratze, so dass nur noch das Weiße der Knöchel zu sehen war. „Passt auf.“

Sie nahm die Kerze zurück. „Ich glaube, es ist besser, wenn wir ihn alleine lassen. Man kann ihm einfach nicht trauen.“

Sie gingen zur Tür und ließen Julius in seinem halbwachen Zustand alleine.

„Die Kirnerin wollte doch noch mal vorbei kommen, wenn sie die Kinder und das Vieh versorgt hat? Es ist schon spät, glaubt ihr sie hat es sich anders überlegt?“ flüsterte Antonius der Hebamme zu, als sie die Türe hinter sich geschlossen hatten.

Er war den ganzen Tag über im Hebammenhaus geblieben, denn er traute sich seinem Vater noch nicht unter die Augen, außerdem hatte er Angst Helena noch mal alleine zu lassen.

„Nein, normalerweise hält sie was sie sagt. Es wird ihr doch nichts zugestoßen sein?“

„Soll ich ihr entgegen gehen?“

Josepha überlegte einen Moment, doch da klopfte es bereits an die Haustür.

„Das wird sie sein.“ Sie ging hinaus in den Flur und rief: „Leopoldine? Bist du es?“

„Ja!“

Josepha schob die schwere Truhe von der Eingangstüre weg. Zur Sicherheit hatten sie sich verbarrikadiert, der vermeintliche Mörder, wenn es ihn überhaupt gab, denn wer außer Antonius hätte einen Grund gehabt den alten Kirner so zuzurichten, konnte noch in der Nähe sein.

Josepha war sehr skeptisch, so wie sie Antonius gestern erlebt hatte, nicht dass er ihn vorsätzlich hätte töten wollen, nein, aber eine Affekthandlung hätte sie ihm schon zugetraut.

Es musste zu einer heftigen Auseinandersetzung zwischen dem Moosbacher und dem Kirner beim Andresenbauer gekommen sein. Antonius selbst ist, wie er sagte, zur Stalltür hinaus und heimlich abgehauen.

Auf seinem Weg nach Klein-Eisenbach hatte er den Schlitten des Moosbachers bei der Kirnerin beobachtet. Er nahm ebenfalls die Abkürzung, wie die Frauen, doch der Moosbacher musste den aufgebrachten Kirner auf seinem Heimweg im Schlitten mitgenommen haben. Sicherlich hatten sie richtig vermutet, dass Antonius sich zu Helena aufgemacht hatte. Nur so war zu erklären, dass der Kirner noch vor ihm bei Helena war.

Josepha und Leopoldine waren durch ihren Besuch beim Schafhof aufgehalten worden.

Aber wer war dann dieser angebliche Angreifer auf Julius?

Der Moosbacher wohl nicht, er musste ihn schließlich mitgebracht haben. Man konnte es drehen und wenden wie man wollte, der Hauptverdacht fiel immer wieder auf Antonius. Auch Helena wollte ihn nicht erkannt haben. Sie würde andererseits natürlich Antonius decken. Josepha hielt die Sinne offen und beobachtete den jungen Burger mit Argusaugen. Aber bis jetzt hatte sie keinen Anlass gefunden, der ihn hätte verraten können.

„Komm rein, Leopoldine."

„Ist er schon zu sich gekommen?"

„Nein, aber es kann nicht mehr lange dauern. Setz dich. Hast du keine Angst alleine im Dunkeln über den Wald?"

„Das einzige vor was ich Angst habe, ist, wenn der da," sie deutete mit dem Kopf zur Kammertür hinter der ihr Mann lag, „wieder aufwacht."

„Mutter," Helena kam langsam in den Flur geschlichen, weil sie die Stimme ihre Mutter hörte, „ihr habt nicht seine Augen gesehen als er mich würgte. Er ist verrückt."

„Leg dich sofort wieder hin, was suchst du im kalten Flur, wir kommen in die Stube", fuhr Josepha das Mädchen barsch an.

Deutlich waren nun die blauen Würgemale an ihrem Hals zu sehen.

Er konnte wirklich manchmal nicht mehr Herr seiner selbst sein, schoss es Josepha durch den Kopf. Ein kalter Schauer lief ihr den Rücken herunter, denn auch bei Leopoldine hatte sie schon solche Spuren der Gewalt am Körper gesehen, auch wenn sie immer versuchte sie zu verstecken. Er musste wirklich verrückt sein.

Ein lautes Gepolter in der Kammer ließ die drei zusammenzucken.

Antonius nahm die Kerze und sprang zur Kammertür. Er nahm den Stuhl unter der Klinke weg und riss sie auf. Auf dem Boden lag Julius und schaute ihn verwundert an. An seinem Blick konnte Antonius erkennen, dass er noch nicht ganz bei Sinnen war.

„Wer seid ihr?“ fragte der Kirner schließlich.

„Antonius Burger“, antwortete er und nahm die Kerze etwas bei Seite, damit Julius ihn besser sehen konnte.

„Der junge Burger vom Andresen?“

Antonius stockte einen Augenblick.

„Ja, der bin ich. Wisst ihr noch, was geschehen ist?“

„Ich muss aus dem Bett gefallen sein, nur es ist nicht mein Bett. Wo bin ich?“

„Bei der Hebamme.“

Der Kirner streckte Antonius die Hand entgegen: „Hilf mir auf. Ich habe mir den Kopf angeschlagen. Jemand hat ihn schon verbunden. Was sagtet ihr junger Mann, wo ich bin?“

„Bei Josepha der Hebamme. Ihr habt einen Schlag auf den Hinterkopf bekommen.“

„Wer hat mich hierher gebracht?“

„Ihr seid wohl selbst gekommen, denn ich habe euch auf dem Boden gefunden.“

„Das kann nicht sein, was hätte ich hier sollen? Ich war mein Lebtag noch nie bei einer Hebamme.“

Er fasste sich an den Kopfverband und verzog schmerzhaft das Gesicht.

„Hatte ich Streit mit jemanden?“ fragte er schließlich und sah die Hebamme an.

„Das wollten wir von euch wissen, Kirner“, gab sie zurück. Leopoldine und Helena hielten sich im Hintergrund.

„Wer war es?“ Antonius wurde mutiger.

Der Kirner schaute ihn eine Weile abwägend an, dann

brummte er: „Das geht euch nichts an, junger Mann.“ Er setzte sich auf die Bettkante und tastete nach der Zudecke.

„Ihr solltet noch etwas schlafen, Kirner“, pflichtete ihm Antonius bei, als er seine Absicht wieder zu schlafen erkannte. „Morgen sieht die Welt wieder ganz anders aus.“

Er half ihm ins Bett und als dieser gleich darauf zu schnarchen begann, zog er die Tür zu und schob den Stuhl abermals unter die Klinke.

„Er scheint sein Gedächtnis verloren zu haben. Man weiß nie“, flüsterte er den Frauen zu und entschuldigte sich für diese Verbarrikadierung.

„Er ist nicht sich selbst“, flüsterte Leopoldine. „Julius hätte sich nie so höflich benommen.“

„Warte ab, das kann sich schnell wieder ändern.“ Josepha winkte ab und ging in die Stube, wo Helena schon wieder ihren Platz am Ofen eingenommen hatte.

Leopoldine kam nach, doch sie hielt sich am Tisch fest und holte tief Luft, dann erst setzte sie sich.

„Ist dir nicht gut?“ Josepha entging nichts.

„Es geht schon wieder. Es ist wohl etwas viel gewesen die letzten beiden Tage. Ich habe kaum geschlafen.“

Sie blickte abwechselnd zu Helena und dann zu Antonius, schließlich seufzte sie: „So, und nun zu euch. Was ist dran an eurer Geschichte? Ich will nur eines wissen, hast du mich belogen Helena?“

„Nein, Mutter. Ich schwöre euch, ich habe bisher nur die Wahrheit gesagt.“

Antonius sprang auf und ergriff das Wort: „Sagt, Kirnerin, welche Möglichkeit hätte ich sonst gehabt, sie vor meinem Cousin zu schützen. Dass ich damit die Frühgeburt ausgelöst habe, konnte ich nicht ahnen. Es tut mir aufrichtig Leid. Aber ich werde offiziell bei meiner Version bleiben, denn ich liebe eure Tochter.“

Er ging zu Helena und legte seinen Arm um ihre Schulter.

Leopoldine war etwas begriffsstutzig: „Welche Version?“

„Tja, eben dass ich dem Winterhalter gesagt habe, ich sei der Vater.“ Er schaute sie verwundert an.

„Was?“ Leopoldine griff sich zur Brust, es schien als blieb ihr kurz die Luft weg, doch dann fing sie sich gleich wieder und flüsterte: „Davon habe ich ja noch gar nichts gewusst. Ja, stimmt das denn?“ Verwirrt blickte sie zu ihrer Tochter.

„Ich dachte, ihr habt das ganze Theater schon vom Moosbacher brühwarm erzählt bekommen?“ mischte sich Antonius ein, um Helena die Erklärung abzunehmen.

„Keine Silbe hat er gesagt. Jetzt verstehe ich auch, warum Julius...“ Sie sprach nicht weiter, sondern zog ein Taschentuch und tupfte ihre Stirn ab. Schweißperlen standen unter ihrem Kopftuch, das sie noch nicht abgelegt hatte und es deshalb jetzt öffnete.

„Ja und, habt ihr?“ Sie schaute die Beiden wieder an.

„Nein“, sagte Helena bestimmt.

„Wie, um alles in der Welt, kommst du auf solch eine verrückte Idee Antonius? Du bist dir der Folgen gar nicht bewusst. Glaubst du, ich hätte die Hochzeit zugelassen? Hat sie dir unseren Plan nicht verraten?“ Leopoldine hatte ihre Schwäche wieder im Griff.

„Plan?“ Antonius schaute fragend zu Helena.

„Anscheinend nicht,“ beantwortete Leopoldine die Frage selbst, „sie hätte den Blasius so oder so nicht geheiratet. Helena nimmt nach Dreikönig eine Stellung als Hausmädchen in Hinterstraß an. Sie wäre bald heimlich verschwunden gewesen.“

„Was?“ Er blickte zu Helena.

„Ich wollte es dir ja sagen, aber du bist nicht mehr in die Kirche gekommen“, verteidigte sie sich.

„Also, hier habe ich auch ein Wörtchen mitzureden“, mischte sich Josepha plötzlich ins Gespräch.

„Helena wird ihre sechs Wochen Schonfrist als Wöchnerin einhalten und das Bett, beziehungsweise das Haus hüten. Geburt ist schließlich Geburt. Sie bleibt solange bei mir. Danach kann sie ihre Stellung antreten." Ohne auf einen Einwurf der Anderen zu warten stand Josepha auf und sagte:

„So, genug für heute. Mir reicht's, wir sollten schauen, dass wir etwas Schlaf bekommen. Antonius, du begleitest die Kirnerin heim."

„Nein, ich bleibe hier. Was, wenn der Kirner aufwacht und durchdreht? Ihr seid ihm unterlegen. Kommt nicht in Frage. Außerdem könnte der Unbekannte wieder auftauchen."

„Aber Leopoldine.."

„Lass gut sein Josepha. Ich komme alleine über den Berg. Wer sollte jetzt noch unterwegs sein? Er hat Recht. Es muss jemand im Haus bleiben." Leopoldine stand auf: „Wir sollten jetzt wirklich schauen, dass wir ins Bett kommen. Es war zu viel die letzten Tage. Wir brauchen unsere Kräfte sicher noch."

Sie verabschiedete sich und ging in die dunkle Stille hinaus. Sie blieb an der Hausecke stehen und holte erst einmal tief Luft. Josepha hatte Recht, ihr war nicht gut und das hatte nichts mit den letzten unruhigen Tagen zu tun. Sie kannte den wahren Grund.

Langsam setzte sie sich in Bewegung und stapfte bergan durch den Schnee. Sie benutzte ihre eigenen Spuren, die sie im Laufe des Tages in den Schnee getreten hatte, denn die weiße Pracht auf der freien Fläche lag sicher schon hüfthoch. Es hatte aufgehört zu schneien und das Leuchten der Sterne verhieß eine klirrend kalte Nacht.

Kurz bevor sie die Höhe erreicht hatte, glaubte sie plötzlich Schritte hinter sich zu hören. Sie verharrte. Ihr Herz schlug bis an den Hals. Sie lauschte angestrengt. Auch die Schritte verharrten. Sie nahm allen Mut zusammen und drehte sich blitzschnell um.

Stand da nicht jemand neben dem Baum? Nur einen Steinwurf von ihr entfernt?

*

Die Schneestürme der letzten Tage hatten sich gelegt und die Sonne schien, wenn auch erst Anfang Januar, fast frühlingshaft warm. Vor den Fenstern hingen dicke Eiszapfen.

Cäcilia sah ihnen zu, wie sie unablässig tropften und wie sich dabei jedes Mal das Sonnenlicht in den winzigen Wasserperlen verfing. Es war still im Raum.

Elisabeth, die Gattin des Oberjägers Ferdinand, Fürst zu Krähenbach, war in der Küche damit beschäftigt einen Schwarztee zu brauen. Eine kostbare Rarität in diesen Tagen, ein Geschenk des Fürsten zu Fürstenberg. Die Händler aus dem Osten, die diese Handelsgüter für gewöhnlich aus dem fernen Orient auf dem Markt zu Villingen verkauften, blieben wegen der Kriegszüge aus. Nur Wenige versuchten ihr Glück trotzdem, auch wenn das gewöhnliche Volk sich Luxusgüter nicht mehr leisten konnte.

Elisabeth trat ein, sie hielt ein silbernes Tablett mit zwei Teegläsern und einer kostbaren türkischen Teekanne in den Händen. Nur in wirklich guten Häusern hatte Cäcilia solches Geschirr schon gesehen. Es war nicht der Stand eines Oberjägers, der es erlaubt hätte sich mit solchem Geschirr einzudecken. Es war eher die Tatsache, dass Elisabeth einen guten Draht zur Kammerzofe der Frau des Fürsten hatte. Beim näheren Hinsehen konnte man nämlich erkennen, dass der Henkel der Teekanne abgebrochen war. Trotzdem führte Elisabeth sie mit Stolz ihrem Gast vor.

Die Winter waren lang zu Krähenbach und sehr einsam. Zu allen Seiten war dieser Jägersitz mit bis zu drei Stunden Gehzeit durch den Klosterwald von den nächsten Orten entfernt. Im Winter ohne Pferd oder Schlitten nicht machbar, und mit, nur bedingt.

„Und Cäcilia, was haltet ihr von den Gerüchten über die österreichische Kaiserin?“ fuhr sie ihr Gespräch wieder fort, das sie vor Beginn der Teekochzeremonie mit der Äbtissin begonnen hatte.

„Tja, ich weiß nicht. Ich kenne mich mit den Machenschaften am Hof nicht aus“, wich Cäcilia aus. Elisabeth stammte aus gehobenen Verhältnissen, die Tochter eines reichen Kaufmanns, und versuchte mit ihrer Teestunde die Gepflogenheiten der betuchteren Kreise zu imitieren.

Cäcilia hatte in den Wochen der Genesung ihre liebevolle Art und auch die Zeit der Teestunde genossen, doch ihre Unruhe wurde von Tag zu Tag größer. Hier zu Krähenbach war man weit weg von der Außenwelt und auch selten erfuhr man Neuigkeiten.

Gestern jedoch hatte sie Gelegenheit dazu, Friedbert kam von einem seiner Besorgungsritte zurück, und er brachte ihr einen erneuten Brief von Hofrat Fischer.

Cäcilia hatte noch mit niemanden darüber gesprochen, doch sie war sehr beunruhigt über den Inhalt.

„Aber mein Gatte selbst hat diese Information aus Donaueschingen mitgebracht.“, begann Elisabeth wieder. „Was meint ihr dazu?“

„Entschuldigt Elisabeth, aber ich habe euch gar nicht richtig zugehört. Mich beschäftigt seit gestern ein viel dringlicheres Problem“, begann Cäcilia.

Sie schaute in die blauen Augen von Elisabeth und erkannte den Anflug von Enttäuschung, denn was konnte wohl wichtiger sein als das Leben und die Affären am österreichischen Hof?

Doch gleich darauf blitzte in ihren wissbegierigen Augen die Neugierde auf.

„Was gibt es Cäcilia, verheimlicht ihr mir etwa Neuigkeiten?“

„Nein, aber ich musste mir erst selbst darüber im Klaren sein, wie ich und ob ich handeln kann.“

„Nun spannt mich nicht auf die Folter, was ist so bedeutend, dass es selbst das Kaiserhaus in den Schatten stellt?“

„Eine Seuche.“

„Eine was? Ist etwa wieder die Pest zurück?“ Elisabeth hielt sich die Hand vor den Mund.

„Nein, keine Sorge. Es ist eine Viehseuche. Hofrat Fischer

hat mir geschrieben. Sie ist erst im Gebiet um Waldau und dem hohlen Graben aufgetreten, doch nach den Überfällen der Franzosen haben die Bauern verstärkt mit Vieh gehandelt, um ihre Ställe wieder aufzufüllen und dabei wurde die Seuche verschleppt. Inzwischen hat sie schon unsere Erbpachthöfe in Rudenberg, Friedenweiler, Schwärzenbach und Klein-Eisenbach erreicht. Auch Neustadt, Kappel und Lenzkirch sollen betroffen sein."

„Das geht doch nur die Bauern an, was hat eine Ordensfrau von eurem Stand mit einer Viehseuche zu tun?" Verständnislos setzte Elisabeth ihr Glas ab.

„Das geht mich sehr wohl etwas an, Elisabeth. Die Bauern zahlen ihren Zehnten an das Kloster und wenn ihnen das Vieh stirbt, bleibt unsere Einnahme aus. Das Kloster hat in der letzten Zeit viele Rückschläge einstecken müssen. Der Verzicht auf die Abgaben bedeutet der Ruin des Gotteshauses."

„Für was gibt es so etwas wie Steuereintreiber? Eure Dorfvögte sind zuständig dafür zu sorgen, dass die Bauern bezahlen. Wenn nicht mit Vieh, dann halt mit anderen Dingen, die sie anbauen."

„Auch das haben sie nicht mehr. Entweder haben die Franzosen geplündert und gebrandschatzt, oder das kaiserliche Heer lagerte um die Kriegsschauplätze und musste ebenfalls mit Lebensmitteln und Futter versorgt werden. Sie stehen vor dem nackten Überlebenskampf."

„Und was wollt ihr tun? Auch ihr könnt die Ställe nicht füllen und die Seuche stoppen."

„Nein, das kann ich nicht. Aber in Krisenzeiten muss ich meine Untergebenen unterstützen, manchmal auch nur mit meiner bloßen Anwesenheit."

„Ihr wollt uns doch nicht etwa verlassen? Nein, das glaube ich nicht. Ihr müsst warten bis die Schneeschmelze eingesetzt hat."

„Das Wetter ist im Moment nicht schlecht. Friedbert war gestern in Friedenweiler. Wenn er, warum nicht auch ich?"

„Untersteht euch. Eine Äbtissin hoch zu Ross? Das schickt sich aber gar nicht. Und ein Schlitten kommt nicht durch, die

Wege sind zu und der Schnee trägt bei diesen milden Temperaturen nicht."

„Wer will mich auf dem Pferd sehen? Außer vielleicht Friedbert, denn ich hoffe ihr stellt ihn mir als Begleiter."

„Cäcilia, ich verstehe eure Sorge, aber ich bin doch enttäuscht, dass ihr mich verlassen wollt. Ich habe mich so an diese gemeinsame Teestunde gewöhnt. Niemand wird euch böse sein, wenn ihr das Frühjahr abwartet. Schließlich ward ihr schwer erkrankt. Ihr geht nicht sehr sorgsam mit eurer Gesundheit um. Was, wenn ihr wieder erkrankt durch diese Anstrengung?"

„Das liegt in Gottes Hand."

„Oder an eurer Sturheit." Elisabeth war verärgert und stand auf, um den Tee abzuservieren.

„Beredet das mit meinem Mann heute Abend, dann wenn er von der Jagd zurück ist. Er wird euch eure Flausen ausreden."

„Er wird mich verstehen. Ich bin euch sehr dankbar für eure Gastfreundschaft, aber ich trage auch eine hohe Verantwortung."

Sie stand ebenfalls auf und blickte nochmals aus dem Fenster. Die Schatten hatten die Lichtung schon wieder fest im Griff und die Eiszapfen hatten aufgehört zu tropfen.

„Meine Entscheidung steht fest, ich gehe morgen. Wer weiß, wann das Wetter umschlägt. Wenn erst die Februarstürme wieder einsetzen, bin ich vielleicht dazu verdammt wochenlang nichts zu tun."

„Nichts tun. Euch genesen, nur eine gesunde Äbtissin kann ein Kloster führen."

„Ich ziehe mich jetzt zurück, ihr versteht, dass ich noch Vorbereitungen zu treffen habe? Ich reise gleich nach Sonnenaufgang ab."

„Ich kann euch wohl nicht umstimmen?"

„Nein."

*

Über den Baumwipfeln kündigte ein immer heller werdender Horizont einen neuen sonnigen Tag an. Die Sterne verblichen langsam und die Geräusche im Wald erwachten.

Cäcilia stand mit gepackter Tasche am Fenster und genoss ein letztes Mal diesen herrlichen Sonnenaufgang in der abgeschiedenen Wildnis.

Es pochte zart an die Kammertür.

„Bitte“, rief Cäcilia.

„Mutter Oberin, seid ihr soweit?“

„Ja Friedbert, ich komme.“ Sie blickte sich ein letztes Mal im Raum um. Wieder hieß es Abschied nehmen in eine ungewisse Zukunft zurück ins Kloster. Was würde sie vorfinden?

Ihr kam es vor wie eine Ewigkeit als sie mit ihren Schwestern das Schlösschen zu Hausen vor Wald verlassen hatte, dabei waren es gerade mal drei Monate her. Doch was war in der Zwischenzeit alles passiert? Mehr als in den vielen Jahren ihrer Regentschaft des Klosters. Cäcilia seufzte, eigentlich hätte sie das Alter sich langsam zur Ruhe zu setzen, stattdessen hetzte sie in der Weltgeschichte herum, immer den Fortbestand des Klosters vor Augen und immer wieder wurde ihr ein erneuter Strich durch die Rechnung gemacht, eine neue Herausforderung gestellt. Langsam stieg sie die Stufen hinunter.

Dort standen der Oberjäger und seine Frau bereit, um sich zu verabschieden. Elisabeth hatte Tränen in den Augen.

„Gott schütze euch.“ Sie reichte ihr die Hand, der stumme Druck sagte mehr als viele Worte, auch der Oberjäger verabschiedete sich herzlich. Sie hatte sich hier wohl gefühlt, es hatte gut getan etwas Abstand und Ruhe zu finden, um wieder zu Kräften zu kommen, aber nun wurde sie wieder gebraucht.

Cäcilia trat in die kalte Morgenluft und atmete tief durch. Sie war bereit, bereit für den abermaligen Kampf um das Kloster.

„Na, dann wollen wir mal, Friedbert.“

Schweigend gingen sie ein ganzes Stück nebeneinander her. Keiner wollte diese bedächtige Stimmung zwischen Abschied und

Neubeginn stören. Sie hatte es zuvor abgelehnt in der kühlen Morgenstunde schon auf das Pferd zu sitzen. Etwas Bewegung würde ihr gut tun und sie außerdem warm halten. Der Schnee war noch gefroren und so hörte man ihre Schritte durch den harschen Schnee weit in den Wald.

Die Sonne schickte bald ihre Strahlen zwischen den Bäumen durch und wärmte die Reisenden etwas. Der Wald lag still und friedlich, nur hin und wieder klang das kauzige Rufen eines Bussards oder Habichts durch den Wald oder ein aufgescheuchtes Reh verschwand im Gebüsch.

„Friedbert, ist es nicht herrlich diese Ruhe und dieser Frieden hier draußen? Warum müssen die Menschen immer nur Krieg und Elend ausbreiten?" brach sie schließlich das Schweigen, um nicht unhöflich oder arrogant zu wirken.

Friedbert, der sich nun angespornt fühlte die Klosterfrau zu unterhalten, tat dies gleich darauf tatkräftig und ohne Unterlass. Er schwärmte ihr von seinem neugeborenen Sohn vor. Vorbei war es mit der Ruhe.

Doch Cäcilia ließ ihn reden, es war auch recht unterhaltsam und lenkte sie von ihren Sorgen ab.

Es lag noch ein ordentliches Stück Weg vor ihnen, denn sie mussten einen Umweg über Eisenbach machen, da der direkte Pfad zum Kloster unter den Schneemassen verschwunden war. Die Verbindung zu Eisenbach wurde nämlich auch im Winter hin und wieder benutzt.

Nach einer ganzen Weile blieb Cäcilia stehen.

„Junger Mann, haltet kurz inne. Dieser alten Frau neben euch geht die Luft langsam aus." Der Pfad ging nun langsam, aber stetig bergan.

„Entschuldigt ehrwürdige Mutter, war ich zu schnell?"

„Nein, aber meine Lungen sind noch etwas beleidigt von der schweren Entzündung."

„Dann steigt aufs Pferd, sonst schaffen wir es nicht bis Mittag zum Höchst."

Das Höchst wurde so genannt, weil es der höchste Punkt war, von dem aus sich das lange Tal Eisenbach nach Osten hinunter erstreckte. Hier wurde über die Jahrhunderte immer wieder Bergbau betrieben und unter anderem auch Eisenerz abgebaut, daher der Name.

Westlich von Eisenbach fiel das Gelände wieder leicht ab und barg den Ort Klein-Eisenbach, der sich bis Friedenweiler erstreckte.

Hoch zu Ross legte Cäcilia den Weg bis zu jenem markanten Punkt zurück, wo sie dann eine Mittagspause einlegten und ihre Brote verzehrten.

„Friedbert, helft mir hoch." Sie reichte dem jungen Mann ihre knorrigen Gichtfinger und ließ sich auf die Beine helfen, denn sie hatte sich auf einem Baumstumpf mit Hilfe ihres Umhanges einen Rastplatz eingerichtet.

„Dieser feuchtkalte Untergrund ist Gift für meine alten Knochen. Es zieht mir in die Gelenke, ich glaube, ich gehe den Rest zu Fuß bevor sie noch ganz einrosten." Sie machte ein paar wankende Schritte, doch dann hatte sie ihr Gleichgewicht wieder gefunden und ging freudig voran, Richtung Westen.

„Seid ihr sicher?"

„Ja, Friedbert. Wir sind ja fast daheim."

*

„Äbtissin!"

Freudestrahlend kam ihnen der Meier schon die Dorfstraße entgegen und begrüßte die Klostervorsteherin. Auch einige Leute hatten sich eingefunden und verneigten sich ehrfürchtig vor ihrer Lehensherrin, die es vorgezogen hatte, den letzten Teil der Strecke doch noch zu Pferd zu bewältigen. An ihren Gesichtern war die Sorge abzulesen, die sie belastete.

Sie segnete die Menschen, indem sie ein Kreuzzeichen in die Luft zeichnete und begrüßte sie.

„Ich habe von der Seuche erfahren, die eure Ställe heimsucht. Ich weiß, ihr und auch das Kloster machen alle harte Zeiten durch. Doch mit Gottes Hilfe werden wir auch diese Bürde gemeinsam meistern."

Die Gesichter der Dorfbewohner hellten sich etwas auf und sie erwiderten den Segen mit einem „Gelobt sei Jesus Christus, Amen."

Sie schauten ihr nach wie sie zum Meierhof zog, denn das Kloster war zur Sicherheit mit Brettern verbarrikadiert. Dann verschwanden sie wieder in ihren Häusern.

Auch der Hofrat Fischer hatte sich schon beim Meierhof eingefunden. Er schmunzelte, als er die Äbtissin in alter Frische hoch zu Ross sah. Er hatte gewusst, dass sie nicht lange auf sich warten ließ. Sie war eine Kämpfernatur, er hätte sie umarmen können.

„Woher wusstet ihr von meiner Ankunft?" fragte die Äbtissin verwundert, als auch die Meierin schon hektisch am Herd zu Gange war und den Kochlöffel schwang.

„Pirmin, der Bub vom Schafhof, hat sich im Wald herum getrieben und euch gesehen. Er hat alle informiert. Wir sind ja so froh, dass euch im Wald nichts zugestoßen ist."

„Ich freue mich wieder zu Hause zu sein." Sie begrüßte die vier verbliebenen Ordensfrauen, die alle wohlbehalten waren und ebenfalls in die Küche kamen. Dann reichte sie dem Hofrat ihre Hand und nur für Bruchteile von Sekunden sahen sie sich dabei tief in die Augen, aber es genügte, dass auch Cäcilia spürte, was im Hofrat vorging.

„Herrin, bei uns ist leider nicht alles in Ordnung. Das Vieh, das wenige verbliebene Vieh, wir können tun was wir wollen, aber es stirbt uns unter den Händen weg.", begann der Meier und lenkte sie ab.

„Matthäus, lasst die Äbtissin erst einmal nach Hause kommen, bevor ihr sie mit unseren Sorgen belastest. Jetzt wird erst einmal was gegessen, wenn ich auch nur Hafergrütze anbieten kann."

„Lasst nur Meierin, deshalb bin ich ja gekommen. Der Herr Hofrat hat mir geschrieben. Wie schlimm sieht es denn aus?" Sie wandte ihren Blick wieder dem stets besorgt dreinschauenden Fischer zu. Alle Vertrautheit war verflogen, er hatte sich wieder unter Kontrolle.

„Es sind vor allem die Rinder, Herrin!" platzte der Meier dazwischen, ehe der Hofrat mit seinem bestimmt gut vorbereitetem Bericht beginnen konnte.

„Herr Meier!" maßregelte Cäcilia ihn. „Wie oft habe ich euch schon gesagt, ihr sollt mich nicht „Herrin" nennen!"

„Entschuldigt, Schwester Oberin."

„Nun," begann der Hofrat, „wir haben schon fast die Hälfte des Bestandes eingebüßt und ein Ende ist noch nicht in Sicht. Täglich bekomm ich Nachricht von neuen Fällen."

„Setzt euch", befahl die Meierin in ihrer mütterlichen Art. „Jetzt wird erst gegessen, ihr habt einen anstrengenden Marsch hinter euch. Die Rinder verrecken, ob ihr hungert oder nicht."

Alle nahmen auf Befehl der resoluten Meierin Platz am großen Tisch und die Äbtissin begann mit dem Gebet, in das die hier Lebenden sogleich mit einfielen.

Auch Friedbert stärkte sich, ehe er wieder Richtung Krähenbach aufbrach.

Cäcilia und der Hofrat, ebenso die Priorin, zogen sich zu einer Lagebesprechung ausnahmsweise in die Privaträume des Hofrates zurück, denn das Studierzimmer der Äbtissin war eiskalt. Es würde Tage dauern bis das Gemäuer die Wärme speichern konnte, auch wenn die Meierin ihre Tochter gleich beauftragt hatte zu heizen.

Cäcilia war noch nie hier und schaute sich deshalb interessiert um. Das Arbeitszimmer war wie der Hofrat selbst. Alles war ordentlich und korrekt. Die Haushälterin musste den ganzen Tag mit Putzen beschäftigt sein, schoss es Cäcilia durch den

Kopf. Alles, auch jedes Schreiben auf den Sekretär, die Schreibfeder, es lag alles exakt auf seinem Platz, als befänden sie sich in einer Ausstellung.

In der Ecke neben dem Ofen war ein Vorhang zugezogen, dahinter, so vermutete die Äbtissin, war sicherlich sein Bett, denn der Hofrat verfügte nur über ein Zimmer und eine Küche und am Ende des Flures befand sich ein Abtritt. Er musste nicht einmal über den Hof laufen.

„Wie sieht es aus?“ richtete die Äbtissin ihre Frage an den Hofrat, als dieser ihr den lederbezogenen Sessel neben dem Ofen und der Priorin den einzigen Stuhl anbot, während er selbst stehen blieb.

„Ich,“ begann die Priorin, „habe schon veranlasst, dass von den betroffenen Ställen keine Tiere mehr in andere Ställe gebracht werden dürfen, um die Seuche nicht noch weiter zu schleppen. Es sind nur noch sehr wenige Bestände, die nicht betroffen sind.“

„Wie sieht es in den anderen Klostergebieten aus? Was wird dort unternommen?“

„Ich habe noch nicht alle Klöster bereist,“ berichtete Fischer, „aber die Seuche hat sich hauptsächlich um Waldau herum ausgebreitet. Dort hat der Abt die selben Vorkehrungen getroffen.“

„Gut. Ich werde veranlassen, dass auch kein Futter und keine Streu, also Stroh oder Blätter, von Haus zu Haus ausgetauscht werden. Auch Menschen die mit kranken Tieren Kontakt gehabt haben, sollen nicht in Ställe von gesunden Rindern gehen. Was macht man mit den Kadavern?“

„Die Bauern haben sie vorläufig gesammelt, draußen im Wald auf dem Kohlplatz. Es ist so kalt, dass der Boden bis tief hinunter gefroren ist. Sie können keine Gruben ausheben. Aber die Kadaver sind ebenfalls tiefgefroren. Die Seuche kann sich von dort also nicht verbreiten“, berichtete die Priorin.

„Glauben die Bauern,“ unterbrach die Äbtissin sie, „denkt an die Füchse, sie vergreifen sich an den Kadavern und tragen die Seuche im ganzen Umkreis weiter. Ich will zusehen, dass noch heute damit begonnen wird, die verendeten Tiere zu verbrennen. Wir nehmen dazu das gesamte Heu und Stroh aus den erkrankten Ställen, es darf sowieso nicht mehr verfüttert werden. Und die Männer, die diese Arbeit verrichten, sollen Tücher um den Mund und die Nase tragen und sich anschließend die Hände waschen." Sie wandte sich dem Hofrat zu: „Helft ihr mir Boten auszuschicken zu allen betroffenen Erbpachthöfen? Wir lassen diese Anordnung noch heute bekannt geben. Ich müsste wissen, wie viel Weihrauch wir noch in Reserve haben. Steht davon etwas in euren Bestandslisten, die ihr mit dem Meier aufgenommen habt?"

„Weihrauch? Wie kommt ihr jetzt auf Weihrauch?" Der Hofrat verstand nicht.

„Ja, Weihrauch."

„Ich habe alles in meine Listen aufgenommen, aber soviel ich mich erinnere, hat das Kloster nicht mehr sehr viel davon, Äbtissin."

„Der Händler ist im letzten Jahr wegen des Krieges ausgeblieben und das Jahr zuvor auch schon. Wir sind deshalb immer sehr sparsam damit umgegangen. Aber zu den Feierlichkeiten an Palmsonntag und Ostern, wird es bestimmt noch reichen. Warum?" mischte sich die Priorin ein.

„Das ist nicht vorrangig. Ich brauche die kostbaren Harze."

„Was wollt ihr damit? Äh, mit Verlaub?" fragte der Fischer, abermals.

„Die Ställe, die schon den gesamten Bestand verloren haben, sollen mit Weihrauch gereinigt werden, wenn ihr wisst, was ich meine. Man muss die Krankheit ausräuchern. Das hat man schon zu Zeiten der Pest gemacht."

Der Hofrat hatte verstanden. „Dass ich nicht selbst darauf gekommen bin."

„Ich muss den Pater in meinen Plan einweihen, wenn er mit ein paar Kirchendiener samt Gewändern ausschwärmt, dann werden die Leute keine Schwierigkeiten machen. Im Gegenteil, sie werden froh sein, dass die Kirche etwas für sie tut. Denn wenn wir nicht handeln, werden sie wieder Totenschädel von Rindern über ihre Ställe hängen und irgendwelchem heidnischen Abwehrzauber frönen."

„Ihr seid eine kluge Frau. Der Pater wird am Sonntag aus Tennenbach kommen, ihr müsst ihn gleich dafür gewinnen. Ich werde solange hier verweilen, ehe ich meine Pflichten in Donaueschingen wieder aufnehme."

„Gut, Herr Fischer, Schwester Priorin, fangen wir an."

*

Mit wachsender Sorge betrachtete Leopoldine das neue Rind, das sie erst seit wenigen Tagen vom Andresenbauern erworben hatten. Es fraß nicht. Leopoldine hatte Angst, Angst, dass dieses Tier ebenfalls die verheerende Seuche aus Waldau hatte.

Schon viele Bauern in Rudenberg hatten ihre Rinder verloren.

Sie streichelte dem Tier über den Kopf. Er fühlte sich seltsam weich, wie angeschwollen, an. Es war fast dunkel im Stall, daher konnte sie nicht viel erkennen. So holte sie die Stalllaterne und zündete sie an.

Das Rind sah seltsam aus und schaute sie mit großen traurigen Augen an. Die Augen schienen sie richtig anzustieren. Es war, als träten sie dem Tier aus dem Kopf. Leopoldine bekreuzigte sich.

Sie überlegte, ob sie Julius holen sollte. Aber sie traute sich nicht, sie hatte Angst vor ihm. Er war so komisch geworden, seit diesem Unglück.

Nachdem es ihm etwas besser ging, hatte Antonius ihn heimgebracht.

Seitdem saß er meist in der Werkstatt und arbeitete. Aber er sprach kaum ein Wort. Manchmal, wenn er sie nicht bemerkte, saß er nur da und stierte vor sich hin. Er konnte sich noch immer nicht an die Geschehnisse der letzten Zeit erinnern.

Zum Glück nicht, denn Leopoldine hatte Angst davor. Nur sie kannte inzwischen das Geheimnis um den großen Unbekannten, der ihn zur Strecke gebracht hatte. Sie war ihm begegnet als sie an jenem Abend auf dem Nachhauseweg von Josepha war.

Sie hatte sich nicht getäuscht, neben dem Baum, nur einen Steinwurf entfernt, stand wirklich jemand. Er hatte auf sie gewartet und Stunden in der Kälte ausgeharrt. Das Herz blieb ihr stehen, als er in der Einsamkeit und Dunkelheit auf sie zukam, der vermeintliche Mörder.

Nicht schlecht gestaunt hatte sie allerdings, als er sie ansprach. Seine Stimme war ihr vertraut, sehr vertraut. Es war Johann, ihr eigener Sohn.

„Mutter, sagt mir. Lebt er noch?“ Sie konnte die Angst und das Zittern in seiner Stimme deutlich vernehmen. Erst als sie ihm sagte wie es um ihn stand, schien ihm ein Stein vom Herzen zu fallen. Er atmete auf und dankte seinem Herrgott. Dann erzählte er was geschehen war.

Nach dem Tod von Kreszentia Schindler, der Frau seines neuen Lehrmeisters, denn er hatte ihm offenbart, dass er ihn vorläufig behalten wolle, schickte ihn dieser zum Straub Michael, seinem Schwager auf den Schachenhof, um vom Tod seiner Frau zu berichten. Dieser war jedoch nicht zugegen und so schickte ihn die Schachenhofbäuerin zum Ahorn, eine Gaststube auf der Höhe in Schwärzenbach. Dort fand er ihn dann vor und berichtete, wozu er beauftragt wurde.

Am Stammtisch wurde aber von einem anderen brandaktuellem Geschehen berichtet, denn Blasius Winterhalter vom Moosbachhof war ebenfalls in der Gaststube. Obwohl es ihm seine Mutter verboten hatte, setzte er sich offenbar stolz darüber hinweg und erzählte von seinem Missgeschick mit seiner Braut. Johann wurde hellhörig und fragte ihn vorsichtig aus. Natürlich wusste keiner, dass der Lehrbub des Schindlers der Bruder dieser vermeintlichen Braut war und so erzählten sie ihm brühwarm die ganze Begebenheit.

Johann beschloss seiner Schwester einen Besuch abzustatten, denn das Hebammenhaus war nur etwa eine Stunde Fußmarsch vom Gasthaus entfernt. Der Schindler würde nicht bemerken, dass er noch wo anders war.

Gerade als er zum Haus kam, sah er seinen Vater aufgebracht hineinstürmen. Jemand hatte ihn auf einem Schlitten mitgenommen. Er stellte sich deshalb hinter einen Holzstapel und zog seinen Schal übers Gesicht, um nicht erkannt zu werden.

Er wollte warten bis sein Vater wieder weg war. Doch plötzlich vernahm er Schreie und Hilferufe von seiner Schwester. Das Schlimmste ahnend, griff er nach einem Ast vom Stapel und rannte ins Haus. Als er sah, wie sein Vater Helena erwürgen wollte, schlug er blindlings zu. Helena starrte ihn entsetzt an und der Kirner fiel leblos zu Boden. Da überkam ihn eine schreckliche Angst, die Angst seinen eigenen Vater erschlagen zu haben. Voller Panik rannte er hinaus, hörte aber jemanden in den Hausflur kommen und nahm deshalb den Weg über die Küche und den Ziegenstall hinaus ins Freie.

Stundenlang hatte er sich im Wald verschanzt. Erst im Schutze der Dunkelheit wagte er sich wieder heraus. Um herauszubekommen was er angerichtet hatte, schlich er sich erneut in die Nähe des Hauses. Als er seine Mutter erblickte, wie sie auf das Haus zuging, nahm er sich vor, im Wald auf sie zu warten. Er wollte Gewissheit, ehe er sich wieder nach Waldau traute. So hatte er in Eiseskälte auf sie gewartet und gehofft, dass sie alleine über den Wald ging. Dann endlich konnte er ihr alles beichten und sein Gewissen beruhigen.

Sie versprach ihm, keinem etwas zu erzählen. Denn auch sie war endlich beruhigt zu wissen was vorgefallen war, um keine

Angst mehr vor einem Mörder haben zu müssen, der hier allem Anschein sein Unwesen trieb. Der Verdacht fiel zwar immer noch auf Antonius, aber keiner konnte es ihm beweisen.

Josepha zog es vor, Helena noch eine Weile zu behalten, obwohl sie sich von der Frühgeburt gut erholt hatte. Sie wollte vermeiden, dass Julius seiner Tochter begegnete. Er war in seinem Zustand unberechenbar. Und Helena schien sich allmählich mit Josepha anzufreunden. Auch Antonius verbrachte die meiste Zeit im Hebammenhaus. Stundenweise hockte er auch im Schafhof und half dem Knecht in seiner Uhrenmacherwerkstatt. Es war wichtig zu wissen, wie man Uhren baute und auch Ersatzteile herstellte, wenn man diese verkaufen wollte. Denn ein Händler, der keine Ahnung hatte, war ein schlechter Händler. Außerdem konnte er so sein Taschengeld aufbessern.

Das Muhen des Rindes riss Leopoldine aus ihren Gedanken. Es wurde unruhig und begann zu zittern. Es war, als verkrümme sich sein Leib und es machte einen eigenartigen Buckel. Nun schlug es mit den Beinen aus und verängstigte die anderen Tiere im Stall.

Strampelnd und schlagend ging es zu Boden. Schaum trat ihm vor den Mund und als Leopoldine die Laterne über seinen Kopf hielt, konnte sie sehen wie es die Augen verdrehte. Es zuckte noch ein paar mal, dann wurden die Augen trüb. Es war tot.

*

Der Schnee fiel zart, aber unablässig. Die Zufahrt zum Andresenhof war schon wieder kniehoch mit Schnee bedeckt, doch keiner machte sich die Mühe den Weg freizuschaufeln.

Balthasar und sein Vater waren damit beschäftigt wieder ein totes Rind aus dem Stall auf den Brandplatz oberhalb des Hofes zu schleifen.

Normalerweise sammelte man dort altes Gerümpel, Geäst und dürres Gestrüpp aus dem Garten und sonstigen Unrat, um ihn alle paar Monate zu verbrennen und die Asche als Dünger in den Garten oder auf die Felder zu streuen. Doch jetzt lagerte dort schon das dritte verendete Rind. Alle waren innerhalb dieser Woche jämmerlich verreckt.

„Verdammt noch mal, wenn das so weiter geht sind wir ruiniert.“ Der Burger knotete das Seil von den Vorderfüßen des Kadavers. Balthasar wischte sich den Schweiß von der Stirn, dann deutete er auf die Flanke des Bullen, den sie vor zwei Tagen hierher gezogen hatten. Rohes Fleisch war zu sehen, das Fell zerbissen.

„Wir können sie nicht so liegen lassen. Schaut Vater, dort hat sich schon ein Fuchs zu schaffen gemacht. Wir müssen die Kadaver verbrennen.“

Joseph kratzte sich am Hinterkopf.

„Du hast Recht. Wir verbrennen sie. Aber mit was? Diese steifen Leiber brennen nicht.“

„Das Heu, auf dem sie gelegen haben. Man soll es sowieso nicht mehr verwenden, haben sie im Gasthaus erzählt. So sei die Seuche erst ausgebrochen. Durch das Heu.“

„Red doch keinen Unsinn. Schon seit Jahrhunderten füttern wir im Schwarzwald die Tiere mit unserem Heu. Sie sind noch nie krank geworden. Es liegt nicht am Heu.“

„Doch. Wenn sie darauf gelegen haben ist es verseucht.“

„Dann müssten alle verrecken. Sie liegen alle im Heu.“

„Nicht das ganze Heu ist verseucht, nur das der kranken Tiere Vater.“

Sie hatten den Stall inzwischen erreicht und Joseph nahm das Heu auf.

„Siehst du, dass das Heu anders ist als das da drüben?“ Er deutete auf die andere Seite des Stalles, wo noch alle Tiere gesund schienen.

„Nein.“

„Also. Dann erzähl deinem alten Vater keine Geschichten."

Zornig nahm er die Streu mit einer Gabel auf und ging damit zum Brandplatz. Balthasar tat es ihm gleich und schwieg. Er wollte seinen Vater nicht beleidigen, auch wenn er sich im Recht glaubte. Bei ihnen allen lagen die Nerven blank, denn der Winter war noch nicht einmal zur Hälfte vorbei und die Vorräte bereits jetzt knapp. Und nun das hier.

Stumm starrten sie in das Feuer, das nach und nach prasselnd die toten Leiber verschluckte und eine stinkende schwarze Rauchfahne in den Himmel schickte, die trotz des Schneefalls weithin zu sehen, aber vor allen Dingen zu riechen war.

Joseph trat so nah an das Feuer, dass seine buschigen Augenbrauen verschmorten. Balthasar zog ihn sanft zurück.

„Vater, wir können es nicht ändern."

Stumm trat er einen Schritt zurück und Balthasar wusste wie schwer es ihm ums Herz war, als er in die Flammen stierte. Der Schnee schmolz im Umkreis des Brandherdes, Flugasche verteilte sich auf dem angrenzenden weißen Schnee.

Balthasar hielt seinem Vater die Gabel hin und sagte: „Hier schaut, dass alles verbrennt. Ich gehe rüber zu Markus in die Jockelescheuer. Schauen, was die Leute so wissen."

Voller Wut nahm dieser die Gabel und schleuderte sie in den Schnee, dass das feine Pulver nur so aufstob.

*

In der Jockelescheuer saßen zu Balthasar's Verwunderung fast alle männlichen Dorfbewohner und beratschlagten sich. Offensichtlich hatte die Verunsicherung und Verzweiflung über die Seuche alle zusammen gebracht.

„Hoffentlich erhört der Herrgott unsere Bitte", brummte gerade der Michelebauer als Balthasar die Gaststube betrat. Er sah sich kurz um, um zu schauen wer hereinkam, dann fuhr er fort. „Ihr wisst ja, dass solche Bittprozessionen, wie wir sie nächsten Sonntag vorhaben, in den vorderösterreichischen Gebieten verboten sind.“

„Das würde mich einen Scheißdreck scheren, was dieser Kaiser Josef der II für einen Sondererlass verabschiedet hat. Der ist weit weg und hat keine Ahnung wie es den Leuten hier geht. An wen soll man sich sonst wenden? Wenn das Volk nicht einmal mehr seinen Herrgott und alle Heiligen um Hilfe bitten darf?“ Verzweifelt und zornig über diesen Erlass und die kaiserliche Obrigkeit, ließ der Hofbauer seinen Dampf ab.

Heftiges Kopfnicken in der Runde bestätigte seine Meinung.

Balthasar nahm sich einen Stuhl und setzte sich zu der hitzig diskutierenden Menge.

„Sag mal, diese stinkenden Rauchwolken, die übers Tal ziehen, stammen die von euch?“ erkundigte sich Martin vom Jockelehof bei Balthasar.

„Ja, wir haben die Kadaver verbrannt. Die Füchse waren schon dran.“

„Ich habe gehört, dass die Äbtissin sogar Befehl gegeben hat die Tiere zu verbrennen. Boten sind unterwegs und verbreiten die Nachricht, sie werden wohl bald auch zu uns kommen. Du hast gut daran getan.“

„Danke, unsere Äbtissin ist eine kluge Frau.“

„Ja, das ist sie und mutig. Sie lässt sich nicht unterkriegen. Sie hält zu uns, welcher Abt von den umliegenden Klöstern macht das schon? Die bestehen auf ihren Abgaben, ohne Gnade. Und nicht nur das, sie lassen sich die Klöster auf Kosten der Untertanen renovieren, als hätten die Leute im Moment nicht selber genug Arbeit mit ihren eigenen zerstörten Häusern. Die Franzosen haben schließlich zum Teil schrecklich gehaust. Tja ich weiß, dass viele Bauern, die den anderen Klöstern unterstehen, stöhnen, über die vielen Frondienste die sie ableisten müssen.“

„Davon habe ich auch schon gehört. Aber warten wir ab.

Unser Kloster ist auch nicht ungeschoren davon gekommen."

„Zum Glück lässt unser Fürst uns freie Hand", diskutierte der Hofbauer weiter und Balthasar und Martin schenkten ihm seine Aufmerksamkeit. „Wir sind auch nicht die Einzigen. Überall wenden sich die Leute in Not an die Kirchen und Klöster, obwohl die auch betroffen sind. Aber beten, das wird man doch noch dürfen. Ich habe in Neustadt erfahren, dass die Kapuziner in Stühlingen in ihrer Lorettokirche ebenfalls Wallfahrten veranstaltet haben. Ebenso in Dillingen und im Wutachtal in der St. Wolfgangkapelle. Auch jenseits des Waldes, in Löffingen, soll es zu großen Wallfahrten zum Schneekreuz gekommen sein."

Mit aller Wucht wurde die Tür aufgerissen, dass die Schneeflocken herein tanzten und Friedrich, der Sohn von Markus dem Wirt, stürmte herein: „Vater, da kommt ein fremder Mann und erzählt schreckliche Dinge über die Seuche!"

Alle richteten ihre Blicke auf den Jungen, die Runde verstummte.

Hinter dem Buben stand ein kleiner unscheinbarer Mann, dessen Alter man schlecht schätzen konnte. Seine Kleidung hatte auch schon bessere Tage gesehen, er nahm seinen verfilzen Hut ab und grüßte freundlich, fast schon scheu.

„Grüß Gott, ich bin der Jörgel Mittenreuter", begann er in einem fremden Tiroler Dialekt.

„Ich bin Handelsreisender aus Bozen. Durch die Kriegszüge letztes Jahr habe ich es nicht mehr geschafft vor dem Winter in meine Heimat zurück zu kehren. Ich schlage mich deshalb mehr schlecht denn recht durch den Winter. Die Geschäfte gehen leider nicht gut, die Leute machen schlechte Zeiten mit."

„Was willst du? Betteln?" unterbrach ihn der Jockelebauer barsch, denn er hatte schon von ihm gehört.

„Äh, nein. Ich komme viel rum und könnte euch mit Neuigkeiten dienen", setzte er hoffnungsvoll sein Sprüchlein fort.

„Komm setz dich und leg los. Was weißt du?" winkte ihn der Michele heran, dem der verlauste Kranitzer leid tat.

„Tja, wie soll ich sagen“, begann der Tiroler zögernd und blickte verheißungsvoll auf die Schnapsgläser am Tisch.

Der Michele verstand und goss ihm einen ein. „Also, jetzt wird's wohl gehen.“

Der Tiroler nahm das Glas gierig und stürzte es hinunter, dann stöhnte er erleichtert. Er legte seinen zerknüllten Hut auf den Tisch und setzte sich, denn jetzt war er gewiss, dass er die Zuhörer auf seiner Seite hatte.

„Ich komm aus Lenzkirch. Die Leute dort sind verzweifelt.“ Er wog theatralisch seinen Kopf hin und her, doch keiner ging darauf ein, so setzte er unter Seufzen seinen Bericht fort.

„Die Ställe sind leer, die Kinder schreien vor Hunger, es gibt fast keine Milch mehr, denn selbst die Ziegen verrecken wie die Fliegen.“

Ein betroffenes Raunen ging durch die Runde.

„Sie haben ein Gelübde abgelegt, die Lenzkircher“, fuhr er fort. „Sie wollen auf ewige Zeiten am gleichen Tag und zur gleichen Stund, wenn das Viehsterben aufhört, in der St. Eulogius-Kapelle den ganzen Psalter in feierlicher Weise beten.“

„Ja und die Ziegen sind auch betroffen?“ vergewisserte sich der Michele noch mal.

„Ja, wenn ich es euch doch sage. Gestern, bevor ich aufgebrochen bin, haben sie die ersten toten Tiere auf den Dorfplatz geschleppt, um sie zu verbrennen. Auch sie hat die Hirschkrankheit befallen.“

„Hirschkrankheit?“ hakte Balthasar nach.

„Ja, sie nennen sie Hirschkrankheit, weil die Köpfe so eine seltsame Form annehmen und an Hirsche erinnern“, belehrte ihn der Tiroler. „Der Name stammt übrigens von Waldau, dort war ich auch.“

Er nahm sein leeres Glas und drehte es abwartend in der Hand.

„Du nimmst sicher noch einen?“ fragte Konstantin, der ältere der Schlegelhofbrüder schließlich.

„Ja, gern, es ist sehr kalt, wenn man draußen unterwegs ist“, bestätigte ihm der Hausierer.

In diesem Moment ging die Tür auf und Julius Kirner trat herein. Augenblicklich verstummten die Gespräche, denn jeder hier hatte von der Geschichte um Julius etwas mitbekommen. Doch keiner wusste Genaueres. Nur, dass ihm jemand ans Leben wollte und ihn beinahe erschlagen hätte. Seither, so munkelten sie unter vorgehaltener Hand, sei er nicht mehr recht im Kopf.

Auch das Schicksal seiner Tochter und seines Sohnes, der plötzlich verschwunden war, gaben immer wieder Anlass zu den wildesten Spekulationen. Dass der Kirner nicht ganz einfach war, wussten alle, aber was genau mit seiner Familie los war, darüber gab es nur Gerüchte. Wenn die Kirnerin mal nicht in die Kirche kam, glaubten viele zu wissen, dass er sie wieder so zugerichtet hatte, dass sie im Haus bleiben musste. Andere wiederum glaubten, dass nicht der Kirner, sondern sein missratener Sohn ihn so werden ließ, wie er ist. Eben brummig und unberechenbar. Der Johann wollte dem Vater mit der Axt ans Leben, deshalb habe er ihn davongejagt.

Der Kirner nahm sich einen Stuhl und setzte sich zu den anderen, die gleich Platz machten. Gebannt schauten sie auf ihn, und warteten auf eine Reaktion. Er hatte eine Mütze über den Kopf gezogen und behielt sie auf. Der Schlag musste seine Spuren hinterlassen haben.

„Markus, einen Schnaps“, rief er dem Wirt zu, dann drehte er sich zu den Stammtischlern und schaute sie reihum fragend an.

„Haben wir hier das Schweigen im Walde oder war ich gerade der Gesprächsstoff?“ brummte er.

„Nein,“ begann Sebastian vom Wiesenhof, der bis jetzt ruhig war, „aber wir alle haben von deinem Unfall gehört und wundern uns, dass du schon wieder auf den Beinen bist.“

„Schwarzwälder Dickkopf“, brummte er und alle wussten, dass das Thema damit erledigt war.

„Also Jörgel, erzähl weiter“, forderte ihn schließlich Konstantin, der Spender des letzten Glases, das natürlich schon leert war, auf.

„Tja, also bevor ich in Lenzkirch war, war ich in Waldau."

„Das sagtest du bereits."

„Ja, im Schwabenhof war man so freundlich, mich über die Feiertage aufzunehmen und bei den Knechten schlafen zu lassen. Dort ist die Seuche schon vereinzelt im Spätherbst aufgetreten, etwa zwei Wochen nachdem die Franzosen abgerückt waren. Die Waldauer sagen, sie hätten einen Pakt mit dem Teufel geschlossen. Ein Fluch, weil sie eine Niederlage erlitten hatten."

„Waren alle Tiere betroffen?" wollte der Hofbauer wissen.

„Nein, die Ziegen nicht und auch nicht alle Rinder. Also Lenzkirch hat es schon schlimmer erwischt. Vielleicht lag es auch daran, dass im Herbst noch viele Tiere auf der Weide waren. Man kann es nur vermuten, dass sie besser abgehärtet waren oder so."

Er drehte sein leeres Glas wieder gedankenverloren in den Händen. Diesmal erbarmte sich der Wiesenhofbauer und schenkte ihm nach, um seinen Redefluss wieder anzuregen.

Wieder leerte der Fremde das Glas mit einem Zug.

„Übrigens in Waldau habe ich einen jungen Burschen kennen gelernt. Einen von euch. Er sagte er sei aus Rudenberg, wie hieß er denn noch mal?" Er kratzte sich am Hinterkopf als überlege er krampfhaft und als keiner reagierte, stieß er sich mit der flachen Hand auf die Stirn.

„Ach, ja. Johann, hieß er. Kerner oder so ähnlich."

Julius schaute auf.

„Kirner?" fragte Balthasar.

„Ach ja, Kirner. Er ist beim Schindler Franz in der Lehre."

„Was macht der Schindler Franz?" mischte sich nun auch Julius in das Gespräch.

„Seine Frau ist erst dieser Tage gestorben, ein junges Ding noch, hat fünf Kinder. Alles Mädchen, aber die Jüngste, sie war erst ein paar Monate alt, ist gleich wenige Stunden später ihrer

Mutter ins Grab gefolgt. Ja, er hat den Burschen am Heilig Abend aufgenommen. An Heilig Abend, muss man sich vorstellen, er ist noch ein Kind, dieser Kerl. Was den wohl aus dem Haus getrieben hat?“

Alle starrten auf Julius, doch dieser stierte bloß vor sich hin und kippte einen zweiten Schnaps hinunter.

„Was der Schindler macht, will ich wissen. Nicht was sein Weib macht!“ Julius Stimme klang ungeduldig.

„Er, was er beruflich macht? Er baut Uhrenkästen, wisst ihr das nicht?“ fragte der Jörgel verwundert.

Julius sprang von seinem Stuhl hoch und schaute den Tiroler finster an. Dieser hob schon die Hand vor sein Gesicht, als erwarte er Prügel, doch Julius schien es sich noch mal zu überlegen, nahm seinen Kittel und ging wortlos.

„Habe, habe ich etwas falsch gemacht?“ fragte der Tiroler sichtlich erleichtert als die Tür zu war.

„Nein, du hast ihm nur erzählt, wo sein Sohn untergekommen ist, den er aus dem Haus geworfen hat“, klärte ihn der Jockelebauer Martin auf.

„Buh, da hab ich aber noch mal Glück gehabt. Der sah gar nicht freundlich aus. Ihr, ihr hättet mich warnen müssen.“

„Wie auch, wir wussten doch nicht was du uns erzählen wolltest“, konterte Martin.

„Ich glaube du hast genug für heute erzählt, ich muss gehen, Rosina wartet mit dem Essen.“ Sebastian vom Wiesenhof stand auf, „Jörgel, du hast sicher noch keine Bleibe für die Nacht?“

„Nein, nein, das habe ich nicht.“

„Dann komm mit, bevor du hier noch unter die Räder kommst mit deinem lockeren Mundwerk. Ein Teller Grütze wird auch noch für dich abfallen. Du kannst dich bei mir etwas nützlich machen und helfen den Stall ausmisten.“

Sein Gesicht hellte sich auf.

„Oh, schütze euch und euer Vieh der heilige Wendelin. Ihr seid so gut zu mir.“

*

Cäcilia saß über ihren Büchern und war verzweifelt. Die Viehbestände schienen fast ganz ausgemerzt. Allein 84 Stück Vieh des Klosters waren der Seuche zum Opfer gefallen. In den Ställen gähnten große freie Lücken, ein Bild des Elends.

Sie konnte die Bilanzen drehen und wenden wie sie wollte, das Kloster hatte im letzten Jahr nur Verluste eingefahren. Die Rückhalte waren so gut wie aufgebraucht. Sie konnte im Moment nicht einmal mehr ihre Steuern eintreiben. Die Bauern mussten um ihr eigenes Überleben kämpfen.

„Bitte," sie reichte die Bücher dem Hofrat, der soeben die Studierstube der Äbtissin betreten hatte, „seht selber nach. Was sollen wir tun? Die Bevölkerung hungert schon."

„Tja," seufzte er und blickte durch sein Monokel auf das besorgte Gesicht der Äbtissin. Sie hatte die schwere Erkrankung nach außen hin gut weggesteckt, aber, wenn man jemanden so lange kannte, sah man jede Veränderung im Gesicht des anderen. Die Sorgen und Entbehrungen hatten Spuren hinterlassen, sie wirkte ernster und älter. Die Leichtigkeit in ihrer Art war gewichen. Und trotzdem hatte sie eine Ausstrahlung, die ihn beschwichtigte.

„Die Steuern wären überfällig, aber ich sehe ebenfalls keine Möglichkeit für euch. Leider haben die Klöster auf eine Unabhängigkeit gegenüber den weltlichen Herrscherhäusern bestanden. Darum werden auch die Fürstenhäuser keinen Finger krümmen, fürchte ich. Versucht doch die Steuern um ein halbes Jahr zu stunden. Bis dahin hat sich die Landwirtschaft etwas erholt und die Leute können wieder ihre Ernte einfahren", führte er seine Überlegungen an.

„Gut, dass ihr auch so denkt Herr Fischer. Gott möge das Ende der Seuche herbeiführen. Die Fälle werden weniger habe ich gehört."

„Wo nichts mehr ist, kann nichts mehr eingehen Äbtissin. So makaber es klingt. Ihr müsst wohl damit rechnen, einen kompletten neuen Viehstand einzukaufen."

„Nur, das bisschen was ich retten konnte wird nicht den ganzen Schaden ersetzen."

Cäcilia seufzte und stand auf. Der Hofrat konnte an ihren Bewegungen und an der Art wie sie sich an der Stuhllehne sicherte, erkennen, dass sie große Schmerzen haben musste. Es war ihm bekannt, dass sie an Rheuma litt, und diese feuchten und kalten Gemäuer waren das reinste Gift für sie. Doch nie hätte sie geklagt oder sich etwas anmerken lassen.

Sie ging zum Fenster und ließ ihren Blick über die Felder und Wälder Richtung Süden schweifen. Es war still draußen und der Schnee lang noch mindestens hüfthoch. Graublaue Schleierwolken zogen sich am Himmel entlang. Was würde noch alles auf sie zukommen?

Cäcilia wollte sich nicht in Melancholie wiegen, darum drehte sie sich ruckartig um und blickte dem Hofrat fest in die Augen. Seine verlegene Reaktion zeigte ihr, dass auch er gerade in Gedanken versunken war.

„Ich kann nur beten. Vielleicht bekomme ich dann eine Eingebung. Wollt ihr mich begleiten?" Cäcilia ließ ihre Mundwinkel spielen, was den Hofrat sichtlich noch mehr verunsicherte. Sie versuchte zu ergründen, welche Gedanken er wohl so eben gehegt hatte.

„In die Kapelle meine ich", setzte sie schließlich hinzu, um ihm auf die Sprünge zu helfen.

„Ja, Äbtissin, natürlich, ich habe fast den selben Weg." Er nahm sein Monokel vom Auge und steckte es in seine rechte obere Westentasche.

Sie ging zwei Schrittlängen vor ihm die Treppe zum Kreuzgang hinunter, an dessen Ende sich die Kapelle angliederte. Sie war räumlich von der eigentlichen Klosterkirche abgetrennt, um die Nonnen zum Gebet in einer kleinen Runde einzuladen.

Hofrat Fischer beobachtete die bedächtigen Schritte der Ordensfrau. Ihr gesamter Körper schien von diesem Gewand aus grober Wolle eingehüllt zu sein. Auch ihr Haupthaar war unter einer streng anliegenden Haube versteckt. Er hatte sie noch nie anders gesehen, so dass er sich ins Geheime fragte, ob sie dieses sperrige Ding auch im Bett auf hatte.

Der Gürtel um ihre Hüfte ließ in etwa erahnen, dass sie eine zierliche Figur besaß. Sie muss sicher einmal sehr schön gewesen sein, ging es ihm durch den Kopf. Er war so in die Vorstellung vertieft, dass er zu spät bemerkte, dass sie abrupt stehen blieb und sich ihm zuwandte. Er kam ins Stolpern und fing sich so ungeschickt ab, dass er, als er sich an der Mauer stützen wollte, sich in einen Teil ihres Schleiers verfing. Sie wollte ihm ausweichen und so riss der Schleier von ihrem Kopf.

Braunes, welliges Haar, das in der Höhe des Nackens abgeschnitten war, kam zum Vorschein. Sie sah aus, wie ein Ritterknappe mit dieser Pagenfrisur.

Die Augen des Hofrates weiteten sich vor Schrecken, noch nie hatte er eine Frau mit kurzem Haar gesehen. Doch auf den zweiten Blick war er überrascht, dass sie noch so volles Haar hatte. Er vermutete immer einen grauen, langen und dünnen Zopf unter dieser Maskerade. Sie wirkte plötzlich so fremd und jungenhaft. Er war verwirrt und fand nicht die richtigen Worte. Er spürte die Röte in sein Gesicht steigen.

Cäcilia setzte ihre Haube gelassen wieder auf und fragte schließlich als sei nichts geschehen: „Habt ihr euch weh getan, Hofrat?“

Natürlich war ihr sein Blick und die Verwunderung nicht entgangen. Zwar hatte sie vor vielen Jahren ihr Keuschheitsgelübde abgelegt, doch auch unter der Kutte war sie eine Frau geblieben, mit dem Gespür für bestimmte unausgesprochene Dinge.

„Nein, äh, ich nicht. Ich habe, ich habe euch doch wohl nicht, wie soll ich sagen. Ist euch etwas zugestoßen?“ stotterte er vor sich her.

„Nein. Ihr seid wohl verwundert über das Haar? Alle Nonnen schneiden es sich ab. Es wäre ungeschickt unter der Haube. Manche scheren sich sogar ganz kahl. Doch das bringe ich nicht fertig."

„Ich, ich bin nur so überrascht, das habe ich nicht gewusst. Entschuldigt bitte."

Er sah an sich herunter, denn er wollte nicht, dass sich ihre Blicke trafen. Es hätte ihn nur noch verlegener gemacht. Denn er hatte immer geglaubt, dass sie viel älter sein musste. Erst seit sieben Jahren lenkte sie die Geschicke des Klosters als Äbtissin. Doch schon seit mindestens zwanzig Jahren war sie Ordensschwester hier in diesem Kloster. Sie stammte aus dem Allgäu. Sie musste noch sehr jung gewesen sein als sie in den Orden eintrat, überlegte er.

Cäcilia bemerkte seine Unsicherheit, darum wandte sie sich ab und ging weiter. Er war ihr immer so exakt und korrekt vorgekommen. Es war das erste Mal, dass er seine Fassung verloren hatte. Cäcilia fühlte sich trotz ihres Alters und Standes geschmeichelt. Als junges Mädchen hatte sie oft Zweifel, ob sie den richtigen Weg eingeschlagen hatte. Doch mit den Jahren wurden die Mitschwestern ihre Vertrauten und mehr noch, es war ihre Familie, denn zu der eigenen musste sie den Kontakt abbrechen beim Eintritt in den Orden. Doch sie hatte Eines erfahren in der Zeit als Äbtissin: man achtete sie, und darauf war sie stolz, auch wenn das keine Tugend einer Ordensschwester war.

Cäcilia ging weiter zur Kapelle, auch als sie an den Schritten bemerkte, dass sich der Hofrat entfernte, blickte sie sich nicht um.

Sie kniete in die erste Reihe und entzündete einen Kerzenstummel, der noch auf dem Altar stand. Die Heiligenfiguren waren geplündert oder lagen noch zerschlagen am Boden. Cäcilia vergrub ihr Gesicht in den Händen und versank in einem Gebet.

*

Es war inzwischen Februar geworden, als sich der Winter noch einmal in seiner vollen Härte zeigte. Obwohl die Tage wieder länger waren, hatten die Bewohner des Schwarzwaldes schon seit Wochen keine Sonne mehr gesehen.

Der Ostwind blies ohne Unterlass seine sibirische Kälte über den Klosterwald herein. Wer nicht musste, verließ sein Haus nicht, denn die Verwehungen auf den ungeschützten Flächen schnitten die Dörfer von einander ab.

Helena saß mit der Hebamme, wie schon die langen düsteren Tage zuvor, bei Kerzenlicht vor dem hitzespeienden Kachelofen und ließ sich in die Heilkunde einweihen.

Eine völlig neue und faszinierende Welt tat sich ihr auf.

Die Angst vor dieser unheimlichen, alten Frau, ihren seltsamen Ritualen und Mixturen, schlug nach und nach in Bewunderung über ihr enormes Wissen um.

Helena war froh und überzeugt davon, dass sie sich richtig entschieden hatte. Denn vor einigen Tagen hatte Josepha ihr einen Vorschlag unterbreitet:

„Meine Augen werden schlecht, meine Tage weniger und ich habe keine Tochter, der ich mein Wissen weitergeben könnte“, hatte sie begonnen. „Ich mache dir ein Angebot, ich weihe dich in die Geheimnisse der Heilkunde ein. Dann kannst du eines Tages meine Aufgabe übernehmen. Als Gegenleistung erwarte ich, dass du mir in den alten und gebrechlichen Tagen beistehst. Was hältst du davon?“

Helena war nicht schlecht überrascht über dieses plötzliche Angebot.

Sie hatte sich inzwischen erholt und sah mit gemischten Gefühlen ihrer Zukunft in dem weit entfernten Hinterstraß entgegen, wo sie ihrer Tante den Haushalt führen sollte. Wegen der unglücklichen Umstände hatte man sich geeinigt sie erst nach Ostern dorthin zu bringen. Dieser Tag war zwar noch weit entfernt, trotzdem war der Gedanke so weit weg zu müssen, eher unangenehm. Aber nach Hause wollte sie auch auf keinen Fall mehr. Die Angst vor ihrem Stiefvater war größer als das Heimweh.

Helena dachte über diese zweite Möglichkeit lange nach und fand Gefallen an dieser Idee. Abends in der stillen Kammer, die ihr Josepha entrümpelt und hergerichtet hatte, grübelte sie in aller Ruhe über die Vor- und Nachteile nach und dann stand ihr Entschluss fest. Sicherlich fand sich für ihre Tante auch ein Bauernmädchen aus deren Umgebung, überlegte sie sich.

Als ihre Mutter am nächsten Sonntag nach der Messe, wie meist, vorbeischaute, teilte sie ihr ihre Entscheidung mit.

„Hebamme?“ Leopoldine war zuerst geschockt. „Mein Gott Kind, hast du dir das auch reiflich überlegt? Du weißt doch selbst am besten wie Hebammen angeschaut werden. Warst nicht du diejenige, die immer Angst vor Josepha hatte? Sie war dir unheimlich, und das ist sie fast allen Leuten. Keiner will etwas mit ihr zu tun haben. Nur in der Not rennen die Leute im Schutze der Dunkelheit zu ihr und bitten sie um Hilfe. Aber ich bezweifle, dass irgend einer einen Finger für sie krumm machen würde, käme es darauf an.“

„Vielleicht ist Josepha im Laufe der Jahre verbittert geworden und deshalb etwas ruppig, Mutter. Aber ich glaube, dass ich sie in den letzten Wochen zur Genüge kennen gelernt habe, um zu sagen: ich bewundere sie und ihr Wissen. Ich will ihr Angebot annehmen und von ihr lernen. Außerdem kann ich so in der Nähe von Antonius sein. Er schläft in der letzten Zeit sogar drüben auf dem Schafhof, weil sein Vater ihm die Sache mit der Vaterschaft noch immer nicht verziehen hat. Er glaubt, er habe damit Schande über seine Familie gebracht.“

Leopoldine war noch immer nicht überzeugt, doch sie konnte sie nicht zwingen nach Hinterstraß zu gehen. Schließlich meinte sie: „Gut, du musst dich selber entscheiden. Ich will deinem Glück nicht im Wege stehen, aber sag nachher nicht, ich hätte dich nicht gewarnt. Du kannst dann nicht mehr kommen und sagen du hast keine Lust mehr und willst doch noch nach

Hinterstraß. Wenn ich absagen lasse, dann bleibt es dabei." Nach einer kurzen Pause setzte sie hinzu: „Aber ich warte noch zwei Wochen damit."

„Danke Mutter. Aber ich glaube, ich habe es mir reiflich überlegt. Ich bleibe hier."

„Wie du meinst, aber sollte dein Vater, ich meine Julius, aber je wieder sein Gedächtnis erlangen, dann kann ich dir nicht mehr beistehen. Denn es ist sicherlich nicht in seinem Sinne was du vor hast."

„Das Risiko gehe ich ein, Mutter."

Und so war es gekommen, dass Helena bei Josepha blieb.

Auf dem Tisch vor ihr lagen getrocknete Büschel von Johanniskraut, das sie vorsichtig von den dürren Stängeln abzupfte und das Kraut samt den Blüten in einem Tongefäß sammelte.

„Und, was kannst du mir über dieses Kraut sagen?" Josepha schielte unter ihrem tief gezogenem Kopftuch hervor.

„Nun, man kann daraus Tee machen, wenn es getrocknet ist, und man kann eine Tinktur ansetzen, aus frischen Blüten."

„Ja, das ist etwas dürftig. Wie wird es angewandt?"

„Der Tee wirkt beruhigend und gibt ein sonniges Gemüt. Außerdem hilft er bei leichter Verschleimung der Brust und Lunge und bei Magendrücken. Bei kleinen Bettnässern hilft er die Blase zu stärken."

„Gut, und die Tinktur?"

„Die Tinktur stellt man gleich nach dem Sammeln her. Also mit frischen Blüten, die man in eine Flasche füllt und dann mit einem guten Öl auffüllt, zum Beispiel Leinöl. Man lässt es etwa sechs Wochen am Fensterbrett in der Sonne stehen. Oder, wenn das Wetter schlecht ist, auch am Ofen."

„Ja, und wie verwendest du es?"

„Für die Wundheilung, bei Gicht und Schwellungen, bei Verrenkungen und Hexenschuss. Man reibt dann die betroffenen Stellen öfter ein."

„Und in der Frauenheilkunde?“

„Vor allem bei Erstgebärenden ist es gut den Dammbereich einige Tage vor der Geburt immer wieder damit einzureiben, um ihn geschmeidig und dehnbar zu machen. Sollte er trotzdem reißen, behandelt man den Riss mit dem Johannisöl, eben wie bei einer Wundheilung auch.“

„Schön, du kannst diese Weisheit ruhig weiter verbreiten. Wenn die Frauen mich erst zur Geburt rufen, ist es schon zu spät. Aber die meisten bekommen diese Empfehlungen bereits von ihren Müttern und Großmüttern. Trotzdem solltest du es den Frauen empfehlen. Sie sollen ihr Öl ruhig selber herstellen, dann muss ich nicht das teure Leinöl für alle einkaufen. Es gehört in jeden Hof. Weiter, erzähl mir etwas über die Ernte.“

„Das Kraut blüht etwa von Juli bis August und wächst besonders an Wegrändern und Rainen. Man darf es nur bei Sonnenschein und um die Mittagszeit sammeln, weil dann die Blüte ganz offen ist und alle Kraft der Sonne einfängt.“

„Auf was musst du unbedingt noch achten?“

„Auf den Stand des Mondes. Blüten darf man nur an Blütentagen sammeln, das ist dann, wenn der Mond die Tierkreiszeichen von Zwilling, Wassermann oder Waage durchwandert.“

„Gut, du hast gut aufgepasst. Das reicht für heute. Stell den Topf in der Küche aufs Regal und verbrenne die dürren Stängel im Ofen.“ Josepha stand auf und blickte aus dem Fenster. Es wurde schon wieder dämmrig.

„Wir müssen noch mal raus, wenigstens bis zum Dorfweg hoch frei schippen, sonst sind wir ganz zugeweht, wer soll uns da in der Not noch finden? Komm zieh dich an, wir gönnen uns hinterher auch einen schönen Johanniskrauttee mit einem Messerspitzchen Honig. Damit wir etwas Sonne in unserem Herzen haben, sonst wird man ja noch schwermütig bei diesem trostlosen Winter.“

Sie ging in den Hausflur hinaus, band sich den dicken Schal ums Gesicht und stieg in die hohen Lederstiefel, die sie bis kurz unters Knie schnürte. Helena tat es ihr gleich, denn Leopoldine hatte nach und nach ihre Habseligkeiten von zu Hause mitgebracht, wenn sie zu Besuch kam.

„Übrigens, ich habe mit deiner Mutter gesprochen. Sie hat ihrer Schwester die Lage erklärt und abgesagt. Du bist also hiermit offiziell mein Lehrmädchen. Ich habe ihr als Dank ein Glas besten Bienenhonig zugesteckt. Sie kann ihn in ihrem Zustand im Winter gut gebrauchen."

Helena horchte auf.

„Was meint ihr mit ihrem Zustand? Julius hat sie doch nicht etwa?"

„Verprügelt? Nein, er ist sehr seltsam geworden, er kann sich immer noch an nichts erinnern. Er ist still und in sich gekehrt. Aber er hat deine Mutter noch kurz vor dem Überfall geschwängert."

„Was? Mutter schwanger? Wann hat sie euch das erzählt?" Helena hielt inne und versuchte den Gesichtsausdruck der Hebamme in dem dunklen Flur zu ergründen.

„Sie hat es nicht erzählt."

„Ja, aber woher wisst ihr es dann?"

„Siehst du, das musst du noch lernen. Jede Frau verrät sich, wenn sie schwanger ist. Du musst auf die Zeichen achten und die waren nicht zu übersehen, als sie hier war und nach Julius gesehen hat. Die Frauen wissen es oft selbst erst viel später, aber ich sehe ihnen die Veränderungen am ersten Tag schon an. Ich rieche es sogar."

„Das glaube ich nicht."

„Dann warte ab."

*

Den Kragen seiner Joppe hochgezogen und die Mütze tief im Gesicht, machte sich Julius auf den Weg Richtung Neustadt, oder besser gesagt Richtung „Buchen“, der kleinen Gaststätte am letzten Zipfel von Rudenberg, dort wo das Gelände steiler bergab fiel und man über Neustadt unten im Tal blicken konnte.

Das Städtchen lag in einem, nach fast allen Seiten abgegrenzten Kessel.

Innerhalb dieses Kessels gab es eine Erhöhung, auf der einst die Kirche thronte, aber seit den verheerenden Schlachten mit den Franzosen, die den letzten Sommer auch hier durchgezogen waren, war dieser Buckel nur noch ein jämmerlicher Trümmerhaufen.

Selbst einige Häuser aus der Nachbarschaft des Gotteshauses waren in Mitleidenschaft gezogen. Der frühe Wintereinbruch hatte jegliche Aufräum- oder Wiederaufbauarbeiten verhindert. Im Gasthaus neben der Kirche wurde deshalb seither der Gottesdienst abgehalten.

Julius ließ seinen Blick über die Stadt schweifen, die nach Westen hin durch den Höhenrücken des Hochfirsts, der hinter sich die Orte Lenzkirch, Kappel und Saig verbarg, abgegrenzt wurde.

Nordöstlich flachte der Berg etwas ab, bevor er wieder in Richtung Norden anstieg. Durch diese Schneise, hinter deren Kurve sich der Titisee verbarg, blies ein kräftiger Westwind, der den wochenlang anhaltenden Ostwind abgelöst hatte und wieder Schnee ins Tal fegte. Eine bedrohliche weiße Front kam auf Neustadt zu und erwischte Julius in voller Stärke, noch bevor er den Buchen erreicht hatte.

Unwillkürlich zog er seinen Nacken noch tiefer in den wärmenden Kittelkragen und schob den Schal zum Schutz gegen den beißenden Wind über Mund und Nase.

Trotz des widrigen Wetters musste er raus. Er hielt es zu Hause nicht mehr aus, es war, als fiele ihm die Decke auf dem Kopf. Es herrschte eine schweigende Stimmung daheim, man beobachtete seine Bewegungen, als sei er ein Fremdkörper im Haus.

Und das Schlimme war, er wusste nicht einmal warum. Er

konnte sich an nichts erinnern. Er zermarterte sich tagtäglich den Kopf, aber es blieb nur eine gähnende Leere. Das Einzige was ihm bisher wieder eingefallen war, war der Streit mit Johann, und dass er ihn aus dem Haus gejagt hatte. Aber wann war das?

Dann Helena, sie war schwanger und sollte den Moosbacher heiraten. Irgendetwas Schreckliches war dann passiert, aber was? Helena lebte nicht mehr zu Hause, lebte sie überhaupt noch? Julius wagte nicht nachzufragen, zu deutlich war ihm in letzter Zeit wieder das Bild von Gertrude, dem Mädchen aus seiner Kindheit, ins Gedächtnis gekommen. Oder war es etwa sogar Helena, die in seinen Erinnerungsfetzen so schrecklich zugerichtet und leblos dalag?

Die Gesichter der Beiden vermischten sich immer wieder zu einem. Sie sahen sich verdammt ähnlich, hatte er sie deswegen angegriffen? Hatte er sie überhaupt angegriffen? Wo war sie dann?

Die Angst steckte in seinen Knochen und jedes Mal, wenn es an der Haustür pochte, schreckte er auf und befürchtete, dass es jetzt soweit sei, dass sie ihn holen und nach Neustadt in den Kerker werfen würden.

Er musste unter die Leute, so tun als wäre alles in Ordnung, um nebenbei etwas zu erfahren, so wie das letzte Mal in der Jockelescheuer.

Er hatte von Johann erfahren und seinem Aufenthaltsort.

Julius seufzte. Der Bub war zum Verräter geworden, jawohl zum Verräter an seinem Vater, einem der geschicktesten Schreiner. Er nutzte seine Fähigkeiten, die er ihm beigebracht hatte, um Uhrenkästen zu bauen!

Nun hatte es auch seinen Sohn gepackt, dieses Uhrenfieber. So wie einst den Andreas vom Winterberghof in der Schildwende.

Ins Unglück ist er gerannt, nie mehr hat man ihn gesehen. Zum Glück nicht, sonst hätte Leopoldine nie aufgehört ihm hinterher zu weinen. Sollten sie doch ins Verderben rennen, diese

Uhrmacher und Händler, wenn ihnen der Grund und Boden ihrer Väter nicht mehr heilig war. Wenn sie glaubten, mehr zu verdienen als mit ihrer Hände Arbeit auf den Äckern.

Julius hatte endlich das Gasthaus erreicht und schneite mit einer Wind- und Schneeböe in den dunklen Raum.

Erst als sich seine Augen an das fahle Licht gewöhnt hatten, erkannte er, dass nur zwei alte Männer, eingehüllt in einer dichten Rauchschwarte, am Tisch saßen.

„Kirner, hast wohl nichts zu tun in deiner Werkstatt, was?" begrüßte ihn die raue Stimme von Justus dem Rossknecht des äußeren Hofs. Der Kerl neben ihm war Balduin, der Uhrmacher aus Neustadt.

„Nein, die Geschäfte gehen nicht. Die Leute haben kein Geld in diesen schlechten Zeiten. Aber ihr scheint mir auch nur den Tag totzuschlagen?"

„Ich habe mir heute selbst frei gegeben. Ich habe meine Lieferung schon fertig. Meine Händler wollen nach Frankreich, sie warten nur auf besseres Wetter." Balduin paffte dicke Ringe gegen die Decke.

„Nach Frankreich? Ja sind die noch gescheit? Wo wir doch mit denen im Krieg liegen", fügte Justus der Knecht an.

„Gerade deshalb, keiner geht dahin. Also haben sie auch keine Konkurrenz, die Märkte sind gut in Straßburg und Colmar. Aber besser noch in Paris. Sie wollen sich durchschlagen bis Paris."

„Man kann auch mit Gewalt Kopf und Kragen riskieren", brummte Julius und bestellte sich ein Kirschwasser, um wieder warm zu werden.

„Wenn ich es mir recht überlege, ist die Idee gar nicht so dumm", sinnierte jetzt Justus, der sich die Argumente noch einmal durch den Kopf gehen ließ. „Die Franzosen können dich auch hier erschlagen. Warum nicht an ihnen verdienen? Was haben wir schon zu verlieren? Nichts mehr. Nicht einmal mehr unseren kostbarsten Besitz, unser Vieh. Manche haben sogar alles verloren. Die Kinder und Alten sterben wie die Fliegen, Epidemien werden ausbrechen bis endlich wieder Frühjahr wird. Die Leute sind geschwächt. Hätten wir keine Kartoffeln, wie noch vor hundert Jahren, ganze Landstriche würden verhungern." Er nippte an seinem Mostglas und verzog das Gesicht.

„Den kann dein Vater aber auch bald als Essig verkaufen", rief er Lene, der Tochter des Buchenwirtes zu, die verlegen am Schanktisch lehnte und entschuldigend die Schulter zuckte.

„Wein und Bier sind Mangelware, wir können die hohen Preise nicht bezahlen. Ihr müsst mit dem Most vorlieb nehmen, oder Kirschwasser trinken, das stellen wir selbst her."

„Ist schon gut Mädchen", beschwichtigte Justus. „Wovon haben wir gerade gesprochen? Ach ja, das Vieh. Habt ihr schon gehört, in Lenzkirch gab es nicht ein einziges Rind mehr, nicht einmal eine Ziege war im ganzen Ort zu finden. Der Schlegel Max hat erst letzte Woche wieder eine Geiß aufgetrieben und stellt euch vor, das ganze Dorf ist zusammen gelaufen und hat das Tier bewundert. Die Männer haben sogar den Hut vor der Geiß gezogen. Stellt euch das vor, wenn uns vor einem Jahr einer das gesagt hätte, wir hätten ihn doch alle ausgelacht. Aber soweit sind wir gekommen."

„Bin mal gespannt, ob die Lenzkircher ihr Gelübde halten und jeden ersten Montag in der Fastenzeit in der Eulogiuskapelle den ganzen Psalter beten", mischte sich Julius ins Gespräch ein, damit niemandem auffiel, dass er immer noch Lücken hatte, denn der Tiroler hatte in der Jockelescheuer so etwas erzählt.

„Hirschmontag soll der neue Feiertag der Lenzkircher heißen und auf ewige Zeiten der Erlösung der Seuche gedenken."

Ein Grinsen ging durch die Runde und Julius rief dem Mädchen zu:

„Lene! Einen Kirsch für alle, auf diesen neuen Feiertag."

Wieder ging die Tür auf und eine schmächtige, eingeschneite

Person stand im Rahmen. Es war der Kranitzer, Jörgel Mittenreuter.

„Tag, eh darf ich mich zu euch setzen?“ fragte er erst vorsichtig in die Runde, denn man kannte ihn und seine Art sich durchzubringen inzwischen schon. Nicht überall wurde er mehr geduldet und der harte Winter hatte ihn gehindert weiter zu ziehen, so tauchte er immer wieder in der Umgebung von Neustadt auf.

„Wenn's sein muss“, brummte ihn Balduin an.

Julius, der mit dem Rücken zur Tür gesessen hatte, drehte sich um.

Die Augen des Tirolers wurden immer größer und er machte wieder einen Schritt zurück zur Tür.

„Ich, ich kann auch ein andermal“, begann er zu stottern und zog seinen verfilzten Hut wieder auf.

„Halt!“ rief Julius. „Du bleibst hier. Dein Wissen ist mir ein Gläschen wert, je nachdem.“ Er rückte den Stuhl neben sich heran und bot ihm Platz.

Misstrauisch aber neugierig, kam er auf ihn zu und setzte sich spitzig auf die Kante des Stuhls, um im Notfall wieder schnell verschwinden zu können.

„Und, gibt es etwas Neues? Vielleicht sogar aus Waldau?“ Julius legte seinen Arm auf die Stuhllehne des Tirolers, dann nahm er den Schnaps, den ihm Lene reichte und führte ihn dem Kranitzer an den Mund.

„N-nein,“ stotterte dieser, „ich war nicht mehr in Waldau seit dem.“

„So, dann nimm mal einen Schluck und überlege, wo du warst.“ Er zog ihn unsanft von hinten am Haarschopf und goss ihm den Schnaps in den Mund.

„Ich, ich war überall, äh, und nirgends“, sabberte dieser, denn der Schnaps lief ihm zu den Mundwinkeln wieder heraus. Er verschluckte sich und bekam einen Hustenanfall, weil das scharfe Getränk die Luftröhre hinunter brannte. Tränen standen in seinen geröteten Augen als er versuchte etwas zu sagen.

„Schwind-, Schwindsucht und Diphtherie“, kam es endlich verständlich über seine Lippen.

„Wo?“

„Im Jostal zum Beispiel. Fast jeder dritte Hof.“ Jörgel bekam wieder einen Hustenanfall.

In diesem Moment ging die Tür abermals auf und wieder wirbelten Schneeflocken herein, bevor der neue Gast erkenntlich war.

Es war Antonius. Justus pfiff zwischen den Zähnen und blickte abwartend auf Julius. Doch dieser musterte ihn nur wie einen Fremden, aber innerlich begann sein Hirn wieder fieberhaft zu arbeiten.

Dieser Antonius spielte eine Rolle in seinem Missgeschick, dessen war er sich sicher. Nur welche?

Er war im Hebammenhaus! Jetzt fiel es ihm wieder ein. Doch was war dort?

Antonius hielt ebenfalls für den Bruchteil einer Sekunde inne als er Julius erblickte. Doch als er die abwartenden Blicke der anderen spürte, ließ er sich nichts anmerken und setzte sich zu den Männern.

„Wo kommst du her?“ wollte Balduin wissen. „Bei dem Wetter jagt man keinen Hund vor die Tür.“

„Ich komm aus Neustadt. Aus der Schmiede. Wir haben neues Werkzeug für die Uhrenmacherwerkstatt bestellt.“

Er legte zum Beweis drei verschieden kleine Zangen und einen feinen Bohrer auf den Tisch, die er säuberlich aus einem Stück Stoff auswickelte.

Mit bewunderndem Blick griff der Kranitzer gleich mit seinen schwarzgeränderten Fingern nach dem feinen Werkzeug.

Julius schlug ihm unsanft auf die Finger.

„Hat einer gesagt, du sollst deine Dreckfinger da rein stekken? Erzähl lieber was über die Diphtherie.“

„Diphtherie? Wer hat Diphtherie?“ Antonius packte seine Errungenschaft wieder sorgfältig in das Tuch ein und blickte fragend in die Runde. Allmählich löste sich die Anspannung, denn weder Antonius noch Julius machten irgendwelche feindlichen Anspielungen gegeneinander.

„Was darf ich euch bringen Herr Burger?“ fragte Lene und schlenderte zu Antonius, dabei beugte sie sich übertrieben weit nach vorne, so dass Antonius ihr in den weiten Ausschnitt schauen konnte.

„Seit wann bin ich für dich der Herr Burger? Waren wir nicht miteinander in der Schule?“

„Ja, aber ihr seid trotzdem einiges älter, wir waren nicht in der selben Klasse. Und außerdem jetzt, wo ihr ein berühmter Händler seid.“

Antonius konnte sich ein Lachen nicht verkneifen.

„Ihr seid auch Händler?“ Jörgel sprang auf und wollte ihm die Hand reichen, doch Balduin drückte ihn an der Schulter nach unten.

„Setz dich, er ist Uhrenhändler. Kein Hausierer.“ Dabei betonte er das Wort „Uhren“ ganz besonders, um seinen Stand klar zu machen.

„Also Lene, was hast du feil?“

„Kirsch, Most oder ich kann auch einen Tee oder eine heiße Milch machen.“

„Den Most kann ich dir nicht empfehlen. Der ist schon Essig.“, rief Justus dazwischen.

„Dann doch lieber auch ein Kirschwasser. Es ist saukalt draußen“, beendete Antonius das Thema.

„Du hast noch immer deinen Schnaps nicht verdient, du Händler“, bemerkte Julius abfällig und setzte sein Augenmerk wieder auf den Kranitzer.

„Ach ja, die Diphtherie. Du hast vorhin etwas gesagt. Wo ist die Seuche ausgebrochen?“ begann Antonius.

„Sie geht wieder überall um. In den Tälern vor allem. Man könnte meinen sie folgt den Spuren der Viehseuche. Die Alten und Kinder trifft es vorwiegend.“

„Und wo genau kommst du her?“

„Vom Winterberghof in der Schildwende.“

Julius wurde wieder stutzig, dieser Kerl schien sein Schicksal zu sein.

„Vom Winterberghof sagst du? Was hast du dort gemacht?“

„Man hat mich dort aufgenommen. Ich habe hart gearbeitet, weil alle krank waren. Bis ich gemerkt habe, was die haben. Dann bin ich schleunigst abgehauen, ich bin doch nicht lebensmüde und stecke mich an.“

„Sie haben doch nicht etwa die Diphtherie?“ wollte Justus wissen.

„Doch.“

„Wer?“ drängte Julius.

„Die zwei jüngsten Mädchen des Bauern waren die ersten, dann hat es die Magd erwischt und zum Schluss sogar den Altbauern.“

„Thaddäus Hofmeier?“ vergewisserte sich Julius.

„Ja, so heißt er. Kennt ihr ihn?“

„Wie geht es ihm?“

„Schlecht. Eines der Mädchen ist gestorben, kurz bevor ich weg bin.“

„Wann war das?“

„Äh, vor, äh, heute morgen“, fügte er kleinlaut hinzu, blickte in die Runde und im selben Moment verfluchte er seine Redseeligkeit.

„Was?“ schrie ihn der Kirner an und stand von seinem Stuhl auf. „Dann wagst du es hierher zu kommen und die Seuche einzuschleppen?“ Sein Gesicht lief puderrot an und seine Halsschlagadern traten bedrohlich heraus.

Die Anderen rückten mit ihren Stühlen zurück.

Der Kranitzer wollte, flink wie er war, flüchten, doch der Kirner war schneller und packte ihn am Kragen.

Dem Kirner ging es in Wahrheit nicht um die Seuche, denn die Diphtherie hatte er selbst schon einmal gehabt und knapp überlebt, dafür war er jetzt lebenslänglich immun, das wusste er.

Nein, sein eigentlicher Grund, warum er den Tiroler zum Schweigen bringen wollte war die Angst, er könnte noch mehr ausplaudern und ihn bloßstellen. Man konnte nie wissen, was dieser Kerl so alles in Erfahrung gebracht hatte, und womit er versuchen wollte sich Geld zu beschaffen.

All seine aufgestauten Aggressionen durch den Verlust des Gedächtnisses kamen wieder in ihm hoch und er brauchte ein Ventil, dazu war ihm dieser kleine wehrlose Säufer aus Tirol gerade recht. Sein ängstliches Wimmern und sein flehender Ausdruck in den Augen gaben Julius den Rest. Er konnte nicht anders, er musste ihn verdreschen, doch, noch ehe er auf den Händler einprügeln konnte, hatte dieser sich aus der Joppe gewunden, und der Kirner hatte nur noch das leere Kleidungsstück in der Hand. Nur im Hemd bekleidet entwich der Kranitzer durch die Tür und stürmte in den tobenden Schneesturm hinaus.

Schnaubend warf der Kirner die Joppe gegen die Tür und setzte sich wieder.

„Lene, du lahmarschiges Frauenzimmer! Bekommt man in dem Saftladen nichts mehr zu saufen?“ schrie er über die Schulter.

„Ein Kirsch, Herr Kirner?“ fragte sie mit zitternder Stimme.

„Aber zack zack!“ brüllte er das Mädchen an.

Er goss den Schnaps in einem Zug hinunter und orderte das Selbe nochmal. Schweigend beobachteten die anderen sein Tun.

Nachdem er das Ganze viermal wiederholt hatte und jetzt begann die Gläser nach dem Mädchen zu werfen, stand Antonius auf und nahm ihm das soeben geleerte Glas ab.

„Kirner jetzt ist es genug. Kommt, ich bring euch nach Hause.“

Wankend und mit drohender Miene stand der Kirner auf und ging langsam auf Antonius zu.

„Was hast du eben gesagt? Geh mir aus dem Weg du Hurensohn. Was bildest du dir eigentlich ein, wer du bist? Uhrenhändlerpack, den Weibern die Köpfe verdrehen. Ihr seid alle gleich."

„Kirner, ihr wisst doch nicht mehr was ihr redet. Kommt, wir gehen." Er wollte ihm die Hand reichen, doch dieser schlug sie weg und drehte sich noch mal zur Theke um.

„Lene, du Schlampe! Komm und bring mir was zu trinken!"

Eingeschüchtert blickte sie zu Antonius, als wollte sie sich entschuldigen. Mit zitternden Händen goss sie schließlich nach und brachte das Glas zum Tisch, wo es ihr Antonius abnahm und hinter sich goss.

In dem Moment kam der Buchenwirt hinkend aus den angrenzenden Stall geschlürft, er war durch den Krach aufmerksam geworden. Doch ehe er etwas sagen konnte überschlugen sich die Dinge.

„Bist du sogar zu blöd einen Schnaps zu servieren, du kleine Nutte? Dein Alter schickt dich doch, die Beine breit zu machen, wenn in euerm Saftladen nichts mehr läuft! Kein Wunder bei der Bedienung!" Die Angst in ihren Augen brachte ihn abermals in Erregung und er schlug zu.

Lene taumelte rückwärts und hielt sich den Mund.

„Mein Zahn!" schrie sie und spuckte Blut, in den Händen hielt sie einen abgebrochenen Schneidezahn.

„Was geht hier vor?" schrie der Wirt und kam humpelnd auf seine Tochter zu. Sein Bein war seit einen Unfall mit dem Ochsengespann vor vielen Jahre steif geblieben.

Antonius ergriff die Initiative bevor der Kirner noch ganz ausrastete und versetzte ihm einen Hieb in die Magengegend. Dieser taumelte daraufhin nach vorne und stolperte über seinen Stuhl. Dabei fiel er mit einem dumpfen Schlag so unglücklich, dass er mit dem Kopf auf den Bretterboden aufschlug.

Er blieb liegen, doch sein Blick wanderte, wie der eines Geisteskranken, von einem zu andern.

Er schien im Moment desorientiert zu sein. Doch keiner kümmerte sich um ihn, sondern alle schauten zu dem heulenden Mädchen und ihrem Vater.

„Lene? Alles in Ordnung?“ fragte Antonius. „Tut mir Leid es war vielleicht meine Schuld, ich wollte ihn vom Saufen abhalten, weil er dann unberechenbar wird. Aber es war wohl schon zu spät. Er verträgt seit seinem Unfall offensichtlich gar nichts mehr.“

„Mein Zahn!“ schluchzte sie. „Wie soll ich unter die Leute mit einem abgeschlagenem Zahn?“

„Das macht deinem schönen Gesicht keinen Abbruch, Lene. Ich habe in Mailand von einem Handwerker erfahren, der abgeschlagene Zähne mit einem Goldzahn ersetzt. So was gibt es.“

„Und wie soll ich bitte nach Mailand kommen und einen Goldzahn kaufen?“

„Ja, in der Tat, das ist schwierig.“ Antonius kratzte sich am Kopf und blickte verlegen auf Julius, der sich nun regte und so langsam wieder richtig zu sich zu kommen schien.

Er bot dem Kirner die Hand.

„Ich bring euch heim.“

„Mach, dass du weg kommst, du, du Verbrecher!“ Er richtete sich wieder auf und drohte Antonius: „Willst mich wohl zum Gespött der Leute machen. Glaubst du ich habe nicht mitbekommen, wie du damit prahlst der Vater des Kindes meiner Tochter zu sein? Aber sie hat ihn verloren diesen Balg. Wegen dir! Aber nicht genug, du wolltest auch mir ans Leben. Aber hast nicht damit gerechnet, dass mein Schädel so dick ist, wie? Und jetzt spielst du den Retter. Nimm bloß deine schmutzigen Finger von mir. An ihnen klebt Blut.“

Erst jetzt wurde Julius bewusst, dass er sich plötzlich wieder an alles erinnern konnte. Er griff an seinen Hinterkopf, die Kruste war schon längst abgefallen, aber die Vernarbung war noch zu spüren.

Verwundert blickte er sich im Raum um, die Dinge hatten sich somit mit einem Schlag geändert.

„Bei Gott Kirner, ich schwöre euch beim Leben eurer Tochter, ich war es nicht. Ich habe euch nie berührt!"

„So, und das soll ich dir glauben? Jetzt, wo du mich gerade wieder niedergeschlagen hast?" Er drehte sich zu den anderen im Raum und rief: „Ihr seid alle meine Zeugen, er hat mich wieder angegriffen, obwohl ich ihm nichts getan habe."

Antonius heißere Stimme war eher ein gepresstes Flüstern, als er sagte: „Aber eines schwör ich euch, wenn ich es gewesen wäre, glaubt mir, ich hätte richtig zugeschlagen." Er spuckte vor ihm auf den Boden.

„Jetzt reicht es!" Der Buchenwirt war zu den beiden Kontrahenten gehumpelt und packte den Kirner am Kragen.

„Eines sag ich dir Kirner, du wirst meiner Tochter nichts mehr antun. Raus! Du hast hier nichts mehr zu suchen. Du hast Hausverbot! Ein für allemal!" Er schupste ihn zur Tür.

Antonius griff in die Hosentasche und ließ einen Gulden auf dem Tresen liegen.

„Für deinen Zahn, vielleicht kommt doch einmal einer dieser feinen Goldschmiede in unsere Gegend. Spar die Münze und pass auf, wen du das nächste Mal bedienst."

Justus und Balduin saßen noch immer still in der Ecke und trauten sich nicht sich einzumischen, als Antonius in seine Joppe schlüpfte und an Julius vorbei zur Tür hinaus ging.

Die kalte Abendluft schlug ihm entgegen und klärte seinen Kopf.

Erst als er einige Steinwürfe vom Buchen entfernt war, atmete er tief durch und verlangsamte seinen Laufschritt. Er blickte zurück in das leuchtende Abendrot, das über dem Hochfirst stand und jede Spur des Schneesturmes am Himmel verscheucht hatte.

Der Kirner torkelte in einiger Entfernung hinter ihm her und fuchtelte fluchend mit den Händen.

Antonius hatte es eilig, um bei Helena im Hebammenhaus vorbeischauen zu können und ihr von den Neuigkeiten, nämlich, dass ihr Vater sich wieder an alles erinnern konnte, zu berichten. Er würde den Frauen raten, die Tür verriegelt zu lassen. Mit dem Kirner war nicht zu spaßen. Jetzt, wo er sein Gedächtnis offenbar wiedergefunden hatte, außerdem hatte er wieder getrunken. Eine gefährliche Mischung.

*

Es war dunkel geworden in der Kammer, ein süßlicher, kranker Geruch hing im Raum.

Die Augen des Thaddäus Hofmeier lagen in tiefen Höhlen und waren geschlossen. Sein zahnloser Mund stand offen und sein Atem ging nur stoßweise.

Martha, seine Schwiegertochter, bekreuzigte sich, ehe sie die Totenkerze auf seinem Nachttisch anzündete.

Thaddäus wandte seinen Kopf dem Licht zu und öffnete die Augenlider halb, sein trüber Blick suchte die junge Bäuerin, die den Raum fast lautlos betreten hatte.

„Das Totenlicht, Martha," hauchte er, „mach es aus. Ich brauche es nicht. Ich finde den Weg zu meinem Richter allein."

„Vater," die junge Frau beugte sich über ihn, damit er sie besser hören konnte, „draußen ist Besuch für euch. Ein junges Mädchen. Sie besteht darauf euch zu sehen."

Der Winterbergbauer öffnete seine Augen ganz und blickte fragend zu seiner Schwiegertochter.

„Ein Mädchen? Wer ist sie?"

„Ich weiß es nicht. Ich kenne sie nicht. Aber sie sagt, es wäre sehr wichtig und sie gehe nicht eher weg bevor sie euch gesehen habe."

„Ist sie wenigstens hübsch?" Der Alte versuchte ein Lächeln, doch sein Gesicht verzog sich nur zu einer Fratze, er hatte schon die Kontrolle über seinen Körper verloren. Der Tod war nur noch eine Frage der Zeit.

„Soll ich sie hereinlassen?“

„Ich will nicht dumm sterben“, nickte er. „Was hat sie auf dem Herzen?“

Martha ging zur Tür, vor der Helena schon nervös vor den Augen der anderen Familienmitglieder auf und ab ging. Sie konnten sich keinen Reim darauf machen, was dieser Fremden so wichtig sein mochte, dass sie nicht einmal Angst vor einer Ansteckung hatte.

Die Schatten des Todes hatten nämlich den Hof schon erreicht.

Im Nebenzimmer lag die Tochter des Bauern aufgebahrt, gerade mal drei Jahre alt durfte sie werden. Gestern Morgen wurde sie von ihrem Kampf erlöst und nun wartete man betend auf den Tod des Altbauern.

Helenas Hände waren ganz feucht vor Aufregung, zum wiederholten Male streifte sie sie an ihrem Schurz ab und fragte sich, ob es richtig gewesen war hierher zu kommen. Sollte sie die Vergangenheit nicht lieber ruhen lassen?

Aber es war die letzte Möglichkeit ihren leiblichen Vater einmal zu sehen.

Antonius hatte ihr vom Winterbergbauern berichtet, ohne dass er wusste welche Verbindung zu ihm und ihr bestand. Josepha war schon zu Bett gegangen und so konnte sie ihm die ganze Geschichte von damals erzählen, so wie Leopoldine sie ihr erzählt hatte.

Sie bat ihn darüber Stillschweigen zu bewahren, was er ihr auch hoch und heilig versprach. Sie erzählte ihm allerdings nichts von ihrem Entschluss der Vergangenheit ins Auge zu sehen. Er hätte sie sicher abgehalten.

Und nun stand sie hier. Am liebsten wäre sie wieder weggelaufen. Sie musste verrückt sein sich einzubilden, er wollte sie sehen. Sicherlich verleugnete er sie. Und doch, sie wollte wissen, wer ihr Vater war und keiner konnte sie davon abhalten.

Knarrend ging die Kammertür auf und die Bäuerin nickte ihr zu.

„Aber nur kurz."

„Danke."

Helena holte tief Luft, dann betrat sie zögernd den Raum. Der Geruch des Todes schlug ihr entgegen und sie nahm das Taschentuch hervor, das sie vorsorglich mit Thymianöl besprenkelt und eingesteckt hatte. Es sollte desinfizierend wirken, deshalb presste sie es sich vor Mund und Nase.

Sie ging soweit auf das Bett zu, bis sie den alten Mann in seinem großen Kissen ausmachen konnte. Er war nur noch ein Schatten seiner selbst und sie verspürte so etwas wie Mitleid mit dem Sterbenden.

„Was gibt es so Wichtiges, dass man einen alten Mann nicht in Ruhe sterben lassen kann?" flüsterte er ihr zu. Martha stand an der Tür, auch sie wollte wissen was die Fremde hierher geführt hatte.

„Ich bin Helena. Helena Kirner", begann sie.

„Ja, und?" Er konnte wohl nichts mit dem Namen anfangen.

„Es ist jetzt fast neunzehn Jahre her, als bei euch eine Magd gearbeitet hat. Leopoldine hieß sie."

Sie hielt kurz inne, um ihm Zeit zugeben.

„Und. Leopoldine, sagst du? Ist es nicht die, die später unseren Knecht geheiratet hat, den Julius?"

„Ja. Sie ist meine Mutter."

Er wurde hellhörig und versuchte sich aufzurichten, Martha eilte zum Bett und half ihm.

„Was willst du von ihm? Siehst du nicht, dass er sich überanstrengt?"

Ein Hustenanfall übermannte ihn und schüttelte seinen dürren Leib durch bis Schaum vor seinen Mund trat.

Sie glaubten schon, dass er daran erstickt sei, denn er sackte mit einemmal leblos und mit geschlossenen Augen in sein Kissen zurück.

Es war für einige Sekunden totenstill im Raum, er atmete nicht mehr. Helena schlug das Herz bis zum Halse. Auch sie und Martha hielten vor Schreck die Luft an.

Doch dann war ein tiefes Röcheln zu vernehmen und der tot Geglaubte öffnete wieder die Augen.

„Ist gut Martha, lass sie reden", hauchte er.

Die Bäuerin warf Helena einen vorwurfsvollen Blick zu, dann trat sie zur Seite.

„Helena heißt du?" flüsterte er.

Sie nickte.

„Und was willst du mir sagen?" Er blickte sie aus seinen glänzenden Augen an.

„Ich will damit sagen," sie rang nach den richtigen Worten, denn sie spürte Marthas Blick wie eine Lanze in ihrem Rücken, doch dann holte sie tief Luft und brachte es hinter sich. „Ich will damit sagen, dass ihr mein Vater seid."

Jetzt war es draußen. Wieder herrschte Totenstille im Raum. Martha presste sich die Hand vor den Mund, um nicht zu schreien.

Der Alte schloss die Augen.

Die Bäuerin fing sich wieder und rannte zur Tür.

„Michael!" rief sie in den dunklen Flur, dann wandte sie sich an eine Dienstmagd, die gerade vorbei ging. „Wo ist der Bauer? Hast du ihn gesehen?"

„Er kommt gerade", hörte sie die dünne Stimme einer jungen Magd.

„Michael, kommt schnell, dieses Mädchen behauptet Ungeheuerlichkeiten von eurem Vater."

Ein gutaussehender, blonder und kräftiger Mann mit den selben, seltenen wasserblauen Augen wie Helena, betrat den Raum. Helena hatte ihn zuvor noch nicht gesehen, und sie überlegte kurz, ob sie ihn übersehen hatte.

„Ja, was gibt's?" Er blickte nervös auf seinen Vater, schien dann aber etwas beruhigter, als dieser ihm knapp zunickte. Dann wandte er seinen Blick zu Helena.

„Was um alles in der Welt geht hier vor? Siehst du nicht, dass mein Vater im Sterben liegt?"

„Halt, lass sie." Der Alte versuchte sich nochmals aufzurichten, doch die Kraft dazu fehlte ihm und so sprang Michael an seine Seite und stützte das magere Häuflein Mensch ab.

„Wie alt bist du?" begann der Alte und seine Stimme klang nicht mehr ganz so zerbrechlich. Er versuchte ihr Autorität zu verleihen.

„Achtzehn." Helena kam nun näher ans Krankenbett und nahm das Tuch vom Gesicht, damit der Alte sie sehen konnte.

„Wahrhaftig," sprach dieser, „wie geht es deiner Mutter? Und Julius? Er war mein bester Knecht. Ich habe ihn ungern gehen lassen, aber ich war es deiner Mutter schuldig. Sind," er unterdrückte einen neuerlicher Hustenanfall und der Rest seiner Worte kam wieder sehr gepresst aus seinem Mund, „sind sie glücklich geworden?"

„Ich, ich glaube sie haben sich nie geliebt", gab Helena zur Antwort, sie wollte den Sterbenden nicht mit Vorwürfen überschütten, aber auch keine heile Welt vorgaukeln, denn schließlich war er es, der ihrer Mutter so viel Leid zugefügt hatte.

„Geliebt," so etwas wie Verachtung lag in seinen Worten als er mit festerer Stimme fortfuhr, „ich habe für ihr Heil gesorgt. Nicht für ihre Liebe. Sie von einer Schande bewahrt. Nicht jeder Bauer besitzt den Anstand, für die unehelichen Kinder seiner Mägde zu sorgen."

Er schloss wieder seine Augen und deutete damit an, dass Michael ihn ins Kissen zurücklegen sollte. Doch dieser rüttelte ihn sanft bis er wieder die Augen öffnete.

„Vater? Vater! Was wollt ihr damit andeuten?"

„Andeuten." Wieder lag dieser verächtliche Ton in seiner Stimme.

„Mein Sohn," und jetzt raffte er sich wieder etwas hoch, „ich trete in kürzester Zeit vor meinen Schöpfer, vielleicht sollte ich reinen Tisch machen. Dieses Mädchen da," er blickte zu Helena, „sie ist deine Schwester."

Michael ließ seinen Vater ins Kissen sacken. Entsetzen stand in seinen Augen als er abwechselnd zu Helena und dann zu seinem Vater blickte.

„Vater? Ihr.."

„Ja, sie hat Recht, ich bin ihr leiblicher Vater. Dein Bruder Andreas wollte Leopoldine zwar zur Frau, aber ich habe mir das Recht des Bauern auf seine Magd herausgenommen und ihm seine Geliebte ausgespannt. Basta. Denk was du willst, mir ist es jetzt egal."

Der Eigensinn eines störrischen Alten lag in diesen Worten als er die Augen wieder schloss, so als wäre das Thema jetzt endgültig aus und vorbei.

Michael blickte zu seiner Frau, die noch immer die Faust auf ihren Mund presste. Sie kämpfte mit den Tränen.

„Danke Vater," kam es monoton über Helenas spröde Lippen.

„Es, es tut mir unendlich Leid für euch," sie richtete sich an Michael, „aber vielleicht verstehst du mich, wenn dein Schmerz nachgelassen hat. Ich war es meiner Mutter schuldig."

Michael nickte, ohne sie anzusehen.

Der Alte, der seine Augen wieder geschlossen hatte, denn er wollte demonstrativ nichts mehr mit dieser Welt zu tun haben, begann mit lauten und pfeifenden Atemzügen nach Luft zu ringen, die sich innerhalb kürzester Zeit steigerten. Seine Hände krallten sich in der Bettdecke fest und er riss seine Augen in Panik und Luftnot weit auf, ohne jedoch jemanden von den Umstehenden wirklich zu sehen.

Michael versuchte ihn aufzusetzen und ihm auf den Rücken zu klopfen, doch sein Zustand verschlimmerte sich von Sekunde zu Sekunde.

Martha bekreuzigte sich ununterbrochen und begann immer lauter zu beten: „Oh Jesus! Maria, Mutter Gottes hilf uns. Gebbenedeit, seiest du unter den Weibern und gebbenedeit die Frucht deines Leibes. Jesus unseres Herrn. Vergib uns und unseren Sünden jetzt und in der Stunde unseres Todes! Amen! Maria, Mutter Gottes..."

Der Altbauer Thaddäus Hofmeier hielt den Atem an und stierte an die Decke. Michael, Martha und Helena wagten ebenfalls nicht zu atmen, dann ließen seine Finger die Zudecke los, zuckten noch ein paar mal und rutschten schließlich nach außen, über den Bettrand. Der Körper sackte zusammen und die Augen wurden trüb.

Der alte Winterbergbauer hatte seinen Frieden mit Gott gemacht.

*

Die Dunkelheit wich schon langsam wieder dem neuen Tag als Michael stehen blieb und das Schweigen brach, das ihn und Helena den weiten Weg begleitet hatte.

Er blickte hoch zu den Sternen, die langsam immer blasser wurden, je heller der Streifen im Osten erschien.

Auch Helena war stehen geblieben, um zu hören was er ihr sagen wollte.

„Nun, Helena. Ich weiß nicht wie ich anfangen soll. Mein Herz ist schwer und ich würde am liebsten in den Wald hinein rennen und meine Trauer und Enttäuschung hinausschreien. Aber wem hilft das etwas."

Er zog seine Nase hoch, die nicht nur wegen der eisigen, mondhellen Nacht zu laufen begonnen hatte.

Auch Helena war die letzten Stunden schweigsam, nur in das Gemurmel des Rosenkranzes war sie mit der Familie eingefallen. Sie stand, genau wie die vielen anderen fremden Leute vom Hof, am Bett des Toten und betete um sein Seelenheil. Aber nicht nur das, sie dankte Gott für diese wenigen Minuten, die sie mit ihrem Vater hatte und dafür, dass ihre Mutter rehabilitiert war.

Keiner hatte besondere Notiz von ihr genommen, niemand sie weggeschickt und so ist sie geblieben. Bis zum Ende der Gebete. Dann hatte sie wortlos nach ihrem Wollumhang gegriffen und Michael ebenso wortlos nach seiner Joppe.

Er und Martha hatten nur Blicke gewechselt und ihr Nicken war wohl ein Einverständnis dafür, die Fremde, die plötzlich Bestandteil der Familie geworden war, zu begleiten.

„Es ist, wie es ist und ich danke dir dafür, dass ich zu ihm durfte."

„Es, es ist wohl die längste Nacht meines Lebens gewesen. Ich habe einen Tag zuvor mein Kind verloren und nun meinen Vater und auf dem Totenbett gesteht er mir, dass ich eine uneheliche Schwester habe."

Er blickte auf und war froh um die Dunkelheit, die sein Gesicht vor ihr verbarg.

„Für mich ist die Situation nicht einfacher. Ich habe zwar gewusst, dass Julius nicht mein Vater ist. Aber mir war nie wirklich klar, dass es einen anderen Vater und damit auch andere Geschwister gib. Wie viele habe ich denn?"

„Oh, schon einige. Ich habe drei Brüder und ebenso viele Schwestern."

„Somit käme ich also auf vierzehn Geschwister, vorläufig."

Michael war etwas irritiert. „Was heißt vorläufig?"

„Sofie, meine jüngste Schwester, ist erst ein halbes Jahr alt und es scheint, als wäre sie nicht die Letzte."

„Oh, daran habe ich gar nicht gedacht, deine Mutter ist wohl noch recht jung. Meine Mutter ist schon lange tot."

„Kannst du dich an meine Mutter erinnern?"

„Ja, aber nur schwach. Sie war auch nicht so lange auf dem

Hof und ich war noch ein kleiner Bub. Gerade mal sieben oder so.“

„Und Andreas, dein Bruder? Wo ist er?“

„Da kann ich dir leider auch nicht weiterhelfen. Er ist um die selbe Zeit wie deine Mutter gegangen. Ich wusste nie warum. Jetzt weiß ich es. Man hat auf dem Hof nie mehr über ihn gesprochen und so habe ich ihn im Laufe der Jahre vergessen.“

„Niemand weiß wo er jetzt ist?“

„Nein. Einmal vor einigen Jahren bin ich mit meinem Freund um die Weihnachtszeit nach Neustadt zum Kartenspiel, weil viele Uhrenhändler in ihrer Heimat die Feiertage verbrachten. Wir waren immer ganz gespannt, was es Neues zu berichten gab, von der großen weiten Welt. Da erkundigte sich einer dieser Händler nach meinem Namen, dann setzte er sich zu mir und fragte mich über meine Familie und unsere ehemaligen Mägde aus. Ich habe mich damals sehr über diesen Kerl gewundert, mir dann aber gesagt, dass er wohl irgendwie verwandt gewesen sein musste mit ihnen. Erst sehr viel später habe ich erfahren, dass es mein Bruder Andreas war. Ich habe ihn nicht wiedererkannt und niemand weiß wohin er gezogen ist.“

„Das tut mir Leid. Und dein, ich meine, unser Vater. Was war er für ein Mensch?“

„Er war mir immer ein guter, wenn auch strenger Vater.“

„Er hat meiner Mutter sehr viel Unrecht getan.“

„Von den Dingen weiß ich nichts und will ich auch nichts wissen. Ich will sein Andenken nicht in den Dreck ziehen und werde auch nicht zulassen, dass jemand anderer es tut.“ Sein Ton wurde schärfer. „Warum bist du überhaupt gekommen? Was willst du, eine Erbschaft? Woher wusstest du, dass er krank war?“

„Der Kranitzer.“

„Ah, sieh an. Dieser unnütze Bengel. Ich habe ihn vom Hof gejagt. Er hat uns Eier gestohlen.“

„Ich hatte keinerlei Absichten. Ich wollte einfach nur einmal meinen leiblichen Vater sehen. Ich habe es zwar gewusst, aber erst als ich erfahren habe, dass er vielleicht stirbt, war mir bewusst, dass es meine letzte Chance wäre der Vergangenheit ins Auge zu blicken. Und ich bin froh ihn gesehen zu haben. Danke."

„Und wenn er dich nicht anerkannt hätte?"

„Dann hätte ich ihn weiterhin mein Leben lang gehasst."

„Du hast ihm verziehen?"

„Er war ein alter Mann, der sich seiner Schuld nicht bewusst war. Er glaubte offensichtlich im Recht zu sein und über seine Mägde verfügen zu können."

„Deine Mutter, weiß sie, dass du hier bist?"

„Niemand weiß es. Es ist meine persönliche Angelegenheit und sie wird es bleiben."

„Danke."

Michael blickte nach Osten. Langsam war es so hell, dass er sein Gegenüber erkennen konnte.

„Wie weit hast du noch?" Erst jetzt war ihm aufgefallen, dass er nicht einmal wusste, woher Helena kam. Er war ihr einfach nur gefolgt, ohne sich Gedanken zu machen, wohin sie gingen.

„Ich wohne in Klein-Eisenbach, bei Josepha der Hebamme."

„Du wohnst nicht bei deinen Eltern, bei deiner Mutter?"

„Nein, mein Stiefvater... Ich gehe bei der Hebamme in die Lehre."

„In die Lehre, ein Mädchen, dass in die Lehre geht?"

„Hast du schon einmal einen Mann als Hebamme gesehen?"

„Nein, aber ich habe nicht gewusst, dass man dafür in die Lehre geht. Die Kinder kommen doch von allein."

Helena lachte leise auf: „Männer."

Auch Michael schmunzelte das erste Mal und sie fand, wenn auch Andreas nur annähernd seinem Bruder ähnlich sah, dann hatte ihre Mutter einen guten Geschmack.

„Vielleicht verstehen wir wirklich nichts von solchen Dingen."

Sein Gesicht wurde wieder ernster und nach einer kurzen Pause fragte er sie: „Willst du zur Beerdigung deines Vaters kommen?"

Helena überlegte kurz, sie hatte noch nicht mit diesem Gedanken gespielt. Doch dann wich sie aus.

„Nein, ich glaube es wäre nicht gut. Man würde dich nach mir fragen und was würdest du sagen? Dass ich deine Schwester bin?“

„Vielleicht hast du Recht. Wir sollten das Thema nicht mehr aufrühren. Trotzdem würde ich mich freuen, wenn du uns wieder einmal besuchen kommst.“

„Danke, das ist nett. Vielleicht werde ich es wirklich einmal tun. Aber jetzt muss ich nach Hause, sonst gibt es Ärger.“

Sie reichte ihm die Hand.

„Soll ich dich nicht ganz heim begleiten?“

„Nein, es wäre nicht gut, wenn wir miteinander gesehen werden. Gerüchte verbreiten sich schneller als der Wind. Ich werde mit niemandem über diese Nacht sprechen.“

„Gut. Ich auch nicht. Lebe wohl, kleine Schwester.“

„Du auch, großer Bruder.“

Ihre Schritte im knirschenden Schnee wurden von den dichten einsamen Wäldern verschluckt, die schließlich die ganze Gestalt in sich aufnahmen, so als wäre sie nie gewesen.

Michael starrte noch einige Minuten auf das Ende des Trampelpfades, der sich hinter den Bäumen verlor. Doch sie blieb verschwunden, so plötzlich wie sie in sein Leben getreten war, war sie wieder weg.

*

Gedankenverloren strich Cäcilia über die goldenen Buchstaben, die in den roten Stoffbezug des Buches eingeprägt waren. Ein teueres Buch, schoss es der Äbtissin durch den Kopf, zu teuer, um nur die Einnahmen und Ausgaben des Klosters darin festzuhalten. Aber es war angeschafft worden, als das Kloster noch blühte.

In langer Einzelarbeit hatte sie jeden noch so kleinen Verlust eingetragen und berechnet. Das Ergebnis war noch niederschmetternder als damals, als sie mit Hofrat Fischer die Liste durchging. Das Kloster war am Ende. Es gab keine Rücklagen mehr.

Die Plünderungen, das Bargeld, das sie unter Drohungen abgeben musste und jetzt auch noch die Seuche. Das wenige Geld, das sie retten konnte, reichte bei weitem nicht aus, auch nur den Verlust durch die Seuche zu begleichen.

84 Stück Vieh aus den klösterlichen Besitzen waren ihr zum Opfer gefallen, dazu kam noch der finanzielle Verlust von 5000 Gulden durch die seuchenbedingten Ausfälle der Einnahmen.

Zu viel, um das Kloster vor dem Ruin zu bewahren.

Cäcilia ließ den Federhalter fallen, denn ihre Finger schmerzten. Sie hielt sie gegen das bleiche Sonnenlicht, das durch die Fensterscheiben drang und betrachtete sie. Sie glichen den Ästen alter Bäume, die sich ihr Leben lang dem Wind beugen mussten und deshalb schief und krumm wurden.

Die Gicht und das Rheuma forderten ihren Zoll und diese hässlichen Raubtierkrallen, die sie ihre Hände nennen musste, waren ein Teil dieses Opfers.

Sie schob sie so, als wolle sie sie für ihr Aussehen bestrafen in ihre Taschen unter der Kutte und ging mit einem leichten Seufzer zum Fenster.

Die kahlen Äste kamen bedrohlich nahe an das Fenster heran und wäre der Wind aus südlicher Richtung gekommen, dann hätte er wohl durch sie angeklopft.

Doch er kam nicht vom Süden, er kam eigentlich nie vom Süden. Er kam vom Westen und führte seine nasskalte Luft mit sich, die ihr bis unter die Kutte und in alle Knochen kroch. Die dicken feuchten Bruchsteinwände des Klosters taten ihr Übriges und somit war wieder die schlimme Rheumazeit für sie angebrochen. An manchen Tagen waren die Schmerzen fast unerträglich und sie quälte sich wie eine Hundertjährige aus dem

Bett. Auf Anraten eines Arztes hatte sie schon vor Jahren versucht ihren Schweinefleischkonsum einzustellen. Doch in diesen Monaten war es fast nicht möglich darauf zu verzichten. Es gab kein anderes Fleisch. Wenigstens die Innereien mied sie. Denn die Ernährung mit Sauerkraut und Pellkartoffeln war mit der Zeit zu eintönig, aber selbst schon Bratkartoffeln mussten mit Schweineschmalz angeröstet werden.

Sie sehnte sich das Frühjahr und den Sommer herbei, die Zeit, in der es ihr gesundheitlich am besten ging.

„Jammer nicht um deine Gesundheit, das ist der Lauf der Dinge, Cäcilia. Rette das Kloster!" ermahnte sie sich selbst und ging zur Tür. Ihr Weg führte sie, wie so oft, wenn sie Rat und Trost brauchte, in die Klosterkapelle.

Über die Jahre war sie ihr zu einem geliebten Ort geworden, in dem sie Kraft und Ruhe schöpfte und auf neue Eingebungen wartete. Sie konnte hier mit ihrem Schöpfer ins Reine kommen, um wieder mit neuem Elan an die schwierige Aufgabe der Klosterführung heranzutreten.

Als sie mit gebeugtem Haupt und gefalteten Händen auf der harten Holzbank kniete, um dem Heilland, der über ihr am Kreuz hing, ihre Demut zu beweisen, schweiften ihre Gedanken wieder ab in die Vergangenheit.

Früher einmal war dies ein Ort der Freude und Dankbarkeit. Gefüllt mit jungen Novizinnen, auch sie war einst eine von ihnen, die Leben in diese dicken Mauern brachten.

In Gedanken hörte sie die Lieder und Choräle, die von hier hinaus bis in den Ort und selbst in die umliegenden Wälder hallten und die Lebensfreude und den Glauben versprühten.

Nun lag er vereinsamt, trist und zerstört in diesem Jammertal, in dem die Menschen um ihr nacktes Überleben kämpften. Sie war alt und müde geworden und das Kämpfen war ihr oft zu leid, denn immer neue Rückschläge ließen sie manchmal an den Rand der Verzweiflung kommen.

Sie betete inbrünstig um neue Kraft, um das Ruder noch einmal herumreißen zu können. Der Verlust einer Abtei war auch immer der Verlust der Kirche.

Nach und nach fasste sie neuen Mut und in ihr keimte ein neuer Hoffnungsschimmer, denn ihr kam ein neuer Gedanke. Die anderen Klöster!

Zwar waren auch sie in Mitleidenschaft der Seuche und der Kriegszüge gezogen worden, aber in der Not war die Kirche eine Einheit und musste ihre Standorte retten und erhalten.

Gestärkt mit neuem Mut und einer neuen Idee stand Cäcilia auf und bekreuzigte sich. Sie eilte die Stufen zu ihrer Studierkammer hinauf, und ihr kam es vor, als wäre das Rheuma weggeblasen, auch wenn sie in Wahrheit nur den Schmerz ignorierte.

Schnell griff sie zu Papier und Tinte und tauchte den Federhalter in das schwarze Fass.

„An Euer Hochwürden, Abt zu St. Peter,

Hiermit wende ich, Cäcilia Bachmann, Äbtissin des Klosters zu Friedenweiler, mich in dringendster Not an Euch und Euren Orden.

Unser Haus hat durch die Drangsalen des Krieges, wir wurden mehrfach geplündert und mussten als Quartier und Feldlazarett für feindliche sowohl als auch für kaiserliche Truppen dienen, schwer gelitten.

Nach der schrecklichen Viehseuche der letzten Wochen sind nun auch unsere Erbpachthöfe nicht mehr in der Lage ertragreich zu wirtschaften und wir sind auf Hilfe von außen angewiesen.

Genaugesagt, wir haben ohne neues Saatgut und neue Rinder keine Chance unsere Abtei zu halten.

Ich lege Euch zum Beweis meiner Worte eine Abschrift der Schadensliste bei.

Nun bitte ich Euch und Euer Haus, ich werde auch alle anderen Klöster in der Umgebung anschreiben, um Eure Unterstützung. Sei es in finanzieller Hinsicht, oder in Form von Saatgut oder Vieh.

Ihr dürft mir glauben, stände nicht der Fortbestand des Klosters auf dem Spiel, würde ich mich sicherlich nicht in dieser bittenden Weise an Euch wenden.

Ich vertraue auf Eure und Gottes großzügige Hilfe.

Hochachtungsvoll
Cäcilia Bachmann"

*

Voller Eifer tauchte Cäcilia die Feder wieder in das Fass und verfasste den selben Brief an die Klöster St. Georgen, St. Trudpert, St. Ulrich, St. Märgen und St. Blasien.

Es war schon dunkel geworden und Cäcilia musste eine Kerze entzünden, als sie endlich den letzten Bittbrief beiseite legen konnte.

Zufrieden mit sich selbst lehnte sie sich zurück und überdachte ihre Aktion. Sie war gut, und sie hatte endlich wieder einmal das Gefühl etwas getan zu haben und so stand sie nach einer Weile auf und löschte die Kerze, indem sie den Docht zwischen Zeigefinger und Daumen ausdrückte.

Sie kannte sich auch in völliger Dunkelheit in diesen Räumen aus wie in ihrer Manteltasche. So schob sie die Hände unter den Umhang und verließ den Raum. Gleich morgen wollte sie die Priorin vor vollendete Tatsachen stellen.

Sie wandelte den Kreuzgang entlang und betrachtete zufrieden die Rautenmuster, die das fahle Mondlicht durch die Glasscheiben auf den Sandsteinboden warf. Hin und wieder konnte sie auch die Sterne durch eines der zerschlagenen Fensterfragmente sehen. Dann bog sie ab zu ihrer Zelle, die sie ebenso wieder bewohnte, wie die anderen vier Ordensfrauen auch.

*

Schwer beladen, mit einer ganzen Krätze voll fertiggestellter Uhrenkästen, machte sich Johann auf den Weg zum Schwabenhof, der groß und mächtig innerhalb des Ortskerns thronte.

Er nahm den direkten Weg über die Felder und entlang des Bächleins, wo er sich über die ersten Boten des Frühlings erfreuen konnte.

Der Bach war von der Schneeschmelze breit angeschwollen und gurgelte und gluckste über Steine und kleine Windungen munter das Tal hinunter Richtung Langenordnach, wo er auf den Feldern oft ganze Seen bildete.

Am Bach wagten sich schon die ersten kräftiggelben Sumpfdotterblumen aus der dampfenden Erde und lockten die noch zaghaften Insekten an.

In den Weidensträuchern am Ufer dagegen, saßen zu Scharen die Vögel und begleiteten Johann mit ihrem munteren Gezwitscher.

Auf der Winterseite, dort wo der Schneehof stand, erstreckte sich noch eine geschlossene Schneedecke. Auf der Sommerseite jedoch, dort wo die Sonne für mehrere Stunden am Tag hinschien, waren schon riesige schneefreie Flächen zu sehen.

Bald kam wieder die Zeit der Uhrenträger, dann, wenn sie sich sammelten und ihre schweren Lasten hinaus trugen in aller Herren Länder. Es war wie ein Fieber, das sie alle plötzlich packte und unruhig werden ließ.

Johann brachte nun die letzte Lieferung zu den Uhrmachern im Schwabenhof, die auf Hochtouren arbeiteten, um rechtzeitig mit ihren Arbeiten fertig zu sein. Denn sobald das Wetter beständig wurde, wagten sich die Ersten auf ihre Reisewege.

Johann überquerte den Bach über die Totenbretter. Es war Brauch die Holzdielen, auf denen man die Toten aufgebahrt hatte, als Brücken über die Bäche zu benutzen, bis sie verrottet waren und durch neue ersetzt wurden. Dieser Brauch hatte auch symbolischen Charakter, er schlug die Brücke zwischen hüben und drüben, dem Diesseits und dem Jenseits.

Endlich hatte er den großen Hof erreicht.

Emsiges Treiben herrschte auf dem Hof. Die Hühner genossen gackernd ihren Auslauf und freuten sich über die Regenwürmer, die sie endlich wieder aus der Erde ziehen konnten. Der Hahn hingegen freute sich über seine große Damenauswahl und stolzierte mit erhobener Brust um die Schar herum. Hin und wieder schnappte er sich blitzschnell ein Huhn, packte es mit dem Schnabel im Genick, um es dann mit flatternden Flügeln zu begatten. Danach plusterte er seine Federn und schritt noch stolzer von dannen. Die Beglückte hingegen, ließ sich nicht beeindrucken und scharrte weiter mit den anderen Hühnern nach Würmern.

Auch ein paar Ziegen und Schafe durften sich an der Sonne wärmen und das erste zarte Grün um ihren Pfosten herum, an denen sie angeleint waren, abknabbern.

Der Rossknecht erschien mit seinen beiden breiten Schwarzwäldern in der Stalltür.

„Na, Johann! Bringst wohl den Rest?“ rief er ihm entgegen. „Die sind alle schon ganz zappelig, die Händler. Die Ersten waren schon da, um ihre Waren abzuholen. Du wirst sehnsüchtig erwartet.“

„Das freut mich, und erst recht meinen Meister. Er hat es dringend nötig, dass das Geschäft wieder anläuft“, gab ihm Johann zur Antwort, dabei sah er die frischen Einkerbungen am Türbalken.

Unter den Namen der jeweiligen Händler waren Striche gezogen. So wusste der Uhrmacher im Herbst noch, wenn die

Händler zurückkehrten, wie viele Exemplare er jedem mitgegeben hatte und was derjenige ihm schuldete. Denn ausbezahlt wurde erst, wenn die Uhren verkauft waren.

Waren die Schulden beglichen, wurden die senkrechten Striche durchgestrichen und bildeten ein Kreuz, das bedeutete: abgegolten.

Johann betrat die Steinstufen, als ihm eine Schar aufgeweckter Kinder entgegenstürmte und ihn beinahe umgerannt hätte.

„Halt, halt, etwas langsamer die Herrschaften", rief er ihnen nach, doch sie waren schon ums Eck. Sie rannten zur Schule, die in der Schwabenhofscheuer eingerichtet worden war.

„Ach, der Johann! Schön, dass du da bist." Der lange Wendelin kam gerade zur Werkstatttür heraus, die zugleich auch die Stubentür war. Er wurde von allen immer nur der lange Wendel genannt, weil er sehr großgewachsen und sehr dürr war. Er überragte alle um Haupteslänge. Und zusammen mit seiner eher kleinen, rundlichen Frau gaben sie ein komisches Paar ab. Der lange Wendel war der Uhrenmachermeister hier auf dem Hof, auch wenn er zugleich der Bauer und Wirt war.

Eine Menge Mägde und Knechte fanden hier ihr Auskommen. Über die Wintermonate hatte er zusätzliche Helfer und Gesellen angestellt, die ihr karges Einkommen etwas aufbessern konnten, wenn keine Feldarbeit anfiel.

Selbst die beiden ledigen Töchter des Wendels lernten das Uhrenmacherhandwerk.

An der Fensterreihe der großen Wohnstube waren die Werkbänke eingerichtet, so konnte das Tageslicht am besten genutzt werden. Außerdem war es immer schön warm in der Stube, denn der Kachelofen spuckte seine wohlige Wärme aus. Da die Werkstatt auch Wohnraum war, störte sich niemand daran, dass die kleineren Kinder, die noch nicht in die Schule gingen, auf dem Boden saßen und mit den anfallenden Holzspänen spielten.

Johann liebte es sich in der Werkstatt umzuschauen und die vielen Werkzeuge zu begutachten.

Nachdem er die Krätze abgenommen hatte, streifte er die Bänke entlang und berührte ganz vorsichtig, als wären sie sehr kostbar, die verschiedenen Dinge.

Fein säuberlich lagen hier golden blinkende Messingteile. Johann nahm eines der schweren Gewichte in die Hand.

„Na, Johann. Interessierst dich für das Handwerk. Schön gearbeitet nicht wahr? Wenn du willst, nehme ich dich mal mit in die Messinggießhütte am Hohlen Graben. Dort hat der Paulus Kreuz sein Reich. Schon im Jahr 1760 hat er die ersten Uhrglocken gegossen. Da staunst du was? Und weißt du was? Sein Sohn arbeitet daran, selbst Zahnräder und Zeiger herzustellen. Wenn er erst soweit ist, dann brauchen wir die teuren Importwaren aus Nürnberg nicht mehr einzukaufen. Dann wird alles hier im Schwarzwald gemacht. Einige Modelle hat er schon gearbeitet."

„Das würdet ihr tun? Mich einmal mitnehmen?" Johanns Augen begannen zu leuchten.

„Ja, sicher. Wenn es erst etwas ruhiger hier wird und die Händler unterwegs sind. Dann hat auch der Schindler sicher nichts dagegen, wenn du deine Nase einmal in eine andere Werkstatt steckst. Man kann nicht genug sehen und lernen."

Johanns Finger berührten die Werkzeuge. Die meisten kannte er. Es waren Beißzangen in allen Größen, Hämmer, Bohrer, Feilen und Spindelbohrer. Daneben stand ein Drehstuhl, ein Schraubstock und eine Zahnschneidemaschine für die Holzzahnräder.

„Wir haben gerade Vesperpause. Willst du mit uns essen?"

„Ja, gerne."

Sie gingen in die Küche, wo schon alle kräftig zulangten. Die Arbeiter waren schon seit dem frühen Morgen bei der Sache und ein Arbeitstag hatte nicht selten 10, meist 14 Stunden. Nur die Sonn- und Feiertage waren frei. In einer Woche stellten zwei Personen etwa zehn Uhren her.

„Komm Johann, setz dich", bat ihn die Frau des Wendels. Sie versorgte alle Helfer mit Essen, was ein Teil des Lohnes war.

„Morgen", brummten die Angestellten kauend und schmatzend als Johann eintrat.

„Na Johann, was macht der Schindler?" wollte einer aus dem Oberdorf wissen.

„Danke, es läuft ganz gut. Nur er ist sehr still seit dem Tod seiner Frau. Er hat es, glaube ich, immer noch nicht verkraftet."

„Ja, die Kreszenz war halt seine große Liebe. Schade um das junge Ding. Aber das Leben geht weiter. Er wird sich wohl bald eine neue Frau suchen müssen. Eine Mutter für seine Kinder."

„Die Pauline ist jetzt fest bei uns. Sie versorgt den Haushalt und die Kinder."

„Ah, seine Nichte vom Schneehof. Dann sind wenigsten die Kinder in guten Händen", bemerkte die Schwabenhofbäuerin und reichte den Speck weiter, von dem sich jeder nur ein spärliches Stück abschnitt, denn auch hier auf dem großen Hof waren die Lebensmittel knapp. Die Zwangslieferungen von Lebensmitteln für die Franzosen letzten Herbst hatten alle Waldauer an den Rand des Existenzminimums gebracht.

Sechs Schweine hatte der Schwabenhofbauer sonst immer für seine Familie und Angestellten im Winter geschlachtet. Dieses Jahr sind nur drei übriggeblieben und so gab es nach dem Speckbrot noch ein Beerenmusbrot.

„So, Johann." Der lange Wendel erhob sich, woraufhin alle das Messer hinlegten und ebenfalls aufstanden. „Lass mal sehen, was du uns gebracht hast."

„Fünfzehn Kästen, die letzte Lieferung."

Prüfend zählte der Meister nach und ließ sie durch seine Gesellen auf den Werkbänken verteilen. Dann zählte er ihm die vereinbarten Münzen in die Hand und ging zum Stubentürbalken, wo er die Striche durchritzte. Das Geschäft war abgegolten.

„So, das ist euer Lohn. Nun sag dem Schindler, er kann mir zwanzig neue Kästen bauen, auf Vorrat. Sagen wir mal bis zum

Beginn der Heuernte. Dann wird er sowieso nicht mehr viel Zeit haben."

„Ich bin fast schon ein selbstständiger Uhrenkastenschreiner. Er wird sicherlich Zeit finden."

„So? Du bist ja ganz schön geschäftstüchtig. Wenn das so ist, dann sag ihm doch, ich hätte da noch eine größere Sache. Ich will nämlich eine Standuhr bauen. Ich komme die nächsten Tage bei ihm vorbei und zeige ihm meine Pläne."

„Danke Meister. Ich richte es ihm aus."

Er steckte das Geld ein und nahm die leere Krätze auf seine Schultern. Vergnügt machte er sich auf den Heimweg zum Schneehäusle.

Fröhlich pfeifend sprang er über die Bäche und freute sich über den neuen Auftrag, den er an Land gezogen hatte. Der Schindler würde sich freuen, und ihn auch über den Sommer beschäftigen können, denn er hatte schon Bedenken geäußert, wie er ihn durchbringen könne, wenn die Händler erst weg waren.

Johann blieb stehen und packte den Lederbeutel aus. Hier wo ihn keiner sah, nahm er ein Münzstück und hielt es gegen die Sonne, um den Glanz zu bewundern, wenn er es im Licht bewegte und funkeln ließ. Er überlegte sich wie viele Kreuzer davon wohl ihm gehören würden, vielleicht sogar ein ganzer Gulden?

Kapitel 3

Die Sonne verschwand langsam hinter dem Hochfirst und ließ einen glühenden, goldgelben Streifen am Horizont zurück.

Schweigend verfolgten Antonius und Helena das Schauspiel des Sonnenunterganges hier oben auf dem Schilling. Der Höhenrücken über Neustadt mit seinen Waldungen setzte sich jetzt fast schwarz vor dem Abendhimmel ab.

Antonius legte seinen Arm um Helena und drückte sie fester an sich, denn sie begann zu frösteln, so, als sei es jetzt schlagartig kälter geworden. Ihre Stimmung war bedrückt.

Morgen in aller Frühe wollten sie los, die Händler, die vom Schafhof aus Richtung Süden zogen. Sie waren die Letzten der Kompanie, denn sie wollten die Schneeschmelze in den Alpen abwarten. Obwohl neuerlich auch Winterüberquerungen gewagt wurden, war es eine Herausforderung an die Gewalten der Natur. Vor allem im Frühjahr, wenn Neuschnee auf den schweren Altschneelasten drückte, waren die Lawinenabgänge gefürchtet und so hatten sie beschlossen sich nicht unnötig in Gefahr zu begeben.

Helena blickte mit gemischten Gefühlen hinunter in das Tal wo ihr Elternhaus stand. Seit einem Vierteljahr war sie nicht mehr dort. Julius hatte sogar verboten, die Namen der beiden Ältesten, eben Helena und Johann, nochmals in seinem Hause auszusprechen. Sie waren für ihn gestorben. Nur durch ihre Mutter, die heimlich hin und wieder kurz vorbeischaute, erfuhr Helena etwas über das Leben zu Hause und von ihren Geschwistern und davon, dass sie bald wieder ein neues Geschwisterchen bekommen sollte. Josepha hatte Recht behalten.

Sie war froh bei Josepha ein neues Zuhause gefunden zu haben. Bis heute hatte sie ihren Entschluss, Hebamme zu werden, nicht bereut. Doch nun stand ein neuer Abschiedsschmerz bevor.

Antonius ging wieder in die Fremde.

Sie schloss die Augen und ließ sich in das duftende Gras zurück fallen. Antonius beugte sich über sie und küsste sie sanft.

„Mach kein so ein Gesicht. Der Sommer ist schneller um als du glaubst. Wenn alles gut läuft, bin ich vielleicht schon im Spätsommer, spätestens zur Kirchweih, wieder hier."

„Wenn alles gut läuft", gab Helena zurück und blinzelte aus den Augenwinkeln gegen das Abendrot.

„Ich kenne die Strecke. Wir sind den Weg schon einmal gegangen und es ist nichts passiert."

„Das ist kein Trost für mich. Du wirst mir fehlen. Du fehlst mir jetzt schon, wenn ich nur daran denke."

„Oh Herzallerliebste, das will ich hoffen. Ich erwarte, dass du vor Sehnsucht verschmachtest, wenn ich im sonnigen Florenz sitze und mir den Wein und die Südländerinnen munden lasse."

Helena sprang auf und schlug mit den Fäusten auf seinen Brustkorb ein.

„Oh, du gemeiner Kerl du. Ich hasse dich."

Er hielt ihre Fäuste fest und warf sie zu Boden, wo er sie heiß und innig küsste.

„Ich liebe dich Helena, und wenn ich zurück komme, werde ich um deine Hand anhalten."

„Julius wird dich hochkant hinauswerfen."

„Er hat nichts mehr zu melden. Dann gehe ich eben zu deiner Mutter und wenn es sein muss, auf den Winterberghof zu deinem Vater."

„Das würdest du tun?"

„Ja."

„Antonius," Helena setzte sich auf und blickte mit einemmal ganz ernst, „ich muss dir etwas beichten."

„Du liebst einen anderen, den Blasius vielleicht?"

„Du bist ein verrückter Kerl! Sei doch einmal vernünftig. Mein Vater, mein richtiger Vater, lebt nicht mehr."

„Das habe ich gehört. Also wen soll ich dann fragen?"

„Hör mir doch mal zu! Er ist an der Diphtherie gestorben. Ich war dabei."

„Du warst, was? Wo dabei?" Mit einem Schlag setzte er sich ebenfalls auf und blickte sie fragend an. Das Lachen auf seinem Gesicht erstarb.

Helena begann ihm die ganze Geschichte zu erzählen, in allen Einzelheiten.

Als sie fertig war, blickte Antonius wortlos vor sich hin und zerzupfte die gelbe Blüte eines Löwenzahns bis seine Finger schließlich ganz gelb waren.

„Warum hast du mir das verschwiegen?"

„Ich habe meinem Bruder Michael das Wort gegeben."

„Wir sind ein Paar, Geliebte, Freunde, ich dachte wir haben keine Geheimnisse voreinander."

„Darum erzähle ich dir doch alles. Ich habe noch mit niemanden darüber gesprochen. Aber ich will, dass du es weißt."

„Ich bin enttäuscht, dass du es mir erst jetzt sagst. Du hattest Angst, ich erzähle es weiter. Darum hast du gewartet bis zum letzten Abend. Stimmt's?"

„Sei mal ehrlich. Du hättest mich zurückgehalten, wenn ich dir erzählt hätte, dass ich ihn aufsuchen will."

„Allerdings. Du bist ein verrücktes Weibsbild. Aber danach, wenn du schon machst was du willst, hättest du es mir sagen können. Vertraust du mir nicht? Ich habe noch alle unsere Geheimnisse für mich behalten."

„Ich weiß Antonius, und dafür bin ich dir sehr dankbar. Ich konnte noch keinem so vertrauen wie dir. Ich liebe dich. Ich wollte es dir auch gleich erzählen, aber ich musste es erst selbst verdauen. Man bekommt nicht alle Tage plötzlich sieben neue Geschwister. Ich kenne sie gar nicht mal. Und dann, dann war einfach nicht die Gelegenheit dazu."

Antonius seufzte und nach einer Weile meinte er, etwas milder gestimmt:

„Ja, ist schon in Ordnung. Ich bin nur, wie soll ich sagen, etwas gekränkt. Hat es dir wenigstens etwas gebracht? Was hast du für einen Eindruck bekommen?"

„Er hat mich nicht verleugnet. Das war mir das Wichtigste. Er war ein alter sterbender Mann. Ich will nicht über ihn richten. Aber das war ich meiner Mutter einfach schuldig."

„Hast du es ihr gesagt?"

„Noch nicht."

„Wirst du es ihr erzählen?"

„Wenn die Gelegenheit kommt, ja."

„Und wann ist das?"

„Dräng mich nicht. Das weiß ich noch nicht. Das muss man spüren."

„Spüren. Nun, ich will mich nicht mit dir streiten. Aber tu es bald, denn das bist du ihr wirklich schuldig." Er schüttelte den Kopf und war wieder vergnügt. „Du bist wirklich ein verrücktes Frauenzimmer. Spazierst zu einem Sterbenden und sagst: ‚Tag, ich bin deine uneheliche Tochter.' Keine hätte sich in die Hölle des Löwen gewagt. Ich muss sagen, ich bewundere deinen Mut."

„Du bist mir nicht mehr böse?"

„Nein, es ist in Ordnung."

„Wirklich?"

„Wirklich. Komm, lass uns von etwas anderem reden. Ich gehe morgen. Es ist unser letzter Abend."

Er drückte sie sanft in die Löwenzahnwiese zurück und presste seine Lippen auf ihre, die sie langsam öffnete. Seine Hände schoben sich tastend unter ihre Bluse und Helena schien die Liebkosung zu genießen, doch als er über ihren Bauch nach unten fuhr, zuckte sie zusammen und hielt seine Hand fest. Ihr Atem ging schneller.

„Nicht Antonius, bitte nicht. Ich habe schreckliche Angst."

Ihre wasserblauen Augen spiegelten plötzlich das blanke Entsetzen wider.

Antonius verbarg seine Enttäuschung und flüsterte ihr ins Ohr: „Du brauchst keine Angst zu haben. Ich tue nichts, was du nicht willst."

„Danke." Sie zog die Bluse wieder zu und richtete sich auf. Eine Haarsträhne hatte sich gelöst und hing ihr über das Gesicht. Antonius strich sie ihr aus den Augen, die nun begannen, sich langsam mit Tränen zu füllen.

„Entschuldige. Ich wollte dich nicht bedrängen." Er zog sie an sich und hielt sie fest.

Helena schmiegte sich an seinen Brustkorb und stammelte mit tränenerstickter Stimme. „Es, sie ist plötzlich wieder da gewesen, diese Angst von damals. Es tut mir so Leid. Aber ich kann damit einfach noch nicht umgehen. Ich wache nachts manchmal schweißgebadet auf. Ich habe immer den selben Traum. Sie wickeln mich in ein schwarzes Tuch und tragen mich mit fort. Ich strample und ersticke fast. Bis ich schließlich aufwache."

„Psst, meine Liebe, es ist schon in Ordnung. Ich werde das respektieren, du brauchst keine Angst mehr zu haben. Du wirst sehen, mit der Zeit überwindest du diesen Vorfall. Wir haben noch das ganze Leben vor uns."

Helena schwieg eine Weile, schließlich fragte sie ihn: „Hast du das schon öfter gemacht?"

„Was?"

„Na, das eben, mit einem Mädchen."

„Ach so, nein, nicht sehr oft. Höchstens hundert mal."

Sie sah ihn zuerst entsetzt an, doch dann mussten sie Beide lachen.

„Du kannst nie ernst sein. Antonius, ich möchte es wissen. Hast du schon viele Mädchen ... gehabt?"

Antonius sah sie amüsiert an, doch dann wurde er ernster.

„Ich wollte es einmal ausprobieren. Einfach, um zu wissen wie es ist."

„Du wolltest?"

„Ja. Sie war die Tochter von unserem Wirt in Lucca, einem kleinen Städtchen."

„Und?"

„Ihr Vater hat uns vorher erwischt. Es war recht peinlich. Er hat uns, Fidelis und mich, hochkant mitten in der Nacht rausgeschmissen. Das ging so lautstark ab, dass die ganze Straße Bescheid wusste und uns mit den Fäusten drohte. Wir haben unsere Bündel gepackt und sind im Hemd durch die Straßen geflüchtet."

„Und was hat dein Meister dazu gesagt?"

„Als wir in Sicherheit waren, war er natürlich zuerst recht sauer auf mich. Doch dann hat er mich wegen meiner Tollpatschigkeit ausgelacht."

„Ausgelacht? Hat er nichts deinem Vater erzählt?"

„Fidelis? Oh, du kennst Fidelis nicht. Er ist alles andere als ein Moralapostel."

„Wirst du es wieder versuchen?"

„Klar. Solange, bis du „ja" sagst."

„Und bei einem anderen Mädchen."

„Hör mal. Was denkst du eigentlich von mir?"

„Dass du ein Uhrenhändler bist." Sie grinste ihn verschmitzt an.

„Ein Herumtreiber und Mädchenschänder, hast du vergessen. Bedeutet dir das Ehrenwort eines solchen Kerls etwas?"

„Wenn er Antonius Burger heißt, vielleicht schon."

„Da bin ich aber froh. Du hast mehr Vertrauen in mich als mein eigener Vater."

„Seid ihr immer noch auf Kriegsfuss wegen dieser Sache?"

„Meinem Vater sind Anstand und Ehre die wichtigsten Tugenden musst du wissen. Er kann es nicht verkraften, dass sein Sohn diese Dinge entehrt hat. Auch, wenn er weiß, dass ich damit nur dich vor dieser blödsinnigen Heirat bewahren wollte. Er redet nicht mehr darüber, aber ich weiß, dass ich ihn damit sehr verletzt habe."

„Du hast aber in der letzten Zeit wieder zu Hause geschlafen."

„Ja, ich will nicht und er natürlich auch nicht, dass wir wegen dieser Sache zu Feinden werden. Meine Mutter ist da etwas anders. Sie fand es mutig. Aber das darf sie Vater nicht wissen lassen."

„Mir hast du damit die Zukunft gerettet. Du warst sogar bereit das fremde Kind als deines anzuerkennen. Das werde ich dir nie vergessen. Du bist nicht weniger verrückt als ich, wenn ich zum Sterbebett meines Vaters gehe und um Anerkennung bitte. Du bist für mich der wahre Erzengel Gabriel."

„Wer bin ich?"

„Na, der von der Kirchenwand. Er war immer mein heimlicher Geliebter."

Antonius prustete los und krümmte sich vor Lachen.

„Das, das hast du schon mal zu mir gesagt. Damals als ich dich hier oben," er deutete mit dem Kopf zum Waldrand, „gefunden habe. Jetzt weiß ich endlich wer das ist."

Helena verschränkte die Arme.

„Das habe ich nicht."

„Doch, du warst noch nicht ganz bei Sinnen. Da hast du geglaubt, ich wäre der Erzengel Gabriel. Ich der Erzengel!" Er lachte wieder los. „Du hast mich damals schon geliebt! Gib's zu."

„Du hast aber auch überhaupt keine Einbildung. Ich werde nie wieder so etwas sagen."

Sie stand auf und ging Richtung Waldrand, der jetzt schon in der Dunkelheit versank. Die Sterne funkelten über den Tannenspitzen.

Antonius rannte ihr nach und nahm sie in die Arme.

„Helena, Helena, sei mir doch nicht böse. Ich, das, das war die schönste Liebeserklärung, die ich je bekommen habe."

„Ehrlich?"

„Ganz ehrlich." Er drückte sie ganz fest an sich. „Ich kann es kaum erwarten dich wieder zu sehen."

„Antonius, ich würde am liebsten die ganze Nacht bei dir bleiben."

„Warum nicht? Die Nacht ist nicht sehr kalt, komm, wir suchen uns ein Plätzchen zwischen den Jungtannen."

„Antonius, das geht nicht. Was werden die Leute sagen?"

Antonius blickte sich um und machte eine ausschweifende Handbewegung: „Welche Leute?"

„Man wird uns vermissen."

„Es wird sehr früh hell. Wir stehen vor Sonnenaufgang auf. Keiner wird etwas merken."

„Glaubst du?"

Antonius nahm sie an der Hand und zog sie ins Gebüsch, wo sie sich mit Moos eine weiche Unterlage bauten und mit Antonius Joppe zudeckten.

Dicht aneinander geschmiegt blickten sie zum Sternenhimmel.

„Wenn ich in die Sterne schaue, werde ich an dich denken, Antonius."

„Ich auch, wenn ich nachts irgendwo wach liege."

„Schlaft ihr nicht in Gasthäusern?"

„Nicht immer, meist erst auf dem Heimweg, wenn wir genug Geld haben. Oder in Städten, wo es sonst keine andere Möglichkeit gibt. Wir durchqueren auch Gegenden, die recht einsam sind. Dort schlafen wir im Freien oder in Heuschobern und Viehunterständen. Man ist auch nicht überall auf Reisende eingestellt."

„Erzähl mir von Florenz."

„Florenz ist die schönste und reich geschmückteste Stadt, die du dir vorstellen kannst. Die Kirchen und Dome sind einzige Kunstwerke. Aus reinstem Carraramarmor geschaffen, ausgeschmückt mit formvollendeten Figuren und Statuen. Die Kuppeln ausgemalt von den bedeutendsten Künstlern des Mittelalters. Es ist, als betrete man das Paradies. Aber nicht nur Florenz, auch Siena und Pisa sind einmalig. In Pisa zum Beispiel steht ein mächtiger Glockenturm, der schon mehrere hundert Jahre alt ist. Man nennt ihn den schiefen Turm von Pisa, weil er sich zur Seite neigt. Der Baumeister hat ihn auf sandigem Untergrund gebaut und irgendwann einmal wird er sogar umstürzen, denn er neigt sich im Laufe der Jahre immer weiter. In Siena hingegen gibt es mitten in der Stadt eine Arena, wo Pferderennen veranstaltet werden. Es sind alles schon recht alte und bedeutende Städte."

„Und die Toskana? Wie sieht dort die Gegend aus?"

„Es gibt keine Tannen wie bei uns."

„Was, keine Bäume? Wie kann man leben ohne Holz. Es besteht doch fast alles aus Holz. Womit machen die Leute Feuer?"

„Ich sagte es gibt keine Tannen, nicht, dass es keine Bäume gibt. Es gibt Olivenbäume, ihr Holz ist hervorragend für Schnitzereien geeignet. Ich habe mir sogar einen Talisman aus Olivenholz anfertigen lassen. Und die Früchte schmecken eingelegt in Öl und Kräutern wunderbar. Man kann sogar ein kostbares Öl aus ihnen pressen. Dann gibt es noch Zitronen und Feigenbäume und jede Menge Obstbäume wie Aprikosen und Apfelbäume, auch verschiedene Nussbäume. Vor allem aber gibt es edle Weine, Rotweine. Die Toskana beliefert ganze Ländereien mit ihren Weinen. Es ist ein sehr fruchtbares Land mit den sonderbarsten Früchten und Gemüsesorten. Hätte sich Fidelis nicht schon ausgekannt, ich hätte mich ziemlich blöde angestellt bei Tisch. Auf den Märkten werden auch immer frische Meeresfische angeboten. Manche sehen roh ganz schön eklig aus, schmecken aber wunderbar, wenn man es versteht sie zuzubereiten. Überhaupt die Märkte, du kannst das gar nicht mit unseren Viehmärkten vergleichen. Es kommen

Händler aus aller Herren Länder. Sogar aus dem Orient. Sie sind von viel dunklerer Hautfarbe als wir und in sonderbare bunte Tücher gehüllt, aber sehr vornehm und gute Händler. Man muss mit ihnen feilschen. Es gibt edle Stoffe aus Seide und Brokat, Lederwaren, Schnitzereien und sogar Parfümhändler. Es duftet nach fremdartigen Gewürzen und Kaffee aus Arabien. Und es gibt seit neuestem eine Attraktion."

„Und die wäre?"

„Fidelis und Antonius."

„Du willst mich wieder an der Nase rumführen."

„Nein, ehrlich, in unseren, für die Südländer eigenartigen Trachten und mit den schönen bemalten Uhren ziehen wir die Scharen an. Die Kinder umlagern uns schon, wenn wir auf der Handelsstrasse auftauchen. Ja, wir sind eine Attraktion. Fidelis hat praktisch als Erster den Markt erschlossen und unsere Uhren sind eine begehrte Rarität unter den Reichen."

„Dann bist du ja richtig begehrt?"

„Natürlich."

„Ja, da muss ich ja doppelt so froh sein, dass ich dich habe."

„Das will ich hoffen." Er küsste sie sanft auf die Wange, dann flüsterte er: „Aber jetzt lass uns schlafen, ich habe einen weiten Weg vor mir."

*

Bevor die Sonne über den Berg wanderte, begann der Wald zu leben.

Im Schein der Dämmerung tauchten die Nebelschwaden den Wald in eine gespenstische Märchenlandschaft. Die Vögel zwitscherten erst vereinzelt und dann zu Scharen in den Sträuchern. Antonius wachte auf und musste sich erst einmal orientieren.

Helena lag friedlich neben ihm und schlief. Er betrachtete sie eine Weile. Ihr Atem ging ruhig und gleichmäßig. Antonius berührte sie sanft, aber sie schlief noch so tief und fest, dass er beschloss, sie nicht zu wecken. Es war noch sehr früh und er musste nur noch schnell nach Hause und seine Tracht und den Proviant abholen.

Wenn er sich beeilte, war er in einer halben Stunde wieder hier. Dann konnten sie gemeinsam den Weg nach Klein-Eisenbach antreten. Also deckte er sie mit seiner Joppe vorsichtig zu und beschloss, sie weiterschlafen zu lassen.

Er schüttelte sich die Kälte aus den steifen Gliedern und gab ihr einen Kuss auf die Wange.

„Bin gleich wieder da Liebes", flüsterte er ihr ins Ohr.

Sie antwortete mit einem Stöhnen.

Er rannte über die Felder, vorbei an den noch schlafenden Höfen, und bog den Hofweg zu seinem Elternhaus ein.

Aus dem Stall war schon fleißiges Werkeln zu hören und so ging er durch die Stalltüre.

Seine Schwester Barbara saß mit gespreizten Beinen auf dem Melkhocker. Ihr mächtiger Bauch fand fast keinen Platz mehr. Der Termin der Geburt war herangerückt und man wartete jeden Tag auf die Niederkunft.

„Hallo Schwesterherz, sag mal musst du dich unter die Kuh quetschen? Da kann ja mein Patenkind nie den Weg ans Licht finden. Ich hatte so gehofft, dass ich die Geburt noch mitbekomme."

„Antonius!" Ein Lächeln huschte über Barbaras Gesicht. „Sag mal, wo hast du dich noch die letzte Nacht herumgetrieben? Du musst doch heute in aller Frühe los. Mutter wartet schon verzweifelt auf dich."

„Ja, deshalb bin jetzt auch hier. Ich brauche noch meine Tracht."

Er polterte den Flur entlang und die Stiege in seine Kammer hoch.

Seine Tracht hing schon, von der Mutter fein säuberlich gerichtet, am Haken.

Schnell schlüpfte er in die warmen Wollsocken, die Mutter

ihm mit aufwendigem Muster gestrickt hatte, streifte sein Hemd, Kniebundhose und die Weste über und band sich das Halstuch um. Dann schnürte er seine teuren genagelten Stiefel, denn für die lange Reise musste es gutes Schuhwerk sein. Mit Hut stürzte er wieder die Stufen hinunter in die Küche.

„Mein Gott Junge, wo warst du? Du kommst zu spät!“

„Wo ist mein Reisebeutel, den ich gestern gepackt habe?“

Sie deutete auf das Bündel am Boden.

„Ich habe noch Brot und Speck dazugegeben.“

„Mutter, ihr seid ein Goldschatz.“ Er küsste sie auf die Stirn. „Ich muss los. Macht es gut alle miteinander, spätestens an Kirchweih wollen wir zurück sein.“ Er drückte jedem die Hand, denn alle hatten inzwischen mitbekommen, dass er hier war, und drängten sich in die Küche, um sich von ihm zu verabschieden.

„Und willst du nichts mehr essen?“

„Keine Zeit Mutter.“

Er nahm seine Schwester Barbara in den Arm, die nun auch herübergekommen war.

„Schwesterherz und du passt mir gut auf den Kleinen da drinnen auf. Ich will im Herbst ein gesundes Patenkind sehen.“

Barbara rollten die Tränen über die Wangen.

„Ja, ich will mir Mühe geben. Und du schaust, dass du bald wieder kommst. Die Taufe wirst du halt verpassen, aber du bist für das Kind trotzdem der Patenonkel, auch wenn Balthasar solange einspringt.“

„Junge, wo warst du wieder heute Nacht? Muss ich mir Sorgen machen?“

Auch sein Vater stand jetzt in der Tür.

„Nein. Ich habe ausnahmsweise nichts angestellt und bringe euch keine Schande.“ Er blickte zu seinem Vater auf und konnte seinem strengen Blick die Warnung entnehmen, auch ohne dass dieser noch etwas sagte. Antonius nickte ihm nur zu, um zu zeigen, dass er verstanden hatte und versprach sich anständig zu verhalten.

Dann verschwand er durch die Küchentür, über der Schulter das Reisebündel, das an seinem Schirm hing. Auf der langen Reise ein kostbarer Schutz für die teuren und wertvollen Uhren gegen Regen, Schnee und Hagel.

*

Helena fröstelte als sie erwachte. Der Platz neben ihr war leer.

„Antonius?"

Stille.

„Antonius? Wo bist du?"

Außer dem Gezwitscher der Vögel war nichts zu hören. Sie stand auf und blickte in alle Richtungen. Doch sie hatten sich gut versteckt und sie konnte nichts sehen, darum verließ sie das Nachtlager und lief bis zum Fußweg, seine Joppe fest um sich geschlungen, denn ihr war kalt.

Doch weder in Richtung Friedenweiler noch nach Klein-Eisenbach war eine Menschenseele zu sehen.

Dann rannte sie in die Gegenrichtung zum Waldrand, von wo aus sie einen Überblick über Rudenberg hatte. Sie konnte bis zum Andresenhof blicken, aber von Antonius war keine Spur zu sehen.

Natürlich konnte sie nicht ahnen, dass er schon wieder auf dem Rückweg zu ihr war und sich gerade auf der Höhe der Josenkapelle befand, dem einzigen Wegstück, das von hier oben nicht einzusehen war, und so lief sie zurück.

Selbstzweifel plagten sie. Wollte er sich heimlich aus dem Staub machen? Lag sie vielleicht schon die ganze Nacht alleine im Wald? Hatte sie ihn gestern Abend so enttäuscht, dass er nichts mehr von ihr wissen wollte? Tränen der Wut und Enttäuschung liefen ihr über die Wangen. Wenigstens wecken hätte er sie können.

Sie ging zurück Richtung Klein-Eisenbach, um noch vor Josephas Erwachen zu Hause zu sein. Vorwürfe konnte sie jetzt am allerwenigsten brauchen.

Von weitem sah sie, dass sich schon einige Händler am Schafhof eingefunden hatten, doch Antonius war nirgends zu sehen. Wo steckte er nur? Sie blieb abermals stehen und blickte zurück, doch weit und breit war niemand. Zu gerne wäre sie hinuntergegangen und hätte Fidelis, der ebenfalls vor der Haustüre stand und redete, nach ihm gefragt. Aber sie traute sich nicht vor all den fremden Männern. Sie hätten sie vielleicht sogar ausgelacht, dass er sie sitzen ließ. Und so entschloss sie sich zum Hebammenhaus zu gehen und zwar durch den Wald, nicht am Schafhof vorbei.

Doch die Hoffnung unbemerkt ins Haus zu kommen zerschlug sich jäh. Josepha stand, mit in die Hüfte gestemmten Armen, unter der Tür und erwartete sie. Das Kopftuch wie immer tief ins Gesicht gezogen, doch die Schürze war noch nicht ordentlich umgebunden und die Arzneitasche stand neben ihr auf der Erde.

„Helena, mein Gott, wo warst du? Ich habe die ganze Nacht kein Auge zugemacht. Ich glaubte schon dir sei etwas zugestoßen."

Sie wirkte angespannt und ungeduldig. Neben ihr stand Konstantin der Sohn des Meiers.

„Ich war..."

„Komm, beeil dich. Wir müssen weg. Ein Notfall. Erzähl es mir nachher, du bist ja zum Glück noch heil, oder?"

„Ja."

„Wem gehört die Joppe?"

„Antonius."

„Hab ich's mir gedacht. Da reden wir nachher noch darüber. Leg die Jacke weg und komm, der Meier hat einen Unfall gehabt. Er wurde vom neuen Stier angefallen. Der Bub sagt, er hat ihm den ganzen Bauch aufgeschlitzt."

Josepha schnappte die Tasche und lief los. Helena und Konstantin hinterher.

Es blieb keine Zeit mehr auf Antonius zu warten. Ihm konnte

doch nichts zugestoßen sein? Wenn sie ihm nur wenigsten eine Nachricht hätte zukommen lassen können?

Sie eilten im Laufschritt am Schafhof vorbei. Einer der wartenden Händler, Antonius war noch immer nicht unter ihnen, rief den Frauen etwas zu.

Josepha antwortete nur: „Der Meier ist angefallen worden, vom Stier.“, und rannte weiter.

Wenigstens wussten jetzt die Händler wo sie waren, schoss es Helena durch den Kopf, denn sie traute sich immer noch nicht nach ihm zu fragen.

*

Mit eiligen Schritten lief Antonius unterdessen zum Nachtlager. Er wollte Helena wecken und ihr ein Geschenk vermachen, seinen Talisman. Eine Heiligenfigur, der heilige Wendelin, Schutzpatron der Hirten, geschnitzt aus Olivenholz, den er in Pisa auf dem Markt für sich gekauft hatte. Er stellte den Heiligen kniend und betend dar, mit einem Lamm über dem Rücken.

Antonius hatte ihn zu seinem eigenen Schutz auf den Balken über seinem Bett gestellt, doch jetzt, da er auf Reisen war, nützte er ihm recht wenig und so kam ihm der Gedanke, dass er ihn genauso gut Helena vermachen konnte, als Andenken quasi. Und so kam es, dass er noch schnell in seine Hosentasche wanderte.

Er hatte fast die Anhöhe erreicht als er stehen blieb, um sich die Nase zu putzen, die in der kühlen Morgenluft zu tropfen begann.

Er kramte in der Westentasche nach einem Tuch, als er plötzlich einen runden Gegenstand spürte.

Er brachte ihn ans Tageslicht. Ein runder Holzknopf, nichts besonderes. Er wollte ihn schon wieder einstecken, als er überlegte, wo er ihn herhaben konnte. Zu seiner Weste passte er nicht. Und für das Hemd war er zu groß.

Er hatte die Weste seit fast einem dreiviertel Jahr nicht mehr angehabt. Zuletzt als er nach Hause kam. Das war genau der Tag, an dem er Helena hier oben gefunden hatte.

Jetzt fiel es ihm wieder ein. Sie war es, sie hatte ein Fläschchen Medizin neben sich liegen und den Knopf in den Händen gehalten und er hatte ihn offensichtlich eingesteckt. Doch wie kam sie dazu? Man lief für gewöhnlich nicht mit einem Holzknopf in der Hand herum. Er konnte also nur von ihrem Peiniger stammen, ja, sie muss ihm den Knopf im Kampf abgerissen haben.

Aber da konnte etwas nicht stimmen. Sie sagte, sie sei von den Franzosen überfallen worden. Und die Franzosen, das wusste er genau, schließlich war er ihnen von Angesicht zu Angesicht auf dem Andresenhof gegenübergestanden, trugen keine Holzknöpfe wie die gewöhnlichen Bauern. Ihre blauen Uniformjacken säumten zweireihige Silberknöpfe!

Aber das würde ja bedeuten...

Helena konnte gar nicht von den Franzosen geschändet worden sein!

Nein, es muss ein Einheimischer gewesen sein, vielleicht sogar einer vom Ort! Und er lief frei herum!

Was, wenn er es wieder versuchen würde, wenn er, Antonius, erst weg war?

Antonius erstarrte vor Schreck und blickte wie gebannt auf den Knopf. Warum hatte er ihn vergessen? Warum war ihm die Idee nicht gleich nach dem Überfall gekommen?

Er musste Helena unbedingt warnen! Sein Herz begann zu hämmern und so schnell er konnte, rannte er den Rest des Berges hinauf. Er stürmte ins Gebüsch zu ihrem gemeinsamen Nachtlager. Doch, sie war weg!

Er blickte sich nach allen Seiten um.

„Helena! Helena!"

Nichts, sie war verschwunden. Ob sie ins Hebammenhaus gegangen war? Wohin sonst? Sie hat sicherlich geglaubt er wäre heimlich verschwunden, um ihr den Abschied nicht schwerer zu machen.

Hätte er sie doch nur geweckt!

Er rannte querfeldein durchs Gestrüpp auf den Waldweg und blickte nach allen Seiten. Aber sie war weg.

Wenn er sich beeilte, schoss es ihm durch den Kopf, konnte er vielleicht seinen Reisebeutel am Schafhof abstellen und schnell zum Hebammenhaus laufen! Also rannte er den Weg entlang, als wäre der Teufel hinter ihm her.

Im ersten Morgenlicht, die Sonne kam gerade hinter den Tannenspitzen des Klosterwaldes hervor, erstrahlte der mächtige und Jahrhunderte alte Schafhof. Er war so ziemlich die älteste menschliche Wohnstätte im Schwarzwald. Älter noch als das Kloster, das eigentlich erst die Besiedlung dieses Urwaldgebietes ermöglichte. Um diese unwirtliche Gegend zu kultivieren, wurden extra Bauern aus Tirol angeworben, die Vorfahren der Schwarzwälder.

Der Schafhof soll einst ein Einsiedlergehöft gewesen sein, erbaut von Kelten, die unten bei Kirchzarten, am Rande des Rheintales und am Fuße des Schwarzwaldes, eine große Siedlung gebaut hatten. Dorthin, wo sie von den Römer gedrängt wurden. Später wurden sie von Alemannenstämmen überfallen und flüchteten in die Sumpfgebiete des Schwarzwaldes. Nur wenige überlebten. Und einige von ihnen hatten dieses Gehöft erbaut. Fast hundert Jahre lang stritten die Rudenberger und das Kloster einst um die Urrechte des Hofes, das einmal dem Kloster und ein anderes Mal den Rudenbergern zugesprochen wurde.

Antonius kam keuchend an. Die Tür stand offen und im Hausflur standen die vollbepackten Uhrenkrätzen.

„Antonius?" rief jemand von innen. Daraufhin erschien Fidelis in der Tür. „Du bist schon da? Das ist wunderbar, ich bin auch gleich soweit, komm, die anderen sitzen noch in der Stube. Mein Weib hat uns noch eine Morgensuppe gekocht. Setz dich und nimm einen Teller zu dir, es ist noch frisch heute morgen."

Der Duft der Mehlsuppe mit Schnittlauch konnte Antonius fast nicht widerstehen, aber er musste unbedingt Helena warnen.

„Danke Fidelis, aber ich habe noch etwas Dringendes bei der Hebamme zu erledigen. Bis ihr gegessen habt, bin ich wieder da."

Noch ehe Fidelis antworten konnte, war er schon verschwunden und lief in nördliche Richtung, wo hinter der Wegbiegung das Haus von Josepha stand.

So hörte er auch nicht mehr, wie Magnus aus Friedenweiler rief: „Die Weiber vom Hebammenhaus sind nach Friedenweiler zum Meierhof gerannt."

„Lass ihn laufen," winkte Fidelis ab, „ihm geht es nicht um die Hebamme. Er wird schon merken, dass sie nicht daheim sind."

„Helena? Josepha?" Antonius stürzte in den Hausflur, denn niemand reagierte auf sein heftiges Klopfen. Die Tür war unverschlossen. In der Küche brannte noch Feuer im Herd und auf dem Tisch stand ein Becher mit Tee, er war noch lauwarm.

Antonius ging in die Stube, die Medizintaschen, Helena besaß seit neuestem eine eigene, waren weg.

Sie waren also bei einem Notfall, er musste sie um wenige Minuten verpasst haben.

Er überlegte kurz, ob er Helena eine Nachricht wegen des Knopfes schreiben sollte. Doch hier konnte jeder hereinkommen und sie lesen. Nein, er musste sie schon persönlich fragen, vielleicht gehörte er sogar ihr und er lag mit seiner Vermutung ganz falsch. Seufzend packte er das vermeintliche Beweisstück wieder ein, damit es nicht verloren ging.

In Gedanken ging er noch einmal die Burschen der Umgebung durch. Wem konnte man so eine Tat zumuten? Hatte es jemand auf Helena abgesehen? Veith, der Hitzkopf vielleicht? Er war ein Hitzkopf, aber Gewalt gegen Mädchen? Er konnte es sich nicht so recht vorstellen.

Antonius verließ das Haus und ging langsam zurück, auf halber Strecke fiel ihm der heilige Wendelin wieder ein, er steckte noch immer in seiner Hosentasche.

Antonius machte auf dem Absatz kehrt und lief noch einmal zurück.

In der Küche wollte er ihn auf den Tisch stellen, da entdeckte er seine Joppe an der Stuhllehne, nahm diese, breitete sie auf dem Tisch aus, setzte den Wendelin darauf und schob die Joppe von allen Seiten wie ein Schutzwall um die Figur. Es sah aus, wie in ein Osternest.

Zufrieden mit sich selbst verließ er das Haus, in der Hoffnung, dass der Wendelin seine Beschützeraufgabe auch genau nahm.

Die Uhrenhändler, sieben an der Zahl, standen schon vor dem Haus und halfen sich gegenseitig die schweren Krätzen auf den Rücken zu hieven.

„Na, endlich Antonius. Du hast wohl niemanden angetroffen?"

„Nein."

„Sie sind im Meierhof. Ich habe dir noch gerufen, aber du warst schon weg. Der Meier wurde von einem Stier angefallen. Vielleicht siehst du sie noch", meinte Magnus und zwinkerte mit den Augen.

Dann hob Fidelis die Krätze von Antonius hoch, so dass dieser nur noch in die Riemen schlüpfen musste.

„Kannst dich wohl nicht von dem Mädchen trennen was?" grinste dieser.

„Wartet nur, bis er bei den feurigen Südländerinnen ist. Dann vergisst er sie schneller als ihr denkt."

Die Männer brachen in allgemeines Gelächter aus, dann machten sie sich auf den Weg.

Unter der Tür standen Scharen von Kindern aus der Nachbarschaft, die diese Verabschiedung der Händler sehen wollten. Die Frauen vom Hof winkten ebenfalls ihren Männern, Vätern und Brüdern nach und wünschten eine gute Reise und eine gesunde Rückkehr.

Ihr Weg führte sie unmittelbar am Kloster vorbei, ganz in der Nähe des Meierhofes. Antonius hielt Ausschau nach Helena oder Josepha, doch niemand war zu sehen. Er überlegte, ob er sich kurz von der Gruppe lösen und sie suchen sollte. Doch er wollte sich nicht noch mal zum Gespött der Männer machen und so ging er mit ihnen weiter.

Sie hatten bis Schaffhausen den selben Weg, dann wollten sie sich trennen. Die Ungarnhändler würden weiter den Bodensee entlang Richtung St. Gallen – Wien gehen, während Fidelis und Antonius quer durch die Schweiz den Gotthardpass ansteuerten.

*

Celestine, die Meierin, stand schon ungeduldig wartend unter der Stalltüre und hielt Ausschau nach der Hebamme und ihrer Helferin.

Endlich erblickte sie die Frauen, wie sie keuchend hinter der Klosterschenke zum Vorschein kamen. Sie fuchtelte heftig und aufgeregt mit ihren mächtigen Armen und rief ihnen zu, damit sie gleich wussten, wo sie erwartet wurden.

„Kommt schnell, wir haben ihn auf das Stroh gelagert, dort hinten." Sie deutete in die dunkle Ecke des Stalles, die mit einer Öllampe erhellt wurde.

„Der neue Stier hat ihn plötzlich angefallen und in die Enge getrieben, an die Wand gedrückt hat er ihn. Matthäus konnte ihm nicht mehr entkommen. Er hat ihn auf die Hörner genommen", rief sie ihnen zu als sie im Schritttempo zu dem Verletzten eilten.

Josepha und Helena stürzten sich an ihr vorbei. Zu ihrem Erstaunen kniete schon die Äbtissin neben ihm und versuchte seine Wunde mit Kamillentee zu reinigen.

Schweißtropfen standen auf ihrer Stirn und Josepha konnte selbst im fahlen Schein der Laterne erkennen, dass sie leichenblass war. Sie fürchtete, dass sie ohnmächtig werden würde, darum sagte sie: „Ihr habt gute Arbeit geleistet. Ruht euch aus. Ihr seht mir zu blass aus."

Sie blickte zu Celestine und fragte: „Habt ihr heißes Wasser für die Hände?"

Celestine, die schon viele Kinder bei ihr entbunden hatte, wusste, dass Josepha peinlichst auf saubere Hände achtete und hatte deshalb schon kochendes Wasser in einer Schüssel bringen lassen. Josepha reinigte ihre Hände mit der beiliegenden Seife und Helena tat es ihr gleich, noch ehe sie sich an Matthäus wandten. Händewaschen, das war die erste Lektion, die Helena von Josepha gelernt hatte.

Vorsichtig begutachtete Josepha schließlich die lange Wunde, die sich vom rechten Rippenbogen quer über den Bauch des Meiers zur linken Leiste zog.

Die Äbtissin hatte sich in den Hintergrund gestellt, damit niemand sah, dass sie tatsächlich mit der Ohnmacht kämpfte. Trotzdem wollte sie dabei sein und sehen, was das seltsame Kräuterweib, das niemals in der Kirche zu sehen war, mit dieser armen Seele von Meier trieb. Die schrecklichsten Gerüchte gingen manchmal um.

Als ihre Nonnen noch im Kloster lebten, gab es heilkundige Frauen unter ihnen, die die Bevölkerung versorgten. Doch, sie konnte es den Leuten nicht verübeln, seit der Konvent ausgelagert war, beriefen sie sich auf die manchmal recht undurchsichtigen Methoden dieser Alten, von der niemand wusste wie sie mit Nachnamen hieß, geschweige denn, woher sie eigentlich kam.

Schon dieses seltsame Reinigungsritual kam ihr geheimnisvoll vor, aber, so sagte sie sich, hatte nicht auch Maria-Magdalena Jesus die Füße gewaschen? Vielleicht war die Alte christlicher als sie glaubte? Sie ließ sie gewähren.

Josepha tupfte dem stöhnenden Meier vorsichtig die Wunde aus. Dazu nahm sie, wie schon die Äbtissin, einen in Kamillesud getauchten Stofffetzen. Dann wartete sie ab bis sich die Wunde wieder mit Blut füllte.

„Ich glaube es sieht schlimmer aus als es ist", sagte sie schließlich laut genug, dass es alle hörten, auch wenn sie sich nur an Helena wandte.

„Schau, es dauert eine Weile bis sie sich wieder mit Blut füllt. Es ist also nur eine oberflächliche Wunde. Wäre ein Gefäß verletzt, würde das Blut im Takt des Pulses hervorquellen. Dann wäre er auch schon ohne Bewusstsein gewesen bis wir hier waren. Er hat also nicht allzu viel Blut verloren. Und hier," Josepha spreizte die Wunde vorsichtig mit Zeigefinger und Daumen, „kannst du deutlich unter der Hautschicht die Fettschicht sehen. Sie hat verhindert, dass die darunter liegende Bauchdecke aufgeschlitzt und die Organe verletzt worden sind. Sie hat quasi dem Meier das Leben gerettet." Sie blickte zu Helena, die näher herankam.

„Aber," warf Helena ein, „er ist sehr blass. Ist das nicht ein Zeichen von großem Blutverlust?"

„Das hast du gut beobachtet. Man kann nie wissen, ob nicht innere Blutungen vorliegen. Aber ich vermute es liegt nur am Schock. Der Schrecken lässt das Blut in die unteren Körperregionen absacken, das Gehirn wird dann schlechter versorgt und er kann das Bewusstsein verlieren. Auch das kann lebensbedrohlich sein. Du musst ihn richtig lagern, die Beine nach oben und ihn beruhigen." Sie stand auf und packte seine Beine, woraufhin er erneut aufschrie vor Schmerz, und nickte Helena zu, die begann Stroh unter seine Beine zu schichten.

„Höher als das Herz," belehrte Josepha sie und deutete, dass es noch nicht reichte.

Helena stopfte noch einen Arm voll Stroh unter seine Beine, dann wandte sich wieder dem Meier zu und begann beruhigend auf ihn einzureden, während sie Josepha nicht aus den Augenwinkeln ließ.

„Es ist nicht sehr schlimm, Meier. Wir werden die Wunde versorgen, das wird wohl etwas schmerzhaft sein. Ihr seid aber ein tapferer Mann und Josepha versteht ihr Handwerk."

Sie sah, dass der Verletzte ihren Ausführungen zuhörte und

erklärte ihm nun jeden Schritt, den die Hebamme machte. Er entkrampfte sich und Helena hielt ihm die eine Hand, während Celestine es ihr wortlos gleich tat und die andere tätschelte.

Josepha packte unterdessen die Medizintasche aus und holte den Schnaps hervor. Sie goss ein paar Tropfen in eine Schale, dann legte sie Nadel und Faden dazu und tauchte sie mit dem Finger unter.

Schließlich benetzte sie auch einen frischen Lappen mit Schnaps und begann die Wunde damit auszutupfen, was zur Folge hatte, dass der Meier aufschrie und sich vor Schmerz wand.

Josepha nickte den Frauen am Kopfende zu, woraufhin diese ihn fester anpackten, um ihn festzuhalten. Selbst die Äbtissin kniete sich nieder und hielt seinen Kopf in den Händen. Zwei Burschen wurden angewiesen die Beine festzuhalten, dann begann Josepha mit dem Nähen.

Celestine stopfte ihm ihr Taschentuch in den Mund, in das er vor Schmerz hineinbiss.

Flink, aber sehr sorgfältig, setzte Josepha einen Stich neben den anderen, bis sein Bauch dem einer gestopften Weihnachtsgans glich. Zufrieden betrachtete sie ihr Werk.

Schweiß überströmt und erschöpft ließ der Meier sich in die Arme seiner Frau sacken als Josepha das Zeichen gab, dass sie fertig war.

„Das war eine reife Leistung Meier. Zwanzig Stiche habe ich gebraucht, um euren Wams wieder zu flicken.“ Josepha, ebenfalls schweißgebadet erhob sich und tauchte ihre blutigen Hände in die Seifenlauge.

„So, jetzt muss ich nur noch einen Verband machen.“

Der Meier nickte.

„Ich danke euch Josepha. Ihr könnt wahrhaftig mehr als nur Kinder zur Welt bringen“, brummte er dabei anerkennend in seinen Bart.

„Dankt nicht zu früh“, erwiderte Josepha und drückte im selben Augenblick einen mit Arnikaschnaps getränkten Leinenstreifen auf die frischgenähte Wunde. Augenblicklich schrie der Meier und bäumte sich auf.

„Seid ihr vom Teufel geritten?“ brüllte er.

Helena und Celestine hatten Mühe ihn wieder zu beruhigen.

„Nein, aber der Teufel der euch geritten hat steht an der Wand.“ Josepha deutete zum Stier, der, mit Seilen angebunden, an der Stallwand das Geschehen gelassen verfolgte.

Mit Hilfe der Äbtissin schlugen sie den Meier schließlich in saubere Leinentücher ein, die sie um seinen Bauch wickelten.

„Konstantin,“ Josepha wandte sich an den Buben, der mit staunenden Augen das Geschehen verfolgt hatte, „ruf ein paar Männer zusammen. Sie müssen ihn in seine Kammer tragen. Er darf sich ein paar Tage nicht aus dem Bett bewegen.“

Während der Meier unter Stöhnen von vier Männern aus der Nachbarschaft und seiner Frau weggeschafft wurde, räumten Helena und Josepha ihre Utensilien wieder zusammen.

„Ihr habt geschickte Hände,“ begann die Äbtissin zögerlich ein Gespräch, sie kannte die Heilerin nur vom Hören und war nun neugierig geworden. „wer hat euch die Heilkunst gelehrt?“

Josepha betrachtete die Äbtissin lange von oben bis unten, und ihr Gesicht verriet dabei keinerlei Interesse sich mit der Ordensfrau ausgiebiger zu unterhalten, darum war ihre Antwort kurz und hart: „Gebt euch keine Mühe, Betschwester. Uns trennen Welten und ihr wisst das. Ich war noch ein Kind, aber ich werde es meiner Lebtage nie vergessen, als euer Hokuspokusverein in Bräunlingen draußen die letzte Hebamme als Hexe dem reinigenden Feuer der heiligen Inquisition übergab. Ich höre noch heute Nacht für Nacht ihre Schreie, die Todesschreie, bis das Feuer ihre Stimme schließlich verschluckt hatte. Noch Tage lang hing der Gestank von verbranntem Menschenfleisch über der Stadt. Ich hoffe ihr versteht, wenn ich mit Euresgleichen nichts am Hut habe. Hinter eurem heiligen Getue versteckt sich ein Machtapparat, der jeden auslöscht, der ihm in die Quere kommt.“

Cäcilia hatte mit allem gerechnet, aber nicht damit. Es verschlug ihr für einen Augenblick die Sprache. Sie war leichenblass geworden, natürlich wusste sie von den Hexenverfolgungen im Mittelalter, aber dass diese schauerlichen Prozesse bis in die neuerliche Zeit dauerten, war ihr nicht bekannt. Sie senkte vor Scham den Kopf und schalt sich eine Närrin, die Hebamme überhaupt auf die Heilkunst angesprochen zu haben.

Doch dann wog sie ihre Worte gut ab, ehe sie weitersprach.

„Ihr habt einer Verurteilung der Inquisition beigewohnt? Das wusste ich nicht. Es tut mir aufrichtig Leid. Habt ihr euch deshalb von Gott abgewandt?“

„Ich habe nicht einer Verurteilung, sondern einer Vollstrekkung beigewohnt. Nicht von Gott, von der Kirche habe ich mich deshalb abgewandt. Und ich sage euch das von Frau zu Frau, selbst auf die Gefahr hin, dass ich mir selber Schaden zufüge: die Institution Kirche ist für mich gestorben! Ich habe mir noch nie den Mund verbieten lassen.“

Die Hebamme zog langsam das Kopftuch, das sie Tag und Nacht zu tragen schien, herunter.

Helena und Cäcilia hielten sich die Hand vor den Mund und machten einen Schritt zurück. Der Schreck durchfuhr ihre Glieder.

Die Hebamme hatte keine Haare. Sie war glatzköpfig wie ein alter Mann.

„Ich habe sie damals als Kind verloren. In der Nacht nach diesem menschenverachtenden Erlebnis. Sie sind mir büschelweise ausgegangen. Die Hexe auf dem Scheiterhaufen, sie war meine Ziehmutter. Meine leibliche habe ich nie gekannt.“

Josepha band das Tuch wieder um den Kopf, klappte ihren Medizinkoffer zu und zog die verstörte Helena, die mit offenem Mund zwischen ihr und der Äbtissin stand, hinter sich her ins Freie.

Dort fing die Meierin die verwirrten Frauen ab und bat sie zu sich in die Küche, sie hätten schließlich eine Stärkung verdient. An den verduzten Gesichtern bemerkte sie schnell, dass etwas vorgefallen sein musste, darum blickte sie auch fragend von einer zur anderen, doch als sie keine Erklärung erhielt, traute sie sich nicht weiter nachzufragen, sondern ging voraus.

Helena blickte über die Schulter und sah, dass die Äbtissin mit gesenktem Haupt und gefalteten Händen auf die Kapelle zusteuerte.

„Josepha, das was ihr da gerade erzählt habt...." Helena war noch immer sprachlos.

„Entspricht der Wahrheit", schnitt Josepha ihr den Satz ab.

„Aber..."

„Nichts aber. Es musste einmal gesagt werden."

„Ihr könntet angeklagt werden, wegen, wegen Verleumdung oder Gotteslästerung, oder...", flüsterte sie ihr zu, um zu verhindern, dass die vorrauseilende Celestine sie nicht hören konnte.

„Ich habe weder das eine noch das andere verbrochen. Die Äbtissin ist eine kluge Frau. Sie wird schweigen."

„Und was macht euch so sicher?"

Josepha blickte ihr eindringlich in die Augen, während sie sie mit der Hand am Ellenbogen festhielt.

Helena lief eine Gänsehaut über den Rücken.

„Ich weiß es ganz einfach." Gab sie ihr zur Antwort und Helena wusste, sie hatte Recht.

*

Die Sonne stand schon hoch als die Gruppe der Händler hinunter in die Wutachschlucht stieg und einen wackeligen Steg vorfand, der unter dem letzten Winter gelitten hatte und somit nicht mehr sehr viel Vertrauen erweckte.

„Geht einzeln, sonst bricht er noch ein und wir ersaufen samt unseren kostbaren Uhren", rief Magnus den nachfolgenden Männern zu und wagte sich als Erster auf die knarrenden Holzdielen.

Einige Fuß tiefer strömte die Wutach unter seinen Stiefeln durch. Sie führte viel Wasser, denn in dieser schattigen Schlucht konnte sich der Schnee lange halten und die Schmelze hatte nicht nur die Bäche anschwellen lassen, auch die gesamte Schlucht war eine einzige aufgeweichte Schlammwüste, die ihre ganze Aufmerksamkeit forderte, um nicht in den reisenden Bach abzurutschen.

Magnus setzte seine Krätze ab, bereit in die Fluten zu waten, falls einer seiner Kameraden einbrechen sollte. Doch auch der Letzte der Händler erreichte das gegenüberliegende Ufer trokkenen Fußes.

Die Schlucht war bis in den Hochsommer hinein gefährlich zu begehen, denn nur wenn die Sonne ganz hoch stand, war sie in der Lage die schlammigen Pfade aufzutrocknen. An manchen Stellen erreichte sie den Grund überhaupt nicht, nicht zuletzt auch wegen der üppigen Vegetation, die in dieser feuchten und windgeschützten Umgebung wucherte. Zum Teil verschlangen fast mannshohe Blätter und Gräser die Wanderpfade und die Händler hatten Mühe den Weg ausfindig zu machen.

Ein ohrenbetäubendes Vogelgezwitscher und Wildentengeschnatter übertönte zeitweilig das Rauschen der Wutach. Einige Sonnenstrahlen bohrten sich durch das feuchte Dickicht und ließen die schwerbepackten Männer ordentlich ins Schwitzen kommen.

„Lasst uns eine Pause einlegen“, rief Fidelis, bei dem sich, trotz seiner ausgezogenen Joppe, schon große Schweißflecken auf dem Hemd bildeten.

Sie gingen bis zu einem steinigen und breiten Uferplatz, der einen einigermaßen trockenen Boden aufwies und legten ihre Lasten ab.

Bei Antonius hing der Magen schon in den Knien und er war Fidelis dankbar für seinen Vorschlag. Hatte er doch heute in diesen Turbulenzen noch keine Zeit für ein Frühstück gefunden. Seine Gedanken waren noch immer bei Helena und der Knopf in seiner Tasche ließ ihm ebenfalls noch keine Ruhe. Wenn er sie nur irgendwie hätte warnen können.

„Du grübelst wohl noch immer über deine verpasste Liebe nach, was?“ Fidelis stieß ihn in die Rippen.

„Nicht direkt, es ist nur,“ begann Antonius.

„Was?“ Fidelis Augen leuchteten, als warte er auf die ausführliche Beschreibung einer stürmischen Liebesnacht.

„Ach nichts.“ Antonius besann sich eines Besseren und behielt seine Vermutung für sich. Fidelis war nicht der Richtige, dem er sich hätte anvertrauen können. Er stand auf und ging zu Magnus, dem es die Wildenten angetan hatten. Denn nicht weit von hier, gleich nach der Flussbiegung, war eine ruhige Stelle, an der die Tiere sich schnatternd aufhielten.

Magnus hielt seinen Zeigefinger auf die Lippen, während er sich langsam durch das Dickicht schlich, um Antonius zu deuten, dass er sich still verhalten sollte. Er hatte aus Schnüren, mit denen die Uhren an den Tragegestellen befestigt waren, eine Schlinge gebaut.

Der erste Versuch eine fette Mahlzeit zu erhaschen misslang und Magnus musste sich das Gespött der Anderen anhören.

Doch er gab nicht auf und Sekunden später flatterte einer dieser fetten Vögel in seiner Schlinge. Mit einem Griff drehte er ihm den Kragen um und hob ihn triumphierend hoch, damit die Anderen sein Geschick bewundern konnten. Sie zollten es ihm mit Applaus und anerkennendem Gegröle.

„Unser Abendessen ist um eine Gabe reicher!“ rief er seinen Kollegen zu.

Schnell rupfte er das Federvieh und nahm es aus, dann wurde es in große Blätter gewickelt, die am Bachufer wuchsen und anschließend auf der Uhrenkrätze verstaut.

Für die Mittagsmahlzeit mussten erst die geschmierten Brote von zu Hause vertilgt werden.

Da zog Fidelis plötzlich eine Landkarte aus seiner Hosentasche.

„Was ist denn das? Wo hast du die her?“ Fragende Gesichter rankten sich um ihn.

„Da staunt ihr was?“ Er breitete die handgezeichnete Mappe über seinen Knien aus. Sie war nicht sehr genau, dennoch konnte er ihnen die markanten Punkte aufzeigen, die sie anpeilen mussten.

Es waren alle Ländereien zwischen Preußen und der Atlantikküste eingezeichnet. Sogar die Gebiete Polens, Österreichs und Ungarns bis hin zum Osmanischen Reich und weiter südlich die Herzogtümer Italiens.

„Ich habe sie letzten Sommer einem General abgeschwatzt“, brüstete er sich stolz.

Antonius, der die Karte schon kannte, wusste, dass sich die Sache eher etwas anders zugetragen hatte, aber er gönnte seinem Meister die Ehre. Wäre herausgekommen, dass er sie einem betrunkenem französischen Offizier gestohlen hatte, er wäre dafür von den Soldaten gelyncht worden und zu Hause hätte man ihn als Dieb bezeichnet.

Fidelis fuhr nun die Strecke, die sie bewältigen mussten mit dem Finger nach. Er führte sie aus der Schlucht hinaus über Bonndorf und Blumberg der eidgenössischen Schweiz zu. Sie wollten die Grenze in Richtung Schaffhausen überqueren. Und dann nach Winterthur weiterziehen, wo sie sich trennen würden. Die Ungarnhändler würden weiter Richtung Osten, über St. Gallen, entlang der Grenze der Grafschaft Tirols über die Herzogtümer Kärnten und Steiermark hinein in das Königreich Ungarns reisen. Sie dagegen würden über Zürich den Vierwaldstättersee anpeilen und sich dann langsam über die Alpen zum höchsten Punkt, dem Gotthardpass vorarbeiten, um über das Tessin und das Herzogtum Mailand zum habsburgischen Teil der Toskana und ihrem Ziel der Handelsstadt Florenz zu gelangen. Die politische Lage war in diesen Teilen ungewiss, führte doch Napoleon gerade seinen Italienfeldzug gegen Österreich. Er schien erfolgreich zu sein und nun waren Verhandlungen im Gange welche Gebiete an Frankreich abgetreten werden sollten.

Er klopfte Antonius auf die Schulter: „Ich hoffe du hast deiner Angebeteten nichts davon erzählt, dass wir eventuell zwischen die Fronten geraten. Die Lage ist noch nicht geklärt und Napoleon ist unberechenbar."

Es war Fidelis Art sich vor den Ungarnhändlern wichtig zu machen, denn, und das wusste Antonius, Fidelis würde sich eher in einem Loch verschanzen, als das Risiko einzugehen, den Truppen in die Arme zu laufen. Antonius hatte keine Bedenken, schlimmer als zu Hause konnte es auch nicht sein.

Die Franzosen waren nun mal überall. Böse Zungen behaupteten, sie wollten mit ihren Kriegszügen quer durch Europa nur von der eigenen inneren Misere ablenken. Denn im Land selber kämpfte eine Direktorialregierung vergeblich gegen Hunger, Inflation und Korruption.

„So," Magnus stand auf und griff nach seiner Uhrenkrätze, „jetzt wird es aber Zeit, dass wir uns auf den Weg machen. Ich traue dem Wetter nicht. Es ist zu schwül, ihr werdet sehen, uns überrascht noch ein Gewitter bis heut Abend. Und dann will ich gewiss nicht mehr in der Schlucht sein."

*

„Julius," Leopoldine richtete sich auf und stützte sich auf die Gabel, denn ihr Rücken schmerzte von der gebückten Haltung, „ich muss eine Pause einlegen."

Sie wischte sich den Schweiß über der Stirn ab.

Schon seit Stunden ging sie ihm hinterher und breitete die von ihm abgestochenen Grasnarben neben den Gräben zum Trocknen aus. Eine alljährliche Arbeit, die im Frühjahr notwendig war, damit das Wasser aus den Matten ablaufen konnte. Sie wären sonst in kürzester Zeit wieder versumpft.

Julius blickte über die Schulter und brummte: „Was ist los Weib! Wir haben noch nicht einmal die Hälfte." Er machte eine ausschweifende Handbewegung, um ihr zu verdeutlichen, wie viel sie noch vor sich hatten. Leopoldine wusste sehr gut, dass sie noch lange nicht fertig waren.

„Nur kurz, ich muss was trinken." Sie warf die Gabel ins Gras und ging einige Schritte den Bachlauf zurück, dahin, wo das Wasser schon wieder klar war. Sie formte mit ihren Händen eine Schale und sammelte darin das frische, klare Quellwasser.

Das rhythmische und dumpfe Aufschlagen des Arbeitsgerätes ihres Mannes verriet ihr, auch ohne dass sie sich umblickte, dass er nicht gewillt war eine Pause einzulegen.

Also machte sie sich wieder daran ihn einzuholen, auch wenn sie dabei gegen dieses Gefühl von Schwindel ankämpfen musste. Sie fühlte sich müde und ausgelaugt und die erneute Schwangerschaft machte ihr zu schaffen. Doch Julius schien es noch gar nicht bemerkt zu haben. Hatte sie es ihm gegenüber überhaupt schon erwähnt? Es war gleich, es würde ihn sowieso nicht sonderlich interessieren.

Plötzlich glaubte Leopoldine den Boden unter den Füßen zu verlieren, sie rang nach Luft. Julius drehte sich um und beobachtete sie wortlos. Ihr Gesicht lief rot an, es war die Hitze die ihren Kopf pochen ließ.

„Dir ist nicht wohl, wie mir scheint? Bist du krank oder nur wieder in anderen Umständen?"

Leopoldine nickte nur.

„Hab ich's mir doch gedacht. Hört das nie auf? Langsam würde es reichen", brummte er. „Geh ins Haus und schick mir Hannah."

Leopoldine stach die Gabel in die Erde und drehte sich um, ehe er es sich nochmals anders überlegte. Sie hielt sich den Bauch, denn ein leichtes Ziehen machte sich wieder bemerkbar. Leopoldine ignorierte es, wie schon öfter. Sie war froh aus der Sonne gehen zu können.

Hannah stand mit den Geschwistern hinter dem Haus am Wäschezuber als Leopoldine völlig erschöpft auf sie zu kam.

„Mutter? Ist es euch nicht gut?"

„Es, es ist nur die Hitze. Ich muss einfach nur eine Pause einlegen, dann geht es wieder. Geh du doch hinunter zu deinem Vater und hilf ihm. Ich mache mit der Wäsche weiter."

Sie rückte den Wäschezuber samt Waschbrett in den Schatten, doch als sie sich bückte, kündigte der vermehrte Speichelfluss eine neue Welle von Übelkeit an. Sie schaffte es gerade noch an den Lattenzaun und spuckte im hohen Bogen in den umgegrabenen Boden des Schweinepferches.

Im Nu kamen die Sauen grunzend herbeigerannt und machten sich über das Erbrochene her.

Theres, die den Vorgang beobachtet hatte, stieg auf die Latten und schrie: „Igitt, die alten Säue haben die Kotze schon aufgefressen!"

„Wo?" Neugierig kletterten die anderen Kinder ebenfalls am Zaun hoch.

Hannah fasste ihrer Mutter an die Stirn: „Seid ihr krank?"

„Ach wo. Mir ist nur nicht gut."

„Mutter! Er hat euch wieder geschwängert, stimmt's?"

„Hannah! Du sollst dich deiner Ausdrucksweise schämen. Wer erzählt dir solche schmutzigen Dinge? Die Kinder sind ein Geschenk Gottes!"

„Ich bin nicht blöd Mutter. Ich habe es schon bei den Tieren gesehen. Warum lässt er euch nicht in Ruhe? Sind wir nicht schon genug?"

„Hannah, misch dich nicht in Dinge, die du noch nicht verstehst", rügte sie ihre Tochter empört, doch dann fragte sie: „Was hast du bei den Tieren gesehen?"

„Wie der Stier aufsteigt und wie die Kälber zur Welt kommen."

„Du hast bei diesen Dingen nichts im Stall verloren, wer hat es dir erlaubt zuzusehen?"

„Niemand. Ich hab es heimlich gemacht." Hannah senkte schuldbewusst den Kopf.

„Schäm dich für deine sündigen Gedanken. Du bist verdorben. Du weißt nichts, aber auch gar nichts."

„Es steht aber auch in der Bibel," ließ sich Hannah nicht abbringen, „dass Gott sagt: unter Schmerzen sollst du deine Kinder gebären. Warum Mutter, erklärt es mir?"

„Du wirst es noch früh genug erfahren. Es ist die Strafe für die Sünde. Geh, geh aus meinen Augen. Und lass mich mit diesem Geschwätz in Ruhe, du bist noch zu jung. Die Kinder schauen schon."

Sie sah, dass sie hier und jetzt keine Antwort auf ihre Fragen erhalten würde und lenkte ein.

„Ja, Mutter."

Hannah drehte sich langsam um und lief aufs Feld hinaus, dabei überlegte die Vierzehnjährige fieberhaft, was das für eine Sünde sein könnte, dass Gott die Frauen dafür bestrafen musste.

Leopoldine schüttelte den Kopf und musste an ihre Jugend denken. Auch sie hatte viele Fragen in diesem Alter, hätte aber nie gewagt etwas zu fragen, das Thema war tabu. Hannah schien ihr viel zu neugierig, sie würde auf sie aufpassen müssen.

Sophie riss sie schließlich aus ihren Gedanken. Sie hielt ihr die Arme entgegen und wollte hochgehoben werden. Ihre Rotznase war im ganzen Gesicht verschmiert, so dass Leopoldine ihr Taschentuch befeuchtete und die Kleine säuberte. Gleich darauf drängten sich die anderen Kinder an ihre Schürze, um die Gelegenheit zu nutzen und eine Liebkosung zu erhaschen. Es geschah nicht oft, dass die Mutter Zeit hatte eines der Kinder auf den Schoss zu nehmen. Ein wildes Gezanke um den besten Platz brach aus. Erst als sie ein Machtwort sprach, ließen sie von ihr ab und sie konnte sich zurücklehnen und die Augen schließen. Nur für einen Augenblick, sagte sie sich, nur bis sich der Magen wieder beruhigte.

Sie genoss die wohlige Ruhe, die sich in ihr ausbreitete und ließ sich fallen. Ihr Kopf nickte nach vorne und sie schlief ein.

Es mussten nur Bruchteile von Sekunden gewesen sein, denn schon schreckte sie wieder auf. Die Kinder! Sie schrieen! Wo waren sie?

Leopoldine sprang hoch, etwas stimmte nicht, sie spürte es!

Instinktiv rannte sie zur Tenne, dem Ort, wo man vom Heuboden aus das gedörrte Gras von einer Luke herunterwarf, um es für die Fütterung zu lagern.

Und tatsächlich! Da lag er. Jakob! Auf dem Bretterboden, sein Leib seltsam gekrümmt. Er rührte sich nicht.

Leopoldine spürte den Schwerthieb, der ihr Herz durchbohrte, dann nahm sie alles nur noch wie durch einen Schleier wahr. Die Kinder beugten sich über den Bruder.

Ihr Blick wanderte zur Heuluke oben in der Decke. Es waren mindestens zehn Schrittlängen bis zu der Luke, einem gut zwei auf zwei Schritt breitem Loch.

Jemand musste vergessen haben sie zu schließen.

Sie fiel neben dem Jungen auf die Knie, nahm seinen leblosen Körper an sich und fühlte seine Schlagader, obwohl sie wusste, dass es zu spät war. Sein Arm hing entgegen der natürliche Haltung nach hinten weg. Sie schüttelte ihn und schrie: „Mach die Augen auf! Jakob! Bitte, mach die Augen auf!"

Doch der Zweijährige rührte sich nicht mehr, er war tot.

Sie blickte in die verstörten Gesichter der Geschwister und fragte: „Hat keiner gesehen, wie der Bub die Stiege hoch ist?"

Schweigendes Kopfschütteln.

Ich hab nicht aufgepasst, nicht aufgepasst! Dröhnte es in Leopoldines Schädel, während ihre Sinne langsam entschwanden, bis sie schließlich über dem toten Körper ihres Sohnes zusammenbrach.

Eine warme und rote Pfütze breitete sich unter ihrem Rock aus und bahnte sich langsam einen Weg durch die verstörten Kinder.

Theres starrte entsetzt auf das Blut: „Franz, lauf schnell und hol Vater. Sag ihm, der Jakob und die Mutter sind tot.“

*

„Das sind alleine zehn Gulden Gewinn für jeden von uns!“ Fidelis rieb sich die Hände über das gute Geschäft, das sie soeben ganz nebenbei erzielt hatten. Sie blickten der noblen Kutsche nach, die der untergehenden Sonne Richtung Westen, dem Lauf des glitzernden Arno folgte, bis sie verschwunden war.

Antonius packte die Uhren wieder auf die Gestelle, während sein Meister nochmals die Münzen zählte und in Gulden umrechnete.

„Ganz schön betucht muss der gewesen sein. Er hat nicht einmal versucht zu handeln. Vielleicht hätten wir noch mehr rausschlagen können.“

Fidelis blickte auf. „Du hast Recht. Wir hätten den Preis höher ansetzen müssen, schließlich können wir eine Gefahrenzulage berechnen. Der Feldzug Napoleons lässt nicht viele Händler aus dem Norden kommen.“

„Vielleicht war es nicht sein Geld, ein Südländer hätte doch gefeilscht.“

„Ich hatte eher den Eindruck, er hatte es sehr eilig. Wer weiß, es kann uns aber auch egal sein. Hauptsache wir haben ein gutes Geschäft gemacht, unsere Krätzen sind leichter und wir sind noch nicht einmal in Florenz.“

„Hier,“ Fidelis reichte ihm einen Teil des Geldes, den anderen verstaute er in einem Lederbeutel, den er um den Hals trug. Aus Sicherheitsgründen teilten sie das Bare immer auf.

Fünf Uhren hatte sie bisher schon verkauft, drei in Mailand und die anderen beiden eben.

Antonius brach sich noch ein Stück Fladenbrot ab und schob

ein Stück Ziegenkäse zwischen seine Zähne, denn sie waren bei ihrer Vesperpause gestört worden als diese Kutsche mit dem sonderbaren Herrn, der sehr elegant gekleidet war, anhielt und ihnen die Uhren abkaufte.

„So was wie dieses Brot müssten wir zu Hause haben. Ich könnte mich dumm fressen daran. Ganz anders als das schwere Roggenbrot, das dir drei Tage im Magen liegt", schwärmte Antonius.

„Das ist ja der Grund, stell dir vor es gäbe dieses Weißbrot bei uns, die Kinder würden dich arm fressen. Nun komm schon und pack zusammen. Wir wollen doch noch bei Tageslicht die Stadt erreichen. Heute können wir uns eine gute Herberge und ein edles Tröpflein leisten."

„Und morgen suchen wir uns in aller Frühe den besten Marktplatz aus. Vielleicht hält unsere Glückssträhne an und wir verkaufen zu Höchstpreisen."

„Hör auf zu träumen, du willst nur so schnell wie möglich wieder nach Hause. Ich finde es hier schön, es reicht wenn wir im Herbst heimkehren."

Antonius wusste, dass Fidelis nicht nur hier war, um so schnell wie möglich seine Uhren loszuwerden, er war ein Abenteurer, der es genoss von den Pflichten des Hofes und der Familie entbunden zu sein und die Schönheiten des Lebens zu genießen. Gewiss hätten sie mit etwas Geduld ihre Uhren auch in Mailand verkauft bekommen, vielleicht nicht ganz zu solch guten Preisen wie in Florenz, aber Antonius hatte den Eindruck, Fidelis ging es in erster Linie darum die Welt zu sehen, was auch ursprünglich Antonius Motiv war.

Er hatte sich die Wollsocken heruntergerollt und die Joppe über die Schulter gehängt, denn selbst in den Abendstunden herrschte eine ungewohnte Wärme. Er blickte nach Osten der Stadt Pisa entgegen, deren schiefer Turm in der Abendsonne fast golden leuchtete. Ein Glücksgefühl durchströmte ihn.

Je näher sie jedoch der Stadt kamen, desto mehr Bettelkinder umlagerten sie. Sie kamen aus den Hütten der Vorstadt und hoben ihre schmutzigen kleinen Hände auf. Ihre dunklen großen Augen erregten schließlich Mitleid und Fidelis brach das letzte Stück Fladenbrot in mehrere Teile und warf sie einige Längen hinter sich, was die Wirkung nicht verfehlte. Die Horde prügelte sich und sie hatten sie für einen Moment abgeschüttelt, jetzt mussten sie nur zusehen, dass sie hinter den ersten Häusern verschwanden. Diese Nummer hatten sie schon öfters abgezogen, denn die Zigeunerkinder waren oft sehr penetrant und nicht selten klauten sie wie die Raben.

Die beiden Schwarzwälder umrundeten lachend einige Häuserzeilen, als wären sie Teil eines Kinderversteckspieles und blieben schließlich schnaufend an einer Ecke stehen.

„Das dürfen wir aber keinem zu Hause erzählen, dass wir vor Kindern davonlaufen", keuchte Antonius, während er sich das Ganze noch einmal bildlich vorstellte und unablässig lachen musste.

„Komm, dort hinten scheint mir eine einladende Taverne zu sein." Fidelis schlug seinem Knecht auf die Schulter und stieß sich von der Häuserwand ab. Sie bemerkten nicht wie ihnen ein Zigeunermädchen folgte.

Sie betraten die Schänke und handelten einen Übernachtungspreis aus. Die Uhrenkrätzen verstauten sie in der ihnen zugewiesenen Kammer. Fidelis drehte den Schlüssel um und zog ihn ab. Er war im Laufe seiner Wanderschaft vorsichtig geworden. Dann gingen sie wieder in die Gaststube und bestellten sich einen Krug Wein.

Es war noch nicht sehr viel los und der Wirt stand schwatzend an der Theke.

Aus einer dunklen Ecke kam ein Fremder auf sie zu: „Schwarzwälder, wie ich sehe?"

„Ihr erkennt uns? Wer seid ihr?" fragte Fidelis verwundert.

Er hatte ebenfalls eine für die Gegend fremde Tracht an.

„Ich bin Tiroler. Handelsreisender. Ihr wollt nach Florenz?"

„Ja. Und ihr?"

„Ich komme von dort. Ich ziehe überall herum. Verkaufe was sich anbietet. Ich ziehe im Frühjahr los mit Filzballen aus Schafwolle, Bändern und Stickereien aus meiner Heimat. Sie verkaufen sich gut hier, die Handarbeiten. Die Wolle verkaufe ich schon in Mailand, dort ist es im Winter kälter als hier. In Rom kaufe ich Heiligenbildchen für die Gebetsbücher, unsere Leute daheim sind sehr arm, aber auch sehr gläubig, sie gehen gut bei uns in Tirol. Olivenöl und Schnitzereien nehme ich hier in der Toskana mit. Weiter oben im Norden sind sie begehrt." Er lehnte sich zurück und zog genüsslich an seiner Pfeife, glücklich jemanden gefunden zu haben, mit dem er sich unterhalten konnte.

„Ich bin schon mit meinem Großvater mitgezogen, als Junge. Es ist mir geblieben. Ich halte es nicht lange aus an einem Ort, dann muss ich weiter. Ihr seid da anders, organisiert. Ich habe schon welche von euch getroffen, Ungarnhändler, letztes Jahr. Eure Zunft kehrt regelmäßig heim."

„Kompanie", verbesserte Fidelis. „Wir sind eine Kompanie."

„Hä?"

„Ihr habt Zunft gesagt. Aber das sind Handwerker. Wir sind eine Handelsgesellschaft."

„Ihr habt wohl strenge Regeln, was? Wäre nichts für mich. Ich bin lieber mein eigener Herr."

Fidels winkte dem Wirt, der nochmals einen Krug Wein und einen Becher brachte.

„Hat auch Vorteile. Es hat sich gut bewährt unser System. Wir haben es von den Glasträgern übernommen."

„Hab schon davon gehört. Die Tiroler haben da bei euch auch mitgemischt. Aber man sieht nur noch wenige. Lohnt sich wohl nicht mehr?"

„Die meisten sind auf Uhren umgestiegen. Man muss mit der Zeit gehen."

„Und die Geschäfte sind auch besser, was?"

„Auf alle Fälle nicht schlechter. Und wir sind eigenständig, nicht als Träger von den Glashütten angestellt."

„Ha, und deshalb verkauft ihr Uhren, damit ihr mit der Zeit geht. Aber wer kann sich schon Uhren leisten? Das ist doch nur was für die Bessergestellten."

„Ach wartet's ab. In ein paar Jahren wird in jedem mittelständischem Haushalt eine Uhr hängen. Die Produktion wird immer rationeller und es gibt inzwischen schon recht einfache und billige Uhren. Es kommt in Mode, ihr werdet sehen."

Fidelis nickte vielsagend mit dem Kopf.

„Die Produktion in unserer Heimat steigt tatsächlich", mischte sich Antonius in das Gespräch. „Viele Haushalte leben heute schon fast ausschließlich von der Uhrenmacherei. Die mutigsten Verkäufer sind schon in ganz Europa unterwegs und erschließen die Märkte. Wir sind überall vertreten. In England, Russland, Frankreich, Spanien, Ungarn und selbst bei den Muselmanen und in Übersee, Amerika und Australien."

„Meine Freiheit ist mir trotzdem lieber", brummte der Händler und schwenkte seinen letzten Rest Wein hinunter. „Nichts für ungut Brüder. Es ist Zeit für einen alten Mann ins Bett zu gehen. Ich wünsche euch gute Geschäfte in Florenz."

„Vergelt's Gott. Euch eine gute Zeit. Vielleicht sieht man sich mal wieder."

„Wer weiß."

Der Händler schlurfte zur Treppe und ging in den oberen Stock, wo er offensichtlich auch seine Kammer hatte.

„Den hast du aber vergrault mit deiner Angeberei", blinzelte Fidelis seinem Knecht zu.

„Er war so selbstherrlich und was ich gesagt habe stimmt ja auch. Wir sind in aller Welt vertreten."

„Du hast Recht Junge, komm lass uns unseren Erfolg etwas feiern. Mir mundet dieser Wein."

Er bestellte noch einen Krug.

Leicht angeheitert machten sie sich gegen Mitternacht auf in ihre Kammer. Sie polterten mit schweren Beinen die Stiege hinauf und Fidelis suchte verzweifelt nach seinem Schlüssel.

„Ich muss ihn verloren haben, als ich kurz draußen war zum pinkeln."

Antonius stieß gegen die Tür. „Es ist offen. Ihr habt vergessen abzuschließen."

„Was? Sind unsere Uhren noch da?" Fidelis war mit einemmal hellwach und blickte um die Ecke.

„Gott sei Dank! Ich muss wirklich nur vergessen haben zu schließen."

Alles stand noch in der Ecke, wie sie es hingestellt hatten.

Antonius ließ sich vor Erleichterung auf das Bett fallen. Doch im selben Moment schreckte er wieder auf. Da war etwas Lebendiges in seinem Bett. Schnell zündete er die Kerze auf dem Nachttisch an und erkannte die Umrisse einer kleinen Person. Er riss die Decke weg und erblickte ein Mädchen.

Ein schwarzes Augenpaar blickte ihn bettelnd an und sie hob die Arme wie zum Schutz über das Gesicht.

„No, Signore. No!" stammelte sie.

Fidelis kam näher an das Bett heran.

„Sie ist eine Zigeunerin. Wie um alles in der Welt kommt die hier herein? Schau nach, ob du noch alles hast."

„Signore, bitte nix schlagen. Nix wegschicken. Du Firenze? Mich mitnehmen?"

Sie kroch langsam aus dem Bett und ihr pechschwarzes zerzaustes Haar hing ihr wild um das Gesicht. Es hatte sicher noch nie einen Kamm gesehen.

„Signore, mia madre, meine Mutter tot, Vater nix kennen. Großmutter immer schlagen." Sie schlug sich dabei ins Gesicht, um ihrer Aussage Ausdruck zu verleihen.

„Bitte, mich mitnehmen. Nur Firenze, meine Bruder Firenze."

Antonius blickte betroffen zu Fidelis.

„Wir können doch nicht einfach ein wildfremdes Kind mitnehmen. Wer weiß, ob das überhaupt stimmt, was sie da erzählt."

„Auf keinen Fall. Nachher haben wir die Familie am Hals und sie beschuldigen uns der Entführung."

Er wandte sich an die etwa Zwölfjährige: „Wir gehen noch nicht nach Florenz. Verschwinde und geh nach Hause. Man wird dich vermissen."

„No!" Das Mädchen stand entschlossen auf und verschränkte ihre Arme, sie reichte Antonius gerade an die Schulter. „Ich kommen von Lucca mit andere Männer. Pisa nix zu Hause. Ich gehen Firenze."

„Aha! Eine kleine Ausreißerin? Recht geschickt, sucht sich Händler, mit denen sie mitzieht. Ist doch gefährlich alleine, oder?"

„Ich bezahlen, Händler aufpassen."

„Bezahlen? Mit was?" Fidelis schien nun recht amüsiert über die Beharrlichkeit der Kleinen.

Berechnend blickte sie von einem zum andern, dann öffnete sie ihre Bluse. Zarte, helle Brüste kamen zum Vorschein.

„Für beide, wenn du wollen. Aber ich gehen mit Firenze."

Fidelis und Antonius blickten sich an.

„Mach dein Hemd zu." Antonius wagte nicht länger das Kind anzustarren.

„Sie ist eine kleine Hübschlerin, sieh an. Früh übt sich", stellte Fidelis fest.

„Bei der brauchst du kein schlechtes Gewissen zu haben. Nimm sie, wenn du willst und dann jag sie weg. Ich will schlafen. Mir ist sie noch zu dürr."

„Fidelis! Sie ist noch ein Kind."

„Na und? Die hat schon mehr getrieben als du denkst. Sie lebt davon, die kleine Schlampe. Die Zigeuner sind da anders."

Das Mädchen versuchte dem Gespräch der Beiden zu folgen, doch der alemannische Dialekt der Schwarzwälder war für sie undefinierbar. Sie zog das Hemd wieder zu und fragte: „Heute nix? Müde? Morgen, si?" Damit war für sie die Lage klar und sie suchte eine dunkle Ecke und legte sich auf den Fußboden.

Antonius wurde die Sache so langsam zu bunt und er zog sie an den Armen wieder hoch und schrie sie an: „Hör mal zu du kleine Rotznase! Es reicht! Mach, dass du verschwindest. Wir brauchen dich nicht. Raus hier!“ Er deutete mit seinem ausgestreckten Finger unmissverständlich zur Tür.

Das Mädchen riss sich los und ein Schwall von Verwünschungen ergoss sich über die beiden, ehe sie auf den Boden spuckte und die Tür zuknallte.

„Das gibt’s doch nicht.“ Antonius schüttelte den Kopf und ließ sich abermals auf das Bett fallen, was Fidelis schon lange getan hatte, dabei bemerkte er, wie sein Meister schon tief und fest schlief.

Der nächste Tag begann, wie der letzte geendet hatte, mit Sonnenschein und einer unerträglichen Hitze, die sich schon morgens in den Gassen staute.

Antonius blickte aus dem Fenster auf die belebte Straße, hier schienen die Menschen wegen der Wärme früher auf den Beinen zu sein.

„Komm, wir sollten zusehen, dass wir wegkommen, sonst ist der Markt verlaufen bis wir aufkreuzen. Hast du die Kleine wieder losbekommen? Ich glaube ich bin gleich eingeschlafen.“

Fidelis blickte zu der Ecke, wo sie sich hinlegen wollte und grinste.

„Schaut nicht so Meister, ich habe sie rausgeschmissen.“

„So, ich wusste gar nicht, dass du so zimperlich bist. So viel älter war das Kirnermädchen doch auch nicht als sie schwanger wurde.“

„Das war eine andere Geschichte.“

„Natürlich. Es war im Wald. Wie romantisch. War sie auch so scharf wie die Zigeunerin?“

„Es ist genug Meister, ich will nichts mehr davon hören“, fuhr Antonius ihn scharf an und warf sich seine Krätze auf den Rükken, um, ohne sich noch mal umzudrehen, die Treppe hinunter zu eilen und auf die Straße zu stürzen. Fidelis rannte hinterher, auch wenn er lieber noch in Ruhe ein Frühstück eingenommen hätte. Wie es so üblich war, hatten sie am Abend zuvor schon bezahlt und so blickte der Wirt nur kopfschüttelnd auf als die beiden aus der Taverne rannten.

Fidelis hatte ihn bald eingeholt und packte ihn am Ärmel fest.

„Nun sei doch nicht gleich eingeschnappt wie ein Waschweib. Komm, zum Marktplatz geht es hier lang. Hol eine Uhr raus."

Sie änderten die Richtung und hielten dabei eine der Uhren vor ihren Körpern, um auf ihre Ware aufmerksam zu machen, denn der Marktplatz musste unmittelbar in der Nähe sein, man konnte schon die Händler rufen hören.

„Uhren! Schwarzwälder Uhren, feinste Handarbeit!"

Die Leute wurden auf die seltsam gekleideten Männer aufmerksam und bewunderten ihre buntbemalten Werke und das Geticke und Gebimmel auf ihrem Rücken, denn die Beiden hatten extra alle Uhren zu verschiedenen Zeiten gestellt, so dass sie unaufhörlich schlugen. Die Schilder waren vorwiegend mit Apfelrosen und Landschaftsmotiven bemalt. Manche sogar mit dargestelltem Handwerk, sogar ein Fuchs, der im Sekundentakt seine Augen hin und her bewegte, war dabei.

Im Nu drängte sich eine Menge aufgeregter Menschen um sie herum, die immer wieder versuchten die wunderlichen Kästen zu berühren. Es dauerte auch nicht lange und kaufkräftige Kunden wurden von dem Tumult angelockt.

Eine vornehme Dame und ihr Begleiter ließen sich schließlich die verschiedenen Uhren zeigen und während Antonius dem Herrn das Uhrwerk erklärte, versuchte Fidelis mit seinem ganzem Charme die Dame zu umgarnen.

„Signora, eine gute Wahl, das Rot der Apfelrose passt vorzüglich zu ihren leidenschaftlichen Lippen", schmeichelte er ihr, wobei er den Begleiter nicht aus seinen Augenwinkeln ließ, um seine Reaktion auf die Komplimente abschätzen zu können. Ein eifersüchtiger Gatte konnte das Geschäft vereiteln und geschmeichelte Damen waren eher bereit zu kaufen. Es war eine Gratwanderung, aber sie lohnte sich. Der Herr zog vergnügt sein

Portmonee. Und wieder war für eine recht einfache Uhr ein guter Preis erzielt worden.

Antonius, dem die fremde Sprache noch nicht so fließend von den Lippen ging, passte gut auf und prägte sich die Verkaufstaktik ein, während Fidelis mit den Leuten sprach.

Plötzlich drang ein aufgeregtes Geschrei durch die Gassen. Eine Menschentraube umringte eine Handvoll Stadtordner, die heftig gestikulierend sich Respekt zu verschaffen versuchten.

Fidelis, Antonius und die feinen Herrschaften, die so eben die Uhr gekauft hatten, drehten sich in die Richtung, von der das Gezerre kam, die Menge stand an der Arnobrücke.

„Was ist denn dort drüben los?“ fragte Fidelis den Herrn.

„Zigeuner,“ wehrte der vornehme Herr ab, „sie werden wieder eine ihrer Stammesfeten austragen. Es ist eine Plage mit ihnen.“

Die vornehme Dame fächerte sich Luft zu und drängte ihren Begleiter weiter zu gehen. Die Menschen, die sich noch eben um die beiden Händler gedrängt hatten, reckten neugierig ihre Köpfe zur Brücke. Es schien als käme die Menge auf sie zu, die Marktgasse hoch.

Antonius, der etwas größer war als sein Meister, versuchte über die Menge zu blicken.

„Sie tragen jemanden, eine leblose Person. Sieht aus als hätten sie sie aus dem Fluss gefischt. Ich schau mal nach.“

„Warte.“ Fidelis wollte ihn aufhalten, doch Antonius lief schon die Gasse hinunter und er stand alleine bei den Uhrenkrätzen.

„Was kümmert uns das Zigeunerpack“, brummte er verärgert vor sich her, weil nun auch sein Helfer davon gerannt war und er die Uhren alleine einpacken musste, denn die Leute zeigten nun kein Interesse mehr für die tickenden Wunderkästen.

„Fidelis!“ Kurze Zeit später kam Antonius keuchend die Gasse hochgerannt, sein Gesicht war aschbleich, „Fidelis! Es ist das Mädchen!“

„Welches Mädchen? Du meinst doch nicht deine kleine Hure von gestern Abend?“

„Doch Meister, ich bin mir sicher. Sie ist es. Sie haben sie aus dem Fluss gefischt. Sie ist tot!“

Fidelis hielt kurz inne, sein Gehirn arbeitete auf Hochtouren.

„Verdammt Antonius, dann lass uns verschwinden. Es dauert bestimmt nicht mehr lange und die wissen wo sie gestern war. Und dann...“ Er machte eine Bewegung, als schneide ihm jemand die Kehle durch.

„Sie sagte doch sie sei alleine und käme aus Lucca. Aber schaut euch das an. Das ist ein ganzer Clan, die kennen sie.“

„Sag ich's doch, du kannst ihnen kein Wort glauben. Komm, weg hier, sie kommen auf uns zu.“

Schnell schulterten sie die Krätzen und eilten einige Häuser weiter, um dann unauffällig in einer Torbogennische stehen zu bleiben. Die erhitzte Menge zog an ihnen vorbei, da stieß Fidelis seinen Knecht in die Rippen.

„Da schau, unser Wirt.“

Er hatte, wie gestern, seinen langen Lederschurz um seinen runden Bauch gebunden und die selbe Mütze auf. Er redete auf die Zigeuner ein und an seinen Gesten konnten sie erkennen, dass er jemanden beschrieb.

„Verdammt Antonius, schau, der meint uns. Er beschreibt unsere Uhrenkästen und unsere runden Hüte. Der Schlüssel gestern, ich war mir sicher abgeschlossen zu haben. Der Wirt hat das Kind hereingelassen. Sie hat sicherlich für ihn angeschafft. Komm, nichts wie weg, solange die noch beschäftigt sind.“

Er packte seinen Knecht am Arm und trat die Flucht durch die Hinterhöfe an. Antonius folgte ihm.

Doch die Zigeuner schienen die Beiden bemerkt zu haben, denn das lauter werdende Geschrei und Hundegekläffe verriet ihnen, auch ohne dass sie sich umdrehten, dass sie bereits verfolgt wurden.

*

Leonhards Augenmerk richtete sich nach oben, es war der Totenschädel über dem Hebammenhaus, der ihm ein ungutes Gefühl bereitete.

Er konnte seinen ehrfürchtigen Blick nicht von ihm nehmen. Die leeren Augenhöhlen, die auf ihn herunter starrten, ließen seine Nackenhaare zu Berge stehen. Nicht, dass er noch nie einen toten Tierschädel gesehen hätte, aber hier hatte er eine magische Bedeutung. Er spürte es, obwohl er noch nie im Haus der „Hexe", wie er und sein Cousin Benedikt sie nannten, war. Der Neunjährige stand unschlüssig vor der angelehnten Tür.

„Leonhard?" Eine Stimme aus dem Garten riss ihn aus seinen Überlegungen, „natürlich, du bist es, Leonhard." Helena stellte den Korb mit den gesammelten Blütenblättern ab und lief auf den Jungen, dem Sohn Amalies, der Schwester und Magd des Andresenbauern, zu.

„Leonhard, kommst du wegen Barbara, ist sie soweit?"

Der Lockenkopf nickte.

„Die Tante Bäuerin schickt mich, ich soll die Hebamme holen."

„Gut, geh hinein und sag Josepha Bescheid, ich komme gleich nach." Sie band die Gartenschürze ab und ging zum Brunnen, um sich die Hände zu waschen. Leonhard zögerte.

„Ja was ist?"

„Nichts. Nur..." Leonhard blickte nochmals ehrfürchtig zum Ziegenschädel über der Tür, dann nahm er seinen Mut zusammen und trat in das Dunkel des Flures, peinlich darauf achtend, dass er so schnell wie möglich unter diesem Dämonenschutz durchkam. Er wollte nicht in seinem Bannkreis stehen.

Helena, die dies beobachtet hatte, lächelte und schüttelte den Kopf.

„Der tut dir nichts mehr, es sei denn, du bist ein kleiner Belzebub!" rief sie ihm nach.

Sie waren rotzfrech die Beiden, Leonhard und Benedikt, aber fürchteten sich vor einem Schädel wie der Teufel vor dem Weihwasser. Sie konnte die Erleichterung in seiner Stimme hören als er Josephas Namen rief und um ihre Dienste bat.

Kurz darauf machten die Drei sich auf den Weg über den Wald, wobei ihnen Leonhard immer um einige Längen voraus war, sei es, weil ihm die Frauen zu langsam waren, oder weil er lieber einen Sicherheitsabstand zu der „Hexe“ hielt.

Die Sonne brannte auf sie hernieder, es war um die Mittagszeit und es war ein sehr heißer Tag, dafür, dass erst Anfang Mai war. Sie waren froh als sie endlich den Waldsaum erreicht hatten und im Schatten der Bäume laufen konnten.

„Jetzt ist Antonius erst zwei Wochen weg und mir kommt es vor wie eine Ewigkeit. Er hatte so gehofft die Geburt seines Patenkindes noch mitzubekommen. Barbara ist mindestens zehn Tage überfällig. Habt ihr keine Angst, wenn eine Geburt so spät losgeht?“

„Jede Frau und jedes Kind hat seinen eigenen Rhythmus, den man bedenken soll. Solange es den Frauen gut geht, gibt es meist keinen Grund zur Sorge.“

„Und wenn nicht?“

„Dann muss man die Geburt einleiten.“

„Und wie?“

„Mit abführenden Mitteln, aber das erzähle ich dir später. Man kann damit auch eine Fehlgeburt auslösen. Apropos Fehlgeburt, ich schaue nachher noch bei deiner Mutter vorbei, wenn wir schon auf dem Weg sind. Willst du mit?“

Helena senkte den Kopf, der Schmerz um den verunglückten Bruder und die Kränkung durch ihren Vater saßen noch tief.

„Sie gefällt mir nicht“, fuhr Josepha deshalb fort. „Es war zu viel im letzten Jahr für deine Mutter, keiner kann immer nur einstecken.“

„Mein Vater wird mich auch dieses Mal nicht ins Haus lassen.“

Josepha schwieg. Das Drama von letzter Woche wollte auch sie nicht noch einmal heraufbeschwören.

Da lag Leopoldine neben dem toten Kind in ihrem eigenem

Blut und der Kirner hatte keine anderen Sorgen als seiner Ältesten den Zutritt ins Haus zu verwehren.

Während sie, Josepha und Hannah, Leopoldine ins Bett schleiften, stand er wie eine Statue im Rahmen der Haustüre und erlaubte Helena nicht einmal ihre Mutter oder den toten Bruder zu sehen.

Er musste wirklich verrückt sein, sonderlich war er ja schon immer, aber jetzt war er komplett übergeschnappt, fand Josepha.

„Vielleicht ist er ja nicht da, dann schau ich auch kurz mit rein. Er sitzt, glaube ich, noch öfter als sonst im Wirtshaus", riss Helena ihre Meisterin aus den trüben Gedanken.

„Das kann sein", bemerkte Josepha so beiläufig wie möglich, um das Thema nicht weiter ausführen zu müssen, denn sie hatte Helena noch nichts davon erzählt, wie fatal die wirtschaftliche Lage der Kirners in Wirklichkeit war. Leopoldine hatte sie gebeten ihrer Tochter auf keinen Fall etwas zu erzählen, aber sie wusste, sie besaßen keinen Kreuzer mehr. Nicht einmal die Lebensmittel reichten aus, um die Kinder richtig satt zu bekommen. Es war ihr äußerst peinlich, die Rechnung für die Behandlung nicht bezahlen zu können. Und so hatte sie ihr versprochen, gleich nach der Ernte etwas vorbei zu bringen. Josepha wusste, dass Leopoldine selber lieber auf etwas verzichtete als irgendwo Schulden zu haben. Noch peinlicher wäre ihr aber gewesen, wenn sie ihr die Schuld erlassen hätte. Sie hätte ihr Gesicht und ihre Ehre verloren. Leopoldine hatte ihr auch anvertraut, dass sie glaubte, ihr Mann hätte auch schon bei den Wirtshäusern Schulden anschreiben lassen, denn es war schon lange her seit er den letzten Auftrag hatte.

Sie erreichten schließlich den Hofweg zum Andresenhof, wo Benedikt schon seinem jüngeren Cousin entgegen gerannt kam.

„Und, hast du dich getraut?"

„Klar habt ich."

„Glaub ich nicht!"

„Doch, frag doch Helena!" Er drehte sich hilfesuchend zu den Hebammen um, die erst nicht wussten, um was es eigentlich ging.

Da ging Helena ein Licht auf. Die Burschen hatten offenbar eine Mutprobe abgemacht. Der Zauber des alten Ziegenbocks reichte wohl sehr weit.

„Klar hat er sich unten durchgetraut!“ rief sie deshalb dem Benedikt zu.

„Siehste!“ triumphierte Leonhard.

„Habe ich etwas verpasst?“ fragte Josepha schließlich, die das Spiel noch nicht durchschaut hatte, weil sie gedanklich noch immer bei Leopoldine war.

„Natürlich, die größte Mutprobe aller Zeiten. Speit er nun Feuer oder speit er nicht“, klärte sie Helena auf.

„Wer?“

„Na, euer Ziegenbock. Oder besser gesagt sein Totenschädel.“

„Ach der,“ Josepha versuchte ernst zu bleiben, „der spukt nur nachts. Um Punkt zwölf Uhr.“

„Ehrlich?“ Die Augen der Buben weiteten sich vor Entsetzen.

„Ja, und wer in seinen Bann gerät ist auf ewig verdammt“, fügte Helena hinzu.

„Es sei denn, man spukt dreimal gegen den Wind und rennt barfuss durchs Brenneselbeet.“

Josepha’s Augen fixierten die Buben bis sie schließlich vor Angst davon liefen.

„Die sind erst einmal zahm“, bemerkte sie dann. „Komm, schauen wir nach dem Mädchen.“

Barbara lag schweißgebadet auf ihrem Bett und die Burgerin, ihre Mutter, tupfte ihr die Stirn als die Frauen eintrafen. Das Mädchen wirkte abwesend und schien die Hebammen gar nicht wahrzunehmen. Sie warf ihren Kopf wie im Fieber hin und her und stöhnte.

„Ein Glück, dass ihr kommt. Etwas stimmt hier nicht. Sie hat so starke Wehen, aber ich glaube es geht nicht vorwärts.“

„Es ist ihre erste Geburt, aber lasst mich einmal sehen.“ Josepha krempelte die Ärmel hoch.

Dann tastete sie vorsichtig den Bauch der Gebärenden ab.

Ihr Gesicht wurde dabei ernst. Sie hielt das Hörrohr an und horchte.

„Und?"

„Es hat sich offensichtlich noch mal gedreht, letzte Woche war noch alles in Ordnung. Das Kind liegt in Steißlage. Keine guten Voraussetzungen für eine Erstgeburt. Ihr habt Recht Burgerin. Aber die Herztöne sind noch regelmäßig, wenn auch etwas schwächer. Wir dürfen keine Zeit verlieren. Helena, Burgerin, fasst sie fest unter den Achselhöhlen. Wir müssen alle Kräfte nutzen, auch die Schwerkraft. Setzt sie in die Hocke."

Barbara schrie auf, sie wollte nicht mehr bewegt werden.

„Wie lange dauert das schon?" Josepha kniete sich auf den Boden vor die Gebärende und versuchte das Kind durch die Scheide zu tasten.

„Seit letzter Nacht. Die Wehen waren gleich sehr heftig. Ich dachte erst, sie sei einfach nur wehleidig, weil sie auch nicht weiß wie schmerzhaft eine Geburt ist."

„Ich kann den Po tasten. Er steckt schon im Geburtskanal. Habt ihr Wein hier?"

„Wein? Ja, warum?"

„Helena, geh in die Küche und wärme ihn, dann nimm die Kräuter auf der rechten Seite in meiner Tasche und werfe sie hinein. Lass es kurz ziehen und dann bring es her."

„Johanna ist draußen, sag sie soll dir helfen!" rief die Burgerin hinter ihr her. Sie hatte Barbara nun mit beiden Armen untergefasst. Das Mädchen hing leblos in ihren Armen und jammerte vor sich her.

„Ruhig Barbara, schließ die Augen und entspann dich. Hör mir zu, wie ich atme und mache es mir nach."

Barbara nickte. Langsam kam sie zusammen mit Josepha in einen Rhythmus und wurde ruhiger, da kam auch schon Helena mit einem dampfendem Topf.

„Was gebt ihr dem Kind?" Die Burgerin blickte skeptisch auf den Sud.

„Wein mit Johanneskraut, Himbeerblätter und Baldrian. Johanneskraut und Himbeerblätter öffnen die Geburtswege und Baldrian beruhigt sie, damit sie entspannen und loslassen kann. Der Wein verstärkt die Wirkung. Und wenn er heiß ist, zweimal. Sie wird bald berauscht sein."

„Ihr werdet wissen, was ihr tut. Josepha." Der skeptische Gesichtsausdruck der Burgerin wurde dadurch nicht entspannter, doch sie ließ die Beiden gewähren.

Helena begann der Gebärenden das Gebräu einzuflößen. Dann warteten sie ab.

Aber nichts geschah, außer, dass Barbara ruhiger und benommener wurde.

Schließlich stellte Josepha, die eine Hand auf dem Bauch hielt, fest:

„Die Wehen haben nachgelassen."

„Und?" flüsterte die Burgerin, ihr Blick verriet noch immer Skepsis.

„Lasst sie noch kurz Kräfte sammeln. Nur ein paar Minuten, dann hat sie sich soweit erholt, dass sie noch mal alles gibt."

„Und dann? Wenn die Wehen zu lange ausbleiben? Ist es nicht gefährlich für das Kind?" Magdalena Burger starrte fragend die Hebammen an. „Es ist gefährlich, stimmt's?"

Das Schweigen und die Stille, die minutenlang den Raum erfüllten, schienen unendlich zu dauern und die Stimmung wurde immer beklemmender.

„Ich will euch nicht belügen", begann schließlich Josepha, und die Bäuerin war froh, dass sie überhaupt etwas sagte. „Aber ohne Barbara schaffen wir es nicht. Sie muss sich erholen. Hol mir schon mal das Rizinusöl, Helena."

„Rizinusöl? Wozu das? Ihr wollt sie doch nicht abführen, oder?"

„Doch, im Notfall regt es nicht nur den Darm an, sondern hoffentlich auch die Gebärmutter. Ich habe keine andere Wahl."

Helena flößte, auf ein einvernehmliches Nicken der Hebamme hin, der leb- und willenlos wirkenden Barbara, die noch immer gestützt zwischen ihrer Mutter und der Hebamme hing, zwei Löffel ein.

„Es wird sie fürchterlich ausräumen“, gab die Burgerin zu Bedenken.

„Das hoffe ich.“

Wieder warteten sie. Helena löste die Burgerin ab und hielt Barbara. Eine angespannte Stille erfüllte den Raum, nur das unablässige Ticken der Uhr unter ihnen in der Stube war zu vernehmen, denn der Schieber nach unten, der sich unter dem Bett befand, war geöffnet. Er diente normalerweise zur Heizung der oberen Kammern. Aber nun funktionierte er auch als Sprachrohr nach unten, um den Mägden und Johanna Anweisungen zu erteilen.

Die Schatten in der Kammer waren gewandert, es war inzwischen Nachmittag oder schon früher Abend geworden. Und noch immer geschah nichts. Barbara schien betäubt zu sein.

Joscpha tastete sich nochmals durch den Geburtskanal und versuchte den engen Muttermund, der den Kinderpo fest umschloss, zu manipulieren, indem sie ihn mit Öl massierte.

Plötzlich bäumte Barbara sich auf und schrie. Dann hechelte sie und schrie wieder. Da kam Leben in den Raum.

„Pressen! Pressen!“ kommandierte Josepha.

Sie tastete sich in den Wehenpausen wieder vor und versuchte das Kind zu greifen. Es bewegte sich nach unten, wenn auch nur millimeterweise.

„Ja! Weiter, es kommt, es kommt!“ spornte sie Barbara an, die noch einmal alle ihre Reserven bündelte.

Josepha fühlte wie der Damm einriss und das Kind sich langsam durchquetschte.

Es war ein großes Kind und blau verfärbt als es endlich vor ihr auf den Fußboden rutschte.

Sie nahm es und legte es auf ihren Schoss, wo sie gleich begann, den Brustkorb zu massieren und ihm ins Gesicht zu blasen, denn es atmete nicht.

Josepha beugte sich über die Nase des Kindes und saugte Schleim heraus.

Endlich schrie es los, seine Lungen füllten sich und sein Gesichtchen lief rot an. Josepha atmete auf und nabelte es schließlich ab.

„Hier Burgerin, nehmt es und reibt es. Es darf nicht vergessen zu atmen. Aber ich glaube, es geht ihm jetzt gut. Ich muss mich erst um Barbara kümmern."

Barbara bäumte sich in dem Moment nochmals auf und stieß die Nachgeburt aus.

Josepha warf einen Blick darauf und stand dann auf. Ihre Waden krampften von der Hockstellung.

„So, jetzt ist gut. Legt sie aufs Bett. Ich muss sie erst untersuchen."

Barbara schlug um sich als Josepha sie anfassen wollte. Sie war vom Wein benebelt und hatte die Geburt gar nicht richtig wahrgenommen.

Die Hebamme schob das Hemd hoch und versuchte ihr Entsetzen nicht anmerken zu lassen.

„Das sieht ja fürchterlich aus", murmelte sie leise vor sich hin.

„Was ist Josepha?" Die Burgerin wurde ganz bleich als sie die Geschlechtsteile ihre Tochter sah.

„Es hat ihr von der Harnröhre bis zum Darm alles aufgerissen. Ich muss ein paar Stiche machen, ehe sie richtig zu sich kommt. Haltet sie fest. Helena, hol Amalie und gebt das Kind Johanna. Wir brauchen jede Hilfe."

Die Burgerin rief durch die Luke im Boden den Frauen.

Mit ruhigen Händen bereitete Josepha alles vor, tauchte die Fäden in Schnaps und erhitzte die Nadel über einer Kerze.

Außer dem gelegentlichen Stöhnen Barbaras herrschte angespannte Stille. Die Frauen wagten nicht zu reden.

Sie nickte nun den Wartenden zu und begann. Helena hielt die Kerze, damit Josepha genau sehen konnte was sie zusammennähte.

Barbara schrie beim ersten Stich auf und versuchte um sich zu schlagen. Doch die drei Frauen hielten ihr Arme und Beine fest und redeten beruhigend auf sie ein. Es kam ihnen vor wie eine Ewigkeit bis Josepha endlich sagte:

„So, jetzt haben wir es geschafft. Ich lege Tücher zwischen ihre Beine, dann binden wir sie an den Oberschenkeln zusammen, damit sie ruhig liegen bleibt bis sie wieder zu sich kommt. Sie schläft jetzt wahrscheinlich für längere Zeit. Lasst sie schlafen und dann wechselt die Tücher zweimal täglich. Ich komme aber jeden Tag vorbei, um die Wunde zu versorgen. Gebt ihr nur leichtverdauliche Speisen, damit sie keine Probleme mit dem Stuhlgang hat. Auch das Wasserlassen wird ihr anfangs weh tun. Sie muss aber trotzdem viel trinken. Spült sie hin und wieder mit Kamillentee ab."

Josepha und Helena packten ihre Taschen wieder zusammen und wuschen sich. Josepha deutete auf den Boden. Ein breiter Fleck Fruchtwasser, vermengt mit Blut und Stuhlgang war zu sehen.

„Amalie putz hier gründlich auf", befahl Josepha der Magd. Dann nahm sie die Nachgeburt, die sie schon auf Vollständigkeit geprüft hatte und wickelte sie ein.

„Da das Mädchen keinen Vater hat, wird der Großvater die Nachgeburt vergraben müssen. Wo steckt er denn?"

„Draußen in der Kapelle. Er betet. Es ist ein Mädchen? Ich habe ganz vergessen darauf zu achten."

Die Burgerin lächelte das erste Mal und ihre tiefen Sorgenfalten zwischen den Augen glätteten sich.

„Ein Mädchen. Johanna gib sie mir einmal." Magdalena Burger strich dem Säugling liebevoll über die Wangen und steckte ihr den kleinen Finger in den Mund als sie saugen wollte.

„Ja, du kleines Erdenmenschchen. Du musst dich noch etwas

gedulden mit der Brust bis deine Mutter sich erholt hat. Sonst bist du auch noch betrunken."

Sie küsste ihre Stirn und schwor:

„Sie soll nie erfahren, welche Qualen ihre Mutter ihretwegen ausstehen musste. Sowohl bei der Zeugung als auch bei der Geburt." Und als wolle sie ihren Schwur bekräftigen, malte sie ein Kreuzzeichen auf die Stirn des Kindes. Die Anderen taten es ihr gleich.

*

Antonius lauschte angestrengt, er verharrte nun schon seit Stunden in diesem ungemütlichen Versteck und ließ seine Blicke immer wieder um sich schweifen, um sicher zu sein, dass ihn noch niemand entdeckt hatte. Unweit von ihm wühlten Ratten im stinkenden Unrat, der sich hier in einem Ast am Ufer des Arno verfangen hatte.

Hin und wieder schwamm sogar eine ganz nah an ihm vorbei.

An den langen Schatten konnte er erkennen, dass bald die Sonne untergehen musste. Wollte er jemals sein Versteck verlassen, so musste er sich noch bei Tageslicht ein Bild von der Umgebung, in der er sich befand, machen. Seine Uhren lehnten, von fremden Blicken geschützt, an der Mauer eines Brückenpfeilers.

Er hangelte sich, am Gestrüpp haltend, unter der Mauer, die zur Straße führte, entlang. Immer darauf bedacht nicht in den Fluss zu rutschen.

An einem sicheren Mauervorsprung wagte er sich aus seinem Versteck. Die Straßen waren ruhig. Weit und breit kein Suchtrupp mehr und keine Zigeuner. Trotzdem blieb er vorsichtig. Er wollte auf den Einbruch der Dunkelheit warten.

Antonius lehnte sich rücklings an die Mauer und blickte sehnsüchtig in die kühlen Fluten des Arno. Seine Zunge klebte im Mund fest. Er hatte heute weder etwas getrunken noch gegessen, nicht einmal ein Frühstück hatten sie eingenommen wegen ihrer blödsinnigen Streiterei.

Die Hitze tagsüber war fast unerträglich ohne Trinkwasser. Mehrmals war er versucht aus der Brühe zu trinken, doch eine dreckige, stinkende, braune Spur zog sich durch das Wasser. Sie ließ sich bis zu dem Abfallhaufen, wo die Ratten hausten, verfolgen.

Nein, es hatte keinen Sinn sich zu vergiften. Und so entschied er sich abermals für den Durst. Um nicht in Versuchung zu kommen, drehte er sich wieder Richtung Straße und behielt sie im Blick.

Wo sollte er nach Fidelis suchen? Die Stadt war zu gefährlich für sie geworden, das war auch sicher Fidelis klar. Bestimmt hatte er ebenfalls ein Schlupfloch gefunden, oder er hatte es schon geschafft die Stadt zu verlassen. Florenz war ihr nächstes Ziel. Er musste sich irgendwie direkt auf den Weg nach Florenz machen.

Es war eigentlich nicht beabsichtigt gewesen, dass sie sich trennten, aber sie hatten sich aus den Augen verloren bei ihrer Flucht durch die Hinterhöfe und über die Dächer Pisas.

Endlich verschwammen die Gassen in der Dämmerung und gleich darauf setzte die Dunkelheit ein. Antonius hangelte sich zurück zu seiner Uhrenkrätze. Einige Modelle würde er ausbessern müssen. Sie hatten unter der Flucht stark gelitten. Mehr als einmal war er damit gegen Mauern und Zäune gestoßen. Er schwang die schwere Last auf seinen Rücken und tastete sich langsam am Abhang entlang. Einen Steinwurf weiter konnte er einen Aufstieg zur Straße erkennen. Doch bevor er dort war, brach der Ast, an dem er sich hielt und er rutschte den Abhang hinunter.

Kurz vor dem Wasser gelang es ihm die Fersen in die Erde zu stemmen und die Rutschpartie zu stoppen. Die Uhren begannen zu bimmeln. Er hielt den Atem an und wagte nicht sich zu bewegen. Sekunden verharrte er in dieser Stellung, um dann langsam mit den Händen nach Halt zu tasten. Der Angstschweiß tropfte ihm von der Stirn, denn er konnte, wie alle Schwarzwälder, nicht schwimmen.

Endlich gelang es ihm, sich an einem Grasbüschel festzukrallen und vorsichtig umzudrehen. Dann stieg er zur Straße hoch. Seine Schenkel brannten wie Feuer, er musste seine Hose und die Waden aufgerissen haben.

Ein unterdrückter Fluch kam ihm über die Lippe als er sich über den Mauerabsatz schwang. Das rechte Hosenbein hing in Fetzen und Blut rannte an seinen Schenkeln herunter.

Er blickte die Gassen hoch und runter. Auffallender wie er, in seiner Tracht, mit der Uhrenkrätze und seiner Verletzung, konnte man kaum sein. Aber er musste es wagen. Er hatte nichts anderes anzuziehen.

Mit klopfendem Herz und zügigen Schritten eilte er über das Kopfsteinpflaster in Richtung Stadtausgang West, immer den Schatten der Häuserreihen entlang, bis ihn ein Plätschern ablenkte.

Wasser! Ein Brunnen! schoss es ihm durch den Kopf. Er hielt inne und lauschte, dann ging er dem Geräusch nach.

Beinahe währe er um die Ecke auf zwei schwatzende Weiber gerannt, die sich im Sichtbereich des Brunnens aufhielten. Er stockte, sein Herz schlug bis zum Hals, er durfte nicht unvorsichtig werden, nicht auffallen. Mit seiner klebrigen Zunge fuhr er über die spröden und aufgeplatzten Lippen. Er musste hier seinen Durst stillen. Außerhalb der Stadt gab es sicher keine Möglichkeit mehr. Vor seinem geistigen Auge sah, roch und hörte er die kühlen Bächlein, die zu Hause durch die Wälder und Felder plätscherten. Er sehnte sich danach und nach Helena. Der Geruch ihres Haares, wird er sie je wiedersehen? Wird er hier entkommen können?

Antonius zwang sich weg von seinen Träumen. Er stieß sich von der Mauer ab und blickte zu den Frauen. Sie hielten ihre gefüllten Wasserkrüge in den Armen und redeten immer noch. Er schaute sich um und als er niemanden sonst in der Gasse sah, überlegte er kurz, ob er die zwei Weiber nicht einfach erschrekken und verjagen sollte. Aber sie würden sich sicherlich sein Aussehen einprägen.

Also wartete er weiter ab.

Er glaubte schon neben dem Brunnen verdursten zu müssen, als endlich Bewegung in die Frauen kam und sie schnatternd und lachend in einer Nebengasse verschwanden.

Antonius schnellte hervor, vergewisserte sich, dass er alleine war, und lief zum Brunnen.

Er formte seine Hände zu einer Schale und stillte endlich seinen Durst. Dann klatschte er sich das kühle Nass ins Gesicht und in den Nacken. Es war eine Wohltat. Schließlich beugte er sich nach vorne, um seinen Lockenschopf unter den Wasserhahn zu hängen. Dabei rutschte die Krätze an den Beckenrand und eine Uhr begann zu bimmeln.

Antonius zuckte zusammen, aber zu spät. Er war entdeckt.

Ein eisiger Griff packte ihn an der Schulter.

„So mein Freund, dein letztes Stündlein hat geschlagen."

Antonius glaubte für einen Moment sein Herz bliebe stehen. Er überlegte nicht lange, sondern handelte im Affekt, drehte sich ruckartig um, sah in den Augenwinkeln eine dunkle Gestalt und schlug zu.

Erst als der vermeintlich Fremde zu Boden ging, fiel ihm auf, dass er deutsch, nein sogar alemannisch, gesprochen hatte.

„Antonius du Arschloch! Willst du mich umbringen?" Fidelis, in italienischer Bauernkleidung, hielt sich die blutende Nase und rappelte sich hoch.

„Fidelis! Meister, was um alles in der Welt fällt euch ein mich so zu erschrecken?" Antonius lehnte sich an den Brunnen, er musste sich erst von diesem Schrecken erholen, seine Knie begannen zu zittern.

„Erschrecken? Sei froh, dass ich dich entdeckt habe."

„Wo habt ihr eure Sachen? Und überhaupt, wie seht ihr aus?"

„Alles in Sicherheit. Ich suche schon seit Stunden nach dir."

„Woher habt ihr gewusst, dass ich noch in der Stadt bin?"

„Weil ich seit Stunden den Weg nach Florenz beobachte. Ich dachte, dass du sicher wartest bis es dunkel wird. Aber dann habe ich mir doch Sorgen gemacht. Berechtigt, wie ich sehe. Stehst mit der bimmelten Uhrenkrätze mitten auf dem Dorfplatz und wäscht dir den Kopf. Dass du nicht noch laut schreist: hier bin ich, ist alles. Los, lass uns verschwinden."

Sie schauten sich um, ein Stück vom Brunnen entfernt saßen ein paar Männer in einer Taverne mit dem Rücken zu ihnen. Sie hatte die Beiden offensichtlich nicht beachtet.

„Wo gehen wir hin?"

„Ich habe einen Ort gefunden wo wir uns ein paar Tage verstecken können bis Gras über die Sache gewachsen ist."

„Ein paar Tage verstecken? Und unsere Uhren? Wir sind Händler, wir sollten zusehen, dass wir etwas verkaufen. Wäre es nicht sinnvoller noch in dieser Nacht nach Florenz zu gehen?"

„Bist du wahnsinnig? Die Straßen werden kontrolliert. Und wenn uns die Sicherheitswachen nicht kriegen, dann kannst du mit Räuberbanden vorlieb nehmen. Nein mein Junge, ich will heil nach Hause kommen. Wir werden uns vorläufig als Oliven- und Weinbauern betätigen."

„Was? Ist das euer Ernst? Wie um alles in der Welt kommt ihr dazu?"

„Du erinnerst dich an den Händler letztes Jahr, der mit dem sturen Esel. Wir haben ihn in einer Taverne kennen gelernt."

„Giuseppe, natürlich erinnere ich mich. Sein Esel hatte die Witterung einer Eselin aufgenommen und wollte partout nicht nach Hause. Der Händler hatte nachgegeben und ist in die Taverne bis sein Esel wieder willig war. Was ist mit ihm?"

„Siehst du das Weingut dort oben auf dem Hügel?" Fidelis deutete stadtauswärts.

„Ja."

„Dort ist Giuseppe als Vorsteher tätig. Er hat uns angeboten, dass wir ein paar Tage als Erntehelfer arbeiten könnten."

„Und wo habt ihr ihn getroffen?"

„In einer Seitengasse, dort gibt es eine Art öffentlichen Park. Da stand er plötzlich vor mir, als ich hinter einem Gebüsch Schutz suchen wollte. Er pflege seinen Mittagsschlaf unter den Pinien zu halten, hat er mir erklärt, wenn er in der Stadt zu tun hat. Er hat sich sehr gefreut mich wiederzusehen."

Sie bogen durch eine Seitengasse in die Weinberge ein.

„Ich musste natürlich eine kleine Notlüge auftischen. Er hat daraufhin meine Uhrenkrätze auf seinem Wagen versteckt und mich ebenfalls, und wir sind zu dem Gut gefahren. Ich habe ihnen erklärt, dass ich nach dir suchen müsse, weil du noch in Gefahr seiest. Daraufhin haben sie mir diese Kleidung gegeben."

Von nun an ging es leicht bergauf bis sie vor einem großen, geschnitztem Eichentor standen.

Fidelis klopfte dreimal, das vereinbarte Zeichen, dann öffnete es sich.

„Ciao Gina", begrüße Fidelis die Magd. Er schien sich hier schon auszukennen, aber das verwunderte Antonius nicht. Fidelis hatte schon immer das gewisse Etwas, was Frauen zu faszinieren schien.

„Ciao Fidelis. Dein Freund? Geht zum Vorsteher, er ist noch im Pferdestall drüben."

Giuseppe hatte ihr Kommen schon vernommen und lief freudestrahlend auf seine Freunde zu. Er begrüßte sie überschwänglich und laut bis immer mehr Angestellte auf sie aufmerksam wurden. Antonius fühlte sich nicht wohl in seiner Haut, denn er hatte das Gefühl, sie starrten ihn alle an, so als sei er von einem anderen Stern. Er schämte sich seines Aussehens und der zerrissenen Hose wegen.

„Sagt mal Meister, was habt ihr über mich erzählt? Gibt es da etwas was ich wissen sollte?" stieß er Fidelis in die Rippen.

Fidelis kratzte sich am Hinterkopf und wirkte verlegen.

„Äh, nein, nicht direkt."

„Raus mit der Sprache."

„Na ja, ich habe gesagt, wir wären von einem Räuberpack

überfallen worden. Ich konnte doch schlecht sagen warum wir wirklich auf der Flucht waren."

„Die Notlüge, das habt ihr mir schon erzählt, aber das ist doch nicht alles, oder?"

„Nun, ja ich habe die Sache etwas ausgeschmückt und erzählt du hättest die Bande, zehn oder fünfzehn Mann, in die Flucht geschlagen und mir das Leben gerettet."

„Das ist doch nicht wahr, oder? Seid ihr wahnsinnig so dick aufzutragen?"

„Warum? Es wirkt doch. Schau das Mädchen dahinten, sie himmelt dich an wie einen Volkshelden. Sei etwas freundlicher zu ihr." Antonius drehte sich um, woraufhin das Mädchen vor Scham rot wurde und seinen Blick senkte.

„Es wird nicht lange dauern bis sich die Geschichte mit dem Zigeunermädchen auch hier ausbreitet. Es ist nicht sonderlich dienlich, wenn wir dann als Frauenhelden dastehen, Meister. Man wird uns nicht unbedingt glauben."

„Sei kein Spielverderber. Zwischen den Zigeunern und Gutsbesitzern gibt es keinen Kontakt. Das fahrende Volk ist nicht sonderlich beliebt auf dem Land. Wir halten Augen und Ohren offen, und wenn die Zeit reif ist verschwinden wir wieder."

„Euer Wort in Gottes Ohr, Meister."

„Freunde, kommt! Drüben hat man ein Mahl für euch bereitet. Die Dienerschaft ist gespannt auf eure Geschichten. Sie warten alle. Gina zeigt euch nachher die Kammer. Gebt mir die schwere Ladung mein Freund, ich verwahre sie euch." Giuseppe nahm sich Antonius Krätze an.

„Du kannst ihm vertauen", versicherte Fidelis, als er Antonius skeptischen Blick sah.

„Ich warne euch Meister. Keine Märchen mehr."

„Du willst wohl diese Nacht wieder einsam verbringen, oder?"

*

„Onkel Johann, Onkel Johann, noch mal!"
„Mir auch. Auch noch mal!"
Johann lag am Boden und streckte alle Viere von sich, während die blondgelockten Schindlermädchen auf ihm herumtobten und an seinen Armen und Beinen zerrten.
Sie hatten den Rest der Getreideernte heute eingefahren und die langen Schatten krochen schon von Westen her über das Tal.
Pauline, die Nichte des Schindler Franz, die noch immer den Haushalt führte, begann damit den Tisch draußen unter dem alten Ahorn zu decken, denn es war ein milder Augustabend. Franz zündete sich eine Pfeife an als er aus dem Stall kam, wo er den Stier eingestellt hatte.
„He, ihr verrückten Weiber. Jetzt ist es genug. Lasst mir den Johann am Leben, den brauchen wir noch. Ab Marsch, helft der Pauline das Essen zu richten." Und zu Johann blickend meinte er: „Da hast du etwas angefangen, die geben keine Ruhe mehr."
Murrend ließen sie von ihm ab, denn Johann hatte eine nach der anderen an je einem Arm und einem Bein gehalten und im Kreise herum gewirbelt, so wie er es immer mit seinen kleinen Geschwistern getan hatte. Sie konnten nicht genug davon kriegen und lagen lachend am Boden, wenn ihnen vor lauter Drehwurm die Beine einsackten.
„Es macht mir nichts aus, Meister. Ich weiß mich schon zu wehren. Eure Töchter haben es gut bei euch und inzwischen sind wir fast so etwas wie eine Familie." Dabei blickte er zu Pauline, die mit Messer und Brotlaib zur Tür heraus kam. Sie warf ihm ebenfalls einen flüchtigen Blick zu und ein Lächeln huschte über ihr Gesicht. Johann stand auf und strich sich die Kleider zurecht. Dann nahm er neben seinem Lehrherrn Platz, wobei er Pauline im Blickwinkel behielt bis sie wieder in der Tür verschwunden war. Er hatte von ihr geträumt letzte Nacht und er errötete noch bei dem Gedanken daran, in welch erregtem Zustand er aufgewacht war.
„Ja, fast." Franz blickte vor sich hin und zog an seiner Pfeife.

„Fast Johann. Nur, sie haben keine Mutter mehr. Es ist jetzt ein dreiviertel Jahr seit meine geliebte Kreszenz nicht mehr bei uns ist. Die Zeit, die wir hatten, war viel zu kurz.“ Er stierte weiter vor sich hin und Johann ahnte welchen Schmerz seinen Meister plagte. Auch er hatte oft Heimweh.

„Wir müssen zufrieden sein. Wir haben, dank der Aufträge, gut zu leben. Es war Gottes Wille. Er schickt jedem eine Bürde. Ihr werdet mit der Zeit den Schmerz verkraften.“

„Aber wir müssen weiterdenken, Johann. Das Trauerjahr ist bald um und ich sollte mich nach einer neuen Mutter für die Mädchen umschauen, ich hab es Kreszenz versprochen.“

„Und Pauline? Ist sie nicht wie eine Mutter zu ihnen?“

„Pauline ist jung. Sie sollte heiraten und nicht ihre besten Jahre an ihren Onkel verschwenden.“

„Das hat doch noch Zeit. Sie ist erst achtzehn.“

„Meine Frau war auch nicht viel älter. Ich sollte es noch nicht herum erzählen,“ Schindlers Stimme wurde leiser und er beugte sich verschwörerisch zu Johann, „aber mein Schwager hat schon einen für sie ausgeschaut. Der Bastian vom Widiwanderhof. Er ist erst vor zwei Wochen aus England zurück gekommen. Er war lange in der Fremde und hat gutes Geld gemacht. Nun will er sesshaft werden und den Hof übernehmen. Sein Vater ist schon sehr alt und der Hof nicht mehr im allerbesten Zustand, aber der Bastian gilt nun als reicher Mann. Er wird ihn wieder auf Vordermann bringen. Eine gute Partie für das Mädchen.“

Johann ließ die Schultern hängen und starrte auf seine Füße, die Kreise in die Erde malten. Er hatte immer gewusst, dass er nur einem Traum nachhing, aber die Wirklichkeit schockte ihn doch. Warum so bald?

„Sie hat mir noch nicht gesagt, dass sie heiraten wird“, bemerkte er bedrückt.

„Sie weiß es auch noch nicht. Sie sollen sich am Sonntag erst kennen lernen. Nach dem Kirchgang. Es ist schon alles organisiert. Die Väter sind da schnell, musst du wissen, sobald sich die

Gelegenheit bietet eine gute Verbindung zu vermitteln." Er blickte mit einem Lächeln auf Johann, doch es erstarb auf seinem Gesicht als er Johanns Trauermiene sah und erst recht, als er Paulines bleiches Gesicht in der Tür sah. Er hatte sie ganz vergessen.

„Wie lange stehst du schon da?" fragte er sie deshalb verwirrt.

Sie löste sich aus ihrer Erstarrung und schmiss die Vesperbrettchen, die sie in der Hand hielt, auf den Boden.

„Lange genug!" Schrie sie und rannte zurück ins Haus.

„Pauline! Warte!" Franz legte die Pfeife zur Seite und sprang auf. „Verdammt noch mal. Ich Idiot. Hätte ich doch nur mein blödes Maul gehalten."

Er lief ihr nach in die Küche, wo sie am Tisch saß, den Kopf in die Arme vergraben und hemmungslos schluchzend.

„Pauline." Er hielt inne, ehe er langsam auf sie zuging. Dann legte er seine Hand auf ihre bebenden Schultern.

„Mädchen, es tut mir Leid. Ich hätte nichts sagen dürfen, es geht mich auch nichts an was dein Vater mit dir vor hat. Bitte verzeih mir, dass du es so erfahren musstest." Er schwieg kurz, dann fügte er hinzu: „Du müsstest dich glücklich schätzen. Der Bastian ist eine gute Partie, andere Mädchen würden sich die Finger danach lecken. Was also ist so schlimm daran?"

Sie richtete sich langsam auf und zog die Nase hoch, dann blickte sie ihn an: „Er ist mir viel zu alt! Er muss mindestens fünfzehn Jahre älter sein als ich. Ich bin gerade in die Schule gekommen, da ist er schon von zu Hause weg. Es war damals eine Sensation."

„Siebzehn."

„Siebzehn? Das kann doch nicht euer Ernst sein? Ihr schickt mich hier weg? War ich euch nicht gut genug?"

„Das hat doch damit nichts zu tun." Sie hatte wohl doch nicht das ganze Gespräch mitbekommen, schoss es ihm durch den Kopf.

„Du bist jung und solltest deine Gelegenheit nicht verpassen.

Schau ihn dir erst einmal an und wenn er dir nicht gefällt, das verspreche ich dir, kannst du bei mir bleiben, solange du willst."

„Ehrlich? Versprecht ihr mir das Onkel Franz?"

„Ehrlich. Versprochen." Er bot ihr die Hand wie bei einem Handel, doch sie ignorierte sie und fragte stattdessen: „Und was sagt Johann dazu?"

„Johann? Wieso Johann?" Er wusste im ersten Moment gar nicht was sie meinte, doch dann kam ihm ein Gedanke.

„Pauline, verschweigst du mir etwas was mit Johann zu tun hat?" Hatte er etwas übersehen? Sollten sie gar eine heimliche Liebschaft angefangen haben?

„Nein", war ihre knappe Antwort und er wusste, dass sie eingeschnappt war und er lieber nicht weiter fragen sollte.

„Dann ist ja gut. Nun komm schon und lass uns die Sache vergessen. Wir sollten essen, ehe es dunkel wird."

„Ich habe keinen Hunger mehr." Sie nahm ihr Tuch vom Haken hinter der Tür und verschwand ohne sich umzudrehen, nicht einmal Johann, der fragend draußen vor der Tür wartete, würdigte sie eines Blickes. Sie fühlte sich überrumpelt und war gekränkt.

„Wo willst du hin?" rief Franz hinter ihr her.

„Meine Ruhe haben." Sie nahm den Weg ins Dorf.

„Pauline?" Johann stand auf und wollte ihr nachlaufen, doch Franz hielt ihn zurück.

„Lass sie. Sie muss es erst verdauen."

„Was habt ihr Pauline erzählt?"

„Dass sie bei uns weiter willkommen ist, wenn ihr der Bastian nicht gefällt."

„Wirklich?"

Der Blick, den Franz ihm zuwarf, sagte mehr als tausend Worte. Johann wusste, dass er die Finger von seiner Nichte zu lassen hatte. Dabei hatte er sich noch nicht einmal vorgewagt. Als Lehrling zum Uhrenkastenschreiner hatte er natürlich bei ihrem Vater schlechte Karten, dessen war er sich voll bewusst.

Außerdem war er mit seinen sechzehn Jahren noch ein grüner Bursche. Trotzdem schmerzte ihn der Gedanke.

Wie ein getretener Hund trollte er sich und holte sein Schnitzmesser aus der Werkstatt.

„Wo willst du hin?“ fragte ihn sein Lehrmeister als er wieder aus der Werkstatt kam, ein Stück Lindenholz in der Hand.

Johann deutete den Schneeberg hoch.

„Ich brauche jetzt auch meine Ruhe. Dort oben stört mich keiner.“

Weit oben über dem Tal stand am Waldesrand eine große Buche, die einen dicken Seitenast hatte. Immer wenn Johann für sich sein wollte, setzte er sich dort oben hin und blickte über die weit verstreuten Gehöfte ins Tal. Dabei versuchte er sich im Schnitzen von Heiligenfiguren, bis er seine Gedanken wieder geordnet hatte.

Pauline hingegen hielt auf den Schwabenhof zu, um ihre Freundin aufzusuchen.

An der Kirche kam sie ins Stocken und überlegte kurz. Es konnte nicht schaden die heilige Muttergottes in ihren Kummer einzuweihen. Sie war schließlich auch eine Frau und würde ihre Ängste verstehen.

Im ersten Moment war sie geblendet und sah nichts als sie in das Dunkel der Kirche eintrat. So ging sie schnurstracks auf das Marienbildnis auf dem Seitenaltar zu, ohne den fremden Herrn in der hinteren Nische zu beachten. Sie kniete nieder, um sich Mariens anzuvertrauen.

Sie wusste nicht, wie lange sie im Zwiegespräch mit der Muttergottes vertieft war, als plötzlich jemand neben ihr stand.

„Was kann ein so junges Mädchen derart belasten, dass es nur noch bei der heiligen Mutter Zuflucht finden kann?“ Pauline schreckte auf und sah mit tränenüberströmtem Gesicht in die grünen Augen eines gutgekleideten Mannes. Sein freundliches Gesicht umrahmte ein gepflegter dunkler Vollbart. Seine Stimme war warm und vertrauenserweckend. Er bot ihr seine

Hand an und Pauline bemerkte seine kräftigen, behaarten Unterarme, die unter dem weißen Hemd hervorragten.

Sie hatte ihn noch nie zuvor gesehen und doch kam er ihr vertraut vor. Sie konnte ihren Blick nicht von seinen Augen lösen. Wie in Trance stand sie auf und reichte ihm ihre Hand.

„Ich wüsste nicht, was euch das angeht, Fremder. Was sucht ihr hier?" Ihre Stimme war schon fast ein Flüstern.

„Zuflucht im Gebet. Wie ihr. Kann ich euch helfen? Manchmal ist es einfacher einem Fremden seinen Kummer anzuvertrauen als den eigenen Freunden."

„Das mag sein, aber auch ihr könnt mir nicht helfen."

„Was macht euch so sicher?"

„Warum sollte ich einem wildfremden Menschen meine Sorgen anvertrauen?"

„Weil ein Außenstehender neutral ist und die Dinge von einer anderen Sicht sieht. Er kann manchmal einen besseren Rat erteilen, als Betroffene."

„Das leuchtet mir ein." Pauline wurde verlegen.

„Und?"

„Was und?"

„Wollt ihr meinen Rat oder nicht?"

Pauline zog ihre Hand zurück, ihr war peinlich aufgefallen, dass sie sich noch immer halten ließ.

„Gut", begann sie und löste ihren Blick von seinen Augen, um sich besser konzentrieren zu können, denn sie wollte auf keinen Fall wie ein Schulmädchen losplappern. „Sollte eine Tochter ihrem Vater gehorchen, oder nicht?"

„Das kommt darauf an was er von ihr verlangt. Sie muss ihrem Gewissen folgen. Und sie darf nicht gegen ihre Überzeugung handeln. Sonst wird sie unglücklich. Trotzdem sollte sie sich Zeit lassen mit ihrer Entscheidung und alles Für und Wider abwägen. Manchmal sehen Väter Dinge, die Töchter noch nicht erkennen. Aber auch andersherum. Nicht alle Väter wissen was ihre Töchter wirklich brauchen."

Pauline überlegte kurz. Seine Antwort war so allgemein wie ihre Frage. Dennoch hatte er sie ihr beantwortet, ohne neugierig nachzuhaken. Sie war beeindruckt.

„Danke. Ihr habt mir sehr geholfen, Fremder." Pauline senkte den Blick, sie wollte nicht, dass er noch weiter auf das Thema einging, darum verabschiedete sie sich und rannte aus dem Gotteshaus. Der Fremde hielt sie nicht auf.

Nach einigen Schritten schaute sie sich um und sah wie der Fremde ebenfalls die Kirche verließ. Ihr Herz klopfte bis zum Hals, als sie sah wie er sie erblickte und ihr zuwinkte.

Dann setzte er seinen Hut auf, ein Uhrenhändlerhut, und stieg zu einem alten Mann in die Kutsche, die den Weg zum Widiwanderhof einschlug.

„Bastian? Oh Gott, seid ihr Bastian?" entfuhr es ihr. Als hätte er sie gehört, wandte er sich nochmals um und winkte ihr. Ihre Knie wurden weich und sie stützte sich an der Hauswand der Schwabenhofscheuer ab.

*

Die Strahlen der Abendsonne streiften den Turm des Palazzo Vecchio, des alten Palastes, und tauchten ihn in ein warmes Rot. Die Wirte hatten ihre Tische unter die dicken, schattenspendenden Bäume gestellt, doch jetzt holten die alten Männer die Stühle in die letzten Sonnenstrahlen und wärmten sich bei einem Becher Rotwein, der in den umliegenden Hügeln der Toskana gekeltert wurde und für seine Reife weit über die Grenzen bekannt und beliebt war.

Sie schauten gedankenverloren den Frauen zu, die am Stadtbrunnen, einem Kunstwerk des Bildhauers Bartolomeo Ammannati, ihre Krüge mit Wasser füllten. Gleich darüber erhob sich die übergroße Figur des Davids, gearbeitet von Michelangelo in reinstem Carraramarmor.

„Du bist mit deinen Gedanken schon zu Hause?" fragte Fidelis sein Gegenüber und schob sich die letzte Olive von seinem Teller in den Mund.

„Woher wisst ihr das?" Antonius nippte an seinem Becher und blinzelte zufrieden seinen Meister an.

„Dein verklärter Blick, wenn du die Frauen da drüben beobachtest, sagt mir alles."

„Ja, ihr habt Recht. Ich bin in Gedanken schon bei Helena. Ich kann es kaum erwarten sie wieder zu sehen. Ich werde sie um ihre Hand anhalten."

„Die große Liebe, was? Vielleicht wäre es besser deinen Hunger noch hier zu stillen, bevor du sie wieder, na ja, du weißt schon."

„Fangt ihr schon wieder damit an? Ich habe euch schon mal gesagt, ich hatte meine Gründe, und nun Schluss damit. Ich will nichts mehr hören. Das geht nur Helena und mich etwas an."

„Ist ja schon gut. Nur, ein Mann sollte nicht nur von den Träumen leben."

„Meint ihr damit euren Ausflug letzte Nacht?" fragte Antonius in einem leicht gereizten Ton.

„Ausflug?" Fidelis war verduzt.

„Ja, oder wie nennt ihr es, wenn euch eine offenherzig gekleidete Dame unten an der Ecke erwartet. Zwei Stunden ward ihr weg. Glaubt nur nicht, ich hätte nichts mitbekommen. Euer zufriedener Gesichtsausdruck hat mir alles gesagt."

„Das war, äh, wie soll ich sagen."

Antonius bemerkte, dass er seinem Meister gegenüber doch etwas zu weit gegangen war, darum beschwichtigte er: „Ich dachte schon an sündige Dinge, aber dann fiel mir ein, dass ihr der Frau des Händlers Bennuroni versprochen habt, die Standuhr noch vor unserer Abreise zu reparieren. Sicherlich war es nur eine Magd, die euch zur Villa begleitet hat."

„Äh, ja. Sicher, das will ich auch hoffen. Nicht, dass du meinem Weib gegenüber noch irgendwelche Geschichten auftischt, die sie falsch verstehen könnte."

„Oh nein, wie käme ich darauf. Ihr seid doch sehr gewissenhaft, repariert sogar noch nachts die Uhren, nur damit wir schnellstmöglich heim kommen."

„Eben, auf uns Händler ist halt Verlass. Komm iss auf, wir müssen morgen sehr früh raus", beendete er das heikle Thema, das er sich selbst eingebrockt hatte und winkte den Wirt herbei, um die Rechnung zu begleichen.

Dann schlenderten sie durch die Gassen und Hinterhöfe von Florenz ihrem Quartier zu, wo Fidelis ebenfalls die Rechnung schon bezahlte. Fast vier Wochen hatten sie sich hier aufgehalten, nach ihrem unfreiwilligen Zwischenstopp als Erntehelfer, bis schließlich die letzte Uhr auf der Via die Calzaiuoli, der Handelsstraße, verkauft war.

„Hier eine Gabe des Hauses, damit ihr nächstes Jahr wieder zu mir findet." Die Wirtin stellte ihnen einen Krug Wein auf den Tisch, ebenso zwei Becher.

„Oh, vergelt's euch Gott gute Frau. Wir werden es uns merken", zwinkerte Fidelis ihr zu und schenkte ihnen ein. Dann wandte er sich an Antonius: „Schau mal, was ich heute bei einem Händler aus Grasse, erstanden habe." Er zog ein blaues Flakon, eingewickelt in einem Tuch, aus der Hosentasche.

„Oh, ist das schön gearbeitet."

„Na, öffne es und riech mal dran. Es ist reinstes destilliertes Rosenöl aus den Rosengärten des Orients. Ägypten, Marokko."

Antonius öffnete das Gläschen vorsichtig und hielt seine Nase darüber.

„Das ist ja unglaublich. Wie kann man den Duft eines ganzen Gartens in dieses Fläschchen verbannen? Ist das für euer Weib?"

„Ja. So was können nur die Parfümhersteller Südfrankreichs. Es ist ein eigener Beruf. Sie beliefern nur feine Herrschaften."

„Es ist sicherlich ein Vermögen wert."

„Nicht, wenn es mir die Liebe und Treue meines Weibes sichert. Und hier habe ich noch etwas für meine fünf Schleckermäuler.“

Er kramte einen Beutel exotischer Trockenfrüchte heraus.

„Ich habe auch Geschenke erstanden, schaut mal.“

Antonius zog ein Leinenpäckchen aus der Hosentasche und wickelte es auf. Er hielt seinem Meister zwei goldene Ohrringe unter die Nase.

„Für Helena. Ich werde sie damit um ihre Hand anhalten. Ich habe sie auf der Ponte Vecchio, der alten Goldbrücke über dem Arno, gekauft. Und das,“ er kramte weiter in seinen Taschen, „ist für meine Mutter. Ein Kruzifix aus Olivenholz. Und das,“ er zog ein weiteres Päckchen aus der Tasche, „für meine Schwester Barbara. Eine Madonna mit Kind aus Carraramarmor.“

Fidelis pfiff durch die Zähne.

„Verstecke die Geschenke in den Geheimfächern der leeren Uhrenkrätzen. Wenn wir Straßenräubern zum Opfer fallen sollten, durchsuchen sie zuerst unsere Taschen. Die Krätzen sind leer und auf den ersten Blick wertlos.“ Er blickte auf die Dinge vor ihnen und meinte dann: „Du hast ja dein ganzes Geld ausgegeben!“

„Nein, ich habe geschickt verhandelt. Ich habe genug Geld, um zu heiraten. Jetzt fehlt nur noch eines.“ Er blickte Fidelis fordernd an.

„Und das wäre?“

„Dass ihr mich zu einem gleichwertigen Mitglied in der Kompanie macht.“

Fidelis kratzte sich am Hinterkopf.

„Du weißt, dass es drei Jahre sind, die du lernen musst.“

„Zwei Jahre sind es schon, und außerdem habe ich in den Wintermonaten auch Uhren gebaut und kenne mich bestens aus. Nicht nur im Handel, sondern auch in der Technik. Ich brauche nur meine Zusage, dass ich ein eigenständiges Mitglied der Kompanie bin. Sonst traut mich kein Pfarrer. Ihr wisst, dass Knechte nicht heiraten dürfen."

„Du hast Recht, du bist ein guter Händler geworden. Das Alter hast du auch und ich will deiner Liebe nicht im Wege stehen. Ich werde dich in der Kompanie vorschlagen."

„Danke, das wäre zu gütig von euch."

„Aber wie willst du den alten Kirner überzeugen? So wie ich ihn kenne, verkauft er dir nicht einmal eine Ziege."

„Das weiß ich auch noch nicht. Mir wird etwas einfallen." Antonius dachte an die Tatsache, dass Helenas leiblicher Vater ja nun tot sei und Leopoldine vielleicht alleine entscheiden könne. Aber er verwarf den Gedanken gleich wieder. Julius würde das nie dulden und sei es nur darum, dagegen zu sein. Vielleicht sollte er ihm einen Preis bieten? Aber von was sollten sie dann leben? Außerdem war die Frage wo, auch noch nicht geklärt.

„Dann auf dein Glück." Fidelis erhob seinen Becher und prostete ihm zu.

„Und auf eine gute Heimkehr." Er schob seine Gedanken bei Seite. Es würde sich alles irgendwie fügen.

Sie leerten den Krug Wein und gingen dabei die letzten Wochen noch mal durch.

Der Aufenthalt auf dem Weingut hatte sich als wahrer Glücksgriff entpuppt. Antonius Bedenken waren unberechtigt, denn sie hatten an den Feierabenden Zeit genug, ihre beschädigten Uhren wieder auf Vordermann zu bringen. Der Gutsbesitzer, Signore Veneci, wurde zu einem richtigen Uhrenliebhaber und sie hatten am Ende eine große Bestellung für sämtliche Verwandte der weitläufigen Familie auf das nächste Jahr in der Tasche. Fidelis würde noch einen weiteren Knecht mitnehmen können.

Die Arbeiter und Mägde lauschten an den Abenden mit Begeisterung den Erzählungen von Fidelis aus der kalten und rauen Heimat. Er hatte das Talent, Kleinigkeiten zu großen Ereignissen auszuschmücken und war daher als Erzähler sehr beliebt.

Antonius hingegen war kein großer Redner, interessierte sich aber sehr für die Gewinnung von Olivenöl und Wein und ließ sich in die Geheimnisse deren Herstellung einweihen, was dem Vorarbeiter sehr imponierte. So bekamen sie am Ende ihres Aufenthaltes neben einem Lohn jeder zwei Flaschen Wein und zwei Flaschen Olivenöl, die sie in Tücher eingeschlagen in der Schublade der Krätze verstauten, mehr hatte leider keinen Platz.

Zufrieden mit sich selbst und ihren guten Geschäften gingen sie zu Bett.

*

Am nächsten Morgen ertönte aus nördlicher Richtung der Glokkenschlag des Giotto, der neben der Basilika Maria del Fiore steht, fünf mal.

„Antonius, raus mit dir. Es ist höchste Zeit. Mein Gott, du schläfst ja wie ein Murmeltier."

Fidelis stand schon fertig angezogen neben ihm.

Antonius rieb sich die Augen, dann schlug er die Wolldecke zurück und angelte sich die frisch gewaschenen Socken von der Leine vor dem Fenster.

„Hier," Fidelis reichte ihm einen Lederbeutel, „die Hälfte des Gewinnes. Falls mir etwas zustoßen sollte, hast du wenigstens das Geld für die Uhrmacher zu Hause. Und umgekehrt."

Sie verstauten alles, auch die Geschenke, in den eingelassenen Schubladen der Krätze, nur das Geld hängten sie sich in einem Lederbeutel um den Hals.

Auch Werkzeuge und Ersatzteile waren in den Schubkästen, denn nicht selten mussten sie Hand anlegen, wenn durch den Transport einmal etwas zu Bruch ging, oder jemand einfach eine Uhr zum reparieren hatte. Es gab nämlich auch böhmische Händler, die ihre Messinguhren schon in dieser Gegend verkauft hatten, auch diese reparierten sie, wenn sie darum gebeten wurden und meist konnten sie dann ihre eigenen gut anbieten.

Auf leisen Sohlen, um niemanden zu wecken, gingen sie die Stiege hinunter, packen ihr gerichtetes Vesper ein, und verschwanden über den Hinterhof.

Durch menschenleere Gassen bogen sie in die Via del Anguillara, beim Palazzo Gondi in die Via die Proconsolo, die direkt zur Basilika führte. Nur das Gekläffe der streunenden Hunde begleitete sie.

Immer wieder lief Antonius beim Anblick dieser Basilika ein ehrfürchtiger Schauer über den Rücken. Sie war ein Meisterwerk seinesgleichen. Reich an unzähligen Kunstwerken aus Marmor, ganz anders als der Sandsteinbau des Klosters in Friedenweiler, obwohl er als Kind glaubte, dass es das größte Bauwerk der Welt sein müsste.

Die Reisenden nahmen ihre Kopfbedeckung zum Zeichen der Unterwerfung ab und betraten das Innere des Gotteshauses.

Sie bekreuzigten sich, nachdem sie die Fingerkuppen in die Schale mit geweihtem Wasser getaucht hatten, und schritten langsam durch dcn kühlcn Mittclgang.

Die Morgensonne warf die ersten bunten Lichtkegel auf den Boden, die durch die kunstvollen Fenster des Meisters Lorenzo Ghiberti ins Innere trafen. Fresken zierten die gewaltige Kuppel des Meisters Brunelleschi, die nur mit dem Vatikan zu Rom vergleichbar war.

Vor dem hölzernen Kreuz über dem Hochaltar knieten sie schließlich nieder und baten um eine gesegnete Heimreise.

Dann machten sie sich auf den Weg.

„Wir haben die nächsten Stunden einen stetigen leichten Anstieg bis wir oben auf dem Passo della Raticosa sind. Wir sollten die Kühle des Morgens nutzen.“ Fidelis blickte zu den Hügeln, die Florenz umsäumten und deutete Antonius den ungefähren Weg. Obwohl dieser seinem jüngeren Begleiter ebenfalls bekannt war, ließ Antonius ihn gerne die Führungsrolle übernehmen, dieser sollte sich ruhig geschmeichelt fühlen.

Hauptsache, er bekam die Anerkennung als vollwertiges Kompaniemitglied. So trottete er hinter ihm her.

Die Sonne stand schon hoch als sie endlich die Stadt weit hinter sich gelassen hatten. Von ihrer Anhöhe aus hatten sie einen herrlichen Blick über die Dächer von Florenz.

„Lass uns eine kurze Pause einlegen. In der Mittagshitze geht es sich nicht so gut."

„Mein Magen hängt mir schon zwischen den Beinen Meister. Ich glaube, ich könnte die Fladenbrote mit Ziegenkäse unserer Wirtin jetzt ganz gut vertragen."

„Das ist eine gute Idee. Schau da hinten."

Er deutete auf ein Schattenplätzchen zwischen einer Gruppe von Feigenbäumen.

„Sie ist immer noch eine Reise wert, diese Stadt. Auch wenn man behauptet ihr Glanz, den sie zur Zeit der Medici hatte, sei verblasst. Im Mittelalter wurden von hier aus weite Teile der Toskana beherrscht. Sie war neben Venedig der zweitgrößte Umschlagsplatz für Waren aus aller Herren Länder", begann Fidelis von der Vergangenheit der Stadt zu träumen, während er in sein Brot biss.

„Das ist sie doch immer noch", warf Antonius ein.

„Ja, die Lothringer haben wieder einen wirtschaftlichen Aufschwung herbeigeführt. Aber das Zentrum der Kunst, wie sie es einst war, ist sie nicht mehr. Auch wenn die Werke von Michelangelo, Donattelo und wie sie alle hießen, noch immer die Stadt beherrschen. Aber ihre Herrscher haben nicht mehr das Geld und die Muse für solch verschwenderische Kunst. Die Zeiten haben sich geändert. Wer weiß, was uns der neue Zeitgeist der aus Frankreich weht, noch alles bringt."

„Napoleon soll auch ein Kunstliebhaber sein."

„Napoleon ist ein Raubritter. Für seine verschwenderische Josephine stiehlt er alles zusammen. Sie ist es, die alles besitzen will."

Fidelis ließ sich ins Gras fallen und gleich darauf konnte

Antonius an seinen Atemzügen erkennen, dass er eingeschlafen war.

Er selbst schloss ebenfalls die Augen und durchstreifte in Gedanken noch einmal die bunte und laute Handelsstraße. Die seltensten Gewürzdüfte stiegen in seine Nase, die Rufe der Händler und das Stimmengewirr der vielen Menschen umschwirrten seine Sinne bis ein Geräusch immer deutlicher hervor kam, das monotone Geklapper von Pferdehufen. Dann war es still. Er spürte den Schatten über seinem Gesicht, ehe er die Augen öffnen konnte.

*

Leopoldine öffnete das quietschende Gartentürchen und blickte sich nach der Hebamme um, die inzwischen mehr zu ihrer Vertrauten geworden war, als in all den Jahren zuvor.

Die Haustür stand wie gewöhnlich offen, darum rief sie in den Garten: „Josepha?"

„Ja?" Ein Lächeln huschte über deren Gesicht als sie sich zwischen den Beerensträuchern erhob.

„Leopoldine! Dass du mal wieder hier vorbeischaust!? Dir geht es doch gut, oder?"

„Ja. Bist du schon dabei die Beete abzuräumen?"

„Wie du siehst. Ich glaube wir bekommen einen strengen Winter. Die Schwalben haben sich dieses Jahr schon früh gesammelt und schau dir die Vogelbeeren an. Sie hängen brechend voll. Die Natur sorgt für ihre Geschöpfe. Du wirst sehen, es dauert nicht mehr lange und wir haben den ersten Frost. Willst du deine Tochter besuchen?"

„Ja, auch. Ich war in Friedenweiler zur Frühmesse und da dachte ich mir, ich schaue mal herein."

Josepha wusste, dass Leopoldine unter der Woche eigentlich nur zur Frühmesse ging, um einen Grund zu haben bei ihnen kurz hereinzuschauen.

„Helena habe ich zu einem Kindbettbesuch geschickt." Sie kam näher und wischte ihre Hände an der Gartenschürze ab. „Komm setz dich. Ich hole uns einen Becher Johannisbeersaft, frisch aus dem Garten. Sie muss bald zurück sein."

Als sie mit dem Saft wieder kam, setzte sie sich ebenfalls.

„Deine Tochter hat Talent und eine schnelle Auffassungsgabe. Sie nimmt mir schon viele Dienste ab. Ich werde langsam älter und kann sie gut gebrauchen. Ist doch schön wie der Zufall manchmal alles fügt."

„Ich bin so froh, dass sie glücklich bei dir ist. So kann ich sie wenigstens ab und an sehen. Bei meiner Schwester hätte ich nicht die Möglichkeit gehabt. Schade nur, dass ich meinen Johann nie zu Gesicht bekomme. Hin und wieder schaut er wohl im Buchen draußen vorbei, wenn er für seinen Meister Besorgungen in Neustadt zu machen hat. Er lässt mir dann über Balthasar oder einen der Schlegelhofburschen einen Gruß ausrichten. Es soll ihm gefallen, so sagen sie zumindest. Julius würde es nie dulden, dass er Uhrenkästen baut."

„Weiß er nicht, was sein Sohn lernt?"

Leopoldine zuckte die Schulter.

„Es interessiert ihn nicht was er tut, und ich sage es ihm nicht. Er verbringt seine meiste Zeit in den Wirtshäusern. Schon lange hat er keine Aufträge mehr. Die Zeiten sind schlecht, sagt er immer. Aber ich weiß, dass manche aus dem Dorf schon einen anderen Schreiner kommen ließen, weil Julius unzuverlässig geworden ist. Er vergisst es einfach."

Leopoldine wischte sich eine Träne aus den Augenwinkeln.

„Seit Jakob tot ist, ist alles sowieso noch viel schlimmer geworden. Es ist, als sei ihm alles egal. Ich bin eine Rabenmutter, sagt er. Ich hätte den Buben auf dem Gewissen. Und dabei werfe ich mir selber immer wieder vor, nicht aufgepasst zu haben.

Ich weiß nicht wie es enden soll." Sie nahm einen Schluck von dem säuerlichen Saft, ehe sie fortfuhr sich das Herz auszuschütten.

„Das Getreide ist uns zur Hälfte verschimmelt, weil wir keine Tagelöhner bezahlen konnten und alleine wurden wir mit der Ernte nicht fertig, wie auch. Johann und Helena sind nicht mehr da. Sie haben uns viel Arbeit abgenommen. Ja, und dann kam der Regen und hat uns alle Halme geknickt. Sie sind auf dem Boden verfault. Vierzehn Tage Regen, da ist nichts mehr zu retten. Im Stall stehen nur ein paar Ziegen. Wir können uns keine Kuh mehr leisten. Die Seuche ist schuld, sagt er. Aber alle anderen haben sich inzwischen einigermaßen erholt. Sie haben wieder Kühe aufgekauft. Nach und nach."

Josepha legte ihr die Hand auf die Schulter.

„Entschuldige, ich bin nicht gekommen, um mich zu beklagen." Leopoldine wickelte etwas aus ihrer Schürzentasche und reichte es ihr.

„Dein Lohn. Ich habe dich noch nicht für deinen Beistand bei der Fehlgeburt bezahlt. Es ist nur Ziegenkäse, den ich selbst gemacht habe. Nun, es ist leider nicht mehr geworden."

„Lass gut sein. Es reicht mir. Dafür habe ich Helena. Ich kann ihr zwar auch keinen anständigen Lohn bezahlen, aber sie kann bei mir wohnen und essen, und eines Tages wird sie meine Nachfolge antreten, wenn sie will."

„Glaubst du, sie kann eine richtige Hebamme werden?"

Josepha lachte. „Ja, bin ich denn keine richtige?"

„Ja, schon."

„Du meinst, ich kann nicht einmal lesen und schreiben wie die Ordensfrauen, die früher die Kranken versorgt haben?"

„Oh, ich wollte dich nicht kränken. Ich selber kann es ja nicht. Aber aus welchen Lehrbüchern hast du gelernt? Wer hat dir diese Dinge beigebracht?"

„Meine Ziehmutter. Von ihr habe ich das Wichtigste gelernt. Sie war ein richtiges Kräuterweib. Sie kannte sich aus. Schade, dass ich nicht mehr Zeit mit ihr verbringen konnte. Sie hätte mir sicherlich noch einiges beigebracht."

Sie machte eine kurze Pause, dann holte sie tief Luft und fuhr fort.

„Später hat mich das Leben gelehrt. Und die Erfahrung. Viele alte Frauen haben mir ihre Geheimnisse anvertraut als sie gemerkt haben, dass ich fürs Heilen geboren bin. Sie sind die wahren Lehrmeister gewesen. Nur wer selber um die Zusammenhänge der weiblichen Zyklen weiß, kann helfen. Auch wenn die Studierten, wie die Mönche und Ärzte, die in ihren Studierkammern in der Abtei irgendwelche Wissenschaften lernen, glauben alles zu wissen. Sie kommen nur zu dem Schluss, dass Frauen Geschöpfe auf zwei Beinen sind, mit einer Gebärkammer dazwischen."

Bei dieser Vorstellung musste sogar Leopoldine lachen.

„Nein, da vertrau ich lieber der jahrhundertealten Überlieferung von Frau zu Frau. Denn ich könnte mich nicht erinnern je einen Mann entbunden zu haben. Die laufen ja sowieso davon wenn's ernst wird. Und das ist auch gut so. So behalten wir das Wunder der Menschwerdung für uns."

Sie schob ihr verrutschtes Tuch aus dem Gesicht und ihre Augen bekamen wieder jenen geheimnisvollen Blick, als sie sich zu ihr vorbeugte und im Flüsterton weiterfuhr, als könne sie jemand hören: „Wir sind ihnen nicht ganz geheuer. Sie fühlen sich als die Schöpfer der Dinge und es ist ihnen unheimlich, dass ausgerechnet Frauen das Wichtigste vollbringen. Nämlich Leben schenken. Oh, es gibt schon Ärzte, die sich auf diesem Gebiet vorwagen. Als Entbindungshelfer. Aber ihre Resultate sind jämmerlich. Sehr viel mehr Frauen sterben unter ihrer Obhut als wenn sie ihre Kinder alleine bekämen. Aber du wirst sehen, sie geben nicht auf bis sie auch dieses Gebiet beherrschen, und wenn Hunderte von Frauen ihr Leben lassen müssen. Nicht umsonst hat man versucht die Hebammen auszurotten. Ihr Wissen ist es, was sie wollen, denn ein wissendes Weib lässt sich schlecht beherrschen."

Sie machte wieder eine kurze Pause und blickte in die Ferne über den unendlichen Wald des Klosters, der keine Ende zu nehmen schien. Leopoldine blieb still, um die Hebamme in ihrem Redefluss nicht zu unterbrechen, denn sie war sonst sehr schweigsam, was ihr eigenes Leben betraf. Sie wusste noch so wenig von ihr.

„Ein dummes Volk kann man leichter führen, das haben auch die Bischöfe und Päpste längst erkannt", fuhr Josepha fort und ihre Augen starrten noch immer in die Ferne. Leopoldine wusste plötzlich, dass sie dabei war, ein Geheimnis zu lüften. Sie wagte kaum sich zu rühren.

„Frauen sollen in der Arbeit um ihre Kinderschar ersticken, damit sie keine Zeit mehr finden ihren Kopf zu gebrauchen und sich zu erheben. Die Kirche braucht Diener und Steuerzahler."

Josepha wandte den Blick wieder zu Leopoldine und sah sie beschwörend an:

„Drum sei froh, wenn Helena noch etwas anderes kann als nur einem Mann zu dienen, seine Kinder aufzuziehen und der Kirche Gehorsam zu leisten."

Was wollte sie ihr erzählen? Hatte sie es sich schon anders überlegt?

„Jetzt noch", antwortete Leopoldine zaghaft. „Aber entweder sie bleibt eine alte Jungfer, oder sie hat selber einmal eine Schar Kinder, dass sie ebenfalls nicht mehr die Zeit findet für ihre Arbeit als Hebamme. Du kannst dich deinem Beruf widmen. Du bist alleine."

„Das mit der alten Jungfer ist schon gelaufen. Und Antonius wird nicht locker lassen bis er sie hat. Soll er auch. Ich wünsche es ihr. Was gibt es Schöneres, als von so einem hübschen Kerl, wie er es ist, umworben zu werden. Sie ist jung. Und sollte sie einmal Kinder haben, kann ich ihr als Hebamme hoffentlich noch ein paar Jährchen helfen. Sie muss ja nicht gleich einen ganzen Stall voll haben."

„Und wie willst du das verhindern?"

„Ich werde Helena zur gegebenen Zeit auch in ein anderes Geheimnis einweihen."

„Und das wäre?"

Wieder verspürte Leopoldine jenen geheimnisvollen Blick der Hebamme auf sich ruhen. Sie fühlte, dass sie kurz davor war ihr etwas mitzuteilen, was sie sonst keinem erzählte.

Josepha seufzte und starrte wieder in die Weite des Klosterwaldes.

„Glaubst du, ich könnte mich um die Frauen kümmern und mit Hilfe meiner Arbeit über die Runden kommen, wenn ich Kinder hätte? Es geht nicht. Ich habe es versucht."

„Du hast was? Das verstehe ich nicht. Du hattest eine Familie? Willst du mir sagen, dass du eine Familie hattest?"

„Nicht ganz. Ich war nie verheiratet. Aber ich hatte einen Sohn."

„Was heißt du hattest einen Sohn? Und wo ist er?"

Josepha zuckte die Schultern und blickte zu Boden, wo sie mit den Schuhspitzen einen Kreis in die Erde zog. Dann blickte sie ihrer Freundin plötzlich beschwörend in die Augen.

„Ich musste ihn weggeben. Wir hätten nicht überlebt, verstehst du? Ich bekam keine Arbeit mit einem Kind. Überall schickte man mich weg."

„Und der Vater?"

Josepha lachte bitter auf.

„Der Vater! Der hatte schon im voraus die Hosen voll aus Angst vor seiner Obrigkeit, so dass er sein Gesicht immer verbarg, wenn wir uns trafen."

„Wieso hat er sein Gesicht versteckt? Du sprichst in Rätseln."

„Weil er sündigte. Er hatte ein Gelübde abgelegt. Er war Mönch."

„Mönch?" Leopoldine wurde ganz aufgeregt, sie rieb sich die Hände an der Schürze ab und blickte sich um, um sicher zu sein, dass nicht Helena irgendwo stand und zuhörte, dann beugte sie sich zu Josepha und fragte nochmals nach: „Habe ich richtig gehört? Ein Mönch?“

„Ja, du hast richtig gehört. Er war Bibliothekar in einem bedeutenden Kloster, weit weg von hier. Ich, ich habe damals, nach dem Tod meiner Ziehmutter in einem Haushalt bei einer besseren Herrschaft die Kinder gehütet. Es war eine leichte Arbeit. Ich war ja selber noch sehr jung. Der Abt hatte mir die Stellung besorgt. Quasi als Entschädigung.“

„Für was?“

„Ich will nicht darüber reden. Aber deine Tochter kennt diesen Teil der Geschichte. Sie ist mir herausgerutscht bei eurer Heiligkeit, der Äbtissin von Friedenweiler. Es war kein natürlicher Tod, den meine Mutter erlitten hatte.“

Josepha blickte zur Seite, denn sie wollte nicht, dass man die Tränen in ihren Augen sah. Doch Leopoldine ahnte welchen Schmerz ihre Freundin erfüllte und legte nun ihre Hand auf deren Schulter.

„Lass es raus. Niemand muss sein Leid ewig mit sich alleine herumtragen.“

Josepha schnäuzte sich, dann fuhr sie fort.

„Es ist schon gut. Viele Jahre sind seither ins Land gezogen. Wo war ich? Ach ja, bei meiner Herrschaft. Er war Arzt und hielt sich für etwas Besonderes. Aber er war ein Quacksalber. Er ließ Frauen, von der Geburt geschwächt, zur Ader, bis sie ganz ausgeblutet waren, oder Menschen mit Magenblutungen. Er verstand nichts von seinem Handwerk. Menschen mit Aussatz behandelte er mit einer Quecksilberpaste, die er selber herstellte. Aber er hatte studiert. Und darum durfte er die feine Herrschaft bedienen. Eines Tages suchte er etwas in seinen Unterlagen und war ganz aufgeregt. Eine junge Patientin von ihm stand kurz vor der Niederkunft und es gab wohl Probleme. Er schickte mich schließlich zum Kloster mit einem Zettel. Nun, ich konnte nicht lesen was er wollte und so zog ich zur Klosterpforte und reichte die Botschaft dem Wächter, doch der rannte davon und ließ mich warten. Nach einer Weile kam er wieder und meinte der Abt habe keine Zeit. Ich fürchtete mich vor dem Tobsuchtsanfall meines Herrn und bat ihn, mir doch zu sagen, was auf dem Zettel stand. Er bedauerte, er sei auch nur ein einfacher Mönch. Doch er hatte wohl Mitleid mit mir und bat mich herein. Ich sollte doch in die Bibliothek gehen, dort sei jemand, der mir weiter helfen könne. Ich dürfe aber keinem etwas sagen, denn Frauen war eigentlich der Zutritt streng verboten."

Josepha machte wieder eine Pause und blickte Leopoldine an.

„Das war mein Schicksal. Er, der Bibliothekar, war über ein Buch gebeugt und rief: „Was wollt ihr" als er mich hörte. Ich sagte mein Herr schicke mich. Er blickte verwirrt von seinem Buch auf, denn mit einer Frau hatte er nicht gerechnet. Ich reichte ihm den Zettel. Er zog die Kapuze weit ins Gesicht, es war ihm wohl unangenehm alleine einer Frau gegenüber zu stehen. Vielleicht schämte er sich auch vor seinem Herrn, oder glaubte, er könne so seine Gedanken nicht sehen. Denn er war plötzlich ganz aufgeregt. Er starrte auf den Zettel und dann auf mich. „Kannst du lesen?" fragte er mich schließlich. Ich schüttelte den Kopf.

Daraufhin ging er zu den Regalen mit unzähligen Büchern und suchte ein Buch ziemlich weit oben heraus. Er musste sich strecken und ich konnte seine Beine und Arme unter der Kutte sehen. Er war kräftig und dunkel behaart. Er war noch recht jung, wie seine Stimme auch. Mein Herz pochte, als er fragte, ob ich des Arztes Dienstmagd sei."

„Und dann?"

„Er gab mir das Buch und hielt dabei meine Hände fest. Er zitterte und ich spürte seine Erregung unter der Kutte. Ich wurde schwach, starrte ihn an und ohne viel Worte zog er mich hinter das Regal, wo wir uns hemmungslos liebten. Es ging alles sehr schnell. Wir brauchten keine Worte, wir verstanden uns auch so. Ja, es war Liebe auf den ersten Blick, für mich auf alle Fälle. Ich war so naiv und glaubte, er liebe mich auch und wir hätten eine Zukunft. Doch das Kloster war ihm wichtiger. Er entschied sich nicht für mich, als es darauf ankam."

„Du warst schwanger, das kenne ich."

„Nein nicht gleich beim ersten Mal. Wir haben uns noch oft getroffen. Ich habe den Wärter bestochen. Aber was ich dir eigentlich sagen wollte. Ich hatte Einblick in die geheimen Bücher. Zwar konnte ich nicht lesen, das hätte mir auch gar nichts gebracht, denn die Bücher waren in fremden Schriftzeichen verfasst. Vorwiegend griechisch. Aber die Zeichnungen. Ich habe sie mir angesehen und eingeprägt. Die alten Griechen hatten ihre eigenen Operationsmethoden und das schon Jahrhunderte vor unserer Zeit. Stell dir das vor. Nun, ich habe die Liebeslust des Mönches nach einiger Zeit auch ausgenutzt, muss ich zugeben. Er hat mir ein paar Dinge übersetzt, denn er glaubte ja, ich sei nur ein Kindermädchen und hätte sowieso keine Ahnung. Er wusste nichts von meiner Ausbildung zur Hebamme, die ich bei meiner Ziehmutter schon genossen hatte."

„Wie ging es zu Ende?"

„Der Abt hat uns erwischt. Jemand hatte uns beobachtet und verraten. Er hat sich herausgeredet und mich als die sündige Verführung hingestellt. Das gab mir den endgültigen Bruch mit der Kirche. Ich habe alles zurückgelassen und bin geflohen. Tagelang bin ich durch die Gegend gezogen. Ich habe mich mit kleinen Arbeitsdiensten durchgeschlagen und bin ziellos weitergezogen. Bis ich merkte, dass ich schwanger war. Aber ich wollte das Kind behalten." Sie hielt kurz inne und blickte zu Boden.

„Weißt du, ich konnte es nicht töten. Es war alles was ich hatte, meine ganze Erinnerung an den fremden Mönch, dessen Namen ich nicht einmal kannte. Diese Dummheit hätte mich beinahe das Leben gekostet. Wir waren nahe daran zu verhungern, bis mir eine kinderlose Frau ein Geschäft anbot. Das Kind gegen Essen und eine gute Zukunft für den Jungen. Ich habe lange überlegt, aber es schien mir das Vernünftigste. Wir wären nicht über den Winter gekommen."

„Du hast ihn weggegeben und nie mehr gesehen?“

„Nein. Ich bin weg von der Gegend. Ich hätte es nicht ertragen. Es ist schon viele Jahre her. Er ist schon lange ein erwachsener Mann. Ich habe genug um mein Kind geweint und irgendwann aufgehört die Jahre zu zählen. Dabei habe ich mir geschworen, dass mir so etwas nie mehr passiert.“

„Du hast keinen Mann mehr gehabt?“

Josepha lächelte: „Doch einige. Einer wollte mich sogar heiraten. Aber ich wusste meine Freiheit zu schätzen.“

„Du hattest keine Angst nochmals schwanger zu werden?“

„Ich war es sogar noch zweimal. Aber ich habe sie nicht ausgetragen.“

Eine beklemmende Stille trat ein.

„Das ist Hexerei“, flüsterte Leopoldine schließlich und ein kalter Schauer lief ihr den Rücken hinunter. Natürlich wusste sie, dass nur Hexen über Leben und Tod bestimmen konnten und dass es einen geheimen Trank geben sollte.

„Nein, ist es nicht“, widersprach ihr Josepha nach einiger Zeit. „Zu allen Zeiten haben die Frauen selbst über die Anzahl ihrer Kinder bestimmt. Erst seit dem Hexenerlass im frühen Mittelalter wurde das Wissen ausgerottet, indem man die weisen Frauen verfolgte und verbrannte.“

„Stand das in den Büchern des Mönches?“ fragte Leopoldine skeptisch und gereizt. Ihre christliche Erziehung und Moral überwogen und Josepha spürte dies. Da entschied sich Josepha, ihrer Freundin nicht alles zu sagen, wie sie es eigentlich vorgehabt hatte.

Nicht, dass sie bei ihrer Fehlgeburt im Frühjahr nachgeholfen, und heimlich eine Abtreibung durchgeführt hatte.

Denn sie konnte das Elend nicht länger mit ansehen und entschloss sich eigenmächtig zu handeln. Leopoldine hätte sich nach den Blutungen, die der Schock um den Tod des Kindes ausgelöst hatte, für den Rest der Schwangerschaft schonen müssen und das war fast unmöglich. Also gab sie ihr einen Trank, der die Schwangerschaft beendete. Sie hatte sieben Kinder und einen Trinker als Mann. War das nicht Verantwortung genug? Was nützte es, wenn sie ausgelaugt durch die vielen Geburten, ebenfalls nicht mehr für die Familie sorgen könnte? Sie hatten ja so kaum genug um zu leben. Leopoldine wäre ihr dankbar gewesen, hätte ihr ihre Moral nicht im Wege gestanden, dessen war sie sich sicher. Um ihr nicht noch unnötige Seelenqualen zu bescheren, entschloss sie sich darüber zu schweigen.

„Bestimmt stand auch darüber etwas drin. Aber das verschwieg er mir, er hätte sich schuldig gemacht. Mehr noch als er es eh schon getan hatte. Nein, es gab andere Dinge, die ich aus den Büchern lernte."

„Was zum Beispiel?"

„Ich habe zwei Frauen das Leben retten können. Sie wären sonst jämmerlich und unter schrecklichen Qualen gestorben. Doch das zweite Mal bin ich des Mordes bezichtigt worden und musste wieder fliehen."

„Wie das?"

„Weil ich das Kind im Mutterleib zerstückeln musste."

„Oh Gott! Das stand in den Büchern?" Leopoldine hielt sich die Hand vor den Mund und wurde bleich. Sie hatte geglaubt eine wahre Freundin gefunden zu haben, aber diese Geständnisse machten es ihr schwer. Sie war und blieb ihr unheimlich. Manchmal; auf jeden Fall.

„Ja. Man hat es von Alters her so gemacht, verstehst du? Aber die Kirche opfert diese Frauen. Sie sind es nicht wert gerettet zu werden."

„Um diesen Preis?"

„Auch um diesen Preis, ja. Das Kind muss sowieso sterben, aber muss es dann auch die Mutter? Eine Frau vielleicht mit sechs oder sieben anderen Kindern? Aber mach dir keine Sorgen. Ich bin sehr vorsichtig geworden."

„Wirst du Helena diese Praktiken auch beibringen?"

„Später vielleicht. Das kommt auf die Zeiten an."

„Und das Beenden von Schwangerschaften?“

„Ich wende es bei fremden Frauen nur aus medizinischen Gründen an. Wenn sie krank sind zum Beispiel. Du brauchst dich nicht zu sorgen, dass deine Tochter zur Hexe wird.“

Leopoldine fühlte sich zunehmend unwohl in ihrer Haut, wieder einmal überwog die Angst vor dieser unheimlichen Macht, die von dieser Frau neben ihr ausging. „Das will ich hoffen. Ich könnte es nicht mit dem Gewissen vereinbaren“, murmelte sie schließlich ohne Josepha in die Augen zu sehen.

„Das weiß ich.“ Josepha legte ihre Hand auf Leopoldines Unterarm und lächelte sie versöhnlich an, froh, ihr Geheimnis gewahrt zu haben.

*

Antonius schreckte auf.

Geblendet vom Gegenlicht der Sonne, konnte er nur ungenau erkennen welch eine Gestalt vor ihm stand.

Er blickte sich um, erkannte aber nur eine Kutsche, beladen mit Weinfässern, gezogen von zwei Gäulen, die die kurze Pause nutzten, um Gras zu fressen. Da fiel es ihm wieder ein, der Traum, er hatte das Geklapper dieser beiden Gäule gehört und wohl von einer ganzen Armee geträumt. Erleichtert ließ er sich wieder fallen, denn sein Herz pochte noch bis zum Hals.

„Aufwachen Freund!“ Der Fremde stieß ihn mit der Fußspitze an. „Oder willst du eine gute Gelegenheit verpassen?“

Nun war auch Fidelis aufgewacht und blickte zu dem Fremden herüber, während Antonius endlich aufsprang.

„Welche Gelegenheit? Scusi Signore. Ich habe geschlafen.“ Antonius konnte nun den Fremden besser sehen und erkannte, dass er in die Augen eines gutmütig wirkenden Weinhändlers blickte.

„Mailand! Es ist eine verdammt langweilige Reise, wenn man sich nur mit seinen Gäulen unterhalten kann. Ihr seid auf dem Nachhauseweg nehme ich an. So leer wie eure Gestelle sind. Also auf dem Kutschbock ist noch etwas Platz."

„Was verlangt ihr dafür?" Nun war auch Fidelis zu ihnen gekommen.

„Nun, ihr haltet mich in den Gasthäusern frei, die wir ansteuern."

„Und woher sollen wir wissen, dass ihr euch nicht jeden Abend auf unsere Kosten betrinkt, mein Freund?"

„Oh, betrinken kann ich mich auch hier. Ich habe genug." Dabei machte er eine ausladende Armbewegung zu seinen Weinfässern.

„Allerbeste Qualität aus dem Weingut meines Bruders in Montalcino."

„Also gut, aber nur die Unterkunft und das Frühstück, einfache Klasse, versteht sich", schlug Fidelis vor und berechnete, wie viel Zeit sie so einsparen konnten.

„Besser als nichts. Steigt auf." Er hielt ihnen zur Besiegelung des Handels eine Flasche Rotwein hin.

„Da, probiert mal. Die Gäule kennen den Weg im Traum."

„Betrink dich nicht gleich, wir kennen ihn nicht", raunte Fidelis seinem Knecht zu und hielt die Hand augenzwinkernd auf seinen Brustbeutel.

Doch darüber brauchten sie sich nicht zu sorgen, denn es war der Weinhändler, der am Abend singend und schwankend auf dem Kutschbock saß. Und nicht nur an diesem Abend.

Fünf Tage lang schaukelten sie durch die Berglandschaft des Apennin, vorbei an einfachen Dörfern, bis sie in der Poebene auf der Handelsstrecke Piacenza – Mailand abermals einen Gasthof ansteuerten. Und mindestens so oft hatte der Händler, der sich als Giovanni vorstellte, seine Lebensgeschichte erzählt. Spätestens am Nachmittag fing er an zu singen.

„So, Freunde. Morgen werden wir Mailand erreichen. Von

dort aus müsst ihr alleine weiter. Ich habe dann meinen Auftrag erfüllt und reise wieder zurück. Aber zuvor lade ich euch noch zu einem guten Essen ein. Ja, ihr ward gute Freunde und hier," er deutete auf eine Taverne, die vor ihnen auftauchte, „gibt es das beste Essen weit und breit. Ich steige immer hier ab. Die Wirtin kennt mich schon."

Sie steuerten auf das Gebäude zu, das gut frequentiert schien, denn noch mehr Händler zäumten ihre Gäule ab. Es gab sogar einen Pferdestall für die Tiere der Händler.

„Geht schon mal vor und haltet mir einen Platz frei!" rief Giovanni den Beiden zu, als sie mit steifen Gliedern vom Kutschbock stiegen. „Es wird gleich eng da drin", prophezeite er ihnen und deutete zum Himmel, wo eine dicke Regenfront von Westen her aufzog.

Im Gastraum ging es zu wie auf einem Jahrmarkt. Durch die stickige und rauchgeschwängerte Luft konnten sie einen freien Tisch unter einen Fenster ausmachen. Fidelis und Antonius kämpften sich mit ihren Krätzen durch die laute Menge der Händler, die in allen Sprachen und zum Teil sonderbaren Trachten ein buntes, ja fast chaotisches Bild abgaben.

Die Beiden setzten sich und gleich darauf kam Giovanni, der hier wirklich bekannt zu sein schien, in die Gaststube, denn die Wirtin begrüßte ihn überschwänglich, so dass Fidelis den Eindruck hatte, dass zwischen den Beiden mehr war.

Er entdeckte seine Begleiter schließlich und kam mit der Frau, die er noch umarmt hielt, auf sie zu.

„Schau, was ich dir mitgebracht habe, meine Liebe. Sind das nicht zwei hübsche Schwarzwälder? Sie werden deinem Bruder gefallen."

Fidelis und Antonius blickten sich fragend an. Sie hatten nie erwähnt woher sie kamen, denn der Weinhändler war derjenige, der immerzu redete. Und warum sollten sie dem Bruder dieser etwas offenherzigen Dame gefallen?

„Schwager, Giovanni, Andi ist mein Schwager." Dabei tippte

sie dem Weinhändler auf seinen dicken Wams und wandte sich gleich darauf den Schwarzwäldern in einwandfreiem Deutsch zu:

„Entschuldigt Freunde, aber er kapiert das nie. Mein Schwager stammt nämlich auch von jenseits der Alpen, wie ihr. Ihr werdet ihn später kennen lernen. Er ist in der Küche. Aber ich habe jetzt keine Zeit, ihr seht, was heute los ist. Es gibt Lammbraten, wäre euch das recht? Bleibt ihr über Nacht?"

„Gerne", nickten die drei einvernehmlich. Ihnen hing der Magen schon zwischen den Knien. Das Frühstück war die letzte Mahlzeit, die sie hatten. Giovanni schien sich am Wein zu sättigen, denn er hatte tagsüber nie Hunger. Und ihre zerrüttelten Knochen sehnten sich außerdem nach einer bequemen Schlafgelegenheit.

„Luigi! Avanti, avanti!" schrie sie dem Jungen am Tresen zu und deutete drei Mahlzeiten zu bringen.

„Mit dem Nachtlager wird es etwas schwierig. Ich bin voll bis unters Dach. Du, Giovanni kannst in der hinteren Kammer schlafen, bei den Vorräten. Es zieht ein Gewitter auf. Ich könnte euch den Pferdestall anbieten, obwohl ich das ungern tue. Aber ich kann euch schließlich nicht in den Regen schicken."

„Das ist kein Problem. Wir haben schon unbequemer geschlafen. Hauptsache trocken." Fidelis rieb sich die Hände, denn von draußen stürzten jetzt mehrere Reisende herein. Ihre Kittel waren tropfnass. Zwei bärtige Typen drückten sich, mit dem Rükken zu ihnen, an den Nebentisch.

Luigi, der Junge, brachte Kerzen an die Tische, denn der Raum verfinsterte sich schlagartig, und gleich darauf zuckten grelle Blitze an den Fenstern auf, gefolgt von grollendem Donner.

„Da haben wir aber Glück gehabt." Giovanni prostete den anderen zu. Auch die verwegenen Nachbarn drehten sich um und hoben ihre Becher.

„Händler, Uhrenhändler, wie?" fragte der eine, er hatte einen österreichischen Dialekt.

„Ja. Wir sind auf der Rückreise und ihr?“

„Wir auch. Gute Geschäfte gemacht? Wo kommt ihr her?“

„Florenz.“

„Ihr habt noch einen weiten Weg vor euch. In den Bergen soll es schon geschneit haben.“

„Gut möglich, aber bevor es richtig zu macht, werden wir hoffentlich drüber sein.“

„Na, denn!“

Der Fremde nahm einen kräftigen Schluck und wandte sich wieder seinem Kollegen zu.

„Die sehen mir aber nicht wie Händler aus“, raunte Antonius Fidelis zu.

„Behalte deine Krätze in den Augen.“

Sie ließen sich das vorzügliche Essen munden, Giovanni hatte nicht übertrieben.

Nach und nach zogen sich die ersten müden Händler, unter ihnen auch Giovanni, zurück.

Das Gewitter war vorüber und nur die Regentropfen trommelten noch gegen die Fensterscheibe. Draußen war es inzwischen stockdunkel.

Fidelis und Antonius wollten ebenfalls schon aufbrechen, als ein großgewachsener Kerl aus der Küche mit einem Krug Wein auf sie zukam. Er trug sein halblanges dunkelblondes Haar in der Mitte gescheitelt. An den Schläfen war es schon etwas ergraut, aber seine unergründlichen, blauen Augen gaben seinem sonnengebräunten Gesicht eine jugendliche Frische. Er trug einen langen Schurz um den Bauch und hatte seine Hemdsärmel hochgekrempelt, so als habe er gerade seine Arbeit beendet.

„Landsleute, wie meine Schwägerin sagt. Uhrenhändler aus meiner Heimat, das freut mich besonders.“ Er stellte den Krug ab und reichte ihnen die Hand.

„Nennt mich Andreas. Andreas Hofmeier.“

„Andreas Hofmeier? Woher stammt ihr?“ Antonius wusste plötzlich an wen ihn diese blauen Augen erinnerten, auch das

Gesicht. Sein Herzschlag verdoppelte sich, denn er kannte die Antwort schon.

„Aus dem Schildwendetal bei Neustadt. Ihr schaut so verwundert, kennt ihr das etwa?"

„Natürlich," fiel Fidelis ein, „wir sind aus Klein-Eisenbach und er, er stammt aus Rudenberg." Dabei tippte er seinem Knecht mit der Pfeife, die er soeben angezündet hatte, auf die Brust.

„Nein, das darf nicht wahr sein." Er setzte sich ungefragt und goss den Beiden, wie selbstverständlich, Wein nach.

„Rudenberg?" fragte er nach und blickte Antonius forschend an, dabei wirkte er irgendwie unschlüssig.

„Ihr kennt es nicht?" Antonius wartete auf eine Reaktion.

„Nicht direkt, ich kannte nur mal jemanden aus Rudenberg."

„Wen?"

„Ich glaube Leopoldine hieß sie. Sie war Magd auf dem Hof meines Vaters." Er versuchte es so nebensächlich wie möglich klingen zu lassen, doch Antonius bemerkte sein Zittern als er den Becher umklammerte. Sein fragender Blick schien mit aller Ungeduld auf eine Auskunft zu warten. Da bestand für Antonius kein Zweifel mehr. Es konnte nur Helenas Halbbruder sein und die erste Liebe ihrer Mutter Leopoldine.

„Das darf nicht wahr sein! Das darf nicht wahr sein!" hämmerte es in seinem Kopf. Natürlich hatten die Beiden am Tisch keine Ahnung, dass Antonius die Geschichte kannte und darum ermahnte er sich zur doppelten Vorsicht, denn keinem war gedient, wenn Fidelis etwas erfuhr. Er konnte einfach seinen Rand nicht halten.

„Ah, die Kirnerin! Die war auf dem Winterberghof Magd? Das wusste ich nicht. Hast du das gewusst Antonius?" Fidelis stupste seinen Knecht wieder an, so dass dieser von seinen Gedanken aufschreckte.

„Helena hat mal so etwas erwähnt, doch. Jetzt erinnere ich mich." Antonius versuchte sich in der Rolle des Ahnungslosen.

„Wer ist Helena?"

„Ihre Tochter. Hier mein Knecht ist ihr glühender Liebhaber, aber ihr Vater, der alte Julius, ist strikt dagegen."

„Julius, ich erinnere mich, er war auch auf unserem Hof. Sie haben tatsächlich geheiratet? Leopoldine und er?"

„Wusstet ihr das nicht?" Antonius nahm einen Schluck aus dem Becher und beobachtete sein Gegenüber aus den Augenwinkeln.

„Ich bin zu dieser Zeit von zu Hause weggegangen. Hab mich einer Uhrenhändlerkompanie angeschlossen. Wie geht es den Beiden?"

„Was wollt ihr hören? Wie es eben so geht. Sie wohnen in ihrem Elternhaus, er betreibt nebenher eine Schreinerei. Sie haben sieben Kinder."

„Also rundum glücklich." Andreas klopfte mit seinen Fingern nervös auf den Rand des Bechers.

„Wenn man glücklich sein kann mit dem." Fidelis hob seinen Becher. „Hier, das hier ist sein ganzes Glück."

„Er trinkt?" Andreas biss sich auf die Unterlippe.

„Er säuft. Und er schlägt zu. Seine Ältesten hat er aus dem Haus gejagt. Helena und Johann." Antonius verspürte plötzlich so etwas wie Wut auf diesen Andreas. War es nicht seine blinde Eifersucht, die damals Leopoldine ins Unglück gestürzt hatte? Sollte er ruhig ein schlechtes Gewissen bekommen. Er hätte ihm am liebsten reinen Wein eingeschenkt, aber das stand ihm nicht zu.

„So. Und ich dachte, es wäre ihre große Liebe gewesen. Da hat sie sich wohl getäuscht." Andreas trank in einem Zug leer, und Antonius entnahm seinem Gesichtsausdruck den bitteren Nachgeschmack, der wohl kaum vom Wein her rühren konnte, denn der war ausgezeichnet.

„Gut, reden wir von euch. Ihr ward in Florenz, habe ich gehört?"

„Ja, von dort kommen wir. Aber wir hatten noch viele, manchmal auch ungewollte Zwischenstationen", begann Fidelis und

Antonius wusste, dass jetzt die ganze Geschichte von Pisa in den wildesten Formen diesem willkommenem Zuhörer aufgedrückt wurde.

Resigniert lehnte er sich zurück. Zu gerne hätte er mehr von seinem Gegenüber erfahren, aber dieser war jetzt mit Staunen über die heldenhaften Taten seines Meisters beschäftigt.

Es war bestimmt schon kurz vor Mitternacht, als Fidelis eine Erzählpause einlegte und seine Pfeife von neuem zu stopfen begann. Da fiel Antonius ein:

„Meister, es ist schon spät, bestimmt will unser Freund Giovanni in aller Frühe los, um nicht so spät Mailand zu erreichen. Und Andreas hat seinen Schlaf sicherlich auch verdient."

„In der Tat, wir haben hier viel zu tun, aber ich habe schon ewig nichts mehr von der Heimat gehört. Es ist es mir wert einen unausgeschlafenen Tag dafür in Kauf zu nehmen. Ich bin schon seit fast zwanzig Jahren in der Fremde und nur einmal war ich kurz wieder zu Hause, na ja bis zum elterlichen Hof habe ich es nicht geschafft. Da hat mich vorher der Mut verlassen."

„Warum? Seid ihr im Streit weg?" bohrte Antonius weiter.

„Nicht direkt. Es ging auch um die Heiratspläne meines Vaters, ja. Er hatte eine andere Braut für mich auserwählt als die die ich wollte. Aber das war nicht der einzige Grund. Ich musste feststellen, dass ich von jemanden hintergangen wurde. Da war für mich kein Platz mehr auf dem Hof, meine Ehre war verletzt und ich habe die Konsequenzen gezogen. Ich habe mich einer Kompanie angeschlossen und bin durch die Gegend gezogen, nur nach Hause bin ich im Herbst nicht, so wie alle anderen. Ich habe mich mit Hilfsarbeiten durchgeschlagen und hier war ebenfalls eine kräftige Hand gefragt. So bin ich hier hängen geblieben."

Er machte eine ausladende Handbewegung.

„Die Wirtin hat dich als ihren Schwager vorgestellt?" Fidelis stopfte immer noch an seiner Pfeife, denn sie wollte nicht richtig brennen.

„Ich war mit ihrer Schwester verheiratet."

„War?“ Nun beugte sich Antonius wieder über den Tisch.

„Sie ist bei Nacht und Nebel mit einem Tuchhändler durchgebrannt und hat unseren Jungen hier gelassen. Nun, mit einem Kind konnte ich mich schlecht wieder den Händlern anschließen. Mein Schwager und meine Schwägerin haben mich gebeten zu bleiben, schon wegen Luigi. Und als mein Schwager kurz darauf den Unfall hatte, er kann nur an Krücken gehen, bin ich halt geblieben.“

„Und, soll dein Bube einmal Wirt hier werden?“ wollte Fidelis wissen.

„Nein, da gibt es einen Anderen der die ersten Ansprüche hat. Ihr Sohn,“ er deutete zur Küche, „sie haben ihn sogar nach Mailand in die Schule geschickt. Mein Luigi ist eher als Diener und Arbeiter gefragt. Aber er ist noch zu jung, um etwas anderes zu lernen und ich habe nicht das Geld ihn ebenfalls ins Internat zu schicken.“

„Wenn der Kerl mal etwas älter ist und dich das Reisefieber wieder packen sollte, dann melde dich doch bei unserer Kompanie. Wir können immer gute Leute mit Auslandskontakten gebrauchen, außerdem beherrschst du die Sprache.“

Andreas Augen leuchteten auf.

„Danke, ich habe schon öfter daran gedacht, aber Luigi ist erst zwölf. Vielleicht in ein, zwei Jahren? Ihr schaut nächstes Jahr wieder vorbei? Wir liegen ja an eurer Strecke.“

„Gerne. Aber jetzt müssen wir wirklich.“ Fidelis schaute sich in der leeren Gaststube um, auch die beiden Österreicher neben ihnen waren schon gegangen. Offensichtlich hatten sie kein Quartier, denn jeder, der im Pferdestall schlief, bekam eine Dekke und eine Petroleumlampe mit, mit der Warnung sie im Stall nicht brennen zu lassen. Die Beiden aber sind ohne Versorgung diesbezüglich in die Nacht hinaus.

„Hier! Nehmt euer Bettzeug noch mit.“ Andreas hielt den Beiden die Decken hin. Doch dann zögerte er.

„Ist noch was?“ wollte Antonius wissen.

„Ja," druckste Andreas herum und kratzte sich am Hinterkopf, „es brennt mir schon lange auf der Zunge. Mein Vater, wisst ihr, ob er noch lebt? Er muss ein alter Mann sein und wir haben uns im Streit getrennt, vor so vielen Jahren. Ich habe ein schlechtes Gewissen."

„Er hatte die Diphtherie."

„Hatte?"

„Ja. Letzten Winter."

„Er ist ... tot?"

Antonius nickte.

„Erst letzten Winter? Dass meine Mutter schon lange gestorben ist, das wusste ich. Aber Vater. Ich war zu stolz mich mit ihm auszusöhnen. Er wusste nicht einmal, dass er einen Enkel hat. Aber jetzt kommt meine Reue wohl zu spät." Er blickte Antonius fest in die Augen und meinte: „Lass es dir eine Lehre sein. Man löst keine Probleme, indem man davonläuft. Irgendwann holen sie einem wieder ein und dann ist es zu spät. Sehen wir uns morgen nochmals?"

„Ich glaube nicht, dass Giovanni schon vor dem Frühstück los will. Und wir ehrlich gesagt auch nicht, oder Fidelis?" Er drehte sich nach seinem Meister um, doch dieser stand schon in der Tür und blickte in den düsteren Abendhimmel.

„Was?" Fidelis wandte sich nur halbherzig um, und als er sah, dass Antonius schon auf ihn zukam, schritt er ohne noch einmal nachzuhaken in die Nacht hinaus.

„Also, bis morgen", rief Antonius Andreas nach.

„Schlaft gut und denkt daran das Licht zu löschen. Uns ist der Stall vor Jahren schon einmal abgebrannt."

Auch Antonius verschwand, nachdem er die Hand zum Zeichen dass er ihn verstanden hatte hob, in der Dunkelheit.

Der Regen hatte aufgehört, trotzdem bedeckten schwarze Wolken den Himmel, so dass sie kaum die Hand vor Augen sehen konnten. Fidelis drehte den Docht der Lampe höher und hielt sie in die Höhe, um den Stall ausmachen zu können.

„Woher weißt du, dass er gestorben ist?“ fragte er schließlich seinen Knecht.

„Im Buchen waren Einige nach der Beerdigung und haben es erzählt“, log Antonius. Fidelis nahm es ihm ohne weiteres ab, denn das war die gängige Art und Weise Neuigkeiten zu erfahren. Offensichtlich war ihm da etwas entgangen.

„Hier halt mal.“ Antonius reichte ihm seine Decke. „Ich muss mal.“

Fidelis ging auf den Stall zu und öffnete das quietschende Tor. Er leuchtete hinein. Auf der rechten Seite waren die Pferde angeleint und links reckte eine Gestalt, es war offensichtlich der Stallbursche, seinen Kopf unter der Decke hervor und deutete dem Meister den Weg nach hinten, wo noch mehr Händler einen Schlafplatz ergattert hatten.

Antonius hingegen steuerte eine Hecke an, um sich zu erleichtern. Er stellte die Krätze, die er locker um seine Schulter geschwungen hatte, dazu ab.

Doch ein Rascheln im Gebüsch und das verdammt ungute Gefühl nicht mehr alleine zu sein, warnten ihn plötzlich. Noch während er angestrengt lauschte, sprangen zwei Gestalten hinter der Hecke hervor. Ehe er reagieren konnte, verspürte er einen Faustschlag im Gesicht und kam ins Taumeln, dann ging alles sehr schnell, er konnte nur noch mehr hören als sehen, dass die Burschen wegliefen, mit der Krätze.

Die Geschenke und das Werkzeug schoss es ihm durch den Kopf!

Antonius versuchte sich zu orientieren, taumelnd setzte er den Dieben nach. Doch kaum konnte er sich auf den Beinen halten, stolperte er in dieser stockdunklen Nacht über eine Reihe von Begrenzungssteinen. Ein Fluch entfuhr ihm, dann rappelte er sich wieder auf und setzte die Verfolgung fort. Endlich bekam er einen von den Burschen an der Joppe zu fassen. Er hielt ihn fest und holte blind aus. Offensichtlich ebenfalls im Gesicht getroffen, stürzte dieser mit einem Schrei zu Boden und mit ihm krachte das hölzerne Gestell der Krätze auf die Erde.

Antonius griff danach und wollte weglaufen als der andere der Diebe ihn nun seinerseits an den Schultern festhielt und stoppte. Antonius konnte im fahlen Licht, das von der Taverne her schien sein Gesicht erkennen, es war einer der Österreicher, der neben ihnen gesessen hatte. Doch ehe er sich losreisen konnte, sah er ein Messer aufblitzen. Antonius drehte sich um und wollte flüchten, doch da zersprengte ein dumpfer Hieb seinen Brustkorb und ein rostiger Geschmack erfüllte seinen Mund. Er spürte den Atem seines Gegners für Bruchteile von Sekunden über seinen Schultern. Dann ließ dieser von ihm ab, während Antonius langsam den Boden unter den Füssen verlor. Der andere der Beiden beugte sich schließlich über ihn und Antonius spürte, wie er ihm den Geldbeutel unter dem Hemd hervorzog. Ein Ruck und die Schnur um seinen Hals brach. Er konnte sich nicht mehr dagegen wehren, es war als sei er gelähmt. Von weitem hörte er noch wie dieser seinem Kameraden zurief: „Damit kann der auch nichts mehr anfangen."

Diese Worten klangen in seinem Kopf hohl nach, wie ein Echo, das man in eine große Röhre hineinschrie und das tausendfach wiederhallte. Dann schwanden seine Sinne und es wurde schwarz um ihn. Kohlrabenschwarz.

*

Der Dorfplatz vor dem Kloster platzte aus allen Nähten.

Auf den ersten Blick hätte man meinen können, es würde ein Jahrmarkt abgehalten, wären da nicht die meisten der Besucher Uniformierte gewesen, kaiserliche Truppen.

In die Staubwolken, aufgewirbelt durch das Pferdegetrampel, mischten sich die Rauchwolken der verschiedenen Lagerfeuer und ließen die Umhereilenden mit Hustenreizen kämpfen. Der Geruch von gebratenem Fleisch zog durch die Dorfgassen.

Die Äbtissin, die vom Fenster ihres Studierzimmers aus zusehen musste wie die Besatzer die neuerstandenen Kälber aus dem Meierhofstall zerrten und abstachen, wandte sich angewidert ab. Es war, als träfen diese Messerstiche direkt in ihr Herz. Wie viele Bittschriften und Bettelgänge hatte es sie gekostet diese wertvollen Tiere nach der Seuche wieder hier anzusiedeln? Großzügige Spenden von den umliegenden Klöstern waren dazu nötig.

Die Ernte war inzwischen eingefahren und die Bevölkerung lebte in der Hoffnung den Hunger endlich aus ihrem Alltag streichen zu können, und nun das, kurz vor Wintereinbruch.

Soeben war der Leutnant bei ihr gewesen und hatte sie davon in Kenntnis gesetzt, dass das Kloster beschlagnahmt und der gesamte Ort unter sein Kommando gestellt sei.

Die Bevölkerung hätte keinen Widerstand zu leisten. Er werde seine Truppe hier für einige Tage stationieren. Sie waren zu Lebensmittel und Futterlieferungen verpflichtet, denn es waren verbündete Truppen.

Doch das machte für die Bevölkerung kaum einen Unterschied, ob sie von französischen oder kaiserlichen Einheiten belagert wurden. Die Vorräte waren aufgebraucht und die Angst ums nackte Überleben gehörte wieder einen Winter lang zum bitteren Alltag. Der einzige Vorteil einer Einquartierung durch eigene Truppen lag darin, dass die Einwohner und ihre Behausungen größtenteils von Überfällen verschont blieben. So hatten sie sich bis jetzt auch in ihre Häuser zurückgezogen und sind noch nicht in die Wälder geflüchtet.

Doch ein aufgebrachtes Geschrei von draußen riss Cäcilia aus ihrer Lethargie und ließ sie erneut ans Fenster eilen. Die Soldaten, es waren zu viele, um alle im Kloster unterzubringen, haben damit begonnen, die Klosterschenke zu räumen und die Bewohner ins Freie zu jagen. Ein alter Mann griff, zornig darüber, zu einer Mistgabel und versuchte auf die Eindringlinge einzustechen. Doch ehe er angreifen konnte, fiel ein Schuss.

Cäcilia bekreuzigte sich.

Der Greis brach zusammen und Blut tränkte die rote Erde. Für einen Moment erstarrte die Gruppe von etwa fünfzehn Personen, dann machte sich Panik breit. Ihr nacktes Leben rettend, stürmten die Menschen davon. Sie rissen mit sich, was sie erhaschen konnten. Ziegen, Schafe, Kälber und Kinder und flüchteten in die umliegenden Wälder. Cäcilia konnte beobachten wie an den anderen Häusern die Läden zugezogen und die Türen verriegelt wurden. Sicher würde die eine oder andere Familie im Schutze der Dunkelheit ebenfalls mit ihrem Hab und Gut durch die Hintertür in die Wälder fliehen.

Bald war der Platz nur noch von Soldaten beherrscht, in die ein Offizier Ordnung zu bringen versuchte, indem er einige Warnschüsse die in die Luft abfeuerte.

Cäcilia bekreuzigte sich abermals und wandte sich ab. Sie zog den Vorhang ihrer Kammer zu, als wolle sie damit das Elend ausschließen und eilte den Kreuzgang hinunter, der Kapelle zu, dem Ort, an dem ihrer geschundenen Seele noch nie der innere Friede versagt wurde. Sie kniete vor dem Marienaltar nieder und betete inbrünstig zur Muttergottes.

Sie spürte nach einer Weile nicht einmal mehr den Schmerz, der ihre Glieder seit Tagen gefangen hielt. Der Oktober hatte schon viele Frostnächte gebracht und der Frühnebel hing oftmals bis zum Mittag über dem Klosterweiher, der im Schatten des Kalvarienberges lag.

Die Feuchtigkeit setzte sich in den Sandsteinmauern des unbeheizten Klosters nieder. Lediglich die Studierkammer wurde beheizt. Doch das reichte nicht aus die Feuchtigkeit aus dem Gemäuer zu bannen, und so kroch sie von da aus auch in ihre Knochen und heizte dem Rheumatismus neu ein.

Ihre vier verbliebenen Mitschwestern hatte sie rechtzeitig dem Meier und seiner Familie anvertraut und mit in die Wälder geschickt, gleich heute früh, als sie die Truppe von Rötenbach her kommen sah.

„Äbtissin,“ eine Männerstimme schreckte sie aus ihrer Andacht, sie drehte sich um und blickte in das Gesicht eines Offiziers, „wir haben begonnen, die Räumlichkeiten des Klosters in Anspruch zu nehmen. Was hier nicht Platz hat, wird in der Schenke einquartiert. Ich habe 389 Soldaten und 490 Pferde unterzubringen. Sie alle sind ausgehungert, wenn ihr wisst was ich meine. Wir haben kaum Vieh gefunden. Wer hat euch gewarnt und wohin wurde das Vieh geschafft? Ich muss darauf hinweisen, dass es kaiserliches Recht ist, in Notzeiten für die Truppen, die das Land verteidigen, Nahrung zu beschaffen.“

„Ich habe gesehen, was eure Soldaten gemacht haben“, antwortete sie müde. „Niemand hat das Vieh weggeschafft. Die Kälber, die eure Männer heute Vormittag abgestochen haben, waren unser einziger Besitz. Eine verheerende Viehseuche hat uns letzten Winter die ganzen Bestände dahingerafft. Die Menschen sind zu Duzenden verhungert. Wir besitzen nur noch was wir an den Leibern tragen. So wahr mir Gott helfe. Ich bitte euch in Gottes Namen, nehmt eure Männer und geht. Wir verkraften keine Einbußen mehr.“

„Das tut mir Leid. Das wusste ich nicht, aber meinen Männern geht es nicht besser, Äbtissin, es ist nun einmal Krieg. Sie sind ebenfalls erschöpft und ausgehungert. Sie sind der Kämpfe überdrüssig. Wir müssen hier kurz verweilen, denn wir haben viele Verletzte und Kranke dabei, die im letzten Gefecht ihr Bestes gegeben haben. Seid ihr in der Heilkunst bewandert?“

Cäcilia erhob sich schwerfällig von der Gebetsbank, um ihrem Gegenüber ebenbürtig in die Augen schauen zu können. Es schien, es lag nun auch mit an ihr, diese Brut von Fressern so schnell wie möglich wieder los zu werden.

„Meine Ordensfrauen sind in der Schweiz in Sicherheit, schon seit den ersten größeren Plünderungen. Es waren auch Heilerinnen unter ihnen.“

„Habt ihr keinen Arzt oder von mir aus auch ein Kräuterweib oder eine Hebamme am Ort? Und einen Priester, einige möchten ihre Beichte ablegen. Es scheint, dass nicht alle ihr Zuhause wieder sehen."

„Wir haben keinen festen Priester im Ort. Die Gottesdienste werden von den Patres aus dem Hause Tennenbach gehalten, einem Bruderorden von uns. Sie kommen zu den Festlichkeiten, den höheren Feiertagen und halten die Messen. Auch zu Taufen, Hochzeiten und Begräbnissen lassen wir sie rufen. Soll ich nach einem schicken lassen?"

„Ich fürchte das könnte zu spät werden, für Einige. Es würde auch reichen, wenn ihr mit ihnen betet, ehrwürdige Mutter. Aber es muss doch auch jemanden geben, der Verbände machen kann und Schmerzen lindern."

„Wir haben nur eine Hebamme. Aber ich glaube kaum, dass einer von euren Männern vor der Niederkunft steht." Sarkasmus lag in ihren Worten.

„Auch meine Männer sind Geschöpfe Gottes. Wollt ihr sie ihrem Schicksal überlassen, nur weil sie ihrem Vaterland Gehorsam leisten?"

„Ich habe nicht um Krieg gebeten", stellte sie ihren Standpunkt klar, doch dann gab sie sich geschlagen und sagte mit einer ausladenden Handbewegung: „Lasst die Verwundeten hier in die Kapelle bringen. Wir werden ein Notlazarett einrichten. Eine viertel Stunde von hier wohnt die Hebamme und ihre junge Helferin."

Wieder blickte sie ihm unerschrocken ins Gesicht, denn sie fürchtete sich vor nichts mehr und stellte gleich eine Bedingung: „Gebt mir euer Ehrenwort, dass die Frauen nicht behelligt werden und ich lasse nach ihnen schicken. Sie haben schon genug Elend gesehen. Und ich werde mit meinem Leben verhindern, dass hier noch weiter Unrecht geschieht."

Der Offizier war beeindruckt von der Resolutheit dieser doch recht kleinen Person.

„Mein Ehrenwort, ehrwürdige Mutter“, gab er ihr deshalb unumwunden zu, denn es lag auch in seinem Sinne keinen unnötigen Ärger mehr zu schüren. „Würdet ihr vielleicht meinen Unteroffizier begleiten zu dieser Frau?“

„Ich? Warum geht ihr nicht selber?“

„Ich glaube kaum, dass wir die Freiwilligkeit dieser Heilerinnen mit einem Aufgebot an Offizieren fördern. Kurzum, ich traue den Heilkünsten nicht, wenn sie unter Zwang durchgeführt werden. Es könnte meinen Männern mehr schaden als nützen. Ihr versteht? Also darum bitte ich euch um eure Vermittlung und Überzeugungskraft.“

„So. Ihr scheint an alles gedacht zu haben“, sie seufzte, was wurde ihr noch alles abverlangt?

„Gut. Wenn es dem schnelleren Ende der Belagerung dienlich ist, will ich mich auch dazu hergeben. Aber nicht irgendein Unteroffizier geht mit, sondern ihr. Versprechen gegen Versprechen.“

„Ihr scheint zu wissen, was ihr wollt, ehrwürdige Mutter. Also gehen wir.“

„Nein!“ war die knappe und präzise Antwort Josephas als sie abwechselnd den Offizier und dann die Äbtissin aus ihrem halb geöffneten Türspalt betrachtete.

„Aber ihr wisst doch noch gar nicht...“ versuchte Cäcilia zu erklären, denn sie war noch nicht einmal dazu gekommen, den Grund ihres Besuches zu erläutern.

„Oh doch! Ich weiß was im Dorf los ist. Und ich bin nicht lebensmüde, außerdem habe ich die Verantwortung für meine Helferin übernommen.“

Der Offizier, dem dieses selbstherrliche und eigensinnige Verhalten dieser Frauen hier so langsam auf die Nerven ging, holte tief Luft und räusperte sich, ehe er ausholte: „Im Namen des Kaisers befehle ich euch....“ Weiter kam er nicht.

„Euer Kaiser kann mir den Buckel runterrutschen, wenn er was will, soll er selber kommen.“ Josepha versuchte die Tür zu-

zuknallen, doch die Äbtissin war schneller und stellte den Fuß in den Spalt.

„Verdammt Josepha," es war das erste Mal, dass die Hebamme die Äbtissin zornig erlebte und die Tatsache, dass sie sogar einen Fluch ausstieß, ließ sie aufhorchen, „glaubt ihr, ich wäre hier, wenn es nicht in unserer Hand läge, diese Belagerung..."

„Einquartierung", berichtigte der Offizier.

„Das ist für mich das Selbe", konterte Cäcilia, deren Gesicht vor Wut rot anlief, und warf ihm einen feindseligen Blick zu, der ihm bedeutete, lieber auf seinen Kommentar zu verzichten und zu schweigen.

„Wenn es nicht in unserer Hand läge," begann sie unbeirrt ein zweites Mal, „diese Belagerung zu beenden oder zumindest zu verkürzen. Ihr wisst selber, dass wir keine Reserven mehr haben und jeden Tag der Winter einbrechen kann. Also müssen wir zusammenhalten und die Kranken und Verletzten soweit zusammenflicken, dass sie weiterziehen können, sonst fressen sie uns noch die Haare vom Kopf. Es sind Hunderte und noch mehr Pferde. Wollt ihr die Verantwortung dafür übernehmen, wenn unsere Bevölkerung den nächsten Winter wieder dahinsiecht? Außerdem hat mir dieser Offizier da," sie klatschte dem Begleiter auf seinen Wams, dass dieser erschrokken zurückfuhr, doch genau das erzielte Bewunderung bei dieser starrsinnigen alten Hebamme und Cäcilia kam ihrem Anliegen näher, „versprochen, er werde uns bewachen und seine Mannen in Schach halten."

Josepha presste die Lippen aufeinander, so dass nur noch ein dünner Strich zurückblieb und kniff die Augen zusammen.

„Gut, aber ich schwöre euch, wenn irgendeinem von uns, oder auch den anderen Frauen aus dem Dorf, nur ein Härchen gekrümmt wird," begann sie und ihre Miene ließ einem das kalte Schaudern packen, „dann wünsche ich euch und eurem Heer die Pest an den Leib, und ich verspreche euch, dass ihr eure Heimat nicht wieder lebendig sehen werdet. Keiner."

Cäcilia schnappte nach Luft und bekreuzigte sich. Dem Offizier wich die Farbe aus dem Gesicht und er trat unwillkürlich einen Schritt zurück. Doch keiner wagte, angesichts dieser Drohung etwas zu sagen.

In der Kapelle bot sich den Frauen ein Bild des Elends. Es übertraf alle Vorstellungen.

Die Männer, die am Boden lagen, sahen aus wie Greise. Erst auf den zweiten Blick konnten sie das wahre Alter der ausgezehrten Gestalten schätzen. Ein Geruch von Krankheit und Fäule lag in der Luft und das Stöhnen der Sterbenden erfüllte den Raum.

Helena bückte sich zu einem Jungen nieder, der kaum älter als ihr Bruder Johann, die Hand nach ihr ausstreckte.

„Hilf mir. Ich habe solche Angst vor dem Sterben“, flüsterte er ihr zu, sein vom Fieber ausgetrockneter Mund konnte kaum noch die Worte formen. In seinen Augen stand die Todesangst.

Helena hielt seine zitternde Hand und schaute auf den blutdurchtränkten Verband um seinem Oberschenkel. Ohne die Wunde zu sehen, wusste sie, dass er bereits an Wundbrand litt, denn ein eitriger Gestank ging von ihr aus.

„Es ist eine Stichwunde. Ziemlich tief. Vor zwei Tagen bekam er plötzlich Fieber“, erklärte der Offizier.

„Wer hat die Wunde gereinigt und wie oft wurde sie frisch verbunden?“ Josepha verwies mit ihrer Frage gleich auf die Ursache des Fiebers.

„Wir haben keine Männer mehr unter uns, die sich in solchen Dingen auskennen. Sie sind gefallen“, entschuldigte er das Fehlverhalten.

Helena hatte damit begonnen den Verband abzunehmen. Das Bein war tiefrot entzündet und dick geschwollen, einige Stellen waren schon abgestorben und verfärbten sich schwarz. Sie begann die fauligen Stellen mit einem scharfen Messer abzutragen, während der Junge vor Schmerz auf seinen Hemdärmel biss. Danach verband sie die Wunde mit einem in Arnikaschnaps getränkten Lappen und gab ihm einen Trank, dem sie Belladonna zugefügt hatte, der ihn schläfrig machen und die Entzündung hemmen sollte, obwohl sie wusste, dass ihre Bemühungen bei diesem ausgemergeltem Körper kaum noch fruchteten.

Der junge Soldat schloss die Augen und Tränen rollten über die verschmierten Wangen. Er griff abermals nach ihrer Hand und hielt sie fest. Als er die Augen wieder öffnete flüsterte er: „Danke meine Schwester. Ich werde ein gutes Wort für dich einlegen, wenn ich vor unserem Herrn stehe."

Dann schloss er die Augen und dämmerte in einen unruhigen Fieberschlaf.

Josepha war bereits die Reihen abgegangen und ordnete die verschiedenen Verhaltensmaßnahmen an.

„Als erstes werden die Männer mit Durchfall extra gelegt, in den hinteren Teil der Kapelle, wo sie ins Freie können, um ihr Geschäft zu erledigen. Hebt dazu eine Grube aus, die später wieder geschlossen werden kann. Die Kleidung muss ausgekocht werden, zumindest die Unterbekleidung und macht heißes Wasser, damit sie sich waschen können. Das Wichtigste ist absolute Sauberkeit, sonst steckt sich die ganze Truppe an. Und zur Milderung des Durchfalles gebt ihnen viel Tee zu trinken. Einen starken Sud aus getrockneten Heidelbeeren und Pfefferminz. Äbtissin, wie gut ist eure Klosterapotheke noch bestückt?"

„Die Priorin hat sich so gut wie möglich um den Kräutergarten gekümmert diesen Sommer. Aber getrocknete Heidelbeeren glaube ich nicht bei unseren Heilmitteln zu wissen."

„Dann schaut in den Vorräten der Meierin nach. Sie trocknet meines Wissens alle Wildfrüchte, die sie nicht mehr einkochen kann, weil die Gefäße nicht reichen. Außerdem sollten wir den Männern Umschläge mit Essigwasser auf den Leib legen lassen, um die Krämpfe zu mildern. Gibt es genug Essig?"

„Ich werde mich darum kümmern und nachschauen. Was

machen wir mit den Männern mit Wechselfieber? Ich habe sie dort drüben hinbringen lassen."

„Sie sind nicht ansteckend. Aber das Wechselfieber ist heimtückisch. Sind diese Männer in den Sümpfen gewesen?" Sie schaute den Offizier fragend an.

„Ja, wir mussten uns vor wenigen Tagen in die Sümpfe zurückziehen. Woher wisst ihr das?"

„Weil das Wechselfieber aus den Sümpfen kommt."

„Wie kann man sich in den Sümpfen anstecken?" schaute der Offizier sie ungläubig an.

„Darüber streiten sich die Gelehrten noch. Sie glauben, dass die schlechten Dämpfe aus der Erde dafür verantwortlich sind. Aber mir ist schon aufgefallen, dass alle Erkrankten immer sehr viele Mückenstiche aufweisen. Auch diese Männer haben Einstiche, obwohl es jetzt schon recht kalt ist. Nun, es ist nur eine Vermutung, denn im Winter, wenn keine Mücken mehr stechen, gehen auch diese Wechselfieberfälle schlagartig zurück."

„Jetzt, wo ihr das sagt, es war tatsächlich eine Stechmückenplage. Es war dort auch viel wärmer als hier. Wir hatten bis jetzt noch keine Nachtfröste."

„Das wird sich ändern, wir sind hier ziemlich hoch gelegen und rechnen bald mit dem Wintereinbruch. Schon deshalb wäre es wichtig, auch für euch, diese Gegend bald zu verlassen", warf die Äbtissin ein, um auf die Dringlichkeit des Weiterzuges der Truppe zu verweisen.

„Dessen bin auch ich mir bewusst, Mutter Oberin", gab der Offizier etwas gereizt zurück.

„Nun, wie gesagt, das Wechselfieber ist heimtückisch", führte Josepha weiter aus, ungeachtet der Sticheleien zwischen dem Offizier und der Klostervorsteherin, denn sie hatte nicht vor diese Soldaten zu pflegen, sondern Anweisungen zu geben und höchstens nötige kleine Eingriffe oder Verbände zu machen. Danach wollte sie so schnell wie möglich wieder weg von diesem schlechten Ort.

„Viele sterben gleich daran, einige, von denen man glaubt sie hätten es überstanden, bekommen nach Wochen, oder noch später, plötzlich wieder Fieberschübe und sind auf einen Schlag wieder todkrank. Es gib auch Menschen, denen scheint es kaum etwas auszumachen, aber die sind in der Minderzahl und eure ausgemergelten Gestalten gehören wohl kaum dazu." Josepha sah die ernste Miene des Offiziers und fügte deshalb hinzu: „Ich will euch nur keine falschen Hoffnungen machen, Meister."

„Mein Dienstgrad ist Offizier", berichtigte er diese alte Frau, die eher einer entlaufenen Hexe aus einem Schauermärchen ähnelte, als einer medizinisch ausgebildeten Person.

„Gut, Meister Offizier. Ich will euch damit nur sagen, dass ihr in den nächsten Tagen einige zu beerdigen haben werdet. Diese Fieberschübe kommen alle zwei, drei oder vier Tage wieder. Wie ihr schon bemerkt habt, werden sie plötzlich von Schüttelfrösten geplagt, die eine Stunde andauern können. Diese Schübe zehren sie aus. Und ein weiteres Zeichen ist hier," sie kniete nieder, hob einem der Erkrankten das Hemd an und drückte auf die linke Bauchseite, dass dieser stöhnte, „seht ihr, die Milz ist ganz geschwollen. Kein Zweifel, es ist das Wechselfieber. Ich kann sie nicht heilen aber die Fieberschübe mildern. Ihr müsst ihnen eine Medizin anrühren. Ich habe sie sogar dabei," sie kramte in ihrer Tasche und ein staubiger Beutel kam zum Vorschein, „hier, es ist Lindenkohlepulver. Nehmt zwei Esslöffel davon und rührt es mit etwas Milch an. Das gebt ihr den Männern zweimal am Tag. Mehr kann ich nicht tun."

„Danke." Er nahm den Beutel und roch daran, um sich zu überzeugen, dass es wirklich Kohlepulver war und kein Hexenpuder.

„Diese Männer da," der Offizier deutete auf etwas zwanzig Kreaturen, „sind alle verwundet."

„Dann werden wir sie mal ordentlich verbinden. Äbtissin, habt ihr noch Laken, die wir als Verbandsmaterial nehmen können?"

„Ja." Sie lief seufzend davon, denn diese Bettwäsche waren

eine Kostbarkeit, die die Novizinnen in ihrer Probezeit von Hand gewebt hatten.

Als sie alle notwendigen Utensilien in der Kapelle hatten, begannen die drei Frauen unter dem prüfenden Blick des Offiziers die Soldaten zu versorgen. Unzählige, zum Teil schon entzündete Wunden wurden gesäubert, sogar Brüche gerichtet und geschient und zwei von Pferdehufen gequetschte Zehen amputiert.

Nach Stunden, die Dunkelheit hatte sich schon über das Dorf gelegt, waren sie endlich fertig.

Der Offizier kramte aus seiner Jackentasche einen Rosenkranz heraus und hielt ihn den Frauen hin.

„Als Zeichen meiner tiefsten Dankbarkeit möchte ich euch meinen Glücksbringer schenken. Mehr habe ich leider nicht anzubieten."

Josepha winkte ab: „Den werdet ihr noch nötiger haben als wir. Ich will nicht unbescheiden sein, denn auch wir müssen überleben, darum eine Bitte, ihr habt sicher hochprozentigen Alkohol dabei? Davon hätte ich gerne eine Flasche als Belohnung."

Der Offizier schaute das alte Weiblein verduzt an: „Ihr trinkt?"

„Nein, wir stellen Arnikaschnaps zum Auswaschen der Wunden davon her", erklärte Helena.

„Äh, ja. Ich glaube ich habe noch etwas in der Richtung. Ich muss erst einmal nachsehen wo die Männer meine persönlichen Sachen abgelegt haben. Äbtissin und ihr, wollt ihr meinen Rosenkranz?"

„Ich muss mich der Meinung der Hebamme anschließen."

„Was? Ihr wollt auch Schnaps?"

„Nein. Ich will mich der Meinung anschließen, dass ihr ihn für euch noch gebrauchen sollt. Wir können das gleich tun. Kommt mit rüber in das Gotteshaus, dann werden wir gemeinsam für eine rasche Heilung eurer Kameraden und einer schnellen und gesunden Heimkehr beten."

Sie ging voran, der Offizier haderte einige Sekunden, doch

dann verkniff er sich einen Protest und ging hinter der Ordensfrau her, die Fäuste geballt über seine Ohnmacht diesen Frauen hier auf dem Wald nicht Herr zu werden.

*

Andreas Hofmeier lag mit seiner kompletten Kleidung auf dem Bett, die Hände unter dem Kopf gefaltet und starrte an die Decke, wo das Licht der Petroleumlampe einen hellen Kreis bildete und die Motten anzog, die aufgeregt in ihrem Schein flatterten.

Er hatte geglaubt mit der Vergangenheit fertig zu sein und nun holte sie ihn wieder ein in Form dieser beiden unbedachten Händler, die draußen in der Scheune lagen und morgen wieder aus seinem Leben verschwunden sein würden. Doch sie werden eines zurücklassen was er glaubte längst überwunden zu haben, Heimweh und die Erinnerung an Leopoldine.

Seine Gedanken kreisten um die letzten Tage, die er zu Hause erlebt hatte, vor fast zwanzig Jahren. Leopoldine in ihrer strahlenden Jugend stand wieder vor ihm. Welche Pläne sie geschmiedet hatten! Und dann die erschreckende Nachricht, dass sie ihn betrogen hatte, mit Julius, diesem verwegenem Burschen, auf den sein Vater so viel hielt. Für ihn war damals eine Welt zusammengebrochen. Warum er? Ausgerechnet er? Andreas konnte es sich nicht erklären, damals nicht und heute auch noch nicht.

Was erzählte dieser Uhrenknecht heute Abend? Er war ein Trinker geworden und schlug sie? Es geschah ihr recht!

Dennoch zog sich sein Herz bei dieser Vorstellung zusammen. Die Wut über diesen dahergelaufenen Knecht Julius packte ihn. Er war gewalttätig, das hatte er schon immer vermutet, schon als er mit Eiszapfen im Bart auf den Hof kam war er ihm ungeheuer.

Was, ja was, wenn Leopoldine ihm gar nicht zu Willen war? Wenn er sie einfach genommen hatte?

Mit einem Ruck setzte Andreas sich auf. Dieser Gedanke war ihm all die Jahre noch gar nicht gekommen!

Andreas vergrub sein Gesicht in seinen Händen. Dieser lange Abstand zu den Geschehnissen verzerrten nur seine Gedanken! Oder war es nur gekränkte Eitelkeit, die ihn nie nach dem wahren Grund für Leopoldines Verhalten suchen ließ? Er hatte sie nie selber zu den Geschehnissen befragt, er ließ ihr nicht einmal die geringste Chance sich zu rechtfertigen!

Was wagte er plötzlich zu zweifeln? Nur weil ein Händler wieder diesen Stachel in ihm angestoßen hatte?

Andreas stand auf und blickte auf das friedlich schlafende Gesicht seines Sohnes drüben an der Wandseite. Er war die Realität, für ihn lebte und arbeitete er. Doch da hatte Fidelis recht, konnte er ihm überhaupt eine Zukunft bieten? Sollte er nicht über sein Angebot nachdenken?

Das hieße sich der Vergangenheit zu stellen und abermals in die alte Heimat zu ziehen, alte Wunden aufzubrechen.

Sein Versuch vor vielen Jahren, ehe Luigi geboren wurde, war kläglich genug. Nicht einmal sein jüngster Bruder Michael hatte ihn erkannt. Enttäuscht darüber, offensichtlich aus dem Leben dieser Menschen gestrichen zu sein, kehrte er seiner Heimat wieder den Rücken, ohne bis zum Hof seiner Eltern je vorgedrungen zu sein. War es Stolz oder Feigheit?

Andreas öffnete das Fenster und ließ die kühle, vom Gewitter gereinigte Abendluft hereinströmen und atmete tief durch. Luigi war noch zu jung. Also konnte er seine Entscheidung noch hinausschieben und wer wusste schon, was in ein, zwei Jahren war.

Er wollte sich gerade wieder hinlegen und das Licht löschen, als er seltsame Geräusche vom Hof unten vernahm. Angestrengt lauschte er in die Dunkelheit. Nichts. Er glaubte schon sich getäuscht zu haben, als das Tor zum Pferdestall geöffnet wurde und jemand mit einer Lampe herauskam.

„Antonius!?“ Es war Fidelis Stimme, die da zu der Lampe gehörte.

„Fidelis! Was gibt's?“ rief Andreas hinunter. Das Licht schwenkte in seine Richtung.

„Ich weiß nicht. Ich habe Stimmen gehört und einen dumpfen Schlag. Es muss Antonius gewesen sein. Aaantoniiiiius!“

Wieder schwenkte die Laterne in allen Richtungen über den Boden, dann plötzlich hörte Andreas Fidelis entsetzte Worte: „Oh mein Gott, nein, da liegt jemand! Antonius?!“

„Was? Was ist passiert? Warte, ich komme!“ Andreas stolperte die Stufen hinunter, so dass die Türen auf dem Flur aufflogen und ärgerliche, verschlafene Gesichter durch die Türen blinzelten, geweckt von dem unerhörten Gepolter mitten in der Nacht.

„Che cosa e'? Was ist?“ wollte seine Schwägerin wissen.

„Zünd die Kerzen an! Die Schwarzwälder, etwas ist passiert da unten.“

Atemlos stürzte er um die Hausecke und stieß auf Fidelis, der die Lampe auf die Erde gestellt hatte und sich über einen leblosen Körper am Boden beugte.

Es war Antonius und in seinem Rücken steckte ein Messer.

„Oh mein Gott! Ist er ... tot?“

„Ich weiß nicht.“

„Komm, hilf mir. Wir tragen ihn vorsichtig hinein.“

Fidelis schwenkte die Lampe noch einmal auf und ab.

„Kannst du was sehen?“

„Nein, aber er muss überfallen worden sein, die Krätze ist weg. Er hatte sie dabei, er wollte nur noch pinkeln. Ich bin schon fast eingeschlafen als die Pferde plötzlich scheuten, da habe ich eben diese Stimmen gehört.“

„Verdammt. Komm, heben wir ihn vorsichtig an und bringen ihn rein.“

Der Stalljunge, der ebenfalls von den Geräuschen wach wurde, nahm die Laterne und leuchtete ihnen.

Im Haus herrschte schon helle Aufregung. Sogar einige der Gäste standen in ihren Nachtgewändern in der Gaststube und ein Raunen ging durch die Reihen als sie den blutüberströmten Körper des jungen Händlers sahen.

Sie legten ihn auf einen der Tische als ein älterer Herr mit Schnauzbartbinde sich aus der Menge löste und seine Ärmel hochkrempelte.

„Erlaubt, ich bin Arzt."

Fidelis und Andreas machten Platz und der Fremde griff sofort nach Antonius Halsschlagader, dann nickte er:

„Er lebt. Bringt mir die Arzttasche im oberen hinteren Zimmer und heißes Wasser."

„Kommt er durch?" Fidelis war aschbleich im Gesicht und rieb sich nervös die Hände, sein Herz klopfte, als wolle es den Brustkorb sprengen.

Der Arzt beugte sich über seinen Rücken und horchte, dann wischte er über Antonius Mund.

„Die Atmung ist flach und rasselnd. Hier, blutiger Schleim. Es hat die Lunge erwischt. Wir können nur hoffen, dass die Verletzung nicht zu groß ist."

„Wollt ihr nicht das Messer ziehen?" Andreas deutete auf den Schaft des Messers.

„Gleich. Mir scheint, dass das Lungen- und Rippfell durchstochen sind."

„Woher wisst ihr das? Was hat das zu bedeuten?"

„Das Blut in seinem Mund, es ist zum Glück nicht viel, aber es muss aus der Lunge kommen, dann das rasselnde Geräusch beim Atmen. Wenn er atmet, kann ein Teil der Luft nicht mehr zurück, sondern dringt in den Zwischenraum der beiden Felle und bildet dort eine Blase. Diese Blase wiederum kann, wenn sie groß genug ist, weil sich viel Luft einlagert, eben durch eine größere Verletzung, die Lunge eindrücken. Der Lungenflügel fällt dann regelrecht zusammen." Er blickte ernst durch sein Monokel.

„Erstickt er dann?“ flüsterte Fidelis.

„Nun, wollen wir hoffen, dass es nicht so schlimm wird. Die Spitze des Messers ist exakt zwischen zwei Rippen durch, wir haben also hoffentlich keine Knochensplitter drin, das ist schon mal gut. Haltet ihn fest, ich ziehe auf drei. Eins, zwei, Hauruck!“

Antonius begann zu husten.

Der Arzt drückte die Wunde mit einem Stofftuch einen Moment lang zu, dann wagte er einen vorsichtigen Blick auf den Einstich, es blutete schwach nach.

„Drückt bitte eine Weile auf die Wunde, ich versuche den Jungen auf die Seite zu drehen“, wies er Fidelis an.

Antonius, der die Augen jetzt geöffnet hatte, begann von neuem zu husten und verzog schmerzerfüllt das Gesicht.

„Na mein Freund, wie fühlt ihr euch?“ fragte der Arzt und tastete dabei die Halsvene ab.

„Beschissen“, flüsterte Antonius und begann wieder zu husten und einen blutigen Auswurf hervorzuwürgen.

„So genau wollte ich es nicht wissen. Bekommt ihr genug Luft?“

„War schon mal besser.“

„Nun, wir müssen abwarten. Die Halsvene ist noch nicht gestaut. Das ist ein gutes Zeichen, der Lungenflügel ist noch offen. Legt ihn wieder auf den Bauch, ich muss seine Wunde versorgen.“

„Antonius, wie ist das passiert?“ Fidelis kniete sich vor seinen Knecht, damit er ihm in die Augen sehen konnte.

„Es waren die zwei Österreicher neben uns. Sie haben alles mitgenommen. Die Krätze, meinen Brustbeutel.“ Er stockte und musste erneut husten.

„Verdammt, diese Halunken! Habe ich nicht gesagt: pass auf?“

„Ruhe jetzt!“ schrie der Arzt. „Er darf sich nicht anstrengen. Ich bin mir nicht sicher, ob nicht doch noch größere innere Blutgefäße verletzt sind. Er muss absolut ruhig liegen. Wie geht das Atmen, mein Sohn?“

„Danke, es geht."

Als er die Wunde gesäubert hatte, legte er sein Ohr erneut auf seinen Rücken.

„Und?" fragte Andreas.

„Schlecht zu sagen. Wir müssen die Nacht abwarten. Es muss jemand bei ihm bleiben."

„Das mache ich. Legt ihn hoch in Andreas Kammer", erklärte sich seine Schwägerin bereit und zog ihr Tuch enger um die Schulter.

„Andreas, du kannst mit Luigi zu meinem Mann in die Kammer."

„Danke Annabella. Komm Fidelis hilf mir mal, wir tragen ihn gleich hoch, da hat er Ruhe."

„Halt, nicht so hastig meine Herren. Der Verband! Ich muss den Verband noch fester anlegen." Er zog ein eilig herbeigeschafftes Leintuch, das in Stücke gerissen wurde, eng um Antonius Brustkorb, dass dieser erneut aufstöhnte.

„Keine Sorge Antonius wegen der gestohlenen Sachen, Hauptsache du wirst wieder. Ich werde mich, gleich wenn es hell wird, mal genauer umsehen", versuchte Fidelis eher sich als Antonius zu beruhigen. Seine Knie zitterten immer noch als er sich daranmachte Antonius anzuheben.

„Danke Meister, tut mir Leid. Au, ihr macht mir weh. Meine Füße, ich kann sie nicht selber hochheben."

„Entschuldigung, besser so?"

„Ja."

Vorsichtig trugen Andreas, Fidelis und noch ein fremder Gast den Schwerverletzten in die obere Kammer. Nach und nach verschwanden die neugierigen Gäste, denn es gab nichts mehr zu sehen. Nur Giovanni blieb noch fragend stehen.

„Er kann wohl morgen noch nicht mitreisen, wie?" Der Weinhändler, der im Hemd dastand, blickte zuerst den Arzt, dann Fidelis, der mit Andreas wieder die Stufen herunter kam, fragend an.

„Wenn er die Nacht überhaupt übersteht, wird es noch Wochen gehen, ehe er wieder reisen kann. Vorausgesetzt, er bekommt keine Infektion“, gab der Arzt zu verstehen. Sein Gesichtsausdruck war sehr ernst.

„Oh, mein Gott. Was mache ich nur so lange? In ein paar Wochen? Wir können doch nicht im Winter über die Alpen, das ist zu gefährlich. Und hier bleiben können wir doch auch nicht?“ Fidelis rieb sich die feuchten Hände am Hemd ab. Schweißperlen standen auf seiner Stirn. Er machte den Eindruck als breche er jeden Moment zusammen.

„Nun wart erst einmal die Nacht ab. Es wird sich schon eine Lösung zeigen“, beruhigte ihn Andreas und strich sich über das unrasierte Kinn, seine Augen waren ganz rot.

„Wir sollten versuchen noch ein paar Stunden zu schlafen. Wir können hier eh nichts tun. Ich helfe dir morgen nach Spuren zu suchen. Geh ins Bett Fidelis.“

Der Arzt packte seine Tasche zusammen und stand ebenfalls auf.

„Mein Gott, Doktor. Ich danke euch, was bin ich euch schuldig?“ Fidelis fuhr sich über die schweißnasse Stirn. Eine satte Rechnung war das Letzte, was er jetzt noch gebrauchen konnte.

Der Arzt überlegte eine Weile, dann meinte er: „Ihr habt Pech genug gehabt. Meine Patienten sind für gewöhnlich gut betucht. Seht es als ein gutes Werk meinerseits an. Ich weiß noch nicht einmal, ob ich euch überhaupt helfen konnte. Also lasst gut sein und versucht zu schlafen auf diesen Schrecken.“

Fidelis umschloss die Hand des Doktors mit seinen beiden Händen: „Ich dank euch hundert mal, ihr seid zu gütig. Möge Gott es euch vergelten.“

„Schon gut Fremder. Hoffen wir, er übersteht es. Ich muss morgen leider weiter, aber ich kann sowieso nicht mehr für ihn tun. Ich werde in der Frühe noch mal nach eurem Kollegen schauen. Gute Nacht.“

„Gute Nacht.“ Fidelis blickte verzweifelt zu Andreas.

„Und wenn er stirbt? Ich kann doch nicht ohne ihn nach Hause kommen. Sie warten auf ihn. Helena, das unglückliche Mädchen, er will sie heiraten. Seine Eltern, sie sind stolz auf den Jungen. Ich hätte besser auf ihn aufpassen sollen. Ich hätte mir denken können, dass diese Landstreicher auf uns lauern.“

„Fidelis! Jetzt mach dich nicht verrückt. Es kann keiner was dafür. Es ist passiert und wir müssen abwarten. Komm trink einen Schnaps damit du zur Ruhe kommst. Du bist ja ganz fertig.“

Er griff nach einer Flasche Selbstgebranntem und schenkte ihm einen Doppelten ein.

„Danke Andreas, danke.“

Fidelis leerte das Glas mit einem Mal und schüttelte sich. Andreas schenkte noch einmal nach, ehe er den Korken wieder verschloss.

„Es wird besser, danke. Leg dich ruhig hin, du hast einen strengen Tag vor dir. Ich gehe gleich wieder hinaus. Ich will nur noch mal kurz nach ihm sehen.“ Er deutete hoch zur Kammer.

„Gut, tu das. Dann schlaf gut.“

Er blieb noch eine Weile sitzen und starrte vor sich hin. Als der Schnaps seine Wirkung zeigte und er ruhiger und gelassener wurde, schlich er sich die Stiege hoch und schob die angelehnte Tür zu Andreas Kammer einen Spalt weit auf.

Annabella saß mit dem Rücken zu ihm. Ihr langes dunkles Haar fiel offen über ihren Rücken, den sie mit einer Stola bedeckt hatte. Eine Kerze brannte auf dem Nachttisch.

Fidelis trat ein. Beim Quietschen der Tür drehte sich Annabella erschrocken um. Unwillkürlich zog sie die Stola enger um ihre Schulter.

„Ach ihr seid es. Kommt herein. Ihr wollt nach eurem Freund sehen? Ich glaube es geht ihm ordentlich. Er schläft und seine Atmung ist ruhig und gleichmäßig. Der Dottore war noch einmal hier und hat ihm ein Schlafmittel gegeben. Er braucht viel Ruhe.“

„Soll ich bei ihm bleiben? Dann könnt ihr wieder ins Bett.

Ich kann doch nicht von euch verlangen, dass ihr die ganze Nacht bei meinem Freund wacht."

Fidelis Augen glitten unwillkürlich über die weiblichen Rundungen Annabellas, die das dünne Nachtgewand kaum verbargen.

Sie hatte seinen Blick bemerkt und zog den Umhang höher.

„Ich glaube es ist jetzt besser, wenn ihr in euer Bett geht, Fremder. Das hier ist Frauenarbeit, ihr würdet sicherlich einschlafen. Ihr habt viel durchgemacht die letzte Stunde und braucht euren Schlaf."

„Nicht, wenn ihr mir Gesellschaft leisten würdet schöne Fremde." Seine Ängste schienen sich zu lösen, denn er hatte schon wieder Sinn für weibliche Anmut.

„Annabella."

„Annabella, welch ein Name. Nennt mich Fidelis."

„Gute Nacht Fidelis. Und gute Träume."

Fidelis blieb noch einige Augenblicke unschlüssig stehen, dann zog er die Tür zu.

Ihr Lächeln hatte ihn wieder in die Realität versetzt. Wie auf Wolken, daran war auch sicherlich die Wirkung des Schnapses schuld, glitt er die Treppe hinunter und eilte dem Pferdestall zu.

Die aufgehende Sonne schien durch die Ritzen im Pferdestall direkt in Fidelis Gesicht und weckte ihn. Es dauerte einige Sekunden bis er sich orientieren konnte, dann sprang er auf und lief ins Freie.

Die Wärme ließ die regenfeuchte Erde dampfen, Fidelis blickte sich auf dem Platz um.

Weit und breit waren nur Äcker auszumachen, durchtrennt vom Band der Handelsstraße, die Piacenza mit Mailand verband. Die Landschaft war eben bis an den Horizont. Es gab keine Möglichkeit für die Diebe sich hier zu verstecken, sie mussten wohl weit gegangen sein, um nicht entdeckt zu werden, vermutlich die ganze Nacht hindurch.

Fidelis suchte den Platz auf irgendwelche Spuren ab. Aber er konnte nichts erkennen. Erst beim zweiten Mal fielen ihm Fußabdrücke auf der feuchten Erde auf. Er folgte ihnen Richtung Osten. Sie führten direkt zu einem Gebüsch.

Fidelis zögerte kurz, bedachte aber dann, dass die Diebe wohl nicht so dumm waren sich hier zu verstecken und kroch mutig in das Unterholz. Neben einigem Unrat, der wohl hier entsorgt wurde, wurde er fündig. Die Krätze!

Fidelis zog sie aus dem Dornengestrüpp und riss sich dabei den Hemdsärmel auf.

„Auch das noch, mein guter Kittel", fluchte er, dann stellte er die Krätze ab und durchsuchte sie. Das kostbare Werkzeug, es war noch da, aber die Messingzahnräder fehlten, sie waren klein genug, im Vergleich zum Werkzeug, um mitgenommen zu werden. Und die Geschenke, die Antonius gekauft hatte, nichts. Gestohlen. Einen Großteil seines Gewinnes hatte er dafür ausgegeben!

Fidelis schlug die Schubladen zu und schulterte die Krätze.

Dann ging er zum Gasthof.

In der Küche hörte er schon Andreas Schwager das Frühstück für die Gäste bereiten, die nach und nach in den Gastraum kamen. Fidelis schlich die Stufen hoch und glitt auf leisen Sohlen in das Krankenzimmer.

Antonius Gesicht war rosig und sein Atem ging ruhig. Er schief noch immer. Fidelis war beruhigt, doch dann suchte er nach der Frau, die ihm letzte Nacht nicht mehr aus dem Kopf ging.

Sie war ebenfalls eingeschlafen.

Fidelis zog leise einen Stuhl heran und setzte sich ihr gegenüber, um sich an ihrer Schönheit zu laben.

Als hätte sie seine Blicke gespürt, zuckte sie erschrocken zusammen.

„Fidelis? Was macht ihr hier? Wie lange starrt ihr mich schon so an?"

„Seht ihr, auch ihr seid eingeschlafen. Ihr seid wunderschön, wenn ihr so entspannt daliegt."

„Ich bin nicht dagelegen, ich bin gesessen. Es gehört sich nicht einer verheirateten Frau so schamlos zuzusehen."

„Oh, es hat mir nichts ausgemacht."

„Das glaube ich." Sie stand auf und ging zur Tür. „Dann kann ich ja gehen, wenn ihr hier seid."

Fidelis war schneller und hielt die Türklinke in der Hand.

„Ich möchte mich nochmals herzlich bei euch bedanken."

Er blickte in das unergründliche Schwarz ihrer Augen und strich ihr eine Strähne aus dem Gesicht. Sie hielt seinem Blick stand, was er als Aufforderung empfand und sie schließlich in die Arme nahm und leidenschaftlich küsste, was sie auch erwiderte.

Als er sie losließ, bekamen ihre Augen einen eisigen Blick und verengten sich zu schmalen Schlitzen. Ehe er reagieren konnte, schlug sie ihm schallend ins Gesicht und eilte hinaus. Fidelis stand da wie ein begossener Pudel.

„Ein Wahnsinnsweib."

„Ihr habt es so gewollt."

Fidelis fuhr erschrocken rum.

„Antonius, seit wann bist du wach?"

„Lange genug. Euer Weib wollt ich auch nicht sein, Meister." Er schob sich an die Bettkante und warf einen Blick unters Bett.

„Bleib liegen, um Gotteswillen, was suchst du?"

„Die müssen doch irgendwo einen Nachttopf haben."

„Was? Schon wieder?"

„Ja. Schon wieder. Helft mir mal."

Fidelis kniete sich nieder und wurde auch fündig, dann half er seinem Knecht den Topf unterzuhalten.

„Ich habe die Krätze gefunden."

„Was? Wo?"

„Hinter dem Stall, im Gebüsch."

„Und?"

Fidelis nahm den Topf, blickte aus dem Fenster und als er

sicher war, dass niemand darunter stand, kippte er den Inhalt hinaus.

„Nur das Werkzeug ist noch drin, deine Geschenke sind leider auch alle weg."

„Scheiße! Verdammt noch mal!" Antonius schlug wütend auf die Matratze ein.

„Antonius! Lass das! Bist du wahnsinnig, deine Wunde. Du kannst es jetzt auch nicht mehr ändern."

„Das Geld ist auch weg Meister. Wo können diese verdammten Hunde hin sein?"

„Vermutlich nach Norden."

„Wie kommt ihr darauf?"

„Es gibt nur zwei Möglichkeiten. Die Straße führt entweder nach Süden oder nach Norden, und wenn sie nicht querfeldein gegangen sind, was unwahrscheinlich ist denn dort gibt es weit und breit nichts, dann sind sie nach Norden. Österreich liegt nördlich, na ja, nordöstlich. Ich habe so meinen Verdacht, Napoleon hat die Schlachten bei Arcole, Rivoli und Mantua erfolgreich geschlagen. Man erzählt sich, dass Viele aus den österreichischen Armeen desertiert sind."

„Ihr könntet Recht haben. Deserteure, das würde einiges erklären. Vielleicht erwischt ihr sie noch, wenn ihr ihnen folgt. Bis Mailand müssten sie den selben Weg nehmen. Giovanni! Fahrt mit ihm, dann kommt ihr schneller vorwärts."

„Das ist verrückt Antonius. Vergiss es, die Kerle sind weg, die sehen wir nie wieder. Spätestens in Mailand verliert sich ihre Spur. Sie müssen sich nach Osten halten, das heißt, wenn sie überhaupt nach Hause wollen. Doch selbst wenn ich deshalb schon losginge, was passiert mit dir?"

„Ach, ich komm in ein paar Tagen nach."

„In ein paar Tagen! Hast du gehört, was der Doktor gesagt hat? Frühestens in ein paar Wochen. Dann liegt mit Sicherheit eine meterdicke Schneeschicht auf der Alpentrasse. Vergiss es, vor dem Frühjahr kommst du hier nicht weg."

„Ich komme nach, und zwar noch vor dem Frühjahr. In ein, zwei Wochen bin ich soweit. Die Säumer halten die Alpenpässe solange wie möglich frei. Sie leben schließlich davon. Macht euch keine Gedanken, schaut lieber zu, dass ihr Giovanni nicht verpasst."

Fidelis kratzte sich am Hinterkopf, der Gedanke seinen Knecht hier im Ungewissen liegen zu lassen, behagte ihm ganz und gar nicht. Andererseits war er den Uhrmachern und der Kompanie auch verpflichtet. Der Gewinn! Er konnte sie nicht zu lange auf ihr Geld warten lassen, denn auch wenn er die beiden Ganoven nicht erwischen sollte, was sowieso unmöglich schien, seinen Beutel hatte er noch und das reichte, um die Uhrmacher zu Hause auszuzahlen. Es war sogar noch etwas mehr.

„Verdammt Meister, überlegt nicht zu lange. Bringt mir lieber etwas zu essen, ich verhungere."

„Ich schau mal was sich machen lässt."

Dann ging alles recht schnell.

Fidelis ließ Andreas einen Teil seines ohnehin schon schmalen Gewinnes für die Pflege seines Knechtes, mit dem Versprechen ihn nächstes Frühjahr, wenn er es nicht eher schaffen sollte gesund zu werden, wieder mitzunehmen.

Andreas versprach auf seinen Knecht gut aufzupassen und ihn nicht zu früh und nicht mitten im Winter gehen zu lassen. Dann verabschiedeten sie sich, denn Giovanni wartete schon auf Fidelis.

„Ich muss noch mein Zeug im Schuppen packen!" rief er ihm zu und verschwand im Pferdestall.

Er eilte im Halbdunkel an seinen Schlafplatz im hinteren Teil des Schuppens, als er erschrocken stehen blieb.

Annabella, ihre Bluse war weit geöffnet und gewährte ihm einen verlockenden Einblick, stand an der Wand gelehnt.

„Ihr werdet doch nicht gehen ohne euch von mir zu verabschieden, Fremder!"

„Annabella, wollt ihr mich wieder misshandeln?"

„Oh nein, jetzt seid ihr an der Reihe, Schwarzwälder.“

Fidelis Atem ging schneller und stoßweise. Er ging auf sie zu, schob ihre wilden, schwarzen Locken über ihre Schulter und streifte dabei gleich die Bluse über ihre Brüste.

Annabella schloss die Augen: „Ich habe gewusst, dass du kommen wirst.“

*

Nachdem tagelang die Herbststürme über die Gipfel des Schwarzwaldes gefegt waren und selbst das Feuer in den Öfen auflodern ließ, senkte sich nun der feuchtkalte Nebel über die Wälder und ließ die Tannenspitzen zu Millionen kleiner weißer Nadeln erstarren.

Dieses Wetter ließ einen baldigen Wintereinbruch erahnen.

In den niedrigen Räumen des Kirnerhauses war es den ganzen Tag nicht richtig hell geworden und nun kroch die Nacht schon wieder über den Wald.

Leopoldine zündete deshalb eine Kerze an, denn sie wollte ihre Stopfarbeit noch zu Ende bringen, als sich aus der Küche eine lautstarke Auseinandersetzung zwischen Hannah und Simon entfachte. Wieder einmal.

Leopoldine hörte eine Weile zu.

Die Machtkämpfe zwischen den beiden Geschwistern gipfelten in der letzten Zeit oft in handgreiflichen Auseinandersetzungen. Ein Schlagabtausch von beleidigenden Schimpfwörtern folgte.

Dann das Fallen eines Stuhles, ein dumpfer Aufprall und der Aufschrei Simons. Leopoldine schleuderte wutentbrannt die Stopfarbeit auf den Tisch und sprang auf.

Laut, bestimmt, und ohne Widerrede brachte sie kurz darauf Ruhe zwischen die beiden Zankäpfel und schickte beide, weit von einander entfernt, an eine Aufgabe.

Noch wütend über das Verhalten Hannahs machte Leopoldine auf dem Absatz kehrt und wollte ihre Arbeit wieder aufnehmen, als sie vor Schreck wie gelähmt in der Tür stehen blieb.

Rauchschwaden quollen ihr entgegen.

Es dauerte nur Bruchteile von Sekunden, bis sie klar denken konnte, denn das Prasseln des Feuers forderte ihre Geistesgegenwart.

„Simon, Hannah!“ brüllte sie fast hysterisch den maulenden Geschwistern nach, die schon die Küche nach draußen verlassen hatten. „Schnell! Holt Wasser am Brunnen! Es brennt!“

Ohne abzuwarten hielt sich Leopoldine den Schurzzipfel vor Nase und Mund und wagte sich zum Brandherd, der Stopfarbeit mit der umgekippten Kerze, vor.

Mit den bloßen Händen schlug sie auf die Flammen, die sich über den Tisch ausbreiteten, ein.

Gleichzeitig trat sie mit den Füßen das Feuer, das sich schon auf dem Holzboden ihr entgegenfraß, denn die Wäsche war heruntergefallen, aus. Doch sie hatte keine Chance, denn das geschmolzene Wachs der Kerze rann nun von der Tischplatte auf den Boden und entfachte die Flammen von neuem, so dass Leopoldine die Arme schützend vor das Gesicht legte und nach Luft rang.

Eine eiskalte Dusche bewahrte sie jedoch davor ohnmächtig zu werden. Unter lautem Zischen erstarben die Flammen unter ihren Füßen. Sie konnte Simon erkennen, der mit einem leeren Wasserkübel in der Tür stand.

„Mutter, raus hier!“ schrie er durch die Rauchwolke, die zwischen ihnen aufstieg.

Leopoldine blickte sich zum Tisch um, wo jedoch das Feuer, ebenfalls durch das Wachs erneut aufloderte. Sie schnappte eine Decke, die auf der Ofenbank lag, und warf sie über den Tisch. Ein Großteil der Flammen erstickte.

„Mehr Wasser, schnell!“ schrie sie durch die Rauchwolken, in der Vermutung Hannah oder Simon wären noch hier.

Fürchterliche Hustenanfälle ließen sie schließlich nach Atem ringen und wollte sie nicht ersticken, musste sie das Fenster öffnen, was dem Feuer natürlich neue Nahrung bot.

Sie nahm ein paar Atemzüge frische Luft und wandte sich wieder dem Brandherd zu, als sie plötzlich Theres mit Sophie an der Hand, umringt von neu auflodernden Feuerzungen, in der Stube stehen sah. Sie brüllten.

Wo, um alles in der Welt kamen die Kleinen jetzt her?

Leopoldine erstarrte.

Marie fehlte, sie hatte Marie nicht mehr gesehen!

Sie konnte Theres, die ihr etwas zurief, nicht verstehen. Waren die Kinder bei ihr in der Stube gewesen? Sie wusste es nicht mehr.

„Marie!! Marie!! Herrgott noch mal, wo ist Marie?"

Leopoldine ergriff die Panik. „Nicht schon wieder ein Kind, oh lieber Herrgott, nein!" hämmerte es in ihrem Kopf.

Sie stürmte auf die Mädchen zu, obwohl ein Flammenmeer sie von ihnen trennte.

„Wo ist Marie?" brüllte sie.

In diesem Moment bahnten Hannah und Simon ihr gleichzeitig den Weg, indem sie je einen Kübel Wasser in die Flammen schütteten, was dem Feuer endgültig den Garaus machte.

„Wo ist sie?" Schluchzend, und nass wie ein Pudel, schaute Leopoldine sich um, aber sie konnte sonst niemanden in der qualmenden Stube ausmachen, außer den beiden Großen, die eben noch fürchterlich streitend, sich nun daran machten, Seite an Seite die letzten glimmenden Feuerränder auszutreten.

Es war still geworden. Das Prasseln des Feuers war erstorben und der Qualm zog langsam durch die Fenster ab. Nur Sophie brüllte noch. Eine gespenstische, verkohlte Umgebung blickte Leopoldine entgegen.

„Bei den Ziegen im Stall", riss sie schließlich die vierjährige Theres aus ihrem Schock, der langsam an ihr hoch kroch.

„Ich soll fragen, ob sie schon melken soll!"

„Was? Im Stall? Wer ist im Stall?" Sie blickte verwirrt auf die beiden Mädchen.

„Marie. Sie ist im Stall."

Leopoldine begriff endlich. Sie sackte vor Erschöpfung vor den Kindern auf die Knie.

„Oh, Gott sei Dank. Oh, Herrgott ich danke dir. Im Stall. Sie ist im Stall."

Ihr Haar hatte sich gelöst und hing ihr wirr um den Kopf. Über ihre Wangen, vom Ruß geschwärzt, zogen nun Tränen der Erleichterung helle Rinnsale.

„Es ist gut. Alles ist gut. Das Feuer ist aus", versuchte sie mehr sich, als die Mädchen zu trösten, dabei zitterten ihr die Knie noch im Nachhinein wie Espenlaub.

„Alles ist angekokelt! Vater wird ein paar Bretter neu legen müssen und den Tisch abschleifen!" Simon hatte schon begonnen den Schaden fachmännisch zu begutachten als seine Schwester ihn wieder ankeifte:

„Hättest du dich nicht so blöd angestellt und gleich nach der Mutter gebrüllt, wäre das alles nicht passiert!"

„Halt dein Maul, du dumme Sau!"

Sie gab ihm einen unmerklichen Stoß als sie an ihm vorbei lief. Simon wollte ihr gerade nachlaufen und sie an den Haaren ziehen, als es plötzlich totenstill wurde im Raum.

Alle starrten zur der sich öffnenden Haustüre als käme ein Geist herein.

Da stand er, mit einem merkwürdig versteinertem Gesicht, Julius.

Es war, als seien seine grau-grünen Augen zu Eisblöcken gefroren. Nur ein Zucken der Mundwinkel ließ erahnen, dass ein lebendes Wesen in diesem bärtigen Koloss steckte.

Drohend kam er auf die Familie zu, er schnaubte dabei durch die Nasenlöcher wie ein kampflustiger Stier vor dem Angriff. Leopoldine setzte das Kind ab und zog Sophie und Theres schützend hinter sich, ohne Julius auch nur einen Moment aus den Augen zu lassen.

„Verschwindet!" flüsterte sie den Kindern zu.

„Ihr brennt mir das Haus ab?“ Julius war jetzt schon bedrohlich nahe an Leopoldine herangetreten, doch sie hielt seinem Blick stand. Etwas, was sie noch nie geschafft hatte. Aber ihre innere Wut über die zwei Streithähne eben war noch so groß, dass sie sich jetzt nicht unterordnen konnte.

Selbst als er langsam seine Hand anhob, um ihr zu drohen, hielt sie ihm stand.

Er war für einen Moment irritiert, doch dann änderte er seine Taktik.

Julius wiegte den Kopf leicht hin und her und, als hätte er ein Kind vor sich, sagte er tadelnd:

„Erst lässt du den Jungen umkommen, weil du geschlafen hast statt aufzupassen und jetzt fackelst du das Haus ab? Was kommt als nächstes? Du wirst alt und tattrig Leopoldine. Zu was soll ich dich noch gebrauchen? Man hat nur Ärger mit dir, oder glaubst du ich bin dazu da, nur um deine Brut durchzufüttern?“

Leopoldine biss sich auf die Lippen, damit er ihr Zähneklappern nicht hören konnte, sie spürte den Boden unter den Füßen schwinden, doch sie sagte: „Es sind auch eure Kinder, Julius Kirner.“

Als habe er auf diesen Satz gewartet, nahm er Leopoldines Kopf zwischen seine Hände.

„So? Wer kann mir das versichern?“ Er zog sie langsam zu sich hoch, so dass sie sich auf die Zehenspitzen stellen musste.

„Wie viele fremde Bälger habe ich unwissend all die Jahre durchgefüttert? Na?“ Sein Atem roch nach Schnaps.

„Das wisst ihr selber und dafür seid ihr reichlich belohnt worden.“

„Belohnt? Belohnt! Mit einem halsstarrigen Weib, das sich mir verweigert? Die zu blöd ist die Kinder zu hüten und versucht das Haus abzubrennen, wenn man ihm den Rücken kehrt? Ist das meine Belohnung?“

Seine blitzenden Augen verrieten wieder die alte Streitsucht.

„Ihr seid betrunken!“

„Betrunken? Ich habe noch nie so klar gesehen wie jetzt. Aber ich weiß schon was du willst! Mich vor allen anderen als Trinker hinstellen. Mitleid, was? Aber nicht bei mir! Du Schlampe!“ Er stieß ihren Kopf zurück und ließ sie fallen. Leopoldine stolperte, denn sie hatte nicht mit diesem abrupten Loslassen gerechnet, und fiel. Dabei schlug sie mit dem Hinterkopf gegen die Ecke der Ofenbank.

Sie verdrehte ihre Augen und rührte sich nicht mehr.

Hannah stand mit offenem Mund und kreidebleich da. Sie blickte von ihrem Vater zu ihrer Mutter und wieder zurück: „Ihr habt sie umgebracht!“ kam es tonlos über ihre Lippen. „Ihr habt sie umgebracht!“ schrie sie schließlich und begann auf ihren unbeweglich dastehenden Vater einzuhämmern.

Simon fiel mit seiner Schwester ein. „Umgebracht!“

Auch Theres und Sophie, die sich hinter der Tür versteckt hatten kamen hervor und begannen wieder zu brüllen: „Mutter!!“

Julius schaute auf die immer noch bewegungslos daliegende Leopoldine, dann raufte er sich die Haare und begann ebenfalls zu schreien: „Nein! Ich war es nicht! Ich war es nicht! Lasst mich leben. Ihr dürft mir nichts tun!“

Er hielt sich die Arme schützend vor das Gesicht als sei er ein kleiner Junge, der geschlagen wurde. Seine Augen bekamen einen irren, beängstigenden Blick.

Abrupt drehte er sich um und rannte davon. Hinaus in die Dunkelheit, noch immer schreiend wie ein kleiner Junge.

Hannah kniete sich zu ihrer Mutter nieder und hielt ihr den Kopf. Blut klebte an ihren Fingern.

Leopoldine erlangte plötzlich das Bewusstsein wieder: „Was, was ist passiert?“

„Mutter! Oh Gott, ihr seid nicht, wir dachten schon...“ Hannah sprach nicht weiter, sondern hielt sich die Hand vor den Mund.

Jetzt fiel auch Simon auf die Knie, kreuzte den linken Arm

über die Brust und erhob die rechte zum Schwur wie ein Ritter: „Wenn ich erst groß bin, erschlage ich ihn. Großes Ehrenwort, Mutter.“

„Das tust du nicht!“ wehrte Leopoldine ab und rappelte sich hoch, den Kopf mit schmerzverzerrtem Gesicht haltend. „Das wirst du nicht, mein Sohn. Es war ein Unfall, Julius, dein Vater, hat das nicht mit Absicht gemacht. Meine Kinder sind keine Mörder und werden keine werden. Und wenn ich sie vorher aus dem Haus schicken muss.“

*

Als Julius wieder zu sich kam und klar denken konnte, saß er auf einem Baumstumpf am Waldrand. Die Dunkelheit hatte das Dorf schon unter sich begraben und es war still, nur der Waldkauz rief.

„Ja, ich hör dich! Du glaubst wohl auch, du könntest mich zum Narren halten, wie? Ja, verspottet mich nur alle. Ich bin's ja nur, der alte Julius. Der, der langsam seinen Verstand verliert. Kommt nur alle ihr Totengeister und lacht mich aus! Selbst mein Weib hat mir die Stirn geboten.“

Er sprang hoch und breitete seine Arme aus als wolle er das Universum beschwören, dabei lachte er grell und unwirklich.

„Aber ihr erwischt mich nicht!“ Taumelnd ließ er die Arme wieder fallen und sank zu Boden. Er vergrub sein Gesicht in die Hände und fing an zu weinen.

„Warum schickst du mir diese Teufel, die mein Gehirn auffressen? Warum? Ist das meine Strafe? Habe ich sie getötet? Gertrude? Leopoldine? Helena? Bin ich gar selbst das Scheusal, das sich in meinem Hirn ausbreitet?“

Er begann zu zittern. Schweißperlen traten auf seine Stirn

und diese schreckliche Unruhe erfasste seinen Körper, seine Gedanken. Das Brennen in seinem Mund und Gaumen wurde unerträglich, es war ihm, als sprängen seine Lippen auf, und als lachten ihn die Waldgeister alle aus.

Jetzt gab es nur noch eines, das ihn vor dem Wahnsinn retten konnte. Seine Medizin. Seine verdammte Medizin. Ja, er war krank und nur ein Mittel konnte ihm helfen, aber es hatte ihn bereits in der Hand. Er wusste es, doch es half nichts.

Julius stand auf und raufte sich die Haare, er verspürte dabei keinen Schmerz, außer diesem schrecklichen Gefühl, was war es denn? Ein Ziehen? Ein Verlangen? Im Hals, im Magen? Er konnte es nicht orten und darum begann er zu laufen, ehe es ihn überwältigte.

Keuchend kam er an der Jockelescheuer an. Er klopfte wie von Sinnen gegen die Tür bis sie geöffnet wurde und er Markus vor die Füße fiel.

„Was um alles in der Welt ist mit dir los? Du siehst aus, als sei der Leibhaftige hinter dir her. Warum pochst du wie verrückt gegen die Tür? Es war offen, ich habe sie nur zugeschoben wegen dieser elenden feuchten Kälte."

„Ich, ich dachte, du hättest schon zu! Du musst mir helfen. Sie bringt mich noch ins Grab." Julius rappelte sich hoch und streifte seine Joppe zurecht.

„Wer bringt dich ins Grab?" Er blickte ihn ungläubig an. „Komm herein, du hast zuviel getrunken."

„Nein, hab ich nicht. Sie hätte um ein Haar das Haus abgebrannt."

„Wer?"

„Na Leopoldine! Die ganze Stube stand in Flammen. Ich habe den Qualm schon auf dem Nachhauseweg gesehen. Alles ist verkohlt. Verbrannt."

„Und dein Weib, die Kinder? Julius! Sprich, was ist los?"

„Sie, sie lag am Boden, ganz komisch." Julius fuhr sich verlegen mit der Hand über den Bart.

Markus, der spürte, dass etwas nicht stimmte, packte seinen Nachbarn am Kragen und schüttelte ihn.

„Was ist passiert, verdammt Julius?"

Er ließ den verwirrt wirkenden Kirner los und rannte zum Fenster, von dem aus er einen direkten Blick zum Kirnerhaus hatte. Es war alles dunkel und er atmete erleichtert auf.

„Soll ich mal nach den Rechten schauen bei euch?"

Da kam Leben in den Kirner und er flehte ihn regelrecht an: „Nein, nein, bloß nicht. Leopoldine, sie ist immer so ängstlich, abends. Es ist alles wieder in Ordnung. Das Feuer ist aus."

„Bist du sicher?"

„Ja, ja, das, es hat mich alles nur so aufgeregt. Du weißt doch mein Magen. Gib mir einen Schnaps, einen doppelten."

„Ich glaube ein Kamillentee wäre für dich und deinen Magen besser."

„Nein! Bloß nicht, bleib mir weg mit diesem Altweibergesöff."

Widerwillig griff Markus zu der Schnapsflasche und goss seinem Nachbarn ein großes Glas voll ein. Auch ihm war sein Verhalten in der letzten Zeit aufgefallen. So, als sei er manchmal nicht ganz bei Sinnen. Eigenwillig war er schon immer, aber das? Er trank zuviel, das war sicher, aber es schien als sehe er manchmal Gespenster.

Heimlich, als sich der Kirner etwas beruhigt hatte und den anderen Gästen zuwandte, schlich Markus in die Küche und schickte seinen Jungen zum Kirnerhaus. Er solle dort nachfragen, ob alles in Ordnung wäre.

Erst als Friedrich wiederkam und berichtete, dass es wirklich gebrannt hatte, aber das Feuer aus wäre und die Kirnerin, zwar noch ganz rußverschmiert, aber sicher persönlich mit ihm gesprochen hätte, war Markus wieder beruhigt. Julius hatte doch Recht gehabt. Es hatte gebrannt. Kein Wunder, dass der Mann so durcheinander war.

*

„Schön, dass es unserem Mädel wieder gut geht." Magdalena Burger blickte von ihrem Krautzuber auf, über den sie schon seit dem Mittagessen die Krautköpfe hobelte und einstampfte. Doch ihr Gegenüber gab keine Antwort.

„Wir werden dieses Jahr genug Sauerkraut haben", versuchte sie es nach einer Weile nochmal. Sie schob sich eine Haarsträhne aus dem Gesicht und schaute zu Joseph, ihrem Mann, hinüber, der in ein kleines Büchlein vertieft war, in das er seine Einnahmen und Ausgaben verzeichnete.

„Sagt mal, hört ihr mir überhaupt zu?" Sie griff in den Zuber und steckte sich eine handvoll Kraut in den Mund.

Der Andresenbauer hob den Kopf und schaute zu seiner Frau auf.

„Was hast du gemeint, Weib?"

„Ihr hört mir mal wieder nicht zu. Wie immer, wenn ich etwas sage. Barbara, es geht ihr wieder gut. Sie blüht richtig auf, wenn Helena bei ihr ist. Ich bin froh, dass das Kirnermädchen sie hin und wieder besucht. Sie hat ein freundliches Wesen, diese Helena." Dabei deutete sie mit dem Kopf in Richtung Stube, wo man die Mädchen lachen hören konnte.

„Du brauchst sie mir nicht schmackhaft zu machen. Julius will nicht, dass Antonius mit ihr zusammen ist. Und ich werde mein Bestes tun, das zu verhindern. Basta."

„Aber der Blasius ist doch wohl aus dem Rennen, sie hat das unglückliche Kind verloren, lebt bei der Hebamme, was also steht noch im Wege? Der Antonius liebt sie doch."

Joseph zog die Augbrauen zusammen und blickte streng über den Rand des Buches.

„Der Julius will es nicht", sagte er noch einmal langsam und betont.

Magdalena warf den Strunk des Krautkopfes in den Zuber.

„Ihr seid genauso verbohrt wie der alte Kirner. Hauptsache der Schein nach außen ist gewahrt. Dabei wisst ihr selber, dass er sich immer heimlich mit ihr getroffen hat."

„Ich will nichts mehr hören“, entgegnete er ihr in einem scharfen Ton und widmete sich wieder seinem Buch.

Sie ging ans Küchenfenster und blickte seufzend hinaus, um ihrem Ärger Luft zu machen. Außer einer Schar krächzender Raben, die sich über dem Misthaufen erhoben, sobald sie die Bäuerin hinter dem Fenster entdeckten, sah sie nicht viel. Das Fenster lag nach hinten zum Waldrand. Die Buchen hatten ihre Blätter fast alle abgeworfen und warteten mit nackten Ästen auf die Schneelast, die sich bald über sie legen würde.

Magdalena stemmte die Arme in die Hüften und nach einer Weile, als sie sich wieder beruhigt hatte, meinte sie schließlich: „Es wird bald Schnee geben. Und von Antonius und Fidelis noch keine Spur.“ Sie drehte sich zu Joseph um. „Es wird ihnen doch nichts zugestoßen sein?“

„Die Ungarnhändler sind auch noch nicht wieder zurück. Es sind unruhige Zeiten, die manchmal einen Umweg erfordern. Fidelis ist ein guter Führer, verlass dich darauf. Er geht kein unnötiges Risiko ein.“

In dem Moment konnten sie Schritte im Hausflur vernehmen. Magdalena lief zur Tür.

„Balthasar!“

Ihr ältester Sohn machte ein ernstes Gesicht als er die Joppe an den Haken hängte. Sie roch nach Zigarrenrauch. Balthasar war offensichtlich in der Klosterschenke eingekehrt, nachdem er seine Getreidelieferung im Kloster abgegeben hatte. Das bedeutete Neuigkeiten.

„Ist Vater hier?“

Ohne eine Antwort abzuwarten ging er an seiner Mutter vorbei in die Stube, woraufhin das fröhliche Gelächter erstarb, als Barbara und Helena den Ausdruck Balthasars sahen.

„Was ist?“ Barbara stand auf und drückte Gretchen, ihr Kind, instinktiv fester an sich.

Auch der Burger kam jetzt zur Tür herein und blickte ihn fragend an.

„Die Ungarnhändler sind da.“
„Und?“
„Schlechte Nachricht, Vater. Sie wurden von Wegelagerern ausgeraubt. Sie haben den Magnus erschlagen.“
„Oh, Jesus, Maria Muttergottes.“ Magdalena schlug das Kreuzzeichen.
Außer dem Greinen des Kindes war es totenstill im Raum.
„Setz dich. Erzähl!“ befahl Joseph seinem Sohn, dabei zog er die Luft zwei, dreimal tief durch die Nase ein und wieder aus, wie er es oft machte, wenn er eine schlechte Neuigkeit zu verdauen hatte.
„Hinter Salzburg in der Steiermark haben sie ihn begraben. Niemand ist sich mehr sicher, nirgends. Dieser Krieg macht aus rechtschaffenen Männern Halunken.“
„Niemand, der gottesfürchtig genug ist, wird zum Halunken“, warf Joseph ein.
„So? Was hättet ihr getan, wenn Antonius und ich euch nicht aufgehalten hätten?“
Balthasar blickte entschuldigend zu Barbara, die sofort ihre Augen niederschlug, niemand hatte mehr von jenem verhängnisvollen Morgen gesprochen.
„Das war etwas anderes. Ich wollte die Ehre meiner Töchter verteidigen.“
„Habt ihr schon einmal überlegt, ob nicht einer dieser Halunken vielleicht eine hungernde Familie zu Hause hat? Dem man vielleicht Haus und Heim abgebrannt hat? Richtet nicht zu schnell über andere, Vater. Das macht den Magnus auch nicht wieder lebendig. Er war zur falschen Zeit am falschen Ort. Wir kennen Gottes Wege nicht.“
„Und Fidelis und dein Bruder?“ warf Helena ein, nicht nur um ein Streitgespräch abzuwenden, sondern weil auch sie sich schon Sorgen um den Verbleib der Händler gemacht hatte.
Balthasar zuckte die Schultern.
„Niemand hat etwas von ihnen gehört. Aber ich vermute, dass

sie vielleicht Angst haben durch Mailand zu gehen, jetzt, wo Österreich es an Frankreich abtreten musste. Sie werden hohe Zölle fordern. Wie ich Fidelis kenne, sucht er eine Umgehung."

„Mailand ist an Frankreich gefallen?" Magdalena nahm sich ebenfalls einen Stuhl und setzte sich an den Tisch.

„Ja. Napoleon hat die Österreicher im Griff. Nicht weniger als 10 Siege in 14 Tagen hat er letzten Sommer errungen und das mit einem Heer, das in Lumpen gekleidet war. Den reichsten Teil von Piemont hat er wie eine Walze niedergerannt und weiter nach Osten große Schlachten geschlagen. Bei Arcole, Rivoli und Mantua. In Campo Formio hat er schließlich seinen Friedensvertrag ausgehandelt und die Österreicher in die Knie gezwungen. Die Niederlande, Luxemburg und eben Mailand stehen nun unter französischer Flagge. Ebenso muss Österreich die Rheingrenze anerkennen. Dieser Napoleon ist ein nicht ganz ungefährlicher Emporkömmling. Er ist machthungrig."

„Nur Gott weiß, was uns und Europa noch bevorsteht. Die Zeiten sind nicht gut. Alles ist im Umbruch und es kommt selten etwas Besseres nach." Der Andresenbauer fuhr sich nachdenklich über den Bart.

„Du hast Recht Balthasar, dieser Napoleon ist wirklich machthungrig. Und er besitzt den Mut eines Löwen. Entweder er kommt irgendwann selbst um, denn soviel ich gehört habe, kämpft er an der Seite seiner Mannen an vorderster Front mit, oder er greift nach der Macht. Und das nicht nur in Frankreich. Europa ist ein Scherbenhaufen. Zu viele kleine Staaten mit unterschiedlichen Interessen. Wenn er ein geschickter Stratege ist, wird er die Fürsten und Herzogtümer nach und nach gegeneinander ausspielen."

„Dazu braucht er erst mehr Macht aus Frankreich. Noch ist er nur ein General unter vielen."

„Noch! Aber der führt etwas im Schilde. Glaub mir."

„Und wie geht es dem Weib von Magnus? Sie hat doch auch fünf Kinder", warf Magdalena ein, um von den politischen Spekulationen abzulenken, die eben nur das waren, was sie waren, Spekulationen eben. Sie konnte besser mit Tatsachen umgehen.

„Die Kompanie wird ihr eine Art Sterbegeld oder Entschädigung zahlen. Aber dann?“ Balthasar zuckte wieder die Schulter. „Man hat gleich nach dem Pater geschickt, um eine Messe für ihn zu lesen. Am Sonntag.“

„Wer hat nach dem Pater geschickt?“

„Die Kompanie.“ Balthasar schaute seine Mutter ernst an, dann legte er seine Hand auf ihren Arm, ehe er weiter fuhr. „Sie wollen auch einen Bittgottesdienst für Fidelis und Antonius abhalten.“

Magdalena legte die Hand vor den Mund und kämpfte mit den Tränen. Auch Helena und Barbara hielten vor Schreck die Luft an.

„Es ist nur ein Bittgottesdienst, Mutter. Man weiß wirklich nichts von ihnen. Nach dem Ereignis mit den Ungarnhändlern macht man sich Sorgen. Sie sind ebenfalls überfällig und nur Gott weiß, was sie aufgehalten hat. Vielleicht sind es nur die Wirren um Mailand. Beten wir darum.“

„Ja, beten wir darum.“ Joseph faltete die Hände und begann unverzüglich mit dem Vorbeten. Balthasar und die Frauen fielen ein. Magdalena zündete eine Kerze an und stellte sie unter das Marienbildnis im Herrgottswinkel. Sie schwor sich das Licht nicht ausgehen zu lassen bis ihr Sohn heimgekehrt sei.

*

Fidelis blieb stehen, um zu verschnaufen. Seit fünf Uhr heute früh war er auf den Beinen und nun hatte er sein Tagesziel erreicht. Die Südspitze des Luganer Sees.

Der Anblick des Monte Generosos, wie ihn die Einheimischen nannten, verschlug ihm fast den Atem. Seine Spitze war bereits weiß und leuchtete in der Abendsonne, die jedoch für ihn schon nicht mehr sichtbar, hinter der nächsten Bergkette verschwunden war und das Tal in lange Schatten tauchte. Dunkle Wolken jagten hin und wieder über seinen Gipfel und spiegelten sich im See, was dem Ganzen einen gespenstischen Ausdruck verlieh.

Kein Wunder, dass die Menschen hier in den Bergen den Naturgewalten voller Ehrfurcht begegneten, so, als wären sie beseelte Geister, deren Gunst man gewinnen musste, schoss es ihm durch den Kopf.

Fidelis zog den Kragen der Joppe enger um den Hals. Es war merklich kühler hier oben und es roch nach Schnee. Heimatgefühle kamen in ihm auf.

Schnee! Der Schwarzwald war ihm nun schon näher als die Hitze Italiens. Und der Oktober bedeutete in den Bergen meist schon Wintereinbruch, während man im Süden nicht mehr über die Hitze klagen musste.

Er freute sich darauf wieder nach Hause zu kommen, auch wenn er Antonius zurücklassen musste. Was nicht nur für ihn, sondern auch für die Kompanie ein herber Verlust sein würde. Um wieder an die selben Gewinne heranzukommen, musste er mindestens zwei Uhrenträger im nächsten Frühjahr mitnehmen. Einer, um vierundzwanzig Uhren, denn mehr konnte ein Mann nicht tragen, für Antonius über die Berge zu schaffen. Und einen zweiten, der den Verlust wieder ausglich, wenn sie dann plötzlich zu viert auf den Markt nach Florenz zogen. Zum Glück hatten sich ihre Uhren in den gehobenen Kreisen schon als Statussymbol etabliert und waren sehr begehrt. Und Antonius hatte recht, auch die Reparaturen und Ersatzteile waren sehr gefragt, da in Florenz nicht erhältlich. Man konnte nur hoffen, dass die Kriegswirren sich nicht auch noch weiter südlich auswirken würden.

Fidelis setzte sich auf einen Stein am Ufer und begann das Vesper, das er bei Bauern unterwegs gekauft hatte, auszupacken. Vorbei war die Zeit, wo er es sich leisten konnte täglich in Gasthäuser einzukehren, wollte er nicht ganz mittellos zurückkehren.

Er schnitt sich Brot und Käse ab und beobachtete die Schwäne, die in wenigen Metern Abstand majestätisch ihre Kreise im Wasser zogen und ihn dabei nicht aus den Augen ließen. Die ersten verfärbten Blätter trieben ebenfalls auf der Wasseroberfläche und schaukelten in den leichten Wellen, die die Tiere hinterließen.

Fast eine Woche war er nun schon unterwegs. Zum Glück konnte er mit Giovanni nach Mailand fahren. Er hatte so nicht nur Zeit, sondern auch viel Geld gespart. Denn wie sie schon richtig vermutet hatten, verlangten die neuen Stadtherren horrende Zölle. Doch Giovanni, das Schlitzohr, verstand es die Zöllner mit einigen Flaschen seines Weines zu bestechen, so dass Fidelis ihm nur ein Abendessen schuldete und mit seinem Passagierschein, den alle Uhrenhändler besaßen, unbehelligt durchkam. Vielleicht auch, weil er keine Waren mehr bei sich hatte.

Doch dort trennten sich ihre Wege und Fidelis zog zu Fuß weiter durch die endlos wirkende Ebene. Hin und wieder nahm ihn ein Bauer oder Händler ein Stück weit mit. Zum Schluss ging er zusammen mit einem Pfannenhändler bis Como.

Es war ungemütlich kühl und Fidelis todmüde, darum packte er wieder zusammen und warf den Schwänen die letzten Krümel hin, die vorsichtig danach schnappten, ohne ihm zu nahe zu kommen.

Fidelis erkor sich einen Heuschober in der Nähe als Übernachtungsplatz aus und fiel kurz darauf in einen tiefen ruhigen Schlaf, den erst der trommelnde Regen auf dem Dach am nächsten Morgen beendete.

Durch ein Astloch sah Fidelis was er vermutete. Dicke Nebelschwaden verhinderten einen Blick auf die Berge rundum und Fidelis zog sich die Joppe gleich wieder über den Kopf. Er wäre auch sofort wieder eingeschlafen, hätte sein Gewissen ihm nicht in den Ohren gelegen und ihm gesagt, wie weit sein Heimweg noch sei.

So quälte er sich in den grauen Tag hinaus und steuerte Stunde um Stunde mutterseelenallein der nächsten Etappe, dem Monte Ceneri, dem Übergang zum Laggo Maggiore zu.

Mannshohe Sträucher und Farne links und rechts neben ihm fingen das monotone Prasseln des Regens auf und begleiteten ihn. Nur hin und wieder riss der Wind die Nebelfetzen weg und gab einen Blick auf die umliegende und sich öffnende Bergwelt frei. Dann zog sich der Vorhang wieder zu.

Das Trommeln auf seinem Regenschirm wirkte geradezu einschläfernd und er musste hin und wieder die Hände wechseln, weil sie blaugefroren waren. Nach und nach drückte die Nässe durch und ein feiner Sprühregen setzte sich auf seiner Kleidung nieder.

Bei Bissone überquerte er den See an der engsten Stelle mit Hilfe eines Fährmannes, der ihn die ganze Zeit nur stumm anstarrte und Tabak kaute. Fidelis verspürte keine Lust ein Gespräch zu führen, und so war er froh als er wieder festen Boden unter den Füssen hatte.

Bei Lugano traf er einen Tuchhändler, der das selbe Ziel, nämlich Bellinzona, hatte.

Die Mittagszeit war aber schon vorbei und so erreichten sie bis zum Abend einen kleinen Gasthof kurz vor der Passhöhe des Monte Ceneri.

In Anbetracht des schlechten Wetters zog Fidelis das warme Gasthaus einem Heuschober vor und entrichtete die wenigen Münzen, die diese Übernachtung kostete. Eine Mahlzeit leistete er sich nicht, denn der alte Kanten Brot und das letzte Stück Käse würden nochmals reichen, um den Magen zu füllen.

Der nächste Morgen war nicht weniger unfreundlich und nass. Es hatte sich eingeregnet, wie man so schön sagte. Fidelis schlüpfte in die warmen Kleider, die über Nacht am Ofen getrocknet hatten und stieg in Socken auf die kostbaren Stoffballen, die sich auf dem Wagen des Händlers stapelten. Dieser zurrte ein gewachstes Tuch fest, um die Ladung zu schützen und Fidelis verschwand darunter. So blieb er wenigstens trocken.

Es war schon Nachmittag als sie endlich in der Stadt ankamen.

Bellinzona lag in der fruchtbaren Ticinoebene, der letzten Stadt vor dem stetigen Anstieg hinauf zum Gotthardmassiv. Hier herrschte ein buntes Durcheinander. Unzählige Händler verkehrten hier, denn es war die Scheidestelle zwischen den verschiedenen Passübergängen. Bald nach der Stadt schieden sich die Wege und führten nach rechts zum San Bernadino-Pass und links zum Gotthard. Dieses Tal teilte sich weiter oben abermals, um über den weniger begangenen Lukmanierpass zu führen.

Der Tuchhändler lenkte seinen Wagen vor eine vielfrequentierte Taverne. Fidelis kroch unter seiner Regendecke hervor, sein Magen knurrte, außerdem waren seine Glieder steif gefroren von der starren Haltung auf dem Wagen.

Lärm drang aus einem Kellergewölbe und so ging er auf dieses zu.

In dem stickigen Gastraum ging es für diese Tageszeit schon hoch her. Alkohol floss in Strömen und leichtbeschürzte Mädchen schlängelten sich durch die gierig grabschenden Männerhände.

Fidelis drängte sich an den Ofen und bestellte einen Eintopf und einen Becher Wein, denn obwohl er knapp bei Kasse war, durfte er jetzt nicht mehr sparen, sondern seine Kräfte sammeln, denn der Berg lag noch vor ihm. Und es würde schon recht kalt sein da oben. Er brauchte genug Energie.

Ein dunkelbärtiger Mann nahm neben ihm Platz.

„Hast Recht, wenn du dir einen Ofenplatz sichert bei dieser Nässe. Mit einer Lungenentzündung lässt sich der Berg nicht bezwingen. Bist Uhrenhändler, was? Wo kommst du her?"

An seinem Dialekt erkannte Fidelis, dass er aus dem Norden stammen musste. Aus der Gegend von Urseren.

„Ursprünglich aus Florenz, ich bin auf dem Heimweg."

Der Schweizer pfiff durch seine schwarzen Zähne. „Hast schon eine weite Strecke hinter dir. Bist du ganz alleine?"

Froh mit jemanden reden zu können, erzählte er von seinem Unglück mit Antonius. Auch aus dem Grund, dass sich der Fremde keine Hoffnung auf irgendwelche Geschäfte zu machen brauchte.

„Es treibt sich manches Gesindel herum. Mehr als früher. Aber über den Berg gehen die nicht. Sie versuchen ihr Glück im Trubel als Taschendiebe. Dann saufen sie sich den Kragen ab und versuchens kostenlos bei den Mädchen." Er nickte einem Barmädchen zu, das gleich darauf zu ihnen kam und dem Bärtigen auf den Schoß saß.

„Hier Maja, versuch dein Glück bei dem Schwarzwälder," sagte er zu ihr, „du weißt doch, ich habe selbst eine junge Frau drüben." Er nickte fröhlich in Richtung Gotthard und versetzte dem Mädchen einen Klaps auf den Po.

Fidelis spürte die Wärme zwischen seinen Beinen, als er in ihren gewagten Ausschnitt blicken konnte. Seit Annabella hatte er keine Frau mehr gehabt und wer wusste schon wie lange es noch dauern würde, ehe er wieder zu Hause war.

Das Barmädchen, fast noch ein Kind mit einem langen geflochtenem Zopf, sah das Aufblitzen in seinem Augen und rutschte auf seinen Schoß. Sie schlang die Arme um ihn und flüsterte in sein Ohr:

„Schöner Fremder, ihr seid wohl ganz ausgekühlt von der langen Reise. Soll ich euch ein warmes Bad einlaufen lassen?"

„Ein Bad?" Erschrocken sah er sie an. Er hatte zwar schon von diesem seltsamen Brauch gehört, der bei manchen Völkern, vor allem im Süden wo es warm war, zur guten Sitte gehörte, aber auch davon, dass so ein Bad recht gefährlich wäre, denn es sollte doch sehr das Herz belasten und manch einer sei schon in einer heißen Wanne dem Herzschlag erlegen. Er hätte sich nicht träumen lassen, dass man diesem Brauch hier auch huldigte.

„Ja, ein Bad. Es wird euch gut tun. Und aufwärmen."

„Ist das nicht gefährlich?"

„Ich werde schon aufpassen, dass ihr mir nicht ertrinkt. So groß ist der Zuber nun auch wieder nicht.“

Fidelis überlegte kurz, aber die Neugier siegte und die Vorstellung dieses Mädchen bei sich zu haben natürlich auch.

„Na, warum nicht? Man muss alles mal probiert haben.“

Er folgte dem Mädchen und als er augenzwinkernd zu dem Bärtigen blickte, bestätigte ihm dieser mit dem Zeichen des erhobenen Daumens die gute Wahl.

Sie kamen in eine der hinteren Kammern, wo tatsächlich ein hölzerner Bottich auf dem Boden stand. Er war so groß, dass eine ausgewachsene, schlachtreife Sau bequem darin Platz gefunden hätte. Links und rechts waren die Seiten durch Vorhänge vor neugierigen Blicken geschützt, doch man hörte, dass sie nicht alleine waren. Noch jemand musste diesem eigenartigen Vergnügen frönen, und es hörte sich beileibe gut an.

„Na, auf was wartet ihr? Zieht euch aus und steigt hinein, ich bringe das Wasser.“

Ungeschickt machte sich Fidelis daran sein Hemd über den Kopf zu ziehen. Dabei fiel ihm auf, dass es wirklich nichts schaden könnte sich mit Wasser und Seife einzulassen. An seinem Körper hafteten die Ausdünstungen der ganzen letzten Woche.

Er kam sich etwas hilflos vor, so nackt in dem großen Holzzuber. Doch ehe er darüber nachdenken und es sich anders überlegen konnte, platschte ein nicht endenwollender Schwall warmen Wassers über seinen Rücken. Es füllte den Boden um ihn herum und wärmte seine Füße und sein Gesäß.

Maja, verschwand wieder und als er schon nach ihr schauen wollte, kam sie mit der zweiten Kanne Wasser.

„Dort liegt die Seife. Fangt schon mal an. Ich bringe noch mehr Wasser.“

„Du willst mich aber nicht ersäufen, oder?“

„Ihr habt noch nie gebadet, wie? Die Wanne muss bis unter den Rand voll sein.“

„Nun ja, wenn du das sagst.“

„Ihr Schwarzwälder seid doch auch alle nur Bauern, wie die Älpler. Wo bleibt eure Kultur? Selbst die alten Römer hatten schon Badehäuser."

„So? Nun, vielleicht lag es daran, dass sie längst ausgestorben sind."

Endlich hatte die Wanne genug Wasser und Maja krempelte ihre Ärmel hoch.

„Und was gibt das jetzt?"

„Ich werde euch waschen."

„Wie bitte?"

„Stellt euch nicht so an." Sie tauchte einen Schwamm ins Wasser und begann seinen Rücken zu schrubben.

„Wie heißt ihr denn?"

„Äh, Fidelis."

„So Fidelis, und nun von vorne."

„Nur, wenn du dazusteigst. Sonst komm ich mir so, na, seltsam vor."

Schon tauchte sie den Schwamm tief zwischen seine Oberschenkel, und beugte sie sich nah über ihn, dass ihre Brüste fast sein Gesicht streiften.

„Wie seltsam?" hauchte sie ihm ins Ohr. „Er fühlt sich doch ganz gut an."

Fidelis packte sie vorne über und zog sie mit einem Griff in die Wanne, so dass das Wasser nur so überschwappte.

Sie tauchte auf und schnappte überrascht nach Luft.

„Ihr seid mir aber ein rauer Geselle."

Fidelis strich ihr die nassen Haare hinter die Ohren als sein Blick plötzlich an den goldenen Ohrringen haften blieb. Sie kamen ihm irgendwie bekannt vor, er hatte sie schon mal gesehen. Richtig! Jetzt erinnerte er sich wieder, genau solche hatte Antonius in Florenz für seine Helena erstanden!

Das Mädchen bemerkte den überraschten Blick ihres Badewannenheldes.

„Was ist?"

„Die Ringe! Woher hast du sie?“

„Was geht euch das an? Sie sind ein Geschenk.“

„Von wem?“

„Wie von wem? Ich frag doch nicht jeden nach seiner Adresse.“

„Es wäre verdammt wichtig für mich. Waren es Österreicher?“

„Was heißt waren? Woher wisst ihr, dass es zwei waren?“

„Es waren zwei Österreicher, stimmt's? Verwegene Typen. Wann war das?“

„Es waren keine Händler, wenn ihr das meint. Sie hatten keine Waren und auch kein Gepäck. Und,“ sie schaute ihm verlokkend in die Augen, „das Wasser war hinterher kohlrabenschwarz.“

„Wann?“

„Gestern.“ Sie öffnete ihren Mund und suchte nach Fidelis, Zunge.

Fidelis vergaß die Welt um sich herum. „Gestern“, murmelte er noch, dann gab er sich seinen Begierden hin. Bald schwappte das Wasser in rhythmischen Wellen über den Rand.

Erschöpft, aber glücklich, hielt er sich am Rand der Wanne fest, als sie einige Zeit später wieder aus dem Wasser stieg und ihre nasse Kleidung einsammelte.

„Hier, wasch dein Zeug noch. Es riecht.“ Ehe er sich versah, landeten sein Hemd und die Socken in der Wanne.

„He, du Teufelsweib!“ Er setzte sich ruckartig auf, so dass das Wasser nochmals aufspritzte. „Was soll ich jetzt anziehen?“

„Bis morgen ist es wieder trocken. Du kannst es über den Ofen an die Stange hängen. Komm schon, beeil dich. Meine Kollegin wartet auf eine freie Wanne. Und meine Dienste musst du auch gleich bezahlen, das geht extra.“

„Ich glaub´s wohl nicht. Und die Wäsche?“

„Na, die wasch ich dir nicht auch noch.“

Sie rubbelte sich trocken und schlang sich in ein großes Badetuch.

Fidelis schaute ihr dabei unschlüssig zu. Auf keinen Fall würde er vor einem Weibsbild auf den Boden knien und die Wäsche im Zuber schruppen.

Ihm kamen die Ohrringe wieder in den Sinn. Er musste irgendwie in ihren Besitz kommen. Und die beiden Halunken. Er hatte nicht geglaubt noch etwas von ihnen zu hören. Was wollten sie am Gotthardmassiv? Ihre Heimat lag viel östlicher. Vielleicht glaubten sie sich so in Sicherheit?

„Hör mal mein Täubchen, zu den beiden Burschen von gestern. Sind sie noch hier in der Stadt?"

„Jetzt fängst du schon wieder damit an. Nein, ich glaube sie haben sich heute früh der Karawane zum Gotthard angeschlossen. Sagten sie zumindest."

„Sie wollen überqueren?"

„Ja, sonst wären sie wohl nicht den beschwerlichen Weg gegangen, oder? Aber sag mal, was interessieren dich eigentlich diese Beiden?"

„Ich habe noch eine Rechnung mit ihnen zu begleichen. Ich muss ihnen folgen. Aber das geht wohl jetzt nicht mehr."

Fidelis hob anklagend seine triefenden Kleider aus dem Wasser.

„Jetzt noch? Das kann nicht dein Ernst sein. In einer Stunde wird es dunkel, nein, mein Lieber. Nur frisch ausgeruht soll man an eine Aufgabe gehen. Außerdem holst du dir so den Tod."

„Da hast du vielleicht Recht. Aber zeig mir doch mal deine Ohrringe."

„Warum?"

„Weil ich sie sehen will, darum."

Zögernd öffnete sie den Verschluss und reichte ihm einen der Ringe.

Fidelis konnte seine Freude kaum verbergen. Das Zeichen, sie hatten die Gravur des Goldhändlers aus Florenz, es gab kein Zweifel mehr.

„Habt ich's mir doch gedacht", entfuhr es ihm.

„Was?“

Er blickte auf und sein Hirn arbeitete fieberhaft.

„Nun, sie sind eine Fälschung. Billiges Messing. Sie haben dich betrogen.“

„Waas? Oh, diese elenden Hurenböcke! Sie haben mich ausgenutzt! Und dafür war ich ihnen zwei Nächte zu Diensten!“

„Ja, mein Täubchen, da warst du wohl etwas unvorsichtig und zu gutgläubig. Sie sind deiner Schönheit nicht wert“, schmeichelte er ihr. „Außerdem sind sie gefährlich.“

„Gefährlich? Wie das denn?“

„Nun, du hast wirklich keine Erfahrung mit gutem Schmuck. Warte noch zwei Tage und du wirst einen schrecklichen Ausschlag von den Dingern bekommen, den du wochenlang nicht los wirst.“

„Oh, diese Schweine!“

„Nun, ich würde dir gern helfen. In meiner Heimat gibt es einen Glockengießer, der feine Glöckchen für Uhren gießt, und die sind aus Messing. Vielleicht kann ich sie ihm verkaufen. Ich gebe dir zwei Kreuzer dafür.“

„Nur zwei Kreuzer?“

„Zwei Kreuzer sind besser als einen juckenden Ausschlag am ganzen Körper. Kein Mann wird dich mehr haben wollen.“

Sie überlegte kurz und Fidelis kam sich dabei schlecht vor. Aber er hatte keine andere Wahl.

Er musste in ihren Besitz gelangen, egal wie. Schließlich, so tröstete er sich, gehört sie auch bestraft, wenn sie so gutgläubig ist.

Und tatsächlich, sie löste den anderen Ring auch und reichte ihn Fidelis.

„Vielleicht hast du Recht, zwei Kreuzer sind besser als nichts. Ich habe schließlich noch einen Balg durchzufüttern.“

„Zwei Kreuzer. Und hier,“ er reichte ihr den üblichen Obolus für ihre Dienste, „dein Lohn. Aber jetzt sag mir wo meine Kammer ist und lass mich allein.“

„Danke, Meister. Gleich hier hinten rechts."

Sie ging den Korridor entlang und als sie sich nochmals umdrehte und ihm zulächelte, kam er sich noch einmal mies vor. Doch dann triumphierte er innerlich über seine Gerissenheit und stieg aus der Wanne. Schnell, damit es keiner sehen konnte, schruppte er seine Kleidung mit einer Büste und dieser nach Lavendel duftenden Seife. Jeder würde nun am Geruch seiner Kleider erkennen, dass er bei einer Frau war, aber das war ihm jetzt auch egal, es kannte ihn ja keiner.

Es waren zuerst die zwitschernden Vögel und dann die Erkenntnis, dass der Regen aufgehört hatte, das Fidelis aus dem Bett trieb, obwohl es noch nicht hell war.

Eine halbe Stunde später, als es langsam Tag wurde, hatte er schon ein gutes Stück Weg hinter sich gebracht. Er blickte zurück nach Bellinzona, das von den ersten Sonnenstrahlen erhellt wurde und erhaschte nochmals einen letzten Blick über den im Morgenlicht glänzenden Laggo Maggiore. Dann stapfte er weiter das Leventinatal hinauf Richtung Airolo, der letzten Station vor dem Pass.

Es zog sich unendlich in die Länge und ließ ihn um die Mittagszeit kräftig ins Schwitzen kommen. Hätte er nicht einen Bauern getroffen, der ihn auf dem leeren Wagen vom Markt kommend mitgenommen hätte, er hätte noch zwei Tage länger gebraucht bis zur Säumerstation in Airolo. So war er bereits am Nachmittag des nächsten Tages am Fuße des Gotthard.

Hier wurden die Waren umgeladen, denn von nun an ging es nur noch mit Maultieren weiter. Die Säumer waren einheimische Führer, die mit ihren Tieren die Händler und Reisenden samt ihrem Gepäck, beziehungsweise Waren, über den Pass brachten. Es war ein eigener Wirtschaftszweig, der es den armen Bergbauern ermöglichte aus einer zusätzlichen Einnahmequelle zu schöpfen, aber die Arbeit war hart genug und darüber hinaus sehr gefährlich, denn das Wetter war ihnen nur an wenigen Tagen hold.

Fidelis verabschiedete sich schon vor Airolo von seinem Bauern, er ging nicht ins Dorf, sondern suchte sich einen Schober aus, von dem aus er einen guten Blick zum Dorfausgang hatte. Es war besser vorsichtig zu sein, denn er war allein und durfte keine Fehler machen.

Erst als an diesem Abend die Sterne aufgingen und die letzten Lichter hinter den Fenstern gelöscht waren, legte auch er sich schlafen. Mit der Gewissheit, dass am nächsten Morgen die Karawane der Säumer über den Pass ziehen würde, denn das Wetter war gut und er hatte viele Händler, Säumer und Maultiere ausmachen können. Wenn die beiden Halunken hier waren, versuchten sie sich sicherlich unter die Menge zu mischen.

Noch vor Sonnenaufgang weckte ihn das Bellen der Wachhunde. Sie kamen näher. Fidelis sprang auf und blickte aus dem Tor. Obwohl es noch dunkel war, konnte er die Vorläufer der Säumer erkennen, die mit ihren Laternen und Hunden den Weg zum Aufstieg hoch kamen. Er führte am Schober vorbei.

Fidelis blieb in seinem Versteck und beobachtete das Treiben, aber er konnte die Gesichter der Menschen noch nicht ausmachen, die sich nun langsam sammelten und mit ihrem Gepäck den Berg hoch kamen. Doch die Zeit arbeitete für ihn und es wurde heller.

Nicht weniger als vierunddreißig bepackte Maultiere konnte er zählen. Nach und nach zogen sie unmittelbar an ihm vorbei und er blickte in die stummen und verhärteten Gesichter der Männer. Sie sprachen nicht, sondern konzentrierten sich auf ihren Weg.

Die Österreicher waren nicht dabei. Fidelis war enttäuscht. Wie konnte er sich auch auf diese fixe Idee einlassen und glauben, dass die Deserteure mit einer geschützten Karawane den Pass überqueren würden. Er schalt sich einen Narren.

Noch einmal zog er die Ohrringe aus der Tasche und betrachtete sie beim ersten Sonnenlicht. Sie waren wunderschön. Antonius hatte sicher ein Vermögen dafür ausgegeben. Helena würde aussehen wie eine Prinzessin mit diesem Schmuck. Nun, es half nichts. Fidelis kam zu dem Entschluss, den Tag ebenfalls zu nützen und den Aufstieg in Angriff zu nehmen. Wenigstens konnte er die Ringe retten. Antonius wird ihm dankbar sein.

Er musste sich beeilen, denn er hatte noch keinen Proviant gekauft. Fidelis schlenderte, gedankenverloren, um den Schuppen und wollte gerade auf ein Bauernhaus zugehen, um nach Lebensmittel zu fragen, als die Tür aufging und ein verdammt bekanntes Gesicht herauskam. Gleich darauf erschien der Zweite. Sie hatten sich die Bärte abnehmen lassen, doch Fidelis erkannte sie sofort. Er duckte sich und suchte Schutz hinter einem Strauch. Die Männer blickten sich nach allen Seiten um. Dann, als hätten sie ihn ausgemacht, kamen sie auf ihn zu.

Fidelis hielt den Atem an.

*

Der Wind rüttelte an den Fensterläden und er brachte jemanden mit. Eine dicke, schneegeschwängerte, graue Wolke.

Es sah so aus, als würde sie gleich über die Tannenspitzen am Berg oben kratzen, und man konnte meinen, dass sie dabei aufplatzen müsste, um ihren Inhalt über Waldau auszuschütten.

Die Zeichen der Natur deuteten schon länger einen strengen Winter an. Die Ebereschen trugen im letzten Herbst viele Früchte, Nahrung für die Wintervögel. Und die anderen, die Zugvögel, hatten sich schon vor Wochen gesammelt, um in den Süden zu ziehen. Sogar die Feldwiesel kleideten sich seit einigen Tagen in schneeweißen Pelzen.

Das Jahr war fortgeschritten.

Johann saß an diesem trostlosen Sonntagnachmittag alleine in der Stube und ging seinem Hobby nach, dem Schnitzen. Die Figuren in der Waldauer Kirche hatten es ihm angetan und

Matthias Faller, der Bildhauer vom Fallengrund, war sein großes Vorbild geworden.

Kritisch wendete und drehte er die Madonnenfigur in seiner Hand. Er hatte heute kein besonderes Geschick. Zu viele Gedanken kreisten in seinem Kopf.

Er strich ihr gedankenverloren über die weiblichen Rundungen und schaute hinaus in den Graupelschauer, der gerade den Berg herunterstürzte. Sie war geplatzt, die Wolke.

Johanns Herz war schwer und er glaubte, dass es irgendwann genauso platzen würde wie diese Schneewolke.

Die Anderen waren alle im Gasthaus, um die Verlobung von Pauline und dem Bastian vom Widiwanderhof zu feiern. Die ganze Familie war eingeladen. Nicht dass er nicht auch hätte mitkommen dürfen. Nein, er wollte nicht.

Er hatte vorgegeben noch eine Arbeit fertig zu machen. In Wahrheit konnte er nicht mit ansehen wie Pauline diesen Bastian anhimmelte.

Zuerst hatte sie geheult und wollte ihn nicht, doch dann ging sie ohne zu murren mit zur Brautschau. Sie war nicht wiederzuerkennen. Er musste ihr den Kopf verdreht haben.

Ja, er war halt lange genug in der Fremde und wusste, wie man ein unerfahrenes Mädchen um den Finger wickelte, wie man Frauen imponierte, anders als die Dorftrampel hier. Sicherlich besaß er Charme und vornehme Manieren. Und sie ließ sich blenden!

Johann hatte insgeheim gehofft, dass sie ihn nicht wollte und somit noch eine Weile bei ihnen bleiben konnte. Sie war unerreichbar für ihn, dem Habenichts Johann, das wusste er, aber trotzdem lief ihm immer ein angenehmer Schauer über den Rücken, wenn sie neben ihm stand.

Und wo sie war, war auch dieser süße Duft, der ihn angenehm anregte, der Duft von ihrem weichen Haar. Er konnte ihn riechen, wenn sie ganz nahe bei ihm war.

Johann legte die Arbeit zur Seite, er hatte jetzt keinen Sinn dafür. Er trat ans Fenster und schaute dem Graupel zu, wie er die Fensterbank zudeckte.

Bald war es ein Jahr, seit er hier an Heilig Abend um Asyl gebeten hatte.

Es war viel geschehen in diesem Jahr. Er hatte große Fortschritte gemacht. Seine Arbeiten konnten sich nicht nur sehen lassen, sie erfreuten sich auch großer Beliebtheit. Er besaß Talent. Franz war stolz auf ihn.

Er musste daran denken, wie chaotisch es hier zuging damals, als Kreszentia, seine Frau, im Sterben lag. Wie er, Johann, versucht hatte Albertinchen, das Neugeborene zu säubern. Es hatte dem Franz imponiert. Armes Kind, auch sie war tot. Vielleicht war es gut so, so ganz ohne Mutter.

Ob sich der Franz eine neue Frau suchen wird, jetzt, wo Pauline im nächsten Januar heirateten soll?

Er brauchte zumindest jemanden für den Haushalt und die Kinder.

Plötzlich wurde Johann durch lautes Klopfen an der Haustür aus seinen Gedanken gerissen.

Wer mochte das sein? Das ganze Dorf wusste, dass im Gasthaus des Schwabenhofes gefeiert wurde.

Kam Pauline gar zurück? Johann verwarf den verrückten Wunschgedanken sofort wieder und eilte zur Tür. Vielleicht hatte einer was vergessen.

Draußen stand jedoch eine unbekannte, vermummte Gestalt und erst als sie näher trat und den Schal löste, erkannte er sie.

„Hannah!?“

„Darf ich hereinkommen?“

„Ja, sicher. Wie hast du mich gefunden, Schwesterherz? Und warum, um alles in der Welt, kommst du bei diesem Wetter diesen langen Weg hierher? Ist etwas passiert?“

„Ich habe mich durchgefragt, man kennt dich“, antwortete sie nur auf den ersten Teil der Frage.

„Komm, leg deinen Umhang ab und setz dich an den Ofen.

Du bist ganz durchgefroren. Ich hab noch etwas heißen Tee im Ofenrohr."

Er öffnete das Türchen zu dem in der Kachelwand eingelassenem Warmhalteplätzchen und schenkte ihr einen Becher ein.

„Was ist? Erzähl!"

Hannah wärmte ihre Finger an der Tasse und senkte den Kopf.

„Es ist wegen Vater." Dann hob sie den Blick und schaute ihm eindringlich in die Augen. „Johann, ich weiß mir nicht mehr zu helfen. Er, er ist krank."

Johann stand auf und ging zum Fenster, wo sich langsam ein ganzer Berg Graupel mit Schnee vermischt auf der Fensterbank türmte, und es sah nicht aus als wolle es aufhören zu stürmen.

„Hat er euch etwas angetan?"

„An seine Wutausbrüche und Schläge sind wir fast schon gewöhnt, so traurig sich das auch anhört. Deshalb komme ich nicht. Er ist wirklich krank. Seine Haut und seine Augen sind ganz gelb. Er hat´s am Magen, sagt er und isst fast nichts mehr. Er ist mager geworden und er trinkt noch mehr. Schon morgens schreit er nach seinem Schnaps, denn er schafft es nicht mehr zum Wirtshaus. Mutter, ich habe Angst um sie, sie traut sich schon seit Wochen nicht mehr unter die Leute. Früher ist sie wenigstens in die Kirche gegangen und hat heimlich Helena besucht, aber jetzt? Sie hat dunkle Ränder unter den Augen. Sie bricht uns noch zusammen wenn das so weiter geht. Sie ist nur noch ein Schatten ihrer selbst."

Johann seufzte.

„Und was soll ich tun?"

Er ballte hilflos die Fäuste. In Momenten wie diesen wünschte er sich, er hätte ihm den Ast fester über den Schädel gezogen, damals in der Hebammenhütte.

Aber wem nützte es, wenn er als Vatermörder verhaftet und gar gehängt würde?

Er war älter geworden und Vater, wenn es so war wie Hannah sagte, ein gebrechlicher alter Mann.

War es nun an der Zeit nach Hause zu gehen und die Zügel in die Hände zu nehmen? Mit sechzehn?

„Was soll ich tun, Hannah?" fragte er noch einmal und blickte seiner Schwester eindringlich in die Augen.

„Willst du zulassen, dass er Mutter noch ins Grab bringt? Wir können sie nicht schützen. Komm mit und hilf uns. Vielleicht hört er auf dich."

„Auf mich?" Johann lachte höhnisch. „Vorher dreht er mir den Kragen um. Weiß er, dass du zu mir gekommen bist?"

„Um Gottes Willen, nein. Er hätte mich umgebracht."

Johann steckte seine Hände in die Hosentasche und schaute seine Schwester lange an.

„Da siehst du es. Er wird mich nicht dulden. Er hasst mich."

„Er hasst alle und jeden. Er misstraut allen. Er ist nicht mehr er selbst. Du solltest ihn einmal sehen. Johann," sie stand auf, legte ihre Hand auf seinen Arm und schaute ihn eindringlich an, „Johann, du als unser Ältester, du kannst ihm doch am ehesten Einhalt gebieten. Schau uns doch an, wir sind nur ein Haufen Weiber, Kinder noch und Simon mit seinen gerade mal neun Jahren muss man vor sich selber schützen. Er ist ein aufsässiger Fratz. Er hält sich für einen Ritter."

Johann holte tief Luft: „Nun, wenn das so ist. Dann müssen wir wohl zusammenhalten. Warte, ich packe meine Sachen. Franz wird enttäuscht sein, dass ich ihn so verlasse. Vielleicht kann ich ja bald wiederkommen, wenn es Vater besser geht."

Er wusste, dass er sich selber belog, denn wer den Julius kannte wusste, dass er sich nicht ändern würde. Aber es machte ihm den Abschied leichter. Vielleicht war es auch gut so, jetzt, wo Pauline ebenfalls ging. Nur sein schlechtes Gewissen Franz gegenüber nagte an seinem Innersten.

Hannah umarmte stumm ihren Bruder.

„Ich dank dir. Es muss dir schwer fallen hier wegzugehen. Du hast einen guten Ruf. Ich habe nur Gutes über dich gehört als ich nach dem Weg fragte."

„Das freut mich. Aber das nützt nun auch nichts mehr."

Johann war schnell fertig, er hatte nicht viel was ihm gehörte. Dann kritzelte er eine Nachricht für Pauline auf einen Zettel, denn Franz konnte weder lesen noch schreiben, und löschte den Kienspan an der Wand.

Es war schon fast Mitternacht als sie das Kirnerhaus erreichten. Johann blieb auf der obersten Steinstufe stehen und holte tief Luft, ehe er die Türklinke drückte und eintrat.

Es hatte sich nichts verändert, alles war noch so wie an dem Tag, als er das Haus verließ und sich geschworen hatte, nie wieder zu kommen, nicht solange sein Vater hier herrschte.

Die Lichter waren gelöscht, es war still im Haus.

„Hannah!" Die unverkennbare Stimme Julius drang aus der Stube. „Hannah?! Wo zum Teufel hast du dich herumgetrieben?" Dann legte er eine kurze Pause ein, als lausche er.

„Du bist nicht alleine!" Seine Stimme hatte nun, den ihm wohlvertrauten, drohenden Unterton.

„Nein, Vater", antwortete Johann. Woraufhin für einige Augenblicke eine beklemmende Stille herrschte, dann hörten sie das Zischen einer Flamme, ein Zündholz brannte. Langsam kam ein Lichtpegel, gefolgt von schürfenden Schritten Richtung Küche.

Johann erschrak als es seinen Vater sah. Selbst nach der Vorwarnung seiner Schwester, er hätte ihn nicht wiedererkannt. Sein Gesicht war eingefallen, seine Gestalt, die er immer als mächtig und bedrohlich in Erinnerung hatte, klein und bucklig. Sicher, Johann war in diesem Jahr auch größer und kräftiger geworden, aber nun überragte er seinen Vater sogar um eine halbe Kopfgröße.

Julius zitternde Hand hielt die Kerze näher an das Gesicht seines Sohnes und als er ihn erkannte, zog er sie erschrocken zurück.

„Johann! Der Teufel hol dich, was suchst du hier?"

„Hannah hat mich geholt, ihr seid krank, Vater?"

Der alte Kirner blickte scharf zu seiner Tochter.

„Wer hat das gesagt? Habe ich um Hilfe gebeten?“ Er stieß Hannah an, dabei rutschte eine seiner dünnen, grauen Strähnen ins Gesicht. Er sah aus wie der Tod persönlich, fand Johann. Seine gelben Augäpfel, die man trotz des schwachen Kerzenlichtes erkennen konnte, waren mit roten Blutadern durchzogen.

„Krank?“ schrie er mehr, als er sagte. „Krank? Ihr Aasgeier, wollt an das Erbe ran, was? Aber ich bin noch lange nicht fertig, meine Tochter, da werden wir noch ein Hühnchen rupfen.“ Er wandte sich an Johann.

„Aber zuerst zu dir. Ich habe keinen Sohn namens Johann mehr. Ich habe dich verstoßen. Du wollest mir ans Leben, damals als du das Beil gegen mich erhoben hast. Ich werde nicht zulassen, dass du noch länger hier auf meinem Grund und Boden stehst. Verschwinde, und zwar sofort.“

Johann versuchte ruhig und überlegen zu bleiben.

„Nein Vater, ich werde nicht gehen. Es ist nicht nur euer Grund und Boden, es ist genauso das Haus meiner Mutter. Sie hat es geerbt. Und ich werde meine Mutter besuchen, wann und so lange ich will. Und wenn es mitten in der Nacht ist. Ihr hindert mich nicht daran, Vater.“

Johann trat einen Schritt vor und wollte an seinem Vater vorbei zur Stiege, die in die elterliche Schlafkammer führte. Doch Julius stellte sich ihm in den Weg.

„Keinen Schritt weiter.“

Johann ging weiter.

Unerwartet und hart traf ihn Vaters Rechte an der Schläfe, sodass er ins Taumeln kam. Diese Kraft hätte er ihm nicht mehr zugetraut, oder war es nur der Überraschungseffekt?

Johann hielt sich die Schläfe, ging aber unbeirrt weiter, vorbei an seinem Vater.

Da packte ihn dieser von hinten an der Gurgel, dass Hannah entsetzt aufschrie und ihrem Bruder zu Hilfe eilte.

Julius drückte mit seiner ganzen Kraft zu, sodass Johann zusammensackte und nur dank der Hilfe seiner Schwester konnte er sich schließlich von dem Griff lösen. Er rang nach Luft.

Julius wollte mit den Füßen auf seinen am Boden kniendem Sohn eintreten.

Doch dann geschah das Unbegreifliche, er hielt plötzlich inne und griff sich in die Magenkuhle. Seine Augen traten aus den tiefen Höhlen hervor und eine rot-schwarze Fontäne spritzte augenblicklich aus Julius Rachen, und im Nu waren Johann und der Boden voller Blut.

Fassungslos starrten Hannah und Johann auf ihren Vater, dem immer wieder rhythmisch ein Schwall Blut aus dem Mund trat bis er schließlich in die Knie ging und ebenfalls zu Boden sackte.

Totenstille trat ein.

„Was habt ihr mit ihm gemacht?“ Leichenblass stand Leopoldine im Nachthemd in der Tür. Ihre Worte waren kaum mehr als ein Flüstern. Sie hielt sich die Hand vor den Mund und ihre Augen starrten voller Entsetzen auf ihren Mann. Dann blickte sie zu Johann und schließlich zu Hannah.

„Mutter, ich weiß es nicht. Er wollte mich angreifen, dann plötzlich...“ Johann deutete hilflos zum Boden.

„Was tust du hier Junge?“ Auch Leopoldine sah alt und zermürbt aus.

Johann stand langsam auf und ging auf sie zu. Doch sie beachtete ihn nicht sondern fiel auf die Knie und wand sich ihrem Mann zu, der ohnmächtig zu sein schien.

„Hilf mir Hannah, auf die Ofenbank mit ihm. Das Blut, wir müssen ihn aufrecht halten, sonst erstickt er daran.“ Johann flüsterte mehr, als er sprach.

Sie packten den fast leblosen Körper und hoben ihn hoch. Julius wehrte mit den Armen ab, aber er hatte keine Kraft mehr und seine Augen schienen, als starrten sie ins Leere.

Leopoldine stopfte ein Kissen unter seinen Rücken, sodass Julius aufrecht sitzen konnte. Noch immer lief ein Rinnsal Blut aus seinem Mundwinkel, wenn auch nicht mehr so stark.

„Maria, Muttergottes,“ begann Leopoldine leise, „Bub, was ist passiert? Was ist los? Immer wenn du...“

Sie sprach nicht weiter, sondern hielt sich den Mund zu und unterdrückte ein Schluchzen.

Dann setzte sie sich und Johann konnte ihre dunklen Ringe unter den Augen erkennen. Sie war müde und ausgezehrt. Wie Hannah sagte, ein Schatten ihrer selbst.

„Ich, Mutter,“ begann Hannah, „ich habe den Johann geholt. Er sollte uns beistehen. So kann das nicht weitergehen mit ihm.“ Dabei deutete sie mit dem Kopf auf den stöhnenden Vater. „Er hat Streit mit Johann angefangen und wollte ihn erwürgen, zeig es ihr!“ forderte sie ihren immer noch schweigenden Bruder auf, der die unausgesprochene Anschuldigung seiner Mutter sehr wohl richtig gedeutet hatte. Widerwillig hob er seinen Kopf, wo schon deutlich blaue Würgemale zu sehen waren.

Leopoldine bekreuzigte sich.

„Ich habe nur versucht mich zu befreien, aber ich habe ihn nicht geschlagen, oder Hannah? Ich weiß nicht, woher so plötzlich das Blut kam.“ Der Versuch sich zu verteidigen kam leise und schuldbewusst.

„Nein, hast du nicht“, stimmte Hannah ihrem Bruder bei. „Ich hab es deutlich gesehen. Er ist auf einmal stehen geblieben und hat Blut gespuckt. Er hat sich zuvor an den Magen gegriffen. Du warst es nicht Johann.“

„Was machen wir mit ihm. Er wird doch nicht verbluten? Woher kommt das Blut? Das wird doch kein Blutsturz sein? Ich habe so was noch nie gesehen.“ Leopoldine putzte das Rinnsal an seinem Mund weg. Es schien schwächer zu fließen.

„Ich gehe nach Neustadt und hol einen Arzt.“ Johann stand auf, doch Leopoldine hielt seine Hand fest.

„Johann, wir können keinen Arzt bezahlen.“ Sie blickte beschämt zu Boden. „Wir haben nichts mehr.“

„Wie nichts mehr? Das wird doch nicht die Welt kosten.“ Er schlüpfte in seine Joppe.

„Es ist kein Geld im Haus, Johann. Nicht einmal ein Kreuzer mehr."

„Dann bekommt der Doktor eben Lebensmittel, das ist doch nicht das erste Mal."

Leopoldine senkte ihren Kopf in ihre Hände und schluchzte, während Johann das Haus verließ.

„Oh Hannah, nimmt das kein Ende? Es wäre jetzt doch wahrhaftig genug Elend."

Hannah blickte stumm auf ihren Vater. Sie gab keine Antwort. Was hätte sie auch sagen sollen? Das Unglück schien die Familie zu verfolgen.

Sein Gesicht war aschbleich und seine Lippen weiß wie Schnee. Schweißperlen standen auf seiner Stirn, trotzdem zitterte er. Sie fasste ihn an, er war eiskalt. Hannah zog eine Decke über seinen Körper.

Ihr Blick wanderte über die Blutlache am Boden. Es sah aus als hätten sie in der Stube ein Schwein geschlachtet. Sie konnte sich jedoch nicht aufraffen und das erbrochene Blut wegputzen, es würde ihr den Magen umdrehen.

Leopoldine fiel in ein monotones Gebet, nur ihre Lippen bewegten sich, sie wippte dabei mit dem Oberkörper unmerklich hin und her, als wiege sie einen Säugling in den Schlaf, doch sie beruhigte unbewusst nur sich selbst.

Endlich, es schien ihr als wäre die Zeit stehen geblieben und sie glaubte schon nicht mehr, dass ein Arzt bereit war um diese unchristliche Zeit mit Johann mitzukommen, hörte man draußen Stimmen. Hannah sprang zum Fenster.

Tatsächlich, draußen stand der Einspänner von Dr. Lickert.

Leopoldine erhob sich und blickte fragend zu ihrer Tochter.

„Er hat Dr. Lickert mitgebracht, Mutter", erwiderte sie ihren fragenden Blick.

Leopoldine ging zur Tür und streifte ihre Hände am Nachthemd ab, ehe sie sie ehrfürchtig dem Arzt reichte, der soeben über die Schwelle trat.

„Ihr seid mitten in der Nacht gekommen?“ fragte sie fast ungläubig. „Ich wollte euch nicht wecken lassen, aber mein Sohn. Er ist eben erst heimgekommen und...“

„Frau Kirner, ich habe gehört was sich zugetragen hat. Johann hat mir auf dem Weg hierher alles erzählt, wo ist der Patient?“

„Er, er ist hier in der Stube, Entschuldigung.“

Dr. Lickert blickte zuerst auf die Blutlache am Boden und Hannah wollte sich schon für die Sauerei entschuldigen, als er abwehrte.

„Es ist gut, dass ihr das Blut nicht weggeputzt habt.“ Er bückte sich und rührte mit dem Zeigefinger darin herum, prüfte es, indem er es zwischen Zeigefinger und Daumen rieb, erst dann wandte er sich dem Patienten zu, der vor sich hinröchelte und zog ihm die Augenlider hoch.

Schließlich hob er sein Hemd an und betastete seinen Leib.

Aus seiner Tasche fischte er ein Hörrohr und horchte den Brustraum ab. Noch immer schweigend versuchte er den Puls am Handgelenk zu fühlen, gab es aber schließlich auf und griff an die Halsschlagader.

„Und?“ wagte Leopoldine zu fragen.

„Nun,“ seufzte Dr. Lickert, „sein Puls ist schwach und jagend. Er hat viel Blut verloren. Wie man hier auch sehen kann.“ Er deutete auf die Lache am Boden.

„Es war ein Blutsturz, eine Magenblutung. Das Blut ist schwarz und zersetzt, daran kann man es erkennen. Es gibt auch Blutungen der Speiseröhre, die enden jedoch fast immer tödlich. Vielleicht hat er Glück. Im Moment scheint die Blutung zu stehen, aber ich kann für nichts garantieren. Er muss ganz ruhig liegen, am besten etwas erhöht, so wie jetzt. Macht ihm kalte Umschläge auf den Magen, das zieht die Gefäße zusammen. Wenn er wieder zu sich kommt, gebt ihm schluckweise Zinnkraut oder Hirtentäscheltee. Auch kalte Milch ist gut. Aber nicht viel. Und immer nur kleine Schlückchen.“

Er setzte sich und schaute in Leopoldines Gesicht. Dann nahm er ihre Hand.

„Frau Kirner, das ist aber nicht alles. Seine Leber ist verkleinert und steinhart. Die Augäpfel und auch schon die Haut sind ganz gelb. Euer Mann leidet an einer Leberzirrhose. Er ist ein Trinker, nicht wahr?"

Leopoldine blickte beschämt auf den Boden, dann nickte sie langsam.

„Sorgt dafür, dass er keinen Schluck Alkohol mehr erwischt und macht ihm Essigwasserwickel auf die Leber, ebenfalls eiskalt wie die Magenwickel. Mehr kann ich leider nicht für ihn tun."

Er erhob sich und packte seine Tasche.

Leopoldine zupfte verlegen an ihrem Nachthemd, es war ihr peinlich so vor diesem gelehrten Herrn zu stehen, doch dann nahm sie allen ihren Mut zusammen und fragte ihn:

„Herr Doktor, könnt ihr mir sagen, warum er zu bluten anfing?"

„Er hat sicherlich schon länger über Magenschmerzen geklagt, oder?"

„Ja, er hat auch fast nichts mehr gegessen."

„Aber er hat weiterhin getrunken, harte Sachen wie Schnaps, oder?"

Sie nickte.

„Seht ihr, das hat seine Magenwand angegriffen und schließlich ist ein Gefäß gebrochen. Das kommt immer ganz plötzlich. Wenn er weiter macht oder sich zu früh aus dem Krankenbett erhebt, kann das wieder passieren. Es reicht auch schon, wenn er sich aufregt. Wir können nicht mehr tun. Es liegt in seiner Hand, ob er wieder gesund wird."

„Danke Dr. Lickert, danke für alles und auch für ihre offenen Worte."

Johann nahm den Arzt zur Seite: „Was sind wir ihnen schuldig?"

„Er hat sicherlich schon alles versoffen, wie?"
Johann nickte.
„Dann gib mir eine Rauchwurst, oder ein paar Eier."
„Danke. Wartet." Johann verschwand in der Brunnenkammer. Als er den Schrank über dem Brunnen öffnete erschrak er. Er war leer. Von was lebte seine Familie eigentlich?

Wie sollte er den Arzt bezahlen? Dr. Lickert war ein guter Mann, aber auch er musste von etwas leben. Es half nichts, er musste ihn vertrösten.

Verlegen kam er vor das Haus wo der Mediziner, er war schon im fortgeschrittenem Alter, auf ihn wartete.

„Hilfst du mir noch auf die Kutsche?" fragte er ihn deshalb.
„Dr. Lickert, ich muss ihnen etwas beichten."
„Ja?"
„Meine Familie ist am Ende. Die, die Vorratskammer ist ebenfalls leer." Er blickte beschämt auf den Boden.

„Ich habe mir so etwas gedacht. Es steht nicht gut um deinen Vater. Ich weiß nicht, ob er überlebt.

Was wirst du tun, wenn, nun ja, wenn er stirbt. Selbst wenn er sich nochmals erholen sollte, er wird nicht sehr alt werden. Und er ist so krank, dass er nicht mehr zur Arbeit fähig ist. Es liegt nun an dir, die Familie zu ernähren. Du warst in der Lehre beim Schindler?"

Johann nickte.
„Dann mach weiter. Hier. Dein Vater hat eine Werkstatt. Baue Uhrenkästen, das ist die Zukunft mein Junge. Deine Zukunft."
„Das würde mein Vater nie dulden. Uhrenkästen."
„Hast du dir schon mal überlegt was deine Familie alles erdulden musste? Du hast keine andere Wahl. Ich stunde dir meine Aufwandsentschädigung für, sagen wir mal, drei Wochen. Dann will ich deinen ersten selbstgebauten Uhrenkasten. Die Uhr lasse ich mir selber fertigen. Das soll nicht deine Sorge sein."
„Ihr verlangt, dass ich mich über meinen Vater hinwegsetze?"

„Ich verlange, dass du deine Familie vor dem Ende bewahrst. Dazu ist es manchmal notwendig sich durchzusetzen."

„Vielleicht habt ihr Recht. Ich danke euch für eure Hilfe, Dr. Lickert."

Er reichte dem alten Mann die Hand und half ihm auf den Kutschbock.

„Pass auf deine Mutter auf, mein Junge. Schütze sie vor ihm. Er wird randalieren, wenn er keinen Schnaps mehr bekommt."

Dr. Lickert schnalzte mit der Zunge und das Pferd setzte sich in Gang.

Johann schaute dem Gespann nach wie es in der schwarzen Nacht verschwand. Erst als er zu frösteln anfing, ging er ins Haus.

Er hatte seinen Entschluss gefasst.

Dr. Lickert würde den besten und aufwendigsten Uhrenkasten bekommen, den er je gezimmert hatte. Und er würde in dessen guter Stube hängen und jeder würde ihn bewundern.

*

Obwohl es sich nicht schickte, in männlicher Begleitung die Kutte anzuheben, scherte sich Cäcilia wenig um die guten Manieren, denn sie waren mitten in der Natur und sie hätte sonst nie den Herren durch dieses Gestrüpp des Klosterwaldes folgen können. Und es war ihr äußerst wichtig, bei dieser Waldbegehung persönlich dabei zu sein.

Trotzdem fühlte sie sich nur als Anhängsel und das ärgerte sie.

Schließlich hatte sie als Klostervorsteherin auch ein Wörtchen mitzureden, wenn es um die Belange des Klosters ging. Aber der klösterliche Förster, der Herr Hofrat Fischer und nun eben auch der Meier als Verwalter, staksten gekonnt durch das Unterholz, ohne auf sie zu warten.

Sie hatten auch keinen Rheumatismus, der ihre Gelenke anschwellen und ständig schmerzen ließ, und eben nicht diese hinderliche, bodenlange Ordenstracht.

Die Äbtissin war bemüht trotzdem jedes Wort zu verfolgen, auch wenn die morschen Äste unter ihren Füßen knackten und sie sich auf die Unterlippe biss, um kein Stöhnen, das ein Zeichen der Schwäche wäre, über die Lippen zu bringen.

Abrupt blieb die Gruppe stehen und sie wäre dem Fischer beinahe in den Rücken gefallen, so hatte sie sich auf den Boden konzentriert.

Ihre Gesichter zeigten besorgte Mienen.

„Dass der Wald in einem äußerst maroden Zustand ist, mag ja niemand bezweifeln. Trotzdem sollten wir alle Möglichkeiten in Betracht ziehen, um ihn wieder zu bewirtschaften. Das Kloster wurde in der letzten Zeit viermal geplündert, die Menschen hatten andere Sorgen als den Wald aufzuräumen. Und wir auch nicht die Mittel“, gab der Förster zu bedenken.

„Und wie, wenn ich fragen darf, wollt ihr das bewerkstelligen? Es ist ein Urwald hier, Sümpfe soweit man sieht, wie bitte wollt ihr das Holz schlagen und es dann noch mit Gewinn absetzen? Die Männer müssten das Holz mit eigener Kraft aus dem Wald ziehen. Pferd und Wagen würden im Morast stecken bleiben. Nein, außer dem Wechselfieber ist hier nichts zu holen. Nicht, wenn die finanziellen Mittel erschöpft sind. Der Wald müsste erst trocken gelegt werden, vorher ist nicht an Einschlag zu denken.“

Der Hofrat steckte sein Monokel weg. Er hatte genug gesehen, es lag nur noch daran Überzeugungsarbeit zu leisten und dann das fürstliche Angebot zu offenbaren.

„Da gäbe es schon noch eine Möglichkeit relativ einfach an das Holz heranzukommen, meine Herren“, meldete sich die Äbtissin zu Wort und alle wandten sich verwundert um, man hatte sie schlichtweg vergessen.

„Was für eine Möglichkeit?“ Der Förster zweifelte an dem Beurteilungsvermögen dieser, nun doch schon etwas betagten

Betschwester in dieser Angelegenheit, was seinem abschätzendem Unterton deutlich zu entnehmen war.

„Ihr vergesst Gottes Natur, sie wird uns helfen.“

Der Förster bemühte sich nicht die Augen vor Allen zu verdrehen, ob diesem einfältigen Nonnengeschwätz. Hätte er es sich doch denken können, dass eine Frau und noch eine Ordensfrau dazu nicht in der Lage war über Geschäfte zu reden. Doch sie fuhr unbehelligt fort, obwohl ihrem scharfen Verstand die Missbilligung ihres Kommentars nicht entgangen war.

„Der Winter. Er steht kurz bevor. Wartet noch ein paar Wochen und der Boden wird so knüppelhart gefroren sein, dass er Arbeiter, Pferde und Schlitten tragen wird. Außerdem ist das wintergeschlagene Holz als Bauholz viel geeigneter, das kann euch jeder Bauer erzählen. Wir könnten bis zum Frühjahr so viel schlagen, dass wir mit dem Gewinn als erstes die Floßbachanlagen bei Rötenbach renovieren und später die Klausen im Ordensbach. Somit wäre das Transportproblem gelöst und auch im Sommer wäre es einfacher das Holz aus dem Wald zu bekommen. Wir flößen wie früher.“

Dem Förster blieb der Mund offen und nur der Hofrat ahnte, auf was er sich hier eingelassen hatte.

Der Meier kratzte sich, anerkennend über die Gerissenheit der Klostervorsteherin, am Hinterkopf.

Er erinnerte sich noch gut an die Anlage. Er hatte als Kind immer verbotenerweise dort gespielt.

Man hatte sie in den dreißiger Jahren angelegt, um mit dem Holzeinschlag das Kloster vor dem finanziellen Ruin zu retten. Damals, als die klösterlichen Gebäude im Jahre 1725 dem Brand zum Opfer fielen. Nicht nur das Haupthaus an sich, auch die Kapelle, das Beichtigerhaus, das Gesinde- und ebenso das Wirtshaus waren zerstört worden. Selbst das wundertätige Gnadenbild wurde unwiederbringlich ein Raub der Flammen.

Er wusste das aus den Kindheitserzählungen. Wie sein Großvater immer berichtete, hatten die Ordensfrauen damals schon

Bittgänge von Bayern über Tirol und die Schweiz unternommen, auch im Elsass erbettelten sie die Mittel für den Neubau des Klosterkomplexes.

Doch all das reichte nicht aus und so mussten sie einen Teil der gespendetem Gelder, nämlich 2500 Gulden, in den Bau der Wehre investieren, was sich gelohnt hatte.

60 000 Klafter Holz wurden geschlagen, in den Teichen gesammelt und durch die Schleusen geschwemmt, um sie dem Holzwerk des Fürsten zu verkaufen. So wurde das Kloster damals gerettet.

Der Hofrat Fischer wippte auf seinen Zehenspitzen, wie immer wenn er sich für wichtig hielt und wegen seiner Körperstatur nicht übersehen werden wollte.

„Nun," warf er ein und räusperte sich nochmals, „euer Gedankengang in Ehren, ehrwürdige Mutter. Aber auch die Arbeiter wollen finanziert werden. Und das wiederum würde den Gewinn auffressen. Ihr seht, wie ihr es dreht und wendet, wir drehen uns im Kreise. Und darum," er wurde an dieser Stelle extra etwas lauter, nicht nur um die ganze Aufmerksamkeit auf sich und den fürstlichen Vorschlag, den er nun unterbreiten wollte, zu lenken, sondern auch, um der Äbtissin das Wort abzuschneiden, denn diese wollte gerade zu einem Protest ansetzen. Und er befürchtete, dass sie schon wieder Einwände vorbringen könnte, die nicht unumstößlich waren. „Wie gesagt, darum möchte ich mir erlauben einen Vorschlag an das Kloster zu richten. Der Fürst wäre bereit den gesamten Klosterwald aufzukaufen. Das Kloster wäre damit auf einen Schlag die finanziellen Sorgen los und ebenso die Sorge um die Pflege des Waldes. Was, wie man sieht, sehr im Argen liegt."

„Zu welchen Konditionen?" Nun, war es an der Äbtissin verwundert zu sein, noch nie war in Erwägung gezogen worden klösterlichen Besitz abzugeben.

„Der Fürst lässt mir nur einen eng gesteckten Verhandlungsfreiraum. Sein Vorschlag läge bei 6000 Gulden."

„6000 Gulden?“ fragte der Meier erstaunt und seine Augen begannen zu leuchten, obwohl er nie einen Kreuzer dieses Geldes je zu Gesicht bekommen würde, doch er konnte sich solch eine große Summe gar nicht vorstellen.

„Nein“, war die knappe Antwort der Äbtissin.

„Aber...“, wagte der Förster einzuwerfen, doch der scharfe Blick der Klostervorsteherin ließ ihn den Rest seines Einwandes verschlucken.

„Bedenkt, dass das Holz zum großen Teil unbrauchbar ist. Ein Drittel ist bereits verfault. Ein Drittel von minderer Qualität und den Rest, nun ja, wie bekommt ihr das Holz gewinnbringend aus dem Wald? Es wird euch leider nie gelingen, ohne erst einmal groß zu investieren.“

Der Hofrat klemmte das Bündel mit den Akten unter seine Arme, er wurde nervös. Er hätte es sich denken könne, dass sie sich quer stellt. Es war einerseits eine Tugend, die er an ihr liebte und bewunderte, sie gab niemals auf, andererseits machte es ihm die Verhandlung verdammt schwer, wenn er die Interessen seines obersten Dienstherren, eben des Fürsten, zu vertreten hatte.

Aber er wusste auch, dass sein eigentlicher Verhandlungspater letztendlich nicht die Äbtissin war, sondern der Zisterzienserorden mit dem Sitz in Tennenbach selbst. Nur, diesen Schritt wollte er nur im äußersten Notfall gehen, denn er hätte seine Selbstachtung vor ihr verspielt. Und das war das Letzte, was er wollte.

Doch ihm saß auch die Forderung des Fürsten im Nacken, der Wald. Es war eine einmalige Gelegenheit sich ein solch riesiges Gebiet anzueignen, für eine vergleichsweise geringe Summe. Denn das Kloster stand an der Wand und der Fürst brauchte Holz, sonst standen seine Sägewerke still. Die eigenen Wälder waren fast ausgeblutet. Die Glasbläserei und auch die Köhlerei hatten nicht wenig zu der Entwicklung beigetragen.

Bisher war es dem Hofrat gelungen ein gutes Verhältnis zwischen den beiden Interessengemeinschaften, eben der kirchlichen Institution und dem weltlichen Machtgefüge des Fürstentums, zu hegen und zu pflegen. Es drohte doch hoffentlich nicht an diesen Verhandlungen zu scheitern.

„Ihr wisst, Äbtissin, dass wir uns immer gut gestellt haben. Der Konvent ist im Ausland, das Kloster vor dem Ruin und kein Friede in Europa abzusehen. Vielleicht ist es eine Chance, die euch der Fürst bietet, die nicht so schnell wieder kommt. Ihr wäret eure Sorgen los."

„Und den Besitz, Herr Hofrat."

„Nur den Wald. Die Erbpachthöfe, die das eigentliche Geld bringen, samt ihren Feldern, gehören nach wie vor dem Kloster. Aber ich werde mich mit dem Fürsten noch einmal in Verbindung setzen. Und ich glaube euch versichern zu können, dass sogar noch die Möglichkeit einer, nun nennen wir es mal jährlichen Rente von sagen wir 80 Gulden besteht, die das Kloster zusätzlich zu den 6000 Gulden erhalten könnte."

„So? Nennen wir mal, sagen wir mal. Wie weit ist denn der Fürst wirklich gegangen? Klopft die Betschwester mal etwas weich, dann schenkt sie uns noch alles? Nein, das ist mir alles zu wage. Der Fürst braucht Holz, das habe auch ich begriffen. Aber das heißt nicht, dass wir als Kloster, nur weil wir durch den Krieg im Moment etwas ausgeblutet sind, eine schlechte Verhandlungsbasis hätten, im Gegenteil. Es liegt am Fürsten den Wald zu besitzen."

„Ich will mich nicht mit euch streiten, ehrwürdige Mutter. Ich habe Euch immer geschätzt und ich tue es noch. Darum lasst uns für heute Schluss machen. Schlaft erst einmal über meinen Vorschlag, besprecht es mit der Ordensleitung wenn ihr es für richtig haltet und dann lasst uns noch einmal in Ruhe zusammen kommen."

„Jetzt, wo die Verhandlungen gerade erst richtig in Gang kommen? Aber wenn es euch beruhigt, dann nehmt nochmals eine Wartezeit in Kauf, aber meine Meinung steht und ich werde nicht davon abrücken, sagt das eurem Dienstherrn. Noch habe ich eine Trumpfkarte in der Hand."

Der Hofrat schnappte unmerklich nach Luft, er hätte es sich denken können.

„Und die wäre?“ versuchte er so gelassen wir möglich zu klingen, was ihm aber nicht gelang.

„Die Frondienste. Ihr habt die Frondienste vergessen, zu denen die Bevölkerung in Notzeiten verpflichtet ist. Ich werde die Abgaben der Lebensmittel lockern, denn wie ihr schon sagtet, der Konvent weilt im Ausland. Was den Bauern hier in den schlechten Zeiten wie diesen sicher mehr wie Recht ist, und verlange dafür über den Winter Frondienste im Klosterwald. Wir werden so genug Holz einschlagen können, um uns über Wasser zu halten.“

Der Hofrat steckte sein Aktenbündel unter den anderen Arm, um irgendetwas getan zu haben, denn ihm blieb die Spuke weg. Wir konnte er das vergessen? Schon seit Jahrzehnten waren keine Frondienste mehr gefordert worden. Das Kloster war baulich immer in einem guten Zustand. Es war auch noch recht neu, bis auf die Brandlöcher der jüngsten Zeit, aber das waren Kleinigkeiten.

„Nun, ich wollte nicht unhöflich klingen, darum habe ich eine Forderung verschwiegen“, begann nun auch er nach einer Trumpfkarte zu suchen. „Aber der Fürst hat seinen angrenzenden Wald bei Krähenbach und Löffingen trockengelegt, wie euch wohl bekannt ist. Nur leider muss er jedes Jahr neu investieren, weil eure, also die klösterlichen Wälder, nicht ordentlich bewirtschaftet werden und unsere Bemühungen wieder zunichte machen und die Versumpfung Jahr für Jahr fortschreitet. Das sind nicht unerhebliche Summen, die der Fürst nicht länger gewillt ist hinzunehmen.“

„Um uns diese Forderung zu stellen, wird er wohl ein Gericht bemühen müssen. Und das kann lange dauern. Denkt nur an den Rechtsstreit zwischen dem Kloster und Rudenberg wegen der Eigentumsverhältnisse des Schafhofes. Er hat knapp zweihundert Jahre gedauert.“

„Und das Kloster hat letztendlich verloren."

„Das kann euch und mir dann auch egal sein, nach zweihundert Jahren. Meint ihr nicht?"

Cäcilias Mund umspielte ein siegessicheres Lächeln.

Sie hatte ihn wieder geschlagen, es war zum Verzweifeln. Am liebsten hätte er es den Bauern gleichgetan, die ihre vorlauten Weibsbilder hin und wieder übers Knie legten, so erzürnt war er, aber er konnte sich das nicht anmerken lassen und so zog er es vor die Verhandlungen vorerst ruhen zu lassen. Vielleicht kam sie ja noch zum Verstand. Noch ahnte er nicht, dass diese Verzögerungen eines Tages dem Fürsten zum Vorteil sein sollten.

Ohne einen eigentlichen Vorstoß in dieser Angelegenheit gemacht zu haben, ging die kleine Gruppe, der Hofrat voran, schweigend wieder den Kalvarienberg hinunter, dem Kloster zu.

*

Fidelis Herz klopfte noch vor Aufregung als die Beiden unmittelbar an ihm vorbei streiften und ebenfalls den Bergpfad anpeilten. Sie waren in ein Gespräch vertieft, wie Fidelis zuerst glaubte, doch als sie unweit vor ihm stehen blieben und immer lauter wurden, erkannte er, dass sie sich stritten.

Einer von ihnen drohte seinem Begleiter schließlich mit der Faust als sie urplötzlich zusammenzuckten und davon eilten.

Da entdeckte auch Fidelis die Bäuerin, die soeben aus dem Haus kam und ihr Gesichtsausdruck schien alles andere als milde.

Fidelis wartete bis die Beiden außer Sichtweite waren, dann ging er auf die Frau zu.

„Verzeiht," hielt er sie an, „ich weiß, ich bin etwas spät dran, aber ich will noch heute auf den Berg und habe noch keinen Proviant. Könnt ihr mir helfen?"

Sie blickte ihn von oben bis unten kritisch an.

„Habt ihr Geld, oder glaubt ihr auch bei mir leichtes Spiel zu haben?“

Fidelis horchte auf, aber er mimte den Ahnungslosen.

„Wie darf ich das verstehen? Natürlich werde ich bezahlen.“

„Gut, dann geht ins Haus. Meine Mutter wird euch Brot verkaufen. Sonst habe ich nichts mehr.“

Fidelis zögerte.

„Entschuldigt, wenn ich neugierig bin, aber diese beiden Burschen, die da aus eurem Haus kamen,“

„Ja?“

„Sind sie, wie soll ich sagen, negativ aufgefallen?“

„Wie?“

„Na, ob sie euch belästigt haben?“

„Was habt ihr mit dem Österreicher Pack zu schaffen?“ Sie kniff die Augen zusammen und sah ihn forschend an.

„Nun, sie haben bei mir noch eine Rechnung offen.“

„So. Und warum?“

Sie war sehr vorsichtig und Fidelis glaubte schon nichts mehr aus ihr heraus zu kriegen, als er nochmals einen Vorstoß wagte: „Nun, sie haben meinen Begleiter ausgeraubt.“

„Ich sehe keinen Begleiter, also warum soll ich euch glauben?“

„Ich musste ihn bei einem Freund lassen. Er ist schwer verletzt. Sie hätten ihn beinahe umgebracht.“

Sie holte tief Luft, doch dann gab sie ihrem Herzen freien Lauf.

„Dieses Hurenpack! Dieses Lumpengesindel! Ich habe gleich gesagt, ich nehme sie nicht. Aber meine alte, gutherzige Mutter hat sie hereingelassen. Nichts als Ärger hatten wir. Sie haben sich betrunken, weiß der Geier woher sie das Zeug hatten, und haben dann meine Gäste angepöbelt. Wir sind darauf angewiesen Gäste aufzunehmen, müsst ihr wissen. Mein Mann kam letzten Winter bei einer Überquerung in einen Sturm...“ Sie schwieg und schaute zu Boden, ehe sie mit gesenkter Stimme fortfuhr. „Sie haben ihn erst im Frühjahr gefunden.“

„Das tut mir Leid.“ Fidelis schwieg ebenfalls, um nicht unhöflich zu wirken, aber er hatte es eilig, darum hielt er zum Berg hin Ausschau nach den Österreichern.

„Das braucht euch nicht Leid zu tun. Wir müssen hier damit leben, dass immer wieder jemand am Berg bleibt.“ Sie fuhr sich mit dem Handrücken über die Stirn, so, als wäre es schon heiß an diesem frühen Herbstmorgen, doch Fidelis hatte das Gefühl, als wolle sie nicht, dass er sah wie sie eine Träne aus den Augen wischte.

„Ich habe die Beiden gleich gestern Abend abkassiert, weil ich ihnen nicht traute“, sprach sie weiter. „Trotzdem ist einem Gast Schmuck gestohlen worden. Nur, wir konnten ihnen nichts beweisen. Er war sich auch nicht mehr sicher, ob er ihm nicht schon früher abhanden gekommen war. Wir hätten erst die Gendarmerie in Bellinzona anfordern müssen, nun, unser Gast hatte es eilig über den Pass zu kommen und so ist die Angelegenheit im Sande verlaufen. Leider, denn ich bin mir sicher die Gendarmerie hätte den Schmuck aus ihnen herausgeklopft. Aber dem Händler kam es wohl nicht so sehr darauf an. Es sind zwei gerissene Diebe, da bin ich meiner Sache sicher, denn mir fehlen hartgekochte Eier, die ich letzte Nacht für die Gäste noch vorgerichtet habe.“

„Ich werde ihnen folgen und sie stellen, wenn sich die Gelegenheit bietet.“

„Dann seht zu, dass ihr weg kommt. Die Karawane ist schon gut eine Stunde voraus. Meldet den Diebstahl oben im Hospiz.“

Fidelis verabschiedete sich nachdem er das Brot erstanden hatte und eilte den Bergpfad hinauf.

Die Karawane hatte schon die Serpentinen erreicht, doch sie war langsamer als er, denn er hatte, im Vergleich zu den Händlern und Maultieren, nur eine leere Uhrenkrätze auf dem Rükken und konnte seinen Regenschirm als Gehstock benutzen.

Flink wie ein Wiesel machte er sich daran die Steigung über eine Abkürzung zu erklimmen, dann erreichte er ebenfalls die Serpentinenstraße.

Schweißperlen standen ihm schon bald auf der Stirn, obwohl sein Atem in der kühlen Morgenluft noch ganz weiß aus seinen Lungen strömte.

Die Vegetation wurde allmählich spärlicher und der Wind schnitt kälter in sein Gesicht als noch kurz zuvor in der geschützten Tallage Airolos.

Doch er hielt seine Gangart bei und holte die Säumer bald ein, trotzdem achtete er auf einen gewissen Sicherheitsabstand, denn die beiden Diebe, die irgendwo zwischen der Karawane und ihm waren, durften ihn auf keinen Fall sehen.

An einem rauschenden Gebirgsbach gönnte er sich kurz vor Mittag eine Pause und erfrischte sich an dem eisigen Nass als plötzlich Steine von oben herunter polterten. Sie verfehlten sein Haupt nur um eine Handbreite.

Fidelis quetschte sich geistesgegenwärtig in die Felswand, was ihm wohl das Leben rettete, denn es folgte nochmals eine ganze Menge Steine und Geröll. Er wagte kaum zu atmen. War es nur eine Gams? Wohl kaum bei diesen Massen an Steinen, aber vielleicht eine ganze Herde.

Fidelis sah schon vor seinem geistigen Auge das Wegkreuz, das seinen Unfalltod bekundete als sein Blick auf den Boden fiel.

Genau dort, wo er soeben noch gesessen hatte, lagen Eierschalen. Sie waren ihm vorher noch nicht aufgefallen. Kamen sie mit dem Steinschlag von oben?

„Die Österreicher!" schoss es ihm durch den Kopf. Waren sie unmittelbar über ihm? War das soeben ein Anschlag auf sein Leben? Sie hatten ihn sicherlich entdeckt und erkannt, und nun würden sie ihn fertig machen. Kein Mensch würde es mitbekommen. Er wäre einfach nur abgestürzt. Tod in den Bergen, wie der Mann der Bäuerin.

Seine Knie begannen zu zittern, er musste unweigerlich an die Situation in Pisa denken.

Er lauschte angestrengt, doch das Tosen des Wasserfalles übertönte alle eventuellen Geräusche. Und so verharrte er noch eine ganze Weile in seiner Stellung bis er glaubte in Sicherheit zu sein. Es rührte sich nichts mehr. Schließlich wagte er sich vorsichtig aus der Felsnische, immer nach oben blickend. Es war nichts mehr zu sehen.

Fidelis warf seine Krätze über die Schulter und verließ schnell den unsicheren Ort. Er ging eher gebückt, stets bereit sich hinter irgendwelchen Felsblöcken zu verschanzen.

Kurz darauf machte der Weg eine komplette 360 Grad Drehung und er stand genau an der Stelle, an der die Steine losgetreten worden sein mussten. Direkt über dem Rastplatz am Wasserfall.

Der Pfad war hier etwas nachgerutscht, vermutlich in Folge von heftigen Regenfällen, und es war ein Leichtes die Steine ins Rutschen zu bringen.

Er atmete auf, vermutlich hatten seine Vorgänger die Steine unabsichtlich ins Rollen gebracht.

Er konnte wegen der Steile des Hanges aber niemanden über oder vor ihm erkennen, und so beschloss er trotzdem eine Weile zu warten, um nicht unverhofft auf sie zu stoßen, denn sie konnten noch nicht weit sein.

Außer dem entfernten Rauschen des Gebirgsbaches war es still hier oben. Nur der Wind streifte über die abgestorbenen Gräser und hin und wieder hallte der Schrei einer Bergdohle. Links und rechts ragten die massiven Steinbrocken in den Himmel, überhaupt wurde es immer steiniger, unwegsamer und kälter.

Fidelis zog den Kragen weiter hoch und schloss den obersten Knopf seiner Joppe. Wieder blickte er nach oben. Nichts. Er beschloss vorsichtig weiter zu gehen.

Der Tag neigte sich langsam dem Ende zu, als er endlich die Passhöhe erreicht hatte.

Vor ihm tauchte die Kapelle des Hospizes auf einem Felsvorsprung auf.

Die Sonne war schon hinter dem mächtigen Massiv verschwunden und erhellte nur noch den gegenüberliegenden Berggipfel, der im Abendlicht fast golden schimmerte.

Ein Schneewind fegte die letzte Biegung herunter und wirbelte Eiskörner vor sich her. Die Passhöhe lag schon unter einer dünnen gefrorenen Eisschicht. Deutlich konnte er die vielen Huf- und Menschenspuren vor sich auf dem Pfad ausmachen.

Fidelis zögerte.

Im Hospiz, das von Franziskanermönchen geleitet wurde, würde er unweigerlich auf die Deserteure treffen. Sollte er sie in aller Öffentlichkeit bloßstellen? Den Diebstahl, wie von der Bäuerin empfohlen, den Mönchen melden? Er hätte auf alle Fälle genug Rückhalt. Trotzdem behagte ihm diese Vorstellung nicht so richtig und darum beschloss er zuerst die Kapelle aufzusuchen. Meist half eine kurze Einkehr in sich, zu einer guten Entscheidungsfindung.

Fidelis wunderte sich, dass keine Tür, sondern nur ein Bretterverschlag die Kapelle verschloss. Er war zwar schon früher hier vorbeigegangen, aber noch nie in ihrem Inneren gewesen.

Er erklomm den Fels und schob den Verschlag zur Seite.

Kahle, nackte Felswände ragten vom Boden bis zur Decke. Nichts, das auch nur im entferntesten an eine Gedenkstätte erinnert hätte. Wäre nicht der Turm gewesen, hätte er geglaubt sich geirrt zu haben.

Langsam gewöhnten sich die schneegeblendeten Augen an die Dunkelheit und Fidelis lief eine Gänsehaut über den Rücken als er zu Boden blickte. Er stand vor einem gähnenden Abgrund, ein in den Fels geschlagenes Loch, und darin lagen Knochen, menschliche Gebeine, wie an dem Totenschädel zu erkennen, der auf einem Vorsprung liegen geblieben war.

Fidelis bekreuzigte sich schnell und verließ diesen Ort des Grauens, was hatte das zu bedeuten? Woher kamen die Toten?

War es ein Zeichen? Oder hatten seine Sinne ihm nur einen Streich gespielt? Er wagte nicht noch einmal nachzusehen.

„Aberglaube!“ sagte er halblaut vor sich hin, um sich selber Mut zuzusprechen, dann lief er ohne weiter nachzudenken auf das achteckige Gebäude des Pferdestalles zu.

Die Maultiere und Pferde waren schon darin untergebracht wie eine Dampfwolke bezeugte, die ausgehend von den verschwitzten Tierleibern, aus dem Inneren ins Freie trat und in der kalten Bergluft kondensierte.

Sie verhielten sich ruhig, was bedeutete, dass niemand mehr im Stall war. Trotzdem warf Fidelis einen kurzen Blick in das Halbdunkel. Es sah wenig einladend aus. Kein Stroh bedeckte den nackten Boden, was Fidelis zu der Entscheidung bewog sich der Situation zu stellen, denn hier wollte er bei dieser Eiseskälte bestimmt nicht nächtigen.

Gefasst auf alles ging er hinüber zum Hospizgebäude.

Sein Blick wanderte an den kleinen Fenstern entlang. Der Raum schien brechend voll, die Händler und Säumer saßen an engen Tischreihen und aßen. Einer der Mönche kam gerade mit einer dampfenden Schüssel aus der Küche und Fidelis verspürte ein bohrendes Gefühl in der Magengegend. Er drückte die Türklinke und trat ein.

Die Gespräche verstummten und die Blicke der Reisenden richteten sich auf ihn.

„Guten Abend“, begrüßte er die Fremden und dabei überflog er die überraschten Gesichter. Keinem war der Nachzögling aufgefallen.

„Grüezi“, wurde schließlich auch er gegrüßt, bevor die meisten sich wieder dem Gespräch zuwandten.

Sein Blick blieb jedoch in der zweiten Reihe auf den bekannten Gesichtern hängen und er beobachtete wie einer der Beiden seinen Nachbarn anstieß und unmerklich auf Fidelis deutete, dabei flüsterte er ihm etwas zu. Der so Angesprochene blickte ebenfalls erschrocken zu Fidelis bis er sich schnell seiner Suppe zuwandte und versuchte sein Gesicht zu verbergen. Sie wussten also noch wer er war.

„Auch eine Suppe?“ fragte ihn der Mönch und lenkte seine Aufmerksamkeit auf sich und den duftenden Eintopf.

„Ja, bitte.“ Fidelis setzte sich den Österreichern schräg gegenüber.

„So trifft man sich wieder, was?“

„Ich kenne euch nicht“, brummte der eine, ohne jedoch den Kopf zu heben.

„Das würde ich an eurer Stelle auch sagen.“ Fidelis sah, dass der Mönch das Gespräch mitgehört hatte, denn er blieb kurz stehen und schaute abwartend auf die drei Männer. Ärger oder gar eine Schlägerei war alles andere, was sie hier oben brauchen konnten, darum waren sie sehr darauf bedacht Auseinandersetzungen gleich im Keim zu ersticken. Fidelis, der dies bemerkt hatte, schwieg und schlürfte seine Suppe. Die beiden Österreicher taten es ihm gleich, woraufhin der Mönch wieder in der Küche verschwand.

Nach dem Essen wurden die Bänke und Tische zur Seite geschoben und ein weiterer Mönch streute den Boden mit Stroh aus. Das Nachtlager war gerichtet. Heute war keine Frau unter den Reisenden und somit blieb das kleine Nebenzimmer geschlossen. Alle Männer machten es sich nach und nach auf dem Boden bequem, wo sie sich mit Decken oder nur mit ihren Umhängen zudeckten.

Fidelis ließ die beiden Fremden nicht aus den Augen. Er suchte sich eine Schlafstelle weit weg von ihnen. Es wäre ein Leichtes für sie gewesen ihn im Schlaf zu töten. Die Anderen hätten sicher nichts mitbekommen, sie waren allesamt totmüde vom anstrengendem Aufstieg.

Lag er weit genug von ihnen entfernt, müssten sie über die anderen Reisenden steigen, was in der Dunkelheit nicht unproblematisch wäre. Trotzdem fühlte sich Fidelis unwohl.

Er rang mit sich, die Beiden anzuzeigen. Doch er hatte keinerlei Beweise in der Hand und somit war auch die Chance je etwas von seinem Geld wieder zu sehen, sehr gering. Er wollte die Angelegenheit lieber selber regeln, aber wie?

„Darf ich euch etwas fragen?“ wandte er sich unsicher an einen der Mönche, um Zeit zu gewinnen, woraufhin ihn die Deserteure mit Argusaugen beobachteten.

„Ja?“

„Die Kapelle, was hat es mit der Kapelle auf sich? Ich glaubte Gebeine darin zu sehen.“

„Das glaubtet ihr nicht nur mein Sohn, das ist auch so.“

„Was?“ Fidelis war wirklich entsetzt, denn er hatte gehofft, sich versehen zu haben.

„Es sind die Leichname der armen Seelen, die sich in Unwettern verirrt haben. Sie erfrieren. Wir finden sie meist erst im Frühjahr wenn die Schneeschmelze einsetzt. Oft kommen auch Kranke hier oben an, die dann in Folge der Entkräftung sterben. Auch sie bestatten wir in der Kapelle, damit keine wilden Tiere ihre Leichen zerfleischen, denn der Boden ist hier oben fast immer gefroren. Wir können sie nicht beerdigen. Wir haben hier Füchse, Bären und Wölfe, die im Winter sehr hungrig sind. Darum der Bretterverschlag. Dieses Loch führt zu einem unterirdischen Fluss, der die Toten irgendwann mitschwemmt und in Airolo wieder ausspuckt, dort werden sie dann auf dem Gottesacker richtig bestattet, nur meist ohne Namen, weil man sie selten wiedererkennt.“

Fidelis lief abermals ein Schauer über den Rücken.

Er blickte zu den Österreichern und fragte sich, ob er vielleicht morgen schon ebenfalls in diesem Totenloch entsorgt werden würde.

Da stand einer der Reisenden auf und ging ins Freie, sogleich folgte ihm einer der Österreicher.

Fidelis erhob sich ebenfalls ohne lange zu überlegen, das war vielleicht die einzige Möglichkeit einen der Beiden alleine zu erwischen.

Vorsichtig blickte er draußen um das Gebäude herum, wo die Beiden verschwunden waren. Es wurde schon langsam dämmrig.

Der fremde Reisende ging ein Stück um die Stallungen und verschwand hinter einem Felsblock. Es würde sicherlich einige Minuten dauern, bis er seine Notdurft verrichtet hatte. Fidelis musste schnell handeln, ehe es dem Dieb vielleicht noch einfiel den Reisenden zu überfallen.

Er blickte sich noch einmal in alle Richtungen um, dann schlich er sich zu den Stallungen, wo der Österreicher sich im Stehen erleichterte. Fidelis packte ihn von hinten und drückte seinen Hals zu.

Der so Überraschte benetzte vor Schreck seine Hose, denn er hatte nicht bemerkt, dass Fidelis ihm gefolgt war.

„So mein Freund. Du schuldest mir noch eine Menge Geld. Her damit, oder ich lass dich auflaufen. Auf Fahnenflucht steht die Todesstrafe. Rückst du mir mein Eigentum wieder raus, lass ich dich und deinen Freund gehen. Ich will nur was mir gehört. Und keine Mätzchen, andernfalls..."

Er drückte die Klinge seines Taschenmessers an die Halsschlagader, die vor Angst dick angeschwollen war. „...geht es dir nicht besser als meinem Freund. Nur dass ich richtig zustoße."

Der Gefangene begann umständlich in seiner Hosentasche zu kramen als sie den Kumpanen des Österreichers entdeckten, der plötzlich an der Tür stand. Er war aschbleich vor Schreck. Und unschlüssig, ob er angreifen sollte.

Fidelis drückte fester zu, sodass ein kleines Rinnsal Blut am Halse seiner Geisel herunter lief.

„Keinen Schritt näher, oder ich steche zu."

„Hieronymus! Mach keinen Scheiß, der sticht mich ab!" Mit zitternden Händen hielt der Gefangene schließlich einen Lederbeutel vor Fidelis hin. Es war Antonius Beutel.

„Aufmachen und vorzählen!" befahl Fidelis Hieronymus.

Dieser kam einige Schritte auf die Beiden zu, nahm den Beutel und tat wie ihm geheißen.

„Los schneller!" befahl Fidelis und blickte nervös zu dem

Felsbrocken, hinter dem noch immer der ahnungslose Händler hockte.

„Zweihundert Gulden!“

„Zweihundert? Und wo ist der Rest?“

„Weg.“

„Versoffen und verhurt! Und die Madonnenfigur und das Kruzifix? Und der Schmuck, den ihr unten in Airolo mitgehen ließt?“

„Auch weg.“

„Der Schmuck ist noch hier.“ Hieronymus griff in seine Tasche und zog eine Halskette und ein Armband hervor. „Aber dafür gewährt uns die Freiheit. Wir haben Familie zuhause“, versuchte er zu verhandeln.

„Her mit dem Zeug und los, hier rein mit euch.“ Er drängte die Beiden in den Stall und schob schnell das Tor vor. Dann verriegelte er es und rollte zur Sicherheit noch einen Steinblock davor.

Wieder blickte er sich um und entdeckte den Händler, der nun hinter dem Fels hervorgeschlendert kam.

„So mein Freund, nun wird es aber kalt. Wollt ihr hier draußen erfrieren?“

„Nein, ich hab nur noch nach den Tieren geschaut. Sie schienen mir unruhig. Ich hab einen Stein vorgerollt, der Mönch erzählte mir von den Wölfen.“

Der Händler lachte.

„Ihr seid wohl das erste Mal hier, was? Die Wölfe kommen nicht so nah heran. Schaut, die Mönche stellen Kerzen in die Fenster. Das leuchtet nicht nur späten Reisenden den Weg, es hält auch die Wölfe auf Abstand. Sie fürchten das Feuer.“

„Ah, das wusste ich nicht. Da bin ich ja beruhigt.“

Fidelis fiel tatsächlich ein Stein vom Herzen, aber nicht der Wölfe wegen. Er war froh, dass die Gefangenen keinen Alarm geschlagen hatten.

Sie gingen in das Halbdunkel der Stube wo schon laute

Schnarchgeräusche zu hören waren. Keinem fiel auf, dass zwei der Männer fehlten. Überglücklich einen Großteil seines Geldes wieder zu haben und die Sicherheit nicht morgenfrüh im Totenloch zu enden, fiel Fidelis in einen tiefen und erholsamen Schlaf.

Der nächste Morgen begann mit einem stahlblauen Himmel, den man durch die winzigen Fensterluken sehen konnte und einer eisigen Kälte.

Es hatte sich Raureif von der Atemluft auf den Decken und Joppen der Reisenden gebildet, doch in der Küche knisterte schon ein Feuer. Gleich würde es wärmer werden.

Fidelis schlüpfte unter seiner Joppe hervor und zog sie gleich über, dann rieb er sich die Hände, um die steifen Glieder bewegen zu können. Zusammen mit einem Säumer nahm er das Stroh wieder zur Seite und half die Bänke in die Raummitte zu rükken. Sein Blick fiel dabei aus dem Fenster hinüber zum Pferdestall. Der Stein lag noch davor.

Dann richtete sich seine Aufmerksamkeit auf die dampfende Schüssel mit heißer Ziegenmilch, die der Franziskaner nun herein trug und den fröstelnden Gästen servierte.

Die meisten Säumer und Händler hatten schon ihr Bündel gepackt, da fiel Fidelis Blick auf die beiden Joppen und Rucksäcke der Österreicher. Sie hatten nicht viel Gepäck und so stellte er schnell ihre Sachen zu den seinen, um keine Aufmerksamkeit zu erregen. Niemand schien etwas bemerkt zu haben bis auf den Mönch, der unvermittelt stehen blieb und die Männer durchzählte.

„Es fehlen zwei."

„Stimmt, die beiden Österreicher", bemerkte der Händler, der am Abend zuvor den Felsblock als Sichtschutz auserkoren hatte.

Fidelis, der seine Finger an der heißen Milchschüssel wärmte, spürte fragendende Blicke auf sich ruhen. Es war dem Mönch und den anderen schließlich nicht entgangen, dass er mit ihnen gesprochen hatte.

„Ach die. Diese Gauner haben mich heute morgen schon geweckt, als sie über mich stolperten. Sie müssen früh aufgebrochen sein, es war noch dunkel“, bekundete er unschuldig.

„Ohne zu bezahlen? Was wird hier gespielt?“ Der Franziskaner wurde ärgerlich.

„Was fragt ihr mich? Sie sahen nicht gerade sehr wohlhabend aus. Vielleicht hatten sie kein Geld“, warf Fidelis ein.

„Bei uns muss niemand verhungern oder erfrieren. Aber ehrlich sein, das ist das mindeste. Abzuhauen, ohne ein Wort des Dankes. Das gehört sich nicht für einen Christenmenschen. Ihr kennt die Beiden, oder?“

„Nein. Wir sind uns nur einmal flüchtig begegnet, unten in Piacenza, sie haben im gleichen Gasthaus gespeist wie wir. Äh, wie ich. Nun, es gibt solche und solche Christenmenschen“, führte Fidelis an, wobei er das Wort Christenmenschen eher abfällig betonte, froh, dass niemand seinen Versprecher bemerkt zu haben schien.

„Ach ja, ehe ich es vergesse. Wenn ihr die Ehrlichkeit ansprecht. Ich habe etwas vor der Türe gefunden. Vielleicht gehört es jemandem.“ Er zog den Schmuck, den er den Beiden abgenommen hatte hervor. Somit war seine Ehre, die er glaubte zu verlieren, wieder zurück erkauft.

„Das ist meines! Es wurde mir in Airolo gestohlen. Das gibt es doch nicht. Ich hatte die beiden Österreicher im Verdacht. Aber keine Beweise“, meldete sich ein dicklicher, kleiner Händler, der vor Aufregung schon ganz rot anlief.

„Ihr habt es gefunden?“ fragte er den Schwarzwälder eher ungläubig.

„Hätte ich es euch gestohlen, würde ich es doch nicht so ohne weiteres hergeben. Vielleicht haben die Österreicher es in der Eile verloren? Wer weiß?“

„Ihr habt nicht zufällig etwas nachgeholfen?“ Der Franziskaner war noch immer skeptisch ihm gegenüber und so beschloss Fidelis sich so schnell wie möglich aus dem Staub zu machen.

Er stand auf.

„Genug nun. Auch ich habe es eilig und keine Zeit für eure Mutmaßungen. Mein Kompagnon wartet in Göschenen auf mich“, log er. „Bruder, was bin ich euch schuldig?“

„Gebt mir was ihr entbehren könnt. Es ist für die Armen und Verirrten.“

Fidelis legte ein paar Kreuzer auf den Tisch, dann stand er auf und ging.

Das grelle Sonnenlicht und die Kälte trieben ihm unaufhörlich die Tränen in die Augen, sodass er gezwungen war sein Halstuch auseinander zu falten, schmale Sehschlitze hineinzuschneiden und über die Augen zu binden.

Hinter dem zugefrorenen Gletschersee, nicht mehr vom Hospiz aus erkennbar, ließ er die Rucksäcke und Joppen der Diebe deutlich sichtbar am Wegrand stehen, nachdem er sich versichert hatte, dass nichts mehr von Antonius Geschenken drinnen war.

Die Österreicher trugen nur dünne Hemden und würden sich in der Eiseskälte den Tod holen. Sicherlich hatten sie schon die ganze Nacht über geschlottert und sich an die warmen Tierleiber gedrückt. Und Fidelis konnte mit ihrem Zeug nichts anfangen. Es wäre nur unnötiger Ballast gewesen.

Der harsche Schnee war gefroren und somit gut zu begehen. Fidelis kam schnell voran. Er hoffte einen großen Vorsprung zu erhaschen, ehe die Diebe aus ihrem Gefängnis frei kamen und die Verfolgung aufnehmen konnten. In dieser Einsamkeit war er noch lange nicht in Sicherheit.

Doch spätestens unten in Andermatt hoffte er, dass sich ihre Wege trennen würden. Vermutlich würden sie über den Oberalppass weiter nach Chur und Bad Ragaz bis zur österreichischen Grenze ziehen. Er hingegen würde über Schwyz und Zürich nach Schaffhausen reisen, wo er den Rhein überqueren wollte.

Noch am Vormittag erreichte er Hospental in Urseren, wo

sich ein paar Säumerfamilien niedergelassen hatten. Fidelis fühlte sich endlich sicherer.

Es dauerte auch nicht lange bis ihm die erste Karawane, sie bestand aus nur drei Maultieren, entgegen kam, die nach Süden reiste. Sie wechselten ein paar Worte und er gab sicherheitshalber ein falsches Ziel an, als sie ihn nach seinem Weg fragten.

An der Karlskapelle gönnte er sich die erste Rast bevor er den letzten schwierigen Teil seines Weges anging. Die Schöllenenschlucht.

Er vermied es, die Schenke, in der er beim Hinweg die Legenden um die ersten Schluchtverbindungen gehört hatte, anzusteuern, um keine Zeit zu verlieren.

Sein Pfad führte über die Brücke zum Dorf hinaus, immer an der Reuss entlang, hinunter nach Andermatt. Dann durchquerte er den 1707 gesprengten Tunnel des Kirchbergfelsens, der den einstigen Steg, nämlich die Twärrenbrücke, die um den Fels herum über die Schlucht führte, abgelöst hatte. Sie musste alle paar Jahre erneuert werden und fraß langsam die Wälder der Urner auf. Der Tunnel war ein Segen für die Einwohner.

Nach dem Urnerloch stand er auf der berüchtigten Teufelsbrücke.

Die Sage um diese Brücke ging sogar bis ins zwölfte Jahrhundert zurück.

Denn der Teufel persönlich soll sie einst errichtet und dafür die Seele des ersten Überquerers gefordert haben. Doch die Urner hatten ihn ausgetrickst und eine wilde Ziege über den Steg gejagt. Erzürnt über das Volk, wollte er sein Bauwerk wieder zerstören und schleppte dafür einen riesigen Felsbrocken an. Doch ein gerissenes Mütterlein soll ihm gefolgt sein und ein Kreuz auf den Fels gemalt haben als er ausruhte. Als der Teufel das sah, übermannte ihn die Gottesfurcht und er ergriff die Flucht. Seither lag nun dieser riesige Felsbrocken unten in Göschenen und die Brücke stand noch immer.

Fidelis überlegte sich, wie er die Legende für seine Kinder spannend ausmalen konnte, um sich am Glanz ihrer Augen zu erfreuen, während er den ersten Schritt auf die Teufelsbrücke wagte.

Links und rechts ragten hohe Granitwände aus der Schlucht empor. Fidelis blickte in die schäumende Tiefe und fühlte ein eigenartiges Kribbeln im Bauch. Kein Sonnenstrahl schien je diesen Grund zu erhellen und die von den Felsen stürzenden Wassermassen hatten dicke Eisschichten geformt und gaben ein bizarres Gebilde ab.

Nach der Brücke führte der Pfad an der Felswand entlang, dem gefährlichsten Stück, denn der Boden des in den Berg gehauenen Weges war spiegelglatt und mit einer Eisschicht überzogen.

Fidelis tastete sich am Fels entlang und wagte sich nur Schritt für Schritt vorwärts, betend, da er der talwärts Gehende war, dass niemand entgegen kommen möge und er zurück müsse, um den ganzen Weg nochmals zu gehen. Ein falscher Tritt und er würde unweigerlich in die Tiefe stürzen.

Die Säumer verbanden auf dieser Strecke ihren Tieren immer die Augen, doch oft witterten sie die Gefahr und blieben stehen. Fast jedes Jahr kamen hier Säumer mit ihren Maultieren zu Tode. Denn strauchelten die Tiere erst, hatten die Führer keine Chance mehr und wurden mit in die Schlucht gerissen.

Endlich war der schlimmste Teil durchstiegen und Fidelis folgte dem Pfad, der steil bergab am Wildbach entlang führte, bis er die letzte Station, die Häderlisbrücke überquerte und die Zollstation von Göschenen erreichte.

Geschafft!

In wenigen Tagen würde er seine Lieben wieder in die Arme schließen und einige Uhrmacher ein kleines Stück glücklicher machen können, denn seine Ankunft verhieß in den meisten Familien einen Festtagsschmaus.

*

Die Klosterkirche war brechend voll an diesem ersten Sonntag im November.

Jeder wollte dabei sein, um dem Magnus zu gedenken, oder besser gesagt, seiner Frau durch das Kommen und Beten das Mitgefühl auszudrücken.

Sie saß mit starrem Blick in der ersten Reihe, ihre Kinder wie die Orgelpfeifen mucksmäuschenstill neben ihr. Erst als die schwere Orgelmusik ertönte, konnte man am Beben ihrer Schultern erkennen, dass sie weinte.

Der Pater, er war ein untersetzter Mann mit Glatze, nur ein dünner Haarkranz schmückte sein Haupt und gab ihm das Aussehen eines Heiligen, zelebrierte mit gewaltiger Stimme und schlug zwischendurch immer wieder die Choräle an. Die Leute lauschten ihm aufmerksam, sodass man hätte meinen können, sie verständen jedes Wort. Dabei war keiner dieser Bauern und Knechte des Lateinischen mächtig.

Um die Einheimischen an der Gedenkfeier teilhaben zu lassen, hielt er am Ende des Gottesdienstes eine Ansprache in deutsch und bat schließlich um eine glückliche Heimkehr der Händler Fidelis Faller und Antonius Burger.

„Und nun, meine Brüder und Schwestern, lasset uns alle den Psalm 23 „der Herr ist mein Hirte“ gemeinsam singen. Und mit innigstem Herzen, den Herrn unseren Gott bitten, dass diese beiden Seelen von ihrer langen Wanderschaft heim zu ihren grünen Auen finden.“

Mit vollen Kehlen sangen die Menschen zur Begleitung der Orgel, als solle ihr Lied über die Wälder ziehen und Fidelis und Antonius heim holen.

Dabei hätten sie gar nicht so laut zu singen brauchen, denn Fidelis hatte das Geläut der Kirchenglocken gehört, als er oben in der Jagdschutzhütte des Klosterwaldes nächtigte.

Nicht, dass er es in dieser Nacht nicht auch noch bis nach Hause geschafft hätte, aber er wollte seine Familie nicht ängstigen und bei Nacht wie ein Dieb ins Haus einsteigen, sondern frisch ausgeschlafen mit dem beginnenden Tag seine Liebsten begrüßen.

Dass dies nun ein Sonntag war und dazu noch ein Gottesdienst abgehalten wurde, sah er als gutes Zeichen, um einzukehren und Gott für die Heimkehr zu danken. Ebenso hatte er sich geschworen für Antonius eine Kerze anzuzünden.

Also stellte er seine Uhrenkrätze in die Nische neben dem schweren Kirchenportal, nahm seinen Hut ab und benetzte seine Finger, in dem er darauf spuckte, um über sein zerzaustes Haupthaar zu fahren.

Dann drückte er die Klinke und ging langsamen Schrittes, wie es sich in einem Gotteshaus gebührte, den Mittelgang vor, um die Bank seiner Familie anzupeilen.

Er fiel in den Gesang mit ein:

„Muss ich auch wandern in finsterer Schlucht,
ich fürchte kein Unheil,
denn du bist bei mir,
dein Stock und dein Stab geben mir Zuversicht.
Du deckst mir den Tisch..."

Nach und nach erstarben die Kehlen und ein Raunen ging durch die Reihen. Nur die, die in den vorderen Bänken saßen und ihn noch nicht sehen konnten, sangen weiter.

Erst als auch der Pater innehielt und ein Kreuzzeichen nach dem anderen schlug, wagten die Gläubigen sich umzudrehen.

„Fidelis! Es ist Fidelis!"

Erst leise, dann immer lauter und freudiger wurden die Rufe.

Schließlich hatte es jeder vernommen.

Die Fallerin stand auf und ging auf ihren Mann zu. Auch die Kinder folgten. Sie lagen sich in den Armen und der Pater konnte nicht anders, er wischte eine Träne der Freude aus dem Augenwinkel und verließ die Kanzel.

Doch das Glück dauerte nicht lange, Unruhe bahnte sich an und schließlich rief ihm Magdalena Burger, die ebenfalls aufgestanden war, entgegen: „Und wo hast du meinen Sohn? Fidelis Faller?“

Fidelis löste sich von seinem Weibe und ging auf die hochgewachsene, dunkelhaarige Burgerin zu, die ihn immer wieder an eine Römerin erinnerte, denn sie hatte das gleiche grazile Antlitz wie die Frauen aus dem Süden.

Auch Helena, die es meist vorzog versteckt in einem Winkel den Gottesdienst zu verfolgen, wenn sie schon mal hier war, kam ebenfalls aus ihrer Bankreihe auf Fidelis zu. Die Leute stießen sich gegenseitig in die Rippen und raunten sich halblaut lästerliche Dinge zu.

Der Moosbacherin blieb zuerst der Mund offen stehen, dann sagte sie halblaut, so dass es die unmittelbaren Nachbarn hören konnten: „Schaut sie euch an, dieses schamlose Ding, da kommt sie aus ihrem Sündenwinkel wie eine läufige Hündin. Blasius, sei froh, dass dir dieses Weibsbild erspart geblieben ist.“

Der Moosbacher, dem dies sichtlich peinlich war, herrschte sie an und verbat ihr den Mund.

Doch Helena kümmerte sich nicht darum, obwohl es ihrem Herzen einen Stoß gab. Sie eilte Fidelis entgegen.

„Meister, was ist mit Antonius?“ Die junge Hebamme griff bettelnd nach seiner Hand.

„Ich soll dich ganz herzlich von ihm grüßen, junge Braut.“

„Junge Braut?“

„So hat er dich genannt, ja.“

Über Helenas Gesicht huschte ein flüchtiges Lächeln, doch dann wurde ihr Blick wieder ernst.

„Sprecht schon, was ist mit ihm? Warum ist er nicht hier?“ Sie schaute besorgt zum Kirchenportal, wollten die Händler sie nur auf die Folter spannen?

„Er ist nicht hier, mein Kind,“ bedauerte Fidelis, „so gerne ich das auch wollte. Der Arzt hat ihm strikte Bettruhe verordnet. Ich musste ihn bei einem Freund lassen, unterwegs.“

„Mein Junge ist krank? Hat er gar die Blattern?“ Die Blattern, oder Pocken wie sie manche nannten, waren eine sehr schlimme Krankheit, das wusste die Andresenbäuerin. Viele Händler holten sie sich auf Reisen und viele starben daran.

„Nein. Er wurde verletzt, schwer verletzt. Man hat versucht ihn niederzustechen.“ Er blickte entschuldigend in die entsetzten Gesichter der Burgerin und Helenas.

Inzwischen hatte sich eine ganze Menschentraube um ihn herum gebildet, auch der Organist hatte aufgehört zu spielen. Alle hingen sie ihm an den Lippen, um von Antonius Schicksal zu erfahren.

„Wo ist er jetzt?“ wollte der Burger wissen.

„Noch jenseits der Alpen. In Piacenza. Er ist bei guten Freunden, sie werden ihn pflegen bis er wieder ganz genesen ist.“

„Wann wird er nach Hause kommen?“ Diese Frage von Helena hatte Fidelis befürchtet.

„Nun,“ begann Fidelis und kratzte sich am Hinterkopf, „das Problem ist nicht seine Gesundheit, er schien mir schon recht fidel als ich abreiste, aber die Alpenpässe. Ich bin schon bei Schnee über den Gotthard. Es kann jeden Tag zumachen. Dann schneit es tagelang und alles versinkt unter meterhohen Schneemassen. Die Pässe sind dann nicht mehr begehbar. Die Säumer stellen ihre Dienste ein.“

„Das heißt, er kommt diesen Winter gar nicht nach Hause?“

„Ich fürchte nein, Burgerin. Es wäre lebensgefährlich es zu wagen. Ich habe es ihm sogar verboten, angeschlagen wie er ist, mir zu folgen. Ich werde ihn im Frühjahr wieder mit in den Süden nehmen und schauen, dass wir im Hochsommer spätestens die Heimreise antreten.“

Betroffenheit machte sich breit, bis sich der Pater einmischte: „Was seid ihr undankbar! Lobet den Herrn, dass er lebt und bei so guten Menschen aufgenommen wurde. Denkt an den Magnus, seine Familie würde gerne ein Jahr auf ihn warten, mit der Gewissheit, dass sie ihn wiederhaben würden.“

„Ihr habt Recht Hochwürden, ihr habt Recht“, mischte sich der

Burger ein. „Wir sind undankbar. Lasst uns ein Vaterunser für seine Gesundheit beten. Gott hat unsere Bitten schon einmal erhört."

Der Andresenbauer begab sich wieder in seine Bank und die Umstehenden folgten seinem Beispiel, auch wenn keiner mehr richtig bei der Sache war. Sie tuschelten leise, denn die Geschichte war zu aufregend und warf noch so viele Fragen auf, die man dem Fidelis stellen wollte.

Erst als der Pater sich laut räusperte, fielen alle in das Dankgebet ein.

*

Johann formte seine Hände zu einer hohlen Faust und hauchte den warmen Atem hinein.

Seine Finger waren so steif gefroren, dass er kaum noch sein Werkzeug halten konnte.

Eingemummt in einen dicken Wollschal saß er nun schon seit Stunden in der eisigen Werkstatt. Der Ofen neben ihm war kalt.

Sein Vater hatte im letzten Sommer keine Holzvorräte geschaffen.

Zwar war Leopoldine mit ihren Kindern im Wald, um Stökke und Tannenzapfen zu sammeln, was eine gute und schnelle Hitze im Herd ergab, um damit zu kochen, aber eben nicht lange vorhielt wie richtige Holzscheite, um damit zu heizen. Sie mussten sparen, damit das Brennmaterial wenigstens für die Nahrungszubereitung ausreichte.

Der Uhrenkasten für Dr. Lickert, den Johann in Arbeit hatte, nahm Formen an. Er verzierte ihn mit Einlegearbeiten zu einer kleinen Kostbarkeit, als quietschend die Tür aufging und Hannah, bewaffnet mit einer dampfenden Tasse Tee, hereinkam.

„Hier, damit du uns nicht noch erfrierst."

„Danke. Stell ihn dort drüben hin."

„Du solltest ihn trinken so lange er noch heiß ist. Außerdem solltest du bald Feierabend machen und dich in der Küche aufwärmen. Dein Husten wird sonst nicht besser."

„Ja, sag Mutter ich komme gleich."

Natürlich hatte er seiner Mutter noch nichts davon erzählt, dass er nicht nur diesen Uhrkasten als Dank für den Arztbesuch arbeiten wollte, sondern auch dringend weitere Kästen bauen und vor allem verkaufen musste, um die Trinkerschulden beim Jockelewirt zu begleichen. Dieser hatte ihm, aus Mitleid, einen Zahlungsaufschub bis Pfingsten gewährt. Es war also äußerst wichtig gute Arbeit zu leisten, um Käufer zu finden, und Dr. Lickert war das beste Aushängeschild.

Johann legte den Bohrer zur Seite und schlürfte den heißen Tee. Dabei umklammerte er den Becher, um seine Finger zu wärmen.

„Das wird ein sehr schönes Stück. Vater glaubt du schreinerst Möbel. Mutter hat es fertig gebracht und ihn angelogen."

„Er darf es nicht zu Gesicht bekommen, sonst ist der Teufel los. Noch nicht."

Hannah zog ihren Umhang enger um die Schulter. „Wirst du noch mehr machen?"

„Ja. Ich hoffe es. Gute Arbeit ist gefragt. Nur ich bin noch nicht perfekt. Es hätte mir gut getan, wenn ich noch etwas länger hätte lernen können. Der Schindler war ein guter Lehrherr. Ich brauche einfach noch zu lange. Außerdem habe ich die ganzen Vorlagen erst wieder zeichnen müssen. Das hat mich um Tage zurückgeworfen."

„Es ist trotzdem wunderschön geworden, Johann. Vielleicht solltest du es verstecken, ehe Vater es entdeckt."

„Er ist so elend, er kommt von seinem Krankenbett nicht hoch. Wenn ich erst Aufträge habe, werde ich es ihm erzählen. Einmal muss er es erfahren. Wir können nicht nur Rücksicht auf ihn nehmen."

„Muss das sein? Du kennst ihn doch."

„Ja, es muss sein. Schaut euch doch an. Ihr lauft in den Strümpfen herum, weil nicht alle Schuhe haben. Es können nicht einmal alle gemeinsam in die Kirche, weil die Wollumhänge nicht reichen. Es ist seine Schuld, dass es soweit gekommen ist. Wenn er nicht mehr für euch sorgen kann, dann muss ich es eben. Und ich kann nun mal nur mit meiner Arbeit Geld verdienen." Johann schlürfte nochmals an seiner Tasse.

„Der riecht gut, was ist das?"

„Spitzwegerich. Helena hat Mutter das Rezept gegeben. Er ist gut gegen deinen Husten."

„Er schmeckt süß."

„Mutter hat Honig reingemacht."

„Honig? Das kostet doch ein Vermögen, wo hat sie den denn her?"

„Helena hat ihr etwas abgezwackt. Wir wollen alle, dass du gesund bleibst. Noch ein Patient können wir uns nicht leisten. Da ist sogar Honig billiger."

Sie mussten lachen.

Das Tageslicht ließ langsam nach und Johann beschloss Hannah zu gehorchen und Feierabend zu machen. Er räumte seine Zeichenpläne in den Schrank, ließ die Arbeit aber stehen, um in aller Frühe weiterzuarbeiten. Nur die Späne nahm er mit, für den Küchenherd, um Holz zu sparen.

Dann folgte er seiner Schwester.

„Komm Junge, iss was. Ich habe eine heiße Mehlsuppe. Du solltest deine Arbeit in der Stube machen. Eines Tages erfrierst du mir da draußen noch."

„Mutter, ihr wisst doch, dass das nicht geht." Er nickte mit dem Kopf in Richtung Stube, wo das Krankenbett eingerichtet war. „Wie geht es ihm heute?"

„Was soll ich sagen? Er hat mir schon wieder das Bett voll gemacht. Dabei könnte er aufstehen. Ich habe ihm extra einen Topf reingestellt, aber er weigert sich. Er versucht mir zuleide zu leben wo er kann."

Johann wusste, dass sie nicht übertrieb. Auch ihn hatte er bespuckt und verflucht als er ihm den Schnaps verweigert hatte. Er hatte so lange getobt bis er wieder Blutungen bekam, wenn auch nicht mehr so stark. Doch nur das hatte ihn letztendlich zur Einsicht gebracht. Seither verließ er das Bett nicht mehr und kommandierte seine Familie von da aus.

„Johann!“ klang es aus der Stube. „Was zum Teufel treibst du den ganzen Tag in der Werkstatt?“

„Ich arbeite“, rief Johann zurück.

„Was arbeitest du?“

„Ich baue ein Kästchen“, wich Johann aus.

„Für wen?“

„Dr. Lickert.“

„Ich habe dich nicht hobeln gehört. Was soll das für ein Kästchen sein?“

„Ein Kästchen eben. Mit Intarsien.“

„Intarsien? Woher hast du die Muster? Und komm endlich zu mir rein, wenn du mit mir redest.“

Johann ließ die Suppe stehen und gehorchte.

Julius saß aufrecht im Bett, sein Gesichtsausdruck verhieß Kampflust.

„So, ein Kästchen mit Intarsien, hat dir der Schindler das beigebracht?“

„Ja.“

„Der Schindler baut aber nur Uhrenkästchen.“

„Das weiß ich Vater. Ich bin ein Jahr bei ihm in die Lehre gegangen.“

Johann riss langsam der Geduldsfaden.

„Soll das heißen, du baust auch Uhrenkästen?“ Er kniff angriffslustig die Augen zusammen.

Johann beschloss mit diesem Katz- und Mausspiel endgültig aufzuhören und seinem Vater reinen Wein einzuschenken.

„Ja, Vater. Ich baue für Dr. Lickert ein Uhrenkästchen. Es ist der Lohn für seine Dienste an euch, damals in der Nacht. Ich habe keine andere Wahl, wir können ihn nicht bezahlen und er hat es ausdrücklich gewünscht."

„Ausdrücklich gewünscht?" Julius schlug das Bettzeug zurück und rutschte von der Strohmatratze herunter. „Und wenn ich dir ausdrücklich verbiete dieses Teufelszeug hier zu bauen?"

„Dieses Teufelszeug, wie ihr es nennt, ist das Einzige mit dem ich Geld verdienen kann. Ich muss den ganzen Winter hart arbeiten und auf Abnehmer hoffen, damit ich euere Schulden bezahlen kann."

„Schulden?" rutschte es Leopoldine heraus. Sie wusste also nichts davon.

Zitternd, wie ein wandelndes Gerippe, kam Julius auf Johann zu.

„Du beschließt also in meiner Werkstatt Uhrenkästen zu bauen. In meiner Werkstatt! Du glaubst wohl dein Alter gibt bald den Löffel ab und du setzt dich in das gemachte Nest? Was?"

„Es gibt kein gemachtes Nest mehr, Vater! Ihr habt alles versoffen!"

Erhobenen Hauptes marschierte Julius an den verwunderten Familienmitgliedern vorbei in die Werkstatt.

„Johann schnell, dein Kästchen!" schrie Hannah und Johann eilte ihm nach.

Es war schon zu spät, Julius stand barfuss und im Nachthemd auf dem eisigen Werkstattboden und hielt das Kästchen in den Händen. Seine Augen hatten den Blick eines Irren. Langsam hob er es über seinen Kopf.

„Ich werde dir den Teufel austreiben, mein Sohn", schrie er, dann ließ er es fallen.

Es schlug entzwei.

„Ich frage mich Vater, wer hier der Teufel ist." Johanns Stimme klang gepresst. Er versuchte die Beherrschung nicht zu verlieren.

Julius begann hysterisch zu lachen. Da erkannte, oder besser gesagt, roch Johann den Grund.

„Ihr habt wieder getrunken Vater."

„Natürlich habe ich getrunken, oder glaubst du, ich lasse mir von solch einem Rotzbengel wie dir sagen, was ich darf und was nicht?"

„Wo habt ihr den Schnaps her?"

„Oh, keine Angst. Ich habe vorgesorgt. Aber das geht dich einen Scheißdreck an."

„Schaut euch doch an. Ihr habt nicht nur euer Leben ruiniert, ihr habt alle an den Abgrund geführt mit eurer verdammten Sauferei. Ich verachte euch."

Der letzte Satz war zwar nur geflüstert, doch jeder konnte das Knistern in der Luft spüren. Und ehe sich Johann versah, flog eine Handfeile mit der Spitze zu ihm gerichtet an seiner Schläfe vorbei und blieb im Türrahmen stecken.

„Vater, ich bin beileibe nicht mehr der kleine Bub, den ihr euch gefügig prügeln könnt. Wie ihr es auch mit allen Anderen gemacht habt. Hätte ich damals im Hebammenhaus nicht eingegriffen, meine Schwester wäre wohl nicht mehr am Leben. Ihr hättet sie im Suff erwürgt."

Julius hielt inne und wurde schneeweiß im Gesicht.

„Du? Du also warst es? Und ich hatte geglaubt Antonius..., aber das hätte ich mir ja denken können, mein eigener Sohn, ums Haar ein Vatermörder. Es war das zweite Mal, dass du mir nach dem Leben getrachtet hast. Wann werde ich das nächste Mal mit einem Mordanschlag rechnen können? Aber du schaffst es nicht mich fertig zu machen. Du nicht! Willst die Werkstatt an dich reißen und deine Teufelsuhren bauen. Das hast du dir schön ausgedacht."

Er stand da, kreidebleich, mit hängenden Armen, wie ein Häuflein Elend. Doch unvermittelt schnell griff er nach der Tür und schlug sie zu.

„Dann werde ich mich wohl vor dir schützen müssen", brüllte er und schob ein schweres Möbelstück, es musste die Werkbank sein, gegen die Tür.

„Da schaust du was?" Brüllte er durch die geschlossene Tür. „Mein Sohn, wenn du überhaupt mein Sohn bist. Deine Mutter ist nämlich offen für Jeden. Frag sie nur mal, wer der Vater deiner älteren Schwester ist. Ich glaube sie weiß es selber nicht. Nun schau zu, wie du deine Uhrenkästen schreinerst, ohne Werkstatt."

Johann, der die Geschichte ja kannte, weil er seine Mutter und Helena heimlich belauscht hatte, ließ sich nicht mehr ablenken. Also schlug er mit aller Kraft, um seiner Wut ein Ventil zu geben, gegen die Tür: „Vater macht auf, ihr alter Sturkopf. Glaubt ihr im Ernst ich wäre gekommen, um mich mit euch zu streiten, ob ich eure Schulden abrackern darf? Bei Gott, da hätte ich es beim Schindler einfacher gehabt."

Johann hielt inne und lauschte, doch er konnte nichts hören, darum trat er wieder gegen die Tür, während sich Leopoldine und Hannah bekreuzigten.

„Vater! Verdammt noch mal! In der Werkstatt ist es saukalt, ihr seid nur im Hemd und dazu noch krank! Kommt zur Vernunft, ihr holt euch noch den Tod da drinnen." Er hielt kurz inne, dann rief er wieder: „Vater! Gebt doch endlich Antwort!"

Plötzlich waren Geräusche zu vernehmen, dann hörten sie Julius Stimme mit einem feierlichen, aber drohenden Unterton: „Du hast mich auf dem Gewissen Johann! Deine Seele soll genauso in der Hölle schmoren wie meine. Du Mörder!"

Dann vernahmen sie ein lautes Gepolter.

Leopoldine schrie auf.

Johann und Hannah stemmten sich mit aller Kraft gegen die Tür, doch sie öffnete sich nur wenige Zentimeter, die Werkbank hatte sich auf dem unebenen Bretterboden verhakt.

Er zwängte seine Hand durch den schmalen Schlitz und versuchte die schwere Bank etwas anzuheben. Sein Kopf lief vor Anstrengung rot an und seine Schlagadern drohten zu platzen, als das Ganze endlich nachgab und Johann mit der Tür in den Raum stolperte.

Da glotzten sie ihn an, wie die eines Geistes, diese starren grau-grünen Augen direkt vor seiner Nase. Sie waren aus den Höhlen herausgetreten, ihr Blick war leblos.

Ein kalter Schauer lief über Johanns Rücken, dann erst sah er die merkwürdig entstellte Gestalt seines Vaters, denn die Dunkelheit hatte sich in der Kammer breitgemacht. Im selben Augenblick schlug die Tür von der Wand zurück und streifte den Rumpf. Er fing an zu baumeln.

Johann blickte entgeistert nach oben und sah das Seil, das vom Balken herunterhing und um den Hals seines Vaters geschlungen war. Er hatte sich erhängt.

*

„Du bist verrückt Antonius, total verrückt."

Andreas stopfte seine Pfeife und lehnte sich im Sessel zurück. Sein Blick wanderte hinaus in den Nebel, der schon seit Tagen über der Poebene hing und auch noch Tage, wenn nicht gar Wochen, hängen bleiben würde.

Es war Winter und die Reisezeit vorbei.

Nur noch selten verirrten sich Händler hierher, meist um nach Mailand zu ziehen. Die Nord-Südachse ruhte unter meterhohem Schnee in den Alpen.

„Nein Andreas, es ist mein voller Ernst", riss ihn Antonius aus seinen trüben Gedanken, denen Andreas nachzuhängen schien. „Ich habe es mir reiflich überlegt. Ich war lange krank, das Fieber, ich weiß, aber ich habe alles überstanden, die Wunde ist ausgeheilt und ich bin wieder gesund. Ich bin euch genug zur Last gefallen. Ich kann nicht den ganzen Winter tatenlos hier herumsitzen und Däumchen drehen. Zu Hause wartet Arbeit auf mich in den Werkstätten. Ich kann jeden Kreuzer gebrauchen, denn ich will Helena um ihre Hand anhalten.

Verstehst du? Ich will eine Familie haben, die auf mich wartet wenn ich nach Hause komme. Wenn ich hier bleibe und als dritter Mann im Frühjahr mit Fidelis und noch einem Knecht wieder in den Süden ziehe, verliere ich fast ein ganzes Jahresgehalt."

Andreas war nicht entgangen, dass sein Gast in den letzten Tagen immer unruhiger wurde. Und das lag nicht nur am Nebel, der die Sinne trübte. Ihn zog es nach Hause.

Eine schwere Infektion der Stichwunde hatte ihn für fast vier Wochen ans Bett gefesselt.

Annabella, die sich aufopfernd um ihn kümmerte, saß nächtelang an seinem Krankenlager und kühlte ihm die fieberheiße Stirn.

„Der Junge hat Angst", kam sie eines Morgens mit sorgenvoller Miene in den Gastraum. „Er ruft den Namen „Helena" immer wieder. Nein, nicht nur wie ein verliebter Jüngling. So, als müsse er um ihr Leben fürchten. Ich verstehe ihn schlecht, aber er scheint sie warnen zu wollen, vor einem Missetäter. Hat er dir nichts erzählt?"

Andreas schüttelte verwundert den Kopf, bis zum heutigen Tag war es ihm nicht gelungen dieses Geheimnis zu lüften.

„Ich verstehe deinen Eifer, du bist jung und verliebt. Aber eine Winterüberquerung?" begann er deshalb den jungen Knecht auszubremsen. „Nein, es ist Wahnsinn. Außerdem, du hast die Rechnung ohne dem Julius gemacht. Wenn er so ist wie du sagt, bekommst du deine Helena sowieso nie."

Antonius lief im Raum auf und ab, wie konnte er seinen Freund davon überzeugen, dass auch eine Winterüberquerung möglich war? Er blieb vor ihm stehen und sah ihm tief in die Augen.

Warum versuchte Andreas ihn zu halten? Weil er selbst zu feige war, damals, um für seine Liebe zu kämpfen? Gönnte er ihm deshalb sein Glück nicht?

Antonius war sich seiner Sache plötzlich sicher.

„Ich gehe und zwar bald“, war sein knapper Kommentar.

„Überleg es dir wirklich noch mal. Auch wenn ich deinen Mut bewundere, es ist zu gefährlich. Ich hätte keine ruhige Minute, wenn ich dich alleine ziehen ließe.“

„Du redest schon daher wie ein altes Weib. Du bist doch auch ein Schwarzwälder, wir sind Schnee und Eis gewohnt, so schnell gebe ich nicht auf. Ich gehe.“

Antonius drehte sich um und eilte die Treppe zu den Schlafkammern hoch.

Er wollte sich in seinem Entschluss nicht zermürben lassen.

„Wo willst du jetzt hin?“ rief ihm Andreas nach.

„Packen.“

Andreas warf wütend seine Pfeife auf den Tisch und stand auf: „Bei Gott, du bist ein Schwarzwälder, ja. Ein Schwarzwälder Sturkopf.“

„Ich weiß was ich will. Im Vergleich zu dir“, rief ihm Antonius gereizt von der obersten Stufe zurück, wo er sich am Geländer haltend zu seinem Freund umdrehte. Ein feindseliges Funkeln lag in seinen Augen.

„Was willst du damit sagen?“

Andreas kam ihm einige Stufen entgegen und konnte sie plötzlich wieder deutlich fühlen, diese Spannung, die zwischen ihnen lag. Er glaubte etwas wie Verachtung zu spüren, oder redete er es sich nur ein?

Da goss Antonius Öl auf die Mühlen und lockte ihn aus der Reserve.

„Warst nicht du derjenige, der vor fast zwanzig Jahren davongelaufen ist, statt zu kämpfen?“

Andreas stockte.

Was wusste dieser Kerl? Wieso hatte er das Gefühl, Antonius konnte bis tief auf den Grund seiner geschundenen Seele sehen? Alles aufreißen, alte Gefühle hervorquellen lassen? Trug nicht auch er ein Geheimnis mit sich herum? Annabella täuschte sich in ihrer Menschenkenntnis nicht. Aber was war es?

Seine Finger kribbelten als er sie zu Fäusten ballte. Er hätte am liebsten auf ihn eingeprügelt. Doch er wusste, dass diese Wut gegen ihn selber gerichtet war. Dieser Junge besaß, was er nicht hatte. Mut!

„Was genau weißt du über die Geschichte?"

„Mehr als du ahnst."

Jetzt packte Andreas Antonius am Arm und zog ihn die paar Stufen, die er schon genommen hatte, wieder herunter.

„Dann rede."

Seine Stimme bebte.

„Wie du meinst." Antonius riss sich los und kam nahe an sein Gegenüber heran, so als sei auch er zum Kampf bereit.

Er blickte ihm tief in die wasserblauen Augen und wusste, dass es keinen Zweifel gab.

„Meine Helena," er holte tief Luft, „ist nicht das Ergebnis von Leopoldines Untreue dir gegenüber. Sie ist unschuldig. Auch nicht Julius war der Missetäter. Sie ist deine Schwester."

Andreas blickte ihn verwirrt an.

Es war, als zöge ihm jemand den Boden unter den Füßen weg. Was hatte Antonius gesagt?

Er öffnete seine Fäuste, die er schon instinktiv zum Kampf geballt hatte, nun war er sprachlos. In seinem Kopf begann es zu hämmern: Schwester?

Dann stammelte er: „Ich verstehe nicht, wieso Schwester?"

„Wieso? Kannst du nicht eins und eins zusammenrechnen? Ihr habt den selben Vater!"

Jetzt erst begann Andreas zu begreifen was Antonius damit sagen wollte. Er schluckte.

„Ja, aber. Das kann nicht sein, wie soll das..." Er blickte Antonius fragend in die Augen. „Das glaube ich nicht. Es muss eine Verwechslung sein."

„Nein, ist es nicht. Helena war dabei als dein, euer, Vater starb. Er hat diese Schandtat auf seinem Totenbett zugegeben. Er hat Leopoldine, deine große Liebe, geschwängert. Dein Bruder Michael hat alles mitangehört. Du kannst ihn fragen. Wenn du überhaupt den Mut besitzt und heimkehrst."

Andreas tastete nach einem Stuhl und ließ sich fallen. Noch einmal suchte er fragend im Gesicht seines Gegenüber nach einem Anzeichen, dass dieser ihn anlog. Aber da war nichts, es war sein Ernst.

„Du bist sicher? Absolut sicher? Mein Vater hat Leopoldine...? Ich kann es nicht glauben, nein, war ich wirklich so blind?"

„Man verdrängt was man nicht glauben will."

„Ich wäre nie auf diesen Gedanken gekommen, mein Vater!? Warum hat sie sich mir nicht anvertraut? Ich habe ihr Unrecht getan. Ich! All die Jahre habe ich geglaubt, sie hätte mich betrogen. Ich war gekränkt und habe sie verstoßen. Dabei...."

Er stützte seinen Kopf in die Hände.

„Allerdings. Du hast ihr großes Unrecht getan. Du warst eingeschnappt wie ein gekränkter Gockel den man des Reiches beraubt hatte, und bist davongerannt. Du wolltest sie nicht einmal anhören, du hast dich geschämt vor allen Anderen und bist genau in die Falle gerannt, die man dir gestellt hatte."

Andreas blickte auf.

„Wieso Falle?"

„Dein Vater wollte dir Leopoldine nie geben. Er wollte sie für sich. Du solltest Klara heiraten, um einem alten Handel gerecht zu werden. Bis seine Magd schwanger wurde, da kam ihm Julius recht, der die Sache für eine gute Abfindung auf sich nahm. Man musste nur noch dich ausschalten bevor die Sache aufflog. Alle haben ihre Rolle gut gespielt in diesem inszeniertem Theater. Sogar du."

Andreas wiegte den Kopf hin und her, er konnte es einfach nicht glauben.

Seine Achtung vor dem Vater fiel zusammen wie ein Kartenhaus. Anstand, Ehre, alles war plötzlich nichts mehr wert, nur eine hohle Worthülse.

Die Wut steckte in seinem Hals und bildete einen dicken Kloß.

Erst nach einer Weile konnte er ihn schlucken und fragte stokkend: „Wer hat dir das erzählt? Leopoldine?“

Er blickte zu Antonius auf, der noch immer unbeweglich neben ihm stand.

„Nein, die weiß noch nicht einmal davon, dass Helena dort war. Sie hat es mir erzählt, Helena. Am letzten Abend. Sie ist einfach mutterseelenallein zu deinem Vater und hat ihn zur Rede gestellt als sie von seiner schweren Krankheit erfuhr. Dieses verrückte Huhn. Aber ich liebe sie.“

„Ich kann es immer noch nicht fassen.“

Nun setzte sich Antonius ebenfalls neben ihn und legte seinen Arm um seine Schulter.

„Es gibt oft Dinge, die man nicht glauben kann oder will. Ich lasse dich jetzt allein und packe. Vielleicht willst du ihr einen Brief schreiben. Ich kann ihn mitnehmen.“

„Für Leopoldine? Ich kann noch nicht einmal richtig ... schreiben.“

„Soll ich dir helfen?“

„Nein, ich muss erst meine Gedanken ordnen. Du hast Recht, lass mich eine Weile allein.“

Andreas goss sich einen Becher Wein ein, er konnte durch die halboffene Tür in die Küche sehen, wo Luigi, sein Sohn, das Geschirr abwusch. Er hatte wohl das Gespräch mitbekommen, aber nicht verstanden. Er hatte nie in seiner Muttersprache mit ihm gesprochen. Luigi kannte seine Herkunft nicht. Er kannte nur die Gaststätte und soweit er denken konnte, hatte er hier mitgeholfen. Selbst seine Mutter war nichts weiter als eine blasse Erinnerung für den Jungen. Annabella war ihr Ersatz.

Hatte dieser kleine Kerl nicht ein Anrecht zu erfahren wo sein Vater geboren war? Sollte er immer nur Spüler bleiben?

Ja, Antonius hatte Recht, er war ein Feigling, der allem aus dem Weg ging.

Er goss sich nochmals einen Becher ein und leerte ihn in einem Zug.

„Vater?“ Luigi stand plötzlich in der Tür. „Was hat der Fremde gesagt? Ihr seid so nachdenklich.“

Andreas schnaufte, dann streckte er die Arme nach ihm aus. „Komm her mein Junge. Hab ich dir schon mal von meiner Heimat erzählt?“

„Nein, Vater, nur dass ihr über den großen Bergen gewohnt habt. Aber das ist lange her und ich glaube nicht mehr an Märchen, denn ich habe noch nie irgendwelche Berge gesehen. Sie gibt es sicherlich nur in eurer Phantasie.“

„Nein, wie kannst du das glauben?“

Er erinnerte sich, dass Luigi tatsächlich noch nie weiter als bis in die Stadt gekommen war.

„Willst du sie einmal sehen?“

„Wen? Die Berge?“ Luigi machte große Augen.

„Ja, die Berge und das Land dahinter, wo ich geboren bin.“

„Ist das wahr Vater? Oder habt ihr zuviel getrunken?“

„Du hast Recht, ich habe getrunken“, stellte Andreas fest und drehte seinen Becher in den Händen, was setzte er seinem Sohn für einen Floh ins Ohr! Über die Alpen im Winter! Jetzt war er derjenige, der verrückt war.

„Ich will es sehen, das fremde Land. Herrscht dort ein König?“

„Nein, ein Fürst, aber das ist fast genauso wie ein König. Trotzdem, es ist zu weit für dich. Man muss tagelang laufen, außerdem ist es Winter. In den Bergen liegt hoher Schnee.“

„Ich habe noch nie Schnee gesehen Vater, bitte zeigt es mir. Ich werde auch nicht murren und den ganzen Tag laufen. Ich bin kein Kleinkind mehr. Kommt dieser Fremde auch aus dem Land?“

„Ja.“

„Wann geht er wieder dort hin? Er will doch wieder dort hin, nicht wahr Vater?“

„Ja. Er geht wieder. Morgen.“

„Morgen schon?“ Luigi rutschte seinem Vater auf den Schoß,

obwohl er schon viel zu groß dafür war, aber so hatte er es früher immer getan, wenn er seinen Vater um etwas bitten wollte.

„Lasst uns mitgehen. Ich will die Berge sehen, oder gibt es sie am Ende gar nicht? Habt ihr mich nur angelogen?"

„Luigi, du wirst die Berge sehen, in ein oder zwei Jahren vielleicht und dann im Sommer. Es ist zu gefährlich und du bist noch zu jung. Außerdem, wer soll hier die ganze Arbeit machen?"

Luigi gab nicht auf und bettelte weiter. Und Andreas wusste, dass er schon wieder dabei war zu kneifen. Er saß in einer Zwickmühle.

„Das soll ruhig mal mein Cousin machen. Er hat jetzt Ferien. Annabella wird morgen mit ihm hier sein. Ich habe immer gearbeitet, ich will mit euch und diesem Fremden in die Berge und in euer Land. Wir können ja wieder kommen, wenn es uns nicht gefällt und wenn die Schule wieder beginnt."

Seine dunklen Augen bettelten ihn an, wie ein treues Hundewelpen.

„Luigi, ich kann dir so etwas nicht versprechen. Nicht jetzt. Nicht im Winter. Geh ins Bett und lass mich alleine, ich muss über vieles nachdenken."

„Hat euch der Fremde von der Heimat erzählt?"

„Ja, hat er."

„Und nun habt ihr Heimweh, stimmt's."

„Ja."

„Seht ihr! Das kommt davon. Lasst uns mitgehen."

Andreas seufzte, dann versetzte er seinem Sohn einen Klaps auf den Hintern.

„Verschwinde, du Landplage, und lass mich in Ruhe."

Luigi lächelte siegessicher und verschwand im oberen Stock.

Er knallte die Tür hinter sich zu und rutschte die Truhe davor. Niemand sollte sehen, dass er wichtige Vorbereitungen tätigte.

Er suchte seine wärmsten Kleidungsstücke und Stiefel heraus und schnürte alles zu einem Bündel. So wie er es unzählige Male bei den Händlern gesehen hatte. Dann legte er sich angezogen ins Bett.

Er wollte auf keinen Fall den Zeitpunkt verpassen, wenn der Fremde aufstand. Sein Entschluss stand fest.

„Raus aus den Federn! Es ist Zeit." Fertig gerichtet stand Luigi im Zimmer von Andreas und Antonius und strahlte die Beiden an. Draußen war es noch stockfinstere Nacht.

„Was will er?" Antonius schaute verschlafen zu Andreas, der mit erstaunten Blicken zu seinem Sohn aufsah.

Andreas schlug die Decke zurück und kratzte sich verlegen am Hinterkopf. Er hatte mit so etwas gerechnet. Er kannte Luigi, wenn er sich erst etwas in den Kopf gesetzt hatte.

Aber auch er hatte sich Gedanken gemacht, letzte Nacht. Und neben seinem Bett stand letztendlich auch ein gepacktes Bündel.

„Ich glaube, ich muss dir da was erklären. Die Sache ist nämlich die: Wir können dich unmöglich alleine über den Gotthard lassen. Wir kommen mit."

Antonius war im Nu hellwach und spritzte aus dem Bett.

„Oh nein! Das werdet ihr nicht. Jetzt bist du es, der wahnsinnig ist. Mit einem unerfahrenem kleinem Jungen über die Alpen! Nein Andreas, das kann ich nicht verantworten."

„Ich muss es verantworten. Und ich sage, wir gehen."

„Du bist ein alter Sturkopf."

„Und du ein Feigling."

Sie mussten mit einem Mal lachen und blickten auf den gespannten Gesichtsausdruck des Jungen, der versuchte etwas von der Unterhaltung zu deuten.

Die Spannung zwischen ihnen war verebbt.

„Sagt ihm, Vater, dass ich kein Jammerlappen bin. Das hat er doch gemeint, oder? Sagt ihm, dass ich den ganzen Tag arbeiten kann und auch lesen und schreiben und rechnen."

„Ja mein Junge, das weiß er, aber das wird dir nicht helfen, wenn du vor Kälte deine Füße nicht mehr spürt und im Stehen einschlafen könntest. Wenn dir der Eiswind ins Gesicht peitscht und du nach Annabella brüllst. Du wirst da durch müssen, wir kehren nicht wieder um. Dass das klar ist."

„Klar." Er hob die Finger zum Schwur.

„Ich muss wirklich verrückt sein, mich auf euch einzulassen."

Antonius schwang die gepackte Krätze auf seinen Rücken.

Leise, wie die Diebe schlichen sich die drei Gestalten in der Morgendämmerung aus dem Haus.

Nur eine Uhr, ein Erinnerungsstück an seine alte Heimat, die er nun nicht mehr brauchte und deshalb Annabella vermachen wollte, ließ Andreas zurück. Und ein Brief, den Luigi an seinen Cousin geschrieben hatte und ihm voll Stolz berichtete, wohin er mit seinem Vater und dem Fremden ziehen wollte.

*

Mit ungelenken Schwüngen kritzelte Helena Buchstabe für Buchstabe auf das weiße Blatt Papier vor sich.

Federhalter, Tinte und Papier waren ein großzügiges Geschenk der Äbtissin an sie, an Helena.

Und sie wusste dieses kostbare Geschenk zu schätzen. Sie wollte die Ordensfrau nicht enttäuschen und hatte unverzüglich damit begonnen ihrem Ratschlag zu folgen und ihre Kenntnisse in der Kräuterkunde aufzuschreiben.

Es war ein zaghafter Versuch der Äbtissin, die Kluft zwischen Kirche und Volksheilkunde zu schließen. Darum knüpfte die Klosterfrau an die neue Generation an.

Josepha allerdings wollte nichts davon wissen und warf Helena vor, der Kirchendienerin die letzten Geheimnisse preis zu geben. Trotzdem ließ sie das Mädchen zähneknirschend gewähren, denn eines konnte auch Helena nicht weiter geben: Josephas zweites Gesicht, die Fähigkeit Dinge zu spüren oder zu sehen, die eine Gefahr darstellten.

Begonnen hatte diese Annäherung mit dem Leiden der Äbtissin.

Durch den Einbruch des Winters mit feuchtkaltem Wetter, wurde das Rheumaleiden der Gottesfrau so unerträglich, dass sie tagelang nicht mehr aus dem Bett kam. Bis schließlich die Meierin das Leid nicht mehr mit ansehen konnte und die Hebamme darauf ansprach.

Diese schickte Helena ins Kloster mit der Empfehlung einen Brei aus gekochtem Haferstroh, Heublumen und Fichtennadeln um die schmerzenden Gelenke zu wickeln. Ebenso sollte sie möglichst viel Brennnesseltee zur Blutreinigung trinken.

Drei Wochen später ließ Cäcilia Helena wieder ins Kloster rufen, wo sie als Dank für die Linderung der Beschwerden diese Geschenke von der Äbtissin persönlich erhielt.

„Mir tun die Finger weh." Helena legte den Federhalter zur Seite und bewegte die Hände auf und zu. „Ich glaube sie brechen mir ab, wenn ich noch lange weiterschreibe. Wie machen das die Gelehrten bloß?"

„Ich habe dir ja gleich gesagt, lass den Unsinn. Wir sind keine Gelehrten, die haben extra dünne und feine Finger für Schreibarbeiten. Aber schau uns an," sie hob ihre Hände wie zum Beweis in die Luft, „die sind geschaffen um zuzupacken. Was musst du aufschreiben, was du eh schon weißt? Das ist doch pure Zeitverschwendung."

„Vielleicht vergesse ich etwas?"

„Was du einmal gelernt hast, wirst du nicht vergessen. Du brauchst dich doch nur an den Fall zu erinnern, oder? Ich jedenfalls stopfe mir meinen Kopf nicht mit solchen Unsinn voll."

Helena wusste, dass Josepha weder lesen noch schreiben gelernt hatte. Sie glaubte, dass sie nicht einmal genau wusste, welches Jahr man schrieb. Weshalb sonst teilte sie die Zeit immer in Ereignisse ein?

Das Jahr 1784 zum Beispiel war das Jahr des Waldbrandes.

Oder 1796, das Jahr der Belagerung des Lochenbaches und letztes Jahr, 1797, das Jahr der großen Viehseuche. Wenn keine weltlichen Ereignisse ihr auf die Sprünge halfen, dann erinnerte sie sich an besonders schwere Geburten oder Todesfälle, auch Hochzeiten blieben ihr im Gedächtnis haften.

Trotzdem wollte Helena eine Art Nachschlagewerk niederschreiben. Dazu fertigte sie auch detailgetreue Zeichnungen von Pflanzen an.

Sie machte sich daran die Konturen des Rainfarnes zu zeichnen, als plötzlich ein lautes Klopfen an der Tür die Beiden aus ihren Gedanken riss.

„Es steht keine Niederkunft an, wer mag das sein?" Josepha schaute von ihrer Strickarbeit auf.

„Ich schau mal nach."

Schneeflocken wehten herein als ihr Bruder Johann in den Hausgang trat.

„Johann? Du kommst mich besuchen? Ich habe schon gehört, dass du wieder zu Hause bist. Wie geht es Mutter? Und Vater? Was bist du kräftig geworden, und gewachsen bist du auch seit dem letzten Jahr. Ein stattlicher Mann ist aus dir geworden. Komm, setz dich zu uns."

Johann winkte ab.

„Ich bin nicht zu Besuch hier, Helena." Seine Miene war ernst.

„Was ist geschehen?"

„Vater. Er ist tot."

Er senkte den Kopf und seine Finger spielten nervös mit den Fransen des Schales.

Helena hielt die Hand vor den Mund, dann bekreuzigte sie sich.

„Wie ist das passiert?" flüsterte sie schließlich.

Johann suchte den Kontakt zu ihren Augen als er ihr die schreckliche Tatsache schilderte.

„Er hat sich in der Werkstatt erhängt, letzte Nacht. Ich habe Dr. Lickert rufen lassen, er musste den Tod feststellen. Nur," er blickte erneut zu Boden, „erschrecke jetzt bitte nicht, aber er muss die Gendarmerie kommen lassen. Es war ein unnatürlicher Tod und sie müssen einen Mord ausschließen."

„Mord?"

„Ja. Jeder im Dorf weiß wie Vater und ich uns gegenüber gestanden haben. Man wird munkeln und sich das Maul so lange zerreißen, bis mich einer als Mörder bezeichnet. Du weißt, wie die Leute sind.

Bin ich erst gebrandmarkt, wird keiner mehr etwas mit mir zu tun haben wollen. Dr. Lickert hat gemeint, es wäre besser, wenn wir die Sache gleich öffentlich machen. Er hat ihn gekannt. Vater, meine ich. Der Doktor ist ein guter Mann und will mir helfen."

„Und jetzt? Wie will er dir helfen?"

„Ich will, dass du mitkommst. Ich erzähle dir alles unterwegs. Aber Mutter braucht jetzt jemanden. Sie sitzt seit gestern Abend da und betet. Sie redet nicht mehr mit mir. Ich weiß nicht warum, vielleicht gibt sie mir die Schuld."

Helena angelte ihren Umhang und rief Josepha zu: „Ich muss mit Johann mit. Vater hat sich das Leben genommen."

An der Art wie Josepha auf sie zukam erkannte Helena schon, dass etwas nicht stimmte.

Ihr Blick schien geistesabwesend, und sie begann eine eigenartige Beschwörungsformel zu murmeln, ehe sie den Geschwistern die Hand auf die Stirn auflegte und sagte: „Mögen euch die Geister des Toten nichts anhaben, du trägst ungute Gefühle mit dir. Lass dich nicht einnehmen, Johann. Sie werden es versuchen. Sie haben schon eure Mutter in ihrem Bann. Es sind nicht eure Geister. Nimm das Seil heut Nacht und verbrenne es weit hinter dem Haus. Dann kann euch nichts geschehen. Sie werden euch nichts tun, die Totengeister. Denk daran sie zu vernichten."

Johann lief es kalt den Rücken herunter, aber er versprach es zu tun. Doch als er seine Schwester drängen wollte zu gehen, hielt diese Josepha am Ärmel fest, denn sie erkannte ihren abwesenden Blick und wusste, dass sie eine Vision hatte.

„Josepha," begann Helena beschwörend, „meine Mutter. Wie kann ich ihr helfen? Die Geister, wie kann ich sie befreien?"

„Du mein Kind hast schon getan was du tun musstest. Sie wird in tiefe Depression verfallen, aber dein eigen Blut wird sie befreien. Die Fesseln der Jahre sprengen."

Helena spürte die Hand ihres Bruders, die sich unmerklich in ihre schob und versuchte sie von diesem unheimlichen Ort wegzuziehen. Doch Helena hatte keine Angst mehr vor Josephas Weissagungen. Sie wusste, dass diese Alte mehr sah und spürte als normale Menschen. Sie widerstand dem Sog des Bruders.

„Was wisst ihr Josepha? Hattet ihr wieder einen Traum? Habt ihr gewusst, dass mein Vater sich erhängt hat?"

„Ihn haben die Geister geholt, die er schon vor Jahren gerufen hat. Es war nur eine Frage der Zeit. Genauso ist es eine Frage der Zeit und des Weges, bis Leopoldine wieder zum Leben erwacht."

„Zum Leben erwacht? Sie ist nicht tot. Welche Zeit und welcher Weg?"

„Er ist noch weit, aber er ist aufgebrochen. Ich spüre ihn."

„Wen?"

„Der, der ihr Herz bewohnt."

„Ihr sprecht in Rätseln."

„Gehe mit deinem Bruder. Deine Mutter braucht dich."

„Josepha?"

„Gehe jetzt!" Josepha drängte sie zur Tür hinaus und zeichnete mit dem Finger eine Schutzformel in die Luft.

„Geht und verbrennt das Seil, sonst passiert ein Unglück! Die Nebel, sie lassen sie irren. Geht, bevor sie umkommen." An ihrer Stimme erkannte Helena, dass die Lage ernst war.

Schnell, als wäre der Teufel persönlich hinter ihnen her, verließen die Geschwister das Haus.

Johann blieb erst wieder stehen als sie den Waldessaum erreicht hatten.

„Sie ist eine Hexe. Sie hat uns verhext. Ich habe mich noch nie so gefürchtet wie eben."

In seinem Gesicht konnte Helena noch die Spuren der Furcht erkennen. Er war totenbleich und rang nach Atem.

„Sie ist eine weise Frau“, widersprach sie ihm. „Ich glaube ihr. Aber was hat sie mit: mein eigen Blut gemeint? Ich werde doch nicht sterben?“

„Hör auf mit diesem Zeug! Ich will nichts mehr hören. Du gehst nicht mehr zu ihr, hörst du?“

„Du wirst mir gar nichts sagen! Ich weiß, dass sie Recht hat.“

„Das werden wir noch sehen.“

Johann stapfte durch den frischen Schnee davon, ohne sich um seine, wie er glaubte, verrückt gewordene Schwester zu kümmern. Er drehte sich nicht mehr um, spürte aber, dass sie ihm folgte, was ihn beruhigte.

Es war tatsächlich so wie Johann gesagt hatte.

Leopoldine saß mit starrem Blick auf der Ofenbank und murmelte das „Vaterunser“ herunter, ohne auf ihre Umwelt zu achten. Dabei wippte sie mit dem Oberkörper unaufhörlich auf und ab, als wolle sie ein Kind in den Schlaf wiegen.

Sie nahm auch Helena nicht wahr. Nach außen zumindest nicht. Was sich in ihrem Herzen abspielte, konnte niemand sehen. Es war, als säße sie hinter einem unsichtbarem Vorhang, der sie von der Außenwelt abschnitt.

„Er ist da“, flüsterte Hannah Johann zu und deutete in Richtung Werkstatt, wo sie, wegen der Kühle, den Toten aufgebahrt hatten.

„Wer? Der Gendarm?“

Hannah nickte. „Und Dr. Lickert.“

Johann eilte ohne seine Joppe abzunehmen hinaus zu den Herren, die sich in der Werkstatt zu schaffen gemacht hatten.

Helena setzte sich neben ihre Mutter, nahm ihre Hand in die ihre und blickte zu der Geschwisterschar, die wie die Orgelpfeifen hinter dem Küchentisch saßen und sich mucksmäuschenstill verhielten, bis sich Theres meldete: „Hannah, machen die Männer den Vater jetzt wieder ganz?“

„Der ist beim Teufel!“ Simon unterstrich seine Feststellung mit einer Fingerbewegung, die aussah als durchtrenne er sich die Gugel. „Uugh. Hinüber, den holt nicht einmal mehr ein Abt zurück.“

„Halt die Klappe“, zischte ihn Hannah an und meinte zu Theres gewandt: „Nein, niemand kann einen Toten mehr lebendig machen. Vater ist jetzt im Himmel bei den Engeln.“

„Aber seine morschen Knochen liegen noch in der Werkstatt.“ Ehe Simon reagieren konnte hatte er eine Ohrfeige von Hannah eingeheimst, woraufhin er es vorzog still zu sein.

„Was machen die Männer mit den morschen Knochen?“ bohrte Theres weiter.

„Sie untersuchen sie. Damit man weiß, warum dein Vater gestorben ist“, mischte sich Helena ein, denn Leopoldine machte noch immer keine Anstalten sich am Gespräch zu beteiligen.

„Warum?“

„Damit er beerdigt werden kann.“

„Hat er schon eine Kiste?“

„Einen Sarg. Man sagt nicht Kiste. Nein, hat er noch nicht.“

„Und wer macht die Kiste, äh, den Sarg?“ Da fiel Helena ein, dass normalerweise immer Julius der Sargschreiner war. Sie musste überlegen.

„Vielleicht der Schöpperle Benedikt aus Eisenbach, oder der Löffler Fritz aus Neustadt, ich weiß es noch nicht Theres.“

Da kamen schon der Arzt und der Gendarm zur Tür herein, gefolgt von Johann.

„Und?“ wollte Helena wissen.

Dr. Lickert wandte sich an Leopoldine: „Frau Kirner, mein aufrichtiges Beileid. Euer Mann hat sich eindeutig selbst stranguliert, das kann euch der Herr Wehrmann von der Gendarmerie bezeugen. Er hätte sowieso nicht mehr lange zu leben gehabt. Vielleicht hat er euch und sich selbst damit einen langen Leidensweg erspart. Nehmt es als gottgewollt hin.“

Leopoldine Kirner sah nicht einmal auf als der Arzt mit ihr sprach, darum wandte dieser sich an Johann:

„Tja, mein junger Herr. Ich glaube, es ist besser wenn wir euch jetzt alleine lassen, wir können nichts mehr tun. Achtet auf eure Mutter, sie steht unter einem Schock." Dann drehte er sich zum Gendarmeriehauptmeister um, und als dieser ebenfalls nickte reichte er Johann die Hand.

„Dr. Lickert, was bin ich euch noch schuldig?"

Dieser beugte sich zu ihm vor und flüsterte: „Das Kästchen, ich habe es gesehen. War das für mich gedacht?"

Johann nickte.

„Es war euer Vater, nicht?"

Johann nickte abermals.

„Repariert es. Es ist erstklassige Arbeit." Er klopfte ihm auf die Schulter und verbeugte sich knapp. „Nun, für die behördlichen Bemühungen bin ich nicht zuständig. Ein Amtmann wird die Rechnung einziehen."

Erst als die Männer weg waren fiel Johann auf, dass man ihn wie einen Erwachsenen behandelt hatte. Es war das erste Mal, dass man ihn mit „Herr" ansprach.

*

In nur zwei Tagen hatte die kleine Reisegruppe Mailand erreicht und konnte von da mit einem Händler auf der Kutsche bis Lugano mitfahren.

Seit dem frühen Morgen waren sie mit einem fliegenden Händler zusammen, der in seinem Rucksack so ziemlich alles hatte was ein Haushalt brauchte: Nähseide und Nadeln, Salben und Tinkturen gegen alles und jedes, ob für Mensch oder Tier, Tabak, Gewürze, Knöpfe und bunte Bänder, auch schöne Glasperlen zum Besticken von festlichen Trachten.

„So, und ihr wollt nun den Weg über den Gotthard nehmen?“ Er schob seine Mütze in den Nacken und blickte auf die majestätisch wirkenden, schneebedeckten Bergmassive, die sich auftaten.

„Ja, es ist für uns der kürzere Weg.“ Antonius nutzte die Pause und setzte sich auf einen Grenzstein am Wegrand. Seine Lunge brannte vor Kälte und Anstrengung. Er musste kräftig schnaufen, ließ es sich aber nicht anmerken, denn seine Begleiter zeigten noch keine Anzeichen von Erschöpfung.

Vor ihnen lag Bellinzona und kurz dahinter teilte sich der Weg.

„Überlegt es euch nochmal. Die Schöllenenschlucht ist vereist und gefährlich. Es ist das Tor zur Hölle. Sie fordert jedes Jahr ihre Opfer. Ich gehe lieber den Bernadino und dann über die Via Mala Schlucht. Außerdem muss ich in Splügen noch eine Nachricht überbringen“, er zwinkerte mit den Augen. „Dort wartet ein Mädchen auf die positive Nachricht von ihrem Bräutigam.“

„So, ihr seid also auch Heiratsvermittler?“ stellte Andreas fest.

„Wenn es sich ergibt. Die Menschen dort oben kommen oft ein ganzes Jahr nicht ins Tal, wie sollen die sich vermehren?“

„Das geht von allein, da braucht ihr wohl nicht mitzuhelfen, oder?“ Andreas grinste.

„Leider nicht, das kapieren die recht schnell. Aber den geeigneten Bräutigam oder eine Braut zu finden ist oft schwierig. Manchmal treiben die regelrecht Inzucht, oben in ihren Bergdörfern.“

„Das ist oft so, aber wie sieht es aus, kommt ihr noch mit nach Bellinzona, um Proviant zu kaufen?“

„Nein, ich gehe weiter. Ich habe noch andere Quellen. Wollt ihr wirklich nicht mit mir kommen?“

„Nein“, mischte sich Antonius ein. „Ich bin schon dreimal über den Gotthard. Wir werden es schaffen. Es ist für uns näher, außerdem kenne ich den Bernadino nicht. Man sollte nicht im Winter eine Erstbesteigung wagen.“

„Wie ihr meint. Aber seid vorsichtig.“

Er zog davon ohne sich umzudrehen, so, wie es üblich war unter den Reisenden, um den anderen kein Unglück zukommen zu lassen.

„Wir wären zu viert gewesen, Antonius. Und dieser Alte kennt sich bestimmt gut aus." Andreas blickte skeptisch in Richtung Leventinatal.

„Er wollte nur nicht alleine gehen. Wir verlieren mindestens zwei Tage und die Schneeverhältnisse sind nicht besser als hier." Antonius deutete Richtung Gotthardmassiv. „Fidelis ist die andere Route schon gegangen und hat gemeint, die Rofflaschlucht hätte schon ihre Tücken, aber die Via Mala sei ein Nadelöhr, auch wenn die Passstrasse Anfang dieses Jahrhunderts verbreitert wurde. Die Schlucht ist das Gefährlichste. Wenn der Gotthardpass einigermaßen offen ist, sehe ich kein Problem. Im Notfall müssen wir halt auf gutes Wetter warten, aber das kann uns am Bernadino auch blühen. Komm, lass uns eine Schenke aufsuchen und ein Quartier. Es wird schnell Nacht."

Luigi trottete schweigend hinter den Männern her, aber seine Augen verrieten die Faszination, die diese Bergriesen auf ihn auswirkten.

„Buono sera, meine Herren, heute gibt es Kraut und Würstchen. Darf ich euch ein Gericht bringen?" Die Bedienung schien sichtlich erfreut Gäste begrüßen zu dürfen.

„Drei bitte, und was zu trinken. Aber woher wisst ihr, dass wir deutsch sprechen?"

„Uhrenhändler aus dem Schwarzwald. Das sehe ich an eurer Kleidung. Es kommen immer mal welche vorbei, aber so spät im Jahr wagt sich keiner mehr her. Was hat euch aufgehalten?"

„Eine lange Geschichte. Sagt mal, kennt ihr vielleicht einen Fidelis Faller? Er muss so etwa vor zwei Monaten diesen Weg genommen haben."

„Ich habe ihn nicht nach dem Namen gefragt."

„Aber er war hier?"

„Warum?"

„Weil er mein Freund ist und ich wissen will, ob er hier war."

„Vielleicht, wie gesagt, es kommen viele und alle gehen wieder." Sie verschwand in der Küche.

„Sie kennt ihn. Er war hier."

„Woher willst du das wissen? Sie sagt doch, sie erinnert sich nicht an seinen Namen."

„Sie war so ausweichend. Ich wette, er hatte was mit ihr."

„Was? Fidelis?"

„Ja, tu nicht so. Fidelis kann keinem Rock widerstehen. Selbst eure Annabella hat er versucht anzumachen."

Andreas wollte gerade Protest einlegen als das Mädchen wiederkam und ihnen die dampfenden Teller unter die Nase stellte.

Luigi bewaffnete sich mit dem Besteck und begann gierig das Essen hinunter zu schlingen. Er hatte es nicht gewagt über seinen bohrenden Hunger zu klagen, der ihn schon seit Stunden plagte. Er wollte kein Jammerlappen sein.

„Sind keine Händler hier? Oder Einheimische?" Antonius blickte sich in der Schenke um. Sie war fast leer.

„Ihr wisst das nicht? Sie sind alle am Gotthard. Gestern ist eine große Lawine abgegangen, oben bei Airolo. Es hat unaufhörlich geschneit und dann bis weit hoch geregnet. Der Neuschnee ist unter der Last ins Rutschen geraten. Sie sind mit Schaufeln und Pickeln in aller Frühe losgezogen. Es wird Tage dauern bis sie den Pass wieder auf haben. Wenn es nicht erneut schneit. Ihr wolltet doch nicht rüber, oder?"

„Ja, was sonst. Glaubst du wir wollten bei dir überwintern?"

„Ich habe schon schlechtere Gäste gehabt.", war ihre spitze Antwort. Dabei schielte sie verstohlen zu Antonius und stellte ein Bein auf einen Hocker, sodass er ihre Knie sehen konnte, was dieser sehr wohl bemerkte.

„Wie sieht es am Bernadino aus.", wollte Andreas wissen.

„Heute erst war ein Bauer aus San Bernadino Dorf hier. Er hat nichts erwähnt. Das hätte er bestimmt."

„Du hast gewonnen. Wir gehen nach Osten." Dabei lächelte Antonius das Mädchen an und zog ihren Rock züchtig über ihr Knie.

„Aber doch erst morgen, oder?" Sie zog einen Schmollmund und bückte sich so weit nach vorne, dass die Beiden ihre Rundungen bewundern konnten.

„Ja, aber heute Nacht wird geschlafen und zwar alleine, mein Täubchen. Ich teile nicht alles mit meinem Freund", gab ihr Antonius endgültig eine Abfuhr. Beleidigt zog sie davon.

„Ob wir jetzt tagelang hier herumsitzen oder einen Umweg in Kauf nehmen ist einerlei", wandte er sich wieder an seine Begleiter. „Gleich morgen machen wir uns auf den Weg durch das Valle Mesolcina, vielleicht schaffen wir es dann übermorgen schon zum Pass."

„Wären wir gleich mit dem Händler gegangen!" seufzte Andreas.

Im Gleichschritt stapften die drei Schwarzwälder hintereinander durch den Schnee. Der Weg führte leicht bergan und das war auch schon der einzige Anhaltspunkt, der sie im Glauben ließ, noch auf dem rechten Weg zu sein. Wie lange gingen sie schon so?

Sie hatten keine Ahnung. Der dichte Nebel ließ sie kaum den Vordermann vernehmen, nur das monotone Knirschen des vereisten Firns unter ihren Füßen wog sie in der Gewissheit, dass sie noch hintereinander waren. Sie sprachen kein Wort, jeder hing seinen Tagträumen nach und sparte sich den Atem für den Anstieg.

Ein Marsch durch strahlendes Winterweiß an den beiden vorigen Tagen lag hinter ihnen. Luigi hatte die Bergwelt mit allen Sinnen in sich aufgesogen. Immer wieder musste er in den Schnee greifen und die zigtausend glitzernden Kristalle auf seinen Händen bewundern ehe sie dahinschmolzen. Sein ganzes Glück aber schienen die Eiszapfen zu sein, die von den Dächern der einsamen Heuschober hingen. Luigi hatte versucht die Welt durch das Eis zu betrachten, bis ihm sein Vater zeigte, dass man es auch lutschen konnte. Ab da war er wie ein kleines Kind vorausgerannt, sobald er einen Schuppen mit Eiszapfen ausmachen konnte. Er hatte sie auch entlang des Weges in den Schnee gesteckt, so als wollte er sein Reich abstecken. Antonius und Andreas amüsierten sich über sein kindliches Spiel und seine Freude. So schön hatte es Luigi sich nicht im Traum vorgestellt, dieses Land der Berge, das es tatsächlich gab. Er malte sich im Gedanken immer wieder aus, wie er seinem Cousin von all diesen Wundern erzählen würde, wenn er wieder zurückkam.

Die Enttäuschung heute morgen konnte man in seinen Augen ablesen als er aus dem Fenster blickte und die Berge hinter verhangenen Wolken vermuten musste. Leichter Schneefall hatte sie den Vormittag begleitet bis sie das Dorf San Bernadino erreichten und dahinter stand sie plötzlich, wie von Zauberhand aufgestellt. Die weiße, undurchdringlich scheinende Nebelwand.

In der Kapelle des heiligen Bernadino von Siena, der dem Berg den Namen gab und schon seit dem fünfzehnten Jahrhundert in diesem kleinen Gotteshaus verehrt wurde, trafen sie auf einen alten Mann, der sie davor warnte in den Nebel einzusteigen.

„Es sind aber nur noch etwa zwei Stunden bis zum Pass. Wenn wir immer bergauf gehen und in der Wegmarkierung bleiben, können wir das Hospiz eigentlich nicht verfehlen. Vermutlich reisst der Nebel hundert Meter weiter oben wieder auf." Doch diesen Trugschluss sollten sie bald zu spüren bekommen.

Weder Andreas noch Antonius wollten länger warten und so sind sie hineingegangen in den milchigen Vorhang, der die Außenwelt von ihnen abschnitt. Und seither war es still um sie. Totenstill, und das schon seit Stunden, wenn man dieses Gefühl von Zeitlosigkeit überhaupt in Stunden messen konnte. Keiner Menschenseele waren sie mehr begegnet, auch keinem Wegzeichen mehr.

Doch keiner sagte etwas, um die beiden Anderen nicht zu verunsichern.

Unvermittelt blieb nun Andreas, der an der Reihe war den Vorläufer zu spielen, stehen und blickte sich um.

Auch Antonius und Luigi hielten inne als das eintönige Stapfen vor ihnen ausblieb.

„Was ist Vater? Kannst du das Hospiz schon sehen?"

„Nein. Aber das Licht, es verändert sich. Es wird dunkler."

„Kann es sein, dass wir schon bald Abend haben?" Antonius wischte sich den Schweiß von der Stirn, der sich durch alle Poren drückte, obwohl es kalt war. Sein Kopf hämmerte und er musste immer öfter einen Hustenanfall, ausgelöst durch die kalte Luft, unterdrücken.

„Haben wir das Hospiz übersehen?" Andreas wagte endlich auszusprechen was alle bedrückte, nämlich das ungute Gefühl sich verirrt zu haben. „Wir haben es doch nicht übersehen, oder? Es war nirgends ein Schild, keine Weggabelung. Nichts."

„Der Schnee und der Nebel können auch alles verschluckt haben." Antonius drehte sich einmal um die eigene Achse. Er hätte in jede Richtung laufen können ohne zu bemerken, dass er nicht mehr in die Selbe ging. Der Gedanke machte auch ihm Angst. Er blickte zu Boden.

„Es sind aber noch Spuren zu erkennen, oder?" schöpfte er sich und den anderen Mut, wissend, dass es auch genauso gut nur Spuren von Tieren sein konnten, die hintereinander her gegangen waren. Ziegen vielleicht, oder Schafe. So genau konnte man das nicht mehr erkennen, denn sie waren schon vom Eiswind verweht. „Es muss ein Trampelpfad sein."

„Aber der kann uns weiß Gott wohin führen."

„Immerhin. Es war jemand vor uns."

„Also folgen wir ihnen bevor die Dunkelheit uns auch diese noch nimmt."

Wieder setzten sie ihren Weg fort, ungewiss wohin er führen

würde, denn dass sie auf diesem Pfad das Hospiz noch erreichen würden, glaubte so langsam keiner mehr. Aber weder Antonius noch Andreas sprachen es aus, um dem Anderen die Illusion nicht zu nehmen.

Das Licht nahm rapide schnell ab und tauchte den Schnee unter ihnen in ein einheitliches Dunkelgrau. Bald waren selbst diese Stapfen vor ihnen nicht mehr auszumachen und sie stolperten immer öfter über Schneeverwerfungen.

„Andreas," Antonius hielt ihm seinen Schirm entgegen, „haltet euch daran fest. Nicht, dass noch einer von uns in eine Eisspalte oder einen Abgrund stürzt. Wir sollten unseren Schritt verlangsamen."

„Nein, wir sollten rasten. Es ist zu gefährlich in der Dunkelheit weiter zu gehen."

„Willst du im Schnee erfrieren? Wenn einer einschläft in dieser Kälte, dann für immer. Lass uns langsam weiter gehen." Antonius verschwieg den wahren Grund warum er nicht unter freiem Himmel nächtigen wollte. Er hatte Wölfe heulen gehört, vor einer ganzen Weile schon, auch wenn es seit längerem wieder still war. Aber sie waren irgendwo da draußen und lauerten, dessen war er sich sicher.

„Wir graben eine Schneehöhle", riss ihn Andreas aus den Gedanken, blieb stehen und suchte die Gestalt seines Begleiters auszumachen. „Bei meiner ersten Tour hatte ich einmal einen Begleiter, der ebenfalls in die Nacht kam. Er konnte sich retten, indem er sich in einem Schneeloch eingrub. Selbst Wildtiere können uns dann nicht mehr wittern." Er musste das Geheule also auch vernommen haben, es war kein Hirngespinst, schoss es Antonius durch den Kopf.

Ein Hustenanfall schüttelte seinen Körper, ehe er antworten konnte. Er spuckte den Schleim aus und vernahm einen eisenhaltigen Nachgeschmack im Mund. Mit dem Fuß stampfte er ein paar Mal über seinen Auswurf, um keine Tiere anzulocken, denn er kannte diesen Geruch. Es war Blut.

„Gut. Vielleicht hast du Recht. Wir sollten keine unnötigen Gefahren eingehen. Lass uns eine tiefe Mulde ausgraben." Er nahm seine Krätze von der Schulter und ließ sie in den Schnee fallen. Eine Leichtigkeit überkam ihn als könne er abheben. Er hätte nicht geglaubt, dass sie ihm einmal, obwohl ohne Uhren, so schwer werden würde. Ohne dem Drängen seines Körpers auf eine Pause nachzugeben, begann er mit bloßen Händen zu buddeln. Andreas und Luigi taten es ihm gleich.

Die Kuhle hatte schon die Größe, um einen Mann mit angezogenen Knien darin zu beherbergen als sie inne hielten. War da nicht ein Geräusch, ein Geläut? Ein ganz zartes?

„Vater! Ich glaube, ich höre die Geister der Berge!" Luigis Stimme bekam einen ängstlichen Unterton. Natürlich hatte er in den Gasthäusern auf dem Weg hierher schon viele gruselige Geschichten über Berggeister gehört, die verirrte Wanderer entführten und aufspeisten. Sie vernebelten die Sinne der Menschen, um sie ihnen gefügig zu machen.

„Ich höre schon Annabellas Essensglocke läuten", fügte er voller Ehrfurcht hinzu.

„Pst! Seid still! Ich höre auch etwas!" Antonius kroch aus dem Loch hervor und lauschte angestrengt.

Es war wieder still.

„Ich hätte schwören können, Glocken gehört zu haben." Andreas stand aufrecht und blickte angestrengt in die Richtung, von wo er das Geläut vermutete. Er setzte schließlich alles auf eine Karte und formte seine Hände zu einem Trichter, dann rief er: „Haaaallooo!!! Ist da jemand?"

Stille. Er wollte sich schon wieder entmutigt der Grabarbeit widmen als plötzlich ein Licht in der Ferne auftauchte. Es bewegte sich. Jemand musste es hin und her schwenken.

„Da! Da! Schaut! Das Hospiz! Es müssen die Mönche sein, die die Glocke geläutet haben!" Andreas sprang voller Freude aufgeregt auf und ab, um den anderen das Licht zu zeigen. „Seht ihr es? Könnt ihr das Licht sehen?"

„Ja! Tatsächlich du hast Recht Andreas." Freudig raffte sich auch Antonius auf und schrie: „Haaaallooo!

Wartet, wir kommen." Rasch packten sie ihre Sachen zusammen und eilten davon. Nur Luigi hielt seinen Vater am Zipfel seiner Joppe und flüsterte: „Und wenn es die Berggeister sind, die uns ins Verderben locken?"

„Nein Junge, glaub mir. Es sind die Mönche."

„Ich weiß nicht." Er blieb stehen, doch als er sah, dass die Männer freudig auf das Licht, das sich immer noch bewegte, zurannten, lief er ihnen nach.

Ein Hospiz hatte er sich anders vorgestellt. Luigi war enttäuscht, ein gewöhnlicher Bergbauernhof kam zum Vorschein, soweit er die Umrisse des steinernen Gebäudes deuten konnte, das nun aus der Dunkelheit auftauchte.

Noch immer schwenkte ein alter Mann, vermutlich der Bauer, die Stalllaterne hin und her. Erst als die drei Gestalten in seinem Lichtpegel auftauchten, nahm er die Laterne etwas herunter, um die Gesichter der Fremden erforschen zu können.

„Fremde Reisende? Seid ihr Händler?"

„Ja, Gott hat euch geschickt, alter Mann. Ihr habt uns vor den Wölfen bewahrt."

„Und dem Kältetod", fügte Andreas hinzu.

„Das ist auch meine Aufgabe. Ich werde entlohnt, wenn ich bei Nebel alle zwei Stunden die Glocke läute, um verirrte Wanderer und auch manchmal Säumer auf den rechten Weg zu bringen. Dort hinten," er deutete in die Richtung von der sie kamen, „führt kein Weg vorbei. Er endet in einem Furt wo die Lawinen liegen bleiben. Mehrere hundert Fuß tief. Ihr hattet mehr Glück als Verstand."

„Aber es waren Fußspuren zu sehen", wehrte sich Antonius.

Der Mann schüttelte den Kopf. „Es sind Gamsspuren. Man sieht sie den ganzen Winter. Ihr habt wohl keine Warnschilder gesehen, was?"

„Nein, wir haben kaum die Hand vor den Augen gesehen."

Andreas wischte sich über die Stirn, seine Knie schlotterten bei dem Gedanken unmittelbar vor dem Abgrund gestanden zu haben.

„Es war den ganzen Tag neblig, warum seid ihr weitergegangen? Wisst ihr nicht wie gefährlich das sein kann? Und dann noch mit einem Kind! Woher kommt ihr?“

„Aus der Nähe von Piacenza. Wir sind Uhrenhändler aus dem Schwarzwald und wollen noch zurück. Wir haben uns verspätet.“

„Euer Leichtsinn hat euch fast das Leben gekostet. Kommt schon rein.“ Er schlurfte mit der Laterne voraus und erst jetzt sahen sie die geduckte, bucklige Gestalt einer alten Frau in den Hausflur huschen.

Eine wohlige Wärme und der Geruch eines Bauernhofes schlug ihnen entgegen.

Als sich der Schock langsam löste spürten sie die Erschöpfung in ihren Knochen und die Schwere, die sich in ihrem Körper ausbreitete. Auch ein Gefühl von bohrendem Hunger keimte auf. Sie hatten seit dem Frühstück nichts mehr gegessen.

Der Mann mit der Laterne führte sie in die winzige Wohnstube, wo auch die Quelle dieser wohltuenden Wärme stand, ein oben abgerundeter Erdofen, ähnlich den Schwarzwälder Kachelöfen, nur eben ohne Kacheln.

Luigi ließ sich vor den Ofen auf die Bank fallen und schloss die Augen vor Erschöpfung.

Das Weiblein, versteckt unter einem übergroßen Kopftuch, kam mit einer dampfenden Schüssel. „Trinkt eine heiße Milch, sie wird euch gut tun. Hängt die nassen Kleider über die Stange zum Trocknen. Ich habe Decken im Stall, ihr könnt im Heu übernachten.“ Ihr Blick fiel auf Luigi. Seine Schuhe waren aus feinem Leder, das von der Nässe durchgeweicht war und beileibe nicht in den Bergen taugte. An seinen nassen Strümpfen zogen hellrote Flecken hoch.

Die Alte stellte die Milchschüssel auf den Tisch und machte

sich daran dem eingeschlafenen Kind die Schuhe und Strümpfe auszuziehen. Die Füße waren blaugefroren und blutig gelaufen.

„Mein Gott, Luigi!“ stieß Andreas entsetzt hervor, doch der Junge schlief schon tief und fest. Er blickte entschuldigend von Antonius zur Alten. „Er hat keinen Ton gesagt. Er hat sich nicht einmal beklagt.“

„Er hat sich nicht getraut etwas zu sagen“, bemerkte Antonius.

„Ich werde mich um seine Füße kümmern, so kann er nicht weiter gehen.“ Das Weiblein verschwand wieder in der Küche, während sich der Bauer ebenfalls an den Ofen setzte und eine Pfeife stopfte.

„Bedient euch.“ Er deutete auf die Schüssel auf dem Tisch.

Die Alte kam mit einer Wasserschüssel, in die sie wohlduftende getrocknete Bergkräuter geworfen hatte, dann begann sie dem Jungen die Füße zu waschen und zu wärmen, um sie hinterher noch mit einer dicken Pomade einzubalsamieren. Anschließend steckte sie sie in warme trockene Wollsocken. Luigi bekam von all dem nichts mehr mit.

„Lasst den Jungen am Ofen schlafen“, sagte sie den beiden erschöpften Gestalten, die sich an den Tisch gesetzt hatten und die Milch wie einen kostbaren toskanischen Rotwein schlürften, und deckte Luigi zu. „Ich wasche seine blutigen Socken aus, dann trocknen sie bis morgen.“ Dann verschwand sie ehe Andreas sich bedanken konnte.

„Wann seid ihr losgelaufen? Und von wo?“ wollte der Bauer endlich wissen, als sie allein waren.

„Wir waren um die Mittagszeit im Dorf, von da an hatten wir Nebel. Wie weit ist es noch zum Hospiz?“

Antonius beugte sich vor, denn er hatte das Gefühl, der Alte wäre etwas schwerhörig, weil er selbst laut sprach.

„Das Hospiz? Oh, das Hospiz liegt weit von hier, das hättet ihr nicht mehr erreicht. Ihr seid mittags in San Bernadino losgegangen?“ Er schaute recht ungläubig.

„Ja", nickte Andreas.

Da begann der Alte schallend zu lachen. „San Bernadino?" Er hielt seinen Bauch und holte Luft, ehe er noch einmal ungläubig fragte, „wirklich in San Bernadino?"

„Ja", wiederholte Andreas, der sich plötzlich nicht mehr so sicher war. „Da, wo die gleichnamige Kapelle steht."

„Nein." Wieder begann der Alte zu lachen und schlug sich mit seiner Hand auf den Oberschenkel.

„So etwas habe ich noch nie erlebt. Wie habt ihr es geschafft, den ganzen Tag im Nebel herumzuirren und dabei nur einen Steinwurf weit von der Kapelle anzukommen?"

Andreas und Antonius schauten verwirrt.

„Was meint ihr mit einem Steinwurf weit?" sagten sie wie aus einem Mund.

„Wenn es hell wäre, könntet ihr es sehen. Wir sind hier vielleicht hundert Fuß höher als die Kapelle. Wir können vom Brunnen draußen auf das Dach sehen. Unser Hof ist der letzte, der noch zum Dorf zählt. In einer halben Stunde Fußmarsch seid ihr unten auf dem Dorfplatz."

„Aber..." Antonius überlegte fieberhaft, „wie kommt es dann, dass wir den ganzen Nachmittag gegangen sind und immer bergauf?"

„Ich kann es mir nur so erklären, ihr seid auf den Pfad der Gämse gekommen. Sie laufen im Tiefschnee immer im Zickzack hintereinander her, um nicht unnötige Kraft zu verlieren. Sie haben regelrechte Trampelpfade. Normalerweise sind sie weiter oben anzutreffen. Sie sind nämlich menschenscheu. Aber in harten Wintern mit viel Schnee wagen sie sich schon mal an die abgelegenen Heuschober heran und fressen das Futter zwischen den Brettern heraus. Ihre Pfade gleichen manchmal denen von langgezogenen Serpentinen. Ihr habt im Nebel die Orientierung verloren und nicht bemerkt, dass ihr kaum Höhe gemacht habt."

„Ich kann es nicht glauben." Antonius schüttelte den Kopf.

„Und wie kommt es dann, dass ihr die Glocke läutet, wenn das Dorf nicht weit ist?"

„Der Verband der Säumer hat sie mir auf das Dach gemacht. Bei Schneetreiben oder eben Nebel ist es selbst den Säumern schon oft passiert, dass sie das Warnschild übersehen haben und statt abzubiegen, wie ihr, auf das Furt zugegangen sind. Bis sie ihren Fehler bemerkten war es oft zu spät und die ersten Tiere sind samt Ladung abgestürzt. Ich bekomme einen kleinen Obolus für diese Dienste. Ihr müsst wissen, das Leben ist sehr karg am Berg. Selbst die Hühner legen kleinere Eier als unten im Tal." Er öffnete die Ofentür, holte mit einem Ästchen eine Glut heraus und zog paffend an der Pfeife, bis sie kurz aufflackerte und dann brannte. Genussvoll stieß er den Rauch ringförmig in die Luft und schaute den Kringeln nach bis sie sich auflösten.

„Guter Tabak." In seinem runzligen, halb mit Bart zugewuchertem Gesicht, konnte man die Anerkennung ablesen. „Habe ich von einem Säumer bekommen, den ich auch noch rechtzeitig vor dem Abgrund bewahren konnte. Er war von drüben," er deutete in Richtung Pass, „Splügen, kannte sich hier auch nicht richtig aus. Bei Nebel, meine ich. Normalerweise kommen die nicht hierher, müsst ihr wissen. Sie tauschen die Warenladungen oben am Hospiz und jeder geht in sein Tal zurück, damit er am Abend wieder bei den Seinen ist. Es war halt auch so ein verrückter Händler, der sein Zeug unbedingt über den Berg bringen wollte. Diesen armen Schlucker hat das Geld gelockt, aber beinahe hätte er teuer dafür bezahlt."

Andreas und Antonius blickten sich an. Sie hatten begriffen, dass eine Belohnung erwartet wurde.

„Nun, ihr fragt euch sicher, warum wir so spät im Jahr noch über den Pass wollen", begann Antonius, denn er hatte das Gefühl, als glaube der Alte, er habe reiche Händler vor sich. Er wollte die Aussicht des Alten auf ein gutes Geschäft gleich etwas dämpfen. „Wir hatten Pech, ausgesprochenes Pech. Wir wurden ausgeraubt." Zum Beweis stand Antonius auf und zog seinen Kittel hoch, dann drehte er sich mit dem Rücken zu dem Bauern. „Hier seht. Die Halunken haben mir ein Messer in den Rücken gerammt und sind mit meinem Gewinn auf und davon."

„Beim Teufel und allen seinen Höllenbrüdern, das sieht aber nicht schön aus. Erzählt mir, wie das passieren konnte."

Der Alte schien sehr interessiert, wahrscheinlich hörte er in dieser Einöde hier oben selten Neuigkeiten aus der Welt und so erzählten Andreas und Antonius die ganze Geschichte in allen Einzelheiten, selbst das alte Weiblein hatte sich unauffällig in eine Ecke des Raumes dazugesellt.

Stille herrschte, nachdem Antonius mit seinen Ausführungen geendet hatte. Der Bergbauer begann langsam seinen Kopf zu schütteln.

„Die Welt ist schlecht da draußen. Es ist ein Kampf ums Überleben. Aber auch hier haben wir zu kämpfen. Ihr seid doch Uhrenhändler," er hob seinen Kopf und schaute die beiden prüfend an, „sicher kennt ihr euch auch in der Technik aus, oder?"

„Schon, warum?"

„Dort," der Alte deutete an die Wand hinter ihnen, „sie ist kaputt. Schon seit Jahren. Es ist ein Erbstück, mein Vater hat sie einmal von einer langen Reise mitgebracht."

Andreas und Antonius schauten sich um und entdeckten eine Waaguhr. Statt der jetzt üblichen Gewichte aus Messing hingen noch zwei Feldsteine an den Seilen. Sie musste vom Ende des vorigen Jahrhunderts stammen. Eine der ersten Uhren wie sie in ihrer Heimat einst gebaut wurden.

Antonius stand auf, doch ihm wurde plötzlich schwarz vor Augen und er musste sich an der Wand abstützen. Der kurze Schwindelanfall ging vorbei, ohne dass ihn jemand bemerkt hatte. Wie rein zufällig wischte er sich über die Stirn und fühlte, dass sie glühte, obwohl es ihn noch immer fröstelte.

Es ist die plötzliche Wärme hier drin, redete er sich ein und die Erschöpfung, denn er konnte es sich auf keinen Fall leisten hier schlapp zu machen.

„Ich schau sie mir morgen bei Tageslicht an, vielleicht bringe ich sie wieder in Gang. Es ist ein Anfangsmodell." Antonius hoffte inständig, dass er jetzt schlafen durfte, denn er glaubte, dass seine Beine bald den Dienst versagen würden, wenn er sich nicht augenblicklich eine Pause gönnte.

„Es ist kalt draußen, holt euch Heu und Decken hier herein und macht es euch auf dem Boden bequem", sagte der Bauer im selben Moment, so als hätte er Antonius Gedanken gelesen. Antonius wusste, dass das eine Ehre und ein Vertrauensbeweis waren.

Kurz darauf schmiegten sie sich unter die kratzigen Wolldekken und schliefen sofort ein.

Antonius jedoch wurde von Alpträumen gequält. Wolfsrudel verfolgten ihn bis an den Abgrund des Lawinenabgangs. Berggeister mit goldenen Ohrringen kamen den Hang herunter, es waren Helenas Ohrringe. Sie schleppten eine tote Gestalt auf dem Rücken. Sie trug die Kleider von Fidelis, aber das Gesicht! Antonius schreckte schweißgebadet auf, er wusste im ersten Augenblick nicht wo er war. Julius hatte ihn doch eben angestarrt! Nein, das konnte nicht sein. Julius war weit weg im Schwarzwald, wie kam er auf Julius? Aber er hatte ihn deutlich gesehen, eben noch. Nur seine Augen, sie waren seltsam. Sie starrten ins die Leere. Antonius lief ein kalter Schauer über den Rücken. Seine Sinne spielten ihm Streiche. Er hatte Fieber, sein Kopf hämmerte, sein Hals schmerzte als kratze ein Stein seinen Schlund auf, wenn er schluckte. Er musste husten und schmeckte wieder diesen schalen Beigeschmack. Antonius schluckte alles hinunter. Sollte es doch bleiben wo es hingehörte. Aber ein unendliches Brennen in seinem Hals zwang ihn aufzustehen. Seine Zunge klebte im Mund. Er brauchte Wasser, kaltes Wasser.

Vorsichtig tastete er sich in der Dunkelheit zu der Tür, hinter der die Alte gestern Abend immer verschwunden war. Sie musste zur Küche führen und von da musste es hinaus zum Brunnen gehen. Zumindest war das in der Heimat so. Endlich ertastete er den Riegel und schlüpfte durch die Tür. Doch er stolperte. Hier waren zwei Stufen, wie er schmerzlich feststellen musste. Unglücklicherweise stieß er dabei noch irgendwelches Blechgeschirr um, das fürchterlich schepperte. Antonius biss sich auf die Unterlippe und verharrte krampfhaft ruhig. War jemand aufgewacht? Er hörte Schritte und schon wurde die Tür aufgestoßen. Ein Lichtpegel blendete ihn. Er vernahm die Stimme der Bauern und diese war ärgerlich.

„Willst du mir heimlich an die Vorräte, Fremder? Ist das der Dank?"

Antonius hob den Arm, um sich vor dem Licht zu schützen, das ihm in den Augen brannte.

„Nein Alter, wo denkt ihr hin. Ich habe nur schrecklichen Durst. Ich suche den Weg zum Brunnen."

„Der liegt in der anderen Richtung, vor dem Haus. Aber du hast Glück, mein Weib stellt über Nacht immer einen Eimer mit Eiswasser in die Küche, damit er auftaut. Hier." Er nahm endlich das Licht von ihm weg und leuchtete an den Schüttstein wo der Eimer stand. Ein Schöpfer hin daneben und Antonius machte sich gierig darüber her. Der Alte kam näher und zündete ihm wieder ins Gesicht.

„Deine Augen glänzen ganz fiebrig. Bist du etwa krank?" Er ging ein Schritt zurück.

„Nein." Antonius wusste, dass er nicht vor der Krankheit Angst hatte, sondern davon, wie er einen Kranken durchbringen sollte, wo es ihnen doch selbst an allem mangelte. „Ich habe nur schlecht geträumt. Die Wölfe haben mich an den Abgrund gedrängt." Er versuchte ein Lächeln, obwohl ihm die Knie zitterten und er einen Hustenanfall unterdrücken musste. Die Züge des Alten entspannten sich daraufhin. „Ihr müsst mächtig um euer Leben gebibbert haben, da draußen."

„Ja. Das haben wir. Jetzt kann ich es ja sagen." Antonius nahm sich zusammen und ging am Bauern vorbei, zurück in die Stube, wo er sich schlotternd unter der Decke vergrub.

„Hei, wach auf! Du dampfst ja wie ein Ofen." Antonius spürte einen unsanften Stoß in den Rippen. Ihm war gar nicht bewusst, dass er geschlafen hatte. Es musste fast eine Ohnmacht gewesen sein. Dämmriges Tageslicht schob sich zu den winzigen Fenstern herein und tauchte den Raum in eine freundlichere Atmosphäre. Als sie sich erhoben, huschten Mäuse aus dem Heu und verschwanden in irgendwelchen dunklen Kanälen in den Wänden. Antonius glaubte Blei in den Knochen zu haben, alles tat ihm weh, aber das Hämmern im Kopf war besser.

„Du bist doch nicht etwa krank?" Andreas versuchte seine Stirn zu fassen, aber Antonius wimmelte ihn ab.

„Lass das, ich habe schlecht geträumt", brummte er absichtlich, um in Ruhe gelassen zu werden, dabei sah er, wie der Junge aus seiner Decke blinzelte. „Mich haben die Wölfe heut nacht gejagt", fügte er hinzu. Luigi musste grinsen und die Sache war vergessen.

„Komm schauen wir, dass wir das Ding zum Laufen bekommen." Er nickte mit dem Kopf unmerklich zur Wanduhr und kroch unter der Decke hervor. „Der Tag wird schön, dann können wir bald weiter."

Andreas stieß sich von der Fensterbank ab, wo er das Wetter erkundet hatte und machte sich daran die Uhr von der Wand zu nehmen.

Sie nahmen sie auf dem Tisch auseinander und fanden auch gleich den Fehler. Ein Zahnrad war gebrochen. Zum Glück hatten sie ein neues Messingrad dabei das passte. Es dauerte nicht lange und alle Einzelteile waren wieder zusammengesetzt. Luigi staunte ob der ungeahnten Fähigkeiten seines Vaters.

„Ihr seid schon fleißig?"

Die Alte stand mit einer heißen Schleimsuppe in der Tür. Sie hatten sie wie üblich nicht gehört, aber ein Lächeln huschte über ihr runzeliges Gesicht als sie sah, wie die Uhrenhändler sich nützlich machten, während Luigi noch schnell das Heu zusammentrug.

Sie stellte die Suppe und drei Holzlöffel hin. „Ich habe dem Jungen eine Überraschung“, rief sie und strahlte freudig vor sich hin, während sie wieder in der Küchentür verschwand.

Kurz darauf kam sie mit einem Paar ausgetretenen Bergschuhen mit Holzsohle. Sie waren bleischwer, aber noch nicht kaputt.

„Sie gehörten meinem Sohn selig als er etwa so alt war wie du.“ Sie stellte sie dem Jungen hin und deutete ihm hinein zu schlüpfen.

Luigi's Füße versanken in den klobigen Stiefeln. Das Bild, das er dabei abgab, erinnerte irgendwie an den gestiefelten Kater.

„Etwas groß, aber wenn ich sie gut schnüre, verliere ich sie nicht.“ Er ging im Raum auf und ab, dann blieb er stehen. „Und euer Sohn? Braucht er sie nicht mehr?“

Die Alte wandte sich ab und schüttelte den Kopf. „Da wo er ist, braucht man keine Schuhe mehr.“ Sie ging in die Küche und Luigi schaute traurig auf seine neuen Schuhe. Er wusste was die Alte damit gemeint hatte. Unschlüssig drehte er sie hin und her, dann blickte er fragend zu seinem Vater.

„Komm, iss. Jeder hat sein eigenes Schicksal. Es ist in Ordnung, wenn du sie aufträgst, sonst hätte sie dir die Schuhe nicht gegeben.“ Andreas streckte ihm die Hand entgegen.

Da schlürfte der Alte herein, sein Pfeifchen im Mundwinkel hängend und blieb eine Weile stumm vor der wieder tickenden Uhr an der Wand stehen. Sein Kopf nickte dabei anerkennend auf und ab, schließlich drehte er sich um und seine Stimme klang brüchig als kämpfte er mit den Tränen: „Wisst ihr, sie ist seit vielen Jahren kaputt und jetzt, da sie wieder tickt, kommt es mir vor als sei meine Kindheit wieder zurückgekehrt.“ Er blickte sie eindringlich an, dann sagte er: „Ich danke euch von Herzen. Wirklich, es bedeutet mir sehr viel.“

Sie erreichten das Hospiz an diesem strahlendem Tag in weniger als zwei Stunden und baten lediglich um eine Tasse Tee als sie bei den Mönchen eine kurze Rast einlegten.

„Du siehst nicht gut aus, Antonius. Dein Husten, du hast dich erkältet. Wirst du es schaffen, wenn wir weiter gehen?“

„Halb so schlimm,“ winkte Antonius ab, dem der heiße Tee den Brustkorb wohlig wärmte, „bis Splügen werden wir es noch schaffen, dann sollten wir eh ein Quartier suchen, es wird schnell Nacht in dieser Jahreszeit.“

„Gut, dann brechen wir auf.“

Antonius band sein Tuch um den Hals und stellte zusätzlich seinen Kragen hoch, um sich durch den Zugwind nicht noch weiter zu erkälten, denn der Tee trieb nun erst recht den Schweiß aus seinen Poren. Seine Beine waren noch immer bleischwer, doch von nun an ging es bergab, zunächst über den Wälschberg, dann überquerten sie auf der alten Landbrugg, die schon des öfteren durch die Fluten des Flusses weggeschwemmt wurde, den Rhein und hielten über den Saumpfad auf das Dörfchen Hinterrhein zu. Sie hatten ungeheuerliches Glück, alle Pfade und Wege waren offen, denn es hatte in den letzten Tagen hier auf dieser Seite des Berges kaum geschneit.

Stumm stapften die Drei hintereinander über die Trampelpfade, die so schmal waren, dass ein Nebeneinander nicht möglich war. Hin und wieder kamen ihnen ein oder zwei Säumer mit Maultieren entgegen, für die sie dann in die Schneeborde ausweichen mussten.

Die Sicht über die Bergwelt war traumhaft und die Temperaturen schon fast mild. Luigi war wieder entschädigt für den nebligen und anstrengenden gestrigen Tag.

Im Dörfchen Hinterrhein nahmen sie eine Mahlzeit ein und gingen dann gleich, um keine Zeit zu verlieren, weiter immer den Rhein entlang Richtung Splügen. Kurz vor Anbruch der Dunkelheit, nach weiteren fünf Stunden Gehzeit seit der Mittagsrast, erreichten sie endlich diesen wichtigen Umschlagplatz der Säumer. Hier teilten sich die Handelwege. Es gab die Nord- Südachse über den San Bernadino, den sie nun überquert hatten, und es gab noch die Möglichkeit Richtung Osten zum Comersee hinunter.

„Ich frage den Dorfwirt um ein Quartier." Andreas nahm seine Krätze, die er auf dem Speicherboden wieder ausgegraben hatte, ab und lehnte das Gepäck an das gut mannshohe Schneebord, das den Dorfbrunnen umsäumte. „Bleib du beim Gepäck."

Antonius nickte nur, er war froh, dass Andreas ihm diese Aufgabe abnahm. Er kam sich vor wie eine ausgelutschte Zitrone und lehnte sich gegen die kalte Schneewächte, dabei ließ er sich auf ein Gepäckstück rutschen.

„Luigi, bitte sei so gut und füll mir die Feldflasche mit Wasser." Er hatte nicht mehr die Kraft über den Schnee zu steigen und sich Wasser zu schöpfen. Kalter Schweiß rann ihm wie ein Bächlein über den Rücken hinunter und er kämpfte gegen die Ohnmacht, nur das Hämmern in seinem Kopf hielt ihn davon ab. Seine Knie zitterten wie Espenlaub und er glaubte nie wieder aufstehen zu können.

Antonius trank einige Schlucke von dem eisigen Wasser, dann stützte er den Kopf in die Hände und hörte und sah nichts mehr. Als Luigi sah, dass er schlief, rannte er seinem Vater hinterher in die Dorfkneipe.

„Hei, Antonius! Wach auf! Ich habe eine Unterkunft gefunden." Antonius hob den Kopf, er musste sich erst orientieren, dann blickte er in das Gesicht seines Begleiters, er konnte ihn aber nur schemenhaft erkennen, streckte ihm dennoch die Hand hin, damit er ihn aufziehen konnte.

Andreas fasste ihm an die Stirn.

„Ich hab es gewusst. Du bist krank. Du glühst wie ein Kachelofen. Warum hast du in Hinterrhein nichts gesagt? Wir hätten genauso gut dort übernachten können. Seit wir am Berg sind hustest du, deine Lunge ist mehr als angeschlagen. Willst du dir den Tod holen? Komm, ab mit dir ins Bett."

Antonius war zu schwach, um sich in irgendeiner Weise zu wehren, er ließ sich ins Gasthaus schleifen und das Gepäck hinterher tragen.

„Du musst etwas Kräftiges zu dir nehmen." Andreas schob

ihm den Teller mit Rindfleischbrühe hin, die er extra bei der Wirtin geordert hatte.

Nur widerwillig trank Antonius die Brühe aus, wobei ihn jeder Schluck wie Feuer in der Kehle brannte. Aber gleich darauf breitete sich eine wohlige Wärme in ihm aus, seine Glieder wurden bleischwer.

„Ich muss mich hinlegen. Ich habe schlecht geschlafen letzte Nacht." Er stand wankend auf und schleppte sich die Stufen zur Kammer hinauf. Seine Finger umklammerten das Geländer bis nur noch das Weiß der Knöchel zu sehen war.

Antonius ließ sich auf den Strohsack fallen und schlief im selben Moment ein. Andreas, der ihn sicherheitshalber die Stufen hoch begleitet hatte, zog ihm die Stiefel aus und deckte ihn zu.

„Luigi, mein Sohn, er gefällt mir ganz und gar nicht. Ich frage die Wirtin, ob sie nicht ein Heilmittel kennt. Wenn er sich nur nicht eine Lungenentzündung holt." Er legte den Arm um die Schulter seines Jungen: „Und wie geht es dir? Was machen die Füße."

„Es geht. Die Schuhe sind etwas groß und reiben, aber ich hab warme und trockene Füße."

„Das ist das Wichtigste. Stopfe etwas Heu oder Stroh vorne rein, dann passen sie dir besser."

Die ersten Strahlen der Sonne trafen zu den winzigen Dachluken herein und setzten dieser unruhigen Nacht ein endgültiges Ende. Andreas und Luigi hatten kaum geschlafen, denn immer wieder stöhnte und jammerte Antonius in seinen Fieberträumen. Nun setzte er sich mühsam auf und presste die Hände gegen seine Schläfen, dann schüttelte er den Kopf, als müsse er erst wieder zu Verstand kommen.

„Haben dich wieder die Wölfe verfolgt?" fragte Luigi.

„Oh, ich glaube heute Nacht war alles hinter mir her was Beine hat. Aber ich habe sie alle abgeschüttelt." Er versuchte ein Lächeln.

„Das habe ich gemerkt. Du hast wild um dich geschlagen und die Decke weggeschleudert", setzte Andreas hinzu.

„So? Hab ich das? Das muss ja ein wilder Kampf gewesen sein. Vielleicht habe ich die Berggeister vertrieben, was meinst du Luigi?"

„Wau, Antonius im Kampf gegen die Berggeister, wenn ich das meinem Cousin erzähle. Das glaubt der nie!" Luigi sprang auf und lief ans Fenster. Er stellte sich auf die Zehenspitzen und reckte seinen Kopf.

„Da!" schrie er plötzlich. „Ich sehe noch, wie sie sich über den Berg machen!"

Antonius raffte sich auf, seine Glieder fühlten sich an wie nasse Säcke, aber sonst ging es ihm etwas besser, die Kopfschmerzen waren nur noch leicht, aber der Hals kratzte nach wie vor und ein Hustenanfall schüttelte ihn, wie er zu Luigi ans Fenster schlurfte.

„Lass mal sehen."

Über dem San Bernadino türmten sich Schlechtwetterwolken, obwohl der Rest des Himmels strahlend blau war.

„Du hast Recht mein Junge. Dort oben hausen die Berggeister, wir sollten zusehen, dass wir schleunigst von hier wegkommen, ehe sie uns ihr Schneegestöber hinterher jagen. Mit ihnen ist nicht zu spaßen."

Nun war auch Andreas ans Fenster getreten und seine Miene verfinsterte sich.

„Da braut sich was zusammen. Wie fühlst du dich Antonius? Es wäre besser, wir blieben noch einen Tag, damit du dich erholen kannst." Er griff ihm an die Stirn. „Du hast noch immer Fieber."

„Der Mond hat gewechselt Andreas, du weißt, wenn es jetzt zu schneien beginnt, kann es zwei Wochen lang weitermachen. Dann sind die Pfade zu und wir sitzen fest. Nein, wir schauen zu, dass wir hier weg kommen."

„Und wenn du es nicht schaffst?"

„Ich schaffe es. Mach du dir keine Sorgen wegen mir. Schau lieber dort hoch.“ Er deutete zu den Wolkentürmen, dann drehte er sich um und schlug das Eis, das sich über Nacht in der Waschschüssel gebildet hatte, ein und wusch sich das Gesicht.

„Buh, das macht aber wach.“

Der Duft von gebranntem Mehl zog schon die Stiege hoch und Antonius verspürte plötzlich einen Bärenhunger. Schnell rafften sie ihre Habseligkeiten zusammen und eilten hinunter, wo schon die ersten der wenigen Gäste über der Morgensuppe saßen.

„Ah, da kommt mein kranker Schwarzwälder. Wie geht es heute?“ Die Wirtin kam auf Antonius zu, doch dieser blickte fragend zu seinem Begleiter.

„Ich bin hier wohl schon bekannt, was?“

„Ja,“ mischte sich die Wirtin ins Gespräch, „euer Freund hat sich Sorgen um euch gemacht und mich um eine Medizin gebeten. Ich war schon heute Früh bei unserem Kräuterweib. Sie hat ein Gebräu zusammengestellt, das euch garantiert bis ins Tal bringt. Aber esst erst eure Suppe.“

„Und was hat der Spaß gekostet?“ flüsterte Antonius seinem Freund zu als die Wirtin verschwunden war und er sich über die Suppe hermachte.

„Wenn das Zeug so gut ist, wie sie sagt, dann war es das Geld wert.“

„Also nicht ganz billig.“

„Das geht auf meine Rechnung, keine Angst.“

Antonius verdrehte die Augen und brummte etwas vor sich hin, als auch schon die Wirtin wieder kam und einen Becher mit einer heißen Flüssigkeit brachte.

„So mein Freund. Am besten ihr trinkt alles in einem Zug aus und zwar gleich, solange es noch heiß ist. Riecht nicht daran, es schmeckt scheußlich, aber es hilft.“

Mit gemischten Gefühlen nahm Antonius den Becher, beäugte ihn kritisch und stürzte ihn dann vor den erwartungsvollen Augen aller hinunter.

Antonius riss die Augen auf, ließ den Becher fallen und griff sich an den Hals. Dann rang er nach Luft. Tränen schossen ihm in die Augen und als er sich etwas gefangen hatte, keuchte er: „Wollt ihr mich umbringen?“ Er blickte zu der Wirtin, die er plötzlich nur noch durch einen Schleier wahr nahm. Er suchte nach seinen Kameraden, tastete nach ihnen, denn auch sie schienen in Nebel eingehüllt. Dann durchfuhr eine Woge der Wärme seinen Körper und ließ ihn den Saft aus allen Poren laufen.

Er hatte das Gefühl über den Anderen zu schweben. Von weit her hörte er Andreas Stimme: „Mein Gott, was habt ihr ihm gegeben? Er ist ganz weggetreten!“

„In Enzianschnaps eingelegte Wurzeln und Kräuter mit Bienenhonig. Es hat eine starke, berauschende Wirkung. Der Honig stärkt ihn. Er wird keine Schmerzen mehr spüren. Die Wirkung hält ein paar Stunden an. Dann sollte er allerdings schlafen und sich erholen, sonst macht sein Körper nicht mehr mit. Das Zeug holt noch einmal das Letzte aus ihm heraus.“

„Euer Wort in Gottes Ohr. Komm Antonius wir gehen. Hörst du mich überhaupt?“

„Ja. Wir gehen“, sprach Antonius nach und grinste vor sich hin. „Ja, wir gehen. Wohin gehen wir denn?“ Er blickte Andreas mit seltsam weit geöffneten Pupillen an.

„Das kann ja heiter werden“, brummte Andreas und nahm sein Gepäck. „Wirst du deine Sachen überhaupt tragen können?“

„Ach so, meine Sachen. Her damit.“ Mit einer Leichtigkeit, die Andreas nur so ins Staunen versetzte, schwang er die Krätze auf den Rücken und marschierte los, den Pfad hinunter. Sie hatten Mühe seinen Schritt beizubehalten, es war als flöge er den Berg hinunter.

Antonius war fröhlich und pfiff ein Lied vor sich her. Ihm kam es vor, als tanzten die Berge um ihn herum im Takt und so begann er ihnen mit den Fingern zu dirigieren und selbst zu tanzen. Die Eiskristalle leuchteten in allen Farben und blinkten wie lustige kleine Lichter von Glühwürmchen.

„Es sind die Berggeister, Vater pass auf ihn auf“, raunte Luigi, ohne den Tänzer vor sich aus den Augen zu lassen.

Sie stiegen serpentinenartig die Rofflaschlucht hinunter, wobei Andreas voraus ging und den Weg sicherte. Als sie entlang des Steilhanges der Via Mala Schlucht gingen, musste Andreas seinen Kollegen mehrmals zur Vorsicht mahnen, wenn dieser sich wagemutig über den Abgrund beugte.

Die Via Mala war ein ursprünglich von den Römern in den Fels gehauener Handelsweg, der entlang der steilen Schlucht lief. Erst die Walser, die sich im dreizehnten Jahrhundert in Splügen niederließen, hatten die Via Mala verbessert und verbreitert.

„Halt dich am Schirm fest. Wir bilden eine Art Seilschaft. Es können versteckte Eisplatten unter dem Schnee sein.“ Andreas reichte Antonius den Schirm, auch Luigi hielt sich daran fest. Er war ganz still geworden und wagte nur hin und wieder einen flüchtigen Blick in die Tiefe wo Baumstämme, eingekeilt wie Streichhölzer zwischen den Steinblöcken hingen, die die Wassermassen mitgerissen haben mussten. Endlich standen sie auf der alten Steinbrücke, die die Steilwände miteinander verband und konnten voller Ehrfurcht in die Eisschlucht blicken. Regelrechte Strudeltöpfe, die sich im Laufe der Jahrhunderte in den Fels gefressen hatten, wirkten in der tosenden Tiefe wie überkochende Hexenpötte. Das Wasser war türkisfarben, wo es auf hellen Felsgrund lief und dunkelblau, wo unergründliche Tiefen waren. Man verstand sein eigenes Wort kaum, mit solch einer Wucht presste sich das Bergwasser durch die enge Felsenschlucht. Die Wasserspritzer reichten hin und wieder bis an die Steinbrücke hoch und verwandelten die grauen Steine in spiegelglatte Eisbahnen.

Gebannt starrten die Drei eine Weile in die Tiefe und erschauderten ob diesen Naturgewalten.

Luigi deutete mit weitaufgerissenen Augen an den gegenüberliegenden Hang, wo sich baumdicke und ellenlange Eiszapfen an den Felsen gebildet hatten. Die ganze Eiswüste erhielt einen

Hauch von bizarrer Märchenlandschaft, weil der Raureif eine Art weiße Puderzuckerschicht über alles gelegt hatte.

Langsam lösten sie sich von diesem Anblick, denn Andreas befürchtete, dass die Wirkung der Medizin bald nachließ. Antonius war stiller geworden.

Vor ihnen öffnete sich das Tal. Und kurz darauf erreichten sie Thusis, wo der Albulapassweg zu ihrem stieß und nun breit genug für Schlitten, oder im Sommer sogar für Wagen war.

Andreas blieb stehen und blickte zurück: „Schau Luigi, nun sind wir im Land hinter den großen Bergen. Habe ich nun gelogen oder nicht?“

Luigi strahlte seinen Vater an: „Nein Vater, ihr hattet Recht. Es gibt es wirklich, das ferne Land und es hat immer noch große Berge. Schaut.“ Er machte eine ausladende Handbewegung in die Richtung, in die sie jetzt gehen würden.

„Ja, mein Junge, die hat es. Auch das Land meiner Großväter hat Berge. Du wirst es sehen.“

„Und Schnee?“ fragte Luigi unsicher.

„Auch Schnee und arme Menschen, die ums Überleben kämpfen.“ Andreas blickte zu Antonius, der sich neben ihnen in den Schnee gesetzt hatte und nun am Ende seiner Kräfte schien. Der Zauber des Hexengebräus hatte nachgelassen. Er war nur noch ein Häuflein Elend, das ununterbrochen gegen den Hustenreiz ankämpfen musste und dessen Augen wieder im Fieber glänzten.

Andreas winkte einem Schlittengespann, das des Weges kam und die Richtung nach Chur, dem Bischofssitz, eingeschlagen hatte. Irgendwo dort musste es heilkundige Mönche oder Nonnen oder gar einen Arzt geben, wo er seinen Freund hinbringen konnte.

*

Unzählige weiße Hügel, wie Wattebausche, reihten sich nebeneinander, um irgendwann zu einem schneebedeckten Meer von Gräbern und Holzkreuzen zu verschmelzen. Nur wenige Fußspuren waren zwischen den einzelnen Reihen auszumachen. Hier und da brannte ein Licht, eine Totenkerze. Ununterbrochen, seit Tagen schon, schaukelten leise dicke Schneeflocken aus dem Himmel, der ein einziges Grau bildete, und begrub alles Elend was darunter lag.

Nur eine vermummte Person kam täglich zu diesem Ort der Trauer. Leopoldine.

Stumm und steif wie eine Salzkristallstatue, stand sie eine Weile vor dem frisch aufgeschütteten Grabhügel, der sich wegen der Schneemassen nicht mehr von den anderen unterschied, um sich dann zu bücken und die Kerze neu zu entzünden.

Seit drei Wochen nun betrieb sie dieses Ritual und wartete. Aber es geschah nichts. Sie blickte fast schon entschuldigend zwei Grabreihen weiter, dort wo die Kindergräber begannen. Auch hier geschah nichts, auch dann nicht, wenn sie das Totenlicht am Kindergrab entzündete. Kein Schmerz, keine Trauer. Es war als sei sie eine lebendige Tote, die zwischen den Gräbern wandelte. Ihre Gefühle waren mit Julius gestorben. Sie spürte weder Kälte noch Wind, die ihr die Nase rot und blau gefrieren ließen. Sie stand einfach nur da und starrte vor sich hin, um dann irgendwann abrupt zu gehen, und das selbe Spiel am nächsten Morgen zu wiederholen.

Sie nahm auch die Welt um sich nicht mehr wahr, sonst wäre er ihr aufgefallen. Der Fremde, der sie von der Friedhofsmauer aus beobachtete. Seine Stirn war in tiefe Sorgenfalten gelegt, wenn er sah wie mechanisch und unwirklich sie sich bewegte. Es schnürte ihm das Herz zusammen.

Leopoldine, seine einzige wahre Liebe im Leben, sie war nichts weiter als eine gebrochene Frau. Enttäuscht und ausgezehrt vom harten Leben. Und doch überkam ihn ein Gefühl, eine Welle von Sehnsucht, wenn er ihr Gesicht für einen Moment erhaschen konnte. Für Bruchteile von Sekunden fühlte er ihre Nähe, ihren Körper, den Duft ihrer Haare und den unendlichen Sternenhimmel über ihnen, damals in der einsamen Nacht im Schildwendetal.

Andreas Gedanken führten in das Schildwendetal hinunter zum Winterberghof. Seiner Heimat.

Jedes einzelne der erstaunten Gesichter hatte er sich genau eingeprägt, als er mit Luigi an der Hand, zaghaft an die Haustüre geklopft hatte. Es war noch immer die selbe schwere Tür wie in seinen Kindertagen und es war noch immer der selbe dunkle Hausflur, selbst die wenigen Möbel, Holzbank, Tisch und Kommode, waren noch die gleichen, als hätten sie sich die letzten zwanzig Jahre nicht von der Stelle getraut.

Nur die Gesichter waren fremd. Michael, sein jüngster Bruder, war der Einzige, der im entferntesten mit seiner Ähnlichkeit eine Verbindung zu den alten Tagen herstellen konnte. Und seine Kinder, ihre staunenden Augen, mit denen sie den Fremden und seinen Sohn abtasteten, strahlten eine gewisse Vertrautheit aus.

Vater, Mutter und Joseph der Rossknecht, sie alle lebten nicht mehr. Benedikt und Laurentius, seine Brüder, waren weggezogen und verdingten sich als Uhrmacher in Neustadt und Schollach. Die Schwestern Agnes und Serafine waren in St. Märgen und im Wagnerstal verheiratet und Maria, die Älteste, lebte in einem Kloster am Bodensee. Eine neue, eine fremde Generation wuchs heran.

Er und schon gar nicht Luigi gehörten mehr hier her, obwohl sie, etwas zurückhaltend, wie man Fremden gegenüber nun mal war, freundlich aufgenommen wurden.

Eine ganze Nacht lang hatten sie sich zu erzählen, er Andreas, und Michael sein Bruder. Seine Frau saß schweigend daneben und hörte zu, während Luigi im Bett seines verstorbenen Großvaters schlafen durfte.

Ja, Antonius hatte nicht gelogen. Helena war wirklich hier und hatte mächtig Eindruck hinterlassen. Sogar der alte Winterberger, sein unnahbarer Vater, muss beeindruckt gewesen sein von ihrer mutigen Aktion, niemals sonst hätte er sie als legitime Tochter anerkannt auf dem Totenbett. Es gab bestimmt noch mehr seiner Bastarde in den umliegenden Tälern. Er war kein Heiliger gewesen, wie sie so nach und nach erfahren hatten, Michael und die anderen der Familie.

Andreas war gespannt darauf seine Halbschwester kennen zu lernen. Aber erst wollte er Leopoldine aufsuchen, Julius gegenübertreten. Den Kopf hatte er sich zermartert was er sagen sollte.

Doch das war nicht mehr nötig. Julius hatte sich erhängt. So ein Ereignis spricht sich selbst in der Abgeschiedenheit des Waldes wie ein Lauffeuer herum. Gleich heute früh hatte er sich auf den Weg nach Rudenberg gemacht, um sie zu sehen. Er war aufgeregt wie ein Schuljunge, doch sie war nicht zu Hause wie er von ihrem Sohn Johann, der ihn freundlich hereinbat, erfuhr.

Nein, seine Mutter sei drüben in Friedenweiler auf dem Friedhof, wie jeden Morgen. Auch Helena seine Schwester, sei wieder bei der Hebamme, sie könne bei dem seelischen Leiden ihrer Mutter auch nichts mehr ausrichten.

Und nun war er hier und beobachtete sie, wie sie in ihrer Welt gefangen war, blind ihrer Umwelt gegenüber. Sie musste ihn doch bemerkt haben, aber ihr Blick ging durch ihn hindurch, wenn sie zufällig in seine Richtung schaute.

Andreas stieß sich von der Mauer ab. Es lag an ihm etwas zu unternehmen. Langsam ging er auf sie zu, doch sie reagierte nicht, starrte auf das Flackern der Kerze. Ihre Lippen bewegten sich als spräche sie mit jemandem, doch kein Laut drang nach draußen.

Andreas hob seine Rechte und legte sie sanft auf ihre zerbrechlich wirkende Schulter. Langsam, wie in Trance, drehte sie sich um und starrte ihn an. Er spürte einen schmerzlichen Stich in seinem Herzen, der für Bruchteile von Sekunden anhielt, solange bis er den erlösenden Schrei aus ihrem Mund vernehmen konnte.

Leopoldine glaubte zuerst ihre Sinne hätten sie nun ganz verlassen, sie sähe schon Geister. Doch dann spürte sie den Druck auf ihrer Schulter, während sie noch gebannt in die wasserblauen, vertrauten Augen starrte, die sie jahrelang verfolgt hatten. Dieser Druck, der sich in ein heftiges Festklammern verwandelte, war es, der sie von ihrer Starrheit erlöste. Sie konnte endlich etwas spüren, fühlen, einen anderen Menschen überhaupt wahrnehmen.

Sie musste ihn hinausschreien, diesen Schmerz, der von der Schulter und dann vom ganzen Herzen ausging. Es war, als hätte diese Hand sie zum Leben erweckt. Nur durch Berührung, wie nach einem hundertjährigen Schlaf.

Dieser grelle Schrei zerriss die Stille des Tales, schallte bis weit über den Klosterwald, wie ein Befreiungsschlag gegen eine ganze Armee feindlicher Soldaten. Er gipfelte in einem hysterischen Schreikrampf, der ihre ganze Kraft forderte und endete in einem Gemisch aus Schluchzen und Jammern. Ihre Schultern bebten, ihr Körper zitterte als sie kraftlos zu Boden sank und im Schnee verharrte.

Andreas hatte es zugelassen, abgewartet und dann langsam, als nähere er sich einem scheuen, verletzten Reh, bückte er sich und hielt sie schließlich mit beiden Armen fest.

„Leopoldine? Erkennst du mich?“

Sie hob ihre Lider und zwei rehbraune Augen blickten ihn aus tiefen Höhlen an, dann flüsterte sie:

„Kann ich's glauben? Oder bin ich jetzt ganz verrückt geworden?“

„Nein Leopoldine, du bist nicht verrückt. Ich bin es, der verrückt ist. Ich war es fast zwanzig Jahre lang. Ich war blind und eifersüchtig. Ich bin schuld. Schuld, dass du so leben musstest. Mit einem Mann, der dich nie geliebt hat. Der dir und deinen Kindern Kummer bereitete und euch in die Armut stürzte.“

„Andreas! Du bist es wirklich.“ Vorsichtig hob sie ihre blaugefrorenen Finger und fuhr ihm sachte, als könne sie eine Seifenblase zum Platzen bringen, über die Lippen.

Er hielt ihre Hand fest, drückte sie an seinen Hals und ließ seinen Tränen freien Lauf.

„Leopoldine! Bitte verzeih mir. Ich habe es nicht gewusst. Ich habe es wirklich nicht gewusst. Ich habe wirklich geglaubt, du und Julius, ihr hättet mich ... Ich war ein Narr."

„Andreas, halt mich fest. Und wenn es nur ein Traum ist, dann will ich wenigstens im Traum mit dir vereint sterben." Sie schloss die Augen und ihre Finger krallten sich in die Ärmel seiner Joppe.

„Du stirbst nicht. Du bist schon viel zu lange tot gewesen, so wie ich, der versucht hat ein neues Leben zu finden."

Er zog ihren Kopf an seine Schulter, dann hielt er sie fest umschlungen. Da war er wieder, der selbe Geruch, nach all den Jahren roch ihr Haar noch wie damals. Er schloss die Augen.

Nach einer ganzen Weile, ihre Haare, die Kleidung, alles war schon mit einer dicken weißen Schicht überzogen, wagte Leopoldine sich aus der Umklammerung zu lösen und blickte ihrem Gegenüber in die Augen. Sein Gesicht war immer noch das selbe, die Falten etwas ausgeprägter vielleicht, das Haar etwas dünner und an den Schläfen schon leicht angegraut, aber das Leuchten in seinen hellen Augen war noch da. Wie am ersten Tag als sie auf den Winterberghof kam.

„Andreas, woher hast du gewusst, dass Julius..."

Er schaute sie ebenfalls an, doch die weichen Züge von einst hatten sich verhärtet, Scheue und Angst blickten ihm entgegen. Langsam hob er seine Hand und strich ihr den Schnee aus den Haaren. Das Kopftuch, das bereits in den Nacken gerutscht war, nahm er ganz ab. Dann löste er ihren Zopf, der am Hinterkopf befestigt war, flocht ihn auf und verbarg sein Gesicht in der weichen Fülle. Es war noch dick und wellig wie bei einem jungen Mädchen, wenn auch graue Strähnen wie Silberfäden in dem sonst dunklen Haar wirkten.

„Ich habe es nicht gewusst, Leopoldine."

„Aber..."

„Man hat es mir erzählt als ich hier ankam. Gestern."

„Warum bist du gekommen?“
„Wegen dir.“
„Nach all den Jahren? Wieso?“
„Ich habe versucht zu vergessen und geglaubt ich hätte es geschafft. Bis Antonius auftauchte.“
„Antonius?“
„Ja. Antonius Burger.“
„Aber Antonius ... wie kommst du zu Antonius?“
„Das ist eine lange Geschichte.“ Andreas blickte sich um, dann fuhr er fort: „Bis ich sie dir erzählt habe sind wir eingeschneit.“
Leopoldine lächelte das erste Mal, wenn auch zaghaft, aber sie wirkte um Jahre jünger, entspannter, wie Andreas fand. Er stand auf und zog sie hoch.
„Wo willst du jetzt hin?“
„Ich habe geglaubt, du könntest mich vielleicht zu einer Tasse Tee einladen und dabei mich deiner Familie vorstellen.“
Sie nickte: „Das ist eine gute Idee. Wenn du schon mal da bist. Ja, das machen wir.“ Wieder lächelte sie zaghaft, auch wenn sie noch immer etwas verstört wirkte, aber in ihren Augen begann ein Leuchten, das ein neuer Lebenswille versprach.
„So gefällst du mir schon besser.“ Er reichte ihr die Hand. „Auch ich habe jemanden mitgebracht. Er ist noch bei meinem Bruder auf dem Hof.“
„Wer?“ Leopoldine war überrascht.
„Mein Junge. Luigi, mein Sohn.“
„Du hast einen Sohn?“
„Ja.“
Das zarte Lächeln auf ihrem Gesicht erstarb augenblicklich, als sie fragte: „Und die Mutter dazu?“
Andreas machte eine ausladende Handbewegung.
„Weg. Bei Nacht und Nebel, mit einem Anderen. Sie hat ihn mir zurückgelassen. Schon vor vielen Jahren. Ich habe ihn alleine großgezogen. Annabella hat mir geholfen, sie ist meine Schwägerin.“

Leopoldine überlegte eine Weile.

„Und was hast du nun vor?"

„Ich war ihm immer ein guter Vater, ich werde es weiterhin sein. Wir wohnen vorerst bei meinem Bruder auf dem Hof. Ich will in der Kompanie um Aufnahme bitten. Mein Geld als Händler verdienen."

„Du bleibst im Land?"

„Wenn man mich will? Wenn du willst?"

Leopoldine schwieg, dann blickte sie ihm ernst in die erwartungsvollen Augen: „Andreas, weißt du, dass ich dich all die Jahre verwunschen habe? Versucht habe, dich aus meinem Gedächtnis zu streichen? Mir eingeredet habe so, wie es war, wäre es das Beste? Und dann kommst du nach all den Jahren als sei nichts gewesen?"

„Und? Hast du mich ganz aus deinem Herzen verbannt? Auch ich habe es versucht, aber ich habe es nicht geschafft."

„Ich auch nicht", flüsterte Leopoldine und blickte zu Boden.

Er legte seinen Arm um ihre Schulter und deutete ihr mitzugehen.

„Komm, wir haben alle Zeit der Welt, sie heilt alle Wunden. Lass uns wieder Freunde werden."

Sie nickte und wischte eine Träne aus den Augenwinkeln, dann ging sie schweigend mit ihm mit.

*

Der Morgen graute als Antonius im Halbschlaf neben sich griff. Das Bett war leer. Er öffnete erschrocken die Augen und blickte um sich.

„Guten Morgen. Du hast geschlafen wie ein Bär." Helena drehte sich vom Fenster weg, wo sie den beginnenden Tag erwartet hatte und lächelte ihn an. Es war ein besonderer Tag, nach einer besonderen Nacht.

„Du bist schon wach?"

„Ich konnte nicht mehr schlafen. Ich bin so aufgeregt."

„Warum?"

„Ich bin gespannt auf Josephas Gesicht. Wenn sie sieht, dass du wieder hier bist. Ich hoffe sie kommt bald zurück. Sie ist seit gestern Mittag bei einer Niederkunft." Sie eilte auf Antonius zu und schmiegte sich in seine Arme.

„Ich sollte das Haus hüten und einheizen, die Ziege melken."

„Macht ihr das immer so?"

„Wie?"

„Na, dass du das Haus hütest und die Ziege melkst. Ich dachte du lernst Hebamme. Kann man das bei den Ziegen lernen?"

Helena hielt inne. Er hatte Recht, das war nie so. Josepha hatte sie immer mitgenommen. Warum gestern nicht? Sie ging kurz bevor Antonius unverhofft hereingeschneit kam aus dem Haus. Ja, sie wusste nicht einmal genau wohin sie gegangen war.

Niemand hatte mehr daran geglaubt, dass Antonius noch kommen würde, als der Winter mit vollen Zügen über den Wald zog und alles, seit Wochen, im eisernen Griff hielt. Wusste, oder ahnte Josepha etwas?

„Glaubst du, sie ist gar nicht bei einer Geburt?" riss Antonius sie aus den Gedanken.

„Wo dann?"

„Das weiß doch ich nicht. Aber komisch ist es schon. Aber was soll's, wir werden's erfahren. Komm schon, deine Ziege wartet."

Antonius sprang aus dem Bett, doch plötzlich hielt er inne, verzog das Gesicht, und griff nach seinem Rücken.

„Tut es immer noch weh?"

Helena eilte heran und betastete die Narbe.

Antonius blieb in gebückter Haltung stehen und stöhnte: „Und wie, du hast mich zu einem alten Mann gemacht heut Nacht. Ich kann nicht mehr."

Er ließ sich rücklings auf das Bett fallen.

Helena blickte ihn zuerst mit entsetzten Augen an, doch dann mussten sie beide lachen. Sie warf mit dem Kissen nach ihm bis er aufstand und ihren Übermut bändigte, dann lagen sie sich wieder in den Armen.

„Küss mich!" forderte Helena.

„Schon wieder?" Antonius zog sie zu sich herunter, doch plötzlich wurde er ernst. „Da ist noch etwas." Er setzte sich aufrecht und blickte, als habe er eine schlechte Botschaft, auf den Boden, wo er mit seinen Füßen Kreise auf die Dielen malte.

„Was?" Helena war auf das Schlimmste gefasst. „Du hast eine andere Frau!?"

„Schlimmer."

Sie wurde bleich. „Du hast sie geschwängert."

„Das weißt ich noch nicht."

„Bitte?"

„Ich muss sie um ihre Hand anhalten." Er kramte in der Hosentasche seiner Uhrenträgertracht, denn er hatte es noch nicht bis zum Andresenhof nach Hause geschafft, um sich umzuziehen. Sein erster Weg führte ihn gestern nämlich zu Fidelis auf den Schafhof, bevor er hierher kam.

Dort regelte er seine Geschäfte, denn er wollte wissen, wie es um seine Mitgliedschaft in der Kompanie stand, ehe er vor Helena trat.

Fidelis glaubte seinen Augen nicht zu trauen als sein Knecht fast ein viertel Jahr nach seinem Aufbruch in Piacenza in seiner Tür stand. Er hatte ihn umarmt wie einen verlorenen Sohn, denn er hatte nicht zu hoffen gewagt, dass Antonius durchkam, geschweige denn, sich auf den Heimweg machen konnte. Er erfuhr von ihm von den Rückschlägen, die er durchgemacht hatte. Und davon, dass die Mönche im Kloster, die ihn pflegten, nachdem er am Fuße des San Bernadino zusammengebrochen war, von einem Wunder sprachen, dass sie ihn mit dieser schweren Verletzung und der anschließenden Lungenentzündung überhaupt am Leben erhalten konnten. Fast vier Wochen harrten Andreas und Luigi als Gäste hinter den dicken Klostermauern aus und verrichteten schwere Arbeit, um für die Pflege ihres Freundes aufzukommen. Erst nachdem er eine Woche fieberfrei war ließen sie das Trio ziehen. Antonius war noch nicht fähig, länger als eine Stunde zu gehen und so waren sie auf Schlitten und Kutschen angewiesen, die sie Stück für Stück der Heimat näher brachten. Abgemagert und bleich war er, gezeichnet von der langen Erkrankung.

Antonius zog das eingeschlagene Päckchen hervor und reichte es Helena.

„Was ist das?"

„Mach es auf."

Zwei goldene Ohrringe, die im Schein der aufgehenden Sonne, die durch das kleine Fenster drang, aufblitzten, kamen zum Vorschein.

Helena wagte kaum sie anzufassen. „Ist das Gold? Woher hast du das? Es ist doch nicht gestohlen, oder?"

„Doch. Zweimal."

Helena reichte sie Antonius wieder als bekäme sie davon Aussatz.

„Antonius! Was ist los. Was um aller Welt hast du getrieben?"

„Ich habe die Hälfte meines Gewinnes ausgegeben, um diese Ohrringe fertigen zu lassen, damit ich vor meine Zukünftige treten und sie um ihre Hand anhalten kann. Aber zwei Diebe hatten es auf die Ringe abgesehen und um ein Haar hätte ich mein Leben dafür gelassen. Fidelis hat die Verfolgung aufgenommen und die Diebe zur Strecke gebracht. Die Ohrringe hatten schon eine neue Besitzerin. Fidelis hat sie zurückgekauft, oder sagen wir eher, sich ergaunert, sie über die Alpen gebracht und für mich aufbewahrt. Nun endlich, nach einem halben Jahr haben sie ihren Bestimmungsort gefunden." Er nahm sie aus dem Stofffetzen und legte sie in seine offene Hand.

„Helena, jetzt frage ich dich, willst du meine Frau werden und diese Ohrringe als Beweis unserer Liebe tragen?“

Helena blieb der Mund offen stehen. Sie schaute zuerst die Ringe und dann wieder Antonius an.

„Und ich dachte...“

„Was?“

„Oh du Schuft! Ich habe geglaubt du hättest eine Andere.“

„Wie sollte ich? Wo ich doch jede Nacht von dir geträumt habe.“

„Jede Nacht?“

„Na fast. Einmal auch haben mich die Wölfe und Berggeister verfolgt. Aber das ist eine andere Geschichte. Du hast noch nicht auf meine Frage geantwortet.“

„Normalerweise werden Hochzeiten von den Vätern arrangiert.“

„Auf die haben wir viel zu lange gehört. Willst du?“

„Es gäbe nichts was ich lieber täte, aber ich will den Segen meiner Mutter.“

Antonius angelte sich die Hose und schlüpfte hinein, dann blickte er fragend zu Helena, die ihm zuschaute.

„Auf was wartest du?“

„Du willst jetzt zu meiner Mutter?“

„Ich habe schon viel zu lange mit Warten zugebracht. Zieh dich an. Im Nachthemd schickt es sich nicht.“

Helena zögerte noch immer. „Meine Mutter...“ Sie blickte zu Boden.

„Was ist mit deiner Mutter?“

„Nun, seit Vater, ich meine Julius tot ist, ist sie nicht mehr wie sie war. Sie lebt, wie soll ich sagen, in einer anderen Welt. In einer Scheinwelt. Sie kennt niemanden mehr.“

„Was? Ach, du Scheiße. Und ich habe Andreas ermuntert sie aufzusuchen.“

„Du hast wen?“

„Ich konnte es doch nicht wissen.“

„Andreas? Wer bitte ist Andreas?"

„Ach Gott, das habe ich ganz vergessen dir zu erzählen. Ich war so begierig dich zu sehen, dass ich dir das Wichtigste gar nicht erzählt habe."

„Nun sag schon, spann mich nicht auf die Folter."

„Andreas, er hat mich gesundgepflegt, unten in Piacenza und nun ist er mitgekommen."

„Ich verstehe noch immer nicht..."

„Andreas Hofmeier, dein Halbbruder vom Winterberghof. Er war es, den wir getroffen haben. Er ist hier. Das heißt zu Hause, mit Luigi."

„Ich muss jetzt aber nicht wissen, wieso und wer Luigi ist, oder?"

„Das ist sein Sohn, dein Neffe."

„Ah. Weiter." Helena musste sich setzen.

„Und nun ist er bei deiner Mutter."

„Andreas? Ihr früherer Geliebter? Aber wieso weiß ich nichts davon. Ich meine Fidelis, er hat mit keinem Wort erwähnt..."

„Das wundert mich allerdings. Er redet sonst wie ein Waschweib. Vielleicht erschien es ihm nicht so wichtig, schließlich kennt er die Verbindungen von früher nicht genau."

Wie von der Tarantel gestochen spritzte Helena auf.

„Mein Gott, Mutter! So wie sie im Moment ist, hat es keinen Wert, dass sie Besuch bekommt."

„Wo willst du hin?"

„Ich muss verhindern, dass er sie so sieht. Es wäre ein Schock."

„Warte, ich komm mit! Und die Ziege?"

„Ach, die kann warten. Die holt sich ihr Fressen sonst auch selber."

Als wäre der Teufel hinter ihnen her, stürmten die Beiden in den kühlen Morgen hinaus, dem Schilling entgegen.

Sie bemerkten Josepha nicht, die hinter dem Hollerbusch stand und den Beiden nachschaute. Sie hatte gewartet, bis die Beiden endlich das Haus verließen, denn sie wollte nicht, dass sie ihnen begegnete. Sie wusste, warum die beiden es plötzlich eilig hatten, und sie wusste auch wohin sie gingen, denn sie hatte die Dinge vorausgesehen. Sie musste nur noch warten bis sich die Weissagung erfüllte. Und dazu wurde sie nicht mehr gebraucht und durfte auch nicht stören. Sie kicherte bei dem Gedanken, rieb sich die Hände und sagte zu sich selbst: „Bald, bald hat sich alles geklärt."

Keuchend pochten Helena und Antonius gegen die Haustüre der Kirners. Vielleicht konnten sie es noch verhindern, dass Andreas unvorbereitet auf ihre Mutter treffen würde. Er hatte einen weiten Weg vom Winterberghof hierher. Und es war noch früh am Morgen. Dass Leopoldine schon zum Friedhof gegangen war, hatten sie bereits an den Fußspuren gesehen, die über den Schilling führten. Es konnte nur Leopoldine gewesen sein und das war gut so. So hatten sie Zeit, um mit Andreas zu reden.

Johann war es, der verduzt die Türe öffnete.

„Helena? Antonius? Was macht ihr in aller Frühe schon hier. Ich habe bereits gehört, dass du wieder im Land bist." Er blickte erfreut zu Antonius.

„Andreas will kommen. Wir müssen ihn aufhalten. Er weiß nicht, dass Mutter..." Sprudelte es aus Helena heraus.

„Andreas war schon hier. Ich habe ihn zum Friedhof geschickt", unterbrach er seine aufgebrachte Schwester.

„Du hast was?" Helena öffnete ihren dicken Schal, ihr war plötzlich heiß.

„Er hat nach ihr gefragt. Ich habe ihm gesagt wie sie im Moment ist. Aber er wollte sie unbedingt aufsuchen."

„Was meinst du, sollen wir zum Friedhof?" Helena schaute fragend zu Antonius. Doch dieser zuckte nur mit den Achseln.

„Kommt rein, es wird kalt. Wir warten bis sie wieder kommt. Lasst die Beiden machen, sie sind alt genug." Johann winkte Helena und Antonius herein.

Sophie, die Jüngste, kam unsicher und barfüssig angewackelt und bestaunte den Fremden. Als Antonius sie jedoch hochnehmen wollte lief sie heulend davon. Sie kannte ihn noch nicht.

Hannah kam aus der Stube.

„Helena, Antonius? Antonius, wir haben von deiner Wunderheilung gehört. Erzähl uns davon."

„Später Hannah, später. Wir wollen auf eure Mutter warten. Wir," er lächelte zuerst Hannah, dann Helena und Johann an, „wir wollten eigentlich etwas mit euch besprechen."

„Was?" riefen Johann und Hannah wie aus einem Mund, dabei verkniffen sie sich ein Grinsen, denn sie hatten eine Vermutung.

„Wie wäre es mit einem Fest, sagen wir mal im Frühjahr, wenn die Trauerzeit um ist?" Antonius reichte Helena seine Hand.

„Eine Hochzeit!" stieß Hannah hervor. Dann sprang sie auf ihre Schwester zu und umarmte sie vor Freude als diese heftig nickte.

„Nein, Antonius, dass du noch mal mein Schwager werden würdest ... Kommt, das müssen wir feiern", mischte sich Johann ein. „Ich habe da noch etwas versteckt, eigentlich wollte ich es vor Vater retten. Aber das ist der passende Anlass." Er ging in die Stube und die Anderen folgten ihm als er aus einem lockeren Brett in der Wand eine Flasche Kirschschnaps, die er von Franz zu Weihnachten bekommen hatte, zog.

„Entschuldigt die Sauerei hier." Hannah deutete auf den Boden in der Ecke. Überall lagen Julius Kleider auf dem Boden verstreut herum. „Aber Mutter ist seit Tagen dabei die Dinge wegzuräumen, die sie nicht mehr sehen will. Und dazu gehören Vaters Kleider. Dr. Lickert hat gemeint, wir sollen sie machen lassen, vielleicht hilft es ihr die Depressionen zu verarbeiten. Sie will sie der Äbtissin geben, für die Armen."

Ein lautes Stampfen, als klopfe jemand den Schnee von den Schuhen, war an der Haustüre zu hören. Gebannt starrten sie auf die knarrende schwere Holztür, als diese sich öffnete.

Sie glaubten ihren Augen nicht zu trauen als Andreas und Leopoldine in den Flur traten. Und sie sahen sofort das Leuchten in ihren Augen.

„Mutter!" Johann, Helena und Hannah stürmten auf sie zu. Antonius wollte ihnen folgen als er über eines von Julius Kleidungsstücke stolperte.

Er schaute zu Boden und erstarrte.

Langsam bückte er sich und hob die Strickweste auf. Es war nur eine gewöhnliche Schafschurwollweste. Aber Antonius griff in seine Westentasche und seine Hand begann zu zittern, als er das Gegenstück, den fehlenden Knopf der Weste, aus seiner Tasche zog. Der Knopf, den Helena in der Hand hielt, damals vor anderthalb Jahren, als angeblich die Franzosen sie überfallen hatten. Er hatte ihn die ganze Zeit in der Tasche behalten.

Antonius ließ die Weste fallen, umklammerte den Knopf, blickte zu den überglücklichen Leuten wenige Schritte vor ihm. Dann drehte er sich um, öffnete das Fenster und warf den Knopf im hohen Bogen in den Tiefschnee weit hinunter in die Weidematte und beschloss die Wahrheit für immer für sich zu behalten.